KB191219

디트랜지션, 베이비

토리 피터스 장편소설

DETRANSITION, BABY

토리 피터스 장편소설

디트랜지션, 베이비

이진 옮김

비채

일러두기

- 인명, 지명 등 외국어의 우리말 표기는 국립국어원 외래어표기법을 따르되, 입말로 굳은 것은 예외로 하였습니다.
- 본문의 고딕체는 원서에서 이탤릭체로 강조한 부분입니다.
- 모든 주는 옮긴이주입니다.

나처럼,

과거의 환영을 곱씹거나 미래를 씁쓸해하지 않고

삶을 다시 시작해야 하는

시스젠더 이혼녀들에게 이 책을 바친다.

차례

1
장

임신 일 개월

리즈는 궁금하다. 결혼한 남자들이 정말 지독히도 매력이 있는 걸까? 아니면 트랜스 여성으로서 그녀가 만날 수 있는 남자들이란 이미 시스젠더성 정체성과 지정성별(출생 시 의사에게 지정받은 성별)이 일치하는 사람, 즉 트랜스젠더가 아닌 사람을 뜻하는 말 여성인 부인에게 붙잡혀서 이제야 '모험'을 즐겨보려는 남자뿐인 걸까? 세상 모든 여자가 주장하듯이 '남자는 다 개'라는 말이 그나마 가장 간단한 대답일 것이다. 그런데도 리즈는 지금 **또 한 명의** 잘생기고 매혹적인 유부남 개자식과의 밀회를 즐기고 있다. 보아라, 검은 드레스를 입고 BMW에 앉아서 콘돔을 사러 편의점에 간 남자를 기다리고 있는 리즈를! 이제 리즈는 그를 데리고 아파트로 가서 룸메이트 아이리스의 따가운 시선을 피해, 수수한 꽃무늬 베드스프레드에서 그가 그녀를 씹하게 허락할 것이다. 꽃무늬 베드스프레드는 마지막으로 만났던 유부남이 아내의 눈을 피해 찾아왔을 때, 리즈의 방이 좀 더 소녀 취향이고 음탕해 보였으면 좋겠다며 사준 것이다.

리즈는 이미 자신의 문제점을 파악했다. 도무지 혼자 있을 줄을 모른다는 것이다. 리즈는 혼자만의 삶으로부터, 고독으로부터 도망쳤다. 친구들은 리즈가 만나는 유부남들이 얼마나 형편없는지 얘기하면서 두 차례 큰 실연을 겪었으니 이제 혼자 있는 법을 연습해볼 필요가 있다고 조언했다. 그러나 리즈는 제정신으로는 도저히 혼자 있을 수가 없었다. 혼자 일주일만 있어도 서서히 고립되기 시작하고 눈덩이처럼 불어나는 외로움에 짓눌려 어느 순간 가진 걸 다 팔아서 작은 배를 타고 어디로든 떠내려가는 상상을 하게 되곤 했다. 결국 다시 현실로 돌아오기 위해서, 그라인더나 틴더 혹은 다른 데이팅 앱들을 돌아다니며 그녀의 심장에 1만 볼트의 전류를 일으켜 심장박동을 최고조로 높여줄 짜릿한 연애를 좇는다. 유부남이야말로 외로움을 쫓기에는 최적의 상대이다. 유부남들도 혼자 있을 줄 모르는 사람들이기 때문이다. 유부남은 두 사람이 함께하는 것에, 무슨 일이 있어도, 죽음이 둘을 갈라놓을 때까지 결코 서로를 놓아주지 않는 것에 도가 튼 사람들이다. 리즈는 겉으로는 '잠깐 스쳐 지나가는' 만남인 척 선을 그으면서도 매번 아주 깊이, 아주 힘껏 뛰어들곤 했다. 그저 잠깐 즐길 뿐이라고 되뇌면서 상대가 꿈꾸었던 모든 페티시를 충족시켜주고 상대가 감추어온 모든 상처를 찾아내며 가장 현란하고 가장 사악하되 지속 불가능한 방식으로 타락하는 것을 스스로에게 허용했다. 그러다가 어느 순간 그것이 정말로 잠깐 스쳐 지나가는 만남이었음을 깨닫게 되면 분노와 슬픔, 원한에 휩싸였다. 그렇게 깊이 그렇게 힘껏 뛰어들었으니 리즈는 얼마나 용감하고 또 얼마나 상처받기 쉬운가?

동그란 얼굴에 체격이 좋은 리즈는 자신이 매력 있는 여자이긴 하지만 교통을 마비시킬 정도의 미인은 아니라고 생각했다. 사람들이 모여들어 감탄할 정도로 명석한 두뇌를 자랑하는 일이 종종 있는 것도 아니었다. 그러나 적절한 남자를 만나기만 하면 리즈는 천재적인 능력을 발휘하며 드라마를 썼다. 외로움에 뼈가 시릴 때 리즈는 제트 연료처럼 활활 타올랐다.

이번에 만난 남자도 다른 남자들과 비슷했다. 침실에서 리즈를 마음대로 부리는 알파메일 타입의 잘생긴 유부남이었다. 다만 이번에는 조금 더 나은 점이 있었다. 그는 HIV양성반응이 나온, 변호사가 된 카우보이였다. 그는 트랜스 여성을 좋아해서 부인 몰래 바람을 피우다가 에이즈 혈청전환단계 판정을 받았다. 그런데도 그의 아내는 여전히 그를 떠나지 않았고, 이번에는 리즈를 만나 다시 밀회를 즐기고 있다. **야호!**

"혹시 그때 바텀게이들의 섹스 중 삽입을 받는 쪽을 뜻하는 말이었어요?" 처음 만났을 때 리즈가 물었다.

"씨발, 아뇨." 그가 말했다. "의사들 말이 일만 분의 일 확률로 걸려든 거래요. 매분마다 만 건의 오럴섹스가 일어나고 있다고 쳐봐요. 그 만 명 중 한 명이 바로 나였던 거예요. 게다가, 그 여자가 그걸 엄청 많이 해줬거든요."

"멋지네요." 리즈가 말했다. 리즈는 그의 설명이 사실이 아니라는 걸 알고 있었지만 자신과 할 때는 그가 바텀을 시도해선 안 된다는 것만 분명히 해두었다. 그로부터 한 시간 뒤 리즈는 그를 데리고 방으로 왔고, 그때 그를 구슬려 그가 어디서 누구에게 에이즈 바이러스에 감염되었는지 털어놓게 했다. 두 시간 뒤 리즈는 그를 꼬드겨, 아내가 그에게 실망한 나머지 그에게서 에이즈 바이러스가 검출되지 않을 정도로 줄어들었는데도 그가 직접 임신시키는 것을 막고 있다는 얘기까지 털어놓게 했다. 그는 아내가 체외수정을 얼마나 증오하는지에 대해서도 얘기했다. 시술을 받을 때마다 자신을 따뜻한 신혼의 침대가 아닌 차가운 의사의 테이블에 눕게 한 그의 만행이 자꾸만 떠올라서 싫다고 했다고.

"당신한텐 왠지 더 많은 얘길 털어놓게 되네요." 마치 그런 자기 자신이 놀랍다는 듯 카우보이가 말했다. 심지어 리즈의 젖꼭지를 꼬집으며 말했다. "이게 아마 보지의 위력이겠죠."

"내 보지는 가질 수 있겠지만," 기분이 좋아진 리즈는 카우보이의 느린 말투를 흉내 내며 말했다. "대신 어느 착한 여자가 당신의 영혼을 찢어놓겠죠."

"그렇겠죠." 그가 다시 느린 말투로 대답했다. 그는 큼직한 앞발을 들어 리즈의 목 뒤를 받치고 자기 얼굴 가까이로 끌어당겼다. 리즈는 한숨을 쉬며 몸을 축 늘어뜨렸다.

리즈의 촉촉한 눈동자가 그와 눈을 맞추었다.

"우리 이렇게 하죠." 그가 말했다. "일단 내가 당신의 보지부터 갖고⋯⋯." 그가 말을 멈추고, 여전히 그녀의 목을 받치고 있던 손으로 천천히 그녀의 얼굴을 베개에 내려놓았다. "내 영혼은 그다음에 생각해봅시다."

그가 돌아와 차에 탄다. 윤활제와 콘돔이 잔뜩 든 조그만 갈색 봉지를 들고서. 리즈의 뱃속이 기대감으로 간질거린다. "오늘 밤에 정말 이게 필요할까?" 봉지를 들어 보이며 그가 리즈에게 묻는다. "난 당신 임신시키고 싶은데."

바로 **이것이** 리즈가 여전히 그를 견디는 이유이다. 그에겐 특별한 데가 있다. 그를 만나면서 리즈는 섹스가 실제로 상당히 위험할 수 있다는 걸 알았다. 리즈가 보기에 시스 여성들은 섹스를 할 때마다 그 위험성에 전율한다. 어쩌면 임신을 할 수도 있다는 그 위험, 그 스릴. 단 한 번의 섹스로 자신의 인생을 조질 수 있는(혹은 건질 수 있는?) 것이다. 시스 여성에게 아마도 섹스는 벼랑 끝에서 하는 게임과도 같을 것이다. 그러나 카우보이 이전에 리즈는 그런 위험한 쾌락을 즐겨본 적이 없었다. 그런데 이제 에이즈 바이러스 덕분에 리즈는 시스 여성이 겪는 일생일대의 사건에 비견되는 경험을 할 수 있게 된 것이다. 카우보이는 섹스로 그녀에게 영구적인 흔적을 남길 수 있었다. 섹스로 그녀의 삶을 끝장낼 수 있었다. 그의 자지가 리즈를 말살할 수 있었다.

그는 자신에게서 바이러스가 검출되지 않는다고 말하긴

했지만, 리즈는 서류를 보여달라고 요구하지 않았다. 그랬다간 달콤함과 위험이 사라질 테니까. 카우보이 역시 아슬아슬하게 노는 것을 좋아했고, 임신을 시켜버리겠다고, 바이러스 정자로 임신시켜버리겠다고 으름장을 놓았다. 그래서 리즈를 엄마로 만들어주겠다고, 리즈의 일부이면서 일부가 아닌 새로운 생명을 잉태하게 해주겠다고 말했다. 세상의 모든 엄마처럼.

"항상 콘돔 쓰기로 했잖아. 양심상 콘돔 없이는 절대 안 하겠다며." 리즈가 말했다.

"응, 하지만 그건 당신이 피임 시작하기 전의 얘기지."

선셋 파크의 어느 중식당에서 리즈가 처음으로 에이즈 예방약을 피임약이라고 불렀다. 카우보이는 아내의 친구들과 마주칠 일이 없을 거라며 그 식당으로 리즈를 데려갔다. 리즈는 농담으로 던진 말이었지만 그 순간 카우보이가 리즈를 바라보며 말했다. "씨발 나 완전 흥분했어." 그는 계산서를 달라고 손짓했고 오늘 밤엔 영화는 못 볼 거라며 바로 리즈의 집으로 차를 몰고 가서 리즈를 꽃무늬 침대에 엎드려 눕혔다. 아침이 되자 리즈는 그에게 섹시한 메시지를 보냈다. 얼핏 보기에는 세상에서 가장 섹시하지 않은 동영상이었다. 바로 파스텔색 조개껍데기 모양 피임약 케이스 한 칸에 큼직한 트루바다에이즈 예방약 두 알을 집어넣는 짧은 영상이었다. 그때부터 '피임약'은 그들의 성생활의 일부가 되었다.

사회적 오명, 금기 그리고 성적 자극 외에도 리즈가 버그체이싱성행위를 통해 의도적으로 HIV바이러스 감염을 추구하는 행동에 끌리는 이유는 또 한 가지가 있었다. 리즈는 정말로 엄마가 되고 싶었다. 이 세상 그 무엇보다도 엄마가 되고 싶었다. 성인이 된 이후 줄곧 퀴어들과 살면서 그들의 급진적인 인간관계와 다자간연애와 젠더 역할들을 두루 섭렵했건만, 어린 시절 그녀의 삶에 항상 존재했던, 위스콘신의 선량한 백인 엄마들이 지닌 여성성에 대한 갈망은 아직 극복하지 못했다. 그들 중 한 명이 되고 싶다는 은밀한 열망은 단 한 번도 잦아든 적이 없었다. 엄마가 된다면 비로소 외로움과 결핍으로부터 벗어날 수 있을 것 같았다. 어떤 순간에도 결코 완전히 혼자는 아닐 테니까. 비록 그녀 자신과 트랜스 친구들이 실제 경험한 바에 의하면 무조건적이어야 하는 부모의 사랑은 언제나 끔찍할 정도로 조건부인 것으로 판명되긴 했지만 말이다.

그 못지않게 중요한 것은, 엄마가 되면 어린 시절 그 여성들에게서 자연스럽게 배어나던 여성성을 마침내 가질 수 있을 것 같다는 점이다. 꼭 한 번 엄마가 될 준비를 한 적이 있었다. 에이미라는 이름의 트랜스 여성과 레즈비언 커플로 사귀던 시절이었다. 에이미는 IT 업계에 괜찮은 직장이 있었고, 말투가 얼마나 우아한지 에이미가 말을 할 때면 그 말이 마사 스튜어트의 글씨체로 적혀 있는 것을 상상하게 되었다. 에이미와 함께 리즈는 트랜스 여성으로서 가능하다고 생각했던 가정을 꾸리는 데 상당히 근접했다. 비록 지금은 잠에서 깨어난 직후에 기억하는 꿈처럼 빛이 바래긴 했지만 그들에겐 신뢰와 따분함과 안정감이 있었다. 두 사람은 프로스펙트 공원 근처에 아파트도 있었다. 그 아파트는 밝고 바람이 잘 통했으며 훌륭한 안목과 점잖은 인품을 드러내주어서, 입양 알선 업체에 집을 보여주는 것이 엄마가 되기 위한 여정에서 비교적 작은 장애물로 여겨질 정도였다.

그러나 삼 년이 지난 지금, 리즈의 주행거리계가 삼십대 중반으로 접어들었다. 리즈는 자신이 늘 〈섹스 앤 더 시티〉의 문제라고 말해왔던 것들에 대해 생각하기 시작했다.

〈섹스 앤 더 시티〉의 문제는 리즈 혼자만의 문제가 아니었다. 그것은 모든 여성이 직면하는 문제였다. 그러나 리즈보다 앞서 살았던 수백만의 시스 여성과는 달리 어느 세대의 트랜스 여성도 그 문제를 해결하지 못했다. 그 문제는 다음과 같이 설명할 수 있다. 여자가 나이가 들어간다는 사실을 의식하게 되면 자신의 삶에서 의미를 찾고 싶은 마음에 조급해지기 시작한다. 미모와 젊음의 기쁨이 서서히 그 효력을 잃어가면서, 구원하거나 혹은 구원받고 싶은 욕구가 생기는 것이다. 페미니즘이 일으킨 수많은 변화에도 불구하고 리즈는 그 의미를 찾는 방법이 여전히 네 가지뿐이라고 생각했다. 〈섹스 앤 더 시티〉에 등장하는 네 여주인공이 그 네 가지 방법을 보여준다. 배우자를 찾아 샬롯이 되거나, 커리어를 찾아 사만다가 되거나, 아기를 가져서 미란다가 되거나, 마지막으로 예술이나 글로 자신을 표현하는 캐리가 되거나. 모든 세대의 여성들은 단지 이 공식을 끊임없이 우려먹었을 뿐이라고 리즈는 믿고 있었다. 뒤섞거나 비틀었을지언정 그 공식에서 완전히 탈피하진 못했다.

　그러나 리즈보다 앞서 살았던 모든 세대의 트랜스 여성에게 〈섹스 앤 더 시티〉의 모든 문제는 그저 동경의 대상이었다. 거의 눈에 뜨이지도 않을 정도의 극소수의 트랜스 여성만이 최소한 그런 문제에 직면하기라도 했다. 그 외의 나머지 트랜스 여성에게는 네 가지 선택 모두가 애초부터 막혀 있었다. 그들에겐 직장도 애인도 아기도 없었다. 트랜스 여성을 뮤즈로 삼을지언정 예술 작품 속에서 자신의 목소리를 내는 트랜스 여성은 아무도 원하지 않는다. 그렇게 트랜스 여성들은 미래 없는 삶에 갇히게 되지만, 또 어떤 트랜스 여성들은 그러한 삶의 아이러니와 기쁨을 자축하다가 트랜스 여성들이 종종 서둘러 들어서곤 하는 죽음의 길로 들어선다. 그들이 남긴 아름다운 시신이 통계적으로 확률 높은 죽음(타살)이 아닌 본인의 처절한 선택(자살)일 때, 미래 없는 삶은 훨씬 더 화려해 보였다.

　에이미와 함께 살 때 리즈도 〈섹스 앤 더 시티〉의 문제를 꿈꾸었다. 트랜스 여성인 자신이 얼마나 부르주아적일 수 있는지 고민하는 것 자체만으로도 리즈에겐 너무도 파격적인 변화였다. 선택을 할 수 있다는 것 자체가 성공처럼 느껴졌다. 그러다가 에이미가 환원디트랜지션detransition. 성전환을 한 사람이 이전의 성으로 돌아가는 것을 했고 모든 게 물거품이 되었다.

　리즈는 다시 미래 없는 삶으로 돌아왔다. 이제 리즈는 다른 여자의 남자에게서 기쁨을 누리고 바이러스로 아기를 만든다.

　"좋아." 차가 십 분 정도 달렸을 때 리즈가 말했다.

"뭐가?"

"좋다고. 당신이 날 임신시킬 수 있는지 한번 보자고."

"정말?"

"응." 카우보이가 뭐라고 말을 하려는 듯 입을 벌리지만 리즈가 그의 말을 자른다. "하지만 그러려면 우선 당신이 좀 더 날 대우해줘야 해. 당신 아이의 엄마에게 하듯이."

카우보이가 손을 뻗어 리즈의 옆구리를 꼬집는다. "내 아이의 엄마? 설마 정말 그걸 원하는 거야? 내가 네 우물에 올챙이를 한 마리라도 풀어놨다간, 넌 마치 빈민가에서 임신한 열여섯 살 여자애처럼 동네방네 떠들고 다니겠지. 넌 워낙 헤픈 년이니까."

리즈가 그의 손길에서 몸을 빼낸다. "나 지금 진지해. 제대로 대우해줘."

그가 인상을 쓰지만, 시선은 여전히 도로에 고정하고 있다. "알았어. 좋아. 그렇게. 뭘 좀 먹자." 빨간 신호에 브레이크를 밟으며 그가 말한다.

"정말?" 그들은 리즈의 동네인 그린포인트로 접어들고 있었다. 카우보이는 그린포인트에서는 리즈와 식당에 가기를 꺼렸다. 그린포인트에 그가 아는 사람이 많이 산다고 했다. 한번은 리즈가 그를 데리고 리즈의 집 근처 비건 뷔페에 갔는데, 식사를 하는 내내 거의 리즈와 눈을 맞추지 않았다. 사람이 들어올 때마다 그의 시선이 재빨리 문으로 향했다. 그 뒤로는 주로 남쪽으로, 혹은 퀸스로 차를 몰았고, 그의 아내가 사람들을 주로 만난다는 맨해튼이나 윌리엄스버그 쪽으로는 절대 가지 않았다.

그러나 이제 리즈는 그에게 콘돔 없이 씹해도 좋다고 말하고 있고, 그가 만든 모든 규칙은 창문으로 날아가버린다. 리즈는 순간적으로 뿌듯함을 느낀다. 결국 그녀의 몸이 비장의 무기이다.

"좋아." 그가 말한다. "얼른 가서 먹을 걸 좀 사 와."

그러면 그렇지. 테이크아웃. 자기는 차에서 기다리겠다는 뜻이다. 리즈는 고개를 끄덕인다. "알았어. 뭐 먹고 싶은데?"

태국 레스토랑에서 리즈는 자신이 먹을 음식은 주문하지 않는다. 그는 간신히 먹을 수 있을 정도로 스코빌 지수가 높은 카레를 좋아한다. 리즈는 그런 카레를 좋아하지 않는다. 카우보이가 가면 그때 뭐든 만들어 먹을 생각이다. 인스타그램을 훑어보고 있는데 핸드폰이 울린다. 다른 주 지역번호가 붙은 모르는 번호다. 카우보이는 집에 있는 아이패드에 번호가 뜨지 않도록 구글 보이스를 쓴다. 아내가 가끔 아이패드를 빌려 쓰기 때문이다. 구글 보이스는 가끔 이상한 번호로 찍히기도 한다.

리즈는 초록색 응답버튼을 누르고 핸드폰을 귀에 댄다. "별 다섯 개 맵기라는 소고기 그린 카레 주문했어." 리즈가 전화를 받으며 말한다.

"고마워. 기억하는지 모르겠는데, 나 매운 음식 아예 못

먹잖아." 남자 목소리. 따스하고 부드럽지만, 카우보이처럼 느릿느릿 말하지 않는다. 오랜 세월 뉴욕에 살면서도 용케 지켜 낸 남부 말투가 아니다.

리즈가 전화기를 내리고 발신번호를 확인한다. "누구세요?"

남자의 어조가 달라진다. 미안해하는 투라기보다는 유혹하는 듯한 목소리. "리즈, 안녕. 미안. 나 에임스."

저만치 차에 앉아 있는 카우보이가 보인다. 그가 글을 읽을 때만 쓰는 안경에 핸드폰 불빛이 반사된다. 리즈가 돌아선다. 마치 딸그락거리는 주방의 소음과 산발적인 손님들의 웅성거림 속에서 자동차 유리창과 레스토랑 유리창을 뚫고 카우보이가 통화 내용을 엿들을 수도 있다는 듯이.

"왜 전화했어, 에임스? 우리 얘기하는 사이 아닐 텐데."

"그러게."

리즈는 입술을 꼭 다물고 기다린다. 그의 숨소리가 들린다. 그가 먼저 말하게 하고 싶다.

"괜히 귀찮게 하려고 전화한 건 아니고." 그가 말을 잇는다. "도움을 좀 받을 수 있을까 해서."

"도움? 네가 나한테서 아직 빼앗아 갈 게 남아 있는 줄은 몰랐네."

그가 말을 멈춘다. "내가 너한테서 빼앗아 갔다고?" 그는 진심으로 당혹스러워하는 것 같다. 이게 바로 그의 문제다. 자기 때문에 리즈가 무엇을 잃었는지 전혀 모른다. "하긴 그런 말 들어도 싸지. 하지만 장담하는데, 너한테서 뭘 빼앗아 가려고 전화한 건 절대 아니야. 오히려 그 반대지."

"나 지금 데이트중이야. 주문한 태국음식이 곧 나올 거야." 너무 복수심에 불타는 말 같지만 리즈는 도저히 참을 수가 없다. 에임스가 리즈를 밀어냈다. 리즈는 똑같이 되갚아주고 싶고 새로운 삶을 살고 있음을 증명하고 싶다.

"나중에 전화할까?"

"아니, 음식 나올 때까지 시간 있으니까 얘기해봐."

"혹시 우리 얘기하는 거 그 남자가 지켜보고 있어?"

"테이크아웃 기다리는 중. 그 사람은 차에서 기다리고 있어." 리즈의 가슴에 묘한 만족감이 번져간다. 대화를 하고 싶어한 사람은 에임스이지만, 이제 대화의 주도권은 리즈에게 있다.

"좋아." 그가 말한다. "자세히 설명하고 싶었지만, 네가 원하는 방식으로 할게. 넌 늘 우리가 함께 아기를 키우면 좋겠다고 했었지? 그래서 우리 입양 계획도 세웠었잖아."

이런 일로 전화를 하다니 뭔가 심각한 상황인 게 분명하다. 에임스는 재미로 사람들에게 상처를 주는 타입은 아니다. 이런 질문을 이토록 노골적으로 하는 것이 리즈에게 상처가 된다는 걸 그가 모를 리 없다. 리즈는 데이트중이라고 말한 자신이 한심하게 느껴진다.

"혹시 지금도 원해? 아기?" 그의 말꼬리가 살짝 올라간다. 마치 이런 말을 입 밖에 내는 자신의 뻔뻔함이 조금 두렵다는 듯이.

"물론 씨발 난 여전히 아기를 원하지."

"너무 다행이다, 리즈." 그가 말한다. 안도하는 것 같다.

리즈는 에임스를 너무 잘 안다. 그의 몸에서 긴장이 풀리는 모습이 보이는 것 같다. "왜냐하면, 일이 좀 생겼거든. 많은 일이 있었는데, 이 문제에 대해 내가 믿고 얘기할 사람은 너뿐이야. 지나간 일은 일단 접어두고, 제발, 제발, 나 좀 만나줄 수 있어? 나 너하고 꼭 얘기해야 해."

"설명을 좀 더 해줘야지, 에임스."

그가 숨을 내쉰다. "알았어. 실은 내가 어떤 여자를 임신시켰어. 나한테 아기가 생길 거야."

리즈는 믿을 수가 없다. 자신이 그토록 원했던 것을 갖게 되었다고 말하려고 에임스가 전화하다니. 리즈는 눈을 감고 다섯을 센다.

카운터 뒤에서 웨이트리스가 갈색 봉지를 내려놓으며 리즈가 주문한 음식임을 손짓으로 알린다. 그러나 리즈는 알아차리지 못한다. 그녀의 카우보이, 별 다섯 개짜리 그린 카레, 카우보이가 그녀에게 먹일 피임약, 전부 다 리즈의 안중에 없다. 어디서 무슨 짓을 했는지 몰라도, 에이미는 불가능한 일을 해냈다. 에이미는 아기를 가졌다.

카트리나는 에임스의 책상 앞, 바퀴 달린 간이 의자에 앉아 있다. 묘하게 뒤바뀐 상황이다. 왜냐하면 카트리나는 에임스의 상사이고, 주로 에임스가 카트리나의 사무실에 찾아가 그녀의 책상 앞에 앉기 때문이다. 카트리나의 사무실은 조직 내 지위에 걸맞게 에임스의 사무실 두 배 크기인 데다, 이웃 건물 두 개와 그 사이 이스트 강이 한 조각 보이는 통유리 창도 두 개 있다. 그와 대조적으로 에임스의 사무실에는 조그만 주차장이 내려다보이는 창문이 한 개 있을 뿐이다. 한번은 해질 무렵 보도를 활기차게 가로지르는 조그만 갈색 생명체를 보았는데, 그날 이후 에임스는 아마도 그 생명체가 도시에 사는 코요테일 거라고 믿고 있었다. 이런 재미라도 찾으며 살아야 했다.

　카트리나가 서류가방을 뒤적이더니 폴더를 하나 꺼내 그의 책상에 올려놓는다. 카트리나가 그의 사무실로 왔다는 사실이 그를 긴장시킨다. 마치 부모님이 방에 들어왔을 때 십대 소년이 긴장하는 것처럼.

　"이건 실제 상황이야. 실제로 일어나고 있는 일이라고." 카트리나가 말한다. 에임스가 폴더로 손을 뻗는다. 에임스는 자세를 꼿꼿하게 유지하면서 그녀에게 편안한 미소를 지어 보인다. 폴더를 열어보니 온라인 포털에서 출력한 환자 정보가 나온다.

　"내 자궁이야." 에임스의 표정을 찬찬히 살피며 카트리나가 말한다. "혈액 검사와 골반 검사도 추가로 했어. 집에서 했던 임신 테스트 결과가 옳았다고 확인해주더라. 초음파 검사를 하기 전엔 얼마나 됐는지 알 수 없다고 해서, 다다음 주 목요일로 검사 예약했어. 아직 자기가 어떻게 반응해야 할지 모르는 것 같아서 하는 말인데, 나하고 같이 가보면 좀 도움이 될까? 사 주 차 이상이면 아기를…… 아니면 배아를 볼 수 있을 거라는데?"

카트리나가 그의 반응을 기다리며 표정을 살피고 있다는 걸 안다. 임신 테스트가 양성으로 나온 이후, 에임스는 그 어떤 반응도 할 수가 없었다. 그는 여전히 처음과 똑같이 멍한 상태다. 다만 더 이상은 공식적으로 확인될 때까지 감정적으로 반응하지 않겠다고 말할 수가 없다. "놀랍네." 그가 말하고 미소를 지어보려 애쓰지만, 그러다가 괜히 쓴웃음만 짓게 될까 두렵다. "실제 상황이 맞네! 더구나 이제 이렇게—" 에임스가 잠시 단어를 고르고 마침내 적절한 단어를 찾는다. "증거자료까지 다 있는 걸 보니."

카트리나가 다리를 꼰다. 카트리나는 편안한 웨지 힐을 신고 있다. 에임스는 항상 그녀의 옷차림을 유심히 본다. 경탄하는 마음도 있고, 여성패션 트렌드를 파악하기 위해 습관적으로 보는 것이기도 하다. "당신 반응을 도무지 종잡을 수가 없네." 카트리나가 조심스럽게 말한다. "문서로 확인하면 당신의 감정을 확인할 수 있을 줄 알았는데," 그녀가 말을 멈추고 침을 삼킨다. "아직도 모르겠어." 이런 말을 하는 것이 그녀에게 얼마나 힘든 일인지 에임스는 알고 있다.

그가 일어서고, 책상을 빙 돌아 책상에 반쯤 걸터앉는다. 그녀의 바로 앞, 그의 다리가 그녀의 다리에 닿는 거리로.

그가 서류들을 살펴본다. 검사 결과들이 나와 있지만 이해할 수가 없다. 검사 결과가 분명히 밝히고 있는 사실, 그가 아버지가 된다는 사실이 그가 가슴속에 간직하고 있는 데이터와 교차하는 순간 그의 뇌가 방전된다. 그는 아버지가 되어서는 안 된다.

에임스가 에스트로겐 투약을 중단한 지는 삼 년이 되었다. 그는 리즈의 서른두 번째 생일날 마지막으로 에스트로겐을 맞았다. 그의 전 여자친구 리즈는 여전히 뉴욕에 살고 있다. 이 년 동안 서로 연락을 하지 않은 상태였는데도 작년에 에임스가 리즈에게 생일 카드를 보냈다. 그러나 답장을 받지 못했다. 두 사람이 사귀던 내내 리즈는 서른다섯 살이 되기 전에 아이를 갖고 싶다고 말했다. 에임스가 알기로는 그런 일은 아직 일어나지 않았다.

두 사람이 헤어진 지 삼 년이 지난 지금에야 에임스는 리즈 얘기를 편안하게 할 수 있게 되었다. 리즈를 '전 여친'이라고 부르며 기억을 곱씹지 않고 대화의 흐름을 이어갈 수 있었다. 왜냐하면, 사실 에임스는 여전히 리즈가 그립지만, 리즈 얘기를 하고 리즈를 생각하는 것은 그에게 여전히 탐닉하기엔 위험한 영역으로 남아 있기 때문이다. 마치 알코올 중독자가 딱 한 잔만 마시고 싶다는 생각을 너무 오래 해선 안 되는 것처럼. 리즈를 생각할 때마다 에임스는 버려진 기분이 들었고 화가 났고 우울해졌지만 그중에서도 가장 끔찍한 것은 수치심이었다. 에임스는 대체 자신이 리즈에게서 원하는 것이 정확히 무엇인지 설명할 수가 없었다. 한동안은 로맨스를 원하는 건가 생각해봤지만 그의 갈망에는 어떤 성적인 욕망도 없었다. 에임스는 가족이 그립듯이 리즈가 그리웠다. 성전환을 하자 생물학적 가족들이 그와 연락을 끊었을 때처럼, 에임스는 리즈가 그리우면서도 배신감이 들었다. 리즈에게 버림받은 기분은 성인이 되어 연인에게 차였을 때 느끼는 감정보다 조금 더 신경 깊은 곳을 건드렸고 조금 더 사춘기적 감성이었다. 리즈는 단지 그의 연인으로 머물지 않았다. 리즈는 그에게 엄마 같은 존재였다. 리즈는 그에게 여자가 되는 법을 가르쳐주었다……. 혹은 리즈와 함께 그는 여자가 되는 법을 배웠다. 리즈는 에임스가 성전환 초기 다능 상태배아의 초기 상태에서 어떠한 조직으로도 분화할 수 있는 잠재력을 갖춘 상태일 때, 제2의 사춘기에 그를 찾아왔고 자신의 취향대로 에임스를 주조했다. 이제 리즈는 없지만 그 손길의 흔적은 여전히 남아 있다. 영원히 잊을 수 없도록.

리즈가 그에게서 멀어지기 시작했을 때, 에임스는 리즈가 없으면 자신이 얼마나 말이 안 되는 존재인지 비로소 깨닫게 되었다. 리즈의 부재가 너무도 고통스러웠던 그는 다시 한 번 남성성의 갑옷을 입고 싶었고 갑옷을 제대로 입기 위해 다소 무계획적으로 환원을 했다.

그렇게 해서 또다시 테스토스테론에 의존한 몸속에서 살기 시작한 지가 어느덧 삼 년이 되었다. 주사를 맞거나 약을 먹진 않았지만, 남성호르몬 차단제를 오랫동안 사용했던 그는 자신의 고환이 영구적 불임 상태일 거라고 생각했다. 그것이 카트리나와 처음 사귀기 시작했을 때 그가 한 말이었다. 회사에서 부활절 보물찾기 행사가 열리던 밤이었다. 에임스는 자신이 과거에 고환이 위축된 트랜스 여성이었다고 말하는 대신 그냥 불임이라고만 말했다.

에임스는 카트리나가 들고 온 폴더의 서류들을 뒤적인다. 주치의 진단서 밑에 서류들이 더 첨부되어 있다. 레딧영미권 인터넷 커뮤니티의 게시판 글 같다. "이건 뭐야?"

카트리나가 손을 배로 가져간다. 배는 아직 평평하고 전혀 불룩하지 않은데도 카트리나는 벌써 임산부처럼 행동하고 있다. "당신이 불임이라고 했잖아. 찾아봤더니 정관 절제술은 95퍼센트 효과가 있지만, 그 수술을 받고도 여자를 임신시켰다는 남자들이 꽤—"

에임스가 한 손을 든다. "잠깐. 나 정관 절제술 받았다고 한 적 없어."

그의 사무실은 이 층의 다른 모든 사무실처럼 유리 칸막이 하나로 복도와 분리되어 있다. 복사기와 정수기, 커피 메이커 그리고 최근 인사지원팀의 캠페인 때문에 건강한 유기농 간식들을 준비해놓은 간이 주방을 제외하면 복도에서 맨 끝이다. 하루 종일 동료들이 이 복도를 오간다. 따라서 과거에 트랜스였음을 밝히기에 이상적인 장소라고 볼 수 없다.

"아니라고? 하지만 지난 몇 달 동안 우린 콘돔을 사용하지 않았고, 그동안 내내 난 그렇게 생각하고 있었는데? 그럼 대체 어떻게 된 거야? 정자 수가 적다거나, 뭐 그런 거야?"

"내가 한동안 남성호르몬 수치가 굉장히 낮았어." 그는 목소리를 최대한 편안하게 유지하기 위해 애쓴다. 신경질적으로 목소리를 낮추고 싶은 욕구를 억누른다. "그리고 그 기간 동안 내 고환은 위축된 상태였고, 내 주치의가 앞으로는 정자가 절대 생존할 수 없다고 했어."

처음 에스트로겐 처방을 받으러 갔을 때, 에임스는 자상하고 나이 지긋한 내분비내과 전문의를 만났다. 그가 트랜스 환자를 받는 이유는 젠더 문제에 특별한 관심이 있어서라기보다 트랜스 환자들이 그에게 치료를 받을 수 있게 된 것을 무척 기뻐하기 때문이라고 했다. 그 외의 호르몬 장애에 시달리는 다른 환자들은 대체로 정서적으로 불안정하다고. 트랜스 환자들의 감사하는 마음을 알게 된 의사는 최대한 많은 트랜스 환자로 자신의 진료 일정을 채웠다.

성전환 치료 이력이 전혀 없었던 데다 호르몬 관리사들이 요구하는 그 어떤 서류도 구비하지 못했던 에임스는 의사가 트랜스가 아니라고 판정하고 호르몬 치료를 거부할까 봐 진료 예약일까지 몇 주를 초조해하며 기다렸다. 그 의사가 트랜스 환자의 감사를 감사하는 사람이라는 것을 알게 된 에임스 역시 감사의 마음이 솟구쳤고, 결국 에스트로겐 주사제를 처방받고 진료실을 나설 수 있었다. 그 다음번 진료에서 의사가 넌지시 말했다. "지난번엔 내가 좀 성급하게 처방을 내린 것 같습니다. 불임에 대해 좀 더 자세히 얘길 했어야 했어요." 그는 호르몬 대체요법을 시행하고 나서 육 개월 정도가 지나면 영구 불임 상태로 정착될 거라면서 에임스에게 정자은행을 추천해주었다.

다음 날 에임스는 한껏 용기를 끌어내어 정자은행에 전화를 걸었다. 아버지가 되는 것에 관해서라면, 남성성의 정점과도 같은 그 일에 관해서라면 생각조차 하고 싶지 않았지만, 그래도 일단 전화는 했다. 전화를 받은 사람이 케이블 TV 연간 가입비와 비슷한 금액의 정자 연간 보관비용에 대해 안내해주었고, 에임스는 자신의 유전적 계보를 유지하는 비용으로 그 정도면 합리적이라고 생각했다. 비발디의 곡이 연주되는 동안 안내원이 예약을 잡아주겠다며 잠시 기다리라고 했고, 에임스는 정자은행 비용을 충당하기 위해 HBO를 끊어야 할지 고민했다. 아버지가 되는 것과 유전적 계보를 잇는 것의 심각성은 잘 인지하지 못했지만 HBO를 끊는 것이 얼마나 내키지 않는 일인지는 대번에 파악이 되었다.

에임스는 더 이상 고민하지 않고 전화를 끊었다. 그해 봄 젖꼭지가 욱신거리기 시작할 무렵 에임스는 어차피 이미 너무 늦었다고 생각했다. 젖꼭지가 욱신거릴수록, 아버지가 된다는 생각에서 비롯되는 두려움에 질식할 것 같은 기분은 덜해졌다. 그런데 카트리나가 그의 앞에 앉아 있는 지금 그는 아주 오랜만에 한 아이의 아버지가 될 가능성에 대해 생각해보아야 하는 상황에 처했다. 빠른 시일 내에, 상당히 빠른 시일 내에

결정을 내려야만 한다. 그의 결정은 다른 결정들로 이어질 것
이고, 이번 결정으로 인해 앞으로 수 세대가 결정될 것이다.

"당신 고환이 위축됐다고?" 카트리나가 당황하며 묻는
다. "내가 보기엔 평범하던데!"

"맞아." 그가 동의한다. "그러니까 내 말은, 뭐 엄청 크거
나 그렇진 않지."

"물론 크진 않아." 카트리나가 동의하고는, 마치 격려하
듯이 덧붙인다. "하지만 나름 괜찮았어!"

그의 사무실 유리 칸막이 건너편에서 제작팀 카렌이 복도
에 서서 그래놀라바의 포장을 벗기고 있다. 에임스는 문득 자
신이 지금 근무시간에 카트리나와 그의 고환에 대해 의논하고
있다는 사실을 의식한다.

에임스가 이 대행사에 들어온 직후, 직원들이 카트리나에
관한 소문을 공유해주었다. 카트리나는 아주 힘든 이혼을 했
다. 그가 면접을 보기 몇 달 전, 카트리나가 남편과 헤어졌다.
카트리나는 사무실에서 울었고, 남편 전화는 연결하지 말라고
비서에게 지시했다. 카트리나의 남편이 바람을 피웠다고 말하
는 사람도 있었고, 아니라고, 카트리나가 유산을 했다고 말하
는 사람도 있었다. 둘 다 아니라고, 돈 문제였다고 말하는 사람
도 있었다. 직원들의 추측은 유난스러운 면도 있지만 어떻게
보면 불가피한 일이다. 상사를 갖는다는 것은 너무도 흔한 일
이라 그게 얼마나 이상한 일인지에 대해 얘기하는 사람은 거의
없다. 그러나 상사와 부하직원이라는 관계의 구조는, 비록 그

상사가 가장 평범한 관리자 축에 든다고 해도 일종의 개인숭배의 양상을 띠기 마련이다. 부하직원은 상사가 어떻게 자신의 소중한 자율권을 통제하기에 이르렀는지에 대한 인식론적 설명을 제공할 필요성을 느낀다. 자본주의의 무지막지함을 이해하는 것만으로는 충분치 않다. 우리의 심장은 좀 더 인간적인 설명을 요구한다. 적어도 그것이 에임스가 처음 카트리나에게 빠져들 때 스스로에게 한 말이었다.

그러나 에임스가 카트리나 밑에서 일한 첫 일 년 동안 카트리나는 사생활을 밝히지 않았다. 에임스는 이혼 얘기를 꺼내는 대신 직관적으로 파악했다. 에임스는 카트리나에게 여전히 약간의 상처와 분노가 남아 있음을 감지했다. 카트리나는 무모한 짓도 서슴지 않는 불안한 십대 소녀처럼 씨발 될 대로 되라는 식의 태도로 업무에 임했고, 직설적이고 솔직한 태도로 직원들을 대했다.

카트리나는 관습적 내러티브에 본능적인 거부감을 보였다. 그들의 대행사로 오는 온건한 광고주들은 온라인 마케팅 캠페인의 보수적인 시안들 틈에서 보다 어둡고 실험적인 시안 한두 개를 발견하곤 했다. 클로록스 사의 표백제 캠페인에 도입된 다다이즘(모든 사회적 예술적 전통을 부정하고 반이성, 반도덕, 반예술을 표방한 예술 운동)이라든가, 앵커 사의 배터리에 담긴 사이보그의 절망이라든가. 고양이 사료 브랜드 퓨리나의 라디오 광고에서는 배우 존 로비츠가 한 시절을 풍미했던 영화평론가 제이 셔먼으로 등장하여 다양한 강아지에게 부정적인 평점을 주기도 했다. 그 모든 것이 카트리나를 일 잘하는 사람으로 만들었다. 에임스는 새로운 내러티브를 쓰고자 하는 카트리나의 성향이 이혼에서 비롯된 것으로 보았다.

두 사람이 사귀기 시작하고 한참이 지나서, 이미 여러 번 자고 난 뒤에 카트리나가 자신의 이혼 얘기를 꺼냈다. 두 사람은 에임스의 침대에 모로 누워 서로 마주 보고 있었다. 에임스는 팔꿈치로 상체를 일으켜 세우고 있었고 카트리나는 에임스의 초록색 베개를 베고 있었다. 반들거리는 갈색 머리카락이 베개와 침대 위로 흘러내렸다. 뒤쪽의 침대 옆 조명이 초승달 같은 그녀의 얼굴 윤곽을 비추었다. 에임스는 여전히 이마의 곡선을 유심히 본다.

"내가 유산했다는 얘기 회사 사람들한테 들은 거 알아." 카트리나가 말했다. "멍청하게도 내가 몇 사람한테 얘길 했거든. 무슨 얘기든 애비한테 하는 건 실수야." 에임스가 웃었다. 실제로 애비는 남 얘기하기를 좋아했다.

"이혼을 하게 되면," 잠시 후 그녀가 말했다. "사람들은 그 이혼을 정당화할 얘기를 기대해. 내가 만난 모든 이혼한 여자들은 스스로를 설명하는 얘기를 갖고 있어. 하지만 현실 속에서 이혼을 하게 되는 사연과 이유는 여러 가지야. 현실 속에서는 모든 게 모호하지. 내가 이혼을 하게 된 이유는, 일련의 원인과 결과라기보다는 어떤 분위기에 가까워. 하지만 내가 그 얘기를 꺼낼 때 사람들이 원하는 건 원인과 결과야. 명백한 **이유.**"

"그렇군." 에임스가 말했다. "그럼 당신이 이혼하게 된 그 분위기는 뭔데?"

"난 그걸 이성애의 권태라고 부르고 싶어."

"그렇군. 아직도 이성애의 권태 때문에 힘들어?" 에임스가 섹스 후의 침실 풍경을 한 손으로 빙 둘러 가리키며 물었다.

"유산 때문에 힘들었어." 에임스가 지적한 아이러니에 기분이 상한 듯 카트리나가 반항적으로 대답했다.

에임스는 얼른 사과했다.

카트리나가 베개의 위치를 바꾸었고, 다시 에임스를 쳐다보는 카트리나의 표정은…… 재미있어하는 것 같았다. "봐. 당신도 지금 내 주장이 사실임을 증명했잖아. 내가 '이성애의 권태'라고 말했을 땐 그 말에 곧바로 반박했지만, 내가 '유산'이라고 말했을 땐 곧바로 사과했지. 바로 그런 이유 때문에 유산이 내 공식 이혼 사유가 된 거야. 그 말엔 누구도 토를 안 달거든. 유산이라는 건 지극히 사적인 일이잖아. 그래서 유산이 나의 깔끔한 면죄부가 된 거야. 덕분에 우리의 이혼에서 대니는 결백해졌지. 이름조차 붙일 수 없었던 무언가를 잃은 슬픔 때문이었으니까. 사람들은 애도의 시간이 부부 사이에 슬픔의 골을 만들었을 거라고 추측해. 그 누구의 잘못도 아니었을 거라고. 전부 다 추측일 뿐이지. 유산에 대해 내가 실제로 어떤 감정이었는지는 아무도 묻지 않았어."

"유산에 대해 실제로 어떤 감정이었는데?" 에임스가 물었다.

"안도감을 느꼈어."

"안도감?"

"응. 다행스러웠어. 덕분에 사이코패스가 된 기분이었지. 여성잡지에 실린 유산에 관한 기사들을 다 읽었는데, 전부 다 내가 슬픔과 죄책감을 느낄 거라고 하더라. 내 잘못이 아니라고 안심시켰어. 내가 와인 한 잔을 마셔서도 아니고, 가공육이 가득 들어 있는 이탈리안 샌드위치를 먹어서도 아니라고. 하지만 난 애초에 내 잘못이라고 생각해본 적이 없어. 내가 죄책감을 느끼는 대목은 내가 죄책감을 느끼지 않는다는 사실뿐이었어. 한동안 그런 기분으로 지내다가, 어느 순간 나는 왜 이런 기분인지 묻기 시작했지. 나는 왜 안도감을 느꼈을까? 그래서 나의 유산에 대해 좀 더 찬찬히 살펴보게 됐어. 내가 안도감을 느꼈던 건 내가 인정하고 싶지 않던 어떤 것 때문이었어. 난 더 이상 대니와 같이 살고 싶지 않았는데, 만약 우리가 아이를 갖게 된다면 대니와 함께 살 수밖에 없잖아. 내가 더 젊었을 때, 우리가 함께 대학에 다니던 시절엔, 대니는 괜찮은 남자친구였어. 산속에서 길을 잃었을 때 세인트 버나드가 좋은 개인 것처럼. 여자가 그의 뒤에 숨을 수 있는, 체격 좋고 활달한 남자. 대니는 내가 버몬트에서 자라면서 물려받았던, 남자는 이래야 한다는 고정관념 그 자체였어. 우린 잘 어울렸어. 청첩장에 찍힐 우리 사진이 마치 잡지에 나오는 사진처럼 근사하리란 걸 처음부터 알고 있었지. 그래서 대니가 청혼했을 때, 난 받아들였어. 그때 사귀기 시작한 지 이 년째에 접어들었고, 섹스는 전희까지 포함해서 십오 분을 넘기지 않았고, 사귄 지 석 달이 되었을 때 이미 내가 그의 빨래를 해주고 있었는데도.

한번은 나의 유산이 일종의 푸시업 브라 같다고 농담을 한 적이 있어. 셔츠 속에 입으면 근사해 보이지만, 어느 순간 그건 그냥 솜 덩어리일 뿐이라는 생각이 들고 하루가 끝날 무렵이면 빨리 벗어 던지고 싶어 죽겠지. 내 친구들이 이 얘길 듣고 웃었는데, 난 좀 오싹했어. 왜냐하면 내가 무심코 진실을 말한 거였고 그 진실이 너무 끔찍했거든."

에임스는 잠자코 들었다. 언젠가 카트리나는 자신이 생각하고 있는 것들을 말할 때 에임스가 말을 보태거나 충고하고 싶은 욕구를 느끼지 않는 것 같아 좋다고 말한 적이 있었다.

카트리나는 귀고리를 빼어 침실용 탁자에 올려놓았다. "대니와 나는 피트와 리아 커플과 함께 다트머스 대학에 다녔거든. 피트와 리아가 시애틀에서 뉴욕으로 이사 왔을 때 결혼한 부부들을 초대해서 같이 〈치어스〉보스턴의 술집 '치어스Cheers'에서 펼쳐지는 이야기를 그린 드라마를 보면서 파이를 먹은 적이 있어. 거기 모인 커플들은 암벽등반을 좋아하고 미식가를 자처하는 사람들이었지. 날 제외한 모두 피부가 아주 희었어. 〈치어스〉를 보는 게 당시 세련된 사람들 사이에서 이상하게 유행했어. 1980년대 섹스 담론에 코웃음을 치면서 우리가 그들보다 훨씬 나은 사람들인 척, 그 시절에서 아주 멀어진 척했지. 여자 꽁무니나 쫓아다니는 샘 말론, 페미니스트인 척하면서 사실은 남몰래 남자 맛에 미쳐 있는 그 시끄러운 여자, 아, 그 여자 이름이 기억이 안 나네."

"다이앤." 에임스가 말했다.

"맞아, 다이앤. 내가 유산을 하고 난 뒤의 어느 날 밤이었어. 드라마가 시작하니까 남자들이 전부 다 마치 몸을 펼치는 것처럼 자기 아내 근처에 널브러지더니, 아내들이 각자 남편 품 안에 아늑하게 자리를 잡는 거야. 마치 한 쌍의 동물처럼. 갑자기 그들이 서로를 쓰다듬는 원숭이들 같더라. 역겹다는 생각이 들었어. 그런데 대니가 소파에 뒤로 기대면서 양팔을 벌렸어. 다른 착한 아내들처럼 내가 자기 품에 안길 수 있도록. 그런데 난 그러고 싶지 않았어. 난 대니한테서 30센티미터 정도 거리를 두고 꼿꼿하게 앉아 있었어. 집주인이 〈치어스〉를 틀었고, 우린 끔찍한 말을 서로에게 퍼붓는 남자들과 여자들을 보면서 웃었어. 마치 우린 그런 짓을 하지 않았다는 듯이. 혹은 더 이상은 하지 않는다는 듯이."

"그랬군." 고개를 끄덕이며 말했다.

"그걸 보는 내내," 카트리나가 말을 이었다. "대니는 계속 상처 입은 표정으로 날 흘금거렸어. 대니는 둘 다 싫었을 거야. 내가 자기를 거부하는 것도, 다른 사람들이 그 상황을 보고 있는 것도. 하지만 난 개의치 않았어. 그 순간 나한테 누가 무슨 말을 했어도, 상처받은 대니의 심정을 헤아리게 만들 순 없었을걸. 난 그 순간 날 망쳐놓은 대니를 원망했어. 날 사이코패스로 만든 대니를. 나의 생각들이, 마치 정신적으로 그를

38

찌르는 것처럼 그에게 집중되었어. 나는 계속 똑같은 생각을 했어. **만약 당신이 날 그렇게 힘들게 하지만 않았다면, 나도 아이를 잃은 걸 기뻐하진 않았을 거야.**

그게 정당하지도 심지어 논리적이지도 않다는 걸 알았지만, 아주 오랫동안 난 그런 느낌을 갖고 있었어. 단지 말로 정리하질 못했을 뿐이지. 그 사람들의 우쭐해하는 태도가, 진화한 척하지만 결국 내가 그의 무릎 위에 앉아 있는 유인원이 되어야 한다는 사실이, 그런 생각을 끌어냈던 거야."

카트리나가 이야기를 멈추고 씁쓸한 웃음을 지었다. "그리고 그 무렵, 대니가 숨겨놓은 아시아 포르노 비디오를 발견했지."

"남편이 아시아 포르노 비디오를 숨겨두었다고?"

"컴퓨터에도 잔뜩 있었고 **애널 아시안** 어쩌고 하는 제목이 붙은 DVD도 있었어."

"글쎄, 난 잘 모르겠네." 에임스가 말했다. "만약 내가 아시아 여자인데 남편이 아시아 포르노 비디오를 보고 있다면 난 오히려 우쭐할 것 같은데. 적어도 나한테 매력을 느낀다는 뜻이잖아."

"아니." 그녀가 말했다. "이해 못 하는구나. 그게 무슨 뜻이냐 하면, 그렇게 긴 세월 함께 했는데, 그렇게 긴 세월 함께 어른이 되는 법을 배웠는데, 내가 결혼한 남자가 나와 함께 살고 싶었던 이유는 단지 아시아 여자에 대한 성적 집착이 있어서일지도 모른다는 끔찍한 의심이 들기 시작한다는 거야. 사실 난 평생 내가 아시아 여자라는 생각을 거의 해본 적이 없는 데도. 대니는 나에게 집착하는 것조차 똑바로 못 했어."

"그런 사람들을 무슨 체이서chaser라고 부르더라?" 에임스 가 물었다.

"어떤 사람들?"

에임스는 갑자기 한기를 느끼며 이불로 몸을 감쌌다. 아 무 생각 없이 겨울 폭풍 속을 헤매다가 어느 순간 자신이 살얼 음이 언 호수의 수면에서 비틀거리며 걷고 있다는 사실을 깨 달은 기분이었다. 에임스는 지금까지 꼭 한 가지 유형의 체이 서만을 만났다. "말하자면, 트래니 체이서트랜스젠더에게 성적으 로 집착하는 사람처럼 말이야. 아시아인한테 집착하는 사람은 무 슨 체이서라고 불러?"

카트리나는 이상한 표정으로 에임스를 쳐다보았다. "라 이스 체이서." 카트리나가 심드렁하게 말했다 "버몬트에서 자 랄 때, 아빠가 엄마와 함께 있는 걸 본 아이들이 날 괴롭히려 고 가장 자주 했던 말이 아빠를 황열병 환자옐로 피버. 병명이지 만 동양여자에 대해 병적으로 집착하는 남자를 뜻하는 말로도 사용된다라고 부르는 거였어."

에임스는 그 순간 문득 깨달았다. 카트리나는 지금 에임 스가 카트리나와 잠자리를 한 자신을 비방하는 말이 무엇인 지 묻고 있다고 생각하고 있었다. 에임스는 두려움을 느끼며 그 말에 반박하고 싶은 숨 막힐 정도로 강렬한 욕구에 사로잡 혔다. 에임스는 카트리나에게 말하고 싶었다. **절대 그런 게 아**

니야. 어떤 사람하고 잤다는 것만으로 나한테 이름을 붙일 수 있다고 생각하지 않아. 난 누군가의 성적 집착의 대상이 되는 게 어떤 기분인지 알아. 나에 대한 욕망이 자신의 가치를 떨어뜨리고 비천하게 만든다고 생각하는 사람과 함께 있는 게 어떤 기분인지 안다고.

그러나 그 순간에도 그런 사실을 인정하는 것은 너무 위험한 일처럼 느껴졌다. 과거에 트랜스젠더였다는 사실을 고백하고 나서 다시는 카트리나와 잘 수 없게 된다면? 그래서 직장에서의 두 사람 관계도 끝장난다면? 그럴 순 없었다. 적절한 때를 기다리는 편이 나았다.

그리고 이제 또다시, 에임스는 카트리나의 표정을 찬찬히 살피며 사실을 말하면 어떨까 생각해보았다. 카트리나가 어떻게 반응할까. 혼자 있을 때 에임스는 어쩌면, 어쩌면 카트리나가 좋아할지도 모른다고도 생각했다. 대니와 이혼하게 된 가장 근본적인 원인이 성적인 것일 수도 있었다. 카트리나는 비록 퀴어는 아니었지만, 이성애자로서의 결혼생활을 딱히 좋아했던 것 같지도 않았다.

실제로 카트리나는 잠자리에서 괴물이었다. 남몰래 그녀를 흠모하던 시기에 그가 혼자 상상하던 것보다 훨씬 더 거칠었다. 두 사람의 첫 섹스는 술에 취한 상태로 이루어졌고, 전형적인 이성애자들의 역학에 따라 움직였다. 그러나 두 번째 섹스에서 완전히 뒤집혔다. 일주일 뒤 카트리나가 "집에서 일을 하겠다"라면서 출근을 하지 않았고, 부하직원인 그에게도 집으로 올 것을 요구했다.

자신의 집 주방에서 카트리나가 냉장고를 열고 몸을 숙였다. 그녀의 뒷태 굴곡과 두 사람 사이에 감돌던 성적 긴장감이 그로 하여금 무릎을 꿇게 했고, 에임스는 바지 위로 카트리나의 엉덩이에 키스하며 코를 비볐다. 카트리나가 약간 걱정스럽다는 듯한 표정으로 냉장고에서 돌아서더니 한 손을 뻗어 그의 머리카락을 한 움큼 움켜쥐었다.

"정말 괜찮겠어요?" 카트리나가 물었다. "만약 당신과 나의 성별이 바뀌었다면, 만약 남자 상사가 부하 여직원한테 회사 하루 쉬고 집으로 오라고 했다면, 난 완전 기겁했을 텐데."

카트리나는 그렇게 물으면서도 여전히 머리카락을 움켜쥐고 있어서 그는 머리를 뺄 수가 없었고, 그의 입이 그녀의 오른쪽 엉덩이에서 2센티미터 떨어진 상태로 마치 마이크인 듯 엉덩이에 대고 대답해야 했다.

"내 말 믿어요. 나 이런 거 좋아해요." 에임스가 카트리나의 엉덩이에 대고 말했다. "나 지금 완전 천국이에요. 난 늘 권위적인 여자한테 끌리거든요. 그런데 실제 내 상사하고 엮인다는 건, 마치 억눌려왔던 욕망의 포문을 여는 것과 같아요. 난 무조건 찬성이니까, 제발 내 얼굴 좀 여기 계속 있게 해줘요."

"그럼 내가 조금 더 상사 노릇을 해야 할까요?"

자신에게 이런 행운이 찾아왔다는 걸 믿을 수 없다는 듯한 표정으로 에임스가 카트리나를 쳐다보았다. 이미 현실 속에서도 그의 상사인, 주도적인 펨레즈비언 관계에서 여성 역할 혹은 수동적인 역할을 맡는 사람을 가리키는 용어을 만났다고? 그건 로또에 당첨될 확률이었다. "네, 제발요." 그가 말했다.

"좋아요." 카트리나가 웃으며 에임스에게로 돌아섰고 그의 코가 그녀의 사타구니와 같은 높이에 있게 되었다. "내가 왜 당신 얼굴을 내 가랑이에 대고 있는 걸 허락해야 하는지, 파워포인트 프레젠테이션 준비해와요." 에임스는 눈을 감고 기분 좋게 숨을 들이켰다. 이 놀이가 그 자신을 달아오르게 한 만큼 카트리나 또한 달아오르게 하고 있다는 깨달음이 그의 리비도를 감싸고 있던 딱딱한 껍질을 벗겨냈고, 나아가서 그의 심장을 깨웠으며, 더 나아가서 그의 생명을 깨웠다.

그다음 날 두 사람 다 회사에 있을 때 카트리나가 에임스에게 메일을 보냈다.

지난번에 말한 파워포인트 기다리는 중. 언제 받을 수 있어요?

그는 솔직하게 털어놓아야 할지 확신이 서지 않았다. 그는 한때 퀴어였다는 비밀을 갖고 있었고, 이혼한 이성애자인 카트리나는 그를 완전히 잘못 짚고 있었다. 그리고 이것은 말도 안 되게 근사한 일이어서, 에임스는 잠시나마 그 생각을 하면서 한적한 화장실에 가서 수음을 할까도 생각할 정도였다. 하하하, 그가 소심하게 대답했다.

나 진지하게 말하는 거예요. 화요일 퇴근 전에 슬라이드 준비해요. 화요일보다 늦어지면 회의실에서 발표하게 할 거예요. 당신이 선택해요.

카트리나와의 관계에서 바로 그런 점들이, 다시 말해서 두 사람의 파워게임과 사무실에서 몰래 만나는 스릴 그리고 노골적인 유혹이 한데 어우러져서 아주 훌륭한 섹스를 만들었다. 이전의 삶에서 에임스는 근사한 섹스를 해보지 못한 상태로 여자로 성전환을 했고, 다시 환원한 뒤로는 과연 진짜 훌륭한 섹스를 할 수 있을지 확신이 없었다. 그가 이성애자 남자로 시도했던 모든 성적 행위는 그의 육체와 정신을 단절시킬 뿐이었고 결국 그는 필요한 행위들을 하면서도 진정한 흥분이나 기쁨을 표출할 수가 없었다. 결국 그의 상대들은 그런 단절을 자신에 대한 무관심으로 받아들이고 그를 떠났다. 그런 일이 일어날 때면 에임스는 마치 조난 영화에서 반드시 등장하는 그 장면처럼, 망망대해 속으로 서서히 떠내려가는 연인의 시신처럼, 아무런 노력도 하지 않고 그들에게서 멀리 떠내려갔다. 그러나 카트리나는 달랐다. 카트리나가 에임스를 쥐고 흔드는 동안 에임스는 온전히 현재에 머물렀고, 흥분했으며, 두 사람이 떨어져 있을 때조차도 공상에 잠겼다. 두 사람이 사귄 지 오 개월째인데도 놀랍게도 그의 욕망은 잦아들지 않았다. 달라진 게 있다면 오히려 좀 더 야성적으로 변했다는 것뿐이었다. 깔끔하게 정돈된 보도와 화단에 제멋대로 무성하게 자란 식물들처럼.

에임스가 보기에는, 비록 카트리나가 자존심 때문에 드러내놓고 말하진 않았지만, 두 사람의 섹스는 그녀가 오래도록 갈망해왔지만 요구할 수 없었던 유형인 것 같았다. 아마도 이토록 정신이 혼미해지는 섹스의 위력은 평생 처음 경험해본 것 같았다. 그 한 시간을 위해 차를 몰고 대륙을 횡단할 수도 있는 그런 섹스. 하고 나서 집을 사는 얘기나 같이 사는 얘기를 할 수도 있는 그런 섹스. 아니면 교제 기간이 너무 짧아서 이성적으로는 도무지 말이 안 되지만 자연스럽게 서로의 삶을 엮게 되는 그런 섹스. 한마디로 카트리나와 에임스의 섹스는 임신 테스트가 양성반응이 나왔을 때 그 아이를 함께 키우는 것도 생각해볼 수 있는 그런 섹스였던 것이다.

다만 두 가지가 마음에 걸렸다. 첫째, 카트리나는 그가 한때 트랜스젠더였다는 사실을 모른다는 것. 둘째, 그동안 그가 거쳐온 온갖 정신적 곡예에도 불구하고, 성전환과 환원을 통해 배운 모든 교훈에도 불구하고, 아버지가 된다는 것은 여전히 그의 젠더에 대한 심각한 도전으로 느껴지고 그 생각을 받아들이려 할 때마다 두려움이 엄습해온다는 것이었다. 그의 아버지가 그랬던 것처럼, 아버지의 아버지가 그랬던 것처럼, 그리고 그 이전에도 계속 그랬던 것처럼, 그 자신의 몸으로 아버지가 된다는 것은 곧 그 두려움과 평생 싸우라는 선고처럼 느껴졌다.

세상에, 어쩌다 보니 에임스는 자신의 과거를 너무도 많이 숨기고 있었다. 암울했던 과거에 대해 제대로 말하지 않았고, 이게 다 두 사람의 관계가 회사에 알려지지 않도록 조심하기 위해서라는 핑계로 덮어두고 있었다. 지우는 것이 과거를 대하는 그의 두 번째 천성이 되었는데도, 에임스는 어느덧 지쳐가고 있었다.

이제 다시 그의 사무실. 카트리나가 의자에 앉은 채 몸을 앞으로 숙이며 그의 손을 잡는다. "에임스, 도와줘." 카트리나가 다정하게 말한다. "당신 어떻게 하고 싶어? 나 대신 결정해달라고 부탁하는 게 아니야. 내가 흥분하고 있다는 사실이 나 자신도 놀라워. 이렇게 말하니 무방비 상태로 노출되는 기분이네. 그러니 제발, 이 일이 당신한테 어떤 의미인지 얘기를 좀 해줘."

카트리나가 다시 배를 만진다. 그녀의 손 아래, 아직 아기가 아닌 아기가 있다. 에임스는 사 주 차에는 맥박이 감지된다는 얘기를 들은 기억이 있다. 카트리나가 유산한 적이 있다는 사실도 기억한다. 그 고요한 고통. 카트리나가 얼마나 힘들었을지 마음이 아프다. "당신은 불임이라고 했는데 내가 임신했어." 그녀가 말한다. "그래서 의사의 진단서를 받아왔는데, 그것도 **당신이** 요구해서 받아왔는데, 이제 와서 기껏 한다는 소리가, 당신 고환이 위축됐다고? 그건 이제 곧 아버지가 된다는 사실을 알았을 때 보통 남자가 보이는 반응이 아니야."

아버지. 어머니가 말하는 **아버지.** 카트리나가 그의 손을 놓고 폴더를 받아 본인이 직접 서류를 훑어본다. 그러면서 그의 시선을 피한다.

"이게 정말 불가능한 일이라고 생각했다면 당신은 절대 이런 반응을 보일 리가 없어. 행복, 두려움, 기쁨, 분노, 뭐든 좋아. 지금 당신이 보여주는 놀라움의 정도는 마치 안 될 거라고 생각하고 식당에 급하게 예약했는데 예약에 성공했을 때하고 비슷하잖아. 당신 머릿속에서 대체 무슨 일이 일어나고 있는지 설명해줄 수 있어?"

에임스가 숨을 들이마신다. 기다린다. 숨을 내쉰다. 카트리나가 기다린다. 그가 무슨 말이든 하기를, 어떤 행동이든 취하기를 기대하고 있다. 이제 나는 그런 사람이라고, 에임스가 스스로에게 일깨운다. 삶이 그를 덮치도록 방치하지 않고 스스로 결정을 내리는 사람. 그게 바로 성전환과 환원을 통해 그가 얻은 교훈이 아니었던가? 결코 상황의 모든 면면을 다 알 수는 없다. 미루는 것은 진실을 외면하는 하나의 방식일 뿐이다. 그저 원하는 것이 무엇인지 알아내고 그에 따라 행동하는 수밖에 없다. 어쩌면 원하는 게 무언지 모를 수도 있다. 그래도 행동해야 한다. 그러면 모든 것이 달라지고, 그제야 원하는 것이 무언지가 드러날 것이다.

그러니까, 일단 뭐든 해.

더구나 그 얘길 하기에 그의 사무실보다 더 좋은 장소는 없을 것이다. 그는 항상 저녁 식사를 하다가 그 얘기를 하게 될 거라고, 그리고 그 장소에 갇혀 계속 그 얘기를 하게 될 거라고 생각했다. 그러나 간이 주방이 보이는 그의 사무실? 그것도 근무시간에? 이곳은 카트리나가 기절초풍할 수 없는 장소이고, 적어도 침착한 척 연기라도 해야 하는 장소이다.

그의 침묵이 길어진다. 마침내 카트리나가 한 손으로, **응?** 이라고 묻는 것 같은 제스처를 취한다.

그냥 말해버려.

그래서 에임스가 말한다. "내게 에스트로겐을 처방해준 의사가 내가 불임이라고 했거든. 난 육 년 동안 에스트로겐 주사를 맞으면서 테스토스테론 억제제를 먹었어. 트랜스 여성으로 살던 시절에. 육 개월 차부터는 영구 불임이 될 거라고 했어. 그러니까 한때 여자로 살았던 나의 과거를 감안해볼 때, 아버지가 된다는 건 나한테 정서적으로 감당하기 벅찬 일이야."

"잠깐, 당신이 한때 뭘로 살았다고?" 그녀의 얼굴에서 표정이 사라진다.

"나 트랜스젠더 여성이었어. 그래서 내가 불임이라고 생각했던 거야." 에임스가 카트리나를 붙잡으려고 손을 뻗는다. 에임스는 전부 다 말해도 되냐고 물어볼 참이다.

카트리나가 한 팔로 그의 손을 홱 뿌리치고, 그 바람에 정관 절제술 관련 자료와 임신 진단서가 그의 얼굴로 날아온다. 그는 본능적으로 얼른 한 발짝 옆으로 피한다. 폴더가 그의 어깨에 부딪치며 펼쳐지고 인쇄물들이 바닥에 흩어진다.

에임스는 카트리나를 진정시키려고 손을 뻗지만, 카트리나는 민첩하게 벌떡 일어선다. "믿을 수가 없어. 나 지금 완전, 세상에, 나 지금 완전―" 그녀는 차마 말을 잇지 못한다. 그래서 말하는 대신 두 손을 쇄골로 가져간다. 마치 방금 붙잡은 단어를 위로 밀어 올리려는 듯이. "**속은 기분이야!** 당신은 날 속였어. 대체 나한테 왜 이러는 거야?"

자신이 **아무 짓도** 하지 않았다고 말해봐야 오히려 이 상황을 악화시킬 뿐이라는 걸 에임스는 여러 차례의 커밍아웃 경험을 통해 알고 있다. 에임스는 몸을 숙여 인쇄물을 주워 모아 다시 폴더에 집어넣고 싶은 충동을 억누른다. 레딧의 게시판 인쇄물들이 그를 쏘아보는 것만 같다. 지난 오 개월 동안 두 사람이 주고받은 음란 사진과 음란 메시지를 바닥에 던졌어도 그렇게 도발적으로 느껴지진 않았을 것이다. 그런데도 그는 여전히 움직이지 않는다. 카트리나는 마치 권투선수처럼 한쪽 어깨를 앞으로 내밀고 있다. 전혀 그녀답지 않은 자세인데도, 그가 몸을 숙일 때 카트리나가 그의 눈알을 찌르지 말라는 보장이 없다. 바로 그때, 카트리나가 소스라치게 놀라며 홱 돌아선다.

사업개발팀의 조시가 유리 칸막이 너머로 두 사람을 쳐다보고 있다. 얼빠진 표정으로 쳐다보고 있던 조시는 카트리나가 돌아보는 순간 간이주방 쪽으로 돌아서서 문에 달려 있는 철제 바구니에서 사과를 하나 꺼낸다. 그러나 도저히 참지 못하고 유리 칸막이 너머 전시되고 있는 인간들을 확인한다. 그가 에임스를 쳐다보며, **이런, 자네 어쩌다가!** 하는 표정을 지어 보인다. 카트리나가 조시를 똑바로 쳐다본다. 카트리나는 눈에 띄게 흥분한 상태이고 평상시의 보스다운 면모는 아직 제대로 복구되지 않은 상태이다.

"안녕하세요, 조시." 카트리나가 유리 칸막이 너머로 차갑게 말한다. 조시는 눈앞의 광경에 너무도 매혹된 나머지, 제4의 벽무대와 관객 사이를 떼어놓는 보이지 않는 수직면이 무너진 것을 인지하지 못하는 것 같다. 카트리나가 뭔가 결심한 듯 바닥에 흩어진 인쇄물들을 무시하고 두 걸음을 걸어서 문을 연다. 그러고는 복도에서 에임스를 돌아보며 말한다. "내가 떨어뜨린 자료 좀 주워서―" 그녀가 바닥에 흩어진 것들을 가리킨다. "한 시간 뒤에 내 사무실로 좀 갖다줄래요? 지금 전화를 받아야 하는데 늦었거든요. 이 문제는 이따가 다시 얘기하죠."

"알겠습니다." 에임스가 말한다. "빨리 얘기하고 싶네요."

에임스가 몸을 숙여 종이들을 주워 모은다. 조시는 카트리나가 복도 모퉁이를 돌 때까지 기다렸다가, 활짝 열린 문으로 들어와 허공에 사과를 던졌다 잡고는 에임스에게 짓궂은 미소를 짓는다. "사랑싸움?" 조시가 묻는다.

"너의 젊음의 샘은 아직 마르지 않은 것 같네." 리즈의 얼굴을 슬쩍 쳐다보며 에임스가 말한다. 그들은 4월의 햇볕을 쬐며 느리게 움직이는 행인들 틈에서 걷다가, 그늘로 향하는 소용돌이에 합류한다. 에임스가 보기에 리즈는 이십대의 모습 그대로다. 아니 오히려 그때보다 더 부드러워진 느낌이다. 리즈는 라벤더색과 흰색이 섞인 체크무늬 드레스를 입고 있다. 여성지에서 옷을 조심해서 입어야 한다고 조언하는 하체 비만 체형이지만, 정작 리즈 자신은 그 덕분에 여성으로 받아들여질 수 있다며 대놓고 뿌듯해했다.

에스트로겐 때문에 에임스의 피부가 뱀파이어처럼 보드라웠던 시절에는 피부가 갈라지거나 주름이 생기는 것도 늦출 수 있었다. 그러나 에임스의 피부는 다시 거칠어지면서 짧은 수염이 자라나기 시작했고 희끗희끗해진 수염도 몇 개 보였다. 에임스는 오늘 아침 세심하게 면도했다. 몇 년 만에 처음으로 전 여친을 만나는 남자가 노화의 징후를 숨기기 위한 노력이기도 했고, 혼란스럽게도, 여전한 아름다움을 과시하고 싶은 잠들어 있던 경쟁 심리의 발로이기도 했다.

"네 에스트로겐 수치는 상당히 낮아 보이네." 리즈가 말한다. 그러나 적의가 있는 것 같진 않다. 그에게 상처를 주려 한다기보다는 그런 소소한 얘기까지 하기엔 너무 피곤하다는 듯한 말투다.

"다들 내 눈가 주름이 멋지다고들 하던데."

리즈가 한숨을 쉰다. "네 외모 얘기는 하고 싶지 않아, 에이미. 그런 얘긴 안 할 거야."

"당연히 그렇겠지. 충분히 이해해." 리즈가 자신을 '에이미'라고 부른 것을 외면하며 에임스가 말한다. 그 이름이 불쾌하진 않다. 더 이상은 아무도 쓰지 않는 이름이다. "그저 네가 예쁘다고 말해주고 싶었어."

리즈가 어깨를 으쓱하고는 에임스가 사 온 아이스크림 샌드위치의 가장자리를 핥는다.

리즈의 무심함이 에임스는 놀랍다. 그의 칭찬이 리즈에게 의미가 있을 거라고 생각했다.

"리즈." 에임스는 가볍게 말하려 애쓴다. "네가 예쁘다는 걸 인정하는 건 나로서는 상당히 노력하는 거야."

리즈는 방금 우주선에서 내린 사람 보듯 그를 쳐다본다. "아." 마침내 리즈가 말한다. "알았다! 그러니까 넌 지금 남자로서 날 칭찬한 거구나. 넌 너의 칭찬을 남자의 칭찬으로 받아들이는 여자들에 익숙한 거야."

사실이다. 그가 칭찬을 하면 여자들은 최소한 그에게 관심이라도 보인다.

리즈는 가슴을 움켜쥐고 눈을 깜빡이며 형편없는 연기를 펼친다. "어머나 세상에! 이거 황송해서 어쩔 줄을 모르겠네!"

"알았어, 리즈."

"넌 내가 여기 나온 것만도 다행인 줄 알아. 남자애한테 환장하는 십대 여자애 연기까지 기대하진 마."

"알았어."

두 사람은 이 공원으로 소풍을 나왔다가 처음 만났다. 트랜스 여성들의 소풍이었다. 에임스는 프로스펙트 공원 북쪽에 아파트를 갖고 있었다. 두 사람이 함께 살던 아파트였다. 시간이 흘렀고 공원에서 리즈와 만든 추억은 새로운 추억으로 대체되었다. 그가 조깅을 하던 장소들, 책을 읽거나 새들을 구경하던 연못가의 장소들로. 공원에서 서식하는 붉은 꼬리 말똥가리들을 볼 수 있을까 해서 기다리다가 길 잃은 멍금 한 마리를 보거나, 조금 더 노력하면 백조를 보게 되곤 했다. 그러나 이곳에서 리즈를 보는 순간 그 모든 추억이 재구성되고 과거를 소환한다.

리즈가 이곳에서 만나자고 한 것이 일종의 전략적인 선택이었는지 에임스로서는 알 수 없다. 그의 자신감을 짓밟기 위한 선택이었을까. 확실히 친밀감이 사라진 것은 느낄 수 있다. 그러나 친밀감이 정말 영영 사라져버린 것인지, 아니면 어린 아이들의 숨바꼭질처럼 일시적인 것인지는 알 수 없다.

머리 위 나무들 사이에서 녹슨 경첩 소리 같은 찌르레기의 노랫소리가 울려 퍼진다. 에임스가 사과하려는 순간, 그가 잘못 생각했다고 그냥 돌아가라고 말하려는 순간, 리즈가 그에게 아이스크림 샌드위치를 먹어보라고 권한다. 오후 들어 처음으로 리즈가 경계심을 낮추며 미소 비슷한 것을 지어 보인다. "있잖아." 리즈가 말한다. "나도 너한테 살짝 맞춰준 거야. 네가 아이스크림을 사는 동안 다른 여자들처럼 가만히 기다렸잖아. 마치 우리가 어느 이성애적인 일요일에 이성애적 발상으로 따분하게 공원에나 나와본 이성애자 커플인 것처럼. 아이스크림 좀 먹어봐. 나 혼자 다 먹고 싶진 않아."

에임스가 한 입을 베어 물자 리즈가 아이스크림을 도로 가져간다.

"하지만 한 가지는 말해주고 싶어." 리즈가 말한다. "너 움직임이 달라졌어."

"움직임이 달라졌다고?"

"응, 예전에 넌 항상 우아했지만 엉덩이를 움직일 때 엄청 조심스러웠잖아. 그때 넌 여자처럼 걷는 법을 배운 남자애였지. 그러다가 다시 남자애처럼 걷기 시작했는데 뻣뻣한 느낌을 완전히 지워내진 못했어. 모든 움직임에 그 모든 문제가 있었지. 그런데 아까 아이스크림 줄을 설 때 널 지켜봤는데, 동작이 – 아주 매끄럽더라."

"와우, 리즈, 와우."

"진짜야. 아주 카리스마 넘쳐. 조니 뎁이 술 취한 키스 리처드롤링 스톤스의 기타리스트. 조니 뎁은 영화 〈캐리비안의 해적〉 시리즈의 잭 스패로우 선장 캐릭터를 키스 리처드에게서 영감을 얻어 만든 것으로 전해진다인 척하면서 독보적인 해적 연기했던 거 기억나? 대체 이 남자 뭐지? 하는 생각이 들면서, 나도 모르게 끌리게 되잖아." 리즈는 그에게 미소를 지어 보이고는 천진난만한 표정으로 아이스크림을 한입 핥는다.

"트랜스 여성들과 함께 있는 게 어떤 기분인지 내가 잊고 있었네." 에임스가 인정한다. "어떤 상황에서든 내 역할을 수행하기 위해 끊임없이 젠더의 역학을 분석하는 사람이 나 혼자가 아닌 기분."

"환영한다." 실제로 무척 흐뭇하다는 듯 리즈가 말한다. "네가 아는 모든 걸 내가 가르쳐주었다는 사실도 잊었나 보네."

"이거 왜 이래. 그 학생은 이미 오래전에 스승을 넘어섰어."

"아가씨, 그건 당신 희망 사항이고요."

마치 고향에 돌아온 기분이다. 리즈가 빠르게 내뱉는 그 '아가씨'란 말. 봄날의 햇살보다 따듯하고 달콤한 그 말이 그의 목과 혀에 남아 있는 아이스크림을 데운다. 그 말은 두렵고 유혹적이다. 다만 '두렵고'에 강세가 있다. 그런 유의 위로를 좇기 시작했다간 그는 웃음거리가 되고 말 것이다.

거리에서나 열차에서 트랜스 여성을 만날 때마다, 제발 나도 끼워달라고 빌고 싶은 유혹을 느낀다. 트랜스 여성이 알아봐주기를 바라는 날카로운 욕구. 대부분의 변절자들이 아마도 비슷한 감정을 느낄 것이다. 한때 아미시 파였건 이슬람 교도였건 게이였건 상관없이.

에임스가 트랜스 여성으로 살던 시절 성전환 환원(디트랜지션)에 대해 얘기하는 사람은 거의 없었다. 그것은 성전환 치료사의 영역으로, 혹은 신문 헤드라인에서나 다룰 법한 내용으로 여겨졌다. **그는 남자였다, 그런데 여자가 되었고, 이제 다시 남자가 되었다!** 성전환 환원이라는 주제는 따분했다. 환원의 이유라는 것이 결코 복잡하지 않았기 때문이었다. 트랜스 여성으로서의 삶은 너무도 고달프고, 그래서 사람들은 어느 순간 포기한다. 그보다 더 나쁜 것은 성전환 환원의 가능성을 논의한다는 것 자체가 트랜스 여성들이 모두 환원하기를 바라는 편파적인 사람들의 광기에 희망을 준다는 점이다. 그들은 트랜스 여성들이 어떤 식으로든 사람들 앞에 나서면서 의미 있는 방식으로 살아가는 것을 중단해주기를 바란다.

이 년 동안 여성으로 살았을 때 에임스는 진짜 환원자를 처음 만났다. 에이미는 리즈와 여섯 명의 다른 트랜스 여성들과 함께 퀴어들의 댄스파티에 갔다. 그들은 파티장의 한구석을 방어적으로 점유하고 있었고, 게이들과 트랜스 남성들과 이성애자 여성들의 무관심으로 인해 곧바로 격리되었다. 결국 트랜스 여성들의 대화는 늘 그래왔던 것처럼 이번 퀴어 댄

스파티에서도 똑같았다. 바로 '씨발 우리 이렇게 죽여주게 예쁜데 왜 다들 우릴 무시하는 거지?'라는 불만을 표출할 새로운 방식을 찾는 것이었다. 술이 경계심과 기준을 낮추어서 사람들이 결국 끼리끼리 어울리며 짝을 짓기 시작할 무렵이면 늘 떠오르는 주제였다. 그런데 그 파티에서 그들 일행이 무시당하는 것에 대해 한참을 투덜거리고 있을 때, 에이미는 사실 그들이 무시당하는 게 아니라는 사실을 깨달았다.

일주일 정도 수염을 기른 것으로 보이는 삼십대 초반의 통통한 남자가 그들 쪽으로 몸을 기울이고는 의미심장한 표정으로 고개를 저으며 웃고 있었다. 에이미는 일행 중 누구든 그에게 "꺼져, 이 새끼야"라고 말해주기를 기다렸다. 그러나 그 누구도 남자와 눈을 맞추지 않았다. 오히려 그들은 마치 체념하고 그냥 내버려두는 듯한 태도로 그에게 공간을 내어주었다. 마치 모두가 볼 수 있지만 누구도 그 사실을 인정하고 싶지 않은 유령이라는 듯이. 그 유령이 두려워서라기보다는, 그 유령에게 관심을 주었다가는 그 유령이 자기가 흥분을 극대화시키려고 숨을 참다가 죽었다는 창피한 이야기를 또 할까 봐 두렵다는 듯이.

퀴어 파티에 오려고 그물 옷으로 잔뜩 멋을 낸 누가 보아도 이성애자인 여자 둘이, 남자보다 십 년은 더 어려 보이는 그들이 그 남자에게 음료를 사주었다. 트랜스 여성인 야즈가 잠시 여자 둘에게 관심을 보였다가, 음료가 누구에게 가는지 확인하는 순간 곧바로 관심을 껐다. 대체 그 남자가 얼마나 더

럽고 미천한 불가촉천민이길래 들뜬 스무 살 여자애들의 가슴 골마저도 접근금지의 낙인을 찍어버리는 걸까.

마침내 에이미가 리즈를 한옆으로 끌어당겼다. "저 남자 누구야?"

리즈가 손을 내저었다. "웩."

"말해줘. 누구야?"

"아마 지금은 윌리엄이라고 부르는 것 같던데. 성전환했다가 환원했는데, 가끔 트랜스 여성들하고 어울리고 싶어서 나타나."

"진짜?" 에이미는 호기심을 억누를 수가 없었다.

"응. 아직도 그룹 상담치료 같은 걸 받는다나 봐. 윌리엄은⋯⋯." 리즈는 단어를 찾을 수 없었다. "하여간 좀 짠해."

윌리엄이 밖으로 나가자 에이미도 슬그머니 빠져나와 그의 뒤를 밟았다. 윌리엄은 반 블록 떨어진 곳에서 담배를 피우고 있었다. "윌리엄?" 에이미가 물었다.

윌리엄은 만취상태였다. 문법에 맞는 문장을 구사하기에는 너무 취했다. 그러나 자신에 대한 관심에 그의 얼굴이 환해졌고 그런 그의 모습이 너무 마음 아파서 에이미는 그의 얼굴을 똑바로 쳐다볼 수가 없었다. 에이미는 그의 얼굴 대신 그의 담배를 보려고 노력했다. 그의 몸에 남아 있는 보드라움과 번데기 단계의 특징은 알아차리지 않으려 애썼다. 그와의 대화를 통해 에이미는 다음과 같은 사실을 알아냈다. 그는 칠 년간 트랜스 여성으로 살았다. 그런데 너무 힘들었다. 정말이지 너무 힘들었다. 그는 받아들여지지 않았다. 죽고 싶었다. 그는 아직도 트랜스 여성이었다. 그가 무슨 짓을 하건, 모두가 그 사실을 알고 있다. 단지 그가 그 말을 하지 않기 때문에 그들도 말을 하지 않는 것뿐이었다. 이제 그는 좋은 직장을 갖게 되었다. 의약품을 공급하는 일이었다. 그는 아까 그 두 여자들과 함께 스테이튼 아일랜드에서 살고 있었다. 그가 그들을 파티에 데려다주었고 그들이 옷 입는 것을 도와주었다. 그는 그들을 건드리지 않았다, 걱정하지 말기를. 그저 여자들 틈에 있는 게 좋을 뿐이다. 두 사람이 대화를 나누는 동안 그의 손에서 담배가 구부러지다가 어둠 속에서 빨간 곡선을 그리며 떨어졌다. 에이미는 담뱃재가 에이미만이 읽을 수 있는 암호 메시지를 쓰고 있다는 듯 담배 끝에 시선을 집중했다. 윌리엄의 얘기를 들을수록 다른 트랜스 여성들이 그에게 보인 묘하게 공손한 경멸의 태도를 이해할 수 있었다. 그 자리에서 그의 얘기를 듣지 않을 수만 있다면 무슨 짓이든 할 수 있을 것 같았다. 어느덧 연민은 혐오의 영역으로 접어들고 있었다.

에이미 자신이 환원했을 때, 그날 밤 윌리엄과 같은 모습은 그 누구에게도 보이지 않겠다고 결심했다. 결코 트랜스 여성들 사이에 끼고 싶어 기웃거리지 않으리라. 그는 동정을 원치 않았고 경멸은 사양했다. 그러나 품위를 지키겠다는 굳은 결심에도 불구하고, 그 자신의 삶의 방식과 트랜스 여성들의 삶의 방식의 차이를 존중하며 아무리 세심하게 선을 그어도, 그들은 항상 에임스에게 유혹의 노래를 불렀다. 트랜스 여성

58

이 _그_의 곁을 지나칠 때마다 내면의 윌리엄이 날 꺼내달라고, 저 여자에게 달려가 날 좀 알아봐달라고 애원해보고 싶다고, 조금이라도 관심을 끌어보고 싶다고 애원했다. 그들의 연민과 경멸의 대상이 되지 않는 가장 확실한 방법이 에임스에게는 가장 힘든 일이었다. 그것은 중독자들의 깨달음과도 같았다. 바로 그들과의 접촉을 아예 차단하는 것이었다. 한번 삐끗하는 순간 곧바로 윌리엄이 될 테니까.

유령이 아닌 이상 모든 인간에게 과거는 과거일 뿐이다.

그런데 지금 그 속삭임을 듣는 순간, 에임스에게 다시 그 고통이 밀려든다. **아가씨, 그건 당신 희망 사항이고요.**

두 사람이 앉아 있는 공원 벤치 뒤의 임시 철책이 리즈의 어깨와 얼굴에 물고기 비늘 같은 그림자를 드리운다. "그래서, 아저씨가 어떤 여자를 임신시키셨다고?" 리즈가 말한다. "난 지금 그게 나하고 대체 무슨 상관인지 얘기해주길 기다리는 중이야."

'아저씨'라는 말이 그가 해야 하는 설명의 절반이 이미 이루어졌음을 보여준다. 리즈는 에임스가 아버지가 되는 일을 받아들였다고 생각하고 있고, 그렇다면 리즈의 모욕은 별로 타격이 없다.

"제발, 리즈. 예의를 좀 갖춰."

"대디통상적인 '아빠'의 의미 외에도 아빠처럼 보살피는 것을 좋아하는 성적 취향의 연인을 칭하는 말로도 쓰인다." 리즈가 말한다. "너 이제 그 호칭에 익숙해져야겠네."

"네가 내 얘기 들어보지도 않고 그렇게 쏘아대기만 하면 그럴 일은 없을 거야."

리즈가 물러선다. "대체 이게 다 나하고 무슨 상관인데? 지금까지로 봐서는 난 너한테 쏘아대고 있지 않아. 네가 뭘 들이밀지 몰라서 나 자신을 방어하고 있을 뿐이지."

"전부 다 너하고 상관있어!" 에임스의 목소리가 높아져서 성난 고함에 가까워진다. 아마도 살짝 술에 취한 것 같은 지나가던 여대생 둘이 그들을 쳐다본다. 그들은 눈이 휘둥그레져서 서로를 쳐다보다가, **참 딱하게 됐네요**, 라고 말하는 듯한 표정으로 리즈를 흘금거린다. 그와 다툴 때 리즈는 늘 이런 식이었다. 선제적 방어. 에임스는 손바닥을 위로 향하도록 손을 무릎 위에 올려놓는다. 몇 달 전 배우 위노나 라이더의 인터뷰를 보았는데, 위노나 라이더는 영화 속에서 위협적이지 않은 인물로 보이고 싶을 때 손바닥을 위로 향하도록 무릎 위에 손을 올려놓고 앉는다고 했다. 그렇게 하면 자신이 모든 것을 드러낸 취약한 상태임을 표현할 수 있다고. 그런 제스처는 라이더에게 섬세한 연기자라는 평판을 안겨주었다. 그 인터뷰를 본 뒤로 에임스도 논쟁을 진정시키고 싶을 때, 특히 남성성이 위협적으로 비춰지는 상황일 때 그런 자세를 시도해보곤 했다. 조심스럽게, 그리고 낮은 목소리로, 에임스가 말한다. "난 너에게 이 아기의 어머니가 되는 걸 고려해봐달라고 말하려는 거야."

지난주 카트리나가 임신 테스트 결과를 보여준 뒤, 에임스는 침울한 바다사자처럼 침대에 누워 있다가 카트리나의 유일한 소셜 미디어 계정인 인스타그램을 볼 때에만 움직였다. 한 시간 동안 카트리나의 얼굴을 보다가, 리즈의 인스타그램으로 들어가보았다. 외롭거나 비탄에 빠질 때면 늘 그랬던 것처럼. 그것은 결코 끊을 수 없는 습관이었다. 아래로 한참 내려가보니 두 사람이 동거하던 시절의 사진들이 있었다. 물론 그와 함께 찍은 사진은 다 지웠지만, 여러 사진 속에서 그가 프레임 바로 옆에 서 있었다는 것을 그는 알 수 있었다. 부활절 아침 그들의 아파트에서 토끼 모자를 쓰고 있는 리즈의 모습을 바라보면서, 그가 아버지가 될 거라고 말하는 순간 코웃음 치는 리즈의 모습을 그려보려 애썼다. 그런데 그 과정에서 놀랍게도, 몇 시간 만에 처음으로 희망 비슷한 감정이 스쳤다. 에임스가 부모가 되기를 상상했던 것은 오직 리즈와 함께였을 때, 리즈를 통해서였다. 그렇다면 또 그러지 못할 이유가 있을까? 그에게 여자가 되는 법을 가르쳐주었던 리즈는 아버지가 된 그를 보아도 그 모습을 믿지 않을 것이다. 리즈의 눈에 에임스는 언제나 여자일 것이다. 그녀의 관점을 빌린다면, 에임스는 부모가 된 자신의 모습을 생각해볼 수도 있을 것 같았다. 어쩌면 그 자신이 아버지가 아님을 일깨우는 존재를 항상 곁에 둔다면 아버지가 되는 일을 견딜 수 있을지도 모른다. 이 방법은 그가 원하는 것과 딱 들어맞았다. 다시 한번 리즈와 어떤 식으로든 가족이 되는 것이었다. 함께 부모가 되는 것이면 어떤가? 이게 그렇게 황당한 생각인가? 리즈가 아이를 키우는 것을 도와준다면 모두가 원하는 바를 얻을 수 있었다. 카트리나는 자신의 연인으로부터 가족에 대한 책임감을 얻을 수 있고, 리즈는 아기를 갖게 되고, 그 자신은 그 자신의 본래 모습으로 두 사람의 기대에 부응할 수 있었다. 여성이지만 여성이 아니고, 아버지이지만 아버지가 아닌 모습으로.

"뭐? 이 아기의 어머니가 되는 걸 고려해보라고?" 리즈는 손바닥을 위로 향하고 있지 않았다. "말이 되는 소릴 해."

"말이 돼. 내 얘기 들어봐." 그러나 에임스도 이 계획이 말이 된다는 확신도, 겁에 질려 내뱉는 헛소리가 아니라는 확신도 들지 않는다. 그의 머릿속 체스보드에서 그가 카트리나와 리즈를 대신해 움직였던 말들은 실제로 카트리나와 리즈가 움직일 말들과는 거의 상관이 없었다.

그가 상황을 털어놓았다. 카트리나는 그가 아버지가 되어주길 원했다. 에임스가 아버지가 되기를 거부한다면, 카트리나는 미혼모로 아이를 키울 생각이 없고 임신중단 수술 일정을 잡을 것이다. 에임스는 카트리나와 계속 사귀고 싶고 자신이 부모가 되는 것도 상상할 수는 있지만 그게 아버지는 아니었다. 그러나 카트리나가 그런 구분을 허용할 정도로 퀴어에 대해 이해하지 못하고 있으며, 그가 아무리 노력해도 카트리나는 한 남자와 한 여자가 한 아이를 함께 키운다는 생각을 버리지 못할 것이다. 이러한 핵가족의 중력에서 벗어날 방법을 찾지 않으면 에임스가 스스로를 어떻게 부르건 상관없이 결국 그는 아버지가 되고 말 것이다. 리즈에겐 굳이 설명할 필요가 없었다. 인간이 스스로의 정체성을 어떻게 규정하건 결국엔 사회에서 취급하는 방식에 굴복하게 된다는 것을 리즈도 알고 있었다. "바로 그 대목에서 네가 필요한 거야." 거의 숨도 돌리지 않고 에임스가 말한다. 그가 얘기를 끝내기도 전에 리즈가 말을 끊지 않도록. "나와 카트리나와 함께 네가 아기를 키워주면 좋겠어. 우리 세 사람이 함께라면, 기존의 가족이라는 개념을 깨고도 남을 만큼 혼란스러울 테니까. 카트리나는 날 아버지 외에 다른 존재로 받아들일 방법을 알지 못하겠지만 넌 알잖아. 그리고 경험에 의하면, 너의 비전, 너의 세계관은 전염성이 있어. 우리가 함께한다면, 어쩌면 꽤 괜찮은 가족이 될 수 있을지도 몰라."

리즈는 아무 말도 하지 않는다.

"생각해봐, 리즈. 넌 어머니가 될 수 있어. 아이를 키울 수 있다고. 우리가 늘 원했던 것처럼."

"나 그만 간다." 마침내 리즈가 말한다. "너 완전히 맛이 갔구나. 너의 한심한 변신에 충격받을 일은 더 이상 없을 줄 알았는데, 기껏 찾아와서 한다는 소리가 이중결혼생활을 하자는 거라니, 그건 나도 미처 예상 못 했네. 씨발 이게 무슨 개소리야." 그러나 리즈는 가려고 일어서지 않는다. 미동조차 없다. 에임스는 숨을 죽이고 리즈가 거절하기를, 너하고는 절대 아이를 키우지 않겠다고 말하기를, *그가 내놓은 일생일대의 제안을* 묵살하기를 기다린다. 어머니가 되어달라는 제안마저 거절한다면, 리즈는 에임스에게서 아무것도 받지 않을 것이다.

"너 내가 우습니?" 잠시 후 리즈가 말을 잇는다. "내가 이류 어머니 역할을 덥석 받아들일 줄 알았어? 그리고 대체 그 여자는 어떻게 생겨먹은 여자길래 성전환자와 전직 성전환자한테 아이를 낳아주겠대? 대체 어떤 여자야? 그 여자 대체 뭐가 문제야?"

"그 여잔 아무 문제가 없어. 이 제안을 받아들일지도 모르겠고. 아직 얘기도 안 했거든."

"세상에, 그럼 너 나한테 먼저 온 거야? 이 새끼 완전 사이코패스네."

"거절하면 되잖아! 거절하고 싶으면 거절해!"

"뭐 하는 여잔데?"

그래서 에임스는 리즈에게 상세한 정보를 제공하기에 이른다. 마치 처음 만난 사람에게 자신을 소개할 때처럼. 자기소개를 할 때엔 어떤 일을 하는지, 어느 지역 출신인지, 뉴요커라면 어느 동네에 사는지 밝히고, 유독 마음이 평화로운 날엔 나이까지 밝힌다. 카트리나에 대해 에임스는 다음과 같은 사실을 털어놓는다. 카트리나는 그가 다니는 광고대행사에서 그의 상사라는 것, 버몬트 출신이지만 대학 때부터 뉴욕에서 살았다는 것, 브루클린에 방 두 개짜리 아파트를 갖고 있다는 것, 서른아홉 살이라는 것, 유산을 경험한 적이 있다는 것. 그러나 이런 사실들을 열거한 뒤에도 에임스는 자신이 정작 중요한 얘기를 하지 않은 것 같은 기분이 든다. 카트리나를 제대로 설명할 수 있는 얘기를 하지 않은 기분이고, 왜 카트리나가 아기를 함께 키우는 일에 동의할 거라고 생각하는지도 말하지 않은 기분이다.

개 한 마리가 리즈 쪽으로 다가오며 그의 설명을 방해한다. 리즈는 개를 한번 쓰다듬고, 개 주인이 사과한다. 하려던 말에 다시 집중하면서 에임스는 카트리나와 그의 친밀한 관계를 드러내는 순간, 의견, 느낌 들의 단편을 배제하려고 노력한다. 낯선 사람의 시선으로 카트리나를 설명하려고 노력한다.

"카트리나를 처음 만났을 땐," 에임스가 말한다. "그냥 평범해 보였어. 내 상사인 데다 업무상 거리를 유지했기 때문이겠지. 그런데 좀 친해지고 나서 그 평범함이 위장이라는 걸, 혹은 방어기제라는 걸 알게 됐지. 음흉해서도, 어떤 의도가 있는 것도 아니었어. 그저 살아오면서 여러 독특한 경험이 겹겹이 누적된 것 같았어. 버몬트에서 자란 것, 남편과 헤어진 것, 근본적으로 특이한 성격 같은 것들. 마치 그런 것들이 창피하다는 듯이, 사람들이 알아차리는 게 싫다는 듯이, 자기가 미식가이고 필라테스인가 뭔가를 한다는 사실로 그 모든 것들을 덮어버렸어. 하지만 그 속에 감추어진 모습은 아주 야성적이야. 결코 틀에 얽매이지 않아. 어쩌면 이 제안을 받아들일 수도 있어."

"어떻게 생겼는데? 상상해보고 싶어." 리즈가 말한다.

에임스는 핸드폰을 꺼내 리즈에게 사진을 보여줄까 생각해본다. 그러나 리즈가 카트리나를 자신과 비교하거나 카트리나의 외모를 평가하는 상황은 원치 않는다. "보통 키에, 우아한 편이야. 발가락이 완전 귀여워."

"변태 자식! 그런 말은 하나도 도움이 안 돼. 금발이야? 너 금발 좋아했잖아."

"아니, 갈색 직모. 사실 카트리나는 혼혈이야. 어머니는 중국인이고 아버지는 유대인. 아버지의 성 페트라젤릭을 따르고 있고, 코에 주근깨가 있고, 백인들 사이에는 백인으로 받아들여져. 버몬트에서 백인 애들하고만 어울렸대. 그래서 애머스트에 갔을 때, 아시아 출신 아이들이 카트리나에게 아시아 피가 섞인 걸 바로 알아봐서 엄청 놀랐대."

리즈가 웃는다. 당연히 그렇겠지. 또 다른 소수자의 똑같은 얘기. 이성애자 여성들이 리즈를 이성애자 여성으로 보아줄 수는 있어도, 트랜스 여성들이 리즈를 이성애자 여성으로 보아주는 일은 결코 없었다. 트랜스들은 평생 트랜스의 징후를 감지하도록 훈련된 사람들이었고, 간절한 바람 하나만으로도 리즈에게서 트랜스의 징후를 발견하곤 했다. "잘됐다. 그 여자하고 나하고 벌써 공통점이 있네." 리즈가 말한다. "우리 둘 다 **거의** 백인 이성애자 여성이라는 거."

에임스는 카트리나와 인종문제에 대해 몇 차례 대화를 나눈 적이 있었는데 그럴 때마다 카트리나는 자신이 받아들여지는 방식에 대해 혼란을 표출하곤 했다. "맞아. 두 사람 다 백인 여성으로 받아들여지지. 하지만 카트리나가 주류사회에 편입되기를 너처럼 열망했는지는 잘 모르겠어. 사실 그 반대야. 백인 여자로 받아들여지는 과정에서 뭔가를 잃었다고 생각하는 것 같아."

"버몬트에서만 자란 거야?"

"응. 하지만 그냥 버몬트가 아니라, 완전 깡시골 버몬트. 카트리나는 십대가 될 때까지 집에 TV도 없었대."

"원시적이네."

"카트리나는 대중문화를 사랑해. 어렸을 때 부모가 설탕을 못 먹게 하면 나중에 사탕을 좋아하게 되는 것처럼." 에임스는 카트리나의 어린 시절 얘기가 히피 세대 이후에 출간된 교훈적 소설에서 나올 법한 얘기 같다고 생각했다. 이상을 좇던 사람들이 수용시설에서 굶어 죽고, 시들어버린 화환의 이면에 감추어진 흉악한 인간 본성에 관한 얘기.

이민 1세대답게 카트리나의 어머니 마야는 이민자였던 자신의 부모에게 두 가지 반란을 일으켰다. 첫 번째 반란은 예술가가 되겠다고 한 것이었고, 두 번째 반란은 예술사 수업에서 만난 브루클린 출신의 이삭이라는 유대인과 결혼하겠다고 한 것이었다. 이삭이 대학에 진학하기 전에, 시온주의자팔레스타인에 유대 민족국가를 건설하는 것을 목표로 한 유대인 민족주의 운동의 지지자였던 부모가 이삭을 키부츠이스라엘 집단농장에 보냈고 거기서 일 년을 살게 했다. 열여덟 살이 되자 이삭은 이스라엘 군에 자원했고, 하마터면 미국 시민권을 잃을 뻔했다. 입대한 지 일 년이 채 안 되어서 1978년도에 일명 리타니 작전으로 알려진 레바논 전투에 투입되었는데, 거기서 시오니즘을 포함한 종교 전반에 환멸을 느끼는 바람에 자신의 부모에게 엄청난 혼란을 안겼다. 이삭은 지금이었다면 PSTD로 불렸을 징후들과 함께 귀국했다. 그는 '약속의 땅'에서의 경험이 자신을 농부로 만들었다고 확신했다. 학교를 때려치우고 마야와 도망을 칠 때에도 이삭은 여전히 그런 확신을 갖고 있었고, 결국에는 외할머니로부터 물려받은 유산으로 버몬트에 널찍한 땅을 사기에 이르렀다. 그 무렵, 삶의 그 어느 때보다도 농부에 가까웠던 그는 갓 임신한 마야를 못마땅해하는 부모님으로부터 데리고 나와 뉴햄프셔 경계에서 그리 멀지 않은 화강암 언덕 위의 농장주택으로 이주시켰다. 2만 평이 넘는 대지에 지은 외풍이 심한 집이었다. 그는 마야에게 뒤쪽 베란다를 해가 잘 드는 작업실로 개조해주겠다고 약속했다.

채소를 키워 식당이나 농수산물 시장에 내다 팔아보려 애쓰며 가난한 몇 계절을 보낸 뒤, 이삭은 덴마크식 밍크 사육법에 대해 알게 되었다. 덕분에 카트리나는 어린 시절의 상당 기간을 밍크 농장에서 살았고, 한 칸이 가로세로가 120센티미터, 60센티미터인 사육장마다 빼곡하게 갇혀 있는 매끄러운 강의 포식자에게 으깬 고기와 말린 생선을 섞은 사료를 먹이는 것이 일과에 포함되어 있었다.

"모피는 진짜 구역질 나." 리즈가 말한다. "모피 코트 살 돈이 한 번도 있어본 적이 없어서 참 다행이야. 왜냐하면 그런 야만성은 약간 섹시한 면도 있거든. 돈이 있었다면 과시하고 싶은 유혹을 도저히 떨쳐버릴 수 없었을 거야."

"응." 에임스가 동의한다. "카트리나의 페이스북에 사진이 한 장 있는데, 아마 8학년 때라고 했던가. 카트리나가 과학 프로젝트로 수업시간에 아이들 앞에서 밍크 가죽을 벗겼대. 학교 신문사에서 그 사진을 찍었대. 예쁘장하고 마른 여자애가 빨간 핏덩어리 앞에서 미소를 짓고 있더라."

"엽기적이네." 흐뭇해하며 리즈가 말한다. "그러니까 지금은 당연히 놈코어'노멀normal'과 '하드코어hardcore'의 합성어로 소박하고 평범한 것을 추구하는 패션 스타일를 추구하는 척하겠지."

에임스가 가장 좋아하는 카트리나의 어린 시절 일화는 가족들이 집을 비웠을 때 어린 흑곰이 창문의 방충망을 찢고 들어온 사건이었다. 흑곰이 주방을 돌아다니다가 레드와인 두 병을 깨뜨리고 나서 바닥에 쏟아진 와인을 밟고 1970년대 스타일의 흰 카펫과 크림색 소파에 온통 빨간 발자국을 남겼다. 집으로 돌아온 이삭은 집 안 꼴이 엉망이 된 것에 화가 나서 부지깽이를 들고 집 안을 돌아다니며 흑곰을 가만두지 않겠다고 소리를 질렀다. 반면 카트리나를 아기 띠로 업고 집으로 돌아온 마야는 손뼉을 치며 재미있어했다.

밍크 모피는 밍크 사육사들이 장담했던 것만큼 수익성이 좋지 않아서 그들 부부는 카트리나의 어린 시절 내내 경제적으로 궁핍했다. 그런데 그로부터 이 주 만에 마야는 곰이 발자국을 남긴 소파를 스키장 근처의 부유한 뉴요커에게 팔았다. 그는 그 소파를 좋은 자리에 전시했다. 그의 친구들이 감탄할 만한 완벽한 얘깃거리였다. 소파는 수익이 짭짤했고 마야는 내친김에 가짜 곰 발바닥을 만들고 레드와인을 한 병 더 쏟았다. 그리고 의자 두 개에 곰 발자국을 추가로 찍은 다음 그 의자들도 팔았다.

"네가 나 대신 어떤 여자들을 사랑하게 될지 생각하면서 괴로워할 때, 촌구석 밍크 농장에서 자란 유대인계 중국인 여자를 선택할 거라고는 꿈에도 생각 못 했어. 내가 널 완전히 잘못 짚었네." 리즈가 말한다.

"내가 그런 여자를 선택한 걸 카트리나가 어떻게 생각하는지도 실은 잘 모르겠어."

"대체 그 여자가 왜 널 참아주는지 물어봐도 될까?"

"그야 물론 강인해 보이는 남성적 외모 때문이겠지."

리즈가 코웃음을 친다. 에임스는 여전히 너무 예쁘다. 성형수술로 완벽했던 코는 부러졌지만 여전히 섬세하고, 옛날 사진에서는 흰색 공백으로 나왔을, 고도의 사진 기술이 있어야만 담아낼 수 있는 엷은 파란색 눈동자도 여전하다.

"그 여자 퀴어 아니야?"

에임스도 많이 생각해본 부분이다. "이성애에 모호한 감정을 느끼는 건 사실이지만 퀴어는 아닌 것 같아. 그 두 가지는 엄연히 다른 거잖아. 카트리나가 남성의 육체에 끌린다는 거, 그건 확실히 말할 수 있어." 그가 장난처럼 손목을 홱 꺾어 자신의 몸을 가리키며 곡선이 사라져버린 자신의 육체를 증거로 제시한다. "하지만 계급으로서의 남성에 끌리는 건 아닌 거 같아. 카트리나 말이, 내가 다른 남자들하고 달라서 좋대. 어쩌면 카트리나는 나의 성 정체성에 끌린 건지도 모르지. 내게 남아 있는 퀴어의 흔적에. 나와의 관계에서는 군이 그런 성향을 이름 붙일 필요도 없고 여성에게 끌리는 성향을 드러낼 필요도 없으니까. 하지만 내가 과거에 트랜스였다는 사실을 밝힌 뒤로는 마치 그게 내가 나인 이유를 설명하는 유일한 사실인 것처럼 굴고 있어. 자기가 좋아했던 나의 모든 면이 갑자기 미심쩍어지는 거지. 잘 받아들이지 못하더라고."

사실이다. 카트리나는 잘 받아들이지 못하고 있다. 그의 전화를 피하고, 업무상 꼭 필요한 대화만 한다. 에임스가 사실을 털어놓고 나서 며칠 뒤, 에임스는 회의실 테이블 맞은편에서 자신을 바라보고 있는 카트리나를 보았다. 마치 착시현상을 볼 때처럼 그녀의 눈에 거의 초점이 없었다. 에임스는 그녀가 무얼 하고 있는지 깨달았다. 여성인 그의 모습을 상상해보고 있었다. 에임스가 아무 생각 없이 수없이 되풀이했던, 다만 거꾸로 했던 일이었다. 그는 증오에 찬 시선으로 어느 트랜스 여성의 얼굴을 상상 속에서 해체한 뒤, 그 얼굴에서 여성화한 부분들을 지워내고 성전환 이전에 그들이 어떤 모습이었을지 상상해보곤 했다. 그의 뇌는 한마디로 개자식이었다. 그렇게 하고 나면 그의 불안감이 세 배로 증폭되었기 때문이었다. 그게 얼마나 양아치 짓인지 알면서도 얼마나 쉽게 아무 생각 없이 그런 상상을 할 수 있었는지 생각해보면, 그 자신처럼 그런 문제에 민감하지 않은 사람들은 얼마나 자주 그런 상상을 하겠는가?

에임스는 자신이 생각하는 카트리나의 퀴어 성향을 밝히면 리즈가 적어도 카트리나를 증오하지는 않을 거라고 생각했다. 어머니에 대한 언급 역시 리즈의 마음을 조금은 누그러뜨렸을 것이다. 그리고 에임스는 이제 젠더와 관련한 묘한 느낌들과 혼란스러운 동성애 성향의 은밀한 순간들로 리즈에게 결정타를 날리고 있다. 그것들이야말로 리즈에게는 가장 기본적인 일용할 양식이다.

"알겠어." 에임스의 얘기가 끝나자 리즈가 말한다. "그러니까 이 여자는 전부 다 거꾸로인 거야. 안 그래? 이혼을 했는데, 이제 임신을 했고. 약간 별난 데가 있지만, 자기가 무얼 원하는지는 잘 몰라. 자신의 정체성에 의문을 품고 있어. 넌 다른 여자를 불러서 아기를 같이 키우자고 하면 그 여자가 동의할 거라고 생각하고 있고."

"그렇게 말하니까 내가 너무 사악해 보이네." 에임스가 말한다. 그러나 리즈의 감성에 호소하기 위해 에임스는 사악함을 드리우고 자신의 주장을 펼친 것이 사실이다. 리즈가 너무도 간절하게 사랑하고 싶고 또 키우고 싶어하는 아기이니만큼, 크루엘라 드 빌이 강아지를 논하는 방식과 동일한 방식으로 논하는 편이 덜 가슴 아프다.

"나 진짜 이런 개소리는 처음 들어봐." 리즈가 말한다. "넌 너무 이상하고 음흉해. 나하고 마사 스튜어트 놀이를 할 때에도 그랬고, 가짜 이성애자 놀이를 하고 있는 지금도 그래. 하지만 네가 왜 이게 가능한 일이라고 생각하는지는 알 것 같

아. 그 여자가 혼란스러워하면서 세상을 바라보는 새로운 방식을 찾으려 애쓸 때, 네 생각을 주입하고 싶은 거야. 안 그래? 그게 네 작전 아니야?"

"그렇지 않아! 난 이 일을 제대로 해결하고 싶어. 카트리나한테 잘하고 싶다고. 내가 이런 제안을 하면 카트리나가 모든 선택지를 갖게 된다고 생각했어. 심지어 더 많은 선택지를. 만약 카트리나가 아이를 혼자 키우겠다고 하면 난 양육비를 대고 내가 할 수 있는 일을 할 거야. 만약 임신중단을 하겠다고 하면 당연히 그 선택도 지지해주어야지. 그리고 마지막으로, 내가 아버지 역할을 해주기를 원한다면 나는 알았다고 하고 널 우리 삶에 끌어들이자고 제안할 거야."

"아." 리즈가 말한다. "이번에도 역시 리즈는 너의 플랜 C로구나."

"리즈, 나 지금 최선을 다하고 있어. 난 카트리나에게 아무것도 강요할 수 없는 입장이야. 강요하고 싶지도 않고. 내가 정말 원치 않는 상황은, 결국 카트리나가 임신중단을 하게 되고 그래서 날 미워하게 되는 거야. 너도 날 계속 미워하겠지. 그런데 모두가 날 미워하는 상황이 될 확률이 솔직히 가장 높아. 난 그런 상황을 피하고 싶어."

리즈가 코웃음을 친다. "너한테나 최악의 상황이겠지. 어쩌면 우리 입장에서는 너한테서 벗어나는 게 최선일 수도 있어."

"그럼 넌 어머니가 될 기회를 또 한 번 놓치는 거야."

리즈가 움찔하지만 대답은 하지 않는다.

"리즈." 에임스가 말을 잇는다. "리즈, 내가 아무것도 약속할 수 없어서 미안해. 하지만 난 지금 너에게 어머니가 되는 걸 고려해봐달라고 부탁하고 있는 거야."

"그래서 듣고 있잖아. 도무지 말이 안 되는 소리인데도." 리즈가 손가락 두 개를 에임스의 셔츠 위에 올려놓는다. "나 질문 있어. 진실을 말해줘. 너 그 여자 사랑해?"

"난 카트리나가 잘 되길 바라. 절대 상처주고 싶지 않아."

"내 질문에 대답해, 에이미."

"응. 사랑해. 우린 '사랑'이라는 말을 서로에게 하지 않아. 하지만 난 카트리나를 사랑해." 에임스는 리즈와 눈을 맞추지 못한다. 머리 위 나뭇잎 사이를 스치는 바람을 본다.

"두 번째 질문. 너 아직 날 사랑해?"

지극히 리즈답다. 자신이 완전히 유리한 상황에서 그런 질문을 하는 것, 그것도 에임스가 다른 여자에 대한 감정을 털어놓은 직후에. "그렇기도 하고 아니기도 해. 어떤 날은 여전히 널 사랑하고, 어떤 날은 사랑하지 않아."

그에게 할 말이 남아 있음을 감지하고 리즈가 기다린다. 그래서 에임스는 자신이 감당할 수 있는 한도에서 최대한 진실을 말한다. "하지만 내가 널 사랑하지 않는 날은…… 그런 날이 오게 하려면, 아주 열심히 일해야 해. 내가 나 자신에게 아무것도 요구하지 않는 날들이지. 넌 오랫동안 내 인생에서 가장 중요한 사람이었어. 그러다가…… 그러다가…… 일이 틀어졌고 우린 서로에게서 사라졌지. 내가 이 아이를 너와 같이 키우겠다는 생각을 했을 때, 일종의 속죄처럼 느껴졌어. 혹시 알아? 우리가 다시 연인으로 서로에게 맞는 사람이 될지? 우리가 너무 나쁘게 헤어져서 그런 소망을 갖기가 망설여지긴 해. 하지만 설령 연인이 될 운명이 아니라고 해도, 가족이 될 수 없는 건 아니잖아. 우리 사이를 생각할 때마다 난 울고 싶어. 감정이 점점 옅어질 거라고 생각했는데, 그렇지 않더라. 다만 달라질 뿐이지. 만약 다시 한번 노력해보지 않으면……우리가 함께하는 시간은…… 끝났는데도 끝나지 않은 것 같을 거야."

"사라진 건 너였어, 에이미. 잘 생각해봐."

리즈의 말에 에임스는 이 순간을 놓칠까 봐 서둘러 말을 잇는다. "그래서 이 일을 하나의 기회로 만들어보려고 노력하고 있잖아. 안 그래? 우리가 함께했던 시간을 새로운 무언가로 만들어볼 수 있지 않을까? 우리의 모든 과거가 지속 가능한 무언가의 밑그림이 되는 거지."

리즈가 뺨을 부풀렸다가 후 하고 숨을 내쉰다. 리즈가 고개를 젓는다. 기가 차다는 듯이. 그녀의 얼굴에 갑자기 미소가 번진다. "그거 알아, 에이미? 이 제안을 받아들이고, 이 상황을 해결하려고 몸부림치는 네 모습을 객석 맨 앞줄에 앉아서 관람하는 게 내가 할 수 있는 최고의 복수인 것 같아. 그러니까 씨발 알았어, 자기야. 고려해볼게."

"고려해봐."

"응, 그러니까 어서 이 카트리나라는 여자한테 가서, 아직

태어나지 않은 이 아기를 트랜스 여성하고 같이 키우자고 한
번 얘기해봐. 그런 제안을 한 것만으로도 살해당할 수도 있어.
그렇게 되면 나는 감방에 가는 위험을 감수하지 않고도 널 처
치할 수 있겠네. 네가 일주일 뒤에도 여전히 살아 있으면, 그
때부터 다시 생각해볼게."

　　에임스가 리즈의 손을 움켜잡는다. "그럼 허락하는 거야?"

　　"이미 대답했잖아." 리즈의 목소리에 너무 많은 진심이
배어난다. 리즈는 이미 자신을 휘감기 시작한 적나라한 희망
을 에임스가 알아차릴까 봐 걱정한다. 에임스는 더 이상 아무
말도 하지 않는다. 리즈는 그의 허벅다리를 툭 치며 짧고 초조
하게 웃는다. 그러고는 한쪽 손바닥에 얼굴을 대고, 거의 혼잣
말하듯 중얼거린다. "어쩌면 이게 가장 트랜스다운 임신일지
도 몰라."

2
장

임신 팔 년 전

스물여섯 나이에, 처음으로 남자한테 맞았다. 때로 남자들은 여자에게 상처를 주기 위해서라기보다는 무언가를 보여주기 위해서 때린다. 리즈가 그를 모욕하는 말을 내뱉으려는 순간, 손바닥을 편 상태로 훅이 날아왔다. 리즈는 그의 손이 날아오는 것을 보지 못했다. 머리가 뒤로 홱 젖혀졌다. 시야가 흔들렸다. 놀라움이 고통으로 변했고, 고통의 강도가 다시 그녀를 놀라게 했다. "진짜?" 리즈가 조용히 물었다.

그의 근육이 다시 팽팽하게 긴장했다. 마치 그녀에게 '응, 진짜'라고 말하는 것처럼. 만약 그 순간으로 다시 돌아갈 수 있다면, 리즈는 그에게 침을 뱉어주었을 것이다. 그러나 고통을 좋아하지 않는 그녀의 몸이 허물어졌고, 미처 생각할 겨를도 없이 리즈가 고통에 움찔하며 중얼거렸다. "미안해." 리즈의 대답에 만족한 그의 어깨가 내려갔다.

찢어진 입술에서 가늘게 흐른 피가 치아 사이로 스며들었다. 리즈는 혀끝으로 상처 가장자리를 건드려보며 양손을 옆으로 내리고 서 있었다. 포식자 앞에서 얼어붙은 짐승처럼 쥐 죽은 듯 고요하게.

그녀를 배반하는 육체에서 멀리 떨어진 곳 어딘가에서, 은밀한 마음의 일부가 이탈하여 자신의 득실을 계산해보았다. 그의 얼굴에서 이미 의심이 번져가고 있었다. 너무 세게 때린 건 아닌가 하는 후회와 걱정이었다. 냉정하게 거리를 두고 생각해보니 이 상황이 어떻게 전개될지 이미 눈에 보였다. 리즈는 이 일로 그가 괴로워하게 할 것이다. 침착하고 자신감 넘치고 자제력이 있으며 결코 이성을 잃지 않는, 매사에 초연한 남자라는 그의 자기 이미지를 갉아먹을 것이다. 리즈는 그가 죄책감을 느끼게 하고 의심하게 하고 학대자라는 암시를 줄 것이다. 그녀의 동물적인 육체가 평정을 되찾았을 때, 고통이 기억으로 변했을 때, 그녀는 거의 관능적으로 자신의 멍 자국을 가리킬 것이다. 암울한 승리의 트로피를. 그의 이름은 스탠리였고, 개를 좋아하지 않는 삼십대 후반의 부유한 남자였다. 리즈는 그가 개를 좋아하지 않는다는 점이 그의 성격의 중요한 단서라는 결론을 내렸다. 아이리스에게 그의 이름을 말했더니 아이리스는 이 세상에 착한 스탠리 따위는 없다고 말했다. 그런 이름을 지어주는 부모는 자식에게 이다음에 커서 개새끼가 되라고 저주하는 거나 마찬가지라고. 그녀의 스탠리가 개새끼라는 것을 리즈 자신도 알고 있었다. 리즈는 그를 욕망했지만, 그를 좋아한다고는 말할 수는 없었다. 그의 질투가 좋았고, 그가 사람을 통제하는 방식이 좋았고, 어떤 옷을 입어야 할지 알려주는 게 좋았다. 리즈는 그의 눈에 비친 자신의 모습이 좋았다. 쉽게 상처받고 연약하고 짜증스러울 정도로 여성스러운 여자. 스탠리는 리즈가 외모에 너무 집착한다고, 너무 변덕스럽다고, 공상하기 좋아하고 세상이 돌아가는 방식을 지극히 주관적이고 연관적으로 이해한다며 놀렸다. 리즈는 스탠리가 자신을 창녀라고 부르는 게 좋았고, 그러다가 비싼 선물을 사주는 게 좋았다. 그의 다리를 주무르면서 새 드레스를 사달라고 조르는 게 좋았고, 백치미가 있다는 말을 듣는 게 좋았고, 드레스를 사러 가는 게 좋았다. 그가 점점 더 리즈에게 빠져드는 게 좋았고, 리즈에게 빠져드는 자신을 증오하는 게 좋았다. 그가 리즈를 함부로 대할수록 더 깊이 빠져든다는 걸 리즈는 알고 있었다. 그를 자극해서 화나게 하는 것은 참으로 짜릿하고도 위험한 쾌락이었다. 그러나 리즈의 친구들은 그를 싫어했다.

오직 아이리스만이, 마약에 취해 광란의 섹스파티를 즐기느라 이삼 일씩 잠적하곤 하는 아름다운 금발의 파티광 아이리스만이 리즈가 스탠리와 점점 더 깊은 관계로 빠져드는 이유를 이해했다. "난 남자를 미치게 하고 싶어." 특유의 교활하고 간사한 말투로 아이리스가 말했다. "난 남자들이 고통받는 걸 원해. 남자들이 날 너무 사랑해서 날 죽여줬으면 좋겠어.

81

내 존재를 도저히 견딜 수 없을 정도로 남자가 날 사랑해서 내가 죽게 되었으면 좋겠어."

리즈는 죽고 싶지 않았다. 아이리스와 비교하면 리즈는 자신이 사이코드라마에서 연기를 하고 있는 것 같은 기분이 들었다. 제작, 피셔프라이스미국의 유아용 완구회사. 제목, 나의 첫 학대자. 반면 아이리스는 **오로지** 학대자들에게만 시간을 허락했다. 아이리스는 인형 같은 눈과 숙련된 마릴린 먼로의 웃음을 갖고 있었다. 성전환 이전에 브라운 대학에서 영문학을 전공했지만 성전환 이후에는 책을 전혀 읽지 않았고, 그저 누군가의 대상으로 남고 싶다는 공허한 야망만을 피력하고 있었다. 아이리스는 누군가에게 발탁되고 영화배우가 되어서 라나 델 레이미국의 가수이자 작곡가. 모델의 노래 그 자체가 되고 싶어 했다. 마약에서 깨어나 기분이 가라앉았을 땐 세로토닌이 고갈된 상태의 두려움에 휩싸여 전혀 다른 모습으로 얘기를 하곤 했는데, 그럴 때면 수동적인 목소리로, 거의 오만에 가까운 고집으로 그간 자신의 행적을 설명했다. **포주한테 붙잡혀서, 보지를 저당 잡혔고, 얼굴 없는 남자들 틈에서 거의 포로처럼 며칠을 지냈고, 그들이 날 약물에 중독되게 만들었고, 날 소유했고, 마치 자기들 목숨이 내 몸에 달려 있다는 듯 죽어라 해댔어.**

아이리스가 몽롱한 상태로 털어놓는 얘기를 들을 때면 리즈는 두렵기보다는 부러웠다. 스탠리 이전에 리즈의 섹스 게임은 단지 소유욕에 관한 것이었다. 히타치 바이브레이터와 단둘이 있을 때면, 아이리스가 했던 이야기의 장면들이 리즈의 환상 속에서 카메오로 등장했다. 목을 조르는 손. 따귀. 축 늘어지는 몸. 그러나 아이리스에게는 "와!" 말고는 별다른 말을 하지 않았다. 한번은 리즈가 아이리스에게 혹시 도움이 필요한지, 그런 남자들로부터 벗어나고 싶은지 물었다. 아이리스는 대답 대신 미소를 지으며 "그런 거 아니야"라고 말했다. 브라운 대학은 고사하고 대학 자체를 다니지 않은 트랜스인 리즈는 처음으로 자신의 지성이 창피했다. 아이리스가 함께 잠적했던 남자들에게서 심리적으로건 혹은 다른 방식으로건 실제로 무엇을 얻었는지도 모르면서 리즈는 성범죄 전담반의 성매매 에피소드를 떠올리며 기겁을 했다. 그것은 나이든 이성애자 여성들이 리즈가 트랜스임을 알게 되었을 때 공통적으로 들려주는 걱정의 말이었다. **이런! 딱하기도 하지, 사는 게 참 고달프겠구나.** 리즈의 대답에 그들은 항상 놀랐다. **내가 선택한 거예요. 내가 원한 거예요. 이게 나한테 맞는 삶이에요.** 아이리스가 그들에게서 무엇을 얻었는지 몰라도, 아이리스는 그 속에서 자신이 원하는 무언가를 찾았을 것이다. 그래서 그 경험을 리즈에게 공유했을 것이다. 왜냐하면 리즈가 말하지 않은 내면 어딘가에도 그와 비슷한 갈망이 도사리고 있다는 것을 아이리스는 알고 있었기 때문이었다. 리즈가 할 수 있는 일이라고는 그저 정직한 것뿐이었고, 원하는 것과 원한다고 말할 수 있는 것이 다르기 때문에 오는 혼란을 이해하지 못하는 척하지 않는 것뿐이었다.

여기서 잠시 리즈 자신이 입은 피해도 좀 따져보자. 리즈

는 '트래니'라는 이름이 들어간 어느 페티시 사이트에서 스탠
리를 만났다. 그 시기에 리즈는 페티시 사이트를 통해서만 사
람들을 만났다. 리즈는 트랜스를 쫓아다니는 사람들을 경멸하
는 트랜스 여성들을 경멸했다. 자신이 무엇을 욕망하는지 이
해하게 된 남자들을 전부 다 대상에서 제외한다는 건 멍청한
짓이다. 집착의 대상이 되는 것이 침실에서 일어날 수 있는 가
장 멋진 일인 것을 모르는 사람들은 경험이 부족한 내숭쟁이
들뿐이다.

리즈의 연애 경험에 의하면, 가장 피해야 할 체이서_{chaser}
들은 비밀 트랜스 여성이었다. 여성이 되고 싶지만 그것을 감
당하기엔 너무 폐쇄적이라, 다른 트랜스 여성을 통해 자신의
환상을 실현하는 사람들. 비밀 트랜스 여성과 함께 있으면 느
낄 수 있다. 그는 당신을 이용하기 위해, 그가 당신을 씹할 때
조차도 그가 씹 당한다고 상상하기 위해, 당신의 인간성을 완
전히 비워낸다. 당신의 몸은 그에게 그저 대리만족의 도구일
뿐이다. 그것만큼 사람을 소외시키는 일은 없다. 마치 정신적
으로 착용하는 무언가가 된 듯한 기분이다. 마치 당신이 장갑
인 것처럼. 비밀 트랜스인 것 같은 조짐이 보이면 리즈는 줄행
랑을 친다. 리즈는 그들이 차라리 여성이 되어서 그 이상한 짓
을 멈추기를 바란다.

하지만 그 외의 다른 체이서들이라면? 왜 굳이 데이팅 앱
에서 아무 생각 없는 쫄보 남자들에게 불알 달린 여자의 섹시
함을 설득하려 애쓰는가? 이미 그걸 알고 있는 남자들이 수천

명 있고 그중에서 마음대로 고를 수가 있는데? 영화배우를 원하는가? 만날 수 있다. 당신이 트랜스를 상대로 바텀을 하고 싶어하는 사람의 호기심을 충족시켜줄 의향만 있다면. 물론 B급 배우, 혹은 C급 배우이겠지만. 요트를 자랑하고 싶어하는 첨단 기술 분야의 부유층 자제를 원하는가? 잘됐다. 모터보트를 갖고 있는 사람들이 가장 좋고, 소형범선을 갖고 있는 사람들은 당신에게 밧줄을 끌어당기게 해줄 것이다. 재키 오나시스가 된 자신의 모습을 그려보는 것이야말로 누구나 꿈꾸는 극단적인 자기기만이니까. 브루스 웨버미국의 유명한 패션 사진작가의 사진에서 튀어나온 것처럼 빨래판 복근이 선명한 남자를 원하는가? 복근이 얼마나 선명한지 항상 측면 조명을 받고 있는 것 같은 남자? 모델 두어 명을 골라놓고 그중 한 명은 나중을 위해 비축해두어라. 당신이 유일하게 가질 수 없는 남자는 추수감사절에 가족들에게 당신을 인사시킬 점잖은 남자이지만, 어차피 그런 남자는 페티시 사이트가 아닌 다른 곳에서도 만날 수 없다. 그러니까 섹스만이라도 훌륭해야 한다.

리즈가 알고 있는 얼마나 많은 여자가, 단지 평범한 여자처럼 살 수 있다는 것을 스스로에게 증명하고 싶어서 이성애자들의 데이팅 사이트에서 수천 명의 남자들을 훑어보며 최악이 아닌 남자를 찾고 있는가? 몇 날 며칠을 찾은 끝에 트랜스 여성에게 한번 도전해볼 용기를 낸 그나마 최악이 아닌 남자들을 어렵사리 찾아서, 그의 침실에서 한심한 레이스 란제리를 갑옷 삼아 입고 서 있는데, 좁은 엉덩이와 넓은 어깨의 낯선 조합을 보는 순간 아무래도 자기한텐 안 맞는 것 같다고 초조하게 중얼거리더라는 얘기는 또 얼마나 많이 들었는가?

아니, 리즈는 그런 꼴을 당하고 싶지 않았다. 그런 꼴을 당하는 것은 체이서를 만나는 것보다 훨씬 더 치명적이다. 자신이 트랜스 여성을 원한다는 것을 이미 알고 있는 남자들이 있는 페티시 사이트로 가서, 당신에게 애원하는 수많은 남자들 중 괜찮은 남자를 골라라. 마음의 문제에 있어서, 리즈에게는 한 가지 확고한 원칙이 있다. 누구와 씹할지 결정하는 것이 아니다. 당신과 하고 싶어하는 사람들 중에서 누구와 씹할지를 결정하는 것이다.

리즈는 수많은 당혹스러운 페티시 사이트들 중 가장 당혹스러운 페티시 사이트에서 스탠리를 찾았다. 초기의 웹 1.0 버전 이후 디자인은 물론이고 업데이트조차 되지 않은 사이트였지만, 그곳이야말로 퀴어의 세계에 대해 잘 몰라서, 포르노에서는 보았지만 술집에서는 통 볼 수 없었던 순종적인 트랜스 여성들을 어디서 찾아야 할지 모르는 온갖 종류의 남자들을 마음 놓고 만날 수 있는 곳이다.

첫 만남 때조차 스탠리는 장 조지 레스토랑트럼프 뉴욕 호텔에 위치한 미슐랭 스타 셰프의 레스토랑에 리즈를 데려가는 것으로 자신의 부를 과시했다. 그는 별도의 메뉴에서 프랑스 보르도 와인을 한 병 선택했다. 너무 고가라서 조금 부끄럽다는 듯 메뉴 맨 끝에 따로 끼워 넣은 와인 메뉴였다. 마치 무료 잡지 뒷면

에 실린 도미나트릭스흔히 성적 쾌감을 위해 폭력을 휘두르며 성행위를
주도하는 여자 광고처럼.

적당히 소소한 대화를 나누고 나서 리즈가 공식적인 첫
질문을 던졌다. "트랜스 여성들과의 과거 경험에 대해 얘기해
줘요."

"난 항상 트랜스 여성들을 좋아했어요. 하지만 에스코트
돈을 받고 사교모임에 동반해주는 여자로만 만났죠." 그가 대답한 다
음 잠시 멈추었다. "에스코트와 한동안 사귀기도 했는데, 결국
엔 항상 마음이 안 좋았어요."

"돈을 주고 섹스를 사는 게 싫었어요?"

그가 눈을 깜빡였다. "아뇨. 돈으로 섹스를 사는 건 개의
치 않아요." 그러고는 일체의 표정 변화 없이 그다음 말을 덧
붙여서, 그 말이 농담인지 아닌지 리즈는 분간이 가지 않았다.

어이없어하는 리즈의 표정을 못 보았는지 그가 말을 이었
다. "나에게 트랜스 에스코트가 문제가 되는 이유는 그들 모
두가 질을 갖고 싶어한다는 거예요. 내가 만난 대부분의 트랜
스들은 질을 갖기 위해 돈을 모으고 있었어요. 그 얘길 들으면
마음이 안 좋았어요. 난 그 조그맣고 불룩한 걸 보고 싶은데,
다들 그걸 없애버리고 싶어하니 말이에요. 그래서 그 사이트
에 갔던 거예요. 자기를 '씨씨' 혹은 '트래니'라고 부르는 사람
들은 아마도 자신의 자지를 받아들인 사람들일 테니까." 그가
빵을 손으로 뜯어 입안에 던져 넣었다.

리즈는 어떻게 대꾸해야 할지 몰라 계속 그를 쳐다만 보

았다. "이봐요. 당신이 먼저 내 과거 성생활에 대해 노골적으로 물었잖아요. 그래서 나도 노골적으로 대답한 거예요. 이제 당신 차례예요. 내숭 떨지 말고 대답해요. 당신도 질을 갖고 싶어요?"

그는 크고 밋밋한 얼굴에 눈동자는 파란색이었고 머리카락은 부스스했으며, 꽈배기 터틀넥 스웨터에 방수 재킷을 입고 있었다. 조류 관찰과 같은 차분한 야외 활동을 즐기는 부유하지만 소박한 남자 이미지로 잡지사와 사진 촬영 일정이 잡혀 있는 듯한 옷차림이었다. 길거리에서 그를 처음 만났을 때, 리즈는 정장 차림의 월스트리트 스타일의 남자를 기다리고 있었다고 농담을 했다. "그 사람들은 다 파는 사람들이잖아요. 금융가 사람들, 돈을 원하는 사람들." 폄하하듯 그가 말했다. "나는 사는 사람이에요. 이미 돈을 갖고 있는 사람, 그래서 수영복 차림으로 출근해도 되는 사람." 금융가에 대해 잘 모르는 리즈조차도 그의 말이 지나친 단순화라는 건 알고 있었지만 그 말이 〈글렌게리 글렌 로스〉부동산 사기를 다룬 블랙코미디의 대사처럼 들려서 "와우!"라고만 말했다. 리즈 자신조차도 '와우!'라는 감탄사가 그의 자신감이 놀라워서인지, 아니면 만나자마자 장난기 없이 정색을 하고 그런 상투적인 말을 하는 사람이 처음이어서인지 확실치 않았다.

"나도 가끔은 질 수술을 받고 싶어요." 리즈가 말했다. "열여덟 살이 되었을 때 할머니가 남겨주신 돈을 받았어요. 태국에 가서 수술을 받는 데 필요한 비용의 삼분의 이에 해당되는 금액이었죠. 나는 그 돈을 남자친구와 도로 여행을 하고 뉴욕으로 이사하는 비용으로 썼어요. 처음엔 놀이방 보모로 일했고, 그다음엔 식당에서 서빙을 했는데, 웨이트리스로 일하면서 수술비를 모으려면 최소한 몇 년은 걸리겠더라고요. 그래서 그냥 나한테 자지가 있긴 하지만 어디까지나 여자의 자지라는 개념을 받아들이기로 했어요. 정신적으로 나는 그 상태에 머물러 있어요. 트랜스 포르노를 보면서 자란 게 도움이 되기도 했어요. 시스 여성보다 트랜스 여성이 섹스를 훨씬 더 많이 하는 걸 보면서, 자지 달린 트랜스 여성이야말로 세상에서 가장 섹시하고 여성스럽다는 생각을 내면화한 거죠."

"마음에 들어요." 스탠리가 말했고, 처음으로 미소를 지었다. "당신은 뉴저지의 근사한 가정주부로 손색이 없어요. 당신한테 요가 바지를 입히고 싶어요. 도저히 자지를 감출 수 없을 정도로 꽉 끼는 걸로."

리즈는 실제로 요가 바지를 즐겨 입었지만, 관계 초반부터 그가 리즈의 자지에 관심을 보이고 있다면 그런 말을 해서 그에게 처음부터 만족감을 줄 필요는 없었다. 리즈는 혹시 그가 잘못 생각하고 있는 건 아닌지 궁금했다. 리즈는 페티시 사이트에서 자신이 엄격하게 바텀을 고수한다고 밝혔다. "나 탑은 안 하는 거 알고 있죠?"

"뭐요? 아, 당연하죠. 그건 나도 원하지 않아요."

"다행이네요. 당신이 나의 고물에 너무 큰 관심을 보여서 물어봤어요."

"난 여자를 장식하는 거라면 전부 다 관심이 있어요."

리즈의 성기를 단순한 장식물로 언급하다니 너무도 개자식다운 말이었다. 그러나 리즈는 기분이 상하는 대신 오히려 몸이 달아올랐다.

하필 그때 웨이터가 다가와 리즈의 와인 잔을 채워주었다. 웨이터가 무슨 말을 들었을지 몰라 리즈는 저도 모르게 얼굴을 붉혔다. 그동안 스탠리가 말을 이었다. "나는 여자들을 멋지게 차려입히는 걸 좋아해요. 여자들을 통제하는 것도 좋아하고요. 그건 절대 역할 놀이가 아니에요." 웨이터가 와인 병을 내려놓고 최대한 조심스럽게 자리를 떴다.

"잠깐만요. 뭐가 역할 놀이가 아니라는 거예요?" 리즈가 물었다.

그가 리즈를 날카롭게 쏘아보았다. "내 말 잘 들어요. 통제하는 거 말이에요. 난 그냥 그렇게 타고났어요. 예의범절이라든가, 뭐 그따위 개소리들, 다 필요 없어요. 난 실제로 정복하는 걸 원해요. 하지만 여성을 정복하는 유일하게 합법적인 방법은 경제적으로 정복하는 것뿐이죠. 여성들도 정복을 원하니까요. 트랜스 에스코트가 마음에 드는 점이 있다면 바로 돈으로 쉽게 살 수 있다는 거죠."

소유하고 싶다는 말이야말로 리즈의 뱃속을 욕망으로 흐물거리게 만든다는 것을 리즈는 이미 오래전부터 알고 있었다. 그러나 그 순간, 통장 잔고가 겨우 400달러인데도, 핸드폰 액정은 거미줄처럼 금이 가 있고 엄마를 만나러 갈 비행기표가 필요한데도, 그녀에게 필요한 물건들이 하나도 섹시하지 않은 것처럼, 그것들을 얻기 위해 그에게 복종하는 것 역시 하나도 섹시하게 느껴지지 않았다. 돈 많은 재수탱이들에게는 수백만 달러를 지불하지만 교육받지 못한 트랜스는 아무도 고용하려 하지 않는 현실이 리즈의 잘못은 아니었다. 리즈가 새로운 트랜스 여성을 만날 때마다 묻곤 하는, 너무 진실이라서 더 우스운 농담이 있다. **근데 트랜스들의 직업 세 가지 중에 어떤 일 하세요? 컴퓨터 프로그래머, 미용사, 창녀 중에?** 리즈는 언제나 대답이 창녀이기를 바랐다. 창녀들이야말로 가장 유머 감각이 뛰어난 사람들이기 때문이었다.

"복종은 침대에서나 재미있죠." 리즈가 스탠리에게 쏘아붙였다. "여자들은 침대 외에 다른 곳에선 복종하고 싶어하지 않아요. 선택의 여지가 없는 가난한 트랜스 여성이 아니라면 더더욱." 그의 표정이 어두워졌다. 그는 리즈에게 똑바로 앉으라고, 자세가 나쁘다고 말했다. 그가 시키는 대로 하면서 리즈는 겸연쩍고 수치스러울 뿐 하나도 재미가 없었고 그래서 샐러드만 주문하기로 했다. 이것이 그들의 마지막 만남이 될 것이 분명했기 때문이었다. 식사 비용을 분담할 형편이 아니었지만 고분고분하지 않은 모습을 보여주고 싶었다.

음식이 나오자 스탠리는 리즈가 나이프와 포크를 사용하는 방식을 나무랐다. "이렇게 좋은 식당에 와서 거지처럼 먹고 있네요. 아무도 안 가르쳐줬어요?" 그가 포크의 날을 아래로 향하도록 포크를 들어 보이며 말했다. "봤죠? 이렇게 잡는 거예요."

"나도 먹을 줄 알아요. 나 웨이트리스 일 해요."

"난 거기서 먹고 싶지 않네요."

리즈가 그를 쏘아보았다. 그러나 포크 날을 아래로 향하고 먹으려니 잘 되지가 않았다. 그런 방식으로 먹을 수가 없어서가 아니었다. 그가 의도적으로 리즈를 모욕하려 하고 있었고, 그 모욕은 성공했고, 그래서 리즈의 조정력이 떨어졌기 때문이었다. 샐러드에서 얇은 연어 한 조각을 집으려 애쓰다가 포크로 찍어 먹기에는 너무 작은 조각으로 찢어발기고 말았다. 리즈는 얼굴을 붉히며 포크를 내려놓은 다음 물을 한 모금 마셨다. "그냥 평상시 먹던 대로 먹어요. 보고 있기 민망하네." 스탠리가 말했다. "식사 예절을 좀 연습해야겠어요. 스푼으로 먹게 내가 잘게 잘라줄까요?" 효율적으로 리즈의 콧대를 꺾어놓고 나니 그가 다정해졌다. 그는 보란 듯이 포크 날을 아래로 한 채 스테이크를 잘라 입안에 넣었다.

식당을 나설 때 스탠리가 느닷없이 리즈에게 팔을 두르더니 리즈의 뺨에 기이한 키스를 했다. 키스라기보다는 킁킁거린 것에 가까웠다. 그는 리즈에게 50달러짜리 지폐를 쥐여주면서 "늦었어요. 택시타고 가요"라고 말했다.

리즈는 망설이다가 주머니에 돈을 넣었다. 리즈는 스탠리가 부른 택시가 도착할 때까지 기다렸다가, 지하철로 향했다. 2달러 25센트를 내고 한 번만 갈아타면 되는데, 50달러를 허비할 수는 없었다.

다음 날 아침 일어나보니 페티시 사이트의 계정으로 사용하고 있는 리즈의 이메일 주소로 500달러 상당의 아마존 상품권이 도착해 있었다. 짧은 편지도 보냈다. **택시를 타지 않더군요. 택시 타라고 돈을 주었는데도. 당신과 함께한 즐거운 시간에 대해 돈을 지불할 생각은 없었는데, 보아하니 당신이 내게 원하는 게 그것인 것 같아서(비록 당신은 펄펄 뛰겠지만), 내가 생각하는 당신의 값어치에 해당되는 돈을 보냈어요. 날 기쁘게 해줄 요가 바지를 한 벌 사고, 나머지는 마음대로 써요.**

리즈는 아마존에 상품권 코드를 입력한 다음, 택시비 50달러로 그랬던 것처럼, 가장 저렴한 요가 바지를 사고 나머지를 챙길지 생각해보았다. 그러나 요가 바지들을 둘러보다가 마음을 바꾸었다. 생각지도 않았던 요가 바지가 굴러들어올 거라면, 기왕이면 씨발 룰루레몬을 사기로. 구매 버튼을 누르면서 리즈는 큰 소리로 "진짜 미워"라고 말했다. 그러나 요가 바지를 사지 않을 생각을 전혀 안 한 것을 보면 리즈의 몸을 감싼 열기는 단지 증오에서 비롯된 것만은 아니었다.

리즈가 구매 영수증을 스크린샷으로 찍어 보내자 그가 한 시간 뒤 답장을 했다. **젠장, 너무 쉽군요. 당신을 창녀로 만들기 위해 애쓸 필요조차 없었어요.**

나 아직 너하고 씹 안 했어, 개새끼야. 리즈가 답장했다.

그는 동일한 금액의 아마존 선물카드와 그 주 금요일 7시 30분 어느 스테이크 전문점의 오픈테이블 예약 메시지와 함께 명령을 하달했다. "그 요가 바지 입고 나와요. 안 보이게 집어넣지 말고."

"아 씨발 진짜 싫어." 리즈가 또다시 큰 소리로 말하며 달력에 얌전하게 표시했다. 리즈는 그 날짜가 오기 전에 좁아터진 욕조에서 다리를 면도하면서, 면도 크림에 뒤덮인 클리토리스[리즈가 자신을 여성으로 보기 때문에 자신의 성기를 페니스가 아닌 클리토리스라고 칭한 것으로 보인다]를 하릴없이 문지르며 다시 한번 그 말을 내뱉었다.

증오 씹이라는 것이 존재한다면, 그들의 관계는 엄청난 양의 증오 전희가 수반되는 일종의 증오 연애라고 말할 수 있었다. 한파가 몰아쳤던 1월의 어느 한 주, 스탠리는 그의 사무실 근처 배터리 파크 리츠칼튼 호텔에 방을 하나 잡았다. 그는 리즈를 그 방에 데려다 놓고 옷을 다 벗긴 다음, 원피스 수영복에 호텔 가운 하나만 입고 있게 했다. 그 상태로 방에서 나갔다간 얼어 죽도록. 리즈는 얼어붙은 허드슨 강을 바라보면서 나흘 동안 룸서비스로 연명했고 그가 짬이 나서 호텔에 들러 씹해주기만을(혹은 그가 시간상의 제약이 있는 경우 한 손으로 리즈의 얼굴을 베개에 고정하고 다른 한 손으로 자위를 해서 리즈의 등에 사정해주기를) 기다렸다. 밤이 되면 리즈는 친구들을 방으로 불러 와인을 마시고 그의 계산서에 달아놓았지만, 규칙은 엄수했고 친구들에게 입을 옷을 갖다 달라고 하지 않았다.

스탠리에겐 아내가 있었다. 당연히 있고말고. 그러나 리즈가 리츠칼튼 호텔에 그의 연인으로 기꺼이 갇혀 있는 동안,

그의 아내는 우울증으로 병원에 입원중이었다. 입원으로 인해, 보다 구체적으로 말하면 입원중 받은 일련의 치료로 인해 아내와 스탠리는 삶의 목표에 대한 긴 대화를 나누게 되었는데, 그 결과 두 사람은 갑자기 헤어지게 되었다. 긴 이혼 조정 절차를 밟는 대신 스탠리는 아내에게 아내의 동생이 살고 있는 포틀랜드에 집을 한 채 장만할 돈을 주기로 약속했다. 그로부터 몇 주 후 스탠리의 아내는 오리건행 열차에 몸을 실었다. 스탠리는 예상치 못했던 비용의 발생을 만회하기 위해 다소 위험부담이 큰 투자를 감행했다고 말했다. 그러면서 리즈에게 그의 아파트로 들어와 살 것을 제안했다. 스탠리는 리즈를 만난 지 삼 주째부터 리즈의 집세를 내주고 있었다.

위스콘신 주의 매디슨에서 자란 리즈는 '단짝 친구'를 간절히 원했다. 나는 너의 것이고 너는 나의 것인 그런 친구. 리즈의 유년기는 일련의 단짝 친구 일부일처제 상태가 지속되었다고 말할 수 있었다. 그러다가 사춘기 중반 무렵 리즈 주변의 남자애들이 리즈처럼 여성스러운 남자애와 단짝 친구가 되면 사람들이 재수 없는 호모 새끼로 인식한다는 사실을 깨닫게 되면서 리즈를 피하기 시작했다. 훗날 리즈는 어린 시절 자신의 욕구를 다시 정리했다. 리즈는 매력적이고 믿을 만한 남자애를 단짝 친구로 원한 게 아니었다. 매력적이고 믿을 만한 남자애를 성적 대상이자 연애 대상이자 삶의 동반자로 원했고, 그것을 '친구'라는 프레임에 넣은 것이었다. 그 말이 리즈가 쓸 수 있는 유일한 말이었기 때문이었다. 매력적인 남자애는 여럿 만났지만 믿을 수 있는 남자애는 만나지 못했다. 그래서 스탠리의 소유욕이, 마치 싱크대를 설치하듯 리즈를 자신의 집에 설치할 수 있다고 생각하는 그의 짐작이 리즈에게 일종의 위안을 주었다. 스탠리의 통제적인 행동은 그가 리즈를 얼마나 간절히 원하는지 확인시켜주었다. 누구든 리즈를 곁에 두고 싶어한다면, 리즈가 어디서 누굴 만나고 어떤 옷을 입는지 알 권리가 있다고 생각한다면, 그 사람은 결코 리즈를 떠나지 않을 사람일 것이고 리즈가 신뢰할 수 있는 사람일 것이다. 리즈가 트랜스임에도 불구하고 그런 것이 아니라 트랜스라서 더더욱 그래야 했다. 리즈는 비로소 비록 매력적이진 않을지라도 믿을 수 있는 사람을 찾았다고 생각했다.

그렇게 해서 식당을 나서면서 속으로 버닝 맨미국 서부 네바다 주 블랙록 사막에서 열리는 연중행사로 토요일 저녁에 거대한 인간 모형의 목각인형을 태우는 전통이 있어서 버닝 맨Burning Man이란 이름이 붙었다 암표를 사는 머저리같이 생겼다고 생각했던 남자로부터 50달러를 받은 것을 시작으로, 리즈는 마침내 스탠리의 침실 옆 텅 빈 옷방을 바라보며 서 있게 되었다. 옷방은 한 평 정도의 공간으로 바닥에 할로겐전구가 매립되어 있었다. 그 옷방이야말로 이 세상에서 그녀가 완전히 장악할 수 있는 유일한 공간이었고 그마저도 스탠리의 것이었다. 리즈는 빈 행거들을 바라보면서 반격에 조금 더 능숙해져야 한다는 생각을 했다. 왜냐하면 이 관계의 전투에서 리즈는 주도권을 빼앗겼다기보다는 전투력 자체를 상실했기 때문이었다. 그런 생각들을 하고 있을 때, 스탠리가 최근에 옷방 문에 설치한 거울을 가리키며 말했다. "이제부터 거울에 비친 자기 모습을 바라보면서 몇 시간을 보낼 수 있겠네. 잉꼬처럼."

증오 섹스가 증오 구애로 이어지고 증오 구애가 증오 연애로 이어졌건만, 그로부터 육 개월 뒤 스탠리가 리즈를 때려서 입술을 찢어놓았다. 그러나 그의 동기가 무엇인지는 다소 명확하지 않다. 왜 하필 수많은 다른 순간들이 아닌 바로 그 순간이었을까?

지극히 평범한 변호사라도 다음과 같은 기본적인 사실들을 확인할 수 있을 것이다. 스탠리는 리즈에게 고가의 디자이너 브랜드 부츠를 사주었다. 리즈는 스탠리가 화를 내리란 걸 알면서도 그 부츠를 자신이 원하는 다른 부츠로 바꾸었다. 그리고 그를 속이기 위해, 진품과 비슷한 싸구려 짝퉁 부츠를 사서 그것을 진품인 척했다. 그런데 스탠리가 짝퉁을 바로 알아보았고 리즈가 자신을 속이려 한 것을 자신에 대한 모욕으로 받아들였다. 대체 날 얼마나 멍청하게 봤으면, 인터넷에서 구입한 잘 맞지도 않는 양말 수준의 중국산 부츠와, 그가 직접 고른 무릎 위까지 올라오는 800달러짜리 스튜어트 와이츠먼의 시그니처 스웨이드 부츠도 구분하지 못할 거라고 생각했지? 선물을 다른 제품으로 교환한 것도 모자라서, 마치 그러지 않은 척 연기를 해? 내가 너무 멍청해서 자기가 들고 있는 물건이 뭔지도 모를 거라고 생각한 건가? 아, 씨발 그건 용서 못해. 넌 맞아도 싸.

그러나 관계라는 것은 늘 꼬이기 마련이듯이, 연인들이 혹은 투사들이 자기만의 공격적 언어를 개발하듯이, 부츠 사건의 내막은 사실 그보다 훨씬 더 복잡했다. 사실 스탠리는 이미 그 부츠를 살 때부터 리즈가 싫어하리란 걸 알고 있었다. 그가 그 부츠를 선택한 것도 바로 그런 이유였다. 그는 리즈가 결코 살 수 없을 명품 브랜드에 돈을 지출하되, 리즈 자신은 즐길 수 없는 물건을 샀다. 그런 물건을 사는 것이 리즈의 내면에 일으킬 갈등을 지켜보기 위해서였다. 스탠리는 권력의 단순한 셈법을 보여주기 위해 그 부츠를 샀다. 리즈는 멋진 삶을 누리고 있었지만 그런 삶을 누리려면 그에게 의존할 수밖에 없었고, 결국 리즈가 자기 몸에 무엇을 걸칠지 최종적으로 결정하는 사람은 그였다.

물건 자체로만 놓고 보면 그 부츠는 아름다웠다. 바다소 가죽에 같은 색상의 스웨이드 가죽을 섬세하게 바느질한 제품이었고, 공단으로 안감을 대었으며, 섬세한 고무 밑창에는 조그맣게 SW가 새겨져 있어서 부츠를 신고 걷는 발걸음마다 바닥에 디자이너의 이니셜을 찍었다. 그러나 부츠에 다리를 넣으면 그 부츠는 두 번째 기능, 보다 사회적으로 난감한 기능을 수행했다. 허벅다리까지 오는 길이와 굽 없는 밑창의 불가사의한 조합은 흐물흐물한 코끼리 의상을 입어도 괜찮아 보일 정도로 영원히 끝나지 않는 다리를 자랑하며 걷는 모델들을 위해 고안된 것 같았다. 반면 그 부츠를 신었을 때 리즈의 다리는 슈퍼모델의 다리와는 달리 짧고 뭉툭하게 끝나버린다. 신체적 불쾌감이라는 막다른 골목에서 확실하게 끝나버리는 짧은 여정이랄까. 모델 지지 하디드가 이런 플랫 부츠를 신었지만, 가장 땅딸한 자유형 레슬링 선수도 이 이런 부츠를 신었다. 리즈의 잔인한 이상형태증실제로는 외모에 결점이 없거나 그리 크지 않은 사소한 것임에도 자신의 외모에 심각한 결점이 있다고 여기는 생각에 사로잡히게 되는 질병이 둘 중 어느 쪽을 잉꼬의 거울에 비추어줄지 스탠리는 알고 있었다.

그러나 리즈가 명품에 집착하는 창녀라는 걸 알았던 스탠리는 리즈가 어쩔 수 없이 고가의 부츠를 신을 거라고 생각했다. 그러나! 스탠리가 예상하지 못했던 반전이 일어나면서 리즈가 그를 모욕했던 것이다.

리즈의 소심하고도 공격적인 미적분학 속에서, 리즈는 자신이 구입한 짝퉁 부츠에 스탠리가 속아 넘어갈 거라고 생각한 적이 없었다. 스탠리는 디자이너 부츠와 조잡한 짝퉁 부츠를 쉽게 구분할 수 있는 사람이었다. 단지 리즈가 그에게 언제든 버려질 수 있는 사람인 것처럼, 그 역시 언제든 버려질 수 있는 사람이라는 걸 보여주고 싶었다. 자신이 스탠리를 간파했고, 리즈가 생각하기에 섹시하거나 재미있지 않은 방식으로 그녀를 가지고 놀았다가는 그의 돈을 가로채고 면전에 대고 거짓말을 할 수도 있다는 것을 보여주고 싶었다. 리즈의 느닷없는 권력 선포는 의례적이고 비우호적인 그들 관계의 규칙에 따라 일종의 모욕에 해당되는 행위라는 것을 두 사람 모두 알고 있었고, 그것이 스탠리가 리즈를 때린 이유였다.

그러나 두 사람 다 느꼈지만 선뜻 인정할 수 없는 사실이 있다면, 따귀로 이어진 부츠 사건의 전말은 그들에게 그저 요란한 한바탕의 쇼일 뿐이었다. 그 이면에는 자신의 여성성에 대한 리즈의 의식이 자리 잡고 있었다. 스탠리가 리즈를 때린 것은 두 사람이 원하는 진실과는 정반대의 이유 때문이었다. 스탠리가 리즈를 때린 이유는 스탠리가 리즈를 때리는 것을 리즈가 원했기 때문이었다.

리즈는 그들의 게임을 그만 끝내고 싶었고 자신의 여성성을 확실하게 확인시켜줄 방식으로 얻어맞고 싶었다. 그래서 자신의 섬세함, 무기력함, 사람을 화나게 만드는 매력을 느끼고 싶었다. 결국, **모든 여자는 파시스트를 흠모한다.** 리즈는 남성의 폭력성을 통해 자신의 성 정체성을 확인하는 시스 여성들을 평생 보았다. 아무 학교 운동장이나 가보아라. 아니면 시스 여성들이 모여 술을 마시는 동네 술집에 가보아라. 고통을 통해 자신을 정의하는 여성의 얘기를, 혹은 고통을 통해 여성이 자신을 정의할 거라는 사람들의 추측에 대한 분노를, 그러면서도 여전히 고통을 전면에 내세우는 여성들의 얘기를 들어보아라. 자신에게 상처를 준 남자에 대해 얘기할 때의 그 묘한 만족감을 들어보아라. 그 이면에 숨겨진 의미는 바로, **난 여자이니까**이다.

남자가 조금 사나워질 때마다, 헉 하는 그 조용하고도 품위 있는 소리야말로 당신은 여자이며, 따라서 여리고 상처를 입을 수 있는 존재라는 선언인 것이다. 여자의 덩치가 남자의 두 배일 수도 있다. 그러나 그 작은 혁 소리가 그는 남자이고 그녀는 여자임을 일깨운다. 언젠가 리즈의 친구 캐서린이 술에 취한 채 남자친구와 집으로 걷고 있었는데, 남자친구가 캐서린을 덤불숲으로 밀며 치근거렸다. 캐서린은 마치 성난 울버린처럼 덤불숲에서 뛰쳐나왔다. 캐서린은 침을 뱉고 할퀴고 저항했다. 그날 이후 두 사람이 사귀는 기간 내내 그는 툭하면 "조심해, 캐서린은 좀 공격적이야"라고 말했고, 그럴 때마다 캐서린은 움찔하면서 자신의 여성성이 위기에 처했음을 감지했다. 그의 말에는 훌륭한 여자라면 덤불숲에 남아서 울었을 거라는 암시가 담겨 있었다. 어떤 남자든 리즈를 덤불숲으로 밀어주기만 해라. 리즈는 어떻게 처신해야 할지 정확히 알고 있었다.

누구든 리즈와 스탠리의 옆방에 묵었다면 스탠리가 리즈에게 전에도 손을 댄 적이 있다는 사실을 알았을 것이다. 스탠리는 호텔에서의 두 번째 날 벨트로 리즈의 엉덩이를 때리면서 리즈가 울어야 멈추겠다고 했다. 리즈는 여섯 번째 맞았을 때 눈물이 터졌고 여덟 번째 이후로는 흐느껴 울었으며, 이십 분 뒤에는 리즈는 지각변동과도 같은 오르가슴을 느끼며 몸을 떨었다.

불과 몇 년 전만 해도 리즈는 그들이 하는 짓이 극단적으로 파격적이고 자극적이며 대부분의 여자들이 이해할 수 있는 범위를 넘어선 것이라고 생각했었다. 폭력적인 섹스에 대한 욕망은 자신이 트랜스인 것에서 비롯된 결과라고 생각했다. 그런데 스물세 살 무렵 카트린 드뇌브의 영화 〈세브린느〉를 보면서, 창녀 취급을 당하고 학대당하고 싶어하는 상류층 여인 벨의 비밀스러운 욕망을 통해 자신의 성 정체성을 깨닫게 되었다. 그것은 곧 리즈의 성 정체성을 관통하는 피학대 성향이 도리스 데이의 로맨스 영화와 같은 극장에서 상영되고 있는 오십 년 전 영화의 수준 정도로만 파격적이라는 뜻이었다. 리즈는 자신의 성적 취향이 지극히 평범한 것임을 깨달았다. 학대의 수준으로 치닫는 섹스는 평범한 것이었다. 더구나 젠더 문제에 있어서, 양자가 합의하면 모든 것이 가짜가 된다. 따라서 합의하의 폭력은 리즈의 젠더 확증의 기록에 있어서 그 진가를 발휘하지 못한다.

예전에 읽은 책에서 남편이 당신을 때리지 않으면 당신을 사랑하지 않는 거라고 말하는 여자들을 본 기억이 있다. 리즈의 마음속 페미니스트는 기겁을 했지만, 그 말은 리즈의 내면 어느 어두운 틈새를 완벽한 논리로 채웠다. 물론 아마도 진보적인 페미니스트들이라면, 특히 트랜스를 증오하는 페미니스트들이라면 아주 신이 나서 리즈를 공격할 것이다. 리즈를 여성혐오자라고, 사실은 남자라고, 야한 속옷을 입은 트로이의 목마라고, 그래서 제2의 물결을 타고 그들이 과거에 누렸던 폭력의 수사법을 재연하려는 거라고 비난할 것이다. 하지만 그거 아는지? 다른 모든 여성과 마찬가지로 리즈도 여성성의 규칙을 만들지 않았다. 다만 물려받았을 뿐이다. 리즈에게 하나도 도움이 되지 않는 흠잡을 데 없이 완벽한 페미니스트 정책을 수호하는 부담을 왜 리즈가 떠안아야 하는가? 〈뉴욕타임스〉는 리즈를 여성으로 치지도 않는 유명한 페미니스트들의 사설을 주기적으로 게재해왔다. 그러라고 해라. 리즈는 여기서 이렇게 얻어맞고 있을 것이고, 한 번 맞을 때마다 리즈는 미약하게나마 이 세상에서 자신의 위치를 확인할 것이다. 사람들이 그걸 뭐라고 부르건 리즈에게 그것은 젠더를 확인하는 작업이다. 그러니까 스탠리, 계속 해! 날 때려! 여자가 된다는 게 어떤 건지 보여줘!

리즈에겐 수년간 지켜온 원칙이 있었다. 바로 트랜스 여성과 사귀지 않는 것이었다. 위선적인 원칙이었다. 만약 다른 누군가가 리즈의 젠더를 문제 삼으며 연애 상대로 부적격이라고 리즈를 배제한다면 리즈는 트랜스 혐오라고 소리쳤을 것이다. 그러나 리즈는 다른 트랜스 여성과 사귄다는 개념을 남몰래 혐오하고 있었다. 그 혐오감이 곧 자기 자신에 대한 혐오라는 것을 알고는 있었지만 인정하고 싶지 않았다. 대신 어원학적으로 자신이 이성애자인 거라고, 다른 성별에 끌리는 것뿐이라고 스스로에게 변명했다. 어떤 종류의 다름인지는 별로 중요하지 않았지만 대체로 그것은 그녀의 여성성과 다른 남성성이었다. 왜냐하면 남성들은 리즈를 여성스럽게 만들 수 있었고 여성성을 느낄 때 리즈의 몸이 달아올랐기 때문이었다. 그와 똑같은 일을 할 수 있는 사람이라면 누구든 괜찮았다. 그러나 리즈와 똑같은 사람이어서는 안 되었다. 그렇게 무방비 상태로 자신의 취약성을 드러낼 수는 없었다.

트랜스 여성을 사귀면 리즈의 솔기의 위치를 정확히 알 것 같았다. 가위를 살짝 대기만 해도 솔기가 터질 수 있었고 그것은 피차 마찬가지였다. 그런데 세상에 맙소사, 펠리시티와 함께 앉아 있는 그 아기 트랜스에게서 리즈는 도저히 눈을 뗄 수가 없었다. 리즈는 베테랑 트랜스로서의 초연함이 무색할 정도로 그녀를 뚫어져라 쳐다보았다. 리즈는 억눌린 체이서들 중에서도 가장 뻔뻔한 체이서처럼 그녀를 쳐다보았다. 도저히 참을 수가 없었다. 마치 공간이라는 개념이 왜곡되어서 무얼 보아도 그 여자의 얼굴로 곧바로 연결되는 것 같았다. 그나마 노골적으로 음탕한 리즈의 시선을 사람들이 봐주는 이유는 리즈에게 나쁜 전력이 없기 때문이었다. 매월 열리는 트랜스 여성의 소풍에 참석한 레즈비언들 중에 리즈가 음흉하다고 생각하는 사람은 없었다. 그중 몇 명이 리즈에게 관심을 보이긴 했지만, 리즈가 자신의 원칙을 명확히 밝히지 않았는데도 다들 상황을 파악했고 그렇게 소문이 났다.

그런데도 그 여자의 모습을 보는 순간 리즈는 자기 자신에게서 분출되는 향긋한 페로몬 수프에 몸을 담근 기분이었다. 리즈는 이유를 알고 있었다. 리즈 자신의 원칙보다 더 금기시되는 것이고 더 트랜스 혐오적인 것이어서 결코 입 밖에 내어서는 안 되는 이유였다. 바로, 리즈가 그 여자의 모습에서 남자를 보았기 때문이었다. 물론 아무 남자가 아닌 특정한 남자이긴 했지만. 그 여자는 세바스티안과 똑같이 생겼다. 그와 똑같은 얼어붙은 호수 빛깔 눈동자에 그와 똑같이 날카로운 광대뼈를 지녔다. 그 여자의 사진을 찍어서 페이스북의 안면 인식 알고리즘을 돌려보면 아마 세바스티안이나 혹은 시베리안 허스키라고 인식할 것이다. 이 여자가 세바스티안보다 체구가 작고 호리호리했지만, 말하는 모습을 살펴보니 제스처의 반이 세바스티안을 닮았고 표정은 사분의 삼이 세바스티안을 닮았다.

리즈와 그녀 사이에 펼쳐진 잔디밭 곳곳에 원뿔 모양의 버섯이 돋아 있었다. 그녀의 목소리가 들리지 않는 거리였지만, 리즈의 머릿속에서 세바스티안의 술에 취한 노르웨이 억양이 울려 퍼졌다.

"호르몬 주사 일 년만 더 맞으면 진짜 예뻐지겠다." 곁에 앉아 있던 아이리스가 말했다. 리즈가 말이 없어진 것을 알아차리고 리즈의 시선을 따라가본 뒤에 한 말이었다. "우리 위기의식 느껴야 하나?" 그 여자는 꽉 끼는 회색 바지를 입고 벨트 장식이 달린 오토바이 부츠를 신고 오버사이즈 보일드울 재킷을 입고 있었다. 1930년대 유럽에서 양성적 성향을 지닌 군인 장교의 유니폼이었다. 소화하기 힘든 옷이었지만 그 여자에겐 잘 어울렸다. 그러나 여자의 믹스 앤 매치 스타일이 뛰어난 패션 감각을 반영하는 건지, 아니면 아직 성전환 초기라 여성의 옷을 제대로 구비하지 못한 건지는 확실히 알 수 없었다.

아이리스와 리즈도 한동안 트랜스 여성들의 소풍에 나오

지 않았다. 이제 막 성전환을 한 어린 여자애들에게 전환의 과정에 대해 조언하기도 지겨웠고, 그들의 온갖 사건 사고와 연애 얘기와 전반적인 신세 한탄을 견디기도 지겨웠다. 그러나 리즈는 토요일에 몇 시간 정도 스탠리를 피할 확실한 핑계를 찾고 있던 터였고, 아이리스는 일주일째 기분이 울적한 상태라 자신이 추앙받을 수 있는 곳에 가고 싶어했다. 아이리스가 리즈와 함께 주변을 어슬렁거리며 못된 말들을 하는 대신 다정한 모습을 보이기만 하면 아기 트랜스들은 기꺼이 추앙을 제공할 것이다.

아이리스와 리즈는 이십대 후반인데도 어른 트랜스라는 의식이 있었다. 그들은 트랜스의 나이로는, 심지어 체크무늬 담요를 깔고 앉아 있는 이제 막 성전환을 한 세 명의 사십대보다도 어른이었다. 그들은 사람들의 시선을 의식하는 듯 핸드폰에 자신들의 모습을 비추어 보았지만, 그런 행동이야말로 역설적이게도 사람들의 시선을 의식하지 않는 신중하지 못한 행동이었다.

"그만 좀 쳐다봐." 리즈가 대답하지 않자 아이리스가 말했다. "네가 쟤 질투하는 거 모두가 알겠다."

"이건 질투보다 훨씬 더 나쁜 감정이야. 묘하게 반한 느낌. 너무 창피해." 여전히 여자를 쳐다보며 리즈가 말했다. "하하. 그렇군." 아이리스가 웃지 않고 말했다. 메시지를 많이 보내다 보니 아이리스의 말투가 메시지를 닮아가고 있었다. "스탠리가 좋아하겠다."

리즈는 그 순간 스탠리를 생각하고 싶지 않았다. "이게 위기의식을 느끼거나 질투를 하는 거면 좋겠어. 다른 트랜스 여성한테 끌리는 것보다 질투하는 게 훨씬 쉽잖아. 안 그래?" 리즈가 물었다. "적어도 질투라는 감정은 고치려고 노력해볼 수 있는 인격적 결함이니까."

"야!" 아이리스가 소리쳤다.

그러나 아이리스에게 말은 그렇게 하면서도, 일종의 자동비행모드로 대화를 이어가면서도, 리즈의 기분은 묘했고 한심할 정도로 희망적이었다. 리즈는 스탠리로부터 원하는 것을 얻었다. 리즈는 자기 자신에게, 그리고 이 세상에, 자신이 착한 여자친구가 될 수 있다는 것을 증명해 보였다. 이젠 떠나야 했다. **나 저 여자랑 사랑에 빠질 거야.** 리즈는 불쑥 그런 생각을 했고 그 생각은 묘하게 진실처럼 느껴졌다.

세바스티안은 노르웨이에서 온 키가 큰 교환학생으로, 거친 금발에 길쭉한 몸과 수영선수의 어깨를 갖고 있었다. 그의 어깨는 당연히 수영으로 만들어진 것이었다. 세바스티안은 오슬로 대학 수영 계주팀 소속이었지만, 크리스티나 아길레라 콘서트에 갔다가 약물 양성반응이 나오는 바람에 노르웨이 수영 선수권 대회 일 년 출전 금지 명령을 받았다. 성 규범은 문화권마다 다르다. 스칸디나비아 문화권에서는 이성애자인 젊은 남자가 크리스티나 아길레라 콘서트에 열광해도 아무 문제가 없는 것이 분명하다.

공연홍보업체에서 일하던 그의 친구가 크리스티나와 그녀의 수행단이 공연이 끝난 뒤 어느 술집으로 가는지를 그에게 알려주었고, 세바스티안은 그곳에서 크리스티나의 댄서 한 명을 만났다. 텍사스 억양이 심한 티프라는 이름의 미국 여자였는데, 티프의 텍사스 억양은 중독성이 있었지만 알아듣기가 힘들었다. 티프는 투어 생활에 지친 것 같았고 시내 구경을 하고 싶어했다. 세바스티안과 그의 친구는 티프를 감동시키기 위해 부둣가의 눈 덮인 공업단지에 모닥불을 피워줄 테니 따듯하게 앉아서 바다를 보라고 제안했다. 그리고 티프를 더 감동시키기 위해 친구 한 명에게 코카인을 가져오라고 했다. 2미터 높이의 모닥불을 보고 당연히 경찰이 나타났고 그들 모두가 구금되었다. 그러나 경찰은 일을 크게 만들고 싶지 않았고 그들은 풀려났다. 다음 날, 세바스티안의 수영팀 전원이 약물 테스트를 받은 것은 전혀 우연이 아니었다. 세바스타인은 마리화나와 코카인 양성반응이 나왔다.

학교를 마치려면 구 개월간의 군복무를 수행해야 했다. 북극의 러시아 국경 수비대로 복무할 확률이 높았는데, 그의 형의 말에 따르면 이십삼 시간 북극의 밤이 지나고 또다시 이십삼 시간의 북극의 밤이 찾아올 때면 무료해진 남자들이 길 잃은 순록을 향해 총을 쏘아대는 그런 곳이었다. 세바스티안이 반추동물로 잭슨 폴록의 추상화를 만들며 보내지 않도록, 그의 수영코치가 위스콘신 대학의 교환학생 프로그램을 알선해주었다. 위스콘신 대학으로 가면 훌륭한 수영팀에서 훈련도 받을 수 있으니 고국을 떠날 때보다 더 빠른 수영선수가 되어 돌아올 수도 있을 거라고 했다.

리즈가 웨이트리스로 일하던 매디슨의 식당에는 패티라는 웨이트리스가 있었다. 어느 날 패티가 세바스티안을 데려왔다. 그 식당은 중서부 특유의 경박한 분위기의 식당으로 선거철의 필수 코스였다. 대통령을 꿈꾸는 야심가들이 중서부의 원조 아메리칸 파이를 먹으며 사진 촬영을 하는 곳이었다. 선거철이 아닐 때 식당의 손님들 틈에서 세바스티안은 단연 눈에 뜨였다. 그는 뉴트리아 모피 코트를 입고 땀 밴드를 차고 있었다. 9월이지만 여전히 날씨가 더워서, 아마도 그의 미모보다 더 요란하고 더 튀게 걸칠 수 있는 것이 땀 밴드밖에 없었을 것이다. 옷차림과 억양만으로는 그가 게이인지 확실히 알 수 없었다. 그가 리즈에게 처음 한 말이 "바지가 못생겼네요"여서 개자식인 것만은 확실했지만, 게이 문제에 관해서는 여전히 어느 쪽이든 가능했다.

리즈는 메모지를 넣는 짧은 웨이트리스 앞치마 속에 뱀 가죽 무늬의 꽉 끼는 바지를 입고 있었는데, 리즈는 뱀 가죽 무늬가 리즈의 굴곡을 효과적으로 드러내준다고 생각하고 있었다.

"당신 헤어스타일도 못생겼어요." 생각할 겨를도 없이 리즈가 쏘아붙이고는 "숭어 대가리명청이를 뜻하기도 하고, 앞은 짧고 뒤는 긴 남자 헤어스타일을 뜻하기도 하는 표현." 라고 덧붙였다.

"숭어가 뭔데요?" 그가 물었다.

"당신 머리."

"흠." 그는 다시 패티를 돌아보더니, 재킷에 달린 큼직한 주머니에서 LCD 화면이 달린 싸구려 게임기를 꺼냈다. "패티, 게임 계속 하자Let's keep playing." 그는 P와 L을 강하게 발음했다. P을 발음할 땐 공기를 강하게 뿜어냈고 L을 발음할 땐 혀가 입천장을 강하게 때렸다. (일 년 가까이 맨해튼에서 웨이트리스로 일하면서 손님에게 오렌지 **지우스**를 원하는지 반복해서 묻다 보니 리즈의 위스콘신 억양도 달라졌다.)

놀랍게도 세바스티안이 다음 날 패티 없이 혼자 와서 리즈가 시중드는 테이블 중 한 곳에 앉았다.

"여기서 제일 맛있는 디저트가 뭐죠?" 그가 리즈에게 물었다.

"글쎄요. 키 라임 파이일걸요." 리즈가 말했다.

그는 키 라임 파이 두 조각을 주문했고, 리즈가 두 접시를 그의 앞에 내려놓자 하나를 테이블 맞은편에 놓고 명령했다. "같이 먹어요."

"나 근무중이에요." 리즈가 말했다.

"지금 사람 거의 없잖아요." 그가 대답했다. "나 지금 사과하는 거예요."

그가 리즈의 바지는 못생기지 않았다고, 예뻤다고 말했다. 그리고 너무 예뻐서 그를 화나게 하는 여자들이 있는데, 리즈도 그런 여자 중 한 명이라고 했다. 그리고 어제는 자기가 제정신이 아니었다고, 그래서 그녀의 바지에 화풀이를 했다고. "난 가끔," 그가 고백했다. "어떤 여자를 지나쳤는데 그 여자가 너무 예쁘면, 그냥 '씨발!' 하고 소리 질러요."

리즈는 너무 놀랐고 그래서 그의 앞자리에 앉았다. "아! 그래서 사람들이 그렇게 날 보고 '씨발!' 하고 소리 지르는 거였군요. 난 다른 것 때문인 줄 알았는데."

"당신이 한때 남자여서?"

리즈가 도로 일어섰고 그녀의 "씨발"이 혀끝에 장전되었다.

"난 그래서 좋은데." 마치 리즈가 벌떡 일어선 것을 알아차리지 못했다는 듯 그가 덤덤하게 말했다. "내 첫사랑도 당신 같은 사람이었어요. 나이는 더 많았지만. 난 열다섯, 그 여잔 스물일곱이었어요."

"그건 불법이잖아요."

"노르웨이에선 달라요. 어쨌건, 난 어렸을 때부터 키가 커서 그 여자한테 내가 스무 살이라고 했어요."

"여긴 노르웨이가 아니에요."

"알아요." 그가 말했다. "내가 방금 크라이슬러 레 바론을 샀거든요." 그는 자신의 말을 강조하려는 듯 포크로 키 라임 파이를 찍었다.

리즈는 대화가 전혀 연결이 되지 않아서 어리둥절했다. "뭘 샀다고요?"

"크라이슬러 레 바론." 그가 크림 묻은 포크로 창밖을 가리켰다. 식당 앞에 1990년대 초기모델인 빨간색 크라이슬러 레 바론 컨버터블이 지붕을 연 상태로 주차되어 있었다. "별로 좋은 차가 아니라고 다들 말하는데, 너무나 미국적인 차잖아요. 크리스티안 산에서 살던 어린 시절에 TV에서 보았던 차 같아요. 더구나 엄청 싸더라고요. 노르웨이에서는 절대 그 값에 못 사요."

리즈가 완전히 할 말을 잃은 채 차를 쳐다보았다. 리즈에겐 차가 없었지만, 누군가가 레 바론을 공짜로 준다고 해도 받을지 확신이 없었다.

"나하고 저 차 같이 타지 않을래요?" 갑자기 그는 소년 같았다. 그의 얼굴에 생기가 돌았고, 리즈는 한 사람의 매력과 카리스마라는 것이 말하는 방식과 얼마나 밀접한 관계가 있는지, 이를테면 어떤 패턴으로 어떻게 끊어서 말하는지와 얼마나 밀접한 관계가 있는지 생각했다. 그리고 억양이 얼마나 그것들을 증폭시킬 수 있는지도. "제발please 그러겠다고 말해요." 이번에도 그는 이미 리즈가 알아차렸던 것처럼 P에서 L로 넘어갈 때의 발음이 특이했다. "빨간색 미국 컨버터블을 샀으니 앞자리에 앉을 예쁜 미국 여자가 필요하단 말이에요."

무엇에 동의하는 건지도 깊이 생각해보지 않고 리즈가 고개를 끄덕였다. 예쁜 미국 여자의 분류에 들어간다는 것만으로도 기뻤다. "일 끝나면요. 7시에."

이 주 뒤에도 리즈는 바로 그 앞좌석에 앉아 있었다. 그는 파스텔톤의 사우스다코타 배드랜드를 가로질러 서쪽으로 차를 몰았다. 그는 위스콘신 수영팀의 규칙도 오슬로 대학 수영

112

팀의 규칙보다 더 나을 게 없다고 했고, 사람을 멍청하게 만드는 걸로 치면 매디슨도 러시아 국경의 끝없이 이어지는 밤과 다를 게 없다고 했다.

　리즈는 첫 데이트 이후 그에게 오럴섹스를 해주고 있었지만, 월 드럭1931년 약사 테드 허스테드가 약국을 연 것으로 시작되어서 자동차 여행객들을 위한 종합 쇼핑몰로 자리잡은 사우스 다코타의 관광 명소의 본고장인 월 외곽의 어느 모텔에서 처음 팬티를 내렸다. 리즈는 이미 그와 사랑에 빠졌다고 확신했고, 어차피 조만간 닥칠 일이라고 생각했다. 그는 리즈에게 오럴섹스를 해주진 않았다. 그 뒤로 이어진 어둠 속에서 그가 마치 커다란 스푼처럼 뒤에서 그를 안았을 때, 리즈는 꼰대 트랜스들의 말을 들었던 자신의 나약함을 생각하며 숨죽여 울었다. 할머니가 대학 등록금으로 쓰라고 남겨준 돈으로 태국에 가서 질을 장만하기로 반쯤 결심을 굳혔을 때, 꼰대 트랜스들이 수술은 좀 더 기다려보라고 조언했다. 세바스티안의 느린 숨소리가 귓가에 울려 퍼질 때, 그녀의 몸 아래 깔려 있던 그의 힘없는 한 손이 올라와 그녀의 가슴을 잡고 다른 한 손은 그녀의 엉덩이의 널찍한 부분에서 쉴 때, 리즈는 차라리 질을 갖는 편이 계좌의 돈이 서서히 말라가는 것보다 나았을 거라는 생각을 했다.

　캘리포니아를 보고 나서 다시 동쪽으로 차를 몰아 위스콘신을 지나 뉴욕 시에 도착할 무렵, 리즈는 의심을 떨쳐버리고 그와 함께 하는 삶을 꿈꾸었다. 리즈는 그의 아내가 될 것이다. 노르웨이에서는 남자가 트랜스젠더 여성과 결혼할 수 있었다. 세바스티안이 번역해서 보여준 웹사이트에 나와 있는 것처럼, 리즈가 '복구 불가능한 불임 상태'인 한 여성으로 인식될 수 있었다. 그러나 리즈는 돈이 떨어져가고 있었고, 그들이 펜실베이니아 어딘가에 있을 때 세바스티안은 수영 장학금이 취소되었다는 통보를 메일로 받았다. 아스토리아에서 그들은 리즈가 소셜 미디어를 통해 만난 트랜스 여성들과 어울렸다. 뉴욕에서의 두 번째 날 밤, 세바스티안은 중고거래 사이트에서 레 바론을 팔고 노르웨이행 비행기표를 샀다.

그의 계획은 막연했다. 군복무 문제를 해결하고 나서 리즈에게 오슬로행 비행기표를 살 돈을 보내주겠다고 했다. "석 달 정도면 될 거야." 그가 말했다. 그리고 리즈에게 다시 웨이트리스 일자리를 구하라고 했다. 리즈는 구 일 동안 스물여섯 장의 지원서를 내고 나서야 이스트빌리지에 일자리를 얻었다. 다른 트랜스 여성들에게 월세를 내고 잠자리로 쓰기 시작한 아스토리아의 소파에서 지하철로 한 시간 거리였다. 레스토랑에서는 리즈를 일주일에 한 번만 근무해주길 원했다. 그런데 거기서 일하던 웨이트리스 중 한 명이 첼시에서 새로 개관한 스포츠센터의 매니저를 알고 있었고 그 센터 내의 놀이방에서 일할 사람을 구한다고 했다.

리즈는 그 자리에 몰래 지원했는데 트랜스젠더임을 숨기고 일자리에 지원한 건 처음이었다. 그리고 별 탈 없이 그 일자리를 얻었다. 그렇게 해서 리즈는 그다음 주 월요일 새벽 5시부터 알록달록한 원색으로 꾸며진 놀이방에 앉아 있게 되었다. 놀이방에는 다양한 게임들과 볼풀이 있는 발포고무 성, 그림 그리기 코너, 온갖 종류의 장난감들이 있었다. 숨겨진 스피커에서 〈세서미 스트리트〉의 은은한 음악이 흘러나왔다. 하루 종일 보라색 뱀파이어 인형이 양의 정수에 대한 거의 성적 집착 수준의 집착으로 괴로워하며 숫자에 대한 사랑을 노래할 때—"하나! 하하하! 둘! 하하하!"— 엄마들이 리즈에게 와서 아이를 한두 시간 맡겨놓고 스핀 수업에 참석하거나 러닝머신 위에서 뛰었다. 놀이방 구석마다 카메라가 설치되어 있어서 놀이방에서 일어나는 모든 일이 CCTV로 전송되고 엄마들은 운동기구에 설치된 LCD 스크린을 통해 다양한 각도에서 아이들을 지켜볼 수 있었다.

두 번째 주에, 친구 사이인 엄마 둘이 동시에 들어와서 각각 육 개월 된 아기와 기저귀 가방과 모유가 담긴 젖병 한 통을 리즈에게 건넸다. "혹시 울기 시작하면, 모유 주세요." 각각의 엄마가 각각의 딸에 대해 말했다. 두 엄마가 오기 전까지만 해도 놀이방에 들어온 가장 어린아이들은 걸어 다니는 아이들이었는데, 이제 갑자기 리즈는 갓난아기 둘을 돌보게 되었다. 두 엄마 모두 리즈의 정체를 의심하는 것 같진 않았다. 놀이방에 있는 젊은 여자? 이렇게 훌륭한 스포츠센터에서 설마 신원조회도 안 했겠어? 자, 우리 아기 좀 봐줘요!

처음엔 어느 모유가 어느 아기 것인지를 몰라 잠시 당황했다. 리즈는 사이클론 위에서 땀을 흘리며 감시카메라로 리즈를 지켜보고 있을 엄마들을 떠올렸고, 그 순간 생각이 났다.

리즈의 품에 안긴 조그만 몸들이, 그들의 키득거리고 웅얼거리는 소리가, 옥시토신이 흥건한 황홀경을 촉발했다. 리즈는 아기를 어떻게 다루어야 할지 본능적으로 알고 있었다. 아이가 탈이 나지 않으려면 모유를 어느 정도로 주어야 하는지, 언제 트림을 시켜야 하는지, 언제 아기를 안아주어야 하는지, 언제 아기 띠에 넣어야 하는지. 엄마들이 돌아왔을 때 아기들은 실컷 먹고 곤히 잠들어 있었다. 엄마들은 리즈가 육아에 소질이 있다며 호들갑을 떨었고 둘 다 데스크에 리즈의 일정을 묻기 시작했고 리즈가 일하는 시간에 운동하러 왔다. 다른 젊은 엄마들에게도 아기를 잘 보는 키 큰 갈색 머리 여자에 대해 얘기했다. 몇 주 만에 리즈가 일하는 시간에 아기들이 몰려들었고 심지어 비는 시간에 아기를 봐달라는 요청도 쇄도했다. 결국 매니저는 리즈가 일하는 시간에 일할 보모를 한 명 더 구하거나 리즈의 일정을 회원들에게 공개하지 않거나 둘 중 하나를 선택해야 하는 상황에 직면했다.

뉴욕에서 생활한 지 석 달이 끝나갈 무렵, 리즈는 자신이 꿈꾸던 삶의 사악한 복제판을 살고 있었다. 리즈는 아이들에 둘러싸여 있었고, 자신을 돌봐주겠다고 약속한 남자도 있었다. 다만 아이들은 그녀의 아이들이 아니었고, 남자는 바다 건너에 있고 더 이상은 전화도 없었다.

리즈가 세바스티안과 통화할 때면 그는 종종 술에 취해 있었다. 갈수록 초조해졌던 리즈는 비행기표에 대해, 향후 일정에 대해, 그의 사랑에 대해 묻고 싶은 욕구를 억눌렀다. 마침내 통화 음질이 불량한 싸구려 전화카드로 통화하던 중, 리즈는 정리되지 않은 분노의 말을 내뱉고야 말았다. 그를 다시 돌아오게 하기 위한 체스판의 치밀한 첫수와는 거리가 먼 말이었다. "나 노르웨이로 데려갈 생각은 없는 거지?"

"그 이유를 알 것 같아." 그가 대답했다.

"무슨 소리야?"

"그 이유를 알 것 같다고." 그가 다시 한번 말했다. 리즈가 말을 하지 않자 그가 말을 이었다. "그 이유는 바로 이거야. 내가 유일하게 좋아하는 일이 있다면, 그건 나 자신의 순수함을 파괴하는 일이거든. 이제 너와 함께 파괴할 순수함이 남아 있지 않아."

리즈는 뉴욕에서 석 달 동안 젊은 남자들을 만나다 보니 자기 자신과 사랑에 빠진 남자, 자기만의 영화의 주인공인 남자들을 식별할 수 있게 되었다. 세바스티안의 영화에는 트랜스와의 애정 행각이 포함되어 있었다. 자기 자신의 탕아적 캐릭터를 구축하기 위해서였다. "뭔 개소리야? 이걸 어쩔 수 없는 비극으로 받아들이라는 뜻이야?"

"내가 널 오슬로로 데려올 수 없다는 뜻이야."

결국 이런 상황이 올 줄 리즈도 알고 있었다. 그런데도 가슴속의 압박감 때문에 숨을 쉬기가 힘들었다. 마침내 말을 할 수 있게 되었을 땐 마음속의 무언가가 부러졌기 때문이었다. "난 널 기다렸어." 치직거리는 인터넷 전화선에 대고 리즈가 말했다. "네가 약속했잖아."

"내 약속은 믿을 게 못 돼." 그래서 서글프다는 듯 그가 말했다. "나도 언젠가는 가정을 꾸리고 싶어. 넌 내게 그걸 줄 수 없잖아." 리즈가 가장 간절히 원하는 그것을 갖고 있지 않다는 이유로 그녀를 비난하다니, 그는 얼마나 잔인한가. 리즈는 바로 그것을 그가 줄 수 있을 거라고 확신했었다. 리즈가 신음 소리를 냈지만 차오르기 시작한 슬픔 속에서도 자신의 목소리가 얼마나 저음인지를 의식하며 얼른 소리를 멈추었다. 리즈에겐 무방비 상태의 시간이 필요했다. 실제로 고통을 느낄 수 있는 시간. 그러나 이상한 목소리가 나올 수도 있다는 두려움 때문에 충격에 휩싸인 나머지, 리즈는 그럴 때면 늘 하던 행동을 하게 되었다. 바로 감정을 억누르고 냉정해지는 것이었다.

"우린 이 문제를 해결할 수 있어." 최대한 침착한 목소리로 리즈가 말했다. "난 알아. 난 널 사랑해. 너도 날 사랑해. 너에게 필요한 게 뭔지 말해줘."

"아니." 그가 말했다. "난…… 넌…… 나의 영원한 동반자가 아니야."

잠시 후 슬픔의 단두대의 칼이 자신을 내리치리란 것을, 그래서 그녀의 자존심으로부터 그녀를 분리시키리라는 것을, 절망을 억누르고 있던 모든 것으로부터 그녀를 분리시키리라는 것을 리즈는 알고 있었다. 리즈는 울며 애원할 것이다. 그러나 아직은 칼이 내려오지 않았다. 형은 아직 집행되지 않았고, 그녀의 자존심은, 그 마지막 순간에도 여전히 꼿꼿했다.

무슨 말이든 해야 했다. 아무리 멍청한 말이라도. 절대 울어선 안 되었다. "내가 팬티를 벗지 말았어야 했어." 리즈는 그렇게 쏘아붙이고 전화를 끊고는 실연의 고통이 그녀를 덮치기를 기다렸다. 리즈는 작별 인사로 그 말 대신 할 수 있었던 수천 가지의 예리한 말과 애원의 말을 그제야 떠올렸다.

트랜스 여성들의 소풍 장소는 프로스펙트 공원의 피크닉 하우스 맞은편 언덕 위 평지였다. 트랜스 여성들이 얼마나 무의식적으로 경계가 심했으면 소풍 장소마저도 적을 방어하기 위해 장군이 선택할 법한 군사적으로 유리한 고지로 정했는지 리즈로서는 놀라울 따름이었다. 삼면이 숲으로 둘러싸여 있고 그 아래로 펼쳐진 초원과 행인들이 접근해올 수 있는 모든 길의 시야를 확보하고 있었다. 주말 나들이 인파 속에서 소풍 장소로 올라오는 사람들은 언덕에 올라오기 한참 전부터 이미 식별되었다. 누구도 살금살금 다가와 트랜스 여성들을 놀라게 할 수 없었다. 물론 그렇다고 해서 그 사람들이 놀라지 않는다는 뜻은 아니었다. 리즈는 지나가는 십대 남자애들의 몸짓에서 그 사실을 알 수 있었다. 그들은 언덕에서 담요를 깔고 앉아 서로에게 밀폐 용기를 주거니 받거니 하는 트랜스 여성들의 모습을 보면서, 서로에게 몸을 밀착하며 웃음을 터뜨렸다.
리즈가 십대 소년들로부터 고개를 돌렸을 때, 여자 세바스티안이 리즈를 쳐다보고 있었다. 리즈는 놀라서 가슴이 철렁했다. 헤어진 이후 리즈는 세바스타인과의 연애를 진짜 사랑이라기보다는 십대 아이들의 풋내기 사랑 놀음으로, 그녀 자신의 감정은 비극적인 것이라기보다는 미성숙한 것으로 폄하했다. 그러나 거의 친숙하게 느껴지는 그 얼굴을 보는 순간, 그런 식의 각색에 의심이 들었고, 어쩌면 리즈가 스스로를 지키기 위해 방어적으로 폄하했던 건 아닐까 하는 생각마저 들었다. 여자 세바스티안이 리즈와 잠시 눈을 맞추었고, 거의 낯익은 얼굴의 애매한 찌푸림은 이내 다정하고 심지어 미소에 가까운 표정으로 변했다. 여자는 살짝 고개를 끄덕이고는 곁에 있던 다른 여자들에게 시선을 돌렸다. 아이리스가 리즈의 무릎을 두드리며 주의를 끌었다.

"나 펠리시티 알아." 어떻게 그럴 수 있었는지 모르겠지만 눈부신 흰 드레스를 입고 스케이트보드를 타고 올라온 예쁜 라틴계 여자애를 턱으로 가리키며 아이리스가 말했다. 그 순간 여자 세바스티안이 펠리시티의 말에 웃음을 터뜨렸다. "가서 얘기해볼래? 소개도 받고?"

"아니, 절대로." 리즈가 말했다. "내가 비록 이성애자로서의 정체성은 잃었지만 품위까지 잃진 않았거든."

아이리스가 코웃음을 쳤다. "품위가 언제 있기는 했고? 애인 집에서 몰래 빠져나온 주제에."

리즈는 퀴어들의 파티나 모임에 스탠리를 데려가지 않는 건 너무도 당연한 일이라고 생각했다. 리즈 자신만의 미묘하면서도 명백한 하위문화적 이유 때문이었다. 리즈는 그가 무슨 말을 할지 두려웠고, 퀴어들의 컷오프 블랙진들 틈에서 그의 커다란 체구와 잡지 화보 스타일의 옷차림이 어떻게 비칠지 두려웠다. 그가 공간을 점령하고, 판결을 내리고, 전반적으로 무언가를 **촉발**할 것이 두려웠다. 입을 다물고 있을 사람도 아니었지만 설령 그가 입을 다물고 있다고 해도, 교외 수영장 파티에 물소를 데리고 오는 꼴일 것이다. 물론 물소가 얕은 물에서 평화롭게 되새김질을 할 수도 있었다. 그러나 물소가 있으면 그 누구도 물에 뛰어들거나 첨벙거리며 돌아다니지 않는다.

리즈가 아이리스를 쳐다보았다. 아이리스는 마치 누군가에게 담배를 건네주려는 것처럼 손가락 두 개를 편 상태로 팔을 쭉 펴는 특이한 자세로 담배를 피우며 리즈의 어깨에 연기를 뿜어대고 있었다. "유혹의 뿌리를 잘라버리자." 리즈가 말했다. "이 한심한 공원에서 나가서 이성애자들이 가는 술집에 가는 거야. 잔잔한 테스토스테론에 취할 수 있는 곳."

"볼링장 있는 술집?"

"일단 가자. 장소는 네가 골라. 난 아무 데나 상관없으니까."

"좋아." 아이리스가 동의했다. 그러나 아이리스는 짐을 챙기기는커녕 펠리시티 쪽으로 어슬렁거리며 걸어갔다. 아이리스는 몸을 숙여 펠리시티에게 키스 인사를 하고는, 담배를 든 한 손은 멀리 들고 다른 한 손으로 펠리시티를 가볍게 건드렸다. 그러는 틈틈이 리즈를 향해 은밀하고도 심술궂은 미소를 지어 보였다. 아이리스에겐 여간해서는 사용하지 않는 다섯 번째 매력발산 기어가 있었는데, 사고를 치기로 작정했을 때에만 그 기어로 변속했다. "리즈, 리즈." 아이리스가 잠시 후 마치 디너파티의 오십대 안주인처럼 리즈를 불렀다. "이리 와봐. 네가 인사할 사람이 있어."

펠리시티와 여자 세바스티안이 리즈가 일어서는 모습을 지켜보고 있어서, 리즈는 정신을 차리고 옷매무새를 가다듬고 머리를 정돈할 겨를도 없이 그들 쪽으로 다가가 최대한 태연하게, 세상 따분한 사람처럼 "안녕하세요"라고 말할 수밖에 없었다. 그런 식으로 힘들게 입장한 사람이 달리 무슨 말을 할 수 있겠는가? 아이리스의 가슴을 쿡 찌를 수도 없었다. 그랬다면 좀 더 재미있을 수도 있었겠지만, 자칫하면 첫인상이 나빠질 수도 있었다.

전에도 몇 번 만난 적 있는 펠리시티가 리즈를 반겼다. "왔어?" 리즈도 인사를 한 뒤 가냘프지만 너무 가냘프지는 않은 손을 여자 세바스티안에게 내밀었다. "난 리즈라고 해."

"난 에이미." 에이미가 말하며 리즈의 손을 살짝 스쳤다. "여기 앉아."

리즈는 스커트를 모아들고 에이미 곁에 앉았다. 그들은 담요에 앉아 게임을 하던 중이었다. 시간 보내기 좋은 일종의 대화 연습 게임으로, 자기가 얼마나 활달하고 열린 마음의 소유자인지 보여줄 수 있지만 정작 속마음을 드러낼 위험은 크지 않았다. 편의점에서 살 수 있는 물건들 중에서 카운터에서 계산할 때 직원을 가장 당황시킬 수 있는 물건 세 가지를 고르는 것이었다.

대화의 예시는 다음과 같았다.

"개 목줄, 애들 파티에서 꼬아서 동물 만드는 그 기다란 풍선, 바셀린 한 개."

"코 스프레이, 부엌칼, 노끈."

"콘돔, 삽, 스티로폼 상자."

"편의점에서 삽 안 팔아."

"팔아!"

"너 어디 출신이야? 혹시 몬태나? 뉴욕 시에선 안 팔아."

"그럼 모종삽으로 할게. 그 조그만 삽. 알지?"

"안 팔아."

"알았어, 그럼. 내가 삽을 하나 들고 편의점에 들어가는 걸로 할게. 그리고 다른 두 가지를 사는 거야."

"그건 규칙에 어긋나잖아. 물건을 갖고 들어갈 수 있으면, 삽보다 더 심란한 물건들도 얼마든지 있어."

자기 차례가 되자 에이미가 말했다. "내 생각에 우리한테 규칙은 별 의미가 없어. 우리가 말하는 모든 것이 섹스나 살인을 암시하잖아. 사람들을 놀라게 하는 가장 일반적인 물건들이지. 하지만 인생이 서글프다는 생각이 들게 만들 수 있다면, 그게 더 심란하지 않을까? 나는 가장 피곤하고 외로워 보이는 점원을 찾아서 대용량 초콜릿 칩 쿠키 아이스크림, 다이어트약 한 병 그리고 가장 서글픈 기사 제목이 있는 잡지를 사겠어. 〈치욕스럽지 않은 직업을 구하는 법〉〈결별 후 몇 년을 혼자 보내지 않는 법〉〈오르가슴! 과연 당신도 느낄 수 있을까?〉물론 어떤 직원을 선택하느냐가 중요하겠지. 제대로만 고르면

파괴력이 대단할걸."

좋았어! 딱 내 스타일! 리즈가 생각했다.

펑크족 문학소녀들의 모임처럼 대화가 변질되어가자 리즈의 주의가 분산되었다. 리즈는 그런 대화에 관심이 없었다. 리즈가 다시 대화로 돌아왔을 때, 에이미는 초원을 빙 두른 숲 위로 높이 솟아오른 남쪽 건물들을 가리키고 있었다. 자기가 저 건물들 중 한 곳에 산다고 했다. 리즈는 에이미의 직업을 묻지 않았다. 그 공식을 이미 알고 있었다. 공원 바로 옆 고급 아파트에 사는 백인 트랜스 여성이라면 IT 업계에서 일한다는 뜻이었다.

리즈는 에이미가 하는 말에는 거의 주의를 기울이지 않았다. 에이미의 말투는 세바스티안과 비슷했지만 에이미의 목소리 혹은 그 목소리를 사용하는 방식은 건조한 중서부 스타일이었고, 세바스티안의 카리스마 넘치는 멈춤과 요란한 외국인 억양이 없었다. 세바스티안의 유령은 에이미가 말을 할 때 사라졌다가 입을 다무는 순간 고무줄처럼 되돌아왔다. 그러다가 어느 순간 대화가 중단되었다. 아이리스와 펠리시티가 맥주를 가져온 사람이 있는지 보자며 일어섰고 에이미와 리즈 단둘이 남았다.

"나 쳐다보는 거 봤어." 에이미가 말했고 리즈는 에이미가 당돌하다고 생각했다. "낯이 익은데, 우리 전에 만난 적 있던가? 우리 혹시 온라인으로 아는 사이야?"

"아니." 리즈가 생각도 해보지 않고 말했다. "그랬다면 기억했을 거야."

리즈의 말이 칭찬인지 확실치 않아서 에이미가 웃었다.

"너 내가 전에 알던 사람하고 너무 닮았어." 리즈가 말했다.

"어떤 여자였는데?" 에이미가 물었다. 어쩌다 보니 리즈는 자기 자신이 놓은 덫에 걸려들고 말았다. 남자를 생각하고 있었다고 말할 수는 없었다. 그 사실을 인정하면 아기 트랜스에게 상처가 될 게 분명했다. **씨발 알 게 뭐야! 기왕 이렇게 된 거 이걸 빌미로 유혹해야지. 어차피 유혹하고 싶었으니까.** "나의 옛 연인." 리즈가 말하고 에이미를 똑바로 쳐다보았다. 역광이라 에이미의 얼굴은 머리카락의 후광 속에서 살짝 그늘져 있었다. "최고의 연인."

에이미가 가볍게 웃더니, 혹시 놀리는 건가 확인해보려고 눈을 가늘게 떴다. 리즈는 표정 없이 에이미를 똑바로 쳐다보았다. "알겠어." 잠시 후, 마치 제안을 수락하듯이 에이미가 고개를 끄덕였다. "좋아."

그 주 내내 두 사람은 서로 메시지를 주고받았고 그것은 일종의 질식 게임(환각과 유사한 기분을 느끼기 위해 일부러 숨을 참아 뇌로 가는 산소를 차단하는 행위)이었다. 도파민이 분비되는 대화 사이사이에 죽음으로 향하는 작은 질식 상태들이 이어졌다. 스탠리가 친구들과 식사하러 나갔을 때, 리즈는 그가 몇 시간 집을 비우리란 것을 알고 에이미를 집으로 초대했다. 부유한 남성의 정취가 풍기는 아파트에 대해 질문하는 듯한 에이미의 눈빛을 무시한 채, 리즈는 에이미를 스탠리의 침대로 데려가서 옷을 다 벗긴 다음 손가락과 기구로 절정에 도달하게 해주었다.

그러고 나서 에이미가 물었다. "아파트에 진짜 벽난로가 있다고?" 에이미가 정작 궁금한 것을 노골적으로 물을 수 없어서 돌려서 묻고 있다는 것을 리즈도 알고 있었다.

"돈은 다 그 남자가 내."

"그 남자?"

"내 남자친구. 혹은 뭐라고 부르건 그 사람."

"남자친구가 아니면 뭔데?"

"주로 개자식."

리즈의 욕설을 일종의 애정표현으로 받아들인 에이미가 웃었다. 에이미 자신의 희망과 리즈가 여전히 남자친구에게 주고 있는 것 같은 사랑의 우선순위 사이의 전략적 거리를 유지하면서. 그러나 리즈의 표정에는 전혀 장난기가 없었다.

에이미는 갑자기 보호본능을 느끼며 웃음을 멈추었다. "개자식이야?"

"완전."

"그럼 왜 안 떠나?"

리즈가 어깨를 으쓱했다. 리즈는 에이미의 마음을 움직이기 위해 스탠리에 대한 감정이 시들해진 척하고 있었지만, 그 순간 에이미의 그 질문에 의해 리즈의 시들함은 실제 감정으로 응고되었다. "떠나면 어디로 가는데?"

죽고 못 사는 연애 초기에만 일어날 수 있는 엄청난 감정의 비약 속에서 에이미가 불쑥 내뱉었다. "나하고 같이 살자!"

리즈가 에이미를 돌아보았고, 고개를 한옆으로 꺄우뚱하고는 손을 뻗어 에이미의 턱을 자기 쪽으로 끌어당겼다. "벌써 유홀이삿짐 트럭 렌탈 업체명. 레즈비언들이 두 번째 데이트에 동거를 한다는 일종의 고정관념에서 비롯된 말하고 싶어? 너 진짜 레즈비언이구나!"

에이미와 에이미의 세 친구들(전부 다 여자)은 인질을 구출하는 군사작전을 방불케 할 정도로 기민하게 움직였다. 그들은 스탠리가 출근할 때까지 기다렸다가 트럭을 빌려 타고 도착했고, 스탠리의 아파트 벽장에서 리즈의 옷들을 꺼내 정오 무렵 에이미의 집으로 옮겼다. 스탠리가 자신이 다시 독신 생활로 돌아가게 되었음을 깨달았을 때 에이미와 리즈는 이미 새집에서 두 끼 식사를 마친 뒤였다.

리즈는 스탠리의 집을 떠날 때 그의 블렌더를 훔쳤다. 그게 리즈와 스탠리 모두에게 합당한 일이라고 생각했다. 그 작은 절도 사건이 스탠리가 분노에 찬 음성메시지, 문자메시지, 이메일을 퍼붓는 빌미가 되었다. 리즈가 얼마나 탐욕스러운지, 얼마나 못돼 처먹었는지, 리즈가 어떻게 사람을 이용하는지, 어떻게 사람을 무너뜨리는지, 어떻게 소형 가전제품까지 훔쳐 갈 생각을 하는지에 관한 내용이었다.

그러다가 어느 날 그의 메시지가 멈추었다. 경제위기가 지나간 지 몇 년이 되었는데도 여전히 그 여파로 회사들이 쓰러지곤 했다. 이번에는 그게 스탠리의 회사였다.

3
장

임신 육 주

시카고 스카이라인 아래, 파도가 레이크쇼어 드라이브의 방파제를 요란하게 때린다. 파도는 높은 콘크리트 벽에 부딪치고 튕겨나가 새 파도를 밑에서 위로 휘감으며 합류하고, 두 파도가 서로를 거칠게 번쩍 들어 올렸다가 뚝 떨어지며 잦아든다. 택시 안에 창문을 올리고 있는데도 에임스는 바다 냄새를 맡을 수 있다. 이온화된 바람이 그를 상쾌하게 각성시킨다. 폭포 옆에 서 있을 때나 갑작스럽게 폭우가 쏟아진 뒤에 그런 것처럼. 바람을 타고 도로를 덮치는 물보라를 피하기 위해 바이커들이 우회한다. 두 명의 윈드서퍼들이 네이비 피어 방파제 안쪽의 평평한 수면을 가로지른다. 온몸에 힘을 주고 바람에 맞서느라 돛이 완전히 뒤로 젖혀져서 수평선과 수직이 아닌 평행을 이룬다. 둘 중 한 명이 가파른 흰 파도가 밀려드는 해협의 입구로 향하더니 첫 번째로 밀려드는 큰 파도를 타고 공중으로 3미터 넘게 날아오르고, 마치 연처럼 그 상태로 잠시 하늘에 떠 있다. 그의 기량이 너무도 놀랍고 인상적이어서 에임스는 탄성을 내뱉으며 카트리나의 팔을 잡는다. 지난 한 주 내내, 일과 밀접한 연관이 있는 대화가 아닌 모든 대화가 불편한 슬픔 혹은 비난으로 끝났다는 것도 잊고서.

"미안." 손을 거두며 그가 말한다. "방금 봤어? 저 남자가 돛을 날개처럼 펴고 파도에서 뛰어오르는 거?"

카트리나는 호수 쪽으로 시선을 돌리지 않는다. 그녀의 고통이 다시 그에게 소환된다. 그는 천천히 숨을 내쉰다.

택시는 미시건 애비뉴에서 대로를 벗어나 시카고에서 가장 화려한 거리로 들어선다. 그들의 광고주는 매그니피션트 마일에서 '위스콘신 요리'를 표방하는 레스토랑을 선택했다. 시카고 사람들이 보기에 뉴요커들은 위스콘신 음식을 조금 더 섭취해야 하는 모양이다. 중서부에서 캐서롤미 중서부의 대표적인 음식으로 간단하게 조리하는 오븐요리을 먹으며 자란 에임스는 중서부 사람들이 촌스럽게 쩔쩔매는 모습을 유독 못 참는다. 중서부 사람들은 미술사를 전공하고 경영대학원에 진학하고 이름을 바꾸고 에스트로겐을 맞기 시작하면 잘난 척하는 거라고 생각한다. 중서부 사람 특유의 분노에 찬 열등감이다. 마지막으로 에임스가 숙모를 만났을 때, 그나마도 십 년 전이었지만, 에임스가 프렌치 프레스 커피를 선물했더니 숙모는 자기는 폴저스 커피미국의 대표적인 커피 브랜드로도 충분하다고, 고급스러운 외국 제품이 필요하지 않다고 말했다. "잘됐네요." 에임스가 말했다. "이건 커피 가루에 끓는 물을 붓고 오 분이나 기다려야 되거든요." 그 후로 에임스가 성전환을 했고 그 뒤로는 숙모와 대화한 적이 없었다. 숙모의 사고방식에 비춰볼 때, 사람이 성별을 바꾸는 것은 프렌치 프레스 커피를 마시는 것보다 더 잘난 척하는 행동일 것이 분명했다.

워터 타워 팰리스 앞 교통 체증에 걸려 택시가 서행한다. 에임스는 용기를 내어 카트리나를 쳐다본다. 카트리나는 빅토리아 시크릿을 입은 여자들의 모습이 담긴 거대한 광고판을 바라보고 있다.

"그래도 같이 저녁 식사 할 수 있어서 좋다." 에임스가 바보처럼 말한다. 마치 업무상 식사 자리에 그와 함께 가는 것이 데이트 신청을 허락한 것이라는 듯.

"출장 일정 당신이 짰잖아." 카트리나가 짚고 넘어간다.

"그러니까 내 말은, 물론 일 때문에 온 거긴 하지만, 당신하고 여행하는 게 좋다고. 몬트리올로 주말여행 갔던 거 기억나?" 그때 두 사람은 주말을 거의 침대에서 보냈다.

"기억나." 카트리나가 동의한다. "당신이 날 속여서 거길 데려갔지." 택시 기사가 백미러로 그를 슬쩍 쳐다본다.

에임스는 그녀에게 반박할 아주 지독한 말을 찾아보지만 딱히 떠오르는 말이 없고 욕구는 이내 잦아든다. 카트리나는 지독한 말을 들어선 안 된다. 지난 한 주 동안 카트리나가 곁에 없으니 에임스는 자신이 그녀와의 친밀감을 얼마나 원하는

지, 그의 마음속에 그녀가 차지하고 있는 공간이 얼마나 큰지 알게 되었다. 지난 며칠 회사에서 에임스는 카트리나의 임신과 관련하여 결정을 내려달라는 요구에 시달릴 수 없는 상황일 때에만 그녀와 함께 있었다.

그들이 맡은 프로젝트도 그의 노력에 도움을 주었다. 이번에도 카트리나는 기이한 마케팅 안을 기획했다. 동물 보험회사에 1990년대에 유행했던 기가펫미국 타이거 일렉트로닉스에서 만든 장난감으로 기계 안에서 가상 애완동물을 키우는 육성 시뮬레이션 게임 앱을 만들자고 제안했다. 우리 복실이가 겪을 수도 있는 수많은 끔찍한 일을 반려동물의 주인들이 게임으로 경험하는 것이야말로 반려동물의 건강에 대한 경각심을 고취시킬 수 있는 가장 좋은 방법이었다. 앱을 제작하려면 보험회사 측에서 엄청난 비용을 들여 외부에서 프로그래머들을 고용해야 했다. 카트리나와 에임스는 광고주들에게 사내 프로그래머들을 활용하여 보다 단순한 프로그램을 만들 것을 제안해서 프로젝트의 이윤을 극대화하자고 설득하기 위해 시카고에 왔다.

에임스는 이 제안을 성사시키기 위해 미련해 보일 정도로 열심히 일했고 그 성과가 바로 이번 출장이었다. 에임스는 혼자만의 생각에 빠져들지 않기 위해 깨어 있는 시간의 대부분을 동물 보험 시장의 복잡성을 이해하고, 온라인 가상 동물 게임의 고객층을 파악하고, 광고주 회사의 마케팅팀 직원들을 매혹시킬 방법을 연구하는 데 바쳤다. 그 모든 것이 자신이 카트리나의 명성과 이익을 수호할 수 있는 믿을 만한 사람이라는 것을 카트리나에게 증명하기 위해서였고, 그렇게 해서 카트리나의 임신과 관련한 그의 계획을 제안해볼 적절한 기회를 잡을 수 있게 되기를 바랐다.

광고주들과의 저녁 식사 자리에서, 카트리나는 샴페인 두 병을 주문해서 에임스를 놀라게 한다. 카트리나는 에임스가 한 번도 본 적 없는 빠른 속도로 자신의 잔을 채우고 또 비우며 일이 순조롭게 진행되고 있음을 축하해야 한다고 재잘거렸다. 두 잔을 마셨을 때부터 카트리나의 뺨과 귀가 벌겋게 달아올랐고 기민한 눈이 반짝이기 시작한다.

카트리나는 반려동물 보험회사의 마케팅팀 전략담당자와 사업개발팀 차장과 얘기를 나누고 있고, 지난 한 주 그 어느 때보다 활기가 넘친다. 두 사람은 마치 무대에서 연기를 하는 것처럼 한 팀이 되어 번갈아 얘기를 한다. 둘 다 네이퍼빌이라는 교외 동네에서 살고, 아이들이 같은 학교에 다닌다. 그들의 아내들끼리 원래 친구였고, 심지어 한 명이 다른 한 명을 고용했다.

"잘됐네요." 카트리나가 말한다. "두 분 한 차로 다녀도 되겠네요." 남자들이 그 점에 대해 생각해보고, 사업개발팀이 조심스럽게, 맞아요, 잘된 거 같아요, 라고 동의한다. 평소답지 않은 과한 열정을 보이며 샴페인을 주문하는 카트리나의 모습은 에임스가 생각했던 것 이상의 고통을 숨기려 애쓰는 것처럼 보인다. 카트리나는 금방이라도 돌출 행동을 할 것 같지만 광고주들은 알아차리지 못한다. 오히려 지금까지 사무적인 태도로 일관했던 여자가 느닷없이 저녁 식사에서 드러낸 재미있는 면모에 감탄할 뿐이다. 카트리나는 에임스의 시선을 피한다. 에임스가 어렵사리 그녀와 눈을 맞출 때면, 그녀의 갈색 눈동자에 평상시의 총명함은 없고 그저 깊고 투명하게 반짝일 뿐이다.

애피타이저가 나온다. 다양한 종류의 튀긴 빵, 치즈 커드를 듬뿍 뿌린 치즈 한 접시가 나온다. 웨이터는 노르웨이산 치즈 **브루노스트**를 발음할 때와 똑같은 진지함을 담아, 치즈 커드가 일명 '찍찍이 치즈'라고 불리며 씹을 때 찍찍거리는 소리가 난다고 설명한다.

카트리나는 치즈 커드 몇 개를 입안에 던져 넣더니 입을 벌리고 어금니로 치즈를 씹는다. "소리 들려요?" 그녀가 묻는다. 사업개발팀이 그 소리를 들으려고 카트리나의 얼굴 쪽으로 몸을 기울인다. "들려요!" 그가 외친다. 에임스가 보기에는 다른 사람의 음식 씹는 소리를 듣는 사람치고는 필요 이상으로 흥분하면서. "내가 할 때도 들리나 볼래요?"

에임스는 카트리나가 자신의 파티를 재미있게 하려고 너무 애쓰다가 술에 취한 안주인 흉내를 내는 거라고 생각할 뻔했다. 에임스가 카트리나에게 못마땅한 표정을 지어 보이는 순간 카트리나의 얼굴을 스치는 괴로움을 보지 못했다면 그렇게 생각했을 것이다. 잠시 후 카트리나가 자신의 표정을 수습한다. "에임스, 들어봐요! 이 사람 씹는 소리 들어봐요!" 카트리나가 제안한다. 에임스는 카트리나가 시키는 대로 마케팅의 입 쪽으로 몸을 기울인다. "들리네요, 찍찍 소리!" 에임스가 말한다.

에임스는 웹 버전 게임 앱을 플래시 기반으로 프로그래밍할 경우의 장단점에 대해 얘기해보려 하지만, 매번 카트리나가 남자들에게 사적인 질문을 하며 그의 말을 끊는다. 결국 에임스도 포기하고 사업개발팀에게 자신이 위스콘신에서 자랐고 조부모와 함께 위스콘신의 식당에 실제로 가본 적이 있는데, 이곳과 전반적으로 비슷했지만 모든 것이 갈색이었다는 얘기를 한다. 고기와 토마토와 그레이비소스와 베이지색 카펫과 인스턴트커피와 기름때가 묻어 색이 진해진 오크 테이블까지 전부 다 갈색이었다고.

웨이터가 지나갈 때 카트리나가 와인을 한 병 주문한다. "하얗고 좋은 걸로 아무거나 주세요." 그녀가 말한다. 와인이 나오고 또 한 잔이 사라진다. 카트리나의 행동에 너무 당황한 나머지, 음식이 나오고 나서야 에임스는 비로소 카트리나의 행동에 그가 해석해야 할 어떤 의미가 담겨 있는 건 아닌지 의문이 든다. 임신한 여자가 술을 퍼마시고 있다. 심지어 사업개발팀조차도 카트리나의 와인 소비량이 이런 자리의 적정 수준을 상당히 초과한다는 사실을 의식하기 시작한다. 웨이터가 카트리나의 잔을 채우려는 순간, 그가 한 손으로 카트리나의 잔을 덮는다.

"아, 맞아요. 아무래도 그만 마시는 게 좋겠어요." 카트리나가 말하고는 나른한 손짓으로 웨이터에게 잔을 채우라고 지시한다. 카트리나는 이미 상당히 취했다. 눈이 풀렸고, 뺨이 벌겋고, 술주정을 하기 직전이다. "하지만 이번 출장은 에임스가 책임지고 있거든요. 아마 집까지 안전하게 데려다줄 거예요."

"그건 그렇지만, 내일 숙취 때문에 고생하는 건 원치 않잖아요." 본질을 회피하며 에임스가 말한다.

"씨발 내가 뭘 원하는지 당신이 알아?"

재미있는 안주인이 가면을 벗는다. 가면 뒤의 카트리나가, 오늘 밤 들어 처음으로, 평상시의 사나운 눈빛으로 에임스를 똑바로 쳐다본다. 카트리나는 걷잡을 수 없는 분노를 숨길 수가 없다. 사업개발팀과 마케팅팀 모두 접시에 담긴 음식 속에서 무언가를 찾는다. 카트리나는 크림소스가 묻은 스푼으로 에임스를 가리키면서 모두에게 말한다. "이 사람은 내가 자기 상사라는 걸 자꾸 잊어요."

에임스는 **씨발 지금 뭐 하자는 거야!**라고 말하는 듯한 표정을 짓는다. 이것은 카트리나의 프로젝트이고, 광고회사의 괴짜 천재로서 불가능한 계약을 성사시켜왔던 그녀의 명성이 걸려 있는 일이다. 그런데 지금 그녀가 이 프로젝트를 폭파시키려 하고 있다. 카트리나는 지금 자기 자신을 해치고 있다.

"이 프로젝트에서 에임스는 너무나 훌륭했어요." 신중하게 단어를 골라가며 마케팅팀이 말한다.

"훌륭하고말고요." 사업개발팀이 거든다. "그렇게 짧은 기간에 반려동물 보험 업계에 대해 그 정도로 이해할 수 있는 사람은 아마 없을걸요. 그리고 진심이잖아요."

"맞습니다. 우린 진심입니다."

"맞아요." 카트리나가 말한다. "에임스는 매력 있는 사람이에요. 에임스가 얼마나 **다채로운** 삶을 살아왔는지 난 늘 놀라요. 에임스는 **온갖 재미있는 사람들**과 어울리는 데 소질이 있는 것 같아요." 카트리나가 말하는 방식에서 악의가 번득인다. "에임스는 아주 **특별한** 과거를 갖고 있어요."

에임스는 테이블 밑에서 그녀를 발로 걷어차고 싶지만, 거리가 너무 멀다. 에임스는 문득 카트리나가 몹시 취했고 동시에 몹시 화가 나 있다는 걸 깨닫는다. 그 자신도 사람들과 함께 있을 때, 불편한 감정을 내면의 독백으로 곱씹다가 결국 압박감을 못 이기고 어느 순간 가까이 있는 모든 사람에게 쏟아낸 적이 있다.

그러나 그들은 에임스의 과거에 관한 미끼를 물지 않는다. 그들이야말로 참 재미있는 사람들이다.

"나 에임스한테 완전 반했잖아요." 사업개발팀이 말한다.

"나도요." 마케팅팀이 동의한다.

"뭐냐 하면." 카트리나가 말한다.

"자, 우리 디저트는 어떻게 할까요?" 이 상황을 모면해보려고 에임스가 말한다.

"트랜스젠더." 그의 말을 무시하며 카트리나가 말한다.

에임스가 한숨을 쉬고 부러졌던 콧등을 손끝으로 쓸어내린다. "진짜 이러기야?"

"네?" 마케팅팀이 묻는다.

"트랜스젠더." 카트리나가 되풀이한다. "에임스에겐 트랜스젠더의 전력이 있어요."

사업개발팀은 묻지 않을 수가 없다. "트랜스젠더 좋아하세요?"

에임스가 원하지도 않았는데, 함께 살던 시절 리즈의 모습이 떠오른다. 그들이 살던 아파트에서 보는 사람이 없을 때의 리즈의 모습을. 하루가 끝날 무렵이면 아이라이너 끝부분이 번져 있었고, 뒤로 묶은 머리카락은 헐거워진 고무 밴드에서 한 움큼씩 옆으로 빠져나왔다. 현관문을 닫고 소파에서 쓰러질 때, 사람들 앞에 있을 때의 무용수 같은 자세가 허물어졌다. "네." 에임스가 대답하고는 냅킨으로 입을 닦는다. "저 트랜스젠더 좋아합니다." 그의 목소리가 도발적이다.

"아뇨." 카트리나가 말한다. "내 말은 그게 아니고요. 내 말은—"

마케팅팀이 자기 물컵을 쾅 하고 내려놓는 바람에 물이 쏟아지고, 에임스는 움찔한다. 에임스는 이 상황에서 벗어보려 하지만 그러기엔 이미 늦은 것 같다. 화가 치민다. 이 사람들이 조금이라도 트랜스 여성을 비하하는 말을 한다면 도저히 못 참을 것 같다. "이봐요." 누구에게랄 것도 없이 마케팅팀이 말한다. "내가 올해로 결혼 십오 년 차인데, 아내의 생식기에 대해 묻는 사람은 아무도 없던데요. 누구든 그랬다간 내가 입을 찢어놨겠죠. 자기가 사랑하는 여자를 위해서라면 에임스도 그럴 거라 믿어요." 남자답게 고개를 끄덕이며 마케팅팀이 자신의 선언을 마친다.

동그랗게 뭉친 냅킨을 꽉 움켜쥐고 있던 에임스는 전혀 다른 말을 들을 각오를 하고 있었다. 에임스에겐 상황을 파악할 시간이 필요하다. 남자의 말에 담긴 다양한 암시를 헤아려볼 시간이 필요하다. 이성애자인 중산층 남자가, 트랜스 여성을 두둔하는 것도 모자라서 **자기 아내**에 비유하는 말을 듣다니. 오랜 세월 에임스가 얼마나 듣고 싶었던 말인가. 그런데 지금, 너무 늦게, 바로 그런 남자가 하필 지금 나타나서, 에임스가 아끼는 또 다른 여자에게 상처를 주고 있다. 그가 남자들끼리만 통하는 눈빛으로 에임스와 눈을 맞춘다. **우리가 사랑하는 여자들은 신성합니다! 우리는 어떻게든 그들을 지켜냅니다!** 테이블 맞은편에서 카트리나가 몸을 뒤척인다. 에임스는 그녀의 표정에서 망설임을 읽는다. 남자들이 자신을 소외시켰음을, 그들은 언제든 자신을 소외시킬 수 있음을 알아차린 것이 분명하다. 그러나 그보다 더 나쁜 것은, 에임스가, 혹은 그 자리에 있는 사람 그 누구든, 지켜내고자 하는 사랑의 대상이 카트리나가 아니라는 것을 그 순간 카트리나가 깨달았다는 것이다.

"내 애길 잘못 이해하신 것 같은데," 카트리나가 불쑥 말한다. "내가 하려던 얘기는, 당신들이 사랑해 마지않는 우리 에임스가 한때 빌어먹을 트랜스젠더였다는 거예요."

리즈는 에임스가 카트리나와 함께 시카고에 갔다는 걸 안다. 에임스는 리즈가 동의했던 계획을 출장중에 카트리나에게 말해보겠다고 했다. 리즈는 계속 핸드폰을 확인해보지만 에임스에게선 여전히 아무런 소식이 없다. 리즈는 점점 더 초조해진다. 시간이 흐를수록 이 계획이 너무도 말이 안 되는 것 같다. 어머니 역할을 나누는 것이 정말 그 여자가 원하는 바일까? 아니면 너무 절박해서 지푸라기라도 잡고 싶을까? 성공한 시스 여성이 그렇게 허접한 제안을 받아들인다는 것이 리즈가 보기엔 있을 수 없는 일 같다. 리즈는 주의를 분산시키기 위해 요즘 들어 카우보이를 엄청 자주 만난다.

그러나 예상했던 대로 카우보이가 오늘 밤 약속을 미루었다. 리즈는 충동적으로 다이너마이트의 주간 모임에 가서 친구인 탈리아를 만나기로 한다. 다이너마이트는 노스 브루클린에 위치한 퀴어 술집으로, 음침한 이성애자 가족이 운영하고 있다. 탈리아는 과거 드래그 퀸이었다가, 수많은 브루클린의 드래그 퀸들이 트랜스가 되던 드래그 퀸 계몽시대 초기에 트랜스로 전향해서 에스트로겐 주사를 맞으면서 게이였던 과거와 결별했다. 결과적으로 그는 남성 혐오자가 되었는데, 과거에 그와 자던 아름다운 남자들이 더 이상 그와 자려 하지 않았기 때문이었다. 탈리아는 **분노조절관리**라는 명칭의 모임을 운영하고 있는데, 거기서 열대국가풍의 덥스텝 음악을 틀어 사람들의 긴장을 풀어주다가 한 시간 간격으로 상담코너를 진행한다. 탈리아는 그 코너에서 더 이상은 자신의 섹스 상대가 되어주지 않는 다양한 트윙크외모가 수려한 젊은 남성을 일컫는 게이 커뮤니티 용어들의 질문을 앤 랜더스 스타일로 받아서 질문자의 어리석음을 심오하면서도 세속적인 장광설로 질책하며 분위기에 찬물을 끼얹는다. 그곳에 가는 것은 리즈에게는 화요일 저녁을 가장 유쾌하게 보낼 수 있는 확실한 방법이다.

오늘 밤에는 어떤 트윙크가 가사 분담에 관해 질문을 한다. 그는 자기가 남성적인 지배자 타입의 남자와 살고 있는데 자기가 집안일을 훨씬 더 많이 한다면서, 페미니스트들의 주장을 빌어 자기도 적절한 가사노동 분배를 요구할 수 있는지 묻는다. 그 질문에 탈리아는 그에게 참 못된 계집이라면서 그래선 안 된다고 말한다. 안 그래도 남성적 지배자 타입의 탑이 부족한 상황에서 그저 그의 남자를 행복하게 해주기 위해 열심히 청소를 하는 게 최선이라고 한다. 그러나 탈리아는 사실 이 질문 자체가 성립이 되지 않는다고 덧붙인다. 왜냐하면 순수하게 남성적인 탑이란 존재하지 않고 모두가 결국은 엉덩이에 무언가를 원하게 되고, 그게 바로 우리가 엉덩이를 갖고 있는 이유라고 말한다. 침대에서 평등이 실현되는 그날이 오면 가사노동도 평등하게 분담하면 될 거라고. 트윙크들이 키득거리며 웃지만 탈리아는 그들을 야단치면서 빨래를 자기 집으로 보내라고 한다. 자기가 부모님과 통화하다가 소리를 질렀더니 용돈을 끊더라고. 탈리아는 자신의 말을 강조하기 위해 부스에 걸려 있는 팁 바구니를 흔들고는, 자신이 가장 좋아하는 테마인 부모님 이야기로 넘어간다. 자신의 부모님은 선량하고 인내심 있는 분들인데, 그 선량하고 인내심 있는 분들이 스물아홉 살인 자신을 여전히 부양하느라 고생이 많단다. 왜냐하면 탈리아는 한 번도 직업을 가져본 적이 없는 응석받이 자식이기 때문이다. 퀴어 바에서 일주일에 한 번 공연을 하는 것은 직업으로 칠 수도 없고, 자신은 그 점이 너무 창피하단다. 그런데 자신은 부모님의 은혜를 어떻게 갚고 있냐고? 그 말을 마이크에 대고 얼마나 격하게 내뱉는지 그녀가 내뱉는 자음에 마이크가 터질 것만 같다. 탈리아는 잠시 멈추었다가 조롱과 분노가 섞인 연설을 쏟아낸다. 그녀는 여자로 성별을 바꾸었다! 단지 부모님에게 좌절과 혼란을 주기 위해서! 그래놓고는 이제 와서 부모님이 자신의 성별을 잘못 부르기라도 하면 전화에다 대고 소리를 지르고 전화를 끊어버린다. 그녀의 부모님은 예술에 소질 있는 아이를 기껏 지원해주었더니 이제와서 고작 이런 대접을 받고 있는 것이다! 그러나 그들은 과연 뭘 기대했나? 여자 바지를 입고 다니도록 내버려두고도 이런 결과를 예상 못 했나?

"가장 끔찍한 대목이 뭔지 알아요?" 탈리아가 트윙크들에게 묻는다. "대부분의 부모들은 언젠가는 그들의 자식이 부모가 되었을 때 자식들이 죗값을 치르는 걸 보는 걸로 보상을 받게 되죠. 그들의 자식이 부모가 되면, 그 자식들이 부모의 시선으로 자신의 어린 시절을 재평가하면서 그제야 시인해요. 결국 아빠 말씀이 옳았어! 우리 엄만 진짜 자상했던 거야! 거기다가 젊고 아름다웠지! 하지만 우리 부모님은 그럴 수가 없어요." 탈리아가 키득거리며 웃고는 결론을 내린다. "난 호르몬 주사 때문에 지금 불임이거든요! 난 부모님에게서 그런 보상의 기회마저 빼앗았어요!"

올이 풀리도록 자른 반바지를 입고 바 옆에 줄을 서 있던 귀여운 남자애들이 웃는다. 탈리아가 눈을 가늘게 뜨고 그들을 쳐다본다. "대체 너희는 왜 웃는 거지? 여기서 내 얘기를 듣는다는 건 너희도 부모님을 실망시키고 있다는 뜻이야!" 탈리아가 그들을 야단친다. "내 얘기가 재미있어서 온 거라면, 그저 지나가다가 우연히 들어온 게 아니라면, 너희들도 결국 타락해서 부모님에게 손주를 못 낳아드릴 가능성이 아주 높아!" 탈리아가 씩씩거리며 껌을 뱉고는 기세를 이어 다음 질문으로 넘어간다.

탈리아가 리즈에게 음료수 티켓을 주어서, 리즈는 공짜 코로나를 홀짝거리고 탈리아의 불평을 들으며 즐겁게 웃는다. 리즈는 탈리아의 부모님을, 적어도 탈리아가 묘사하는 탈리아의 부모님을 좋아한다. 리즈는 그들에게 공감한다. 탈리아의 부모님은 트랜스의 부모가 흔히 저지르는 실수들을 전부 다 저지른다. 그러나 리즈의 부모와는 달리, 비록 당혹스럽고 혼란스럽긴 해도 자식을 진심으로 사랑하는 것 같다. 리즈는 그들의 심정을 충분히 이해한다. 탈리아는 너무도 사랑스럽고, 재능이 있으며, 버르장머리 없고, 설명할 수 없는 분노를 지녔다. 그 모든 것이 탈리아를 리즈가 아는 가장 매혹적인 여성으로 만든다. 탈리아는 이 도시에서 가장 재능이 뛰어난 뮤지션이지만, 프리마돈나답게 거의 모든 공연 제안을 거절한다. 부모님이 경제적 도움을 주고 있기 때문에 시시한 공연 따위를 하며 고생할 필요가 없다. 별 볼 일 없는 뮤지션들은 첫째 먹고 살기 위해, 둘째 팬들을 확보하기 위해 일을 한다. 비록 탈리아가 공연은 거의 하지 않지만, 탈리아의 음악을 좋아하는 트윙크 팬의 절반이 탈리아가 소리를 지르는 것을 보려고 이 허름한 술집에 진을 치고 있다. 그나마도 그것이 탈리아의 노래와 가장 근접한 것이기 때문이다.

탈리아의 재능만으로 그녀에 대한 리즈의 깊은 애정을 전부 다 설명할 순 없다. 재능 있는 사람이라면 리즈는 이미 여러 명을 안다. 브루클린에 살고 있는 트랜스 여성의 절반은 연예인 지망생의 삶을 살면서 누군가 그들의 재능을 알아봐줄 날을, 결코 오지 않을 그날을 기다린다. 사실 리즈는 탈리아가 눈을 뗄 수 없을 정도로 매혹적이라고 생각하는 것 그 이상이다. 리즈는 남몰래 탈리아를 자신의 트랜스 딸로 여기고 있고 그 점을 자랑스럽게 생각한다. 누구에게도 이런 생각을 말한 적은 없다. 비록 속으로는 탈리아가 이렇게 멋지게 살게 된 것이 상당 부분 자신의 덕이라고 생각하고 있지만, 만약 탈리아를 훌륭하게 키워낸 것에 대해 공개적으로 칭찬을 받으면 창피할 것 같다.

리즈가 탈리아를 만난 것은 탈리아의 성전환 첫 달이었다. 탈리아가 사춘기에 접어들 때였고 그녀의 몸에서 변화가 나타나기 시작할 때였다. 저녁이면 에스트로겐으로 인해 시계추처럼 왔다 갔다 하는 감정이 절망으로 곤두박질칠 때였고,

달을 바라보며 울부짖고 자기혐오에 휩싸여 거울을 깨뜨리는 성전환의 과도기 때였다. 그러다가 탈리아는 처음으로 사랑에 빠졌다. 진정한 사랑이었고 현실 속의 사랑이었다. 마치 껍데기를 잃어버린 거북이처럼, 탈리아가 트랜스로 살면서 느끼는 낯선 수치심에 여린 살을 쓸리며 괴로워할 때, 리즈는 얼마나 많은 밤을 탈리아의 곁에서 지새우며 진지하고도 애정 어린 말들로 조언을 했던가? 이래라저래라 하거나, 가르치려 들거나, 두 사람의 우정에 계급을 만들지 않고, 얼마나 여러 번 탈리아의 아파트에 가서 울고 있는 그녀를 안아주었던가? 씨발 그만 좀 징징대라고 탈리아를 붙잡고 흔들고 싶은 적도 많았지만, 그러면서도 리즈는 탈리아가 기특했고 탈리아가 지닌 재능과 꿈이 기특했다. 그것은 리즈 자신이 포기한 꿈과 희망이었다. 그것이야말로 가장 어머니다운 일이 아닌가? 당신이 잡지 못했던, 혹은 당신에게 주어지지 않았던 기회를 딸이 누릴 수 있기를 바라는 것이?

드래그 퀸이나 게이 남성들 사이에서의 모녀 관계는 뉴욕시의 하나의 문화적 현상으로 유서가 깊다. 경건한 마음으로 〈파리 이즈 버닝〉1990년에 제작된 드래그 퀸에 관한 다큐멘터리 영화을 시청한 퀴어들이라면 누구든 기꺼이 당신에게 설명해줄 것이다. 리즈는 볼룸뉴욕을 중심으로 퀴어들이 음악과 춤, 패션이 곁들여진 다양한 공연으로 자신의 정체성을 뽐내는 행사에 익숙한 흑인이나 라틴계 여성들에게 어머니 역할은 여전히 유효하다는 걸 안다. 어린 나이에 가족들로부터 거부당하면, 그들을 이끌어주고 사랑해주고 필요할 때 얘기를 들어줄 사람이 필요하다. 그러나 리즈가 아는 백인 여성들에게는 해당되지 않는다. 볼룸에서 가족을 찾는 다른 십대들과는 달리, 백인 십대들은 여전히 특권의식이 있어서 누구든 자신에게 이래라저래라 하는 꼴을 못 보고 모녀 관계의 명백한 상하 관계를 받아들이지 못한다. 나이도 아주 조금 많을 뿐인 데다 그들 자신이 차곡차곡 쌓아온 실수들도 케이크처럼 녹아내리고 있는 판국이라면 더더욱 그들의 말을 들으려 하지 않는다. 지난 몇 년 동안 리즈는 트랜스 딸을 몇 명 키워냈고 리즈의 어머니 노릇은 암묵적으로 이루어졌다. 어린 여자애들은 그것을 필요로 했고 갈구했지만, 그것이 무엇인지를 깨닫고 나면 받아들이려 하지 않았다. 리즈는 은혜를 모르는 여자애들에 대해 불평하면서도 리즈 자신도 그들을 필요로 했고, 자신이 가진 가장 다정하고 가장 헌신적인 사랑으로 그들을 돌보고 위로해줄 기회를 갈구했다.

리즈의 첫 번째 트랜스 딸인 에임스는 리즈의 레즈비언 연인이었다. 에이미. 리즈는 그 딸이 리즈를 아내로서도 사랑하도록 키웠고 그들의 관계는 너무도 혼란스러울 정도로 섹시하고 고통스러우며 만족스럽고 기괴한 것이어서, 우리 사회는 그런 관계를 근친상간으로 여기고 금기시하며 피한다. 리즈의 딸이자 연인이었던 에이미가 성전환 환원을 통해 아들이 되었을 때, 리즈는 이상하게도 화가 나고 분노하고 배신감을 느끼는 단계를 거쳤다. 그것은 딸이 처음 성전환을 했을 때 부모들이 겪는다는 과정이었다. 그렇다면 에임스가 다시 리즈의 삶으로 돌아온 것이, 더구나 리즈를 어머니로 만들어주겠다며 돌아온 것이 그렇게 놀랄 일인가? 리즈는 여성으로서의 에이미가 너무 어릴 때 만났고, 모성은 언제나 그들에게 사랑의 암호였다. 그들은 사랑에 빠진 두 여자가 아니라 어머니와 딸이었다.

탈리아가 디제이의 단상에서 가볍게 몸을 흔든다. 자신이 방금 틀어놓은 베이퍼 웨이브1980-1990년대풍의 배경화면과 몽환적인 소리가 함께 재생되는 음악 장르의 유치한 싸구려 감성을 한편으로는 조롱하면서도 한편으로는 굴복하는 춤이다.

전부 다 리즈의 자식들인데, 리즈는 여전히 이렇게 혼자다.

그러니 리즈가 어떻게 탈리아의 부모에게 동류의식을 느끼지 않을 수 있겠는가? 리즈의 존재를 알 리 없는, 의사와 교사라는 그들은 온통 딸 걱정으로 속을 끓이고 있을 텐데? 그들 곁에 그림자 엄마가 있다는 사실을 모르고 있는데? 리즈는 탈리아의 부모를 안아주고 싶다. 그들에게 괜찮을 거라고 말해주고 싶다.

리즈는 갑자기 술집에서 나가고 싶다. 울음을 터뜨릴 것 같아 너무도 두렵다. 이십대 초반의 트랜스 여성들 틈에 앉아 그들의 동정을 받는다는 건 너무도 수치스러운 일이다. 리즈는 가방을 챙겨 밖으로 나간다. 아무도 알아차리지 못한다. 그녀의 뒤에서, 언제나처럼 카리스마 넘치는 탈리아가 질문이 적힌 쪽지를 청중들에게 던지고는 연기일 수도 있고 아닐 수도 있는 씩씩거리는 표정으로 경쾌한 덥스텝 곡을 새로 틀고 볼륨을 높인다.

술집 앞 보도에서, 리즈는 영화배우 빈 디젤의 펨 버전처럼 생긴 미남에게 담배 한 대를 빌려야겠다고 생각한다. 그러나 리즈가 다가가 말을 걸 때까지 그는 리즈를 보지 못한다. 그의 시선은 입구에서 서로에게 몸을 기대고 있는 가냘픈 체구의 남자애들에게 고정되어 있다. 리즈에게 주의를 돌린 남자가 담배 한 개비를 그녀에게 건넨다. 그제야 정신을 차린 그는 예의 바르게 리즈의 담배에 불을 붙여준다.

"쟤가 내 딸이에요." 리즈가 펨 빈 디젤에게 말한다.

그가 어두운 유리창 안의 탈리아를 쳐다보고 다시 리즈를 본다. "뿌듯하시겠어요." 그가 박력 있게 말한다.

가냘픈 남자애들이 안으로 들어가고, 펨 빈 디젤은 혼란스러운 표정으로 그들을 쳐다본다. 그는 자신이 어쩌다가 트랜스들의 엄마 역할을 지지하기에 이르렀는지 혼란스러운 표정이다.

"쟤들하고 같이 들어가봐요." 리즈가 그에게 말한다. 리즈는 연기를 입술 가장자리로 내뿜고 불그스름한 담배 끝으로 남자애들이 사라진 방향을 가리킨다. 그가 고맙다는 듯 고개를 끄덕이고 가벼운 발걸음으로 그들을 따라 들어간다.

잠시 후 탈리아가 밖으로 나온다. "세상에! 나 아기 트랜스들하고 도저히 못 있겠어서 뛰쳐나왔잖아. 어떤 아기 트랜스가 글쎄, 오늘 아침 어떤 시스 여자가 가게에서 자길 뚫어지게 쳐다보더래. 쳐다봤다고 상처를 받았다니, 자길 쳐다보는 두 개의 눈이 **트라우마**라니, 도저히 못 봐주겠더라고." 브루클린 인근의 드래그 퀸들이 성전환을 하는 사례가 급격히 늘어 나는 반면, 자신만의 트랜스 역사를 가진 트랜스 여성은 너무 희박하다 보니 호르몬 주사를 맞기 시작한 지 채 이 년도 되지 않은 탈리아도 어쩔 수 없이 엄마 역할을 하고 있다. 탈리아의 말투에서, 마치 십대 미혼모였던 엄마가 자신의 딸이 십대 미 혼모가 되었다는 얘기를 들었을 때 느낄 법한 짜증이 배어난 다. 탈리아는 묻지도 않고 리즈의 손가락에서 담배를 빼앗아 한껏 들이마신다.

리즈가 웃는다. "마침내 그 순간이 왔네."

"어떤 순간?"

"조금 전에 네 어머니는 누릴 수 없을 거라고 네가 말했던 그 순간. 딸이 아이를 낳게 되면서 엄마 말이 다 옳았다는 걸 깨닫기 시작하는 그 순간."

탈리아가 숨을 길게 내쉬고 담배를 다시 리즈에게 돌려 주고, 리즈가 거절한다. "너무 잘난 척하지 마." 탈리아가 말 한다. "엄마들이 잘난 척하는 거 완전 짜증 나. 다음번에 엄마 한테 전화할 때 그 얘기 꼭 해야지." 탈리아가 한 발을 담배꽁 초 위에 올려놓고 어렵지 않게 균형을 잡으며 몸을 비틀어 담 뱃불을 끈 다음, 꽁초를 도랑으로 차버린다. 탈리아의 속눈썹 은 마스카라를 하지 않아도 아찔하게 올라가 있다. 그런데 오 늘 밤 탈리아는 마스카라를 두껍게 칠했고, 호박색 홍채가 가 로등의 오렌지색 불빛을 받아 기이하게 환히 반짝인다. 사람 들은 트랜스 여성의 가장 깊은 욕망이 진정한 자신의 성 정체성으로 살아가는 것이라고 생각하겠지만, 사실은 언제나 훌륭한 조명 아래 서 있는 것이다. 그것은 무자비한 가로등의 오렌지색 불빛을 피하는 것을 뜻하기도 한다. 그러나 짙은 색 곱슬머리와 매끄러운 피부를 가진 탈리아는 적나라한 조명을 받을 때조차도 그리스 출신 팝스타처럼 눈이 부시다.

리즈의 기억 속에서 어린 시절의 밤은 성인이 된 이후의 밤과 다른 검푸른 빛깔을 띠고 있었다. 긴 세월이 흐른 뒤 다시 매디슨으로 돌아왔을 때, 리즈는 밤의 빛깔이 달랐던 것이 시간과 기억이 만들어낸 환상이 아니라 하나의 역사적 사실임을 확인할 수 있었다. 미국의 다른 도시들처럼 위스콘신 주의 매디슨은 푸른색과 흰색을 띠는 백열등과 수은등을 오렌지색을 띠는 나트륨 등으로 교체했다. '강력 불량배양심의 가책 없이 무자비한 범죄를 저지르는 도시의 십대를 뜻하는 용어'에 대한 공포가 만연했던 1990년대에 길거리 범죄를 막기 위한 방편이었다. 마치 사람들이 푸른 불빛의 은밀함 속에서는 마음 놓고 강간을 하고 살인을 하고 절도를 하지만, 노란 나트륨 등의 섬뜩하고 노골적인 불빛 속에서는 교회에 다니고 깨끗한 언어를 사용할 거라는 듯이. 리즈의 어린 시절 사진 속에서 도시는 별처럼 반짝였지만, 이제 도시의 밤은 마치 화염에 휩싸인 것처럼 오렌지색 불길로 타오르며 하늘을 향해 불꽃을 널름거린다. 화형대에 선 모든 이를 영원토록 소각하고 불태우고 그을린다. 그리고 그 한복판에 리즈의 딸 탈리아가, 불의 여왕이 서 있다.

"나 호르몬 주사 맞아야겠어." 리즈가 탈리아에게 말한다. "내가 너무 실속 없고 우중충하고 늙은 것 같은 기분이 들거든. 이건 분명히 호르몬 변화야. 밤의 빛깔이 예전과 다르다는 생각을 하고 있었어."

"나 노래 바꿔 틀어야 해." 탈리아가 말하며 리즈의 팔을 살짝 잡는다. "이상한 소리 그만하고 나랑 같이 들어가자."

리즈가 생각하기에는 바로 이것이 엄마가 되어야 하는 또 한 가지 이유이다. 당신이 어떤 유형의 엄마이건, 당신이 늙고 혼자이고 스스로가 가엽게 느껴질 때, 당신의 딸이 당신의 엄살에 넌더리를 내며 당신을 따뜻한 곳으로 데려간다.

사업개발팀, 마케팅팀과의 재앙의 저녁 식사 이후, 에임스는 술 취한 카트리나를 택시에 태운 다음 그녀의 항의에도 불구하고 그 자신도 같이 택시를 탄다. "당신이 나한테 무슨 소릴 하건, 나에 관해 무슨 말을 하건, 당신을 혼자 둘 순 없어." 에임스가 고집을 부린다. 그가 카트리나와 함께 있으려는 이유는 두 가지이다. 카트리나를 안전하게 지켜주고 싶기도 했고 택시 기사가 술 취한 여자를 보호자 없이 태우는 것을 꺼림칙해했기 때문이다. 카트리나는 창문에 머리를 고정한 채 축 늘어져 있다.

"어차피 난 반려동물 보험 사업 따위엔 별로 관심 없어." 마침내 카트리나의 침묵에 대고 에임스가 말한다.

카트리나는 자세를 바꾸지 않는다.

교통 체증 속에서 차가 천천히 한 블록씩 움직인다. 관광객들과 몇 무리의 십대 아이들이 그 틈을 비집고 개구리 걸음으로 길을 건넌다. "누굴 벌주려고 술을 그렇게 마신 거야? 나? 아니면 아기?" 택시가 레이크 쇼어 드라이브로 접어들 때 에임스가 묻는다.

카트리나가 축 늘어져 있던 고개를 든다. 도로의 소음이 아니었다면, 가장 지독한 모욕의 말을 짜내려고 그녀의 머리가 돌아가는 소리가 들릴 것만 같다. 그러나 카트리나는 얇은 재킷을 여미고 나지막이 울기 시작한다. "모르겠어." 일 분 남짓 지났을 때 그녀가 가까스로 내뱉은 말이다. "당신을 아웃팅 _{성소수자의 성적 지향이나 성 정체성에 대해 동의 없이 밝히는 행위}할 뜻은 없었어. 난 당신에게 상처 주고 싶지 않아. 나도 내가 지금 뭘 하는 건지 모르겠어. 당신은 날 걱정해야 하는 사람이잖아. 날 혼자 내버려두면 안 되잖아."

카트리나의 급격한 감정변화에 에임스가 당황한다. 코트 속의 가냘픈 체구가 그대로 드러난다. 그의 아래팔 길이보다 아주 조금 더 넓을 뿐인 들썩이는 어깨에 코트가 헐렁하게 걸쳐져 있다. "안 되지." 그가 말하지만, 미약한 항의이다. "나도 어떻게 해야 좋을지 모르겠어. 나도 대책을 마련하려고 노력하는 중이야."

"왜 대책이 필요해? 그냥 날 사랑할 순 없어? 그리고 내가 생각했던 그 사람이 되어줄 순 없어?"

"난 당신이 생각했던 그 사람이야. 그동안 내가 했던 행동들은- 내 과거 때문에 어쩔 수 없었어."

"아니." 카트리나가 눈을 세게 문지르고, 그 바람에 저녁 식사를 위해 발랐던 마스카라가 번진다. "당신을 안다고 생각 했지만, 사실 난 당신을 몰라. 난 당신을 믿었어. 그래서 마음을 열고 내 얘기를 했어. 내 치부까지 전부 다 털어놓았어. 그런데 당신은 나한테 그러지 않았어. 언제든 얘기할 수 있었는데도. 당신은 날 **배신**했어. 자신을 숨겼어. 내가 임신하고 나서야, 더 이상 거짓말을 할 수 없게 되어서야, 당신 자신을 위해서, 나에게 진실을 말했어."

카트리나가 눈물을 닦고 고개를 젓는다. 마치 듣기 싫은 말을 들은 사람처럼. "다 내 잘못이지. 하지만 그래도 당신이 노력해주었으면 좋겠어."

"무슨 뜻이야?"

카트리나가 그를 보았다가 다시 앞좌석을 본다. "난 많은 규칙을 깨뜨렸어. 나 자신의 규칙들, 그리고 더 큰 규칙들을. 나는 내 밑에서 일하는 사람하고 사귀었어. 우리 사이엔 뭔가 특별한 게 있어서 그래도 괜찮다고 생각했지. 난 당신한테 푹 빠졌어. 그런데 알고 보니 난 나 자신을 속이고 있었어. 난 당신을 몰라. 하나도 몰라. 내가 생각했던 당신은 자신의 과거를 나와 공유하는 건 물론이고 일주일 동안 날 혼자 방치하지 않았을 사람이었거든."

"나도 노력하고 있어."

그녀가 고개를 젓는다. "난 이혼했어. 그리고 임신했어.

내 나이가 서른아홉이야. 서른다섯이 넘으면 의사들이 '고령임신'이라고 부르는 거 알아? 내 미래에 관해 가장 큰 결정을 해야 하는 상황인데, 난 완전 엉망이야. 나 자신을 못 믿겠어. 그렇게 실수를 저지르고도 아무것도 배운 게 없어. 가장 끔찍한 게 뭔지 알아?"

"가장 끔찍한 거에 집중할 필요는 없지." 에임스가 그녀에게 말한다.

"가장 끔찍한 건," 그의 말을 무시하고 그녀가 말을 잇는다. "가장 끔찍한 건, 내가 당신을 그리워하고 있다는 거야." 카트리나는 아랫입술을 내밀고 있다. 그 어떤 감정도 드러내지 않으려 애쓰고 있다. "내 판단력이 이렇게 형편없다니까! 난 지금도 당신이 너무 그리워서, 당신이 내게 거짓말을 해주었으면 좋겠어! 당신이 괜찮다고, 여전히 날 사랑한다고, 내 아이의 아빠가 되고 싶다고 말해주면 좋겠어. 하지만 그건 거짓말이겠지. 그렇게 근본적인 거짓말을 했던 사람이라면, 자기 체면을 지키기 위해 나한테 그렇게 잔인할 수 있는 사람이라면, 그런 말을 한들 그게 어떻게 거짓말이 아닐 수 있겠어?"

그가 한 손을 내민다. "나도 모르겠어. 나도 괴로워. 내가 뭘 어떻게 하면 될까?"

"아무것도."

그가 고개를 젓는다. "작은 것부터 시작하자. 당신이 알고 싶어하는 것들을 내가 전부 다 말하겠다고 약속하면 어떨까?"

카트리나가 에임스의 펼쳐진 손바닥을 본다. 한 순간이

지나간다. 가로등을 지나칠 때마다 그림자들이 시계의 초침처럼 빙글빙글 돈다. 시카고 거리의 아스팔트를 보수한 곳을 지나가는 자동차 타이어들이 규칙적으로 딸꾹질을 한다. 카트리나가 조심스럽게 자신의 검지로 에임스의 손바닥 가운데를 누르고, 에임스의 손이 카트리나의 검지를 감싼다. "당신이 여전히 거짓말을 할 수도 있겠지만 그래도 듣고 싶어."

"이리 와." 그가 말하며 그녀의 손을 잡아끈다. "이쪽으로 와. 가운데 앉아서 창문 말고 나한테 기대." 카트리나가 머뭇거리더니, 한 손으로 안전벨트를 풀고 가운데 자리로 온다. 에임스는 한 팔로 카트리나의 어깨를 감싸며 끌어안는다.

에임스는 카트리나의 침대에서 눈을 뜬다. 카트리나의 머리카락이 그가 침대 한복판에 그어놓은 가상의 경계선을 넘어와서 그의 코에서 불과 몇 센티미터 거리에 있다. 빈 플라스틱 물통 네 개가 카트리나 쪽 협탁 위에 놓여 있다. 카트리나가 숙취를 떨쳐내려고 무료 생수를 전부 다 마셔버렸다. 에임스는 침대에서 살며시 빠져나와 복도를 지나 자신의 방으로 가서, 그의 방에 있던 생수 네 통을 들고 돌아온다.

그가 가져온 생수를 빈 통 옆에 내려놓을 때, 카트리나가 눈을 뜨고 그를 나른하게 쳐다본다.

"물 더 가져왔어." 그가 말한다.

"씨발." 그녀가 일어나 앉으며 한 손으로 목 뒤쪽을 잡더니 빈 물통들 사이에 있던 핸드폰을 집어 들고 시간을 확인한다. "아, 씨발. 씨발 씨발. 어젯밤 완전 엉망이었지. 정말 미안해, 에임스."

"맞아, 엉망이었어."

"그 사람들하고 목요일에 회의 있잖아. 그 전에 이 상황 수습할 수 있을까?"

"모르겠어. 당신이 그 사람들 앞에서 나 아웃팅했잖아. 그걸 어떻게 수습해?"

카트리나가 코를 찡긋한다. "맞아. 하지만 그 사람들 당신 편이던데."

에임스가 침대 위 그녀의 곁에 앉는다. 에임스가 나지막이 말한다. "애비가 프로젝트 매니저잖아. 조시가 계약 담당이고. 만약 광고주들이 그 둘 중 한 명한테 말하면—" 그가 잠시 뜸을 들인다. "당신은 회사 전체에 내가 트랜스젠더였다고 아주 효율적인 방법으로 알린 셈이야."

카트리나의 표정이 침울해진다. "세상에. 아, 씨발. 그 사람들 말 안 하겠지? 그런 얘길 왜 하겠어?"

에임스가 어깨를 으쓱한다. "그 사람들이 어떻게 할지 누가 알겠어?" 에임스는 카트리나가 그의 인생을 제대로 조졌다고 말하고 싶지만 카트리나도 그 사실을 알고 있는 것 같다.

카트리나가 신음 소리를 낸다. "어떻게든 수습할 수 있을 거야, 에임스. 분명히 할 수 있어."

"그럴 수도 있고, 아닐 수도 있어. 하지만 어쩌면 잘된 일일 수도 있어. 이제야 우리가 공평해졌으니까."

숙취에 시달리며 후회하고는 있지만, 카트리나는 그 말에는 동의할 수 없다. 그녀가 머리카락 사이로 에임스를 쳐다보며 말한다. "내 마음이 안 좋은 건 사실이지만, 설마 우리 죄를 서로 비교할 수 있다고 생각하는 건 아니겠지?"

"자, 그럼 이제 어떻게 할까?"

카트리나가 얼굴을 찌푸린다. "커피와 아침 식사. 그다음에 작전을 생각해보자. 그 사람들 다시 만날 때까지 아직 하루가 더 있으니까."

"우리 두 사람 말하는 거야. 회사 일만 중요한 게 아니잖아. 이제 우린 어떻게 되는 거야?" 에임스가 한 손으로 이불 속에 있던 카트리나의 손을 찾아 그녀의 손목을 잡는다. "여전히 내가 전부 다 설명해주길 원해? 어젯밤에 그러기로 했잖아. 내가 당신한테 다 얘기할 수 있다는 걸 보여주고 싶어."

"물 좀 더 줘." 카트리나가 얼굴을 찌푸리며 말한다.

에임스가 카트리나의 손목을 잡고 있던 손을 꺼내 생수를 건넨다. 카트리나는 생수 반 통을 한 번에 들이켜고 나서 입을 닦는다. "맞아, 그것도 해야지. 하지만 일단 뭘 좀 먹고 카페인을 섭취한 다음에."

아침 식사를 하고 나서 두 사람은 오크 스트리트 바닷가에 앉는다. 전날 밤부터 바람의 방향이 바뀌었다. 남쪽에서 불어오는 여름날의 따스한 바람이 간밤에 거센 파도를 잠재웠다. 바람의 냄새가 사뭇 다르다. 카트리나는 숙취로 인사불성 상태이고 에임스는 자신의 성전환에 대해 얘기하기에 더없이 좋은 시간이라는 생각이 든다. 카트리나는 덤덤한 표정으로 그를 쳐다본다. 두통의 무게가 카트리나의 감정을 납작하게 눌러버린다. 에임스는 어린 시절의 크로스 드레싱이성의 복장을 하는 행위에 대해 얘기한다. 그는 그것을 일시적으로 지나가는 감정이라고 생각하려 애썼다. 그가 호르몬 주사를 맞기 시작했을 때, 그의 부모님은 일 년 동안 그와 말을 하지 않았다. 그는 트랜스 여성이 되었을 때 자신이 얼마나 온순하게 느껴졌는지에 대해 얘기한다. 자신이 너무도 취약한 존재임을 알게 되었을 때 얼마나 피로했는지도 얘기한다. TV에서 기괴하고 비상식적인 생명체들을 볼 때마다 그게 곧 그 자신의 모습임을 알았다. 마치 유령의 집의 거울을 보듯, 그게 바로 그들을 바라보는 세상의 시선임을 알았다. 그저 길모퉁이 슈퍼에 갈 때에도, 그저 집을 나설 준비를 할 때에도 용기가 필요했다. 화장을 하고, 어깨를 펴고, 머리에 가상의 책을 얹고, 엉덩이가 허리 아래 오도록 자세를 바로 하되 살짝 흔들면서 걸어야 했다. 정신적으로도 완전무장을 해야 했다. 아주 사소한 사건에도 싸늘한 두려움이 폐부를 찔렀다. 예를 들면 가게에서 본 십대 남자애가 집까지 따라와 감탄하며 그녀에게 묻는다. "저기요, 대체 어디서 왔어요?" 그 기이한 칭찬이 그 남자애가 진실에 얼마나 근접했는지를 암시한다. 그가 대답을 하는 순간, 남자애는 그의 음색을 듣고 정답을 확인할 것이다. 그 남자애가 머쓱해져서 폭력적으로 변할까 봐 두렵다.

이런 식으로 사실들과 기억들을 나열하는 방식은, 비록

카트리나는 완전히 매혹당한 것 같지만, 에임스에게는 하나도 만족스럽지가 않다. 에임스는 자신이 트랜스인 것을 알면서도 다시 성전환을 환원할 수밖에 없었던 모순에 대해서는 아직 건드리지도 못하고 있다. 이것은 마치 어린 시절을 몇 분 내로 설명하는 것과 같다. 전부 다 너무 진부하게 들린다. 전부 다 너무 도식적으로 들린다.

카트리나가 그의 이야기에서 살짝 벗어나 자신의 이야기를 할 때 에임스는 안도한다. 카트리나는 순진한 시스들이 늘 그러는 것처럼 자신의 포용력을 뿌듯해하면서, 요즘 트랜스들은 어디서나 볼 수 있다고, 어쩌면 젠더라는 건 더 이상 의미가 없을지도 모른다고 말한다. 카트리나의 말에 에임스는 이 문제에 대한 자신의 오랜 방어심리를 드러내지 않을 수 없다. "내가 보기엔 그 반대야." 그가 지나치게 날카롭게 말한다. "트랜스들이 성전환을 하는 이유는 젠더가 믿을 수 없을 정도로 중요하기 때문이야."

"당신한테도 그게 여전히 그렇게 중요해?" 카트리나가 묻는다.

"응." 그가 인정한다. "내가 아버지가 될 수도 있는 이 상황이야말로 그게 항상 나한테 중요한 문제라는 사실을 증명하잖아."

"그러니까 비록 환원을 했지만, 당신은 여전히 자신을 트랜스젠더로 생각하고 있다는 거야?" 그녀의 질문은 잔인하지 않다. 단지 사실을 확인하기 위한 것일 뿐이다. 카트리나는 방금 중요한 사실을 알아낸 것이다.

"그게 극복할 수 있는 문제는 아니라고 생각해."

햇살에 눈을 찌푸리며, 카트리나가 그를 쳐다본다. "그럼 왜 환원을 한 거야?"

그가 모래를 한 움큼 움켜쥐었다가 손가락 사이로 흘려보낸다. "명백한 사실을 원해? 아니면 추상적인 이유를 원해?"

"명백한 사실."

"두 가지 사건과 관계가 있어. 하나는, 트랜스로 살면서 내가 사랑하는 여자를 보호할 수도, 만족시킬 수도 없다는 확신이 들었어. 그 여자도 트랜스였어. 또 하나는, 내가 길에서 얻어맞는데 아무도 날 돕지 않더라. 그게 결정타였지. 트랜스 여성으로 살아간다는 건 씨발 너무 힘들더라고."

"뉴욕에서?"

"브루클린. 하지만 당신이 짐작하는 그런 상황이 아니었어. 날 때린 남자는 부유한 백인 남자였으니까. 윌리엄스버그에서 일어난 일이었고, 그 남자는 카키색 바지를 입고 있었어. 그의 도주 차량은 아우디 SUV였어."

카트리나가 그를 찬찬히 살펴본다. 마치 상처나 증거를 찾으려는 듯이. 그게 방금 일어난 일이라는 듯이. "그래서 트랜스인 게 지긋지긋해졌어?"

"트랜스로 **사는 게** 지긋지긋해졌어. 어느 순간 이런 생각이 들더라고. 나의 젠더를 실현하기 위해 이런 거지 같은 꼴을 당할 필요가 없다, 나는 트랜스가 맞다, 하지만 트랜스로 **살**

필요는 없다."

에임스는 생각을 거치지 않고도 이 얘기를 할 수가 있다. 자신의 환원에 대해 트랜스 여성들에게 설명하려 애쓴 것이 얼마나 여러 번인가? 그들의 경계심을 통해 선명하게 드러나는 배신감을 누그러뜨리려 애쓴 것이 얼마나 여러 번인가?

에임스가 분석한 바에 따르면, 트랜스 여성들은 트랜스 여성이 무엇인지 알고 트랜스 여성이 되는 법도 알지만, 트랜스 여성으로 살아가는 법은 알지 못한다. 온라인에서 일어나는 트랜스들 간의 싸움만 보아도 그렇고, 그들이 시스 여성들과 벌이는 논쟁만 보아도 그렇다. 전부 다 트랜스 여성이 된다는 것이 어떤 의미인지, 혹은 어떤 의미였는지를 정의할 뿐이다. 막상 트랜스 여성이 되면, 트랜스 여성이 실제로 어떻게 살아야 하는지에 대한 정보는 거의 없다.

에임스가 트랜스 여성으로 살았던 마지막 일 년, 시스들이 트랜스들을 대하는 방식에 더 이상 화가 나지 않고 서글퍼지면서 트랜스 여성들이 서로를 대하는 방식에 대해 많은 생각을 하게 되었던 그때, 에임스는 2010년 초반에 성전환을 감행했던 그의 동료 트랜스 여성들을 위해 별로 근사하지 않은 비밀 별칭을 생각해냈다. 에임스는 그들을 불량 청소년 코끼리라고 불렀다. 최근에는 자신이 트랜스 여성에 대해 이러쿵저러쿵 말할 자격이 있다는 생각은 들지 않지만, 누구든 그해에 그에게 물어보았다면 아마도 불량 청소년 코끼리 얘기를 들려주었을 것이다.

2002년 남아프리카의 흘루흘루웨 임폴로지 사냥금지 구역에서 코뿔소를 추격하고 강간하고 살해하는 세 청소년 코끼리가 공원 관리인들에 의해 사살되었다. 이 코끼리 갱단은 공원 관리인에게 포획되기까지 여든세 마리의 코뿔소를 강간하고 살해했다. 시에라리온에서는 또 다른 코끼리 떼가 삼백여 가구가 모여 사는 마을을 습격해서 진흙과 윗가지로 만든 집들을 부수고 그들을 쫓아보려던 나이 든 여자를 죽였다. 아직 다 자라지도 않은 어린 코끼리는 여자를 한쪽 무릎으로 눌러 바닥에 고정한 다음 섬뜩할 정도로 치밀하게 여자의 가슴에 천천히 상아를 꽂아서 죽였다. 우간다 북부에서 내전이 끝날 무렵, 카라모종의 주민들은 독을 묻힌 음식을 놓아두기 시작했다. 인근 키데포 공원에서 법적으로 보호하고 있는 코끼리들이 마을을 습격한 것에 대한 보복이었다. 공원 코끼리들은 이웃 마을을 덮쳐 집들을 부수고는, 카라모종 주민들이 와인을 만들기 위해 발효시킨 과일을 먹고 술에 취했다. 그러나 어쩌면 카라모종 사람들은 굳이 그럴 필요가 없었는지도 모른다. 1990년대 중반 이후, 남아프리카 공원에서 죽은 수컷 코끼리의 90퍼센트는 코끼리 갱단에게 살해당했고, 1980년대와 비교했을 때 코끼리들 간의 폭력이 1500퍼센트 상승했기 때문이다.

　　에임스는 이 모든 사실을 〈네이처〉에 실린 〈코끼리의 몰락〉이라는 에세이를 읽고 알게 되었다. 코끼리 행동연구가들은 비정상적인 코끼리의 공격성과 폭력의 행태와 빈도는 오랜 세월 그랬던 것처럼 어린 수컷의 높은 테스토스테론 수치, 혹은 척박한 땅과 자원에서 비롯된 경쟁만으로는 이해할 수 없다고 했다. 그들은 어린 세대의 코끼리가 고질적인 트라우마에 시달리고 있어서 그로 인해 전반적이고도 지속적으로 코끼리 문화의 붕괴가 일어나고 있다고 주장했다.

그 원인은 단순했다. 유구한 역사 속에서 코끼리들은 치밀하게 조직된 사회 속에서 살아왔다. 어린 코끼리들은 생모, 숙모, 조모, 친구들과 같은 양육자들의 동심원 속에서 자신들의 위치와 건전한 행동양식을 배운다. 그들과의 관계는 평생에 걸쳐 지속된다. 고아가 되지 않는 한, 어린 코끼리는 적어도 생후 팔 년 동안 어미의 반경 4.5미터 내에 머문다. 코끼리한 마리가 죽으면 가족구성원들이 애도하며 의식을 통해 조의를 표한다. 유족들은 일주일 정도 사체 곁에 불침번을 선다. 그들은 덤불로 사체를 덮고 코로 죽은 코끼리의 아랫니를 어루만진다. 살아 있는 코끼리들 사이에서는 인사로 통하는 몸짓이다.

밀레니얼 세대의 코끼리들은 고아 세대다. 지난 수십 년동안 인류는 원로 코끼리들을 살해하고 훼손하고 쫓아냈다. 그들은 현 세대의 코끼리들에게 6,800킬로그램 상당의 근육과 골격으로 이루어진 몸을 가누는 데 필요한 가정적, 사회적, 정서적 기술을 가르쳐줄 어른들이었다. 그 과정에서 어린 코끼리들은 감당할 수 없는 고통과 트라우마 그리고 슬픔의 기억을 간직하게 되었다.

남아프리카의 공원 관리인이 코뿔소를 공격했다는 이유로 코끼리 세 마리를 쏘아 죽였을 때, 동물연구가들이 시신을 부검한 결과 세 가해자 모두 몇 년 전 공원 관리인들에 사냥 금지구역으로 이송된 코끼리들임을 확인할 수 있었다. 세 마리 모두 청소년기의 수컷이었고, 죽었거나 죽어가는 친척의 몸에 사슬로 연결된 상태로 발견되었다. 그것은 밀렵꾼들이 흔히 쓰는 방식인데, 공원 관리인들이 어린 코끼리를 발견하게 하기 위한 조처였다. 마치 어부들이 어린 물고기를 바다에 방생하는 것처럼. 아기 코끼리들은 어른이 없는 밀림으로 이송되었고, 거기서 트라우마 상태의 코끼리들이 서로 만났다. 그들은 슬픔과 비통함으로 결속했고 서로에게 그리고 이 세상에 복수를 감행했다.

청소년 코끼리들의 상태를 설명한 에임스는 그 상징을 끌어온다. 트랜스 여성들이 바로 청소년 코끼리들이다. 트랜스 여성들은 스스로가 생각하는 것보다 훨씬 더 강하고 힘이 세다. 우리는 분노와 트라우마로 빚어진 6,800킬로그램의 근육과 골격이다. 우리는 상아의 창과 고유한 얼굴로 무장한 채 초원에 살고 있고, 밀렵꾼일 수도 있고 밀렵꾼이 아닐 수도 있는 사람들은 도처에 널려 있다. 그러나 우리는 길 잃은 세대다. 우리에겐 어른도 없고 안정적인 소속집단도 없고 고통에 공감하는 법을 가르쳐줄 사람도 없다. 어린 소녀들에게 그만 징징대라고 말할 어른도 없고 자신의 행복한 삶을 자랑할 여자 우두머리도 없다. 지난 세대의 트랜스 여성들은 에이즈, 가

난, 자살, 핍박으로 죽거나 약에 의존하는 은둔의 삶으로 사라 져갔다. 그나마도 그들이 운 좋게 백인인 경우의 얘기다. 그들 은 분노에 휩싸인 젊은 세대에게 이 고통이 언제 어떻게 끝날 지에 대해, 우리가 지닌 괴력을 이런 식으로 함부로 휘두르고 그나마 남아 있는 사회적 연결망을 이용하여 트라우마 행동을 보이는 이들을 배척하고 처벌하고 보복하는 데 사용했을 때 무엇을 잃게 될지에 대해 산발적이고 지친 목소리들을 남겼을 뿐이다.

"그래서 우리가 이렇게 된 거야. 달리 어쩔 수 있었겠어? 고아가 된 청소년 코끼리가 다르게 행동하는 걸 본 적 있어?"

카트리나가 에임스의 손가락 사이로 흘러내리는 조그만 모래의 폭포 아래 자신의 손을 들이민다. "이제 보니 트랜스에 대한 나의 지식은 시대정신 언저리에서 떠다니는 쓰레기였네. 내가 〈루폴의 드래그 레이스〉드래그 퀸 중 최고의 슈퍼스타를 뽑는 오 디션 프로그램에 빠져서 몇 시즌을 본 적이 있거든. 그 프로에서, 그 사람들이 계속 어머니 얘기를 하고 서로를 어머니라고 부 르더라고. 대충만 봐도 어머니 역할이 트랜스 문화의 일부인 건 알겠더라."

카트리나가 트랜스에 관한 에임스의 지식을 못 미더워할 거라고는 예상하지 못했다. 그가 환원한 뒤에도 그 세계에 얼 마나 많은 변화가 있었는지 그 자신도 잊고 있었다. 트랜스젠 더 케이틀린 제너와 러번 콕스가 잡지의 표지를 장식하고, 시스들은 예전에 〈서바이버〉리얼리티 서바이벌 경쟁 프로그램 프로를 얘기하듯 드래그 레이스에 대해 얘기한다. 물론 트랜스 세계에서의 어머니는 리즈가 늘 집착했던 개념이었다. 그러나 에임스는 아직은 카트리나에게 리즈 얘기를 꺼내고 싶지 않았다. "맞아." 에임스가 인정한다. "〈루폴〉을 보면, 그런 얘기는 유색인종들이 하지. 유색인종 트랜스들도 똑같아. 그 사람들에겐 어머니가 있어."

카트리나가 웃는다. "잠깐만. 여자가 되는 게 얼마나 힘든지 아냐고 징징대는 걸 눈감아줬더니, 이젠 또 백인 여자라서 힘들다고 말하려고?"

인종문제라면 되도록 피하고 싶지만 에임스는 실제 감정과 달리 태연한 척한다. 카트리나가 갖고 있는 두 가지 인종 중에서 에임스는 종종 자신이 카트리나의 백인 성향에 어필하게 되는 것을 발견하곤 한다. 두 사람이 사귀는 과정에서 카트리나는 에임스에게 자신이 그와 똑같은 백인이 아니라는 사실을 자주 상기시켰다. 그럴 때마다 에임스는, 지금 이 순간처럼, 방어심리가 감정의 가장자리에서 출렁거린다.

대부분의 경우에는 코끼리 이야기에 사람들의 마음이 누그러졌다. 다시 얘기를 시작했을 때, 에임스에게는 그 어떤 계획도 없다. "맞아. 나한테는 트랜스 여성 얘기를 할 때 주로 백인 트랜스 여성을 지칭하는 나쁜 습관이 있어. 알다시피 나도 백인 트랜스 여성이었으니까. 그건 백인 트랜스 여성들의 고질병이야. 백인이라 더 힘들다고 말하려는 게 아니야. 단지 내가 알던 백인 여성들이, 내가 성전환을 통해 들어갔던 그 세대, 온라인상에서 악을 쓰는 게 가능했던 그 세대의 여성들이, 생존 기술이나 사교 기술을 터득하지 못한 어미 없는 여자들이었다고 말하는 거야. 그들은 자기파괴와 자살을 일삼고 자신들의 비참한 처지를 낭만으로 포장하는 여성들이지. 내가 아무리 그럴싸한 구호나 이념을 지향하는 척해도 마음속 깊은 곳에서 내가 그들 중 한 명이라는 게 창피했고, 나의 좌절된 삶이 창피했어. 어떻게든 살아남아서 성숙해진 백인 여성들조차도 어머니가 되어서 이 상황을 해결하고 싶어하진 않았어. 어차피 미성숙한 백인 여자들은 어머니를 받아들이기에는 너무 화가 나 있고 너무 독선적이었지. 유색인종 트랜스 여성들이 스스로를 그냥 트랜스 여성이라 부르지 않고 유색인종 트랜스 여성이라고 부르는 데는 그럴 만한 이유가 있었어. 그렇게 스스로를 구분 짓고 싶어하는 것을 비난할 순 없겠지. 검은 피부나 갈색 피부 어머니들은 어쩌면 내가 그들의 딸들을 고아 코끼리에 포함시키는 게 불쾌할지도 몰라."

카트리나가 어깨를 으쓱하더니 에임스가 태연한 척하며 한 말을, 다시 태연한 척하며 받는다. "그럴 수도 있겠지." 그러고는 이렇게만 묻는다. "그래서 당신은 어떻게 했어?"

"나는 코끼리이기를 멈추었어. 그리고 코끼리가 아닌 다른 것이 되었어."

카트리나는 여전히 모래를 한 움큼 쥐고 있지만 모래를 쥐고 있다는 사실을 잊은 듯, 햇살 속에서 한쪽 눈을 찌푸리며 에임스를 쳐다본다. "코끼리가 코끼리인 걸 멈출 수는 없잖아. 좀 더 정확히 말하면, 여자는 여자이기를 멈출 수 없잖아. 내가 여자로 사는 게 힘들다고 해서 여자이기를 멈출 수는 없어."

"알아. 바로 그게 문제야."

"그래서 다시 돌아가고 싶어?"

"트라우마가 있는 청소년 코끼리를, 밀렵꾼들이 어미를 죽였던 그곳으로 돌려보내고 싶어?"

에임스가 쥐고 있던 모래를 던지지만, 조그만 모래 알갱이가 그녀의 소매에 달라붙어 있다. "결국 그 코끼리들도 어른이 되고 마음의 안정을 찾게 되지 않을까?"

"그렇겠지. 어느 순간 청소년 코끼리도 성인 코끼리가 되겠지. 그리고 자식을 낳게 되고, 바라건대, 그 아이들을 제대로 키워서 모계 중심 사회를 재건하게 되겠지."

그 순간 카트리나의 머릿속에 무언가가 떠오르고, 카트리나가 방어적으로 두 손을 몸에 밀착시킨다. "지금 임신 얘기하려는 거 맞아?"

에임스가 한숨을 쉰다. "응. 나한텐 힘든 일이야. 지금 좀 두려워. 난 두려울 때 말을 빙빙 돌려서 해."

바람에 석탄 냄새가 실려 온다. 남자 둘이 방파제의 바위들 틈에 조그만 숯불화로를 설치하는 이상적인 방법에 대해 스페인어로 논쟁을 벌이고 있고, 그들의 가족은 바위들 옆에 펼쳐진 초원에서 축구를 한다. 해변으로 잔파도가 밀려들고 어느 커플이 그들의 아이를 물 가장자리까지 데리고 간다. 여자는 빨간 드레스를 입고 있다. 여자가 딸에게 몸을 숙이고, 민물 조개와 해초를 손으로 가리킨다. 아이는 햇빛을 가리기 위해 흰 모자를 쓰고 있다. 남자가 아이의 곁에 서 있다. 호수에서든 해변에서든 무언가가 아이를 공격하면 바로 행동을 개시할 것 같은 자세다. 건전한 가족을 보여주는 자료화면으로 쓰일 법한 광경이다. 에임스에겐 그 광경이 감당하기 벅차다. 마치 온 세상이 지금 이 순간 그를 조롱하기로 작정한 것 같다.

잠시 침묵이 흐른 뒤 카트리나가 별 연관성이 없어 보이는 이야기를 시작한다. "내 친구 다이애나와 이런 얘기를 나눈 적이 있어. 당신도 작년에 뉴욕페스티벌 광고제에서 다이애나 만난 적 있지. 다이애나는 아기를 너무 간절히 원해서 결정들을 해야 하는 상황인데, 우리가 보기엔 우리 주변의 모든 임신한 친구는 임신에 관한 모든 것에 확신이 있는 것 같았어. 마치 자연이 다 알아서 하는 것처럼. 본인은 아무것도 결정할 필요가 없는 거지. 그저 엄마 곰의 본능만 있으면 그 본능이 길을 안내하는 거 같았어. 그런데 난 그런 감정을 느낄 수가 없어. 모성은 아직 날 찾아오지 않았어. 그래서 어떻게 해야 할지 모르겠어."

카트리나가 웃지만, 행복한 웃음은 아니다. 카트리나가 저만치에 있는 꽃밭을 바라본다. 눈을 깜빡이며 애써 감정을 억누른다.

에임스는 입술을 축이고, 잠시 멈추었다가 말을 잇는다. "그래서 어떻게 할 생각인데?"

카트리나가 모르겠다는 듯 손바닥을 들어 보인다. "난 당신이 뭐든 정보를 주길 기다리는 중이었어. 하지만 당신이 정보를 주지 않으니 중절수술을 생각할 수밖에 없네. 보아하니 당신은 아버지 역할이건 뭐건 할 생각이 없는 것 같아서."

"안 돼."

"안 된다고?"

"안 돼. 중절수술은 하지 마." 용기 비슷한 감정을 끌어내려 애쓰며 에임스가 적절한 단어를 찾아본다. "내가 하려는 말은 이거야. 당신은 싱글 맘이 될 필요가 없어. 내가 아버지가 될 수 있을지는 모르겠는데, 부모가 될 수는 있을 것 같아."

카트리나가 만지작거리고 있던 돌멩이를 떨어뜨린다. 그녀가 에임스를 뚫어지게 쳐다본다. "그게 어떻게 다른데?"

에임스는 아직도 리즈에게 했던 제안을 카트리나에게 말할 용기가 없다. 에임스는 쭈뼛거리는 자신이 창피해서 똑바로 앉는다. 마치 몸의 중심을 잡으면, 마음의 중심도 잡힌다는 듯이. "다르지 않아. 하지만 내가 이 일을 해내려면, 난 트랜스 사회로 돌아가거나 다른 트랜스 한 명을 끌어들여야 할 것 같아. 내 과거를 이해하는 사람과 함께 있어야 할 것 같아."

"대체 그게 무슨 소리야?"

에임스는 저도 모르게 소심해져서 고개를 옆으로 기울인다. "실은, 내가 리즈와 얘기를 했거든."

"누구?"

"전에 얘기했던 사람 기억나? 리즈, 내 전 여자친구. 내가 어떻게 살아야 할지 모르겠다고 했을 때, 리즈는 나에게 코웃음을 치면서 이렇게 말했어. '난 나보다 앞서 살았던 수백만 명의 여자들이 살았던 것처럼 살 거야. 난 엄마가 될 거야.' 우린 부모가 될 계획을 세우고 있었어. 아이를 키울 생각이었지. 만약 리즈가 우리와 함께 아이를 키워준다면, 나도 이 일을 할 수 있을 것 같아."

"우리 아이의 대모기독교에서 대자나 대녀가 될 아이의 세례식에 입회하여 종교적 가르침을 주기로 약속하는 여자처럼? 그런 거라면 나도 괜찮아."

"그게, 난 대모보다는 더 아이와 가까운 역할을 생각하고 있어. 또 한 명의 어머니랄까."

카트리나가 숨을 참는다. 고공에서 다이빙을 하기 직전, 저 아래 물을 바라볼 때처럼. 그녀의 침묵 바로 뒤에서 엄청난 감정이 소용돌이치고 있지만, 에임스는 그 감정을 읽을 수가 없다. 그래서 그가 말을 이어간다. 말을 입 밖으로 밀어낸다. "리즈는 지금껏 내가 만난 그 누구보다도 이 아이를 사랑해줄 사람이야. 물론 힘든 일이겠지. 리즈는 트랜스이고 난……." 그가 적절한 단어를 찾다가 포기한다. "난 당신이 알다시피 그런 사람이니까. 하지만 리즈는 시련이 닥칠수록 더 강해져. 마치 방패처럼 사랑하는 사람을 지켜내지. 리즈와 함께 있으면 아기는 요새 한복판에 있는 것보다 더 안전할 거야. 리즈와 함께라면, 나도 부모가 될 수 있을 것 같아. 그동안 내가 원하는 게 뭔지 생각해봤는데, 난 당신과 함께 있고 싶어, 카트리나.

만약 당신이 임신을 중단하면, 우리 관계도 끝나겠지. 그래서 난 당신과 함께 부모가 되고 싶어. 리즈와 함께 있으면, 난 아버지로 비치지 않는 부모가 될 수 있어. 아마도 그건 리즈가 있어야만 가능한 일일 거야."

카트리나가 눈을 깜빡인다. 뒤로 묶은 머리가 한 움큼 빠져나와 산들바람에 파르르 떤다. 카트리나는 침을 삼키고 말을 잇는다. "아주 제대로 미쳤구나." 그녀의 목소리에 거의 충격에 가까운 감정이 담겨 있다. "무슨 소시오패스도 아니고. 당신이 그런 제안을 했다고 하면 누가 믿을까. 아무도 안 믿을걸." 화가 난 것 같지는 않다. 그보다는 혼잣말을 하는 것 같다.

"그냥 생각만 해봐."

"그럼 난 당신한테 뭐지? 난 그냥 걸어 다니는 자궁이니? 임신한 여자를 본 적은 있어? 내가 네 전 애인한테 아기를 낳아주려고 이 힘든 일을 감수할 거라고 생각해? 내 몸을 존중하는 마음은 없니? 날 소중히 여기기는 해?"

에임스는 마음을 진정시키려 애쓴다. 그리고 자신이 얼마나 카트리나를 아끼는지를 스스로에게 일깨운다. "카트리나. 제발 이게 내 진심이라는 걸 이해해줘. 난 당신을 돕기 위해 최선을 다할 거야. 당신은 이용당하는 게 아니야. 당신에겐 힘이 있어. 만약 당신이 싫다고 하면, 그걸로 끝이야. 나한테 어떻게 해야 할지 말해주면, 난 그렇게 할 거야. 하지만 지난주 내내 당신은 내게 솔직해지라고 했잖아. 내가 이 일을 어떻게 해결하고 싶은지 얘기하라고 했잖아. 그래서 얘기한 거야."

카트리나는 이상하게 놀란 표정으로 그를 쳐다본다. 그리고 손을 휙 내저으며 그 놀라움을 접어둔다. 그렇게 그 순간을 서랍 속에 넣어둔다. 연락할 일이 없을 게 분명한 사람의 명함을 주머니에 넣는 것처럼.

그리고 그 순간, 에임스의 핸드폰이 울린다. 사업개발팀이다.

에임스가 카트리나가 볼 수 있게 핸드폰 화면을 돌린다. "받아?" 에임스가 묻는다.

"응, 받아."

목요일, 반려동물 보험회사 대표단이 앱에 웹 기능을 추가하는 계약에 서명한다. 저녁 식사 자리에서 카트리나가 한 행동이나 술김의 폭로에 대해서는 아무도 언급하지 않는다. 에임스가 꼭 한 번 사업개발팀이 자신을 찬찬히 살펴보는 것을 포착했을 뿐이다. "별일 없을 건가 보네. 그 사람들 그냥 내가 좀 취했다고 생각했나 봐." 휴식 시간에 카트리나가 에임스에게 말한다. 에임스가 보기엔 그건 어디까지나 카트리나의 희망 사항일 뿐이다. 그러나 그것 말고도 에임스가 신경 써야 할 일들이 너무도 많고, 그래서 에임스는 그런 것 같다고 말한다. 그리고 그 자신도 서서히 그런 생각에 빠져들기 시작한다. **괜찮을 거야. 그 사람들 별로 신경도 안 써. 그리고 신경 쓰면 또 어때?**

집으로 돌아가는 비행기에서 두 사람은 비즈니스석에 나란히 앉는다. 카트리나가 다정하면서도 산만하게 그의 팔을

175

어루만지고, 에임스는 그 의미를 이해할 수가 없다. 그래서 그는 친척 아저씨처럼 카트리나의 손을 두드린다. 그리고 곧바로 크게 실망한다. 라과디아 공항에서 그가 택시를 같이 되겠냐고 묻자 그녀가 거절한다.

"나 혼자 생각할 시간이 필요해. 당분간 시간을 좀 줘. 다시 얘기하고 싶을 때 내가 전화할게."

카트리나가 다시 그에게 다가온 것은 월요일이다. 카트리나가 에임스를 사무실로 부른다. 침묵의 주말은 고통이었다. 그녀는 책상 뒤에 앉지 않는다. 대신 문을 닫고 그의 곁에 나란히 앉는다. "에임스, 내가 생각해봤는데—" 카트리나가 입을 열지만 그 상황의 심각성은, 그 불길함은 깨어진다. 그녀의 머리카락 한 가닥이 빠져나와 립글로스에 달라붙었기 때문이다.

"이런." 그녀가 말한다. "기껏 당신 들어오기 전에 화장을 고쳤더니! 오히려 역효과네!"

카트리나는 눈에 띄게 초조해하면서 빠져나온 머리카락을 귀 뒤로 넘긴다.

"어쨌든 내가 하려던 말은, 내가 우리 엄마한테 얘기했다는 거야."

"전부 다 얘기했어?"

"응, 친구들한텐 말할 수 없고, 더 이상 혼자만 알고 있을 수도 없어서."

에임스가 고개를 끄덕인다. 그렇다면 임신 테스트기와 리즈와의 대화로도 현실감이 느껴지지 않았던 임신이 비로소 현실이 되는 셈이다. 임신은 더 이상 두 사람만의 비밀이 아니다. 더 이상은 그들만 아는 얘기도, 그가 말한 사람만 아는 얘기도 아니다. 공공연한 사실에 되는 데 한 걸음 더 다가갔다. 기정사실. 집단적 지식. 그는 한 아이의 아버지가 되었다.

"엄마의 비난이 두렵긴 했지만, 엄마야말로 가장 확실한 내 편이니까." 카트리나가 말한다. "난 엄마가 당신한테서 도망치라고 할 줄 알았어. 심지어 그 말을 해주기를 바랐던 것도 같아. 당신을 악당으로 만들어줄 사람. 내가 그럴 필요가 없도록. 그런데 그거 알아? 엄마는 심지어 내 상황에 대해 비난조차 하지 않았어. 엄마가 그럴 줄 누가 알았겠어? 알고 보니 엄마에겐 엄마가 되는 것에 관한 지혜가 있더라고."

에임스는 카트리나가 자신의 어머니에게 그 얘기를 할 거라고는 생각조차 하지 못했다. 그 자신이 어머니에게 그 어떤 얘기도 하지 않은 지가 너무 오래되어서 그런 행동이 용인된다는 것은 고사하고 가능하다는 것조차 잊고 있었다. 그러나 카트리나가 자기 어머니에게 그 얘기를 한 건 당연하다. 예전에 몇 번인가 그가 카트리나의 집 소파에 있을 때, 카트리나가 핸드폰으로 영상통화를 할 때, 화면에 나온 어머니의 얼굴을 본 적이 있었다. 그때 두 여자가 서로의 삶에 대해 너무도 친근하게 얘기해서 마치 암호로 얘기하는 것 같았다. 그들에겐 별칭들과 암시들이 있었고 그들만의 농담들이 있었다.

에임스가 듣기로는 카트리나가 대학에 다닐 때, 그녀

의 아버지가 사다리에서 떨어졌다. 그 추락으로 인해 아버지는 심각한 뇌손상을 입었다. 아버지는 삼 주간 혼수상태였다가 더 화가 많고 더 충동적인 남자로 깨어났다. 카트리나의 어머니 마야는 일 년 동안 남편을 돌보았고, 그 뒤로 그를 떠났다. 정식으로 이혼을 하지 않았다는 말을 할 때 카트리나가 얼굴을 찌푸렸다. 혼자가 된 마야는 활짝 피어났다. 마야는 베이 에어리어로 이사했고 그곳에 처음 찾아온 부동산 버블 속에서, 곰 발바닥 소파로 그랬던 것처럼 독특한 인테리어 디자인을 제공하는 틈새 사업을 일구어냈다. 마야의 사업은 경기침체 속에서도 살아남았다. IT 업계 백만장자들이 만灣을 따라저택들을 매입하면서, 마야는 몬태나의 휴양별장을 리모델링하고 싶어하는 구글 사모님들 사이에서 명성을 날렸다. 그 이후 마야는 자신이 감당할 수 있는 한도 내에서 들어오는 일을전부 다 받았다. 마야가 카트리나에게 전화를 걸 때면 주로 자신이 찾은 새로운 아이템을 보여준다는 핑계인 경우가 대부분이었는데, 딸에게 이번엔 좀 이상한지, 이번엔 너무 멀리 갔는지 묻곤 했다. 에임스가 처음 엿들은 통화 내용에는 앤티크 드레스들을 벽걸이 장식으로 재활용하는 구상이 있었는데, 대체드레스를 어떻게 벽걸이 장식으로 활용하겠다는 건지 너무도궁금한 나머지 카메라 앵글 안으로 들어가 한심하게 엿듣기나하는 사람인 자신의 정체를 탄로 낼 뻔했다.

카트리나의 머리카락이 다시 립글로스에 붙었다. 카트리나는 이번에는 손목에서 고무줄을 꺼내 머리를 뒤로 묶으며 말을 잇는다. 카트리나는 할머니를 꼭 한 번 만났다고 했다. 할머니는 영어로 대화하는 것을 끝내 불편해했다. 할머니는 손녀딸의 외모가 미국인 부모에 더 가깝고 말도 미국인 부모처럼 하는 게 영 못마땅했다. "우리가 꼭 한 번 할머니를 만나러 갔을 때, 엄마에게 할머니가 무슨 말을 했는지는 모르지만, 아주 짧은 방문이었던 것만은 기억해." 카트리나가 말한다.

지난주에 카트리나가 전화해서 자신이 임신했다고 말하자 마야는 울기 시작했다. 처음엔 카트리나가 처한 상황이 속상해서 그런 줄 알았다. 하지만 그게 아니었다. 마야는 자신이 카트리나를 임신했을 때 자신의 어머니에게 들었던 말들이 떠올라서 울었다. 이삭이라는 영 못마땅한 남자와의 사이에서 갖게 된 이 태어나지 않은 아기는 집안에서 환영받지 못할 거라고 마야의 어머니가 넌지시 마야에게 알렸다. 이삭에 대해 마야의 어머니가 보여주었던 냉랭함과 혐오감은 마야의 아이에게도 그대로였다.

"사실 엄만 나에게 아기를 가지라는 말을 한 번도 한 적이 없거든." 카트리나가 말한다. "그런데 통화할 때 그러는 거야. 엄마도 할머니가 되고 싶었다고. 그리고 내게 할머니가 없어서 내가 너무 많은 걸 놓치고 사는 것에 대해서 죄책감을 느꼈다고. 내가 갖지 못했던 좋은 할머니가 되는 상상을 얼마나 많이 했는지 모른다고. 엄마가 손주를 그렇게 간절히 원하는지 전혀 몰랐어. 대니와의 결혼생활 내내 아주 조금만 채근했다는 게 놀라워."

"그랬구나." 에임스가 말한다.

"실은 엄마가 전화에 대고 울어서, 나도 울었어. 우리 둘 다 똑같은 이유로 울었어. 나에게 할머니가 있으면서도 없었던 것에 대해."

에임스가 고개를 끄덕인다. 그에게도 할머니가 있고, 할머니는 좋은 분이었던 것 같다. 가족은 그가 숨을 제대로 쉬기 위해 자발적으로 끊어낸 사람들이라 카트리나의 심정에 공감하기 어렵지만, 지금은 그런 말을 할 때가 아니다.

"구원에 대해 당신이 한 말이 생각났어. 그리고 내가 바로 그런 기분을 느끼고 있다는 걸 알았어. 나에게 내 어머니와 내 아이를 연결할 기회가 주어진 거야. 나의 탄생으로 끊겼던 모계를 다시 연결하는 거지."

갑자기 정신이 번쩍 든 에임스는 허리를 펴고 똑바로 앉지 않을 수가 없다. "그럼 아기 낳을 거야?"

"이제 그 얘기를 하려고. 내가 엄마한테 말했어. 당신과 당신의 제안에 대해. 이 리즈라는 여자에 대해. 나의 커리어와 재정 상태, 내가 쏟아부어야 하는 시간, 이 관계에서 내가 원하는 것, 그리고 아주 많은 얘길 했지. 몇 시간에 걸쳐 얘기했는데, 엄마가 뭐라고 했는지 알아?"

카트리나는 에임스의 대답을 기다리지 않고 말을 이었다. "이렇게 말하면 미친 소리 같겠지만, 지금 내 나이가 거의 마흔인데도 우리 엄마가 된다고 하면 왠지 될 것 같은 그런 기분 알아? 반항적인 기분이 들지 않아. 마치 십대 시절, 뭔가 황당한 짓을 하고 싶은데 엄마도 그게 멋질 거 같다고 생각한다는 걸 깨닫는 순간 갑자기 해볼 만한 일이라는 생각이 드는 것 같은 그런 기분이랄까?"

"카트리나." 에임스가 그녀의 말을 자르고 진정하기 위해 한 손을 가슴에 댄다. 그는 카트리나의 얘기가 어디로 흘러가는지 알 것 같다. 그런데 갑자기 밀려드는 이 불안감이, 그의 짐작이 맞아야 진정이 될지 틀려야 진정이 될지 그 자신도 알 수가 없다. "당신이 드라마틱한 프레젠테이션의 귀재라는 건 알지만, 제발, 나 긴장해서 죽을 것 같아."

"우리 엄마가 내 얘길 전부 다 듣고 나서 이렇게 말했어. '널 키우면서 내가 한 가지 알게 된 게 있다면, 실패도 하고 성공도 했지만, 엄마 역할을 가장 잘 해내는 방법은 최대한 많은 엄마를 곁에 두어야 한다는 거란다.' 당신은 나에게 몇 가지 선택지를 주었어. 솔직히 내 생각은 이래. 우리가 전부 다 가지면 안 될까? 난 커리어도 원하고, 당신과의 관계도 오래도록 지속하고 싶어. 여럿이 함께 아이를 키운다는 건, 오랜 세월에 걸쳐 유효성이 입증된 훌륭한 방법이잖아. 더구나 당신은 리즈라는 여자를 가족으로 원하고, 리즈는 아기를 원하고 존중을 원하고 어머니가 되고자 하는 목적을 이루길 원해. 우리 엄마는 할머니가 되기를 원하고. 당신과 난, 내 생각엔 우리 아이한테 잘할 수 있을 것 같아. 그리고 우리 모두가 이 일이 어떤 구원이 되기를 원하고 있어."

에임스가 기다리고, 카트리나는 곁눈으로 그를 슬쩍 쳐다본다. "그래서 말인데," 카트리나가 말한다. "우리 엄마가 나에게 물어본 걸 당신에게 물으려고 해. 좀 더 알아가기 위한 질문이랄까. 당신이, 그…… 퀴어 세계에 속해 있었을 때 말이야. 아이를 이런 식으로 키우는 게 흔한 일이었어? 그러니까…… 이걸 뭐라고 불러야 하지? 3인 체제로?"

4
장

임신 팔 년 전

파퍼스최음 효과가 있는 약물의 기운이 퍼진다. 에이미의 눈꺼풀 안쪽의 보라색 해파리가 팽창하며 고동친다. 에이미의 내면의 독백을, 육체가 보내는 온갖 날것의 신호들을 감당할 수 있는 의미로 변환시키는 복잡한 신체 기관이 난생처음으로 작동을 멈추기 직전, 에이미의 입이 리즈의 보드라운 자지로 가까스로 되돌아간다. 마치 여전히 돌아가는 레코드 위에서 레코드 바늘이 물러나듯이, 의식의 중요한 구성요소가 뒤로 물러난다. 말이 없다. 생각도 없다. 오직 날 것의, 가공되지 않은 날 것 그대로의 데이터가 에이미의 감각기관을 통해 소화전의 물줄기처럼 쏟아져 들어온다. 시간은 그 속에서 미끈거리는 물고기가 된다.

원자화된 개념의 파편들이 응고되기 시작한다. 말이 조

각들로 뭉쳐진다. 마치 우주의 티끌들이 그 자체의 약한 중력에 의해 서로 들러붙고, 그렇게 모여서 가스 분자가 되고, 다른 분자와 밀착되고, 중력의 압박이 커지고, 그러다가 어느 순간 융합, 열기, 빛의 변화가 일어나는 것처럼. 그렇게 에이미는 다시 내면의 언어로, 말과 이성의 영역으로 돌아온다. 보라색 해파리는 다시 심연으로 가라앉는다. 시야가 맑아진다. 여기가 어디지?

아. 여기. 리즈의 자지를 입에 넣고 흐느끼고 있다. 떨고 있다. 얼마나 오래 흐느꼈을까? 에이미는 흐느껴 울고 싶지 않았다. 그저 자신의 혓바닥 위에 놓인 리즈의 예쁜 자지에 키스하고 싶었을 뿐이다. 지난 한 달간 에이미는 리즈에게 집착했다. 오직 리즈에게 더 가까이 밀착되기만을 원했다. '널 먹고 싶어'라는 말이 문자 그대로의 의미로 다가오는 지경에 이르렀다. 섹스보다 더 리즈에게 더 가까이 다가갈 수 있는 방법은 리즈를 소화시켜서 합체하는 것밖에 없을 것 같았다. 한 시간 전에 에이미는 리즈가 이를 닦는 모습을 지켜보았다. 긴 갈색 머리카락을 뒤로 늘어뜨리고, 팔을 격하게 앞뒤로 흔들 때, 몸에 착 붙는 잠옷 속에서 젖꼭지가 좌우로 흔들렸다. 에이미는 그 모습이 자신이 본 가장 섹시한 광경이라고 생각했다. 그날 들어 에이미가 가장 섹시하다고 생각했던 리즈의 오십 가지 행동들 중에서도 단연 최고였다. 리즈에 대한 지독한 갈망으로 인해 동시다발적으로 밀려드는 온갖 감정들, 실제로 리즈를 가졌을 때의 행복, 그리고 그에게나 리즈에게 무슨 일이 일

어나서 이 모든 것이 무너져버릴지도 모른다는 두려움 때문에 에이미의 뱃속에서 사랑의 열병이 맹독성 거품의 형태로 부글거렸다.

　사랑의 열병 속에 떠다니는 몇 방울의 불안감이 열병의 달콤함을 강화했다. 리즈에 대한 에이미의 신뢰는 불안정했다. 아니 그보다는, 에이미가 리즈를 완전히 신뢰하지 않는다는 사실이, 에이미가 생각하는 리즈가 다른 사람들이 리즈에 대해 하는 말들과 일치하지 않는다는 사실이 에이미를 불안하게 했다. 리즈를 두고 '인격장애 종합선물세트'라는 표현을 쓴 사람이 두 명이었다. 그 표현이 퀴어들 사이에서 통용되는 사이비 심리학 용어인지, 아니면 그 문구가 리즈를 너무도 잘 설명하는 말이라 각기 다른 두 사람에게 각각 독립적으로 떠오른 것인지는 확실치 않았다. 그러나 어느 쪽이건, 리즈를 만난 지 일주일 만에 에이미를 아파트로 들어오게 했을 때 사람들이 공통적으로 하는 얘기는 1) 맞아, 그게 딱 리즈가 사는 방식이지, 2) 조심해, 두 가지였다.

　첫 번째로 리즈를 두고 그 표현을 사용한 사람은 리키라는 트랜스 남성이었는데, 그는 리즈가 스탠리를 사귀다가 그의 집으로 들어가서 살게 되면서 자신이 가차 없이 버려졌다고 했다. 스탠리는 리즈가 에이미와 살기 위해 떠나왔던 부유한 자본가였다.

　"리즈의 병명이 정확히 뭔지는 모르겠어요." 에이미가 리키의 오토바이 수리를 돕겠다고 했을 때 리키가 말했다. 돕는다고 해봐야 주로 연장을 건네주는 것 정도였다. 에이미는 조수 역할을 할 수 있을 정도로 엔진이나 연장에 대해 충분히 알고 있어서 그 일의 적임자였지만, 오토바이를 수리하는 트랜스 남성에게 추파를 던지는 것이 두 사람 모두에게 젠더를 확인시켜주는 시간이라는 것 또한 알고 있었다. "아무래도 인격장애 종합선물세트인 것 같아요."

"말이 좀 심하네요." 에이미가 나무라듯 말했다. "차라리 그냥 리즈가 싫다고 해요. 괜히 심리학자인 척하지 말고."

리키가 망설였다. 그는 1970년대 혼다의 일종인 듯한 오토바이를 부시워 보도 한복판에 센터 스탠드로 세워놓고 있었다. 그가 바닥에 흩어놓은 부품들을 행인들이 밟고 지나갔다. "리즈는 놀라운 장점들을 많이 갖고 있어요." 리키가 말했다. "하지만 난 그 장점들을 꼽기에 적임자가 아닌 것 같아요. 왜냐하면, 이런 말을 하는 게 정말 자존심 상하지만, 난 리즈가 멋대로 나에게 상처를 주는 것을 허락할 정도로 멍청했거든요. 당신이 리즈에게 푹 빠져 있어서 듣기 힘들다면 더 이상 말 안 할게요."

"제발 말해줘요."

"리즈가 작정하면 믿을 수 없을 정도로 매혹적이죠." 체인 옆에 쭈그려 앉은 상태로 리키가 말했다. "하지만 리즈에겐 가까운 친구가 몇 명밖에 없어요. 알코올 중독자 아이리스, 그 여잔 리즈보다 더 신뢰가 안 가요. 그리고 그 나머지들은 그저 그때그때 리즈에게 반한 사람들뿐이죠. 소시오패스나 병적인 거짓말쟁이들이 그런 식으로 매혹적이에요. 그들은 당신 마음을 읽고 당신을 간파하고 당신의 불안을 파헤쳐서 당신이 듣고 싶어하는 바로 그 말을 해줘요. 왜냐하면 그들이 당신을 원하는 한, 그들은 실제로 그렇게 믿고 있거든요. 하지만 결국엔 다 무너져버리고 당신은 그 말이 진실이 아니라는 걸 알게 돼요. 쿼터 인치 래칫에 8미리 소켓 좀 끼워줄래요?"

에이미가 소켓을 끼워 그에게 건넸다. 리키는 손에 온통 기름이 묻는 것도 아랑곳 않고 체인을 잡고 있었다. 너무도 남성적이었다. 에이미가 마지막으로 리키를 보았을 때 리키는 설명할 수 없는 이유로 퀴어들이 좋아하는 바가지 머리를 하고 나타났다. 어렸을 때 에이미도 했던 헤어스타일이라 어린 시절을 떠올리지 않을 수 없었다. 풍선 무늬가 있는 가운을 두르고 이발사 앞 의자에 앉아 있던 아련한 그 추억. 윙 하는 소리와 함께 이발사의 양옆으로 우수수 떨어지던 머리카락. 이발사가 그를 '꼬마신사'라고 불렀고, 엄마는 "미남이네!"라고 중얼거리던 그때. 에이미는 바가지 머리를 보면 지금도 늘 칭찬을 하게 되었다. 자신의 실제 의견과는 별개로 퀴어 스타일에 열정적인 반응을 보여주는 것이야말로 사교생활에서 중요한 부분이라고 생각했기 때문이었다. 마지막으로 만난 이후 리키는 머리카락을 수염과 똑같은 길이로 남기고 다 밀어버렸다. 그래서 이번에는 보다 진심을 담아 그의 헤어스타일을 칭찬할 수 있었다.

"리즈는 당신에게 진실을 말하지 않아요." 리키가 단언

한다. "당신이 가장 듣고 싶어하는 그 말을 하죠. 당신이 누구도 이해하지 못한다고 생각했던 바로 그거요. 리즈가 그걸 찾아내서 당신에게 그 말을 하는 거예요. 당신이 가장 되고 싶어하는 바로 그 모습 때문에 당신을 사랑한다고 말할 거예요. 그건 정말 더럽게 중독성이 있어요. 마치 사람의 마음을 움직이는 신비한 샘물에서 인정을 들이켜는 것 같다니까요. 리즈는 그 샘물이 되는 걸 좋아해요. 당신이 너무도 간절히 원하는 그것이 되는 걸 좋아하죠. 그리고 다 진심으로 하는 말이에요. 다만 당신을 매혹시켜야겠다고 생각할 때만 그렇다는 게 문제죠. 엑스터시 같은 약물을 통해 느낄 수 있는 사랑과 행복은, 그걸 느낄 땐 현실이지만, 오직 그때뿐이잖아요."

리키가 볼트를 돌려서 풀며 얼굴을 찌푸렸다. "일부러 못되게 구는 건 아니에요. 그래서 인격장애라고 말하는 거예요. 리즈는 결국 사람들에게 상처를 주고, 그래서 혼자가 되고, 그러다 보면 너무 외로워서 더 그러게 되죠."

에이미는 그의 말을 어디까지 믿어야 할지 알 수 없었다. 비전문가인 퀴어가 다른 사람에게 정신병자 진단을 내리는 것은 어딘가 고루하고 상투적으로 느껴졌다. 어떤 사람이 어떤 행동을 하는 것은 그가 그런 행동을 할 수밖에 없는 유형의 사람이라서 그렇다는 식이다. 그 사람은 달라질 능력도 없고 상황을 책임질 능력도 없으며, 어떻게 혹은 왜 그런 행동을 했는지에 관한 고찰도 없다. 고양이가 왜 다친 생쥐를 괴롭히느냐고? 왜냐하면 고양이는 고양이이기 때문이다. 그러니까 영원히 그럴 수밖에. 더구나 들리는 소문에 의하면, 좀처럼 감정을 드러내지 않기로 유명한 리키는 리즈가 어느 부유한 자본가의 집으로 살러 들어갔다는 사실을 깨닫고 헤이퀸 파티뉴욕 브루클린에서 매달 열리는 퀴어들의 댄스파티 한구석에서 슬픔을 가누지 못해 술에 취해 큰 소리로 울었다고 했다. 어쩌면 리키는 실연의 상처로 괴로워하는 자신의 나약함을 설명하기 위해 리즈를 반사회적이고 조종하기 좋아하며 사람의 감정을 마음대로 가지고 노는 여자로 둔갑시켜야 했을지도 모른다.

"저기요." 에이미의 회의적인 표정을 읽고 리키가 말했다. "내가 얘기 하나 해줄게요. 한번은 내가 리즈의 집에서 잤어요. 당신이 리즈를 잘 안다면, 리즈가 수건을 쓰고 나서 절대 걸어놓지 않는다는 것도 알겠죠. 리즈가 아침 일찍 커피를 마신다며 나가길래 나는 침대에 계속 누워 있다가 샤워를 했어요. 그래서 바닥에 있던 수건을 집어서 그 수건으로 몸을 닦은 다음 세 겹으로 접어서 옷장 문에 걸어놓았어요. 그리고 나왔다가 사흘 뒤에 내가 다시 리즈의 집에 갔어요. 그런데 수건이 내가 놓아둔 바로 그 자리에 있는 거예요. 그런데 리즈는 방금 샤워를 마치고 화장까지 했더라고요."

"이런." 에이미가 말했다. 수건을 소재로 한 이야기는 어떤 이야기이건 딱히 믿게 되지 않았다. 그러나 그의 말은 사실이었다. 리즈는 벗은 옷이나 사용한 수건을 바닥에 아무렇게나 던져놓았다.

라키가 얘기에 집중하기 위해 래칫을 바닥에 던져놓았다.

드라이버가 콘크리트 보도에 쨍그랑 소리를 내며 떨어졌다. 리키는 그 사건 때문에 자신이 얼마나 화가 났었는지를 표현하기 위해 양손을 내저었다. "그래서 내가 리즈한테 외출 준비를 어디서 했냐고 물었어요. 그랬더니 마치 미친 사람 쳐다보듯 날 쳐다보면서, 당연히 집에서 했지! 하고 말하는 거예요. 그래서 내가 수건을 가리키면서, 물기를 어떻게 닦았어? 저 수건은 사흘 동안 저 자리에 있었는데?"

효과를 극대화하기 위해 리키가 잠시 뜸을 들였다. "씨발 말을 못 하더라고요. 수건이 두 개라고는 말하지 않았어요. 그냥 말렸다고 하지도 않았고요. 대신 나한테 이렇게 소리를 지르더군요. '너 대체 뭐 하는 새끼야! 너 무슨 수건 탐정이라도 되니? 씨발 지금 너 수건 사건 수사중이야?' 어떻게 보면 웃길 수도 있는 얘긴데, 리즈가 완전히 눈이 돌아가서 그땐 좀 무섭더라고요. 더구나 리즈는 웃길 생각이 전혀 없었고 그저 날 모욕하고 싶어했어요. 내가 자기 집에 수건 덫이나 놓고 다니는 정서불안 찌질이라는 식으로 대화가 흘렀죠. 날 보고 질투를 한다면서, 대체 뭐 하는 놈이길래 자기가 하루 종일 어디 있었는지를 궁금해하냐고 하더라고요. 그래서 난 그냥 물러났어요. 왜냐하면 달리 뭘 어쩔 수 있었겠어요? 수건 싸움에서 최후의 승자가 되어서 뭐하겠느냐고요. 결국 난 리즈에게 그날 밤 어디 갔었는지 묻지도 못했어요. 사흘을 내리 비웠는지, 아니면 하룻밤을 비웠는지도 묻지 못했어요. 하지만 난 속으로 죽어가고 있었죠. 왜냐하면 만약 리즈가 다른 사람을 만나고 있다면, 그건 그럴 수 있다고 쳐요. 하지만 만나는 방식이 그렇잖아요. 리즈는 우리가 결코 접근할 수 없는 또 하나의 삶을 몰래 숨기고 있다니까요. 그게 해로운 이유는 이거예요. 리즈는 한편으로는 당신이 너무도 간절히 듣고 싶은 말을 감지해 내는 놀라운 능력을 지녔고, 그래서 당신의 불안을 간파하고 그걸 달래줘요. 그리고 또 한편으로는 비밀이 많고 거짓말을 해요. 그래서 리즈가 나한테 했던 듣기 좋은 말들이 다 거짓말 같아요. 그건 당신의 자존감을 죽이는 것이나 마찬가지죠. 당신 자신을 의심하게 되니까요. 결국 리즈가 떠날 때면 당신은 자기 자신에 대해 더 나쁜 감정을 갖게 되는 거예요. 가장 끔찍한 게 뭔지 알아요?" 그가 말을 잇는다. "결국 내가 짜 맞춘 내용은 이거예요. 리즈가 그동안 누구 수건을 쓰고 있었나? 그 재수 없는 자본가 새끼였어요! 그 사람이 몰래 집세를 내주고 있었더라고요! 그것도 나한테 숨겼죠! 난 질투가 많고 리즈가 종일 어디 있었는지 알아야만 하는 놈이니까! 리즈는 날 모함했지만, 사실 리즈는 내가 그런 찌질한 놈이길 원하고 있었던 거예요!" 이 마지막 말과 함께, 그는 상처 입은 갈매기처럼 양 손을 파닥거렸다. 그가 숨을 들이마시며 마음을 가라앉히고는 래칫을 집어 들었다. "분명히 말하는데, 완전 인격장애자라니까요!"

리키의 평가는 리즈를 흠모했던 적이 없는 사람에게서도 되풀이되었다. 브루클린에서 적어도 리즈만큼 오래 살았던 트랜스 여성 인그리드는 존경 반, 경멸 반을 담아 이렇게 말했다. "리즈는 이 도시에 사는 트랜스 여성들 중 삶에 끊임없이 드라마가 펼쳐지는 이유가 트랜스젠더라서가 아닌 유일한 여자죠."

이 주 뒤, 에이미는 침대에 널브러져서 난생처음으로 파퍼스를 흡입하고는, 리즈에게 자신의 나약함을 드러내는 것보다 더 기분 좋은 일은 없다고, 다른 사람들이 뭐라고 지껄이건 씨발 상관없다고 결론을 내렸다. 약물로 그 나약함이 증폭되면 또 어떤가. 리즈는 에이미에게 약물이 에이미를 무기력하고 고분고분하고 순종적으로 만들어줄 거라고 속삭였다. 성전환 이전에 에이미는 방어기제를 넘어 나약한 모습을 훔쳐볼 수 있을 정도로 자신에게 가까이 다가오는 것을 누구에게도 허용하지 않는 것이 자신의 문제라고 생각했다. 그런 상황을 피하기 위해 매번 방어벽을 치거나 관계를 끊었다. 만약 에이미가 가장 갈망하는 것이 무엇인지 간파할 신비한 능력이 리즈에게 있다면, 딱딱한 갑옷을 뚫고 여리고 가냘픈 내면의 자아가 가장 원하는 것을 볼 수 있는 리즈에게 능력이 있다면, 제발, 제발, 그 능력을 발휘해주기를.

에이미는 이렇게 푹 빠질 거라고는 생각하지 못했다. 며칠 혹은 몇 주 만에 사랑에 빠지는 건 영화 속에서나 가능한 일이라고 생각했고, 심지어 영화 속에서도 아주 감상적인 사람들만 그런 사랑을 할 수 있다고 생각했다. 그래서 실제로 그런 일이 일어났을 때, 에이미는 준비가 되어 있지 않았다. 지난 일 년 반 동안 미래를 엿볼 때마다 흐릿한 풍경들뿐이었고,

잿빛 안개가 드리워져 있어서 사건의 전말은 한 달 혹은 두 달 뒤에야 드러나기 시작했다. 성전환이라는 것이 에이미가 상상하지 못했던 일들 중 첫 번째 사건이었다. 오래 사귀었던 여자친구와 헤어진 것도 예상하지 못했고, 부모님과의 절연도 예상하지 못했고, 자신감이 산산조각 나는 것 역시 예상하지 못했다. 자신의 젠더에 그토록 오랫동안 그토록 철저하게 거짓말을 해왔던 에이미였다. 그러니 자신의 신념에 대해 어떻게 믿음을 가질 수 있겠는가?

"쉿, 자기야, 쉿." 리즈의 다정한 목소리가 들렸다. "진정해, 자기야. 왜 그래?" 리즈가 에이미의 어깨에 손을 얹으며 조심스럽게 에이미를 밀어냈다. 에이미는 여전히 몸을 가누지 못하고, 마치 쌀자루처럼 한쪽 다리를 매트리스 밖으로 떨어뜨리며 뒤쪽 이불 더미 위로 픽 쓰러졌다. 에이미의 시선이 〈50피트 여인의 습격〉1958년에 제작된 미국의 SF 영화 포스터에 고정되었다. 리즈는 그 포스터를 세 등분해서 자른 다음 세 폭 제단화처럼 지금은 어두워진 창문에 걸어놓았다. 에이미는 그 포스터가 마음에 들지 않았지만, 그 포스터가 주는 기쁨도 있었다. 매일 아침 눈을 뜨면, 의도적으로 거의 장식 없이 살았던 그의 집에 한심한 싸구려 장식이 있는 것을 보는 순간, 야릇한 기쁨이 밀려들었다. 그가 더는 혼자 살지 않는다는 뜻이기 때문이었다.

환각 이후, 에이미는 울음도 떨림도 멈출 수가 없었다. 아무 일도 없다고 말을 할 수조차 없었다. 가까스로 "우우—위이"라고밖에 말할 수 없었고, 괜찮다는 의미로 힘없이 손을 내밀 수밖에 없었다. 이가 딱딱 부딪쳤고, 리즈가 몸을 숙여 자신의 체중으로 에이미의 몸을 누르며 두 사람의 몸 위로 이불을 덮었다. 재미있어하는 듯한 리즈의 목소리에는 걱정은 조금밖에 담겨 있지 않았다. "자기, 무슨 일이야?"

에이미는 이십여 분이 지나서야 상황을 제대로 설명할 수 있었다. 에이미는 네 개의 베개로 방석을 만들었다. 두 개는 리즈, 두 개는 에이미. 에이미는 자신의 베개와 리즈의 베개를 구분할 수 있었다. 아무리 말을 해도 리즈는 화장을 한 채로 잠드는 습관을 버리지 못했다. 그래서 한때는 밝은 노란색 단색이었던 네 개의 베갯잇 중 두 개에 구불구불한 무늬가 생겼다. 마스카라를 칠한 속눈썹이 그린 지네들 속에 제각기 다른 방향으로 뻗은 아이라이너의 날개 무늬였다. 테일러 스위프트가 리즈의 노트북에서 노래를 부르고 있었다.

"세상에, 파퍼스가 날 완전 멍청이로 만들었어." 에이미가 조심스럽게 말했다.

"당연하지." 에이미가 더 이상 실어증 상태가 아님을 깨닫고 노트북 컴퓨터를 덮으며 리즈가 말했다. "파퍼스는 원래 사람을 멍청하게 만들어. 아무 거리낌 없는 멍청한 창녀로. 난 네가 그럴 때가 좋더라." 리즈가 멈칫했다. 너무 노골적으로 말해버렸다. 비록 에이미는 자신이 병적으로 리즈를 사랑한다고 말했지만, 그들의 섹스는 그리 훌륭하지 않았다. 그들의 섹스는 머뭇거리는 차분한 섹스였다. 진지하면서도 온화했다. 삽입보다는 오럴섹스를 선호했고, 서로의 성기를 애무하는 경우가 그보다 더 잦았다. 그들의 섹스가, 비록 실제로 일어나는 일이라는 점이 다르긴 하지만, 사이버 섹스나 화상섹스처럼 변해갈수록 에이미는 오히려 편안해하는 것 같았다. 리즈가 생각하기에 에이미가 진심으로 편안해하는 섹스는 원하면 언제든 스위치를 끌 수 있는 섹스인 것 같았다.

리즈는 에이미의 긴장을 풀어주려 노력했고, 섹스를 할 것 같은 상황에서 에이미가 습관적으로 마음을 닫아버리는 것을 막아보려 노력했다. 에이미가 현재에 머물도록, 평생에 걸쳐서 인정하기를 거부했던 자신의 몸속에 머물도록. 그러나 그것은 줄타기와 같았다. 에이미에게 이래라저래라 너무 강하게 말하면 자신이 섹스를 잘 못한다는 생각에서 오는 수치심 때문에 오히려 흥미를 잃을 것이다. 반면 에이미의 현재 방식과 습관대로 내버려두면 아예 흥미를 잃을 것이다. 멍청한 게 좋다고 말한 게 너무 심한 것 같아서 리즈가 덧붙인다. "하지만 파퍼스가 몸을 떨고 울게 만들진 않을 텐데. 네가 무기력해지는 건 좋지만 그런 식으로 무기력해지는 건 원치 않아."

에이미가 고개를 끄덕였다. "나도 내가 왜 몸을 떨었는지 모르겠어. 아마 혈압이 너무 심하게 떨어졌나 봐." 에이미는 캘런 로드 보건센터뉴욕에 위치한 성소수자들을 위한 보건센터에서 비아그라를 복용하면서 파퍼스를 복용하는 것에 관한 경고문을 읽은 적이 있다. 두 가지 다 혈압을 떨어뜨리기 때문이었다. 에이미는 비아그라를 복용하지 않았지만 유독 혈압이 낮았다. 매일 아침 테스토스테론 차단제로 복용하고 있는, 시체로 만든 구취방지제처럼 생긴 100밀리그램짜리 알약 두 개 때문이었다.

"그런데 자기야, 왜 울었어?" 리즈가 다정하게 물었다.

에이미는 설명해보려 애썼다. "파퍼스가 날 멍청하게 만들었어." 에이미가 말했다. "그게 문제였는데 그래서 좋았어. 너무 멍청해서 현재에 머물 수 있었거든."

성전환 첫해에, 에이미는 사람이 스스로에게 얼마나 많은 거짓말을 하는지 알게 되었다. 자신에 대한 스스로의 평가가 얼마나 믿을 게 못 되는지, 과거의 자의식이 성전환 이후 얼마나 아무짝에도 쓸모가 없는지 알게 되었다. 가장 끔찍한 것은 상담사들이 '당신의 대응기제'라고 불렀던 것들이 활개를 치는 것을 지켜봐야 한다는 것이었다. 실제로 그 고통이나 두려움이 덮쳐와 갈기갈기 찢어놓기 이전에도 남자로 살아가는 것이 얼마나 두려웠는지 그리고 얼마나 고통스러웠는지 엿볼 수 있는 순간들이 있었다. 마치 초기 원자폭탄의 성능을 실험하는 남자들을 담은 1950년대 영상자료에서처럼. 번쩍하고 버섯구름이 피어오르고, 찰나의 순간, 파괴의 신을 연상시키는 폭탄의 엄청난 파괴력에 경탄하다가, 폭탄의 충격과 열기에 그들의 몸이 뒤로 날아가고, 카메라가 그들의 몸을 촬영하고, 그 뒤로는 아무것도 보이지 않고, 그저 느껴질 뿐이었다.

그렇게 해서 에이미는 새로운 대응기제를 개발하게 되었

고, 새로운 언어를, 자신을 안전하게 지켜줄 새로운 벽들을 세우게 되었다. 파퍼스의 문제는 에이미를 너무 명청하게 만들어서 그 모든 인지적 대응기제들을 사용할 수 없게 된다는 점이었다. 모든 것이 정지되었고, 에이미는 새로운 거짓말을 하는 대신 날것의 진실과 직접 대면했다. 그것은 바로, 자신이 여자애와 사랑에 빠진 여자애라는 사실이었다. 벅찬 진실이었다. 그것이야말로 에이미가 늘 꿈꾸었던 바로 그것이었다.

에이미가 한 번도 여자로서 섹스를 해본 적 없다고 말하면 트랜스 운동가들이 시비를 걸 것이다. 텀블러나 트위터 공장에서 양산하는 '트랜스 여성은 전환 이전부터 항상 여성이었다'는 식의 주장을 펼치고 싶으면 그렇게 하기를. 그러나 에이미는 그 어떤 심리적 베일도 쓰지 않고, 여자로 섹스하는 자신의 모습을 바라본 것이 그때가 처음이었다. 노력해야만 가까스로 볼 수 있는 모습이 아닌, 그 자체로 본 것은 그때가 처음이었다. 여자로서 현재에 머문 것도 처음이었다. 너무도 명백하게 줄곧 여자였던 여자, 현재에 머물기 위해 그 어떤 노력도 필요하지 않은 여자, 리즈와 하나로 연결되어 있는 여자였다.

과거에 섹스를 할 때면, 에이미는 섹스하는 자신의 모습을 관리하는 것에 정신적 에너지의 상당 부분을 할애했고 그다음으로는 파트너가 자신을 어떻게 볼지를 걱정하는 데에도 많은 부분을 할애했다. 그렇다 보니 파트너에 대한 욕망을 말로 혹은 몸으로 표현하는 것은 고사하고 실제로 욕망할 에너지조차 거의 남아 있지 않았고, 결국 에이미는 훌륭한 연인이 될 수 없었다. 에이미는 형편없는 연인이었고, 에이미가 생각하는 스스로의 성적 능력 역시 다르지 않았다. 실망스럽고 뜨뜻미지근하고 때때로 섬광처럼 평범함이 스치는 수준이랄까.

유일한 예외가 있다면 에이미가 크로스 드레서로서 스스로를 씨씨여자 같은 남자 혹은 게이 관계에서 여성의 역할을 하는 남자를 일컫는 말라고 부르던 시절 잤던 남자들뿐이었다. 에이미는 그들을 좋아하지 않았고 매력을 느끼지도 않았다. 그래서 그들의 인상 따위는 신경을 쓰지 않았다. 에이미에게 그들은 여성성을 느끼게 해주는 액세서리일 뿐이었다. 비록 다루기 힘들고 호락호락하지 않은 액세서리이긴 했지만 적절히 사용하기만 하면 더 조신한 여자가 된 것 같은 기분을 느끼게 해준다는 점에서 코르셋보다 낫다. 그들의 임무는 에이미의 여성성과 대비되는 강력한 남성성을 제공하는 것이고 그들은 그 임무를 성실하게 수행했다. 그들 대부분이 결혼한 이성애자들이라, 에이미의 몸을 최대한 즐기면서 왜 그들의 자지를 단단하게 하는 것이 여자의 몸에 달린 자지인지 생각하는 것을 회피하며 에이미의 몸을 즐기는 데 열중했다. 그러한 만남들의 목적은, 비록 남자들은 상반되게 행동했지만, 남성들의 욕구를 외면함으로써 에이미 자신에게 집중하기 위해서였다. 남자들이 에이미를 통해 성적 쾌락을 얻는 동안, 에이미는 특정 남성의 특정 욕구를 외면하면서 자기 자신과 자신의 본질에 집중할 수 있었다.

에이미는 열다섯 살 때 딜리아라는 열일곱 살 여자애에게 순결을 잃었다. 딜리아는 비행 청소년이자 펑크족이었고, 구획을 지어 탈색하고 왁스 칠을 한 머리에 의도적으로 촌스러운 브랜드의 광고문구—**펩시! 신세대의 맛!**—가 적혀 있는 해진 빈티지 셔츠를 입었다. 전반적인 외양이 어른들에게 '문제아'로 읽혔다. 딜리아는 섭식 장애로 병원을 드나들었고, 코카인과 헤로인에 손을 댔으며, 학교에서 떠도는 소문에 의하면 스물여덟 살 남자와 광란의 마약파티를 하고 나서 항문섹스를 했단다. 그게 사실인지 아닌지는 알 수 없지만 딜리아는 늘 다른 여자애들과 애무를 했다. 딜리아와 에이미가 처음으로 같이 자고 나서 삼 주 후, 딜리아의 부모님은 집을 저당 잡혀 딜리아를 사막 한복판에 있는 군대식 중독 치료소에 보냈다. 준전문가들이 아이들을 방에 가두거나 야생 한복판에 방치하는 곳이었다. 에이미는 그 뒤로 딜리아를 볼 수 없었다.

순결을 잃던 날 오후, 에이미는 딜리아와 함께 있을 예정이 아니었다. 에이미는 집에 가서 칼라가 달린 단정한 셔츠로 갈아입고 다시 학교에 가서 자신이 속한 축구팀 시상식에 참석할 예정이었다. 에이미가 속해 있던 축구팀은 주 축구대회에서 16위를 했다. 보잘것없는 성적이었지만 에이미의 학교가 미네소타 주 외곽의 대규모 야구 사육장과 비교해 턱없이 작은 학교인 것을 감안하면 그들의 성과는 일종의 기적이었다. 시즌 리그에서 최다 도루에 성공한 것은 에이미 자신의 기적이었다. 공이 날아올 때 몸을 공 쪽으로 들이밀어 공을 맞고 1

201

루에 진출한 다음, 날쌘 다람쥐처럼 계속 도루를 시도해서 달성한 위업이었다. 3월부터 6월까지 에이미의 왼쪽 팔과 상반신 전체에 멍이 들었다.

야구 시상식이 있던 날, 방과 후 집으로 돌아가는 버스에서 딜리아가 에이미의 청바지 바늘땀을 손끝으로 따라가며 말했다. "지금 우리 집에 부모님 안 계셔." 결국 에이미의 부모님은 야구 시상식에서 바람을 맞게 되었다. 코치가 언제나 사람을 당황하게 하는 십대 소년의 이름을 반복해서 부르면서 어서 나와서 상을 받으라고 반복해서 외칠 때, 에이미의 부모님은 점점 더 창피해했고 다른 부모님들은 호기심 어린 표정으로 그들을 쳐다보았다.

그 시각 문제의 십대 소년은 보지를 먹고 있었다. 전에는 한 번도 먹어본 적이 없었다. 손가락을 넣어본 적은 있었다. 그 여자애는 자신이 창녀가 아니라는 걸 증명하기 위해 단추식 청바지의 윗 단추 한 개만 풀어주었고 에이미가 그녀의 청바지와 몸 사이에서 손을 움직여 뭘 알아내기에는 공간이 비좁았다. 에이미가 한쪽 귀만 내놓고 키스를 하려고 몸을 숙이자 여자애가 키득거리며 웃는 소리가 들렸다. 에이미는 마침내 손을 뺄 수 있었을 때 안도했다. 그때 에이미는 자기가 전부 다 잘못 하고 있는 것 같아 두렵고 수치스러웠다. 서툴고 어수선한 손놀림이 에이미가 이미 알고 있는 사실들을 여자애에게 더 확실하게 증명할 것 같았다. 에이미의 남성성은 어딘가 잘못되었다는 것. 에이미에겐 남자로서 심각하고도 끔찍한 결함이 있다는 것. 나아가서, 사회적으로 용인된 섹스를 하는 순간 그 결함이 드러난다는 것. 청소년 작가들이 십대 소녀들을 위해 쓴 글들이 그나마 유일한 위안을 주었다. 몰래 가져다 읽은 누나의 책들은 주로 십대 시절 섹스의 불안정하고 서투름을 다루었다. 그 소설에 비추어보면 에이미는 자신이 정상이라고 거의 확신할 수 있었다. 모든 남자애가 으레 갖고 있는 것으로 여겨지는 섹스에 대한 거친 욕망이 에이미에게 없는 것을 제외하면. 에이미에게 섹스는 치르지 않으면 위험한 하나의 의식이라는 생각만 들 뿐 딱히 열의가 없었다.

에이미는 왜 딜리아와 함께 그녀의 집에 갔을까? 시상식에 참석하지 않으면 부모가 펄펄 뛰리란 것을 에이미도 알고 있었다. 부모님은 에이미가 마침내 그들에게 무언가 제대로 된 무언가를 주었다는 생각에 너무도 흐뭇해했다. 야구를 잘하는 아들이라니. 부모로서 뿌듯한 일이었다. 그런데 그 상을 에이미가 그들에게서 빼앗았다. 왜냐고? 조심스럽게 딜리아의 몸 아래쪽으로 다가가기 위해서였다. 에이미는 얼굴을 딜리아의 질로 가져갔고, 그 순간 에이미의 몸이 경직되었다. 마치 촛불의 불꽃에 코를 대는 고양이처럼. 이 유령이 자신에게 고통을 주는 순간 언제라도 내뺄 채비를 하고서.

에이미는 딜리아의 질을 원했을까? 딜리아의 질을 맛보고 싶었을까? 당연히 그러고 싶어야 했다. 보지의 맛을 묘사하는 남자애들의 말을 얼마나 많이 들었던가? 에이미는 눈을 뜨고 그것을 보았다. 뭐가 뭔지 도무지 알 수 없었다. 멍청하게도. 이렇게 멍청할 데가. 에이미 위에서 딜리아가 눈을 꼭 감고 기다리고 있었다. 딜리아가 목을 앞으로 길게 빼고 에이미를 쳐다보았다. "너 괜찮아?"

"괜찮아." 에이미가 말했다. 이렇게 멍청할 데가! **괜찮아**라니! 그것이야말로 가장 무책임하고 가장 섹시하지 않은 말이었다. '괜찮아'라는 대답은 누군가가 어떻게 지내냐고 물었을 때, 그런데 어떻게 지내는지 별로 얘기하고 싶지 않을 때 하는 대답이었다. 차라리 '좀 혼란스럽고 부끄러워'라고 말할걸.

자신의 수치심을 떨쳐내기 위해 에이미가 핥기 시작했다. 딜리아가 그에게 기대하는 열정을 보여줄 수 있기를 바라면서. 어쩌면 이렇게 하는 게 맞는 것일 수도 있었다.

"더 위로." 딜리아가 위에서 말했다.

"응?"

"혀를 더 위로." 딜리아가 어떤 생각에 집중하는 듯 눈을 꼭 감았다. 에이미는 주눅이 들었다. 너무 아는 게 없는 자신이 한심했다.

에이미가 다시 한번 시도했고, 잠시 후 딜리아가 에이미를 중단시켰다. "있잖아." 딜리아가 손가락 두 개로 자신의 음순을 벌리며 말했다. "이게 클리토리스야." 에이미가 고개를 끄덕였다. 에이미가 고개를 끄덕이긴 했지만, 에이미는 그런 지시가 필요했다는 사실과 자신이 주의를 기울이지 않았다는 사실이 너무 창피했다. 에이미는 딜리아의 표정에 조롱이나 조소의 기미가 있는지 살폈다. **별일 아니야.** 에이미가 스스로에

게 말했다. **너 처음이잖아. 딜리아도 그 사실을 알고 있어. 네가 잘
하기를 기대하지 않을 거야.**

"좋아?" 에이미가 물었다.

"응." 딜리아가 덤덤하게 말했고 에이미는 그 말이 거짓
말이란 걸 알았다. 하긴, 달리 뭐라고 말할 수 있을까?

"다행이네." 에이미가 말했다. "나도 좋아." 두 개의 거짓말.

이것보다 더 나쁜 건 딜리아가 오르가슴을 느끼는 척 연
기하는 것밖에 없었다. 〈섹스 앤 더 시티〉에서 네 여자가 오르
가슴을 연기하게 만들었던 무능한 남자들에 대해 얘기하는 것
을 들은 적이 있었다. 딜리아는 쾌락을 느낀다는 듯 다리를 움
찔거렸고, 에이미는 스스로를 처벌하기 위해 그게 **연기**라고 생
각했다.

그 상태가 얼마나 오래 지속되었을까? 어느 순간 에이미
는 딜리아가 자신의 머리카락을 다정하게 어루만지는 것을 느
꼈다. 짧은 머리카락이었다. 어느 날 밤 충동적으로 짧게 자른
머리가 보풀처럼 자라는 중이었다.

"이제 잠깐 쉬자." 딜리아가 말했다. "그냥 섹스를 할까.
난 섹스가 제일 좋더라."

"좋아." 에이미가 말했다. 에이미가 몸을 일으키고 무
릎을 꿇고 앉아서 방을 둘러보았다. 여자애의 방이었고 평상
시 딜리아의 펑크 취향으로 짐작했던 것보다 훨씬 더 여성스
러운, 전형적인 여자애의 방이었다. 라벤더색 악센트 벽은 딜
리아가 직접 칠했다고 했다. 바람에 안쪽으로 부풀어 오른 얇

은 초록색 커튼 아래, 창틀을 따라 매니큐어들이 가지런히 놓여 있었다. 에이미는 여자애들이 매니큐어를 칠해줄 때가 좋았다. 그러나 중학교에서는 여자애가 남자애의 손톱을 칠해주는 일이 드물어졌다. 고등학교에서는 남자애들이 손톱을 어떻게 하고 다니건 여자애들이 전혀 관심이 없었다. 옷가지들이 침대 옆에 쌓여 있었고 옷에서 딜리아의 냄새가 났다. 에이미는 그게 딜리아의 향기라고 생각했지만, 옷 냄새를 맡아보니 옷에서 나는 냄새였다. 그 옆에 《프로작 네이션》이라는 책이 한 권 놓여 있었다. 에이미가 손을 뻗어 책을 집어 들었다. 에이미는 그 책을 읽은 적이 없지만 놀림거리로 삼을 수 있는 책이라는 것 정도는 알고 있었다. 에이미의 고등학교 시절 문화적 소양은 늘 이런 식이었다. 에이미 자신이 무지하거나 무관심하지만 누군가에게 전수받은 지식으로 자신의 의견인 척 피력하는 식. 그러나 에이미는 그 책을 두고 딜리아를 놀리지 않았다. 침대 위에서 이불을 덮고 있는 딜리아는 너무도 가냘프고 아름다웠다. 에이미는 딜리아가 자신을 안아주기를 원했다. 혹은 자신이 딜리아를 안고 싶었다. 성적인 욕구는 느껴지지 않았다. 한번은 집에 가는 길에, 딜리아가 에이미에게 폭식증 때문에 지방을 많이 잃어서 지방 단열층의 부족을 보완하고 체온을 따뜻하게 유지하게 위해 몸에 솜털 한 겹이 자라났다고 말했다. 에이미는 딜리아를 어떻게 도와야 할지 알 수 없었지만, 딜리아가 습관적으로 자신에게 비밀을 털어놓게 된 것이 좋았다. 딜리아는 에이미에게 비밀을 지켜줄 수 있냐고 물었다. 에이미는 그 비밀만큼은 지켜주었고 딜리아가 한 말을 그 누구에게도 옮기지 않았다.

그러나 어슴푸레한 햇살 속에, 창문에 붙여놓은 조그만 흡착식 스테인드글라스의 빛깔로 물든 딜리아의 몸을 바라보고 있자니, 딜리아의 피부가 너무도 연약하고 헐벗은 것처럼 보였다. 겨울 내내 아무도 보는 사람도 없고 훈련용 바람막이 팬츠를 입고 다녀도 괜찮을 때, 에이미는 다리를 면도하다가 상처가 나는 바람에 허벅다리의 털마다 여드름이 난 것처럼 보였다. 앉을 때마다 아픈 것도 고역이었다. 딜리아 같은 애들은 어떻게 그렇게 되는 것을 피했을까?

"좋은 책이야." 딜리아가 책에 대해 말했다. "나도 저 작가하고 똑같은 것들에 분노해."

"나도 읽어봐야 할까?"

딜리아가 코웃음을 쳤다. "네 취향 아닐걸."

에이미의 취향은 무엇일까? 팝 펑크와 야구? 사람들은 그렇게 생각했다. 에이미는 겨울에 귀를 뚫었지만 야구 코치가 귀고리를 빼라고 했다. 에이미의 귀고리를 보고 엄마는 머저리 같은 놈이라고 했다. 에이미는 엄마가 '머저리'라는 단어를 정확하게 사용했다고 생각하지 않았다. 엄마가 쓰고 싶었지만 미처 찾지 못했던 단어는 아마도 '관종'이었을 것이다. 그런데도 머저리라는 말을 들으니 기분이 상했다. 왜냐하면 엄마가 그 말을 어떤 의미로 했는지 알고 있었고, 엄마 눈에 그렇게 보였다면 다른 아이들 눈에도 분명히 그렇게 보였을 것이기 때문이었다.

"너 콘돔 있어?" 에이미가 물었다. 에이미는 콘돔을 써본 적이 없었다.

"아니, 나 피임약 먹어. 부모님하고 내가 그나마 합의에 도달한 몇 가지 중 하나야."

에이미가 고개를 끄덕였고, 딜리아는 미소를 지으며 고개를 비스듬히 했다. "팬티 벗어." 에이미는 시키는 대로 했다. 발기가 안 되어 있었다. 에이미는 자신의 자지가 괜찮은지 알수 없었다. 사이즈 문제를 제외하면, 어떤 게 안 괜찮은 건지도 몰랐다. 아무래도 안 괜찮을 것 같아서 에이미는 이불로 몸을 가리고 싶은 충동을 애써 억눌렀다.

"이리 와." 딜리아가 말했고 에이미가 딜리아의 곁에 바짝 다가갔다. 딜리아가 에이미를 애무하기 시작했다. 에이미는 발기를 간절히 원했다. 그래서 상상하기 시작했다. 지금 일어나고 있는 일에 적합한, 그러나 지금 일어나는 일과는 다른 장면을. 에이미는 딜리아의 반려동물이었다. 에이미의 주인이 발기를 원했고, 에이미는 주인을 실망시키고 싶지 않았다. 그 일은 에이미가 원하건 원하지 않건 일어날 것이다. 주인은 에이미가 예쁘다고 생각할 것이다. 에이미는 바닥에 떨어져 있는 브래지어를 보고 속으로 생각했다. '저건 내 브래지어야. **딜리아가 나한테서 벗겨낸 거야.**'

"너 이거 좋아하는구나." 딜리아가 말했다. 에이미는 발기가 되어 있었다.

"응." 에이미가 속삭였다. 발기를 일으켰던 환상이 현실의 습격에 흩어질까 봐 두려웠다.

"준비됐어?" 딜리아가 물었다.

"응."

딜리아가 이불을 걷고 등을 대고 누웠다. 딜리아가 에이미를 안으로 안내했다. 에이미에게 처음 떠오른 생각은 그곳이 따듯하다는 것이었다.

"처음엔 천천히." 딜리아가 말했다. 딜리아는 엷은 미소를 짓고 있었다. 그건 너무 벅찼다. 조롱을 당하기에는 너무 가까운 거리였다. 에이미는 눈을 감고 집중했다. 그러나 성적인 에너지가 빠져나가는 기분이 들 뿐이었다. 에이미는 환상이 충전되기를 기다렸다. 사실 에이미가 딜리아를 씹하고 있는 게 아니었다. 딜리아가 에이미를 씹하고 있었다. 에이미는 딜리아의 것이었다. 딜리아의 여자였다.

"응." 에이미가 말했고 딜리아는 수긍하는 듯한 소리를 냈다.

에이미는 딜리아가 무슨 말을 해주기를 바랐을까? 아마도 **넌 내 거야** 같은 말이었을 것이다.

"넌 내 거야." 에이미가 딜리아에게 속삭였다.

딜리아의 눈이 놀란 듯 휘둥그레지더니 에이미를 바짝 끌어안았다.

딜리아가 그 말을 좋아한다는 걸 알 수 있었다. 에이미가 좋아하는 것을 딜리아도 좋아했다.

그것 말고 에이미는 또 무슨 말이 듣고 싶었을까? 에이미
는 물속으로 깊이 가라앉듯 환상 속으로 잠수했다. 에이미는
딜리아의 방에 있었다. 딜리아가 에이미를 씹하고 있었다. 딜
리아가 그녀의 몸을 붙잡고 있었다. 에이미는 딜리아가 끝내
주는 여자라고 말하고 싶었지만, 말이 목에 걸려 나오지 않았
다. "끝내준다." 에이미가 웅얼거렸다. 그리고 다시 환상으로
돌아갔다. 환상 속에서 딜리아가 에이미를 창녀라고 부르면서
한 손을 목에 감았다.

그것도 할 수 있을까? "널 내 창녀로 만들고 싶어." 에이
미가 말했다.

딜리아가 호기심 어린 표정으로 그를 쳐다보았다. "더러
운 말 좋아하는구나." 딜리아가 말했다.

"너도 좋아해?"

딜리아가 싱긋 웃었다. "응."

에이미가 딜리아의 머리카락을 움켜쥐고 거칠게 당겼다.
"우리 뒤로 할까?" 에이미가 물었다.

"응." 딜리아가 말했다. 딜리아가 에이미를 밀어낸 다음
엎드렸다. 에이미가 다시 들어갔다. 딜리아의 몸속으로, 그리
고 환상 속으로. 에이미는 두 곳에 동시에 있었다. 에이미는
딜리아가 자기 엉덩이를 잡아주기를 원했다. 그래서 딜리아의
엉덩이를 잡았다. 딜리아가 신음했다. 에이미는 딜리아가 자
기 젖꼭지를 꼬집는 상상을 했고, 그래서 손을 뻗어 딜리아의
조그만 가슴을 꼬집었다. 그러고는 아무 예고도 없이 에이미

가 절정에 도달했다. 딜리아와 함께 있는 방에서가 아니라 그와 비슷한 다른 방에서. 딜리아가 에이미의 엉덩이를 때리고 있고, 에이미가 딜리아의 어린 창녀이고, 딜리아가 에이미를 포로로 붙잡고 있는, 에이미가 영원히 딜리아의 여자인 그곳에서.

에이미는 다시 딜리아의 실제 방으로 돌아왔다. 에이미가 딜리아의 몸 위로 쓰러졌다. "와우." 딜리아가 말했고 그 말은 진심 같았다. 에이미가 천천히 몸을 뺐고, 딜리아가 돌아눕더니 에이미의 팔 밑으로 들어왔다. 놀랍게도 에이미는 자신이 잘 해낸 것 같은, 훌륭한 연인이 된 것 같은 기분이 들었다. 에이미가 어딜 다녀왔는지 딜리아는 알지 못했다. 하지만 어쩌면 섹스란 원래 이런 것일지도.

훗날, 아주 먼 훗날, 에이미는 '해리解離'라는 단어를 알게 되었다. 에이미는 자신이 단지 환상에 빠졌던 거라고만 생각했었다. '해리'라는 말은 처음에는 병명처럼 들렸다. 평범한 사람들은 그것을 환상이라고 부르는데, 그리고 환상 덕분에 섹스가 더 좋아진다고 말하는데, 유독 그 자신만 '해리'라고 비난받아야 할까? 그러나 섹스를 하면 할수록 에이미는 자신에게 병적인 측면이 있다는 생각이 들었다. 섹스 도중 해리를 통해 사라져버리는 것에서 오는 외로움을 이해하기까지 꽤 오랜 시간이 걸렸다. 사람들은 섹스를 통해 함께 기쁨을 느꼈고 그로 인해 존재적 외로움을 잊었다. 그래서 에이미가 자신의 내면으로 사라져버릴 때, 경험 있는 파트너들은 그의 부재를 감지했고 그의 실종에 상처를 입었다. 에이미는 가장 가까워지고 싶어했던 사람들에게 상처를 주고 싶지 않았고, 그러다 보니 가장 좋아하는 사람들과의 섹스는 유독 두려워하고 피하게 되었다. 당연히 섹스를 회피하는 것 역시 상대에게 더 큰 상처를 주었고 그들을 밀어냈다. 결과적으로 그는 외로움 때문에 누군가와 가까워지고 싶었지만 섹스를 시도할 때마다 그 외로움이 열 배로 커져서 돌아오는 고통 속에 살게 되었다.

사실 에이미가 해왔던 섹스를 가장 잘 설명한 사람은 리즈였다. "넌 비밀 트랜스처럼 씹하는 법을 배웠구나." 리즈가 말했다. "시스 여성들은 누가 그런 짓을 하면 그걸 알아보는 데 시간이 오래 걸리지. 자기들이 보고 있는 광경의 이름도 모르고 의미도 모르니까. 트랜스 여성들은 바로 알아봐. 그게 대부분의 한심한 트랜스 추종자들이 씹하는 방식인데, 그건 그 사람들이 사실은 억압된 트랜스이기 때문이야. 무슨 뜻이냐 하면, 우리 중 대부분은 한 번쯤은 그런 식으로 씹해봤다는 거지."

최악의 순간은 딜리아와 함께 있던 날 밤늦게 찾아왔다. 에이미의 행동의 어떤 부분이 에이미에 대한 딜리아의 평가를 바꾸었다. 에이미는 딜리아가 집으로 돌아오는 버스에서 비밀을 털어놓곤 했던 착한 남자애가 아니었다. 에이미가 보여준 기량이 두 사람 사이를 근본적으로 구분 지었다. 전에는 존재하지 않았던 구분이었다. 에이미의 내면에 존재하는 동물적인 어떤 것 때문이었다. 에이미는 여자인 척할 수 있는 짐승이었다. 딜리아가 에이미에게 말하는 방식이 달라졌다. 에이미를 조금 더 존중하는 것 같았지만 한편으로는 조심스럽게 거리를 두었다. 결국 에이미는 이제 막 싹을 틔우기 시작한 남자였다. 힘이 세고 위험했다.

딜리아의 새로운 경외심으로 정체를 드러낸 그 인물이 에이미는 두려웠다. 에이미는 딜리아에게 무엇을 원했을까? 에이미는 딜리아의 침대에 앉아 있고 싶었고, 소녀 취향의 물건들에 둘러싸여 있고 싶었고, 딜리아가 손톱을 칠해주기를 바랐다. 에이미는 안기고 싶었다. 딜리아가 에이미에게서 새로이 존경하게 된 바로 그 점 때문에 에이미는 딜리아에게서 원하는 것을 얻을 수 없게 되었다. 만약 누군가 보고 있었다면 그들의 섹스가 어떻게 보였을까. 딜리아의 뒤에 있던 에이미, 딜리아의 머리카락을 움켜잡고 있던 에이미, 에이미의 털 난 허벅다리. 그 광경을 상상하니 구역질이 났다. 에이미는 여자들이 조심해야 하는 짐승이었다.

"다음에 또 하자." 뒷마당을 가로질러 골목길까지 에이미를 바래다주며 딜리아가 말했다. 이웃 사람들이 부모님이 외출했을 때 웬 남자애가 집에서 나가는 걸 봤다고 이를 수도 있다면서 딜리아가 선택한 경로였다. 에이미도 동의했다. 동의할 수밖에 없었다. 그렇게 하는 게 당연했다. 그러나 딜리아와 에이미는 다음에 또 할 수가 없었다. 에이미의 부모님이 야구 시상식 때 그들에게 창피를 주었다는 이유로 에이미의 외출을 금지시켰고, 마침내 풀려났을 때, 딜리아의 부모님은 유타 주인가 어디로 배를 태워 딜리아를 떠나보낸 뒤였다.

그로부터 몇 년 동안, 에이미는 해리 섹스의 기술을 연마했다. 주로 남자애들과 여자애들 모두로부터 느끼는 사회적 의무감을 충족시키기 위한 것이었다. 여자애들은 에이미가 자신의 아름다움, 자신의 유혹에 적절하게 반응하는 모습을 보고 싶어했다. 남자애들은 자신의 정복을 과시하고 싶어하거나, 그보다 더 자주 그 정복을 통해 유대하고 싶어했다. 에이미가 십대 후반이던 시절, 정복을 공유하는 것은 남자애들 사이에서 가장 핵심적이고 가장 스릴 넘치는 행동이었다. 그것이 남자애들이 서로를 알아가고 서로를 신뢰하는 방식이었다. 여자애들은 부수적인 존재였다. 아니, 여자애들은 미묘한 방식으로 남자애들에게 경멸당했다. (대학 시절, 에이미의 고등학교 시절 얘기를 듣고 그런 수준의 경멸은 여성혐오에 해당된다고 말한 여자도 있었다.) 여자애들이 짜증스러울 정도로 남자애들의 뜻대로 움직여주지 않았기 때문이었다. 그런데도 여러 여자애가 에이미와 에이미의 친구들의 뜻대로 움직여주었다. 그래서 이런 질문들이 중요했다. 파티에 여자애들이 몇 명이나 올까? 그 키 작은 여자애 봤어? 걔하고 친해졌어? 걔 가슴이 괜찮던데, 안 그러냐? 걔한테 해줬어? 안 해줬다고? 걔가 안 해줬다고? 열받네. 하여간 여자들은 다 미친년이야.
　그들에게 동조할수록, 에이미는 점점 더 섹스가 두려워졌다. 더 이상 해리를 유지할 수 없는 상태가 되었을 때의 추락이 두려웠고, 자신의 명백한 야수성을 대면해야 하는 것이 두려웠다. 에이미는 자신을 그들과 다른 위험한 존재, 끔찍할 정도로 남성적인 존재로 보는 똘똘 뭉친 여자애들의 패거리를 증오하게 되었다. 여자애들은 에이미가 귀엽다고 말하거나 에이미의 복근을 알아차리거나 그의 예쁜 얼굴에 관심을 보이곤 했다. 그러나 에이미는 그들 틈에 있을 수 없었다. 에이미는 여자애들의 관심을 얻기 위해 별짓을 다 했고 그 과정에서 자신이 신의 실패작인 것 같은 기분이 들어서 역겨웠다. 그는 여자애들 틈에 끼고 싶어 안달하는, 자존심도 없고 딱히 적절한 명칭조차 없는 개자식이었다. 그래서 그는 가장 조잡한 방식으로 그들에게 다가갔다. 때로 그들에 대한 증오심은 자기혐오로 표출되었고, 몇 주 동안 거울을 못 보거나 아니면 아무것도 하지 않고 오직 거울만 보았다. 아는 여자애들을 바라볼 때면 그들에 대한 질투심이 끓어올랐다. 작은 것들이었다. 그들이 눈썹을 뽑는 모습이라든가, 그들이 자연스럽게 서로의 팔을 만지는 모습이었다. 질투. 질투. 질투. 그래서 에이미는 여자애들을 나쁜 년이라고 부르기가 쉬웠다. 자신에게는 잔인하게도 결코 해당될 일이 없는 그들의 걱정을 무시하기가 쉬웠다. 여자애들이, 여성성이라는 것이 전반적으로 얼마나 한심한지에 관한 농담으로 남자애들을 매혹시키기가 쉬웠다.

에이미의 학교에는 '스위치 데이'라는 전통이 있었다. 일 년에 한 번 다른 학생의 이름을 쓴 모자를 쓰고 그 학생의 시간표에 따라 수업에 참석하는 것이었다. 에이미는 메리 앤의 이름을 모자에 썼다. 메리 앤은 체격 좋은 멋진 여자애였는데 말馬을 너무 좋아하지만 않았어도 인기가 많았을 것이다. 어린

이 미인대회에 출전한 적도 있었다. 메리 앤에겐 사실적 근거가 있을 수도 있고 없을 수도 있지만 끈질기게 따라붙은 소문이 있었다. 메리 앤이 아홉 살인가 열 살 때 사춘기가 너무 일찍 찾아와서, 지방이 엉덩이와 가슴으로 가는 것을 막기 위해 어머니가 메리 앤에게 화장실 휴지를 먹게 했다는 것이었다. 휴지의 섬유질이 식욕을 억제한다는 것이 메리 앤의 어머니의 생각이었다. 그런데도 열세 살이 되었을 때 메리 앤은 학교에서 가슴이 가장 컸다.

메리 앤에게 옷과 화장품을 빌려달라고 부탁해보라고 다른 여자애들이 에이미에게 말했다. 에이미는 메리 앤에게 너무도 간절히 부탁하고 싶었다. 너무도 간절해서 무서울 정도였다. 메리 앤의 이름을 모자에 쓰던 날 밤, 에이미는 거울에 비친 자신의 모습을 보면서 메리 앤의 아이섀도와 마스카라를 바르면 자신의 얼굴이 어떻게 바뀔지 상상해보았다. 그러나 그는 메리 앤에게 아무것도 빌리지 못했다. 대신 중고품 가게에서 특대 사이즈 브라를 사서 속을 채웠고, 그것 말고는 메리 앤을 모방한 그 어떤 분장도 하지 않았다.

스위치 데이 당일, 에이미는 속을 채운 브라를 한 다음 늘 입던 옷을 입고 학교에 갔다. 에이미를 본 순간 메리 앤의 얼굴이 어두워졌다. 에이미가 그녀의 몸에서 찾아내 모방한 것을 보고 실망하고 상처 입은 표정이었다. "너 왜 그렇게 잔인해?" 메리 앤이 에이미에게 물었다. 그제야 에이미는 자신이 무슨 짓을 했는지 깨달았다. 한 쌍의 가슴. 에이미는 메리 앤에게 넌 그저 한 쌍의 가슴일 뿐이라고 말하고 있었다. 그 사실을 깨닫는 순간 사과를 할 수도 있었고 메리 앤에게 도움을 청할 용기를 내어볼 수도 있었다. 너를 좀 더 이해하고 싶었다고, 단 하루라도 너처럼 살고 싶었다고 말할 수도 있었다. 그런데 하필 그 순간 존 맥넬리가 다가오더니 에이미의 가슴을 가리키며 "죽인다!"라고 말했다. 메리 앤은 애써 미소를 지었지만 눈가가 촉촉해졌다. 메리 앤이 고개를 끄덕이며 말했다. "오늘 하루 내 모습으로 잘 지내길 바라."

에이미는 브라를 벗을까도 생각했다. 메리 앤을 위해 잔인한 행동을 그만둘까도 생각했다. 그러나 그러지 않았다. 에이미는 브라를 하고 있는 게 좋았다. 사람들이 가슴에 대해 말해주는 게 좋았다. 그날 밤, 에이미는 다시 브라를 하고 메리 앤이 자기 옷을 입으라고 강요하는 상상을 하며 자위를 했고, 다음 날 학교에 가는 길에 브라를 쓰레기통에 버렸다.

그날 오후 딜리아의 집에서 여자와의 첫 섹스를 했다면, 남자와의 첫 섹스는 패트릭과 했다. 비록 패트릭이 과연 남자였는지에 대해서는 훗날 의심이 들긴 했지만 말이다.

패트릭은 에이미가 만난 첫 번째 '아마도 트랜스'였다. 패트릭은 스스로를 트랜스라고 부르진 않았을 것이다. 그저 크로스 드레서라고 불렀을 것이다. 에이미도 그때는 스스로를 그렇게 불렀다. 그러나 에이미가 여자 옷을 입은 모습을 본 사람은 아무도 없었다. 심지어 할로윈 파티에서도. 대학에 가서 방문을 잠글 수 있게 되었을 때, 에이미는 예쁜 옷을 입어보며 많은 시간을 보냈다. 그러나 2학년이 되도록 기본적인 옷들조차 갖추지 못했다. 화장도 형편없는 수준이었다. 화장법을 가르쳐줄 만한 사람이 거의 없었기 때문에, 포장에 사용법이 나와 있는 세 가지만 고수했다. 립스틱, 아이라이너, 마스카라.

여자 옷을 사려고 종종 시도했지만 번번이 실패했다. 고급 여성의류매장에는 가지 않았다. 그곳에 간 이유를 설명한다는 건 거의 불가능한 일이었다. 대신 월마트나 타깃 같은 백화점을 공략했다. 여성 의류 코너를 빙 돌면서 그 옆에 있는 주방용품 같은 것을 구경하는 척하다가 아무거나 되는 대로 집어 들었다. 수영복, 가방, 브라. 그 모든 행동이 에이미에게 모욕감을 주었다. 자신이 변태처럼 보인다는 것을 알고 있었다. 실제로 여자의 옷을 사거나 여자 옷을 둘러보는 순간이 다가올수록 피가 몰려 얼굴이 빨개졌다. 손이 더 떨렸다. 팬티 한 장을 손에 쥐고서 금방이라도 기절할 사람처럼 보이지 않기가 힘들었다. 왜냐하면, 대체 누가 그런 짓을 한단 말인가? 그는 대체 어디가 잘못된 걸까? 팬티 한 장을 숨기기 위해 쓸데없는 물건들을 얼마나 많이 샀는가? 여자 드레스를 사는 남자 대학생이 칩 세 봉지와 육포 한 개, 접이식 의자 한 개를 더 산다고 해서 점원이 이상하게 생각하지 않을까?

에이미는 대학 2학년이던 가을에 패트릭을 만났다. 65킬로미터 떨어진 곳에 산다는 서른여섯 살 이혼남이자 호텔 직원이 같이 여자 옷을 입어볼 사람을 구한다는 글을 야후 그룹에 올렸다. 남자 둘이, 긴장 좀 풀 겸, 란제리를 입어보자고 했다. 그는 자신이 올탑과 바텀을 모두 할 수 있다는 의미이라고 말함으로써 동성애가 아니라 그저 남자들 간의 친목을 추구한다고 했던 자신의 말의 신빙성을 떨어뜨렸다.

열아홉 살 대학생. 176센티미터, 63킬로그램. 제가 입어볼 란제리가 있을까요? 에이미는 두 시간을 고민하고 나서 메시지를 보냈다. **아뇨. 하지만 제가 다니는 크로스 드레서 상점이 있어요. 원하면 내가 학교 앞으로 태우러 갈 테니 같이 가봐요.** 패트릭이 대답했다.

그렇게 해서 에이미는 후드를 눈 밑까지 내리고 기숙사 앞에 서 있게 되었다. 마치 지나가던 학생이 그를 쳐다보기라도 하면, 그의 얼굴에서 변태 트랜스의 기미를 읽어낼 수도 있다는 듯이.

이름 없는 쇼핑몰 하나를 떠올려보기 바란다. 쇼핑몰의 벽은 지나치게 빨간 치장 벽돌이고, 지하철 편의점과 진공청소기 매장이 있고, 그 사이에 글래머 부티크라고 쓴 우중충한 간판이 보인다. 이제 에이미의 실망한 표정도 상상해보기 바란다.

글래머 부티크라는 이름을 듣고 에이미는 순진하게도 진짜 화려한 매장을 상상했다. 삼면거울, 사람을 돋보이게 하는 집중 조명, 매끄러운 금속 레일에 듬성듬성 걸려 있는 매끄러운 드레스들을 기대했다. 그런데 실제로 걸려 있는 옷들은 대충 두 가지로 분류될 수 있었다. 유행에 안 맞거나 아니면 섹시하거나. 마치 고객들이 원하는 것이 일체 관심을 끌지 않거나 아니면 과감하게 맨살을 드러내거나 둘 중 하나라고 가정하는 것 같았다. 매장 안쪽에 검은색 라텍스나 비닐로 만든 페티시 용품들, 프랑스 하녀 복장, 여학생 복장, 프릴 달린 여성스러운 파티 드레스가 있었다.

검은 생머리에 아이라이너 끝을 올려서 짙게 그리고 고스족 복장을 한 여자 점원이 카운터에서 골프복 차림의 중년 남자의 물건을 계산하고 있었다. 골퍼 남자가 누구와도 눈을 마주치고 싶지 않다는 듯 허공을 바라보고 있어서 에이미는 그를 몰래 훔쳐볼 수 있었다. 아마도 그는 아내에게 골프장에 간다고 말하고 나왔을 것이다. 아니면 실제로 방금 골프 한 라운딩 하고 왔을지도 모른다. 어느 쪽이건 그의 앞 계산대 위에는 새틴 코르셋 한 벌이 놓여 있었다.

고스족 여자가 에이미와 잠시 눈을 맞추더니 고개를 끄덕이고는 노련하게 시선을 돌렸다. 골퍼가 나간 뒤로 점원은 티내지 않고 에이미와 패트릭을 보았다. 그녀의 몸짓언어가 자신은 아무것도 추측하지 않는다는 의미를 전달하고 있었다. 그러나 에이미는 그녀의 생각을 상상해보지 않을 수 없었다. 키 큰 대머리 남자와 어리고 호리호리한 젊은 남자. **저 여자는 보나 마나 우리 둘 중에서 내가 씨씨라고 생각하겠지.** 에이미가 속으로 생각했다. 그런 생각을 하니 한편으로는 흥분되었고 한편으로는 수치스러웠다.

에이미가 실리콘 가슴 모형 앞에서 멈추어 섰다. "착용해 보고 싶으시면 말씀하세요." 점원이 말했다. 그녀가 브래지어와 모형을 함께 착용하고 있는 마네킹을 가리켰다. "유두가 보이도록 모형을 고정해주는 얇은 특수 브라도 있어요. 하지만 일반 브라에도 모형을 착용할 수 있어요."

에이미는 본능적으로 고개를 저었다. 그러다가 얼른 멈추고는 "얼마예요?"라고 물었다.

"컵 사이즈에 따라 달라요. 사이즈가 어떻게 되세요?"

에이미는 그 질문에 어떻게 대답해야 할지 알 수 없었다. 에이미에겐 분명히 가슴이 없었다.

여자가 다시 물었다. "갖고 계신 브라 사이즈가 어떻게 되세요?"

"모르겠어요."

"D보다 큰 모형은 1달러 60센트이고요. 그것보다 작은 모형은 1달러 30센트예요. 브라는 전부 다 40달러이고요."

"C컵 좀 볼 수 있을까요?" 에이미가 물었다.

점원이 에이미의 몸을 찬찬히 훑어보았다. "34 정도 되어 보이는데요. 원하시면 재어드릴게요."

에이미는 무언가를 그토록 간절하게 원해보기는 처음이었다. "아뇨, 아니, 네, 좋아요."

탈의실은 매장 한구석의 벽장을 커튼으로 가려놓은 공간이었다. 탈의실에서 점원이 에이미에게 돌아서라고 말했다. 그 순간 에이미가 점원이 트랜스라는 것을 어떻게 알아차렸는지는 그 자신도 알 수 없었다. 여자의 미적 조합이 비로소 납득이 되었다. **나 지금 트랜스한테서 브라 피팅받고 있어!** 에이미 자신도 믿기지가 않아 혼잣말을 했다. 그녀에게 전부 다 물어보고 싶었고, 그리고 무엇보다도, 멋지게 보이고 싶었다. 자신이 얼마나 징그러운 변태 새끼인지 그녀가 모르길 바랐다. 그는 전날 밤 트랜스 포르노를 보고 사정한 변태 새끼였다.

"맞아요." 여자가 에이미의 가슴에 테이프를 두르며 말했다. "34나 36 둘 중 하나 착용하시면 될 거 같아요. 34로 권해드려요. 착용할수록 약간 늘어나거든요."

점원이 34 사이즈 브라를 들고 왔다. 얇은 브라의 안주머니에 34 사이즈 모형이 이미 들어 있었다. 실리콘에서 화학물질 냄새가 약하게 풍겼지만 쥐었을 때 기분 좋을 정도로 유연했다. 커튼이 닫혔고 에이미가 브라를 착용했다. 자연스럽게 늘어지는 그 무게가 엔돌핀 비슷한 무언가의 분비를 촉진시켰다. 에이미는 가슴이 튀어 오르는지 보려고, 가슴의 무게와 움직임을 느껴보려고 살짝 뛰었다. 비눗방울 같은 웃음소리가 새어 나왔다.

에이미가 커튼을 젖혔다. "이거 살게요." 에이미가 점원에게 말했다. "이거 착용하고 다른 옷들 입어봐도 될까요?"

"그럼요, 물론이죠." 여자가 말했다. "일단 상자만 카운터에 갖다 놓을게요."

뒤에서 패트릭이 엄지를 치켜 보였다. "멋지네요." 패트릭이 말했고, 에이미는 얇은 천 위로 가짜 유두가 드러나도록 만든 자신의 가짜 가슴을 가리고 싶은 묘한 충동을 느꼈다.

에이미는 패트릭을 전혀 다른 모습으로 상상하고 있었다. 상당히 남성적인 외모. 전형적인 드레스 입은 남자. 파란 아이섀도를 칠한 각진 턱의 액션 히어로로. 〈투 윙 푸〉드래그 퀸이 주인공인 코미디 영화의 패트릭 스웨이지처럼. 그는 에이미가 TV에서 본 가장 근사한 트랜스였다. 그 외에는 〈양들의 침묵〉이나 〈버드케이지〉 아니면 〈크라잉 게임〉 정도가 있었다.

패트릭이 그런 모습일 거라고 상상할 만한 근거는 전혀 없었다. 에이미 자신을 한번 보라. 에이미는 코미디도 공포물도 비극도 아니었다. 유독 남성적이지도, 대놓고 여성성을 추구하지도 않았다. 너무 빨아서 분홍에 가까워진 빨간 후드티셔츠를 입고 길가에 서 있는, 그저 깡마른 금발의 대학생일 뿐이었다. 마초 스타일이라기보다는 인디 록 스타일에 가까웠다.

패트릭이 차를 세우는 순간, 에이미에게 실망감이 밀려들었다. 패트릭에는 눈길을 끄는 특징이랄 게 하나도 없었다. 적당히 큰 키에 구부정한 어깨는 니트 폴로셔츠 속에서 길을 잃었다. 정수리의 머리카락은 거의 녹아 없어질 지경이었고, 작고 중성적인 눈동자가 철테 안경 너머로 길가를 살폈다. 심지어 차조차도 1990년대 지오 메트로였고, 그가 그 차를 타고 있는 것을 보기 전에는 에이미는 그런 모델이 존재하는지조차 잊고 있었을 정도로 특징 없는 차였다. 어쩌면 그가 패트릭이 아닐지도 모른다는 생각이 드는 순간, 그가 차창을 내리고 말했다. "티파니?" 에이미가 그에게 알려준 이름이었다. 패트릭은 그에게 여자 이름을 알려주지 않았다. **난 그냥 늘 패트릭이에요.** 그가 그렇게 썼다.

에이미가 차에 타자 패트릭이 조심스럽게 에이미를 쳐다보더니, 마치 지나가는 풍경이 안개에 덮여 있어서 그의 코끝에서 몇 미터 거리밖엔 볼 수 없다는 듯, 몸을 앞으로 숙이고 도로에 집중하며 천천히 차를 몰았다. 차창 밖에서 누군가 엿들을지도 모른다는 듯 시내를 가로지르는 동안 두 사람은 거의 서로 대화를 나누지 않았다. 그러나 버크셔를 벗어나자 대화를 나누기 시작했다.

패트릭은 레드 루프 인이라는 숙박업소에서 야간조로 일하고 있었다. 그는 그 일이 싫다고 했다. 약간 어이없다는 듯이, 어쩌다 이 일이 자신의 직업이 되었는지 기가 막힌다는 듯이 그렇게 말했다. 그 전에는 블록버스터 비디오 대여점에서 매니저로 일했는데 대여점이 문을 닫았다. 그와 동시에 이혼을 하게 되었고 판사는 그에게 다섯 살, 일곱 살인 두 딸의 양육비를 댈 것을 명령했다. "내 전처, 그 못돼 처먹은 년은 일을 안 해요." 그가 말했고 그 말에 에이미가 움찔했다. 그때까지는 패트릭이 그렇게 거친 말을 하지 않았다.

찌질한 자식. 에이미는 생각했다. 그러나 그런 생각이 드는 순간 마음이 놓였다. 두 사람의 세계와 관심사는 너무도 동떨어져 있었다. 아무도 그들 두 사람을 연결 짓지 못할 것이다. 그들 두 사람은 서로를 거의 이해하지 못할 것이다. 에이미는 함께 여자 옷을 입을 아주 안전한 남자를 찾았다.

"여기 오기 전에 글래머 부티크라는 이름 들어본 적 있어요?" 버크셔에서 빠져나와 매사추세츠 중심부로 들어설 때 패트릭이 물었다. 대마초 파티에 대해 들어봤냐고 묻는 초등학생처럼 거만한 표정을 지으며 그가 에이미를 돌아보았다. 에이미는 그가 원하는 대답이 있다는 것을 알았다.

"아뇨. 들어봤어야 해요?"

"나와 비슷한 **이야기**를 좋아하는지 궁금해서요." 그는 '이야기'를 유독 늘여서 발음하며 강조했다.

"어떤 이야기요?"

"야한 거."

"네." 에이미가 안전벨트를 조절해 창문 쪽으로 기대며 그를 쳐다보았다. "저 야한 거 좋아요."

"글래머 부티크는 픽션마니아 아카이브 스폰서거든요. 픽션마니아 읽어요?"

마치 패트릭이 실제로 에이미에게 보여준 것처럼, 에이미는 글래머 부티크의 웹사이트 배너 광고를 상상할 수 있었다. 빅토리아 시대의 여자로 보이는 어느 여자가 다른 여자의 코르셋을 조이는 모습을 그린 연필화. 픽션마니아 사이트의 하단에 떠 있는 글래머 부티크의 배너광고.

에이미는 대답하지 않았다. 차가 방향을 틀어 고속도로로 진입했다. 에이미는 자기가 무엇을 보며 자위를 하는지 누구에게도 말한 적이 없었다. 바로 남자들에게 여성성을 강요하는 여자들의 이야기였다. 픽션마니아의 온라인 사이트에는 그런 이야기들 이만여 편이 저장되어 있었고 전세계의 무명작가들이 매일 새 글을 추가했다. 엄청난 편수로 가늠해보건대 작가들은 수천 명에 달했고 독자들은 기하급수적으로 늘어서 수만 명 혹은 수십만 명에 달했다. 존재한다는 것이 알려지지 않아야만 존재할 수 있는 하위문학이었다. 트랜스들의 지하출판 문화를 형성하는 이야기들은 너무도 비밀스러워서, 애초에 그 이야기를 읽어볼 생각을 하는 사람들은 일단 트랜스인 것이 분명했다. 당신이 그곳에 있다면 당신은 이미 트랜스인 것이다. 픽션마니아 클럽의 제1규칙은 픽션마니아 클럽에 대해 절대 말하지 않는 것이다.

이야기들은 위험했다. 그러나 에이미는, 그 자신이 입증하는 바와 같이 알고 있었다. 그러한 사이트가 버젓이 존재하는 것을 보면, 전세계의 수많은 눈들이 그 텍스트를 흡입하고 있다는 것을. 크로스 드레서들이 처음으로 자지를 받아들이는 이야기, 혹은 소년이었다가 지금은 가슴이 풍만한 여자가 되어서 모욕당하고 강간당하는 이야기, 혹은 강인한 남자가 자신의 의지와 상관없이 여성화되는 이야기의 클라이맥스에 많은 자지가 정액을 분출한다는 것을. 남성의 의지와 상관없이 강요되는 여성성이야말로 그중에서도 가장 굴욕적이고 모욕적이었다. 그렇다면 에이미 자신이 여성성에 대해 느끼는 감정은 얼마나 굴욕적이고 모욕적인 것일까? 에이미는 그런 이야기들을 너무도 좋아하는 자신이 싫었고, 하루에도 몇 시간씩 그 이야기들을 읽으며 느끼는 오르가슴이 싫었고, 수업과 수업 사이의 이십 분 동안 그 이야기들을 훔쳐보는 게 싫었고, 밤새도록 그 이야기를 읽고 또 읽으며 현실이 흐릿해질 때까지 자위 마라톤을 하는 게 싫었다. 그 사실을 알게 되는 사람은 누구든 결코 이해하지 못하리란 걸 알았다. 그들은 에이미가 여성성을 싫어하고 그것을 모욕으로 여긴다고만 생각할 것이다. 그래서 에이미는 사람을 피했다. 그럴 수밖에 없었다. 성전환을 할 때까지, 강간 플레이, 노예 플레이 혹은 아동 플레이에 빠진 여자들, 삶이 그들에게 던져준 온갖 입에 담을 수조차 없는 수치심과 위반에서 성적 흥분을 느끼고 그것들을 무해한 것으로 만든 여자들을 만나기 전까지, 에이미는 자신의 오르가슴이 증명하는 용서받지 못할 여성혐오에 대해 단한 마디도 반박할 수가 없었다.

패트릭이 대답을 기다렸다. 그러나 에이미는 적절한 대답을 찾을 수 없었다. 긍정도 부정도 할 수가 없었다.

"수긍의 의미로 받아들이죠." 패트릭이 말했다.

"네." 에이미가 수긍했다. "픽션마니아 알아요."

"어떤 이야기 좋아해요?" 패트릭이 물었다. 그러더니 대답을 기다리지 않고 말을 이었다. "난 극단적인 신체 변형에 관한 이야기가 좋아요. 거대한 가슴이 생긴다든가. 마법으로 변하는 얘기는 싫어요. 수술은 좋고요. 왜냐하면 그건 실제로 존재하니까. 언젠간 나한테도 일어날 수 있는 일이잖아요." 패트릭의 목소리에서 에이미가 지금껏 들어보지 못한 명랑함이 배어났다.

누군가가 패트릭에게 거대한 가슴 이식수술의 비용을 대 줄 가능성은 요정이 나타나 패트릭에게 가슴을 만들어줄 가능 성보다 확률적으로 더 희박해 보였다. 그런데도 에이미는 그 의 말이 어떤 의미인지는 알 것 같았다. 에이미도 마법은 좋아 하지 않았다. 자신의 삶과 최대한 근접한 이야기들이 좋았다. 수줍은 남자 대학생. 고압적인 연상녀. 에이미는 그런 연상녀 가 트랜스 여성에게 남성과 섹스하도록 강요하는 이야기를 좋 아했다. 연상녀가 그들을 지켜보며 웃는 이야기. 그러나 그 사 실을 패트릭에게 밝힐 생각은 추호도 없었다.

"난 주로 **웨딩드레스** 아니면 **결혼** 항목에서 골라요." 에이 미가 말했다. "결혼식은 진짜 특이해요. 특이하지 않은 사람 들은 절대 모를걸요. 생각해봐요! 어떤 여자에게 아주 특별히 공을 들인 복장을 하게 하는 거예요. 그리고 한 남자가 그 여 자를, 마치 BDSMBondage, Discipline, Dominance, Submission, Sadism, Masochism 영화의 한 장면에서처럼, 다른 여자한테 넘겨주는 거 예요. 그리고 여자의 손가락에 상징적으로 반지 같은 것을 끼 워요. 그다음에 남자가 여자의 드레스를 걷어 올려서, 거기 있 는 사람들 모두에게, 아마도 수백 명에게, 여자의 속옷과 란제 리를 보여줘요. 그다음엔 남자가 여자를 안아들고 씹하러 데 려가고, 사람들은 무슨 일이 일어나고 있는지 다 아는 거죠! 진짜 더럽죠. 그게 내가 상상할 수 있는 가장 특이한 일인데 실제로도 늘 일어나는 일이죠. 난 그런 일이 나한테 일어나는 상상을 하는 게 좋아요."

에이미는 한 번도 이런 얘기를 해본 적이 없었다. 패트릭이 웃었다. 그리고 에이미도 웃었다.

에이미가 웃는 동안 패트릭이 돌출 행동을 했다. 운전하는 내내 그는 몸을 앞으로 숙이고 두 손을 운전대의 2시와 11시 방향에 올려놓고 앞을 보고 있었다. 그런데 그가 왼손을 아래로 내리더니 사타구니를 문지르기 시작했다. 처음에 에이미는 패트릭이 그냥 옷매무새를 고치려는 거라고 생각했지만, 아니었다. 계속 문질렀다. 그는 자위를 하는 중이었다. 그는 에이미 쪽을 쳐다보지도 않았고 계속 문지르면서, 자기가 가장 좋아하는 항목에서 읽은 재미있는 내용에 대해 얘기했다. **육체적 강요 혹은 협박.**

에이미는 잠시 구역질이 났다. 그러나 이게 자신이 원했던 바가 아니었던가? 이럴 줄 몰랐던가? 숨겨왔던 자신의 성 정체성을 누군가와 나누고 싶지 않았던가? 누구라도? 에이미도 손을 내려 자신의 사타구니를 문지르기 시작했다. 그러나 계속 그럴 수가 없었다. 자동차 안의 분위기가 전혀 섹시하지 않았다. 에이미는 성인 남자와 함께 있는 어린 남자가 된 기분이 들었다. 그런데 그 성인 남자는 매력 없고 찌질했다. 두 사람이 여자 옷을 입으면, 어쩌면 기분이 달라질 수도 있었다.

삼십 분쯤 지나니 글래머 부티크가 재미있어졌다. 점원이 자신을 젠이라고 소개했다. 에이미의 초조함이 잦아들자, 젠이 에이미가 옷 입는 것을 돕기 시작했다. 여자들끼리 서로의 옷에 대해 조언을 해주다니, 이토록 여성스러운 의식에 자신이 참여할 수 있다니, 에이미에겐 너무도 가슴 벅찬 일이었다. 이것이야말로 에이미가 바랐던 것 그 이상이었다. 가슴 모형과 브라를 착용해보니 옷을 전부 다 입어보고 싶었다. 온라인에서만 보았던 페티시 복장은 물론이고 단순한 드레스들도 입어보고 싶었다. "언제나 엠파이어 스타일을 선택하세요." 가슴 바로 밑에 띠가 있는 노란색 드레스를 들어 보이며 젠이 말했다. "사람들은 이 드레스를 입으면 어깨를 좁아 보인다고 생각하지만, 아뇨. 어깨와 엉덩이의 비율을 맞추어줘요. 엠파이어 드레스는 아래로 갈수록 퍼지기 때문에, 이 드레스가 엉덩이를 만들어줄 거예요."

에이미와 패트릭은 주의 깊게 들으며 고개를 끄덕였다. 패트릭은 에이미를 몇 차례 만진 상태였고, 에이미로서는 그것을 어떻게 해석해야 할지 알 수 없었다. 한번은 패트릭이 드레스 한 벌을 에이미의 몸에 대고 "이거 입으면 예쁘겠다!"라고 말하고는 드레스로 옆구리를 누르며 다른 손으로 에이미의 허리를 쓸어내렸다. 패트릭의 손길에 에이미의 마음속에 불안의 비행 구름이 일었지만, 그런 일로 이 순간을 망치고 싶지 않았다. 막연한 행복감이 에이미를 감쌌다. 지금 이 순간 그들은 옷 얘기를 하는 여자애들이었다. 처음에 에이미는 젠을 자주 쳐다보았다. 젠이 흥분한 그들을 보고 짜증을 내거나 비웃을 거라고 생각했다. 그러나 그러지 않았다. 젠의 다정함은 진심이었다. 조금 전에 골퍼와 그랬던 것처럼, 너무 자주 눈을 맞추지 않도록 조심해야 하는 곳에서 일을 한다는 건 참 따분할 것 같았다. 어쩌면 에이미와 패트릭처럼 신나하는 사람들이 더 나은 고객일지도.

에이미는 트랜스젠더에 관한 정보를 온라인에서 많이 읽었다. 심지어 성전환증 진단테스트 COGIATI Combined Gender Identiity and Transsexuality Inventory도 해보았다. 어느 트랜스 여성이 정신질환 진단 및 통계 편람의 심리학적 모델을 바탕으로 개발한 것으로 응시자가 전환이 필요한 트랜스젠더인지, 아니면 전환이 치명적인 실수가 되는 남성 성도착자인지를 판단하는 테스트였다. 학교 도서관에서나 인터넷에서 트랜스젠더의 심리학에 관한 모든 자료를 찾아서 읽었다. 대부분의 자료가 수십 년 된 것이었다. 인터넷에서 읽은 내용에 따르면, 남성에서 여성으로 전환하는 트랜스젠더에는 두 가지 유형이 있다. 언제나 여성이었고 인형을 가지고 놀고 남자들에게 끌리고 자신의 자지를 혐오하는 사람이 그중 한 유형이다. 또 한 유형은 자기여성애자로, 자신을 여자로 상상할 때 흥분하는 사람들이다. 그들은 페티시 성향을 지닌 크로스 드레서로, 남성성의 모든 정형화된 이미지에 부합하고, 자신의 자지를 사랑하며, 여자 옷을 입으면 흥분한다. 그들은 전환을 해서는 안 되는 사람들이라고 심리학자들은 말한다. 그들은 사실 여성이 아니고, 단지 자신의 심취를 너무 진지하게 받아들이는 페티시스트일 뿐이라고. 에이미는 그러한 평가에서 도덕주의를 감지하고 그

의미를 이해했다. 자기여성애는 어딘가 사악하고 부도덕한 것
이었다. 그러한 심리학 관련 기사의 하단에는 그 기사에 격분
한 트랜스 여성들이 매번 반박글을 올렸다. 그들은 자기여성
애라는 개념 자체가 트랜스 혐오라고 말했다. 그리고 그런 생
각을 해낸 심리학자들이야말로 트랜스를 쫓아다니는 사람들
이라고.

　　에이미는 그들 중 한 명이 '자기여성애'라는 말은 트랜스
여성을 여성으로 보지 않을 때에만 성립하는 말이라는 주장을
공들여 설명해놓은 글을 읽었다. 만약 그런 생각을 갖고 있다
면, 시스이건 트랜스이건 대부분의 여성은 자기여성애자이고
대부분의 남성은 자기남성애자임을 알 수 있을 거라면서, 그
것이 결코 트랜스 여성들만의 특징은 아니라고 했다. 여자가
여자로 느껴질 때 흥분하고 남자가 남자로 느껴질 때 흥분하
는 건 당연하지 않은가! 포르노 비디오만 봐도 결국은 전부 다
자기여성애 혹은 자기남성애에 관한 것이다. 그들이 하는 얘
기를 들어보아라. 전부 다 자신의 젠더를 인증하는 것들이다.
맞아, 난 당신의 창녀야……. 자기, 내 커다란 자지가 좋아? 그리고
어딘가에서 컴퓨터 앞에 홀로 앉아 있는 사람들은 어떤가. 시
청자들도 자신의 젠더와 일체감을 느끼는 사람들과 일체감을
느끼며 흥분한다.

　　어떤 트랜스 여성들은 이러한 심리학자들의 말이 신빙성
이 떨어진다며, 그들의 연구는 제도적 검증 없이 주로 술집을
돌아다니며 트랜스 여성들을 만나고 그들과 잠자리를 하기 위

한 용도로 이루어졌고, 나중에 그 경험을 바탕으로 혹은 그 경험을 지우기 위해 임상 논문을 쓴 것이라고 비판했다. 그러나 에이미는 트랜스 여성들의 그런 주장에 대해 회의적이었다. 전문가들은 트랜스 여성의 말에 관심을 갖지 않는다. 박사학위를 가진 심리학자들 – 그들은 학자들이란 말이다! – 이 하는 말을 틀렸다고 말할 자격이 과연 트랜스 여성들에게 있는가? 성전환증 진단 테스트를 만든 사람도 결국 트랜스 여성이 아니었던가? 물론 여성성을 중심으로 하는 이상성욕을 가진 미치광이 변태들도 자신이 여성이라고 주장할 것이다. 원래 미친놈들은 절대 자기가 미쳤다고 생각하지 않는다! 내 말이 틀리냐? 이 미친놈들아?

에이미는 굳이 테스트를 해보지 않아도 결과를 알 수 있었다. 보나 마나 페티시스트이고, 변태일 테니까. 그런데도 에이미는 테스트를 했다. 모양을 상상해보라거나 공감을 숫자화해보라는 이상한 질문들이었다. **당신은 친구와 대화를 나누고 있다. 저 멀리 밖에서 누군가 끊임없이 규칙적으로 경적을 울린다. 소리가 아주 크지는 않다. 조용한 방에서 겨우 들을 수 있을 정도. 이 상황에서 당신의 반응은? 당신이 누군가를 만났는데 당신에게 공손하지만 조금 멀게 느껴진다. 그는 사실 속으로 당신을 싫어하고 있다. 당신이 그 사실을 알 가능성은 어느 정도인가? 당신은 결코 여자가 될 수 없다. 남은 삶은 남자로 살 수밖에 없고 해가 거듭될수록 당신의 남성성은 강해질 뿐이다. 이 상황에서 벗어날 길은 없다. 당신은 어떻게 하겠는가? 당신이 사막에서 걷고 있는데 문득 아래를**

내려다보니 거북이 한 마리가 보인다. 거북이가 당신 쪽으로 다가오고 있다. 당신은 손을 뻗어 거북이를 뒤집어놓는다. 거북이는 등을 대고 배를 뜨거운 태양 아래 내놓은 채로, 발을 버둥거리며 몸을 뒤집으려 애쓴다. 그러나 뒤집을 수가 없다. 당신이 도와주지 않으면. 그런데 당신은 거북이를 돕지 않는다. 왜 그런가?

어떤 질문은 전혀 말이 안 되고, 또 어떤 질문은 그 질문이 도출해낼 서툰 결론이 질문에 포함된 단어를 통해 그대로 드러난다. 당신이 공간 감각이 있고 성적으로 적극적인 사람이라면 당신에겐 분명히 페티시 성향이 있고, 만약 당신이 공감 능력이 뛰어나고 섹스 자체는 별로 좋아하지 않는다면 어쩌면 당신은 희귀종이며, 즉 진정한 의미의 트랜스젠더, 남성의 몸에 갇힌 여성일 수 있다. 그러나 에이미는 그렇지 않았다. 테스트 결과 에이미는 예상했던 대로 자기여성애 성향을 지닌 변태로 판명되었다.

젠은 진정한 트랜스젠더인 것이 분명했다. 트랜스를 한 번도 직접 만나본 적이 없었던 에이미에게 젠은 너무도 강렬하게 매혹적이어서 거의 고통스러울 지경이었다. 보아라. 젠은 여성처럼 보인다. 여성처럼 말한다. 무엇보다도 에이미는 젠에게 무언가를 갈망했다. 그것은 성적 끌림과 비슷했지만 느낌이 조금 달랐다. 연예인이 바로 옆을 지나갈 때 느끼는 스릴 비슷한 감정이었다. 연예인을 상대로나 느낄 법한 딱히 이름 붙일 수 없는 그 갈망. 연예인이 발산하는 그 묘한 매력. 그의 명성이 마치 중력처럼 에이미를 끌어당기면 에이미는 더 가까이 다가가고 싶고, 눈에 뜨이고 싶고, 그에게 소중히 여겨지고 싶어 안달했다. 연예인의 시선이 자신을 둘러싼 팬들의 매끄러운 표면을 아무 마찰 없이 가로지르다가 어느 순간 에이미에게 머물 때, 에이미는 마치 얼어붙은 듯 그를 쳐다본다. 서로를 알아보는 그 순간, 오직 그 순간만이 에이미의 존재가 한낱 이름 없는 팬, 넋 놓고 그를 바라보는 하찮은 인간을 넘어선 가치 있는 존재로 인정받는 유일한 순간이었다. 젠이 연예인 아닌 연예인이라는 것을 에이미는 느낄 수 있었다. 어쩌면 **오직** 에이미만이 느낄 수 있는 이끌림일지도 모른다. 에이미는 계속 두리번거리며 젠의 위치를 확인했다.

　놀랍게도 젠 역시 이 시간을 즐기는 것 같았다. 게다가 젠은 성전환증 진단테스트에서 말하는 진정한 트랜스의 자질과 반대되는 말들을 계속했다. 패트릭이 프랑스 하녀 복장이 있냐고 묻자, 젠이 긍정을 뜻하는 소리를 냈다. "안쪽에 있어요." 젠이 안쪽을 가리키며 말했다. "그런데 밖에 꺼내놓지 않고 상자에 보관해둔 섹시한 제품들도 많아요. 자리를 너무 많이 차지해서요. 싸구려 할로윈 스타일이 아니라 실제로 풍성한 페티코트가 달려 있는 감각적인 제품들이죠." 젠은 목소리를 낮추는 척하며 말을 이었다. "실은 저도 하나 샀어요. 제가 풍성한 옷을 워낙 좋아해서요. 남자친구는 늘 자길 위해 그 옷을 입어주길 원하지만, 그럴 순 없죠. 전 특별한 날, 뭐랄까, 혼자만의 **은밀한** 시간에, 집에서 그 옷을 입어요." 젠이 얼떨결에 시인해놓고 키득거렸다. 에이미는 갑작스럽게 드러난 젠의 놀랍고도 초월적인 매력에 젠이 그대로 연소되어버릴지도 모른다고 생각했다. 그것은 젠의 외모와는 별로 상관없는 매력이었다.

패트릭이 한 다리로 서서 팬티스타킹 한쪽 다리에 자신의 다리를 집어넣는 중이고 젠이 프랑스 하녀 복장을 가져와 그의 앞에 서 있을 때, 출입문 위의 벨이 울렸다. 곱실거리는 금발을 늘어뜨린 통통하고 인상 좋은 여자와 체격 좋은 십대 딸이 함께 들어왔다. 딸은 편안한 운동복 차림이라 에이미는 축구팀인가 보다 생각했다. 그들은 웃고 있었다. 아마도 **글래머 부티크**라는, 엄청 재미있어 보이는 이름에 이끌려 상점에 들어온 것 같았다. 모녀가 함께 외출했는데, 뭔들 즐겁지 않을까?

상점을 둘러보던 엄마의 표정에 놀라운 깨달음이 번졌다. 그러나 이미 늦었다. 패트릭, 에이미, 젠 모두 그녀가 들어오는 것을 보았다. 두려움에 휩싸여 돌아서는 것은 자신의 편견을 드러내는 행동이었다. 아니, 그럴 순 없었다. 딸에게 이럴 때 올바르게 처신하는 법을 가르쳐주어야 했다.

오직 자신만을 위한 여성스러운 공간을 찾았다는 생각에 에이미가 느꼈던 행복은 마치 커다란 구름이 태양을 가릴 때처럼 어두워지더니, 어느 순간 완전히 빛이 사라졌다. 상점이 안전하다는 느낌이 사라졌다. 옷걸이에 걸려 있는 모든 것이 이전의 가면을 벗어던지고 조잡하고 절박한 실체를 드러냈다. 에이미는 속으로 이 공간을 부정했다. 이 상점은 에이미를 대변해주지 않았다. 에이미는 여기 있을 사람이 아니었다.

한쪽 다리만 팬티스타킹에 넣고 있던 패트릭도 얼굴이 노랗게 변하더니 탈의실 커튼을 향해 돌진했고, 그 과정에서 스타킹의 나머지 반이 밟히거나 끌렸다. 프랑스 하녀 복장을 들고 있던 젠이 움찔했다. 아마도 이런 상황이 한두 번이 아니었을 것이다. 고객을 가까스로 안심시켜놓았더니 민간인들이 상점에 들어서는 상황.

잠시 후 엄마가 행동방침을 결정했다. 일단 상점을 둘러볼 것이다. 어쨌든 여긴 상점이고, 상점은 둘러볼 수 있는 곳이니까. 자연스럽게 보이기 위해 엄마가 가장 가까운 옷걸이로 다가가서 씩씩하게 끈과 스판덱스로 이루어진 상의를 들어보였다. "얘, 이것 좀 봐. 괜찮네. 어때?" 애써 태연한 척했지만 그녀의 목소리에서 당혹감이 배어났다.

"그러게요." 딸이 쳐다보지도 않고, 당황하며 말했다. 딸의 시선이 갈고리, 흉갑, 가발이 빼곡하게 걸려 있는 벽을 훑었다. 에이미는 아이의 눈으로 상점을 보았다. 〈양들의 침묵〉 수준으로 진열된 절단된 여성의 신체 부위들이 보였고, 그보다 더 끔찍한 것은, 얼굴이 벌겋게 달아오른 두 남자였다. 한 명은 숨어 있었고, 또 한 명은 팬티와 또 뭔지 모를 물건을 징그럽게 만지작거리고 있었다. 다양한 해부학적 구조를 가진 여성들이 입을 수 있도록 밑단을 널찍하게 댄 특수 팬티였다. 모녀가 들어오는 것을 알리는 종이 울렸을 때 에이미는 마침 그 팬티가 궁금해서 살펴보는 중이었다. 특수팬티가 방사성 물질을 방출하는 것처럼 뜨거워졌다. 에이미는 팬티를 손에서

놓고 싶었고 내던지고 싶었지만, 그랬다간 마치 레이스 달린 분홍 손수건을 흔드는 것처럼 오히려 더 관심을 끌 것 같아 두려웠다. 그래서 에이미는 얼어붙었고, 얼핏 보기에는 팬티에 시선을 고정한 것처럼 보였다. 에이미는 사람들에게 비쳐질 자신의 모습을 증오했고 그 모습을 사과하고 싶었다.

에이미는 도저히 참지 못하고 십대인 딸을 쳐다보았다. 가엾은 여자애의 머릿속에서 계산기가 얼마나 빨리 돌아가고 있을까? 저 엄마는 얼마나 오래 구경하는 척하다가 도망칠 생각일까?

"가발이군요!" 엄마가 최대한 유쾌한 목소리를 끌어내며 소리쳤다. "재밌네요!"

"가발 맞아요." 하녀 복장을 내려놓고 하얀 손으로 벽을 가리키며 젠이 말했다. "아래쪽에 있는 건 인조 가발이고요, 위쪽에 있는 건 실제 사람 머리카락이에요." 상점처럼 젠도 순식간에 변했다. 이전의 연예인은 안으로 숨었다. 사람을 끌어당기던 자석 같은 매력도 변했다. 이제 젠은 끌어당기기보다는 밀어냈다. 젠의 분위기가 어딘가 마녀의 울림을 지녔다. 방금 젠이 '사람 머리카락'이라고 했던가? 기괴하군. 젠이 카운터 뒤로 돌아가 앞쪽 창문에서 새어 들어오는 햇살 속에 서자, 마녀 같은 분위기는 한층 더해졌다. 에이미는 젠이 에이미의 몸에 팔을 두르고 브라를 조여준 뒤에야 젠이 트랜스임을 알았다. 그러나 이제 보니 젠은 누가 보아도 너무도 노골적으로 트랜스였고, 그제야 젠이 지닌 모든 특징이 혐오감과 함께 눈에 들어왔다. 매끄러운 검은 머리카락, 묵직한 손마디 뼈, 움푹한 뺨, 간밤의 화장이 어둡게 물들이고 있는 눈 밑. 두려움이 에이미의 생각을 오염시켰다. 잔인하게, 그리고 본의 아니게, 에이미의 시선이 마치 껍질을 한 꺼풀 벗겨내듯 젠의 아름다움을 벗겨냈다.

"가발 모자도 있어요. 원하시면 한 번 써 보세요." 젠이 말했다.

"엄마. 그만 가요." 딸이 말했다. 딸의 뒤쪽 선반에 《강요된 여성성》이라는 제목의 외설 서적들이 진열되어 있었다. 책 표지에는 결박당한 채로 채찍질을 당하는 트랜스 여성의 그림이 그려져 있었다.

"그래, 그러자."

엄마가 딸과 함께 서둘러 상점을 나섰다. 그러나 문을 열고 엄마가 잠시 멈추어 섰다. 그녀는 한 손으로 문틀을 짚고 돌아섰다. "당신들 가게 참 재미있네요." 그녀는 그런 식으로 사과했다. 단지 젠에게뿐 아니라 그곳에 있던 모두에게. 그리고 아주 미세하게 고개를 끄덕였고, 잠시 후 출입문에 달려 있는 종이 그녀가 떠났음을 알렸다.

패트릭의 집으로 가는 길에 패트릭이 차를 너무 빨리 몰았다. 그와 에이미가 글래머 부티크에서 쇼핑하는 동안 하늘이 어두워졌다. 고속도로를 때리는 4월의 굵은 빗줄기에 아스팔트 표면이 흑백 TV의 화면으로 변했다. 에이미는 지오 메트로가 빗물과 기름으로 미끄러워진 도로에서 이탈하지 않고 잘 달릴 것 같지가 않았다. 패트릭이 주간고속도로에서 빠져나와 홀리요크 산맥을 가로지르는 바람 부는 주 고속도로를 달릴 때에는 더더욱 그랬다.

"미안하지만," 에이미가 말했다. "어렸을 때 교통사고 당한 적이 있어서요. 좀 긴장이 되어서 그러는데 속도 좀 늦춰주실래요?" 사실 에이미는 교통사고를 당한 적이 없었지만 그의 운전을 탓하기보다는 자기 자신을 탓하는 편이 말하기가 쉬울 것 같았다.

패트릭이 앓는 소리를 내더니 액셀러레이터에서 발을 조금 떼었다. "창문 좀 열어요." 그가 에이미에게 말했다 "차 환풍기가 고장 나서 창밖이 안 보여요." 에이미가 창문을 살짝 내리자 젖은 도로를 달리는 타이어의 마찰음이 들렸고 왼쪽 얼굴에 빗방울이 떨어졌다. 빗방울과 함께 젖은 숲의 싸한 향기가 밀려들었다. 흙, 퇴비, 이끼 그리고 돋아나는 새싹 냄새였다. 에이미는 비가 숲의 가장 퀴퀴하고 가장 편안한 냄새를 증폭시키는 게 좋았고, 그래서 숲이 훨씬 더 숲다워지는 게 좋았다. 마치 개가 젖으면 냄새가 더 개다워지는 것처럼.

숲 냄새는 패트릭에게도 아로마테라피의 효과가 있는 것 같았다. 그의 자세가 편안해졌다. 그는 창문을 손으로 쓱 문지른 다음, 몸을 뒤로 기대고 천천히 차를 몰았다.

"완전 망했어요." 살짝 내려놓은 창문 틈으로 들어오는 빗소리와 바람 소리에 대고 그가 말했다. "여자들이 들어오는 바람에."

"아니에요, 괜찮았어요." 에이미가 패트릭을 안심시켰다. "솔직히 우리가 창피할 게 뭐가 있어요? 우리 가게인데." 어쩌다 보니 소유격을 쓰게 되었다. 그 가게가 어쩌다가 그들의 가게가 되었는지는 모르겠지만, 그 엄마도 그렇게 말하지 않았던가. **당신들 가게.** 그들 같은 사람들을 위한 가게.

"괜찮지 않았어요." 패트릭이 말했다.

에이미가 고개를 끄덕였다. 그의 말이 옳았다. 괜찮지 않았다. 에이미는 괜찮다는 생각이 전혀 들지 않았다. 그 여자들의 시선과 같은 시선을 다시 느끼지 않을 수만 있다면 무슨 짓이든 할 것 같았다. 그들이 무례했던 건 아니었다. 그저 에이미를 **보았을** 뿐이었다. 에이미가 평생 그 누구에게도 보이지 않으려 애써왔던 본모습을 **보았을** 뿐이었다.

에이미가 열 살 혹은 열한 살 때, 에이미의 어머니가 출장을 갔다 오는 길에 선물을 사 왔다. 야광 노란색 조절 끈이 달린 야광 파란색 롤러스케이트와 플로리다 키스FLORIDA KEYS라는 글자와 열대 물고기를, 인쇄하는 대신 수를 놓은 티셔츠였다. 티셔츠의 안쪽이 실 때문에 무척 까슬까슬했다. 티셔츠를 일주일 정도 입고 나서 에이미에게 아주 좋은 생각이 떠올랐다. 에이미는 현관 베란다에서 화단에 제라늄을 심고 있던 어머니에게 가서 말했다.

"이 티셔츠 마음에 들어요. 내가 가장 좋아하는 티셔츠예요." 에이미가 어머니에게 말했다. "근데 안이 까슬까슬해서 살갗이 쓸려요. 브라 좀 빌려줄 수 있어요?"

어머니는 그를 돌아보지 않고 꽃 심는 일을 계속했다. "뭘 빌려달라고?"

에이미의 목소리가 떨렸다. 두 번째로 물어볼 때는 자신 감이 떨어졌다. 에이미가 티셔츠의 문제점을 보여주기 위해 셔츠를 걷어 젖꼭지를 드러냈다. "자수 때문에 까슬까슬하다 고요." 집에 혼자 있을 때 몰래 어머니의 브라를 착용해본 적 은 있었다. 그런데 이제 자신의 브라를 가질 핑계가 생겼다. 학교 여자애들 중에는 벌써 브라를 입는 애들이 있었지만, 에 이미는 치밀한 작전 없이는 브라를 가질 수 없다는 걸 알았다.

그 순간 어머니가 모종삽을 손에 든 채 짜증스러운 표정 으로 에이미를 쳐다보았다. "안에 티셔츠 하나 더 입어."

"그럼 너무 덥잖아요. 브라가 훨씬 편할 거 같아요."

어머니는 모종삽을 소리 나게 내려놓고 야릇한 표정으로 에이미를 쳐다보았다. 아들이 몰라서 그러는 게 아니라는 걸 어머니도 알고 있었다. 어머니의 그 표정이, 글래머 부티크에 서 에이미를 바라보던 여자들의 표정의 전조였다.

"그건 아들이 어머니한테 할 만한 부탁이 아니란다." 어 머니가 조심스럽게 말했다. 어머니의 말투 속에서, 그 덤덤한 말투 속에서, 에이미는 좀 더 차가운 감정을 감지했다. 그것은 가까스로 감추고 있는 엄청난 혐오감이었다. 어머니는 전에는 한 번도 그런 말을 한 적이 없었다. 어머니는 해야 할 행동과 하지 말아야 할 행동을 구분하는 사람이 아니었다.

그 짧은 순간, 어머니는 에이미의 요구가 까슬까슬한 느낌과는 전혀 상관이 없다는 걸 알았다. 그보다 더 나쁜 것은 어머니가 그 사실을 불편해한다는 것이었다. 실패할 염려가 없는 작전이라고 생각했는데 그 바람에 전부 다 탄로나버렸다.

"아!" 에이미가 말했다. "그걸 잊고 있었네! 하얀 탱크탑 있잖아요. 안에 그거 입으면 너무 덥지 않을 거 같아요." 에이미가 손바닥으로 이마를 때렸다 "그렇겠네." 어머니의 야릇한 시선은 그대로였다. 어머니의 시선이 여전히 자신에게로 향하고 있을 때 에이미가 돌아섰고, 그 뒤로 에이미는 최대한 어머니를 피해 다녔다. 최소한 그날 저녁 식사 시간까지는.

그로부터 십 년이 지난 지금 에이미는 마침내 자신의 브라를 갖게 되었다. 파티에 갔다가 여자애들의 속옷 서랍에서 훔친 브라가 아니었다. 에이미는 패트릭의 차 안, 자신의 발치에 놓인 쇼핑백을 보았다. 행복해야 했지만 그렇지 않았다. 사람들이 유령을 볼까 봐 두려워 눈을 질끈 감는 것처럼, 외면해야 할 욕구에 굴복한 것 같은 기분이 들었다. **결코 인정하지 마. 그랬다간 세상에 대해 네가 알고 있는 것들이 전부 다 무너질 거야.**

브라와 가슴 모형 외에도 젠이 추천한 엠파이어 스타일의 분홍색 드레스도 샀고, 인조 가죽으로 만든 스트리퍼 힐도 샀다. 싸구려 플라스틱 재질로 만든 30센티미터 통굽에 가느다란 발목 끈이 달려 있고 앞쪽에 5센티미터 통굽이 있는 구두였다. 팬티스타킹도 두 개 샀다. 전부 다 상당히 비쌌고 전부 다 합해서 300달러 정도가 되었다. 여자들이 나가고 난 뒤에는 쇼핑이 그 이전처럼 즐겁지 않았다. 젠이 에이미와 패트릭이 얼마나 소심한 사람들인지 더 의식하게 된 것 같았고 젠의 쇼핑 제안들은 한층 더 신중해졌다. 그 여자들이 들어오지 않았다면, 에이미는 그 짧은 행복감에 취해 훨씬 더 많은 물건들을 샀을 것이고 여자 옷을 입는 것이 위험할 수도 있다는 생각은 잠시나마 잊었을 것이다. 그래도 가발은 살걸 그랬다는 생각이 들었다. 하나를 써보긴 했는데 너무 끔찍했다. 에이미가 충격받은 표정으로 상점의 거울을 바라보고 있을 때, 젠은 화장을 하면 1980년대 로커가 아닌 아름다운 여자처럼 보일 거라며 안심시켰다. 늘 상상해왔던 가발을 쓴 모습과 실제로 거울에 비친 모습의 차이에 너무 실망한 에이미는 차마 다른 가발을 써볼 수가 없었다. 만약 행복한 쇼핑의 시간이 다시 돌아온다면 꼭 가발을 사겠다고 생각했지만, 아마 그런 날은 다시 오지 않을 것이다.

"내가 좀 더 조심했어야 했어요." 패트릭이 말했고 에이미가 공상에서 깨어났다. "내가 여자 옷 입는 거 사람들이 알아선 안 되거든요."

"저도요." 에이미가 말했다.

패트릭이 에이미를 쳐다보았다. "그쪽은 별로 잃을 게 없잖아요. 난 지금 이혼 수속중이라 만약 들키는 날엔 딸을 만날 권리를 잃을 수도 있어요." 그가 침을 꿀꺽 삼켰다. "아내하고 똑같은 팬티를 입곤 했어요. 팬티 말고 다른 것도. 아내는 섹시한 게임 같다면서 그게 재미있다고 했어요. 그런데 아마 지금쯤 변호사한테 그 얘기를 했을 거고, 그래서 나한테 불리하게 작용할 거 같아요."

"와. 그건 너무 심하네요." 에이미는 패트릭의 말을 반만 믿었다. 대체 어떤 여자가 남자가 여자 팬티를 입고 돌아다니는 걸 봐준단 말인가. 그럴 리가 없었다. 아마 에이미에게 좋은 인상을 주기 위해 거짓말을 하는 것 같았다. 더구나 에이미 자신도 패트릭만큼이나, 어쩌면 그보다 더, 잃을 게 많았다. 패트릭은 이미 찌질이였다. 그러나 에이미는 아니었다.

"내가 그런 상점에 있는 걸 누구도 봐선 안 돼요." 패트릭이 말을 이었다. "아주 엄청난 결과를 초래할 수 있어요."

"하지만 애초에 그 상점에 들어온 사람들은 다 어떤 목적이 있는 사람들 아닐까요?"

"그럼 그 여자들은 무슨 목적이 있어서 들어왔나?"

패트릭의 말이 옳았다. 에이미는 무슨 말을 해야 할지 알 수 없었다. 이것은 심각한 어른들의 문제였다. 양육권. 이혼. 그래서 에이미는 화제를 바꾸었다. "아저씨 집에 가서 옷 입어보는 거 아직도 하고 싶으세요?" 코딱지만 한 기숙사 방 외에 에이미에겐 새로 산 옷을 입어볼 장소가 없었다. 두 걸음이면 가로지를 수 있는 기숙사 방에서, 마치 조그만 우리 안을 끝없이 맴도는 동물원의 슬픈 눈동자의 기린처럼 앞뒤로 서성이는 건 생각하기도 싫은 일이었다.

"응." 패트릭이 말했다. "그쪽은?"

"음…… 제발요." 에이미가 말했다.

아주 오랫동안, 에이미는 글래머 부티크에 갔던 날을 성욕이 충만했던 날로 기억할 것이다. 그러나 그와 패트릭의 섹스에 관한 기억은 거의 남아 있지 않았다. 그 섹스가 에로틱하지 않았다는 것 외에는. 결과적으로 그날의 섹스를 통해 에이미는 남자와의 섹스가 자신에게 어떤 의미인지를 이해하게 되었다. 에로틱한 부분은 옷을 차려입을 때, 애무할 때, 여성 역할로 생각이 전환될 때였다. 남자와 함께 여자 옷을 입을 때면 거의 매번 섹스를 하게 되었지만, 그것은 아주 멀게 느껴지는 섹스였고, 에이미 자신이 한 것처럼 느껴지지 않는 섹스였다. 섹스 자체가 반드시 마법을 깨뜨릴 수밖에 없게 되어 있었다. 오르가슴이 그동안 쌓여왔던 긴장을 방출하게 한 뒤 본모습으로 돌아오게 만들었다. 섹스가 끝나면 마법은 사라지고 에이미는 자신의 본모습을 보게 되었다. 낯선 이의 침대에 누워 있는 남자애, 허리까지 올라간 드레스, 허벅다리에 길게 묻어 있는 쿠퍼액. 그리고 침대에서 몸을 일으켜 정액이 가득 찬 콘돔을 소심하게 벗겨내는 낯선 남자.

패트릭이 욕실에서 샤워를 하는 동안, 에이미는 정신을 차렸다. 한쪽 벽에 액션 피규어들이 진열되어 있었다. 에이미를 씹하는 동안, 패트릭이 집요하면서도 멍한 표정으로 쳐다보던 트랜스 포르노가 상영중인 TV. 오직 삽입의 느낌만을, 자지로 채워지는 느낌만을, 수동적인 연인이 된 느낌만을 가지고 눈을 질끈 감고 멀리 떠나가던 에이미. 에이미가 받아들인 것은 패트릭의 자지가 아니었다. 어쩌면 어느 한 세계에서는 그럴 수도 있었다. 그러나 에이미가 다녀왔던 그 세계에서는 젠이 에이미의 몸속으로 들어왔다. 현실적이기도 했고 그렇지 않기도 했던 그 만남이 에이미의 마음속에서 팽창되었다. 에이미에게 브라를 입혀주던 젠의 모습에서 시작해서, 상상 속 젠의 몸, 그리고 여자로서의 에이미를 씹하는 젠의 모습이 차례로 이어졌다. 에이미는 느낄 수 있었다. 에이미의 몸속으로 밀고 들어오는 젠을, 에이미의 허리와 어깨를 잡는 젠의 손을. 에이미를 씹하는 젠을. 그 먼 곳에 악착같이 머물러 있는 동안만큼은 느낄 수 있었다. 거기서만큼은 에이미도 진정으로 즐길 수 있었고, 남들처럼 모든 것을 느낄 수 있었다.

"왔어." 패트릭이 침묵을 깨는 순간, 그 장소를 붙잡고 있던 에이미의 손에서 힘이 빠져 절벽 끝 돌출 바위를 놓는 순간, 에이미는 추락했다. 에이미는 웜홀을 관통하며 시간과 공간을 지나 다시 패트릭의 침대로 돌아와 눈을 뜨고, 자신의 몸 위에서 TV에 시선을 고정한 채 마지막 삽입을 힘껏 하고 있는 그를 보았다. 에이미는 아무 말도 하지 않았다. 딜리아와의 섹스와는 달랐다. 격려의 말은 없었다. 이곳에 머물렀던 척도 하지 않았다. 굳이 말을 하지 않아도 에이미와 패트릭 모두 규칙을 이해하고 있었다. 그것은 그 이후 모든 남자와의 섹스에 적용될 규칙이었다. 사실 그들 두 사람 모두 그곳에서 섹스를 하고 있지 않았다. 그들은 각자의 장소에서, 서로를 자신이 원하는 그 누군가로 여겼다. 그들은 서로의 몸을 적당히 이용했다. 격려나 위로, 애정 따위는 두 사람 모두 원하지 않았다. 말하자면, 내가 여자라고 생각할 수 있을 정도로만 너의 몸을 달라고, 나아가서, 너도 어디든 필요한 장소에 씹하러 갔다 오라는 식이었다.

"자기야, 왜 우는 거야?" 리즈가 물었다. 왜 우느냐 하면, 호르몬과 파퍼스의 조합이 에이미가 포기했던 섹스를 가능하게 만들었기 때문이었다. 자신에게서 달아나기엔, 자신을 어딘가로 보내버리기엔, 파퍼스가 에이미를 너무 멍청하게 만들었기 때문이었다. 그래서 에이미는 지금 이 순간 리즈와 함께 이곳에 있었다. 여자의 몸 위에서 자신이 여자라고 상상하기 위해 갔던 그곳에 가지 않았고, 남자의 몸 아래에서 남자를 다른 사람으로 상상하기 위해 갔던 그곳에도 가지 않았다. 에이미는 그저 여자와 함께 있는 여자일 뿐이었다. 그것은 일종의 치유였으며 구원이었다. 그래서 에이미가 할 수 있는 일은 그저 우는 것뿐이었다.

그날 밤늦게 리즈가 에이미의 머리를 쓰다듬으며 속삭였다. "그토록 오랜 시간 그토록 큰 고통을 겪어야 했다니 정말 유감이야."

그날 밤 이전의 어느 다른 밤이었다면, 에이미는 부정했을 것이고 자신이 누린 온갖 특권들에 대해 얘기했을 것이다. 다른 트랜스 여성들에 비해 자신이 얼마나 운이 좋았는지, 얼마나 많은 혜택을 누렸는지 얘기했을 것이다. 기꺼이 꼽을 수 있는 트라우마의 숫자가 얼마나 적은지 얘기했을 것이다. 딱히 지목할 만한 트라우마가 없는데 고통이 커봐야 얼마나 크겠는가? 기껏해야 에이미는 조앤 디디온(젊은 여성들의 전폭적인 지지를 받는 미국에서 가장 영향력 있는 에세이스트이자 저널리스트, 소설가, 정치·문화 비평가, 스타일 아이콘)을 숭배하고 여성의 삶은 고통 그 자체라고 믿으며 자기들의 조그만 상처를 부여잡고 있는 부르주아 백인 여성의 트랜스 버전일 뿐이었다. 그들은 자기들이 부당한 대우를 받고 있다는 느낌이 이제 막 들기 시작했지만 그것을 말로 표현하려는 순간 와해되는 것 말고는 딱히 큰 고통을 겪어본 적이 없다. 그럼에도 불구하고 그들이 부당한 대우를 받고 있다는 그 느낌이 그들의 온갖 심술과 자기 연민을 정당화한다. 고통을 겪었냐고? 아니, 에이미는 고통을 겪지 않았다.

그러나 그날 밤 에이미는 리즈의 말에 넋을 잃었다. 그 자신이 겪어온 일을 리즈가 너무도 쉽게 표현한다는 사실이 충격적이었다. 리즈에게는 상대방이 필요로 하는 말을 해주는 능력이 있다는 리키의 말이 떠올랐다. 리즈를 신뢰할 수 있는지 여부를 떠나서, 지금껏 그 누구도 에이미에게 그런 말을 해준 적이 없었다. 오랜 세월 내면에 쌓아온 환멸과 혐오에 대한 에이미 자신의 억압을 그 누구도 그토록 쉽게 꿰뚫어 보지 못했다. 에이미도 상처를 입었고 고통을 겪었을 거라고 그 누구도 생각하지 않았다. 다른 사람은 몰라도 에이미는 아닐 거라고 생각했다. 그 순간까지 에이미는 자신에게 누군가의 그런 인정이 필요했다는 사실을 알지 못했다. 에이미는 항의하려 입을 벌렸다가 침을 꿀꺽 삼켰고, 다시 한번 무너져 내리며 눈물을 흘렸다. 에이미는 리즈의 품에 안겨 흐느껴 울었다. 오랜 세월 에이미가 스스로에게 저지른 짓들에, 스스로에게 입힌 상처와 곁에 있던 사람들에게 입힌 상처들에 대고 울었다. 그동안 리즈는 에이미를 꽉 붙잡고 있었고 그만하라고 말하지 않았다.

5
장

임신 칠 주

　어떻게 보면, 글래드 미디어 어워드LGBT 커뮤니티에서 현저한 공적이 있는 미디어와 인물을 기리기 위한 시상식 축제에서 카트리나를 처음 만나기 전에 몸에서 울음을 전부 다 뽑아내는 것이 최선의 전략일 수도 있다는 생각이 든다. 자신의 인생에서 중요한 두 여인의 첫 만남을 위해 에임스가 어렵사리 성사시킨 자리였다. 리즈의 첫인상이 결정되는 자리니만큼, 리즈는 몽유병 환자 수준의 사근사근한 태도를 보일 수 있도록 감정적 에너지를 전부 다 소진해야 했다. 그래서 지난 몇 분 동안 에임스의 벽장 바닥에 앉아 꺼이꺼이 거슬리는 소리로 울고 있었다.

　에임스는 리즈에게 그의 아파트에서 만나서 함께 차를 타고 미드타운 힐튼 호텔로 가자고 했다. 에임스가 준비하는 동안, 리즈는 그의 아파트에서 돌아다니다가 향수 어린 유혹에

이끌려 벽장문을 열고 말았다. 벽장의 왼쪽이 그녀의 공간이었다. 벽장문을 여는 순간, 얼굴로 훅 밀려드는 엷은 삼나무 부스러기, 울, 탈취제, 오래된 페인트 냄새가 느닷없이 본능적으로 상기시킨 사실이었다. 리즈는 휘청거리며 뒤로 물러섰다. 그 냄새가 에이미의 아파트로 처음 이사 오던 그날의 기억을 강제 소환했다. 리즈는 자신의 연인을 바라보며 짓궂게 웃고는, 에이미의 옷들을 전부 다 오른쪽으로 밀어놓고 왼쪽 공간을 자신이 정복했음을 선포했다. 그날 리즈는 너무도 희망에 가득 차 있었다. 에이미에 대한 자신의 열정에 새로운 의미가 담겨 있다고 확신했다.

오늘, 아마도 칠 년 혹은 팔 년이 지난 지금, 리즈는 추억의 힘에 무너져 내려 코팅한 대나무 마룻바닥에 얼굴을 대고 있다. 그 첫날을 기억한다는 건 가슴 아픈 일이다. 그런 희망을 기억한다는 건 가슴 아픈 일이다. 그런 희망이 다시는 돌아갈 수 없는 젊음의 순수함과 어리석음의 산물이라는 건 가슴 아픈 일이다.

리즈는 희망에 무던해지고 싶었다. 희망이 찾아오면 언제나 실망으로 끝나고, 그나마도 요즘엔 이십대 때와는 달리 희망이 단순하게 오는 법이 없고 온갖 경고와 조건들이 들러붙어서 찌그러진 채로 나타난다. 그런데 리즈는 지금 여기서 뭘 하고 있는 걸까? 리즈와 리즈의 환원한 전 애인과 함께 아이를 키우자고 시스 여성을 설득하려고 여기 온 걸까? 그런 황당한 계획이 그나마 리즈가 희망을 걸어볼 수 있는 가장 확실한 말

뚝이라니, 리즈의 삶은 얼마나 서글픈 것인지.

리즈는 엄청난 실패를 겪어본 사람들에게만 마음이 간다고 말하곤 했다. 엄청난 실패를 한 번 겪어보아야만, 모든 희망이 완전히 짓밟혀보아야만 흥미진진한 삶을 꽃피울 수 있다고 믿었다. 가지치기를 한 나무는 웅장하고 아름답게 자라지만 가지치기를 하지 않은 나무는 이기적으로 최대한의 햇빛을 받으며 수직으로, 예측 가능한 방향으로만 자라는 것처럼.

에이미와 헤어지고 난 뒤에야 리즈는 어쩌면 에이미야말로 자신의 삶에서 가장 큰 실패였을지도 모른다는 생각을 하게 되었다. 그 이전에도 자신의 삶이 전반적으로 실패작이라는 생각은 막연히 품고 있었지만, 그것은 리즈가 실패와 트랜스젠더로 사는 것을 혼동했던 것뿐이었다. 실패했으니 트랜스젠더인 것이 확실하고, 트랜스젠더이니 실패한 것이 확실하다고 생각한 것이었다. 리즈가 알고 있는 수많은 트랜스젠더들이 그런 실수를 저질렀다. 그러한 사고방식은 좀처럼 바뀌지 않았다. 그러나 희망이 짓밟히려면 애초에 희망이 있었어야 했다.

에이미와 함께 리즈는 희망을 품었다. 리즈가 실패에 대해 그런 말을 했던 것은 실제로 그렇게 믿었기 때문이기도 하지만, 그렇게 말하면 세련되고 노련해 보여서이기도 했다. 그러나 막상 실제로 실패를 해보니 실패가 그녀를 매력 없는 여자로 만들었다는 생각이 들었다.

서른넷의 나이에, 리즈는 늙은 기분이 든다.

"바닥에서 뭐 해?" 에임스는 깔끔하게 면도를 하고 몸에 꼭 맞는 리넨 재킷을 입었다. 넥타이를 윈저 노트 방식으로 노련하게 매며 욕실을 나설 때, 마룻바닥이 삐걱거린다. "우는 거야?"

리즈는 바닥에 손을 짚고 몸을 일으키며 고개를 들었다. 마스카라가 번지지 않도록 손끝으로 눈 밑을 조심스럽게 닦으면서. "아니."

"운 거 맞네! 난 또 무슨 소린가 했네. 무슨 일이야?"

"벽장 냄새를 맡았어. 갑자기 우리가 같이 살던 시절이 떠오르더라. 그래서 서글퍼졌고 향수에 젖었어."

에임스가 리즈 곁에 쪼그려 앉는다. 무릎에서 삐걱거리는 소리가 난다. 에임스가 리즈의 등에 조심스럽게 한 손을 얹는다. "나도 그럴 때 있어." 리즈가 얼른 코를 훌쩍이지만, 말은 하지 않는다. 그래서 에임스가 말을 잇는다. "우리가 느끼는 감각 중에 오직 맛과 냄새만 곧바로 해마에서 기억으로 저장된대. 시각, 청각 그리고 촉각은 생각과 상징으로 변환되고 나서 해마에 저장되지만, 냄새는 바로 기억이 되는 거지."

리즈는 엉덩이로 앉으며 벽장의 벽에 기대고는 다리 밑으로 스커트 자락을 모은다. "너 잘난 척하는 남자로 성전환한 거야?" 리즈가 묻는다.

에임스가 손을 거둔다. "그러는 넌 뭐 더 사랑스러워졌고?"

리즈가 얼굴을 찌푸리고, 에임스는 리즈가 또 울지도 모른다고 생각한다. "그냥 슬프고 화가 나서 그래." 조그만 목소리로 리즈가 말한다. 리즈는 오 년 전 가을 어느 토요일에 두 사람이 함께 고른 침실가구 세트를 가리킨다. 그때 두 사람은 메모리폼 매트리스 위에 함께 눕고 서랍장의 서랍들을 열어보며 깔깔거렸다. "이게 나의 삶일 예정이었는데. 아니 **예정**이 아니었지. 나의 삶이었지."

"아직도 너의 삶이 될 수 있어." 에임스가 말한다. "바로 그게 핵심이야. 우린 여전히 서로의 삶에 중요한 사람이 될 수 있어."

리즈가 고개를 젓는다. "아니, 우린 그날로 돌아갈 수 없어. 널 봐. 모든 게 달라졌잖아. 어쩌면 이 벽장 냄새만 빼고 전부 다."

이 년 전 카트리나와 에임스가 일하는 광고대행사는 케틀원 보드카를 새 광고주로 영입했다. 그들의 대행사에서는 꽤 큰 광고주에 속했다. 노골적으로 게이들을 지지하는 델타 에어라인과 현대처럼 케틀원 보드카 역시 한동안, 그리고 지금도 여전히 글래드 어워드 축제의 공식후원사이기 때문에, 회사에서 열 좌석으로 이루어진 테이블을 하나 구매했다. 참석하고 싶어하는 직원들이 별로 없어서 에임스는 남아 있던 티켓 세 장을 본인과 리즈, 카트리나를 위해 확보했다. 리즈를 초대하려고 전화했을 때, 에임스는 행사의 구경거리들이 두 사람의 첫 만남에서 일어날 어색함을 무마시키기에 충분할 정도로 주의를 분산시켜줄 거라는 논리를 폈다.

"더구나 마돈나도 온대." 그가 미끼를 던졌다. "사라 제
시카 파커도. 네 마음속의 덕질 소녀는 절대 이 기회를 놓치고
싶지 않을걸."

"내 마음속의 덕질 소녀는 냉소주의자야." 리즈가 수정했
다. "하지만 그래서 더 가야지."

그래서 리즈는 시상식에 오게 되었다. 에임스를 따라 에
스컬레이터를 타고 올라가 레드카펫 입구에 내려설 때, 호텔
의 호화로움에 리즈는 이미 기분이 좋아진 상태였다. 글래드
자원봉사자들이 명단을 확인한 다음 유명인사가 아닌 사람들
이 모여 케틀원 마티니를 마시고 있는 곳으로 두 사람을 안내
한다. 리즈는 레드카펫에서 쫓겨난 것을 모욕으로 여기지 않
으려 애쓴다. 리즈는 비콘스 클로짓뉴욕 브루클린에 위치한 유명한
빈티지 숍에서 구입한 빨간 마르케사 새틴 드레스를 입고 있다.
60달러로 할인된 가격이지만 리즈의 몸매 굴곡을 멋지게 드
러내주었다. 리즈의 마음속 아주 작은 일부는 행사 주최자들
과 매체 관계자 혹은 중요한 인사가 마르케사 드레스를 입은
리즈를 보고 숨을 헉 들이켜면서 다시 레드카펫으로 안내하고
사진사들이 그녀를 둘러싸는 환상에 젖는다.

비연예인을 위한 공간에서 리즈는 작고 쓸쓸한 레드카펫
앞에 설치된 사진 부스를 지나친다. 일반인들이 마치 레드카
펫 사진사들이 찍은 것 같은 느낌으로 사진을 찍을 수 있는 곳
이다. 리즈는 거기서 사진을 한 장 찍어 소셜 미디어에 올릴까

생각하지만 그만두기로 한다. 가짜 레드카펫에서 공들여 셀카를 찍는 건 품위를 떨어뜨리는 행동이다.

"카트리나는 샴푸 테이블 옆에 있다는데?" 에임스가 메세지 내용을 리즈에게 전하며 당혹스러운 표정으로 고개를 든다. "샴푸 테이블? 샴푸 테이블이 대체 뭐야?"

"저기네!" 리즈가 가리킨다. 필러로 얼굴을 보기 좋게 수정한 유명 디자이너가 자신의 얼굴 사진으로 장식된 부스 앞에 서 있다. 그의 곁에서 두 명의 조수가 사은품을 받는 데 혈안이 된 비연예인들에게 샴푸를 나누어 준다. 리즈는 갑자기 욕심이 생긴다. 샘플 사이즈가 아니라 정량이 담긴 샴푸이기 때문이다. 아, 어쩌면 패밀리 사이즈인 것 같기도!

"카트리나, 이쪽은 리즈. 리즈, 이쪽은 카트리나." 사람들 틈에서 일어난 여자에게 에임스가 말한다.

"안녕하세요." 카트리나가 인사를 하고는, 환영의 의미로 디자이너 부스를 턱 끝으로 가리키며 묻는다. "무료 샴푸 받았어요?"

"아뇨! 아직 못 받았어요!" 리즈가 말한다. 리즈는 저도 모르게 무장해제된다.

카트리나가 묵직한 가방을 그녀에게 건넨다. 샴푸 외에도 립밤과 화장품이 가득 들어 있다. "내가 하나 더 챙겼어요."

리즈가 가방 안을 들여다보고는 흐뭇해하며 가방을 옆으로 든다. "방금 알았는데," 리즈가 에임스에게 말한다. "너 여자 보는 눈 있네."

카트리나가 사람들 틈으로 그들을 안내한다. 로빈 라이트처럼 생겼지만 로빈 라이트는 아닌, 흰 정장을 입은 짧은 머리 부치레즈비언 관계에서 능동적이고 상대를 리드하는 쪽와 의미심장한 눈빛을 교환한 순간, 짧은 전율이 리즈의 몸을 관통한다. 왜냐하면, 그녀는 로빈 라이트보다 훨씬 더 도발적으로 벽에 몸을 기대고 있기 때문이다. 안 돼 리즈! 한눈팔지 마! 리즈는 아쉬움과 함께 그녀에게서 시선을 거두고 카트리나와 에임스의 뒤를 따른다. 이제 보니 그 두 사람은 손을 잡고 있다. 리즈는 두 사람이 손을 잡은 것에 대한 자신의 감정은 일단 덮어두기로 한다. 컨퍼런스 룸 안쪽 커피 바 옆에서 카트리나가 빈 소파를 찾는다. 세 사람이 소파에 앉고, 리즈는 먼저 입을 여는 사람이 되기가 꺼려진다.

"고급 마티니 한 잔 마셔볼래?" 에임스가 리즈에게 묻고, 리즈가 고개를 끄덕인다. 방 한쪽 벽에 케틀원 바가 설치되어 있고 바텐더들이 이미 만들어놓은 칵테일로 잔을 채우고 있다. 에임스가 일어서며 카트리나의 손을 놓는다. "당신은? 마티니 말고 다른 거 한 잔 가져다줄까?"

비록 간접적이긴 하지만, 이것은 카트리나의 임신 사실을 처음으로 인정하는 말이고, 리즈의 관심사가 좁혀진다.

"혹시 비터스쓴맛을 내는 향료를 배합한 술 있을까?" 대답 대신 카트리나가 묻는다.

"물어볼게. 아마 앙고스투라나 페이서드는 있을 거야."

"소다수에 앙고스투라 조금 넣어달라고 해볼 수 있어?"

"응. 그럴게."

두 사람은 마치 유명한 헤밍웨이 소설에 나오는 부부처럼 대화하기로 작정한 모양이었다. 태어나지 않은 두 사람의 아기가 서서히 방 안의 공기를 잠식하는 동안, 직접적인 언급은 음료로 제한할 정도로 지나치게 감정을 절제하고 있다.

그러나 리즈는 헤밍웨이 소설의 주인공처럼 감정을 절제하는 과묵한 사람이 아니다. 에임스가 나가고 카트리나와 단둘만 남게 되는 순간 정작 묻고 싶은 것이, **그래서 씨발 우리 어떻게 할 거예요? 이 아기는 어쩔 건데요?**인데, 저기 저 언덕이 하얀 코끼리처럼 보인다고 말하는 그런 사람이 아니다.

그러나 아기 얘기를 리즈가 꺼내고 싶진 않다. 적어도 아직은. 대신 리즈는 카트리나의 엷은 분홍색 손톱을 칭찬하며 한바탕 수다를 떤다. 그러다가 어느 순간 근처에 있던 남자들 중 한 명이 "트랜스젠더"라는 말을 한다. 그리고 또 다른 남자가 "트랜스"라고 말한다. 그들이 정확히 무슨 얘기를 하는지는 알 수 없다. 그러나 리즈는 그들의 얘기를 듣기 위해 말을 하다 말고 멈추고, 카트리나는 의아한 표정으로 리즈를 쳐다본다.

"아, 미안해요." 다시 대화로 돌아오며 리즈가 말한다. "남자들이 '트랜스'라고 말하는 걸 들었거든요. 저 남자들 대화에 어쩌다가 트랜스 얘기가 나왔는지 궁금해서요. 트랜스라는 말을 처음 맛보는 것처럼 하더라고요. 그런데 막상 맛을 보니…… 어? 맛이 괜찮네? 하는 식."

카트리나가 웃으며 리즈의 말을 듣는다. 에임스가 음료를 가지고 돌아왔을 때 카트리나와 리즈는 말없이 앉아서, 트랜스라는 단어가 다시 나오기를 기다리며 남자들의 대화를 엿듣고 있다. 에임스가 돌아오자 리즈는 자세를 바로 하고 마티니와 냅킨을 받은 다음 얘기를 시작한다.

"트랜스 얘기가 나와서 말인데," 리즈는 카트리나에게 얘기하기로 한다. "업무상 이런 퀴어 행사에 자주 오시나요? 아니면 트랜스 한 명 반과 어울리는 게 오늘이 처음인가요?"

카트리나가 잠시 얼굴을 찌푸리더니, 주위를 둘러본다. 칵테일을 마시는 사람 중에 반쪽 트랜스 여성이 있는지 확인하려는 듯이. 그러다가 카트리나에게서 나비의 날갯짓 같은 웃음소리가 쏟아져 나온다. "에임스 말하는 거예요? 에임스가 반쪽 트랜스인 거예요?"

"나는 확실히 아니거든요." 리즈가 말한다.

"맙소사, 리즈." 카트리나의 맞은편 소파에 앉아 있던 에임스가 끼어든다.

"왜?" 리즈가 에임스에게 묻는다. "그게 그렇게 부적절한 질문인가? 새로운 사람과 진지한 얘기를 시작하기 전에 내가 늘 하는 질문인데? 트랜스 여성이 처음인가요? 아니면 트랜스학 개론부터 시작해야 할까요? 난 기본 지식은 깔고 가는 게 좋더라. 그건 내가 시스들한테 던질 수 있는 유일한 시작 질문이야. '인간으로서의 날 이해하기 위해 당신은 무얼 알고 싶은가요?'"

에임스가 신음 소리를 낸다. "리즈, 진정 좀 하지?"

카트리나가 얼굴을 찌푸리더니, 아니라고, 트랜스 여성들을 많이 알지는 못한다고 시인한다. 그녀의 삶에 가장 큰 인상을 남긴 트랜스 여성은, 일 년쯤 전 친한 친구 남편의 바람 상대였던 트랜스 여성이라고 말한다.

"당신이 아는 남편이 한 명이겠죠!" 리즈가 경쾌하게 말한다. "모르는 남편들 중에 엄청 많을걸요?"

에임스가 고개를 젓는다. "리즈! 그만 좀 하지 그래?"

카트리나가 두 손으로 음료를 들고 에임스의 말을 자른다. "아니, 그러지 마. 난 이 대화에 대한 리즈의 접근 방식이 당신의 접근 방식보다 훨씬 더 마음에 들어."

"그래요? 에임스의 접근 방식은 어땠는데요?" 리즈가 묻는다.

카트리나가 토끼처럼 코를 찡긋하고는 말을 잇는다. "일단 날 임신시키고 나서, 내가 감당할 수 없을 정도로 엄청난 양의 트랜스 정보를 쏟아붓는 방식이라고 말할 수 있겠네요."

"아, 그런 식." 리즈가 말한다. "아주 상투적인 수법이죠. 그건 한 사람의 현재, 미래, 과거의 트랜스 정체성을 선포하는 두 번째로 인기 있는 방법이에요."

리즈는 상황의 주도권이 자신에게로 넘어오고 있음을 감지한다. 리즈는 서로를 알아가는 과정을 원하지 않는다. 임신에 대해 얘기하고 싶다. 그들 세 사람이 따분한 카펫과 다양한 게이 마케팅에 둘러싸여 미드타운의 어느 호텔 소파에 앉아 있는 이유에 대해 얘기하고 싶다.

게다가 리즈는 여자와 한 팀이 되어 남자를 놀릴 줄 안다. 카트리나에게 에임스는 남자일 것이다. 남자를 약 올리는 것이야말로 리즈의 주특기이다. 너무 노골적으로 들이대지만 않으면, 다른 여자들과 함께 리즈 자신을 사랑스럽게 만들 수 있는 효율적인 방법이다.

에임스는 변명하지 않는다. 어깨를 으쓱하고 옷매무새를 가다듬는다.

"그게 전형적인 수법이에요?" 카트리나가 에임스를 흘긋 쳐다보지만, 미심쩍은 표정은 리즈에게로 향한다. "지금까지는 이 사안과 관련해서 전형적으로 느껴진 건 하나도 없었어요. 친구들한테도 어떻게 말해야 할지. 사실 아직 제대로 얘기도 안 했어요. 어디서부터 시작해야 할지도 모르겠어요."

"그럼 뭐라고 말했어요?" 리즈가 묻는다.

"내가 무슨 말을 할 수 있어요? 카우보이 부츠를 신고 회사에 출근하고 셔츠 입은 모습이 괜찮아 보여서 내 부하직원을 유혹했다고?"

"나 이 여자 마음에 들어." 리즈가 에임스에게 말한다.

"지금 그 비슷한 말을 벌써 두 번째로 하는 것 같은데." 에임스가 대답하기도 전에 카트리나가 묻는다. "대체 날 어떤 여자로 생각하고 있었던 거예요?"

그러게 말이다. 리즈는 카트리나가 어떤 여자일 거라고 생각했을까? 경쟁심을 일으키는 여자일 거라고 생각했다. 리즈의 심술궂고 악랄한 면을 끌어낼 여자일 거라고 생각했고,

리즈가 스스로의 가치를 매기는 영역에서 리즈의 우월감을 위협하는 여자일 거라고 생각했다. 퀴어들이 '펨femme'라는 개념으로 한데 뭉뚱그려 빚어놓은 온갖 특성들의 이름 없는 혼합체일 거라고 생각했다. 펨은 너무나도 영역 동물이라 거의 제기능을 하지 못하는 '펨 연대' 혹은 '펨을 위한 펨' 같은 정치 운동을 빌미로 스스로 아크릴 손톱을 깎았다. 그래야 그 손톱으로 서로를 찢어발기지 않을 테니까. 어떻게 보면 리즈는 펨의 개념 자체가 환원주의적이고 멍청하고 다소 빈약하다고 생각한다. 그러나 또 어떻게 보면, 비록 펨이라는 분류 자체는 비록 불완전할지언정, 리즈 자신이 펨이 정의하고자 하는 바로 그것임을 알고 있고 그것이 너무도 진실이라는 것 또한 알고 있다.

리즈는 또 다른 펨과의 첫 만남에서 오는 혼란에 나름 익숙하다. 마치 두 사람 모두를 수용하기 벅차다는 듯 갑자기 공간이 축소되는 느낌, 비록 촌스럽지만 영화 〈하이랜더〉에서 가장 잘 구현된 바로 그 느낌이다. 다른 사람들에겐 그들의 첫 만남이 공손하고 차분해 보이겠지만, 사실 리즈는 속으로 **오직 한 명만 살아남아야 해!**라고 외치며 칼을 뽑아 들고 신성한 전투에 임하는 기분이다. 둘 중 한 명이 다른 한 명의 목을 베어야만 전투가 끝난다.

에이미는 오랫동안 한 펨을 사랑했다. 그래서 리즈는 에임스도 여전히 펨을 사랑할 거라고 짐작했다. 그래서 카트리나도 펨일 거라고 짐작했다.

그러나 이 소파에 리즈와 함께 앉아 있는 사람은 그런 사람이 아니었다. 물론 카트리나가 여성스럽지 않다는 의미가 아니다. 지금 리즈의 맞은편에 앉아 있는 이 여자는 붉은색과 검은색으로 구획된 단순한 드레스에 최소한의 화장을 하고 있어서 얼굴의 평면을 방해하는 것이라고는 오직 군데군데 보이는 주근깨뿐인 데다, 얼굴의 삼면을 매끄러운 갈색 머리카락이 둘러싸고 있다. 그 어떤 경쟁심도 유발하지 않는 외모다. 리즈가 보기에 카트리나의 취향 벤다이어그램은 리즈의 것과 오직 한 부분에서만 겹친다. 에임스. 그것은 사실 접점이라고 말할 수조차 없는 것이었다. 에임스가 누군가? 리즈가 사랑한 사람은 에이미였다.

"솔직히," 리즈가 대답한다. "난 라이벌을 생각하고 있었던 것 같아요." 저도 모르게 튀어나온 말이다.

"우쭐해야 할지 실망해야 할지 모르겠네요." 카트리나가 말한다.

"우쭐해야죠." 리즈가 말한다. "모욕하려고 한 말이 아니거든요. 나 형편없는 사람이에요. 당신이 에임스와 손잡고 있는 모습을 본 순간 잠깐 멈칫했거든요. 보통 내 앞에서 나의 전 애인에게 그런 행동을 스스럼없이 하는 사람은 물벼락을 맞죠."

리즈가 카트리나를 바라보며 웃는다. 무심결에 내뱉었던 모욕의 말이 수습되었기를 바라면서. 카트리나가 소다수를 한 모금 마시고는 침착하게 리즈에게 묻는다. "여자친구들이 많은가요, 리즈?" 다소 껄끄러운 질문일 수도 있고, 어쩌면 리즈는 그런 껄끄러운 질문을 받아 마땅하지만, 카트리나가 얼른 덧붙인다. "시스 여자친구들 말하는 거예요." 카트리나는 '시스'라는 말을 마치 방금 배운 단어처럼 발음한다. 어쩌면 실제로 방금 배웠을지도. 이제 두 사람 다 한 번씩 실수를 저질렀다. 상황이 한결 나아진다.

바로 그때 사람들이 웅성거리며 움직이기 시작한다.

"식사 시작하나요?" 카트리나가 묻는다.

지나가던 남자가 걸으며 대답한다. "사라 제시카 파커가 방금 도착했대요. 올해 멧 갈라뉴욕 메트로폴리탄 미술관의 코스튬 인스티튜트가 개최하는 자선 모금 행사로, 초청된 유명인사들이 드레스코드에 맞춰 기상천외한 스타일을 뽐내는 것으로 유명하다엔 참석 안 할 거라 오늘 **잔뜩** 힘을 주고 왔을 거라네요."

"고마워요." 뜻밖의 안내원 역할을 자처한 뒤 서둘러 멀어지는 남자에게 에임스가 말한다. 그리고 다시 리즈에게 말한다. "두 사람은 가서 보고 와. 내가 여기서 자리 맡고 있을게."

몰려든 사람들 한복판에 사라 제시카 파커가 거대한 실크 드레스를 입고 경직된 미소를 짓고 있다. 리즈 옆에 있던 두 여자는 저 드레스가 엘리 사브 패션쇼에서 입었던 것과 똑같은 드레스인지에 대해 토론을 벌인다. 카트리나는 따분한 표정이고 갑자기 리즈도 무척 따분해진다. 리즈는 어디선가 보았던 '화려한 삶'의 정의를 떠올린다. 당신을 부러워하는 사람들을 당신은 부러워하지 않는 데서 오는 행복. 그런데 놀랍게도 리즈에게는 '화려함'의 엔진에 연료를 공급해줄 부러워하는 마음이 없다. 리즈의 눈에는 그저 초고가의 여장남자용 드레스에 갇혀 있는 피곤한 여자가 보일 뿐이다.

소파로 돌아오니 에임스가 어땠는지 묻는다. 카트리나는 대답한다. "사라 제시카 파커도 좋지만 난 남편이 같이 오길 바랐어. 나 〈페리스의 해방〉매튜 브로데릭 주연의 코미디 영화 진짜 좋아했거든. 근데 남편은 안 보이더라. 두 사람 이혼했나?"

"제발 이혼했기를!" 리즈가 말한다.

"이혼했기를 바란다고요? 왜요?" 카트리나가 묻는다.

"내가 시스 이혼녀를 좋아하거든요." 리즈가 말한다. "시스 이혼녀야말로 지상에서 내가 가장 좋아하는 종족이죠. 혹시 이혼했어요?"

"나 이혼한 거 알잖아요." 카트리나가 말한다.

"네, 에임스한테 들었어요. 한 번이라도 에임스를 팔지 않고 얘기해보려고 노력하는 중이에요."

"괜찮아. 카트리나한테 당신 비밀도 다 말했으니까." 에임스가 말한다.

리즈가 손사래를 친다. 젤을 칠한 손톱이 조명에 번쩍거린다. "네가 내 비밀에 대해 뭘 안다고!" 리즈가 다시 카트리나를 돌아본다. "젠더 문제에 대해 그나마 쓸 만한 얘기를 하는 사람들은 이성애를 포기했으면서도 여전히 남자들한테 끌리는 이혼한 시스 여성들뿐이죠."

카트리나가 몸을 앞으로 숙인다. "진짜요?" 카트리나가 진심으로 궁금해한다는 걸 리즈는 알 수 있다. 카트리나의 질문에서 선명한 호기심이 느껴진다.

"네." 리즈가 고개를 끄덕인다. "시스 이혼녀들은 트랜스 여성으로서 내가 겪어야 했던 모든 일을 겪었어요. 이혼도 일종의 전환에 관한 이야기잖아요. 물론 세상의 모든 이혼녀가 그 과정을 거치는 건 아니죠. 이혼을 하나의 추락으로 느끼는 여자들, 아니면 삶의 틀을 완전히 다시 짜게 되는 여자들을 말하는 거예요. 어린 시절부터 듣고 자란 내러티브가 자신들을 배신하는 과정을 목도한 여자, 그 무엇도 그걸 대체할 수 없다는 걸 알고 있는 여자. 그런데도 환상을 품거나 씁쓸해하지 않고, 자신을 이끌어줄 그 어떤 계획도 없이, 그저 앞으로 나아가야 하는 여자. 이게 트랜스 여성에 가장 근접한 설명이에요. 이혼녀들은 내가 아는 걸 알고 있는 유일한 사람들이에요. 트랜스 중에는 어른이 없기 때문에 이혼녀는 나한테 가르쳐줄 게 있는 유일한 사람들이고, 그 보답으로 내가 뭔가 가르쳐줄 마음이 있는 유일한 사람들이죠."

이혼녀 얘기가 나왔으니 말인데, 글래드는 정찬 연설가로 마돈나를 선택했다. 마돈나의 연설은 훌륭했다. 연설 도중 제임스 볼드윈의 말을 인용했고 곧 발매될 자신의 앨범 수록곡의 가사를 언급했다. 마돈나는 진정한 프로답게 자신을 신격화했다. 마돈나의 연설에 이어 경매가 진행되었는데, 큰소리로 가격을 부르는 경매 진행자가 경매를 주재했다. 남자들이, 오직 남자들만이, 수면실이 딸린 델타 비행기를 타고 사냥이 가능한 보츠와나의 친환경 숙소에 묵는 여행 상품에 입찰을 했다. 리즈의 일 년 수입의 두 배에 맞먹는 가격이었다. 리즈는 트랜스 여성이 있는지 둘러보았다. 가까운 테이블에 몇 명이 있었다. 케이블 TV의 여배우들로 리즈는 그들 중 두어 명을 대충만 알고 있었다. 그러나 그들이 지난 한 해 대마초를 팔거나 몸을 팔아 연명했다는 것도 알고 있었다. 그들은 경매가 진행되는 내내 무표정했다. 저 돈은 트랜스들에게 하나도 가지 않을 것이다. 대규모 게이 단체들이 그렇듯이, 글래드는 메시지와 로비에 초점이 맞추어져 있다. 트랜스들을 위한 돈이 아니다. 트랜스라는 주제에 **관한** 토론을 활성화하기 위한 돈이다.

따라서 모든 의식과 연설은 트랜스 여성들이 공중화장실을 이용할 수 있게 되기를 우리 모두가 얼마나 바라고 있는지에 초점이 맞추어져 있다. 리즈는 공중화장실 따위에는 쥐뿔도 관심이 없다. 대법원에서 동성 결혼을 합법화한 것도 비교적 최근의 일이다. 시스 게이들은 아프리카 여행 상품을 산다. 그들이 가정에서 큰 승리를 거두었다. 그들은 미국 핵가족에 새로운 가능성을 제시했고 이성애자들의 제도인 결혼과 양육을 스스로에게 선물했다. 리즈도 그것들을 원했다. 아니 사실 리즈는 그보다 더 많은 걸 원했다. **우리가 언제 공중화장실이 필요하댔어? 우린 이미 너네 화장실에서 너네 남편과 씹하고 있어. 우린 너네 안방 화장실을 쓴다, 이것들아.**

리즈가 생각하기에는 만약 그 여자들이 리즈가 침실에 들어오는 것을 원하지 않는다면, 리즈가 자신의 남편을 구할 방법을, 스스로 어머니가 될 방법을 그들이 찾아주어야 한다. 그러지 않으면 리즈는 자신의 방식으로 할 것이다. 리즈의 방식으로 하다 보니 결국 리즈가 그들의 침실에 들어가게 된 것이다.

정찬 행사가 끝나고 나서 사람들이 다시 컨퍼런스 룸으로 흩어진다. 컨퍼런스 룸은 애프터 파티를 위해 어둡고 알록달록한 조명으로 바뀌어 있다. 무도회장으로 변한 고등학교 체육관의 성인 버전이다. 리즈는 무료 음료를 받아서 로비의 조용한 장소로 가자고 제안한다.

알고 보니 로비는 사람 구경하기에 최적의 장소이다. 카트리나, 리즈, 에임스는 오가는 사람들을 전략적 위치에서 구경할 수 있는 벤치를 확보한다. 음영을 강하게 준 화장을 한 유명 유튜버가 자신을 수행하는 두 명의 예쁜 남자들에게 짜증을 낸다. 이유는 모르겠지만 전직 공화당 대통령 후보였던 존 매케인의 딸도 초청되었는데, 가엾은 호텔 직원들과 얘기하는 모습이 더 이상 이성애자일 수 없을 정도로 이성애자 같다. 좋은 측면을 보자면, 리즈가 아까 보았던 흰 수트 차림의 근사한 부치가 택시를 부르고 있다. 그녀에게 선택받아서 신이 난 어린 붉은 머리 여자애가 그녀의 팔을 잡고 있다.

리즈 곁에서 에임스와 카트리나가 축제에 참석한 회사 사람들에 대해 얘기하고 있다. 그들의 대화가 지난 월요일 회의 중에 있었던 사건으로 흐른다. 카트리나의 광고팀이 부유층 남자들을 위한 데이팅 사이트의 새 광고 시안을 발표하는 자리였다. 제작팀 직원이 광고 시안에 사랑에 빠진 두 남녀를 사람을 움직이는 막대인형으로 표현했는데, 막대 인형들의 머리에 에임스와 카트리나의 얼굴 사진이 붙어 있었다. 그 사건을 통해 에임스는 회사의 전 직원이 그들의 관계를 알고 있다고 확신했다. 그러나 카트리나는 동의하지 않는다. 그런 식의 장난은 항상 광고대행사 문화의 일부였다고 말한다.

자신들의 직장 생활 얘기를 자연스럽게 하면서도 카트리나는 아직 리즈의 직업을 묻지 않았다. 그 질문에 대한 대답을 준비했는데도. 리즈는 문득 그 질문을 해주지 않는 것이 화가 난다. 에임스는 예전에 리즈에게 계급에 대한 분노가 있다고 말한 적이 있었다. 그러나 리즈는 방어심리가 작동하는 것을 막을 수 없다. 아마도 에임스가 카트리나에게, 리즈는 학위가 없고 늘 돈에 쪼들린다고 귀띔한 것 같다.

"회사 사람들이 두 사람의 관계에 대해 아는 게 좋지 않아요?" 리즈가 묻는다. 변죽만 울리고 있는 게 이제 너무 지겹다. "어차피 때가 되면 아기 때문에 알 수밖에……."

에임스가 헛기침을 하고 카트리나가 불편한 듯 몸을 뒤척인다. 카트리나가 숨을 내쉰다. "맞아요. 얘기하는 게 좋겠네요." 리즈는 문득 카트리나의 말이 회사 사람들한테 얘기하겠다는 뜻이 아니라 지금 이 자리에서 그 얘기를 하는 게 좋겠다는 의미임을 알아듣는다. "에임스는 우리가 서로에 대해 알아가는 시간을 갖도록 이 자리를 마련한 것 같지만……."

"맞아요." 리즈가 동의한다. "우리 그냥 얘기해버려요. 이 얘기가 왜 이렇게 불편해야 하는지 모르겠어요. 전에도 쓰리썸에 초대받은 적이 있는데, 항상 툭 터놓고 얘기하는 게 최선이더라고요."

"이건 하룻밤 쓰리썸이 아니에요, 리즈." 카트리나가 말한다. "임신을 공유해야 하는 당사자로서 그런 비유는 좀 모욕적이네요. 에임스는 지금 기본적으로 당신들 두 사람을 위해 내 인생을 완전히 바꾸라고 부탁하고 있는 거예요."

리즈는 곧바로 후회한다. 그녀의 것이 되기도 전에 벌써 그것을 잃은 기분이다. 에임스가 리즈를 대신해 사과하기 시작한다. 그러나 리즈가 그의 말을 자르고 끼어든다. "당신 말이 맞아요. 미안해요. 우리가 지금 하고자 하는 얘기는 엄청난 거예요. 그래서 오늘 밤이 여느 평범한 밤인 척하는 데서 오는 불안감을 내가 잘못 다스리고 있는 거예요."

리즈의 자리에서는 카트리나의 얼굴이 옆모습만 보인다. 서로의 눈을 바라보기에 이상한 각도지만 두 사람 눈을 맞춘다. 그리고 카트리나가 짤막하게 말한다. "나 병원에 예약했어요, 리즈."

예약. 리즈도 예상은 했지만, 그 말이 뜻밖의 위력으로 리즈를 강타한다. '안 돼'의 전주곡이다. 그녀의 부정적인 예감에도 불구하고, 어쩌면 그런 일이 실제로 일어날 수도 있겠다는 생각이 들기 시작한 바로 그 순간 들이닥친 빠른 종결. 가슴속에서 통증이 시작된다. "이해해요. 사실 황당한 생각이었어요." 리즈가 얼른 내뱉는다. 카트리나의 말을 차단해야 한다. 리즈가 엄마가 되기에 왜 부적절한지, 왜 이 아기는 물론이고 그 어떤 아기도 리즈의 것일 수 없는지, 그 이유를 나열하는 건 견딜 수 없다. 리즈가 너무 어리석었다. 대체 언제쯤 정신을 차릴 것인가?

카트리나가 리즈의 다리에 손을 얹었다가 거둔다. "잠깐만요." 카트리나가 다정하게 말한다. "내 말 끝까지 들어요." 카트리나가 이번에는 한 손을 반대편에 있는 에임스의 무릎에 얹는다. "두 사람 다."

"알았어." 침묵하고 있던 에임스가 말한다. 리즈는 처음으로 에임스의 표정을 읽을 수가 없다. 얼굴이 달라지긴 했지만, 예전엔 그의 표정만큼은 본능적으로 읽을 수 있었다.

"임신한 사람은 나예요." 카트리나가 말을 시작한다.

그리고 이번에도, 그 말이 리즈에게 상처가 된다. 듣고 있기가 너무 힘들다. 리즈는 도저히 참을 수가 없다. 그래서 그 말을 내뱉고 만다. "내가 할 수 있었으면 안 했을 것 같아요? 내 몸이 그런 일을 할 수 있기를 나는 바라지 않았을 것 같아요?"

카트리나의 얼굴은 굳지 않는다. "나도 알아요, 리즈. 그걸 이해 못 했다면 애초에 내가 이 자리에 나왔을까요? 에임스가 내게 아기를 공유하자고 했을 때, 내 기분이 얼마나 이상했는지 알아요? 마치 내가 자기 전 여자친구의 오랜 꿈을 이루어 주는 도구라도 된다는 듯이?" 카트리나는 화가 난 것 같지 않지만 그래도 따가운 말이다. "내가 얼마나 자주 그런 기분을 느끼는지 알아요? 누군가의 꿈을 실현시켜주기 위한 도구가 된 기분? 우리 저 아시아 여자한테 우리 아기를 임신해달라고 하자! 그럼 아시아 아기를 입양한 착한 백인 부부처럼 보일 테니까!"

카트리나의 말에 리즈는 숨이 턱 막힌다. 그건 너무도 부당한 말이다. 솔직히 얘기해보자. 첫째, 카트리나는 백인처럼 보인다. 둘째, 지금 무슨 억압 올림픽이라도 하자는 건가? 에임스가 그런 게 아니라고 말을 하려 하지만, 카트리나가 에임스의 무릎을 짚고 있던 손을 번쩍 든다. 마치 에임스를 나무라듯이. "내 말 아직 안 끝났어." 목소리는 여전히 온화하다. "지금 내 감정에 대해 얘기하는 거예요. 두 사람의 계획을 들었을 때 내가 어떤 기분이었는지를. 화가 난 대목도 있었고 화가 덜 난 대목도 있었어요. 어쨌든 난 이 자리에 나왔어요. 엄마한테 전화도 했고 이 생각을 하면서 몇 날 며칠을 보냈어요. 이 제안을 거절하고 싶었을 때에도 기다렸어요. 이 상황을 당신의 입장에서 보려고 노력했기 때문이에요."

리즈는 차오르기 시작한 눈물을 삼키려고 눈을 깜빡인다.

"그러니까 당신도 이 상황을 내 입장에서 보려고 노력해 줘요." 카트리가나 말한다. "지금 내가 아는 건 이거예요. 내가 임신했다는 걸 알고, 그게 나에게 어떤 의미인지를 알아요. 난 기뻐요. 임신 사실을 알았을 때 에임스에게 그렇게 말했어요. 내가 에임스와 가정을 꾸릴 준비가 되었다는 게 놀라웠어요. 지금도 놀랍고요. 하지만 이게 미래에 우리에게 어떤 의미

275

가 될지에만 정신이 팔려서, 이게 **지금 당장** 어떤 의미인지를 생각하지 못했어요. 정서적으로도 완전히 넋이 나가 있었어요. 어떻게 안 그럴 수 있겠어요? 지난 몇 달 동안 난 나의 부하직원이기도 한 이 남자와 사랑에 빠졌다고 생각했어요. 그것만으로도 충분히 불안정했다고요. 그런데 에임스는 나의 임신 소식에 대한 답변으로 자신이 트랜스젠더였다는 사실을 밝힌 거예요. 그러니 당연히 내가 나가떨어지죠."

"이런 얘기를 로비에서 하려니 기분이 좀 이상하네." 에임스가 허리를 펴고 어둠침침한 호텔 바를 가리키며 말한다. "우리…… 저기 들어가서 얘기하면 안 될까?"

카트리나는 움직이지 않는다. "어디서 얘기하건 그게 뭐가 중요해? 지금 이 로비에서도 이런 얘길 못 하면 앞으로 어떻게 우리가 함께 살면서 이걸 사람들 앞에 다 드러낼 수 있겠어?"

에임스가 도움을 청하듯 리즈를 쳐다보지만 리즈는 어깨를 으쓱할 뿐이다. 리즈는 카트리나의 강인함이 놀랍다. 리즈는 카트리나에게서 필요하면 언제든 상황을 책임질 사람, 보스 역할을 맡을 사람을 본다. 리즈는 이 이상한 만남의 책임이 온전히 리즈 혼자에게만 있지 않다는 점이 솔직히 다행스럽다. 리즈의 마음속에서 카트리나는 잠재적 여자 가장으로 재정립된다.

에임스가 한숨을 쉬고 뒤로 기대며 한 손을 젓는다. "하던 얘기 계속해, 자기." 그가 카트리나에게 말한다.

"고마워. 난 전에도 임신을 한 적이 있지만, 지금 아기가 없어요. 이전 임신에서 아무것도 얻지 못했거든요. 우린 지금 내가 전남편과 했던 실수를 되풀이하고 있어요. 전남편과 나는 아기를 갖겠다는 생각에 정서적으로 굉장히 집착했어요. 그런데 지금 우리 세 사람은, 이번만큼은 나의 몸이, 한 번도 독자생존 가능한 생명체를 임신해본 적이 없었는데도, 이번만큼은 갑자기 그럴 수 있을 거라고 가정하고 계획을 세우고 있어요. 우리 중 누구에게도 이번에는 성공할 거라고 믿을 만한 근거가 전혀 없다고요."

리즈가 끼어들고 싶었지만 참는다.

카트리나가 한숨을 쉰다. "그러니까요, 리즈. 혹시 아기의 보금자리가 아닌 몸을 갖고 있는 게 어떤 기분인지 내가 모를 거라고 생각할까 봐 하는 얘긴데요. 나 그 기분 알아요."

카트리나가 이전 임신 기간에 그녀의 삶이 어땠는지 상세하게 설명한다. 리즈가 보기엔 주로 임상적 사실을 간결하고도 초연한 방식으로 설명하려 애쓰는 것 같지만, 초연함에 필요한 감정적 거리를 유지하지는 못하는 것 같다. 리즈는 힐튼 호텔의 로비에서 그런 얘기를 털어놓는 카트리나에게서 자신의 전부를 발가벗고 드러내는 엄청난 용기를 본다. 리즈라면 그럴 수 있을지 자신이 없다.

"유산했을 때," 에임스와 리즈가 몸을 숙여야 할 정도로 작은 목소리로 카트리나가 말한다. "내가…… 내가 그걸 변기에서 꺼냈어요."

"세상에." 에임스가 저도 모르게 내뱉는다.

"난, 내가 들고 있는 게 뭔지도 잘 몰랐지만, 그저 만질 수 있는 무언가가 있다는 게, 그 순간을 진실이게 하는 어떤 물리적인 힘이 있더라고요. 나의 감정들을 연결할 수 있는 대상인 셈이죠." 카트리나가 말한다. "나중에 죄책감과 슬픔이 밀려들었을 때, 그런 식의 종결의 순간이 있었다는 게 도움이 됐어요. 한동안 슈퍼마켓 계산대를 피해 다녔어요. 임신한 연예인들 사진이 있는 타블로이드 신문을 피하느라고."

"그걸 들고 있다가 어떻게 했어요?" 리즈가 묻는다.

"변기에 도로 넣고 물을 내렸어요." 카트리나가 대답한다.

"씨발!" 리즈가 말한다. 리즈는 그들의 대화가 첫 만남에서 나누기에는 너무 은밀한 영역으로 흘러가는 것이, 거의 사생활 침해의 수준으로 흘러가는 것이 당혹스럽다.

카트리나가 허리를 반듯하게 편다. "난 욕실에 있었어요. 너무 놀랐다고요! 피가 엄청 쏟아졌어요. 그래서 울었어요."

카트리나가 갑자기 밀려드는 감정을 감추려는 듯한 손을 얼굴로 가져가고 에임스가 그녀의 팔을 꽉 잡자 마음을 추스른다. 관광객들이 여행 가방을 끌며 큰 소리로 떠들고 웃으며 지나간다. 리즈는 문득 카트리나가 자신의 '씨발'을 비난의 의미로 받아들였을까 봐 아득하다. 그 말을 바로 잡으려면 무슨 말을 해야 할까.

에임스도 똑같은 감정을 느꼈는지, 리즈가 처음 만났을 때 어색해하던 에이미의 모습으로 회귀한다. "텍사스에서 태아의 잔재도 매장해야 된다는 법안이 통과됐다던데?" 그가 잠시 말을 멈춘다. "병원에만 적용되는 건가? 기억이 안 나네."

"그걸 지금 위로랍시고 하는 말이야?" 에임스에게서 벗어나며 카트리나가 말한다. 카트리나의 목소리가 높아진다. "난 어머니 시험에 실패했어. 어머니가 되는 모든 과정이 일종의 비밀 시험처럼 느껴진다고. 그리고 난 매번 준비가 안 되어 있어. 당신 지금 어떤 식의 매장을 말하는 거야? 대체 그게 무슨 소리냐고! 이런 일에 어떻게 대처해야 하는지는 씨발 아무도 알려주지 않아! 당신이 실제로 망칠 수 있는 아기가 생기면 얼마나 형편없을지 상상조차 못 하겠다."

카트리나가 어떤 식으로든 자신의 감정에 대해 변명할 필요를 느낀다는 사실에 리즈는 또다시 수치심을 느낀다. 더구나 이것은 리즈 자신은 결코 경험할 수 없는 일이다.

"미안." 에임스가 말한다. "생각 없이 내뱉은 말이야. 속이 상해서 제대로 생각을 못 했어."

"당연히 속상하지!" 카트리나가 말한다. "전부 다 속상한 일이야! 내가 아는 어떤 여자는 유산을 '생물학적 외로움'이라고 표현하더라. 정말 놀라운 표현력이야. 하지만 난 한편으로는 내가 피도 눈물도 없는 사이코인가 싶었어. 왜냐하면 내가 느낀 감정은 생물학적 외로움과는 달랐거든. 그게 뭔지는 몰라도."

"나도 미안해요." 리즈가 몸을 앞으로 숙인다. "내가 생각 없이 그 질문을 했네요. 나도 같은 기분이에요. 당신이 모성애가 없는 여자라면…… 난 아기를 변기 물에 내리는 얘기나 물어보는 트랜스네요."

카트리나가 코웃음을 친다. "내 말이 그 말이에요! 당신이 누구든 상관없다니까요! 내가 보기에는요, 적어도 겉으로 보기에는요, 모성은 모두가 부적격자라고 느끼게 하도록 고안된 아주 한심한 테스트예요."

"그래도 당신은 지금 임신했잖아요. 당신은 잘하고 있는 거예요." 리즈가 말한다.

"그건 모성이 아니잖아요."

"아니죠. 당신 말이 맞아요. 하지만 당신은 내가 평생 도달한 것보다 훨씬 더 멀리 갔잖아요."

그들 중 누구도 말을 하지 않는다. 비록 시스 여성이 그 고통을 시인하는 것을 듣는 것이 낯설긴 하지만, 리즈도 모성의 불안에 대해 잘 알고 있다. 행사에 참석했던 한 무리의 여자들이 인어 드레스를 입고 헤엄치듯 지나간다. "그러고 보니 우리 세 사람," 리즈가 마침내 말한다. "세 명의 실패한 엄마 워너비들이네요."

카트리나가 리즈의 표현에 놀라며 허리를 편다. "직접적으로 물어봐도 될까요, 리즈?" 직접적으로 묻겠다는 예고에도 불구하고, 카트리나는 스커트에서 보풀을 떼는 데에만 집중한다. 카트리나는 리즈를 똑바로 쳐다보고 싶지 않다. "당신은 왜 엄마가 되고 싶어요?"

부르지도 않았는데, 리즈가 어렸을 때 다녔던 스케이트

장의 추억들이 리즈의 생각들의 맨 앞줄에서 솟아오른다. 뉴욕에서 리즈는 늘 위스콘신 주 매디슨에서 자랐다고 말하지만 사실 리즈는 위스콘신 주 미들턴의 작은 목장에서 자랐다. 중서부의 큰 대학도시들은 저마다 교외에 자신의 왜소한 쌍둥이 자매를 하나씩 두고 있는 것 같다. 대형마트들, 네온사인 간판과 콘크리트 건물들이 들어선 상가들, 드라이브스루 체인들이 대학 도시의 목가적인 풍경을 위협하지 않고 자매 도시에 축적되어간다. 훌륭한 베타버전들이 그렇듯이 미들턴은 자기보다 더 예쁘고 유명한 자매에 결코 위협이 되지 않으려고 노력한다. 미들턴의 도시 표어는 '좋은 이웃 도시'이고 가장 큰 관광지가 국립 겨자 박물관이다.

리즈가 초등학교 2학년이 되었을 때, 이웃에 살던 가족이 리즈를 피겨스케이트장에 데리고 갔다. 어쩌다가 왜 그렇게 되었는지는 모르겠지만, 리즈의 엄마가 서브제로 가전 공장의 사무실에서 야근을 하는 동안 리즈를 이웃에 살던 버지니아에게 맡겼다. 버지니아의 딸 뎁은 매디슨에서 피겨스케이트 레슨을 받았는데, 버지니아가 뎁과 함께 리즈도 그곳에 데려갔다.

아이스링크에서 남자애는 리즈가 유일했다. 리즈는 트레이닝 바지를 입고 빌린 스케이트를 신고 양팔을 흔들며 링크를 돌아다녔다. 리즈는 반짝이 드레스를 입고 깔깔거리는 여자애들에게 새로운 호기심을 느꼈다. 리즈의 조그만 심장은 흥분과 부러움 그리고 여자애들과 똑같은 놀이에 몰입한다는 스릴 사이를 오가며 파닥거렸다. 집으로 가는 길에 버지니아는 두 아이에게 해피밀을 사주었다. 리즈는 우람한 남자 그림이 그려진 컵이 나오는 남아용 해피밀이었고, 뎁은 파스텔톤 유니콘이 그려진 컵이 나오는 여아용 해피밀이었다. 리즈는 스케이트장에 또 가고 싶어서 온갖 방법으로 엄마를 졸랐지만 그의 방식은 어릴 뿐만 아니라 사람을 지치게 했고 결국 매번 있는 대로 화가 난 엄마의 거절로 끝나버렸다.

그러나 그렇게 끝나진 않았다. 그로부터 몇 주 동안 엄마는 계속 야근을 해야 해서 리즈를 이웃집에 보냈고 스케이트 레슨은 계속되었다. 리즈는 생일 선물로 스케이트를 사달라고 했고 결국 스케이트를 갖게 되었다. 그런데 스케이트는 흰색이 아닌 검은색이었다. 리즈가 그 점을 지적하자 어머니의 표정이 어두워졌고, 그래서 얼른 정정했다. 아니에요, 검은색도 좋아요. 정말이에요. 스케이트장에서 만난 새 친구들이, 그 여자애들이, 자기들하고 똑같은 걸 신었으면 좋겠다고 해서 그랬던 것뿐이에요.

리즈는 그로부터 사 년 동안 스케이트를 탔고 주로 버지니아가 데리고 다녔다. 리즈는 사커 맘미니밴에 아이를 태워 학교와 축구클럽에 등하교시켜줄 정도로 조기 교육에 열성적인 중상류층 엄마의 스케이트 버전인 엄마들의 특별 관리를 받는 유일한 남자애였다. 그들은 지극히 여성스럽고 야단스러운 권위로 아이들을 보살폈고 리즈는 안도의 한숨을 쉬며 그 속에 안착했다. 유일한 고통의 순간은 공연중에만 찾아왔는데, 스케이트장 측에서는 호두까기인형(크리스마스)이나 디즈니 영화의 변형(봄) 공연으로 기금을 마련하곤 했다. 리즈의 공연 복장은 스케이트장의 엄마들이 만들어주었는데, 다른 여자애들의 의상과 거의 비슷했다. 그러나 의상을 펼쳐드는 순간 리즈의 가슴이 무너졌다. 귀여운 프릴 스커트로 마무리 되었어야 할 레오타드가 이상한 검은색 새틴 바지로 변형되어 있었다.

나중에 버지니아는 리즈의 이런 순간들을 알아차렸고, 리즈가 그런 기분을 느끼지 않도록 도왔다. 리즈는 버지니아의 차에서 내려 집에 가는 게 싫어서 속상했던 일과, 지역 대회에 참가하기 위해 다른 여자애들과 함께 버지니아의 차를 타고 오가는 길에 리즈가 조수석에 앉을 차례가 되었을 때 즐거워했던 일을 기억한다. 버지니아는 리즈를 여자애들 틈에 끼워주고, 다른 여자애들에게 하던 것처럼 리즈의 자세가 우아하다고, 기량이 뛰어나다고 칭찬해주었다. 그래서 버지니아의 딸이 리즈를 받아들여주었고 머지않아 그녀의 친구들도 모두 리즈를 받아들여주었던 것을 기억한다. 그리고 버지니아가 처음으로 '깜빡' 잊고 여아용 네 개 남아용 한 개가 아니라 여아용 다섯 개를 주문했던 일도 기억한다.

리즈가 벤치에서 돌아앉으며 에임스와 카트리나를 마주본다. 리즈는 거의 떨고 있다. 출발선에 선 주자처럼. "왜 엄마가 되고 싶은지 정확히 말할 수 있어요." 리즈가 말한다. "내가 아이를 갖고 그 아이를 사랑하게 되면, 아무도 내게 그런 질문을 하지 않을 테니까."

"어떤 질문을 말하는 거예요?" 카트리나가 묻는다. "왜 엄마가 되고 싶으냐는 질문?"

"네."

"엄마가 되면 왜 아무도 그 질문을 안 할까요?"

"왜냐하면 시스 여성들은 대답할 필요가 없는 질문이니까요. 내가 어렸을 때 알던 엄마들은 아이를 가져도 괜찮은지 증명할 필요가 없었어요. 물론 수많은 여자들이 자신들이 **진정으로** 아이를 원하는지 의문을 품긴 하지만, **왜**는 아니죠. 추측할 수 있는 '왜'잖아요. 대신 시스 여성들은 이런 질문을 받아요. 넌 왜 아이를 원하지 않아? 그들은 아이를 원하지 않는 합당한 이유를 찾아야 하겠죠. 만약 내가 시스로 태어났다면, 난 그런 질문에 대답할 필요가 없었겠죠. 내가 생각하는 여성상에 내가 부합된다는 걸 증명할 필요가 없었을 거예요. 하지만 난 시스가 아니에요. 난 트랜스예요. 그래서 내가 엄마가 되는 그날까지, 내가 어머니가 될 자격이 있다는 걸 끊임없이 증명해야 해요. 한 아이의 사랑을 원하는 건 부자연스러운 일도 비뚤어진 일도 아니라는 걸 증명해야 한다고요. 왜 엄마가 되고 싶으냐고요? 어린 시절에 내가 보았던 모든 아름다운 여자들이, 소풍에 보호자로 따라와주거나 내가 집에 놀러 가면 점심을 만들어주거나, 스케이트를 타던 아이들의 무대의상을 만들어주던 그 여자들이, 그리고 당신이 모성에 대해 설명할 수 있다면, 나도 내 감정을 설명할게요. 내가 뭐라고 말할지 알아요?"

"아뇨, 뭐라고 말할 건데요?"

"동감이라고."

카트리나는 마치 바람 앞에서 버티는 것처럼 무표정한 얼굴로 잠자코 듣고만 있다. "잘 모르겠어요, 리즈. 그건 모든 여성에게 해당되는 얘기가 아니라 특정한 여성들에게만 해당되는 얘기처럼 들려요. 말하자면, 지금 이 나라에 살고 있는 백인 여성들요." 리즈의 말이 끝나자 카트리나가 말한다. "나의 할머니가 중국에서 미국으로 건너왔을 때, 할머니는 아이를 가지라는 말을 듣지 못했어요. 그 반대였죠. 할머니는 출산이라는 기본적인 욕망마저도 설명을 해야 했어요."

"좋아요, 백인 시스 여성이라고 해두죠." 리즈가 수긍한다.

"그런데 내가 좀 유난스럽다는 듯이 말하네요." 리즈의 말투에서 어떤 청각적 느낌을 감지해내며 카트리나가 말한다. "난 내가 유난스럽다고 생각하지 않아요. 출산에 권리에 관해서 얘기하고 싶다면, 당신과 나는 상당히 입장 차이가 있을 거예요. 내가 아는 모든 백인 여자 친구에게 출산권이란 주로 아이를 낳지 **않을** 권리를 뜻해요. 마치 모성을 누릴 권리나 모성이 자연스러운 것이라는 생각은 하나의 추정일 뿐이라는 듯이. 이 나라의 수많은 다른 여자들에겐 그 반대가 진실이겠죠. 흑인 여성, 가난한 여성, 이주 여성을 생각해봐요. 불임수술, '복지의 여왕경제활동을 하지 않으면서 정부의 복지혜택을 이용하여 사치스럽고 게으르게 사는 사람을 일컫는 말' 혹은 '앵커 베이비불법 체류중인 외국인 부모가 미국에서 출산해 시민권을 얻게 된 아기를 뜻하는 용어'는 또 어떻고요. 전부 다 모성이 언제나 타당한 건 아니라는 개념을 뒷받침하고 있잖아요. 좀 더 구체적으로 들어가서, 우리 가족의 경우만 봐도 그래요. 난 혼혈이에요. 나의 어머니는 자신의 가족과 남편의 가족과 버몬트의 이웃들로부터 나의 어머니 역할을 하는 게 타당하지 않다고 느끼도록 강요당했어요."

리즈는 트랜스 여성으로서 피해의식을 느낄 권리를 의심받는 상황은 예상하지 못했다. 보아하니 트랜스 여성은 퀴어들 사이에서도 하층민이라는 사실을 아무도 카트리나에게 알려주지 않은 모양이다. 어쩌면 리즈 자신도 그 사실에 너무 과도하게 의존해왔는지도 모르겠다.

"당신이 느끼는 감정을 비난하는 게 아니에요, 리즈." 카트리나가 말한다. "나도 똑같은 감정을 느낀다고 말하는 거예요. 왜냐하면 모두가 엄마 역할을 해야 하는지 혹은 말아야 하는지에 관한 비판을 받고 있기 때문이에요. 당신이 내게 말해줄 필요가 없어요. 중국인이라서 혹은 트랜스라서 엄마가 될 자격이 없다고 느끼도록 강요당하는 게 어떤 건지 나도 이미 알고 있으니까요. 그게 바로 이번 임신이 나에게 중요한 이유 중 하나예요. 아이를 함께 키우는 것이든 혹은 아이를 포기하는 것이든 그렇게 간단치가 않은 이유이죠. 내가 이 일에 의구심이 드는 건 단순히 논리적인 문제가 아니에요. 나의 정체성이 이 문제의 일부인 거예요. 당신의 정체성이 이 문제의 일부인 것처럼. 당신은 당신이 트랜스라서 어머니가 되기가 힘든 거라고 생각하죠. 나는 중국인과 유대인의 혼혈 후손이라 어머니가 되는 게 힘들다고 생각해요. 우리 둘 다 모성에 대해 어려움이 있어요. 하지만 나의 질문은 당신이 왜 힘든지를 묻는 게 아니었어요. 왜 당신이, 리즈 당신이 아기를 갖고 싶어 하는지 묻는 거였어요. 에임스는 자기 입장을 나한테 설명했어요. 그러니까 이제 당신 입장을 나한테 설명해봐요."

카트리나의 도발이 리즈의 몸을 그을린다. 이유는 너무도 많다. 그러나 대체로 너무 단순하고 너무 상징적인 이유들이라 그 질문에 대한 적절한 답변처럼 느껴지지 않는다. 리즈는 아이를 안는 게 좋다. 아기의 머리 냄새를 맡는 게 좋다. 우는 아기를 달래서 경직된 작은 몸에서 두려움이 빠져나가서 그녀의 두 팔에 몸을 축 늘어뜨리며 고요해지면 잠시나마 희귀한 평화를 주면서 동시에 받을 수 있어서 좋다. 아기를 안고 어르며 몸으로 나누는 대화가 좋다. **넌 안전해.** 놀이방에서 일할 때 리즈는 아이가 아무 생각 없이 손을 뻗어 그녀의 손을 잡을 때가 좋았다. 새로운 수수께끼를 풀어가는 아이의 모습을 지켜보는 게 좋았고, 그녀가 마음을 열기만 하면 그녀 자신에게도 전염되는 그들의 놀라움, 감탄, 흥분을 지켜보는 게 좋았다. 아이들의 느닷없는 이타적 행동들이 좋았다. 놀이방에서 만난 아마 네 살쯤 된 어떤 아이는 블록으로 탑을 쌓아놓고는 리즈의 소매를 끌며 말했다. "이거 무너뜨려볼래요?" 그 아이는 탑을 무너뜨리는 것이 이 놀이에서 가장 신나는 대목임을 알고 있었고 바로 그 대목을 리즈에게 양보하고 싶어했다. 그토록 순수한 무언가를 줄 수 있는 사람이 어린아이 말고 또 누가 있을까?

리즈가 조금 전에 보았던 케이블 TV 스타인 트랜스 여성들이 드레스를 펄럭이며 로비를 가로지른다. 그들 중 한 명이 리즈에게 고개 인사를 한다. 리즈에게 말을 걸어볼까 생각하는 것 같지만 리즈의 표정에 나타난 무언가가, 혹은 리즈와 함께 있는 사람들의 심각한 분위기가 그녀를 막는다.

리즈는 그들이 지나가기를 기다린다. 마침내 카트리나의 질문에 답할 때, 분노의 급류를 타고 리즈의 입에서 말이 술술 흘러나온다. 평상시처럼 거들먹거리며 말을 아끼지 않는다. "난 평범한 이유들 때문에 엄마가 되고 싶어요. 대부분의 사람들은 그걸 말로 표현하는 걸 힘들어하죠. 사람들이 흔히 말하는 '생체 시계' 같은 표현이 나한테는 적용되지 않지만, 그래도 그 말에는 내가 나의 몸에 대해 느끼는 감정이 담겨 있어요. 그래요, 나도 동의해요. 당신이 말하는 여성들, 변방의 여성들. 그들은 아이를 낳아서는 안 된다는 얘기를 들으면서 자랐어요. 하지만, 아이를 **원해선** 안 된다는 말을 들으며 자라진 않았죠. 아이를 원하는 것이야말로 전세계의 모든 여성에게 허용된 일인 것 같아요. 트랜스만 예외라는 말을 하고 싶지 않지만, 트랜스에겐 상황이 달라요. 나의 생체 시계가 계속 째깍거리고 있다고 말하면 아무도 자연스럽게 받아들이지 않아요. 왜냐하면 나에겐 애초에 생체 시계 따위가 주어지지 않았으니까요. 엄마들이 아이와 함께 있는 모습을 보면 가슴이 아파요. 너무 질투가 나요. 마치 굶주림처럼, 내 몸이 느끼는 질투심이에요. 내 곁에 아이들이 있으면 좋겠어요. 나도 다른 엄마들처럼 엄마로 인정받고 싶어요. 가정 안에서의 여성이라는 그 느낌을 갖고 싶어요. 시스 여성들한테는 그게 자연스러운데, 내가 그걸 원한다고 하면 변태로 보잖아요. 마치 '드레스 입은 남자'가 아이들 옆에 있고 싶어하는 이유는 결코 좋은 것일 리가 없다는 듯이. 다들 인정하자고요. 모두가 엄마들이야말로 진짜 여성이고 진짜 여성은 엄마가 된다고 생각하잖아요. 아이를 갖지 못한 여자는, 자기밖에 모르고 사랑할 줄도 모르는 멍청한 창녀라고 생각하잖아요."

지금까지 잠자코 대화를 듣고 있던 에임스가 끼어든다. "아이를 갖지 못한 여자가 멍청한 창녀라고 생각하는 사람은 없어."

"뭐?" 리즈는 믿을 수가 없다. "영화도 안 보니? TV도 안 봐? 당연히 다들 그렇게 생각해. 하지만 좋아, 그냥 **내가** 그런 걸로 해두자. 나는 아이가 없으면 내가 영원히 멍청한 창녀로 살 거라고 생각해. 그런데 나에겐 아이를 사랑할 수 있는 능력이 있어. 그런데 사랑해줄 아이가 없으니 매일매일이 채워지지 않는 굶주림으로 끝나. 이렇게 말하면 좀 이해가 돼, 에임스?"

"퀴어 해방 얘기는 좀 그만해." 에임스는 말은 그렇게 하면서도 몸짓으로는 그녀를 진정시키려는 듯 손바닥을 아래로 향한 채로 흔들고 있다.

"내가 한심한 창녀로 살아도 아무렇지도 않다고 해야 속이 편하겠어? 나한테 아기는 가당치 않다고 하면? 그게 아니라면, 카트리나의 질문에 이제 대답을 좀 해도 될까?"

에임스가 눈을 위로 치켜뜬다. "제발 계속해줘, 리즈."

"고마워." 리즈가 에임스가 아닌 카트리나를 바라보도록 앉는다. 비록 의도하지는 않았지만 그녀의 몸짓 언어가 열정적인 말투에도 불구하고 애원하는 듯한 느낌을 자아내고 있다. "난 엄마 노릇에 재능이 있어요. 내가 사람들한테 하는 일이라고는 엄마 노릇뿐이라고요. 엄마가 되고 싶은 마음이 얼마나 간절한지 사람들을 전부 다 내 아이로 만들어버려요. 다른 트랜스 여성들, 심지어 남자들까지도. 가끔 에이미, 그러니까 **에임스**를 생각하면, 내가 에이미와 연애를 하기도 했지만 엄마 노릇을 해주었기 때문에 에이미가 날 사랑했다는 생각이 들어요." 에임스가 코웃음을 치지만 리즈는 무시한다. "에이미는 내가 너무도 간절히 원했던 아이였던 거죠. 누군가 나의 그런 욕구를 충족시켜주면, 그게 너무 좋았어요. 엄마 노릇을 마음 놓고 할 수 있었으니까요. 이젠 나 자신을 위해 엄마가 되고 싶어요. 나의 희망이, 나의 미래가, 전부 다 아이를 갖는 것에 달려 있어요. 내가 소중히 여기는 존재가 계속 살아가는 것을 보고 싶어요. 내가 왜 엄마가 되고 싶은지 이제 설명이 되나요? 이런 감정은 허용이 되나요?"

카트리나가 잠시 생각해보고는 고개를 끄덕인다. 어정쩡한 끄덕임이지만 그래도 끄덕임은 끄덕임이다.

에임스가 몸을 뒤로 기대고 긴 한숨을 내쉰다. 로비의 소음 속에서도 들릴 정도로 긴 한숨이다. "역시 글래드야." 그가 말한다. "오늘 밤 성소수자의 권리에 관한 신랄한 토론의 장을 여는 데 성공했잖아."

잠시 후 에임스가 리즈를 길모퉁이까지 바래다준다. 리즈는 재킷을 가방에 걸치고 있다가, 신호등 앞에서 재킷을 펼쳐 팔을 넣는다. 카트리나는 안에서 기다리고 있다. "얘기가 썩 잘된 것 같진 않아." 리즈가 나지막이 말한다. "하긴 얘기가 잘될 거라고 생각한 게 멍청한 거지."

에임스가 고개를 젓는다. "네가 생각한 것보다 잘된 걸 수도 있어." 에임스가 손을 뻗어 무심하고도 친근하게 리즈의 재킷 칼라를 펴준다. "난 카트리나를 잘 알아. 관심이 없거나 모욕을 당했다고 느끼면 아예 대화에 참여를 안 해. 좋아하지 않는 사람들에겐 굳이 도발조차 하지 않지. 공손한 태도를 취하지만 숨길 수 없어. 그런데 오늘 카트리나는 그러지 않았어. 당신이나 내가 듣고 싶은 말을 해주진 않았지만, 카트리나는 지금 진지하게 고려하고 있어. 너한테서 뭔가 특별한 걸 본 것 같아. 나한테 진짜 화가 났지만 그래도 이 제안을 뿌리치진 않았잖아."

"그건 그래." 리즈도 동의한다. "어쩌면 네가 여자들한테 두 번째 기회를 얻어내는 데 재능이 있는 건지도 모르지." 신호등이 바뀌고 리즈가 그의 곁을 지나치며 걸으려는 순간 에임스가 그의 팔을 살짝 움켜쥐며 작별 인사를 대신한다. 길을 건넌 뒤에야 리즈는 두 사람이 가벼운 작별의 키스를 하지 않았음을 깨닫는다. 뺨에 하는 가벼운 키스조차 하지 않았다. 리즈는 그 사실이 불편하다. 리즈는 오랜 세월 에이미와 키스를 하던 사이였다. 키스를 하지 않고 헤어지니 뭔가 두고 온 것 같은 기분이 든다.

그린포인트 역에서 나와 여린 안개 속으로 들어설 때 카우보이로부터 메시지가 온다. 오고 싶다고. 평상시 같으면 쉽게 그러라고 했을 것이다. 그러나 이번에는 망설인다. 휘둘리지 말고 무시해버릴까. 집으로 돌아올 때까지 대범함을 유지할 수 있다는 사실이 뿌듯하다. 집에 돌아오니 외로움이 결국 그녀를 이기고, 지금껏 아무도 그녀의 마르케사 드레스를 칭찬해주지 않았다는 사실이 떠오른다.

그럼에도 불구하고, 카우보이가 떠날 때 떠나는 그가 밉지 않다. 평상시에는 그가 그녀를 떠나는 모든 순간이 조그만 실패처럼 느껴졌다. 그러나 이번에는 그가 집을 나서며 문을 닫는 순간, 리즈는 작은 안도감이 밀려든다. 섹스가 끝난 뒤 뜨거워진 털북숭이 다리와 몸뚱이가 곁에 없어서 시원한 침대에서 팔다리를 마음껏 뻗을 수 있다. 무엇보다도 가장 놀라운 것은, 다시 잠으로 빠져들 때 리즈의 머릿속에서 카우보이가 거의 완벽하게 지워졌다는 점이다. 대신 리즈는 다시 에이미와 함께 하는 삶을 상상해본다. 이상하게도 그 상상의 가장자리에서 카트리나가 서성거린다.

6
장

임신 삼 년 전

디자이너로 꽤 성공을 거둔 리즈의 친구가 패션 브랜드의
홍보회사의 임시직 일자리를 리즈에게 알선해주었다. 리즈는
십 년 가까이 해왔던 떠돌이 웨이트리스 일을 그만두었다. 그
러나 헬스 센터에서 아이를 돌보는 일은 한두 타임 정도 남겨
두었다. 그 일을 통해 아이들과 접촉할 수 있었고 맨해튼의 부
유한 어머니들은 훌륭한 베이비시터를 위해서라면 기꺼이 엄
청난 돈을 지불하기 때문이었다. 예를 들면, 밸런타인 데이에
로맨스를 갈구하는 어머니들에겐 부르는 게 값이어서, 에스코
트 일을 하는 리즈의 친구들이 단골 고객에게 받는 금액의 수
준이었다.

리즈가 새로 시작한 일은 유명인사에게 샘플을 전달해서
유명인사가 소셜 미디어에 그 옷을 착용한 모습이 노출되도록

유도하는 일이었다. 옷을 입을 유명인사를 리즈가 실제로 만나는 일은 어쩌다 한 번뿐이었다. 리즈는 주로 디자이너의 창고에 앉아서 홍보담당자, 스타일리스트 혹은 수행단과 함께 디자이너가 제품을 꺼내오기를 기다렸다.

베르너 헤어조크독일 출신의 영화배우이자 감독가 리즈가 전달한 샘플을 보고 실제로 관심을 보이고 직접 모습을 드러낸 첫 번째 유명 인사였다. 베르너가 어쩌다가 리즈가 일하는 회사의 명단에 오르게 되었는지는 미스터리였다. 모두가 좋아하는 바이에른 출신의 감독을 패션 아이콘으로는 아무도 좋아하지 않았다. 헤어조크는 바킹 아이언스라는 남성복 브랜드의 바워리 본사 앞에서 리즈를 만났다. 그는 누가 보아도 패션 테러리스트 수준의 옷차림을 하고 있었다. 카키색 바지, 후줄근한 셔츠, 길이가 너무 긴 남색 블레이저. 몇 년은 뒤처진 스타일이었다. 그가 리즈와 악수를 했다. 리즈가 좋아하지 않는 인사의 방식이었다. 그는 리즈가 휘청할 정도로 과하게 힘을 주며 악수했다. 리즈는 그의 권위를 반감시키는 흐느적거리는 손목으로 답했다. 뺨에 하는 키스가 훨씬 편안했다. 위스콘신 출신의 여자에게 유럽식 매너보다 더 좋은 건 없었다. 리즈는 그가 트랜스 여성을 어떻게 생각하는지 궁금했다. 혹은 어떤 여성이든 어떻게 생각하는지 궁금했다. 그의 영화에 여자들이 나오던가? 별로 기억이 나지 않았다. 아마 그의 영화 한두 편에서 여자 몇 명이 정글에서 죽긴 했던 것 같다.

바킹 아이언스 본사 내부, 대호황 시대의 앤티크 소품으로 근사하게 장식된 꼭대기 층의 방에서 헤어조크가 뉴욕 시의 구비 설화 이미지로 장식된 티셔츠들을 골랐고, 그동안 브랜드의 창시자인 뉴욕 출신의 두 형제가 그들 자신과 그들의 브랜드에 대한 번드르르한 말들을 쏟아냈다. 유명인사가 실제로 방문할 때마다 그들이 늘 하는 일이었다.

헤어조크는 현자처럼 고개를 끄덕였다. 그는 성공하기 위해서는 패션이건 다큐멘터리 영화건 치열하게 싸워야 한다고 말했다. 그리고 그것이 바로, 그 자신의 성공에도 불구하고 그가 공짜 옷을 받는 이유라고 했다. 1세기 전 상류층의 살롱에 초대받은 가난한 예술가들이 재치 있고 유쾌하게 굴어야 했던 것처럼, 헤어조크는 바킹 아이언스의 후원자들에게 진정한 헤어조크적 체험을 제공했다. 그는 소소한 대화를 나누는 대신, 이번에 새 옷들을 받게 된 것이 유독 반갑다면서 바로 오늘 끔찍한 일이 있었다고 했다. 그가 뉴욕 시에 올 때마다 즐겨 찾는 호텔의 침대에 빈대가 우글거렸다는 것이다. 그는 '우글거렸다'는 말을 유난히 도드라지게 발음했는데, 그 방식이 리즈가 보기에는 습관적이면서도 거의 스스로를 희화하려는 의도가 담긴 것이 분명해 보였다. 베르너 헤어조크가 연기하는 베르너 헤어조크랄까. 그는 마치 실성한 사람처럼 다급하게, 리즈와 두 형제에게, 만약 그런 피에 굶주린 벌레들을 만나게 된다면 곧바로 옷을 벗어서 그 옷을 냉장고에 넣고 냉장고의 온도를 최소 이틀 동안 영하로 유지해야 한다고, 그러면 어둠과 추위 속에서 그 기생충으로부터 생명이 서서히 빠져나간다고 했다. 그는 그렇게 자신의 티셔츠 값을 지불한 다음 종이 백에 티셔츠들을 집어넣고, 말문이 막힌 청중들에게 고맙다는 말과 함께 작별의 인사를 한 뒤 엘리베이터를 타고 내려가 거리로 나섰다. 리즈는 난생처음으로 파티에서 떠들 직업 관련 에피소드를 갖게 되었다.

홍보회사 일을 하기 전에 리즈는 모든 만남의 자리에서, 특히 번듯한 직장을 가진 에이미의 지적인 친구들을 만나는 자리에서 직업을 밝힐 차례가 오는 순간이 싫었다. **웨이트리스예요**, 라고 말하는 순간 상대방의 머릿속에서 계산기가 돌아가는 게 보였다. 그들은 웨이트리스가 얼마나 벌지, 프로스펙트 공원 부근의 방 두 개짜리 아파트에 사는 비용이 얼마일지, 에이미가 얼마나 벌지를 따져보았고, 계산이 끝나면 에이미에게 크게 의존하고 있는 것으로 리즈의 위상을 할당했다. 애인에게 빌붙어 사는 여자. 그들이 리즈를 여전히 공손하게, 심지어 친근하게 대한다고 해도, 리즈는 커튼이 젖혀지고 에이미에 대한 자신의 의존성이 드러난 그 순간이 내심 못마땅했다.

그러나 홍보회사에서 일하게 되면서 리즈는 직업을 묻는 질문에 좀 더 자신 있게 대답할 수 있었다. 시간제로 근무하는 직원일 뿐이고 조직 내 서열이 인턴 바로 위인 데다, 실제로는 웨이트리스보다도 임금이 적다는 사실은 전혀 문제가 되지 않았다. 패션업계의 일이라는 것과 때때로 연예인을 만난 일화가 생긴다는 사실이 리즈를 에이미와 동등한 위치로 만들어주었다. 리즈의 이야기들이야말로 사람들이 뉴욕에 오는 이유이다. 리즈는 사람들이 자신을 어엿한 성인으로, 심지어 성공한 성인으로 보도록 그들을 현혹시키는 그 야릇한 기분을 즐겼다. 리즈가 스스로를 그렇게 보는 것과는 얘기가 달랐지만, 그들의 시선을 빌리는 게 재미있었다. 결국 그게 바로 뉴욕의 꿈에 대한 개츠비의 영광을 재현하는 일이 아닐까? 자신이 경험한 가장 멋진 이야기를 들려주어서 사람들이 막연한 희망을 품게 하고 결국 그 자신도 믿게 되는 것?

스스로를 성인으로 여기게 되면서 비로소 오랫동안 미루어왔던 일들을 고려해볼 수 있었다. 리즈와 에이미가 동거한 지도 이제 거의 오 년이 되었다. 가정을 꾸리기에 충분한 시간이었다. 미래가 손짓하고 있었다. 아니, 그보다는 미래가 현재에 도착했다는 표현이 더 어울릴 것 같았다.

이십대가 되면서 리즈는 이성애자들이 직장에서 승진하거나, 결혼을 하거나, 고용자와 고용인이 같은 비율로 적립하는 연금에 대해 논의하는 것을 지켜보았다. 리즈는 패션디자이너인 젊은 게이 친구에게 자신이 뒤처지는 것 같은 기분이 든다고 고백한 적이 있었다. 그는 대답 대신 퀴어 시간성queer temporality에 관한 책을 사주었다. 지독하게 따분한 책이었다.

책 대신 리즈는 그 주제에 관해 최대한 많은 블로그의 포스팅을 읽었다. 친구가 옳았다. 퀴어 시간성이라는 개념이 리즈에게 위안을 주었다. 당연하다고, 리즈는 속으로 생각했다. 퀴어의 삶에서 시간과 시대의 흐름은 이성애자의 삶의 일정표나 순서와 다르고, 마치 게이트가 열리면 똑같은 트랙을 달리는 말들이라는 듯 퀴어의 일정표를 이성애의 일정표와 비교하는 것은 의미 없는 일이다. 그런 비교는 평범한 퀴어들에게나 해당되는 일이다. 당신이 트랜스라고 상상해보기를! 당신은 적어도 두 번의 사춘기를 겪게 된다. 금융업계의 광고에 따르면, 당신은 서른이 될 때까지 적어도 이 년치의 월급을 저축해 두어야 한다. 그러나 리즈가 아는 트랜스 여성들은 서른 살이 되었을 때 자신의 투자 포트폴리오 대신 그들이 사용해보았던 립스틱의 색상표를 관리한다. 애니메이션 이모티콘을 보내며 주중 시간을 보내고, 온라인상에서 실제로 열세 살 아이들에게 악플 공격을 당한다.

리즈의 시간적 불안은 식탁의 형태로 표출되었다. 처음 뉴욕에서 일을 시작할 무렵, 안젤라라는 이름의 매력적인 여자가 리즈에게 관심을 보였다. 안젤라는 이십대 대부분을 웨이트리스 일과 바텐더 일로 근근이 생계를 유지하면서 사진을 찍어 돈을 벌어보려 애쓰고 있었다. 리즈는 안젤라의 사진이 마음에 들었다. 삐걱거리는 빈티지 카메라의 느낌을 살린 흑백사진이었다. 리즈가 안젤라와 함께 일하던 해에, 안젤라는 척이라는 이름의 출세 지향적인 엔지니어와 사귀기 시작했다. 척은 설계상의 결함으로 인해 궂은 날씨에 작동이 되지 않는 주차요금 징수기를 비바람에 강한 전자식 주차요금 징수기로 교체하는 수익성 좋은 계약을 확보한 회사의 공동설립자였다. 그해 말 안젤라는 저지시티에 위치한 벽돌로 지은 척의 타운하우스에 들어가 살게 되었다. 얼마 후 안젤라가 리즈를 집으로 초대했다.

리즈가 도착한 집은 짜증 날 정도로 잘 꾸며진 집이었다. 리즈는 매립 등의 은은한 조명이 밝혀진 거실에서 안젤라와 인사를 나누면서, 12달러짜리 편의점 와인을 숨기고 와인을 사 오지 않은 척해야 할지 진지하게 고민했다. 리즈를 보자마자 척은 집이 엉망이라며 사과했다. 엉망이라 함은 닫힌 방문 앞에 상자 하나와 공구들이 널려 있는 것을 두고 한 말이었다. 척은 아래층 욕실에 쓸 수도꼭지를 몇 개 샀는데, 리즈가 도착하기 전에 다 설치할 수 있다고 생각한 건 자신의 오만이었다고 말했다.

"원래 있던 수도꼭지는요?" 리즈가 물었다.

"너무 흉측해서." 안젤라가 대신 대답했다.

리즈는 멍한 표정으로 고개를 끄덕였다. 아마도 안젤라는 리즈의 친구들 중에 고장 나지도 않은 수도꼭지를 교체하는 첫 번째 친구일 거라는 생각이 들었다. "새 수도꼭지는 엄청 근사한가 보네."

척이 연장들 사이를 뒤지더니 리즈가 볼 수 있도록 비닐에 싼 수도꼭지를 들어 보였다. 리즈의 눈에는 여느 수도꼭지와 다를 바가 없었다. 다만 조금 더 각이 졌을 뿐.

"이탈리아 제품입니다." 척이 알려주었다.

"그래 보여요." 리즈가 대답했다. 반어적으로 한 말인지 아니면 아첨을 떠느라 한 말인지 리즈 자신도 알 수 없었다.

즉석 투어는 계속되었다. 안젤라는 손끝으로 장식을 어루만지며 집과 가구들을 자랑했고, 온갖 잡동사니들의 가격을 흥분해서 고백했다. 다이닝룸에서 안젤라가 선포했다. "이게 내가 가장 아끼는 가구야. 늘 이런 식탁을 갖고 싶었거든. 우리 할머니가 이런 식탁을 쓰셨어. 매장에서는 이런 물건을 찾을 수 없어서, 척이 이걸 주문 제작해서 나한테 집들이 선물로 주었어. 두 달 전에 주문했는데 마침내 도착했어." 안젤라가 손끝으로 조심스럽게 식탁을 어루만졌고 리즈도 따라 했다. 나무를 벨벳처럼 매끄럽게 사포질을 해서 나무의 느낌이 거의 없었다. "원목 상판인데, 사포질과 기름칠만 적절히 해주면 백년도 쓸 수 있대. 이게 얼마인지는 아마 모르는 게 나을 거야." 안젤라의 머리띠가 냅킨 홀더와 같은 색이다. 굳이 물어보지 않아도 리즈는 그것이 의도한 것임을 알 수 있었다.

참 아름답고 견고한 식탁이었다. 리즈가 가장 아끼는 물건은 노트북 컴퓨터인데. "네가 삼십대가 되면," 차갑지 않은 말투로, 안젤라가 리즈에게 말했다 "너도 원하게 될 거야. 평생 쓸 수 있는 그런 식탁." 그 식탁은 리즈의 뇌에 신성한 물건으로 각인되었다. 주문 제작한 원목 상판 식탁은 리즈에게 기이하고도 진지한 하나의 정신적 지표가 되었다. 그것은 리즈는 결코 가질 수 없는 부르주아 이성애자 여성들의 시간성을 상징하는 물건이었다. 그러니까 여자가 삼십대의 어느 시점이 되면, 평생 쓸 식탁을 보러 다니는 것이다.

어느 날 오후, 에이미와 점심 식사를 한 뒤 리즈는 지하철을 타고 폴 스미스 매장으로 갔다. 리즈의 상사가 마크폴 고슬러가 니트웨어를 고르는 일정을 잡았다. 그러나 고슬러의 도착이 늦어지고 있었다. 리즈는 차분한 색상의 스웨터들과 새 울 제품들의 냄새에 둘러싸여 매장 안쪽 플라스틱 의자에 앉아 있었다. 헤드폰을 끼고 있어서 말을 건 남자가 바로 눈앞에 올 때까지 알아차리지 못했다. 큰 키. 초록색 재킷. 엷은 미소 위로 곱실거리는 갈색 머리카락. 리즈는 저도 모르게 헉 하는 짧은 비명을 내질렀고 그와 동시에 아드레날린이 분비되었다.

스탠리.

체중이 줄었고, 호리호리해졌다. 엷은 빛깔 눈동자 아래 드러난 광대뼈 때문에 얼굴이 늑대와 비슷해졌다. 그가 리즈의 얼굴 가까이에 걸려 있던 스웨터를 손끝으로 쓸어내렸다. 리즈가 헤드폰을 벗자 그가 말했다. "사색할 장소로 아주 재미있는 곳을 선택했군."

"나 근무중이야." 상황을 파악하고 리즈가 대답했다.

"여기서 일해?"

"아니. 이 브랜드의 홍보회사에서."

그의 눈이 휘둥그레졌다. "대단하네."

리즈는 그의 칭찬을 사양할까 잠시 생각했지만 그러지 않기로, 대단하다고 생각하도록 내버려두기로 했다.

"패션 브랜드를 홍보하는 회사인가?"

"주로."

"잘됐군! 나 여기서 옷 고르는 것 좀 도와줘."

"안 돼. 나 일하는 중이라니까. 나 지금 마크폴 고슬러 기다려." 리즈는 잘난 체하려고 일부러 그 이름을 말했지만 스탠리는 그게 누구냐고 물었다.

"〈베이사이드 얄개들〉에 나오는 잭 모리스!"

그가 웃었다. "한물간deep cut. 유명한 가수 음반의 숨겨진 명곡을 뜻하는 말인데 여기서는 문맥상 '한물 갔다'는 의미 배우인가 보네."

"'한물갔다'는 표현이야말로 한물갔어."

"뭐?"

"그 표현 말이야. 그거 원래 LP에 쓰는 표현이잖아. 물론 내가 LP를 갖고 있을 정도로 나이가 많다는 건 아니지만."

그는 미끼를 물지 않는다. "어쨌든 지금 LP 얘길 하고 있는 사람은 당신이야."

스탠리가 말하는 것을 보고 있는 것은, 그 표정과 제스처의 익숙함 때문에 마치 수십 번 본 영화를 보는 기분이었다. 스탠리가 언제 고개를 비스듬히 할지, 조롱하는 듯 멋쩍은 표정을 지으며 곁눈질을 할지 리즈는 알고 있었다.

그때 매장의 매니저가 마크폴 고슬러를 데리고 걸어왔다. 옛날 TV와 옛날 연애가 동시에 재생되고 있었다. 리즈가 벌떡 일어섰다. "스탠리, 나 지금 일해야 해."

그러나 스탠리는 고슬러에게 손을 내밀었고 고슬러가 악수를 하며 스탠리에게 물었다. "리즈?"

스탠리가 리즈를 손으로 가리켰다. "아, 미안해요. 이쪽이 리즈입니다. 난 그냥 쇼핑하러 온 사람이에요." 고슬러는 이 상황을 당연하다는 듯이 받아들였다. 그가 미소를 지었다. 턱수염과 눈가의 주름도 선량한 1990년대 배우의 매력을 아주 조금 잠식했을 뿐이었다. 그는 특별한 이유 없이 낯선 사람과 악수를 하는 상황에 익숙한 게 분명했다.

"만나서 반가웠어." 리즈가 스탠리에게 말했다. 매니저가 열쇠 꾸러미로 거칠게 문을 열고 고슬러가 들어가도록 의류 보관실의 문을 잡고 있었기 때문이었다.

"응." 스탠리가 말했다.

그러나 이십여 분 뒤 리즈가 의류 보관실에서 나왔을 때 스탠리는 여전히 스웨터를 보고 있었다. "그렇게 헤어지긴 너무 아쉬워서." 그가 말했다. "잭 모리스가 어떤 스웨터 가져갔는지 알려줄 수 있어? 나도 그거 사려고."

"난 그만 가봐야 해."

스탠리가 리즈의 앞을 가로막고 섰다. "제발."

'제발'이라는 그 한마디를 듣는 순간, 예전에 스탠리가 그녀에게 그 단어를 사용하는 경우는 극히 드물었다는 생각이 들었고, 리즈는 그가 달라진 건지, 달라졌다면 얼마나 달라졌는지 궁금해졌다. 그러다 보니 호기심이 생겼다. 그가 시키는 대로 순순히 해보고 싶을 정도로.

그날 저녁 리즈는 스탠리의 아파트로 휩쓸려 들어갔다. 양손에 쇼핑백들을 가득 들고서. 대부분 스탠리의 것이었지만 리즈가 데려간 여러 매장에서 스탠리가 리즈의 옷도 사주었다. 그는 어느 셰프의 소유라는 월리엄스버그의 어느 꼭대기 층 집을 세내어 살고 있었는데 셰프가 석 달 동안 미식 여행을 떠났다고 했다. 그것은 스탠리가 셰프의 감각적인 물건들 속에서 살고 있다는 뜻이었고, 덕분에 리즈는 스탠리의 상황을 파악할 만한 단서를 찾기가 쉽지 않았다. 거실 한쪽 벽에 낡은 목재 피아노가 있어서 리즈가 건반을 몇 개 땡땡거렸다. 또 다른 벽에는 온갖 모양의 유리잔들이 진열되어 있었고 그 위에는 어지간한 칵테일 바 부럽지 않은 온갖 빛깔의 술병들이 있었다. 반짝이는 것도 있었고 오래되어 보이는 것도 있었지만 절반 이상이 리즈가 모르는 상표였다.

"이거 마셔도 되는 거야?" 리즈가 그에게 물었다.

"이 집에선 뭐든 내 맘대로 해도 돼. 아직은 마셔본 적 없지만, 당신이 마시는 술은 내가 나중에 사놓을게." 스탠리가 대답했다. "뭐든 좀 만들어줘. 여자가 주는 술을 마셔본 지가 꽤 오래됐거든."

한 시간 뒤 그들은 세 잔을 비웠다. 리즈가 진, 그린 샤르트뢰즈, 출처를 알 수 없는 꽃향기 나는 오래된 술을 섞은 다음 냉장고에 있던 오렌지 주스를 넣었다. 칵테일 메뉴에는 없는 음료이지만 좋은 술들이라 마실 만했다.

리즈는 그날 오후 스탠리가 사준 흰색 하이웨이스트 바지로 갈아입었다. 그리고 두 사람이 함께 살 때 그랬던 것처럼 리즈가 스탠리의 무릎 위에 다리를 올려놓았다. 스탠리는 최근에 볼리비아에 다녀왔는데 거기서 아야와스카식물의 줄기에서 추출하는 환각성 음료를 마셨다고 했다. 채식주의자 여동생을 만나러 호주에도 갔었는데, 거기서 여동생의 비건 다이어트를 석 달 실천해서 체중이 많이 줄었다고도 했다. 그의 집 발코니에서 몇 블록 거리에 환하게 불이 밝혀진 윌리엄스 다리를 바라보며 술을 홀짝이면서 회사의 실패, 이혼, 그리고 물론 리즈가 에이미에게로 떠난 일 등 한꺼번에 악재가 일어났던 그해에 대해 회한을 담아 조심스럽게 얘기하기 시작했다.

긴 침묵이 흐른 뒤에야 리즈는 스탠리가 대답을 기다리고 있다는 사실을 깨달았다. 그는 리즈가 자신의 죄를 고백하고 용서를 청하기를, 그가 없어서 그녀가 깨닫게 된 실수들을 인정하기를 기다리고 있었다. 리즈는 스탠리가 혼자 있게 해주고 싶었다고, 그래서 그의 안부를 묻지 않았다고 조심스럽게 말했다. 그는 다 이해한다는 듯 손사래를 쳤다.

"괜찮아." 그가 말했다. "이혼한 뒤에 힘들었어. 그래서 당신한테도 별로 잘해주지 못했겠지. 이젠 상황이 좀 나아졌어. 친구 자본으로 일을 하나 시작했는데, 일 년은 괜찮을 것 같아. 장기적인 사업으로 자리를 못 잡더라도 일단은 수익성이 좋아."

그가 암시하는 엄청난 돈은 리즈에게 매력적이었다. 물론 에이미도 벌이가 괜찮았지만, 스탠리 급은 아니었다. 스탠리와 함께 살면 방마다 식탁을 들여놓을 수 있을 것이다.

"움직이지 마. 나한테 좋은 생각이 있어." 스탠리가 짓궂은 미소를 지으며 말했다. 그가 일어섰고, 살이 빠져서 키가 더 커 보였다. 리즈는 스탠리가 시키는 대로 소파에 꼼짝 않고 누워 있었고, 스탠리는 그의 시야에서 벗어나 리즈의 뒤쪽으로 갔다. 문 옆에 놓아둔 커다란 쇼핑백들이 부스럭거리는 소리가 들렸다. 잠시 후 그가 돌아와 소파 옆에 무릎을 꿇고 앉았다. 리즈가 질문하듯 고개를 들었다.

"움직이지 말라고 했잖아." 그가 말했다.

"미안!"

"천장 보고 있어."

조심스럽게, 스탠리가 리즈의 새 바지 단추를 풀기 시작했다. 그가 무얼 하려는 것이건 일단 막아야 하나 생각해보았다.

"나 아직도 여자친구 있어. 우리 지금 **레즈비언** 커플이야."

"알아." 그가 대답했지만 여전히 손을 떼진 않았다. "몇 달 전 당신에 인스타그램 봤어. 친구보다 당신이 더 예쁘더라."

남자가 리즈와 리즈의 여자친구의 외모를 비교하다니, 용납해선 안 되는 일이었다. 그런 식의 평가는 레즈비언의 관계를 폄하하는 행동이었고, 두 사람의 관계를 그의 평가 대상으로 전락시키는 행동이었다. 그러나 최근 들어 에이미보다 리즈가 더 예쁘다고 생각하는 사람은 아무도 없었다. 리즈가 어렸을 때 친구들은 자신의 자매들을 똑똑한 애, 예쁜 애, 혹은 예술적인 애라고 구분해서 부르곤 했다. 마치 흐느적거리던 여동생이 사춘기에 접어들며 갑자기 황금기를 맞이하는 것처럼, 이제 두 사람 중에는 에이미가 예쁜 애가 되었다. 리즈는 잠시나마 어쩌면 자신이 더 예쁠지도 모른다는 희망을 음미해 보고 싶었다.

지퍼가 천천히 내려가면서 허리를 조이던 바지의 압력이 느슨해졌다. 리즈는 페인트가 살짝 벗겨진 천장의 어느 한 지점을 찾은 다음 꼼짝 않고 누워 있었다. 사타구니가 간질거렸다. 그녀가 잤던 그 누구보다도 스탠리가 자주 일으키곤 했던 긴장 반 충격 반의 전율을 그가 또다시 리즈의 내면에 일으키고 있었다. 스탠리의 메마른 손이 리즈의 배꼽 아래로 내려가더니 팬티의 고무 밴드 속으로 파고들며 팬티를 리즈의 자지 밑으로 끌어내렸다. 리즈의 자지는 발기하지 않았고 자지에 닿는 공기가 서늘했다. 잠시 죄책감이 밀려들었다. 그러나 곧바로 또 다른 생각이, 죄책감보다 더 나쁜 생각이 떠올랐다. 마지막으로 면도를 한 게 언제였는지 기억이 나지 않았다. 죄책감만큼이나 강한 수치심이 엄습해왔다.

"잠깐." 리즈가 말했다. "그만하면 안 돼?"

마치 리즈를 안심시키듯 스탠리가 한 손을 리즈의 배 위에 얹었다. "섹스라고 말할 수 있는 그 어떤 일도 안 해." 그가 말했다.

이건 누가 봐도 섹스야. 그러나 리즈는 그 말을 하지 않았다. 대신 술을 한 모금 마시게 해달라고 말했다.

스탠리가 뒤쪽 커피 테이블로 손을 뻗어 리즈에게 술잔을 건넸다. "긴장 풀어." 그가 속삭였다. 리즈가 반쯤 몸을 일으키고 술을 한 모금 마신 뒤 아래쪽을 보았다. 리즈의 다리 위에 그날 오후 그가 산 파자마 세트를 묶었던 새틴 리본이 놓여 있었다.

"알았어." 그녀가 말했다. 리즈가 잔을 바닥에 내려놓고, 어깨에 힘을 빼고 시선이 뒤로 향하게 했다.

"실은 얼마 전에 당신한테 이렇게 하는 상상하면서 자위했어." 그가 말했다.

"섹스에 관한 거 아니라면서."

"섹스가 아니라고 했지."

리즈가 가만히 누워 있는 것에 흡족해하며 스탠리가 리즈의 자지를 잡고 자지 아랫부분에 리본을 감기 시작했다. 두 번을 감고 나서 고환과 자지를 번갈아 한 번씩 감았다. 리즈는 스탠리를 쳐다보았고 당장 멈추라고 말할 참이었다. 스탠리는 마치 외과 의사와도 같은 집중력으로 작업에 임했다. 이마를 찌푸리고 눈썹을 높이 치켜올린 채, 마치 자신의 손의 움직임이 경이롭다는 듯한 표정이었다. 그는 남아 있는 60센티미터 정도의 리본을 리즈의 배 위에 올려놓은 다음, 팬티를 올리고 지퍼는 내려진 상태로 바지의 단추를 잠갔다.

스탠리는 남아 있는 리본을 열린 지퍼 사이로 조심스럽게 빼낸 다음 리본을 손에 쥐었다. 그러고는 일어서서 지퍼 사이로 빠져나온 리본을 음탕한 표정으로 바라보았다. 스탠리가 리본을 살짝 당겼다. "이런 식으로 당신을 묶어놓고 싶었어." 스탠리가 말했다. 그는 잠시 그 상태로 움직이지 않았다.

리즈가 스탠리를 반항적인 눈빛으로 쳐다보았다. 몸이 달아울렀고 그 외의 다른 생각들은 죄책감의 백색소음이었다. 스탠리가 리즈의 곁에 앉으려고 다가오자 리즈가 입을 열었다. "그만 가야겠어." 리즈가 말했다. "이거 내가 풀게."

"그 상태로 가. 내가 사준 바지 속에 리본을 넣고 가."

"안 돼, 스탠리. 우리 이런 장난 하면 안 돼."

"너도 원하잖아. 난 알아."

리즈가 고개를 저었다.

스탠리의 얼굴이 싸늘해졌다. "좋아." 그가 말했다. "안 붙잡아."

스탠리가 거절에 어떻게 반응하는지, 리즈가 잊고 있었다. 리즈의 여성적 감수성이 남자를 화나게 하고 떠나선 안 된다고 경고했고, 결국 복도에서나 엘리베이터에서도 리본을 얼마든지 풀 수 있다는 생각이 들었다.

"사실," 리즈가 위로의 말을 건넸다. "좀 흥분되긴 하네. 지금 풀지 않을게. 하지만 나 가야 해."

스탠리의 표정이 부드러워졌지만 말을 하진 않았다. 지퍼 밖으로 리본을 대롱거리며 리즈가 재킷을 입었다. 문 앞에서, 리즈가 스탠리의 뺨에 작별의 키스를 했다. 그는 고개를 끄덕이고 뻣뻣하게 작별 인사를 하고는 문을 닫았다. 리즈는 비상계단에서 리본을 풀어 가방에 넣었다. 리즈가 들고 있던 코치 핸드백도 스탠리와 함께 살던 시절 스탠리가 사준 것이었다. 그 가방을 너무 오래 쓰다 보니 스탠리가 사준 것이라는 생각조차 흐릿해졌다.

리즈는 이 일을 누구에게 말할 수 있을지 생각해보았다. 에이미에게도, 그들 두 사람을 다 아는 친구들에게도 말할 수 없었다. 아이리스밖에 없었다. 아이리스도 늘 자신의 가짜 자지에 관한 일화를 들려주었으니까. 그러나 아이리스는 그 얘기를 혼자만 알고 있지도 못했다.

　　에이미는 그날 밤 일찍 잠들었고, 리즈는 밤늦도록 TV를 보면서 노트북 컴퓨터를 무릎 위에 올려놓고 아무 생각 없이 인터넷을 둘러보고 있었다. 생각들을 지워내기 위해 두 개의 화면을 동시에 보았다. 늘 하던 대로 소셜 미디어와 뉴스를 검색하다 보면 멋진 남자들이나 리즈가 팔로우하는 트랜스 포르노 스타들의 인스타그램을 둘러보게 되었다. 리즈는 성적으로 흥분한 상태였다.

　　리즈는 조용히 침실로 걸어가 문 앞에 서서 어둑어둑한 방에서 잠든 에이미의 얼굴을 쳐다보았다. 복도 쪽에서 스며드는 불빛이 에이미의 얼굴을 비추어서 뺨의 평평한 부분과 턱의 움푹한 부분과 대비를 이루었다. 고통이 리즈의 몸을 관통했다. 고통의 반은 질투심이고 반은 욕망이었다. 에이미는 진짜 더럽게 예뻤다.

　　에이미의 호르몬 치료가 사 년째에 접어들면서, 일련의 미묘한 변화들이 지금까지와 다른 방식으로 맞물리며 조화를 이루기 시작했다. 지방층이 뺨 위쪽으로 이동해서 이미 섬세하게 대칭을 이루고 있던 볼이 도톰해졌고, 근육과 힘줄은 녹

아내리거나 가늘어졌으며, 전반적으로 몸이 가벼워지고 우아해졌다. 가느다란 목과 쇄골을 가리지 않도록 얌전하게 높이 묶은 금발 머리카락이 뒤에서 찰랑거렸다. 입술은 또 얼마나 탐스러운지 한마디로 사기였다.

그 모든 것의 정점을 찍는 것이 바로 성형한 코였다. 에이미는 작년에 코를 성형했다. 붓기가 빠지고 나니 코가 얼굴 정중앙에 반듯한 선으로 자리 잡았다. 그 선이 에이미의 얼굴 면적을 우아하게 분할했고 이목구비의 아치를 고정하는 쐐기돌의 역할을 했다. 수술 이전에도 리즈는 에이미의 얼굴이 조화롭지 않다고 생각한 적이 없었다. 그러나 수술 이후 에이미는 수줍게 아름다웠다. 뒤늦게 찾아온 아름다움을 아직 내면화하지 못해서 정작 본인은 그 우아함에 한 발 뒤처져 있는 것처럼.

건강보험으로 성형 비용이 처리되었다. 리즈가 에이미에게 코 성형 수술을 받으라고 설득했다. 정작 리즈 자신은 그 어떤 얼굴 성형 비용도 감당할 여력이 없었지만 리즈의 질투심이 오히려 수술을 독촉하게 했다. **얼른 해. 그만 미루고.**

에이미가 유명연예인들의 코 사진을 보며 거울 앞에 서서 안절부절할 때 (에이미가 가장 좋아하는 코는 완벽한 콧날의 정석인 나탈리 포트만의 코였다!) 리즈는 멀미가 날 정도로 질투심이 끓어올랐다. 그런데도 리즈는 평소 소신에 따라, 그리고 리즈 자신의 이득을 위해 에이미에게 수술을 권했다.

에이미의 신체 불쾌감은 코의 모양에 집중되어 있었다. 성형 이전에 어떤 각도에서 바라보면 매부리코처럼 보인다는 것이 이유였다. 리즈는 매부리코가 남성적인 느낌을 준다고 생각하지 않았지만, 에이미는 몇 시간씩 거울 앞에 서서 자신의 모습을 바라보면서, 성전환으로 인한 육체적 변화가 모든 남성성을 모두 녹여 없앴는데도 여전히 남성적으로 느껴지는 코에만 집중했다. 코에 대한 에이미의 증오가 얼마나 극단적이었는지 결국에는 임상적 성별불쾌감출생 시 지정된 자신의 신체적인 성별이나 성 역할에 대한 불쾌감에 관한 국제 표준에 맞추어 코를 성형해야 한다는 상담치료사들의 진단을 받기에 이르렀다.

리즈는 코에 집중된 에이미의 불안감이 프로이트적이라고 생각했다. 에이미는 돌출된 코를 남근으로, 즉 에이미의 이전 자아로 여기고 있었다. 그러나 리즈는 그런 말을 하지 않았다. 불쾌감이라는 것은 프로이트적 패턴을 따르지 않기 때문이었다. 불쾌감은 연금술사가 미적 기준, 소비주의, 넉넉한 양의 자기혐오를 혼합하여 주조하는 것이었다.

트랜스젠더들의 게시판을 조금만 살펴보면 수많은 트랜스 여성들의 성별불쾌감이 눈썹 위의 돌출된 뼈에 집중되어 있음을 알 수 있었다. 그 뼈는 사춘기에 테스토스테론이 분비되면서 돌출하는 것인데, 안면 여성화 수술을 하는 악덕 외과 의사들은 수상쩍게도 그것을 남성적인 얼굴의 특징이라고 주장한다. 보다 중요한 것은, 리즈는 남성적인 이마가 트랜스 여성들을 미치게 하는 이유는 **그것을 교정할 수술이 존재하기 때문**이라는 생각을 갖고 있었다. 불쾌감이 수술에 대한 욕구를 일으킨 것처럼 수술이 불쾌감을 만든 면도 있었다. 그런 수술이 있다는 걸 알면서도 그 수술을 받을 수 없다면, 거울을 볼 때마다 죽고 싶은데도 그 수술을 받을 수 없다면, 수술에 대한 갈망이 영원히 당신을 괴롭힌다. 커다란 손? 물론 그것도 끔찍하지만, 손가락을 잘라내지 않는 한 그 어떤 외과 의사도 손을 축소시키는 방법은 발명하지 못했다. 그래서 리즈가 아는 대부분의 여성들은 리즈 자신처럼 그저 손의 크기를 최대한 줄이는 방법들을 나름대로 터득해서 견디고 살았다. 어느 외과 의사가 손의 크기를 줄이는 수술을 개발하는 순간, 리즈는 그 수술을 받지 못하느니 차라리 죽어버리고 싶으리란 걸 알고 있었다. 따라서 에이미의 불쾌감이 코에 자리를 틀었는데 코 수술비용이 회사에서 보험처리가 된다면, 수술을 받아야 한다는 것이 리즈의 생각이었다. 수술을 받지 않으면 에이미는 영원히 코 때문에 고통받을 것이기 때문이었다.

　　모든 트랜스 여성이 공통적으로 갖고 있는 성형수술에 대한 일반론 외에도 리즈에게는 에이미에게 코 수술을 받으라고 종용하는 리즈만의 특별한 이유가 있었다. 언젠가는 리즈가 에이미의 보험에 피부양자로 등록될 날이 올 것이다. 이미 한 사람의 성 확정 수술을 보험 처리한 선례가 있을 경우 두 번째 수술은 선택의 폭이 넓어진다. 리즈는 선택의 폭이 넓어지기를 원했다. 코 수술 이상을 원하기 때문이었다. 리즈는 오랫동안 기다렸던 질 수술을 받고 싶었고 이마도 성형하고 싶었다. 자본주의의 횡포, 가부장제, 젠더 규범, 소비지상주의가 얼굴에 대한 불쾌감을 조장하고 있음을 인지하고 있다고 해서 리즈 자신이 그런 것들에 대해 면역이 생긴 건 아니었다. 성인지 감수성에 관한 정치권의 높은 관심은 오히려 미의 기준에 관한 뿌리 깊은 통념을 아직 바꾸지 못한 것에 죄책감을 불러일으킬 뿐이었다. 사기꾼, 위선자, 외모지상주의자라고 불러도 상관없었다. 정치와 현실은 리즈 자신의 몸에 적용할 때 두 갈래로 갈라졌다. 시스 여성들이 만들어놓은 미의 기준에 도전한다는 명분으로 눈썹 위의 뼈를 과시하는 여성이 있다면 리즈는 기꺼이 응원할 수 있었다. 그러나 리즈의 이마를 바비 인형처럼 매끄럽게 만들어줄 여성 혐오자인 외과 의사가 있다면 주저 없이 그에게 달려갈 것이다. 마음속 깊은 곳에 남아 있는 여성의 아름다움에 대한 시대착오적인 생각들이 리즈를 괴롭히는 한, 어떻게든 시스 여성처럼 얼굴을 성형하는 것으로 그 괴로움을 달랠 수밖에 없었다.

리즈는 침대 위 잠든 에이미의 곁에 앉았다. 리즈는 입술을 살짝 벌린 에이미의 아름다운 얼굴을 보았다. 순수하고 그늘이 없었다. 에이미한테서 나는 것 같은 은은한 헤어스프레이 냄새가 시트에 배어 있었다. 언젠가부터 그 냄새가 리즈의 마음을 편안하게 했다. 두 사람이 서로의 성기를 손으로 애무해준 것 외에 다른 무언가를 해본 지가 한 달도 넘었다. 리즈는 에이미의 뺨에 키스하려고 몸을 숙였고, 한 손으로 천천히 에이미의 허리를 쓰다듬었다. 에이미가 눈을 떴다.

"자기야." 리즈가 말했다 "잠이 안 와. 하고 싶어."

에이미가 엷은 미소를 지었다. "난 졸린데. 기운이 없어. 손으로는 해줄 수 있어."

리즈가 고개를 저으며 손을 거두었다.

"미안." 에이미가 말했다. 에이미는 이미 도로 잠이 들었다.

리즈는 일방적으로 손으로 해주겠다는 제안을 들을 때마다 자신이 얼마나 변태 같은 기분이 드는지 에이미가 알았으면 좋겠다고 생각했다. 마치 자신이 집적대는 십대 남자애라는 듯이. 낮 시간에 시들해진 섹스 얘기를 꺼내보고 싶었지만 그 얘기를 할 생각만 해도 실어증 증상이 덩굴 가지처럼 목을 조여왔다. **에이미와 리즈가 함께했던 처음 몇 주를 기억해? 리즈가 집에 밤늦게 들어오면 에이미는 무슨 몽유병 환자처럼 침대에서 기어 내려와서 숨을 헐떡이면서 리즈를 쫓아 샤워 부스로 들어왔었지. 그 열정이 대체 어딜 간 거야?** 리즈는 식탁을 원했다. 그러나 그 식탁 위에서 하는 격렬한 섹스도 원했다.

리즈는 조용히 일어나 다시 거실로 나갔다. 리즈의 생각들이 마치 소용돌이에 휩쓸리듯 자꾸만 스탠리에게로 향했다. 멍청하기는. 스탠리는 리즈에게 아무런 제안도 하지 않았다. 그는 하나도 달라지지 않았다. 리즈가 그에게 끌리는 것은 새로움의 가면을 쓴 익숙함 때문이었다. 스탠리는 과거의 어느 한때 리즈를 소유했던 게 다가 아니었다. 리즈는 여러 남자에게서 스탠리의 다른 버전들을 보았다. 그들은 적어도 일주일 혹은 이주일 동안 리즈의 환상을 지배했고, 리즈의 삶에서 정작 필요한 것들이 아닌 자극이나 흥분의 순간들을 기대하게 했다. 마음 한편으로는 그게 사랑이 아니라는 걸 리즈도 알고 있었다. 반면 에이미는 안정적이었고 진정한 사랑이었다. 그런데 불행히도 에이미는 졸린 상태였고 지난 몇 달 동안 문자 그대로, 혹은 은유적으로 늘 그 상태였다.

거실로 나온 리즈는 노트북을 닫고 TV를 껐다. 그러나 하루를 마무리하고 잠자리에 들 준비를 할 기운이 없었다. 오늘 밤은 어쩐 일인지 열망을 잠재우는 것이 열망이 휘몰아치게 하는 것보다 힘들었다.

씨발. 리즈가 가방을 들고 욕실로 갔다. 리즈는 가방을 변기 위에 올려놓고 핸드폰과 스탠리의 리본을 꺼냈다. 리즈는 어설픈 솜씨로 스탠리와 똑같이 리본을 묶은 다음, 사진을 찍어서 스탠리에게 보냈다. **리본 매고 집까지 왔어. 당신이 시킨 대로.**

에이미가 사무실에서 핸드폰을 꺼내 비밀번호를 누른 다음 잠시 핸드폰 배경화면을 바라보았다. 작년에 리즈와 함께 페리를 타고 파이어 아일랜드에 갔을 때 찍은 사진이었다. 에이미는 즐겨찾기 목록으로 가서 리즈에게 전화를 걸었다. "점심 때 볼까? 할 얘기 있어."

날카롭게 숨을 헉 들이켜는 소리가 들리더니 리즈가 조심스럽게 말했다. "무슨 일인데? 지금 말하면 안 돼?"

에이미는 미심쩍어하는 리즈의 반응이 당황스러웠다. "나쁜 소식 아니야, 리즈. 신나는 소식이야."

"지금 말해주면 안 돼?"

"점심에 왜 못 만나는데?"

리즈는 곧바로 대답하지 않았다. "나 지금 맨해튼에 있어."

"일 때문에?"

"응."

"좋아. 그러면 거기서 가까운 데서 볼까? 유니언 스퀘어 어때?"

리즈는 여전히 망설이고 있었다. 그래서 에이미는 말해버리기로 했다. 리즈는 불안한 상태에서 추궁을 당하면 항상 교묘하게 빠져나간다는 것을 에이미도 알고 있었다. "좋아, 점심은 취소. 직장 동료 오마르의 여동생이 위탁시설하고 연계되어 있는 입양 대행업체에서 일한대. 거기서 성소수자와 관련된 일을 해왔는데, 오마르 말이, 얼마 전에 처음으로 트랜스 남성들이 그 대행업체를 통해서 아이를 입양했다는 거야. 트랜스 남성하고 시스 남성 커플이 아니라 **두 트랜스 남성 커플**이." 에이미가 마지막 단어를 의미심장하게 발음했다.

"트랜스 남성들은 뭐든 쉽잖아." 리즈가 말했다.

에이미가 리즈의 이름을 한숨처럼 내뱉었다.

"괜히 헛물켜고 싶지 않아."

에이미의 컴퓨터 화면보호기에서 수정 조각들이 분열되고 있었다. 에이미는 통화할 때마다 아무 생각 없이 조각들의 분열 과정을 바라보면서 미세한 불규칙성을 찾아보는 습관이 있었다. "알았어, 좋아, 이해해. 그런데 오늘 밤에 설명회가 있대. 오마르가 여동생한테 우리가 갈 거라고 미리 얘기해놓겠다고 했어. 그 대행업체에 새로 온 부장이 트랜스나 퀴어 가정의 입양을 적극적으로 추진하고 있대. 위탁시설의 아이들 중 상당수가 퀴어라서 그렇대. 우리가 빨리 움직이면, 오마르의 여동생을 만날 수 있을 거야."

"설명회가 몇 시인데?"

"7시에 유니테리언 교회. 그 얘기를 하려던 거였어. 나 오늘 오후 반차 낼게. 같이 준비하고 가자."

"난 안 돼. 일이 있어."

"뭐? 일은 집어치워! 이런 기회에 대해 몇 년 동안 얘기했잖아!"

"내 일도 네 일만큼이나 중요해, 에이미."

에이미가 한숨을 쉬었다. 무심결에 리즈의 아픈 곳을 찌르고 만 건가. "네 일이 중요하지 않다고 말한 적 없어. 나도 내 일을 제쳐두고 가는 거잖아."

"그럼 집에서 4시쯤 만나는 건 어때?"

뭐지? 에이미는 리즈가 곧바로 집으로 달려올 거라고 생각했다. 이렇게 뚱한 반응은 예상하지 못했다. 리즈도 상황을 에이미만큼 잘 알고 있었다. 먼 타국에서 아이를 데려오는 대부분의 사설 입양 대행업체들은 입양 수수료를 2만 달러에서 4만 달러로 책정하고 있었다. 그러나 그마저도 시작에 불과했다. 만약 에이미와 리즈가 가장 좋은 대행업체에서 비싼 수수료를 지불한다면, 명품 매장에서 재력을 과시하는 것과 똑같은 효력이 있을 거라고 생각했다. 마치 그들이 트랜스인 것이 세련된 취향의 발현처럼 보일 것이다.

그러나 에이미는 4만 달러를 모아두지 못했고, 리즈를 부양하는 한 당분간은 돈을 모을 수 없을 것이다. 에이미는 이미 그 절반에 해당되는 저축을 탕진했고, 결국 아이를 키울 비용은 고사하고 그보다 나이 많은 직장 동료 두 명이 그에게 설명해주었던 입양에 필요한 소소한 경비와 여행비용을 감당할 여력조차 없었다.

그렇다면 위탁시설에서 입양하는 수밖에 없었다. 위탁시설은 성소수자 부모의 입양을 허용하는 것은 분명하지만 관리가 엄격한 데다 친부모가 권리를 행사할 수 있어서 퀴어가 입양에 성공할 확률은 일반인들보다 적었다. 두 사람 다 트랜스인 커플이 입양에 성공했다는 소식을 들은 것은 이번이 처음이었다.

어쨌건. 에이미는 당연히 리즈를 4시에 만날 수 있었다.

에이미는 집에서 그들의 재정 상태와 이상적인 입양 시기에 대해 의논할 생각이었지만, 리즈는 특유의 거칠고 흥분한 상태로 집으로 돌아왔다. 진지한 대화를 통해 마음의 준비 하는 대신, 두 사람은 오리엔테이션에 입고 갈 엄마 복장을 찾기 위해 옷장을 뒤졌다. 에이미는 점프슈트를 입고 머리를 뒤로 묶었다. "검은색 앵클부츠 신을까? 굽이 너무 과한가?" 높은 굽을 리즈에게 보여주려고 에이미가 다리를 뒤로 뻗으며 물었다. "이건 훌륭한 엄마의 모습이 아닌가? 그냥 운동화 신는 게 나을까? 밀프Mother I'd Like to Fuck. 섹시한 엄마를 뜻하는 말인데 약간 은근한 밀프처럼 보이고 싶어. 무슨 뜻인지 알지?"

리즈는 침대에 앉아 에이미의 굽을 주의 깊게 보았다. "나이키 운동화 신고 머리는 그렇게 묶어." 리즈가 에이미에게 말했다. "운동 좋아하는 사커 맘처럼."

"맞아. 사커 맘. 그거 좋다."

"네 진주 귀고리 빌려도 괜찮지?" 이미 귀고리를 하고 있으면서 리즈가 물었다. 에이미의 어머니가 다소 복잡한 심경으로 에이미에게 준 귀고리였다. 에이미가 커밍아웃을 한 뒤 에이미의 어머니는 분노에 휩싸인 채 몇 년을 보냈고 그동안 두 사람은 침묵의 치킨게임을 했다. 비록 귀고리 선물로 인해 에이미의 어머니가 먼저 뜻을 굽힌 것처럼 보이긴 했지만 에이미는 그 의미를 이렇게 해석했다. **너의 여성성을 받아들여야만 한다면, 나는 네가 이런 부류의 여자가 되어줄 것을 강력히 제안한다.** 결과적으로 에이미는 침묵시위의 휴전에는 합의했지만, 그 귀고리를 하지는 않았다.

리즈는 침대에서 벌떡 일어나더니 옷장 문에 달려 있는 거울 앞에 섰다. "왜 왔냐고 물으면 뭐라고 하지?"

리즈는 눈썹을 확인하느라 얼굴을 거울에 대다시피 하고 있어서 에이미는 리즈의 얼굴을 볼 수 없었다.

"왜 왔냐고 왜 묻겠어? 너무 빤하잖아."

"캐물을 수도 있잖아!"

"리즈, 우리도 입양에 대해 알아볼 수 있는 거잖아. 더구나 오마르의 여동생 이름을 댈 수도 있어."

리즈가 거울에서 돌아섰다 "알아. 근데 조금 쩔려. 우리가 평범한 레즈비언 커플인 척하는 거 같아서. 마치 트랜스 사기단처럼. 아기 하나만 주세요! 제발요! 자세히는 묻지 마시고요!"

"그 사람들이 입양 버전의 트랜스 공포증을 보일까 봐?"

"응!"

"우린 어른이야, 리즈. 별일 없을 거야. 어서 신발 신어, 자기야. 이러다 늦겠다."

그러나 에이미 역시 똑같은 불안감에 시달리고 있었다. 에이미는 입양 대행업체 여자의 목소리를 떠올리며 어떤 부류의 여자일지 상상해보았다. 미국인의 억양이었지만 에이미의 마음의 눈은 어딘가 못마땅해하고 거들먹거리는 영국 여자가 보였다. **트랜스들의 헛소리라면 이제 지긋지긋해! 이럴 시간에 진짜 부모들을 상담해야 하는데!**

지하철을 타러 가는 길에 리즈는 계속 웃었고, 안절부절했으며, 장난기를 주체하지 못해 몸을 비틀었다. 마치 무지하게 재미있는 장난을 치러 가는 길이라는 듯이. 에이미는 계속 리즈를 진정시키려 했지만 그럴수록 리즈가 더 난리를 쳤다. 유니테리언 교회에 도착해서 설명회가 진행되는 조그만 방으로 들어갈 무렵, 에이미는 도무지 리즈의 처신을 이해할 수 없었다. 리즈는 이상하게 굴고 있었다.

뒷자리에 앉아 예비 입양 부모들을 살펴보면서, 에이미는 자신과 리즈가 딱히 엄마 코스프레에 재능이 있는 게 아니라는 사실을 인정할 수밖에 없었다. 리즈를 제외하면 하이힐을 신거나 진주 귀고리를 한 사람이 아무도 없었다.

플라스틱 간이의자들을 점령한 대다수가 이성애자 커플들이었다. 뒤쪽 커피머신 옆에 에이미의 눈에 두 쌍의 곰 커플로 보이는 네 남자가 앉아 있어서, 마치 축구장의 벤치를 연상케 했다. 가늘고 긴 머리카락에 레미 킬미스터영국의 헤비메탈 밴드 모터헤드의 리드 싱어, 베이시스트, 작곡가처럼 구레나룻과 턱수염을 기른 남자가 가장자리 쪽에 혼자 앉아 있었다. 험악한 인상으로 보아 한부모 가정이 될 확률이 높다는 게 에이미의 생각이었다. 레즈비언 커플 중 한 명이 에이미와 리즈를 향해 미소를 지었고, 에이미는 수줍은 미소로 답했다. 에이미 자신도 교회 스타일의 웃음을 터뜨릴 것만 같았다. 어쩌면 리즈가 초조해하는 것도 당연하다는 생각이 들었다.

폴로셔츠를 입은 젊은 여자가 프레젠테이션을 시작했다. 대체로 에이미가 이미 인터넷에서 검색해서 알고 있는 위탁양육 제도에 관한 내용이었다. 에이미는 전반적으로 자격조건을 충족하고 있었다. 나이와 수입 요건도 맞았고 아이에게 창문이 달린 별도의 침실을 줄 수 있었다. 보아하니 위탁 시설의 많은 아이들이 방을 함께 쓰고 있었고 그로 인해 여러 문제가 발생하는 것 같았다. 95퍼센트의 아기들이 위탁시설에서 마약에 노출된다는 얘기는 처음 들었다. 터무니없이 높은 수치였다. 그러나 아마 그게 현실일 것이다. 체크무늬 셔츠를 입은 남자가 손을 들었다. "18세 이후 아이의 상태에 관한 자료가 있습니까?"

프레젠테이션을 진행하던 콘수엘라라는 이름의 여성이
그의 질문에 잠시 얼굴을 찌푸렸다가 표정을 고쳤다. "어떤 상
태에 관한 어떤 자료를 말씀하시는 건가요?"

"수입이라든가 대학진학률 같은 거요."

에이미는 무심코 남자의 아내로 보이는 여자와 눈을 맞추
었다. 여자는 거의 표시가 나지 않을 정도로 어깨를 으쓱했다.
이 사람이 이렇다니까요.

"아이들이 자라서 돈을 얼마나 벌지 그걸 알고 싶으신 건
가요?"

"그런 뜻은 아니고요." 남자가 항의하듯 말했다. "혹시 그
런 자료가 있는지 궁금해서요."

"아뇨." 콘수엘라가 대답했다. "아뇨, 아이들이 열여덟 살
이 되었을 때의 자료는 갖고 있지 않아요." 그녀가 망설였다.
"하지만 아이들이 방치와 이혼, 심지어 트라우마를 겪었음을
감안할 때, 이 아이들의 성공에 대한, 뭐랄까, 좀 더 건강한 개
념을 갖는 게 좋을 것 같다는 말씀을 드리고 싶네요."

설명은 계속 이어졌지만, 그 대화가 오간 이후 활기 넘치
던 실내 분위기가 시들해졌다. 모두가 사랑스럽고 귀엽고 티
없이 깨끗한 아이를 원했다. 감당하기 벅찬 짐이 있는 아이가
아닌. 자신의 생각 또한 다르지 않음을 에이미는 알고 있었다.
에이미는 마법처럼 자신의 것이 될 아이를 원했고 자신에게
각인될 아이를 원했다. 물론 이기적인 생각이란 걸 알고 있었

다. 그러나 자신을 닮은 조그만 한 인간을 창조하고 싶은 충동이 이기적이지 않았던 때가 있었던가? 에이미가 아는 대부분의 사람들은 아이를 위해 임신하지 않았다. 그들은 그 자신을 위해, 가족이라는 개념에 부합하기 위해, 혹은 어떤 목적을 위해, 혹은 아이가 그들에게 가져다줄 새로운 삶을 위해 임신했다. 부모가 되고 나서야 비로소 삶의 의미를 찾았다는 상투적인 말들을 생각해보라. 그러나 어쨌든 에이미는 감당할 수 있었다. 아이는 결코 부모의 뜻대로 자라지 않으니까. 적어도 에이미 자신은 결코 부모의 뜻대로 자라지 않았다.

프레젠테이션 슬라이드가 마지막으로 향할 때 또 다른 여자가 들어오더니 콘수엘라 곁에 섰다.

"저 여자가 오마르의 여동생인가 봐." 에이미가 리즈에게 속삭였다.

리즈는 에이미의 말을 무시하는 것 같았다.

프레젠테이션이 끝나자 에이미가 리즈의 손을 잡았다. 리즈의 손이 차갑고 축축했다. "가서 인사할까?" 에이미가 리즈에게 다정하게 물었다.

리즈는 대답은 하지 않고 고개를 푹 숙였다.

"리즈? 지금 가서 얘기해볼까?"

리즈의 눈에 눈물이 고였다. "나 이거 도저히 못 하겠어. 나 없이 혼자 해."

"나도 초조하단 말이야! 혼자는 못 가."

리즈가 에이미의 손을 놓았다. 리즈는 재킷을 들어 가방에 걸친 다음 앞쪽으로 향했다. 그러나 콘수엘라와 오마르의 여동생에게 질문을 하는 줄에 서는 대신, 그들 곁을 지나쳐 방에서 나갔다. 에이미는 허겁지겁 가방을 챙겨 들고 쫓아갔고 리즈의 힐이 교회 복도를 딸깍거리며 가로지를 때 겨우 따라잡았다. 리즈는 이제 대놓고, 그러나 소리 없이, 울고 있었다.

"이런, 리즈! 대체 왜 그러는 거야?"

리즈는 한 손을 들어 얼굴 앞에서 흔들었다. "여기 말고 다른 데로 가자, 응? 여기선 못 하겠어. 날 좀 밖으로 데리고 가줘."

그러나 그들은 밖으로 나가지 않았다. 대신 리즈는 묵직한 벤치가 놓여 있는 어둡고 후미진 공간을 발견하고 서둘러 그곳으로 갔다. 리즈는 재킷을 뭉쳐 얼굴에 대었다. 그리고 얼마 후 다시 재킷을 내려놓았다. 마스카라가 엉망이 되었고 여전히 눈이 촉촉했지만 눈물은 멈추었다.

"벅찬 일이긴 하지." 리즈의 감정분출을 유발한 원인을 넘겨짚으며 에이미가 말했다. "우리가 가족이 된다는 생각. 그걸 이런 방식으로 실현하는 것. 나한테도 벅찬 일이야. 의심이 들어도 괜찮아."

리즈가 얼굴을 덮은 머리카락을 뒤로 넘겼고, 초조할 때면 늘 하던 것처럼 머리카락 끝으로 입술을 때리기 시작했다. 리즈는 숨을 들이켰다가, 내쉬는 숨에 말을 이었다. 목소리가 갑자기 차분하고 덤덤해졌다. "의심은 안 들어. 난 내가 원하는 게 뭔지 알아. 난 엄마가 되고 싶어."

에이미가 리즈에 어깨에 손을 얹었다. 그러나 리즈의 어깨는 마치 나무토막처럼 전혀 생명이 느껴지지 않았다. "알았어. 하지만 난 의심이 들어." 에이미가 시인했다. 리즈는 정면을 바라보았다. 에이미는 마치 석고상을 위로하는 것처럼 자신이 헛된 노력을 하고 있는 것 같은 기분이 들었다. 에이미가 손을 거두었다. "엄마가 되고 싶긴 한데, 나와 함께 엄마가 되는 게 싫은 거야?"

에이미에겐 리즈의 옆모습만 보였다. 멀리서 남자의 휘파람 소리가 교회의 타일 복도에 울려 퍼졌다.

"나 지난주 내내 스탠리하고 잤어." 리즈가 말했다.

에이미의 머릿속이 하얗게 지워졌다. 완벽한 현실 부정. "뭐?"

"지난주 내내." 리즈가 되풀이했다. "스탠리랑 잤다고."

에이미가 고개를 끄덕였다. 그리고 일어서서 가방을 어깨에 걸치고 복도를 걸어서 모퉁이를 돈 다음, 복도 오른쪽의 문앞에 섰다. 섬세하게 세공이 된 묵직한 문이었다. 에이미는 그문을 열고 어둡고 조용한 예배당으로 들어섰다. 에이미는 신도석을 찾아 조용히 앉았지만 마음은 조용하지 않았다. 리즈가 자신을 찾지 않고 그대로 가주기를 기다리는 동안, 에이미의 몸은 오직 실연만이 줄 수 있는 고통에 휩싸였다. 마치 환각 체험처럼, 그것을 체험하는 순간에만 온전히 느껴지는 고통이었다.

7
장

임신 팔 주

당신이 트랜스 여성이고 여러 트랜스 여성과 친분이 있다면 교회에 자주 가게 될 것이다. 그들의 장례식이 교회에서 열리기 때문이다. 장례식에 대해 누구도 인정하려 들지 않는 한 가지 진실이 있다면, 요절한 트랜스 여성들 틈에서 트랜스 여성으로 살아야 하는 슬픔에 짓눌려야 마땅한 장례식이라 그 누구도 인정하려 들지 않는 한 가지 진실이 있다면, 트랜스 여성의 장례식이 그들 사이에서 꽤 중요한 사교 모임으로 인식된다는 점이다.

트랜스젠더의 장례식에서 이번엔 사람들이 무슨 말을 할 것인가? 어떤 퀴어가 추모사 대신 정치적인 연설을 해서, 이후에 다른 퀴어들이 분노에 찬 긴 글들을 소셜 미디어에 올릴 것인가? 고인의 얼마나 많은 가족이 신도석에 앉아서 오직 자신

의 슬픔에만 몰입한 채 부끄러운 줄도 모르고 고인의 과거 이
름을 부르고, 고인의 성 정체성을 잘못 부르고, 가족들만의 의
식일 거라고 생각했던 자리에 불청객처럼 찾아온 괴상한 인간
들의 바다를 응시할 것인가? 그들의 아들, 아니 딸에게 정말
이렇게 많은 친구가 있었다고? 선량한 백인 시스들은 대다수
가 트랜스 여성인 조문객들에게 유색인종 트랜스 여성들을 구
제하기 위해 노력해야 한다고 말할 것이다. 유색인종 트랜스
여성들은 주로 타살(타살!)로 죽기 때문이다. 반면 이렇듯 유
독 많은 사람이 참석한 트랜스 여성의 장례식은, 당연히, 고인
이 자살한 경우이다. 그것이 백인들이 요절하는 방식이기 때
문이다.

장례식이 끝나면 조문객들이 줄지어 밖으로 흩어져서 작
게 무리를 이루며 침통한 표정으로 포옹을 주고받고 어깨를
들썩이고 전 애인을 발견하고 갑자기 줄행랑을 치는데, 그 광
경이 전반적으로 현미경 아래에서 꿈틀거리는 정자들을 보
는 것 같다. 모두가 정도만 다를 뿐 고스족처럼 옷을 입고 있
다. 고스족 스타일로 입으면 슬퍼 보이면서도 동시에 그물 의
상과 가슴을 과시할 수 있기 때문이다. 퀴어이면서 작은 유명
인사(작은 유명인사이면서 퀴어인 사람의 반대 개념)들이 장례식을
빛낼 것이다. 그들은 고인에 대해 거의 알지 못하고 그로 인해
느끼는 약간의 죄책감을 달래기 위해, 이후 펀딩 플랫폼 캠페
인이나 추모 기금 마련 행사의 참석자 명단에 자신들의 이름
을 올릴 것이다.

리즈는 장례식에 참석한다. 거의 모든 장례식에 빠지지 않는다. 리즈가 장례식에 참석하는 이유는 세 가지다.

첫 번째 이유는, 앞서 언급했던 것처럼 중요한 사교 모임에 빠지고 싶지 않아서이다.

두 번째 이유는, 자살해선 안 된다는 생각을 장례식이 다시금 일깨워주기 때문이다. 너무도 살고 싶어서라기보다는, 트랜스 여성으로 자살하게 되면 당신이 소중하게 여겼던 것들이 친구들과 낯선 사람들에게 낱낱이 까발려지기 때문이다. 당신이 장례식에 참석해서 그들을 말릴 수 없는 한, 당신과 친분이 있는 사람들 중 가장 시끄럽고 가장 뻔뻔하고 가장 덜떨어진 사람이 한때 당신의 모습이었던 당신의 일부를 한 국자 떠낸 다음, 거추장스럽고 단순화할 수 없는 내용들은 다 빼버리고 대신 그 자리에 진부하고 정치적으로 이용할 만한 것들을 끼워 넣어서 지극히 감상적인 내러티브로 정리해버린다. 사실 존재론적 수치심을 뜻하는 '굴욕적mortifying'이라는 말은 라틴어의 '죽음death'에 그 기원을 두고 있다. 따라서 굴욕을 피하려면 결코 자살을 해서는 안 된다. 아니, 아예 죽지를 말아야 한다.

세 번째 이유는, 리즈 자신이 사이코패스가 아니라는 사실을 확인하고 싶어서이다. 왜냐하면, 트랜스 여성의 부고를 들을 때마다 리즈는 무척 화가 나기 때문이다. **젠장, 또야?** 이런 식의 반응에는 당연히 죄책감이 따른다. 대체 난 어디가 잘못된 건가. 사람들은 옷을 찢으며 통곡하고 있는데, 지금 난 어떤가. 유족들이 모여 있는 아파트에서 커피를 내려 머그잔을 채워주고 접시를 닦고 칩을 나누어 주며 쓸모 있게 굴어서, 자신이 슬픔을 느끼지 않는 사이코패스임을 사람들이 알아차리지 못하게 하고 있다.

장례식에 참석하는 일은 고인에게 짜증 이상의 감정을 느끼기 위해서라도 리즈에게 필요한 일이다. 수많은 장례식에 참석하다 보니, 신도석에 앉아 바늘에 찔리는 순간을 기다려야 한다는 걸 알게 되었다. 그것은 사소한 무언가가 단단한 무관심의 껍질을 뚫고 들어오는 순간이었다. 한번은 자살로 세상을 떠난 고인의 여자친구가 사람들 앞에서 몸을 떨며 일어서서 "내 친구는 가고 나는 남았다는 사실이 너무 치욕적입니다"라고 말한 것이 바로 그런 순간이었고, 또 한번은 교회의 석조 벽에 메아리치는 고음의 성가가 바로 그런 순간이었다. 그 사소함이 무엇이건 그것이 마침내 지친 키틴질의 껍질을 뚫고 들어오면, 매번 적어도 몇 분 동안은 좌절당하고 희생당하는 트랜스의 삶에 대한 분노와 자기 연민, 살을 베는 듯한 좌절감에 그을려 리즈는 온몸을 비틀며 괴로워하고, 리즈의 감정이 마치 뒤집힌 무당벌레의 다리처럼 버둥거린다. 그 고통을 포용할 때, 그 슬픔이 그 어떤 경계도 모순도 없으며 무장하지 않은 리즈의 여린 내면에 머물게 할 때, 리즈는 자신이 정화되는 것을 느낀다. 그런 순간에 리즈는 자신이 사이코패스가 아님을, 떠나간 친구를 사랑했음을 깨닫는다.

그 순간이 지나가고 장례식이 계속 진행되면 리즈는 다시

334

무장을 시작한다. 퀴어들이 밖에서 모일 무렵이면 리즈는 예배당 밖으로 나가 그들을 대면할 수 있을 정도의 살짝 무심한 상태로 자신을 복원한다. 겉으로는 냉소적이지만, 속으로는 비로소 동지애를 느끼는 상태로.

　오늘의 장례식의 주인공은 태미였다. 태미는 자동차 사고로 죽었다. 사람들은 친절하게도 굳이 그렇게 말한다. '자동차 사고'라는 말은 죽음의 의도성을 흐린다. 그렇게 말하면 차를 시속 145킬로미터로 몰아서 다리를 건넜으니 사고가 날 수도 있을 거라고 믿을 수 있으니까. 태미가 그 전주 토요일에 술에 취해 사람들에게 전화를 걸어서 아무도 자길 사랑하지 않고 자기가 죽어도 신경 안 쓸 거라고 하지만 않았다면. 태미는 많은 이에게 사랑받았고 적지 않은 사람이 태미를 욕망했다.
　리즈는 세인트 비투스에서 태미를 처음 만났다. 세인트 비투스는 성난 남성들을 위한 다양한 음악을 주로 틀어주는 눅눅하고 음침한 클럽이다. 공간의 모든 표면을 검은색으로 칠했는데 오랜 세월 사람들이 몸을 부딪쳐가며 춤을 추다 보니 사춘기 이후 남자들의 땀이 밴 먼지가 환기가 되지 않는 공간에 영구적으로 축적되었다. 틴더에서 만난 소음을 좋아하는 이성애자 남자애가 어느 날 거기서 만나자고 해서 리즈는 그러자고 했다. 거기서 술을 마셔보면 그 남자애가 씹할 가치가 있는 놈인지 버려야 할 놈인지 바로 알 수 있다는 것이 가장 큰 이유였고, 클럽이 리즈의 아파트에서 두 블록 거리인 것이

335

또 한 가지 이유였다.

무대 위에서 남자들 몇 명이 키보드에 몸을 숙이고 있었다. 그들 사이에 이 클럽의 유일한 볼거리가 있었다. 바로 기타를 치는 트랜스 여성이었다. 180센티미터에 달하는 키에 도자기처럼 매끄러운 팔에는 문신이 새겨져 있었다. 얼굴을 사선으로 이등분하는 비대칭의 검은 머리카락이 너무도 완벽하게 뱀파이어 같아서, 만약 엘비라뱀파이어를 주인공으로 한 호러 코미디 영화 〈엘비라〉의 여자 주인공가 알았다면 그녀를 찾아와 한 수 배웠을 것 같았다. 그녀는 기타를 연주한다기보다는 십 초 간격으로 기타의 목을 조르는 것 같았고, 그 사이사이에 관객들의 머리 위 딱히 고정되지 않은 어느 한 지점을 가만히 응시하면서 자신의 느닷없는 격정의 반향에 귀를 기울였다. 마치 인적 없는 알프스의 호수에 대고 소리를 지르고 나서 메아리가 되돌아올 때까지 잠시 숨 죽이는 등산객처럼.

적어도 태미가 선택한 죽음의 방식에는 배려가 있었다. 응급구조사와 소방관 같은 사람들 외에는 시체를 찾아다닐 필요가 없었으니까. 태미는 허술하게나마 자살 가능성을 배제할 여지를 남겨두는 것으로 자신의 품위를 지켰다. 태미의 친구들은 아마도 태미는 자살한 게 아니라 그저 기분을 풀어보려고 달렸고 그러다가 어느 순간 차를 통제할 수 없었을 거라고, 그들이 태미를 지켜주지 못한 게 아닐 거라고, 유행처럼 번지는 트랜스 여성의 자살이 또 다른 젊고 사랑스러운 여인의 목숨을 앗아간 게 아닐 거라고 되뇔 수 있었다.

교회의 석조 정원에서 탈리아가 리즈를 끌어안으며 묻는다. "장례식이 진행되는 동안 내가 생각해낸 농담 들어볼래?"

리즈는 듣고 싶었다. 탈리아의 농담은 바로 이것이었다.

질문: 모든 배역을 트랜스로 바꾸어서 1990년대 로맨틱 코미디 영화를 다시 찍는다면 그 영화의 제목은?

정답: 네 번의 장례식과 한 번의 장례식1994년도에 제작된 영화 〈네 번의 결혼식과 한 번의 장례식〉을 빗대어 한 말.

성전환한 지 얼마 안 된 검은 벨벳 드레스 차림의 여자애가 그들 곁에 서 있다. 리즈는 그 여자애가 젠더에 관한 학술적인 글을 열심히 올리는 트위터 광임을 알아본다. 여자애는 그들의 농담을 듣고 고개를 저으며, **너무들 하네!**라고 말하고는 검은 뿔테 안경 너머로 촉촉하고 상처 입은 눈으로 그들을 쳐다본다.

리즈가 나이 카드를 꺼낸다. "뭐래." 리즈가 탈리아를 가리켰다. "태미한테 처음 주사를 놔준 게 누군데 그래? 탈리아였어. 탈리아가 엉덩이에 놔줬다고. 남이야 농담을 하건 말건 네가 뭔데 함부로 판단해?"

"다른 조문객들이 듣는 데서 할 얘긴 아니잖아." 여자애가 훌쩍인다.

"내가 더 좋은 방법을 알려줄게." 리즈가 쏘아붙인다. "네가 돌아다니면서 엿듣지만 않으면 돼."

"리즈, 난 괜찮아." 탈리아가 말하고는 다시 여자애에게 말한다. "미안."

여자애가 알았다는 듯 까딱 고개 인사를 하고, 리즈를 바라보며 눈썹을 치켜올리고 리즈도 사과해주기를 기다린다. 그러나 리즈는 사과를 거부한다. 리즈는 굳은 표정으로 여자애가 돌아서게 만든다. 망할 년. 이런 일을 리즈처럼 많이 겪어보라지. 유머 감각이 생기나 안 생기나. 결국 여자애가 자리를 떴고, 그와 거의 동시에 리즈는 불필요한 만남 속에서 괜한 원한을 산 것을 후회한다. 아기 트랜스에게 인내심을 잃다니. 연장자로서 결코 좋은 모습은 아니다.

교회 정원의 조그만 분수에서 물이 보글거린다. 물에서 상쾌한 조류藻類 냄새가 풍기고, 리즈는 이온화된 공기의 서늘함에 이끌려 분수대로 가까이 다가간다. 분수대 아래 연못 속에 동전들이 반짝인다. 동전들은 불경스러워 보인다. 교회 정원에서 동전에 대고 소원을 빌다니. 교회 안에서 얼마든지 기도할 수 있는데.

"앤디한테 들은 얘긴데," 탈리아가 리즈의 팔꿈치를 잡으며 리즈를 현재로 끌어온다. "장례식장 예약을 앤디가 했거든. 앤디가 베드 스타이에 가서 장례식장을 운영하는 여자들을 만났는데, 이브의 장례식도 치러주었던 착한 흑인 여자들이래. 장례식과 관련해서 몇 시간 의논을 하고 나서 두 여자가 앤디한테 묻더래. '저 실례지만, 혹시 태미라는 분이 트랜스 여성인가요?' 앤디가 그렇다고 했더니, 두 여자가 서로 눈짓을 주고받더니 그럼 일정을 바꾸어서 지금 당장 영안실에 가서 시신을 가져오겠다고 하더래."

"왜? 태미가 트랜스인 게 왜 문제가 되는데?"

"사고는 롱아일랜드에서 일어났는데, 아마 거기서 바로 영안실로 옮겨진 것 같아. 트랜스 여성의 시신이 들어오면 영안실 사람들이 시신을 막 찔러보고 웃고 그런다고."

너무도 신선하지만 놀랍지는 않은 분노가 리즈를 새로이 찌른다. 그런데도 리즈는 분노할 수가 없다. 그래도 이번만큼은 트랜스 여성이 아닌 다른 여성들이, 그 나름의 근심이 있을 나이 든 흑인 여성들이 죽은 트랜스 여성의 품위를 지켜줄 정도로 마음을 써주었다.

"한두 달 전에 뭔가 잘못됐다는 생각이 들었어." 탈리아가 말을 잇고, 리즈는 그것이 태미에 관한 얘기임을 깨닫는다. "캘런 로드 보건센터에 같이 가서 기다리는데 면도를 전혀 안하고 있더라고. 일 년 전만 해도 태미는 면도를 안 한 상태로자기 시신이 발견되는 건 결코 용납하지 않았을 거야. 아 씨발미안. 이런 상황에 너무 끔찍한 말이다. 트위터 공주님이 못들어서 다행이야."

리즈의 핸드폰 벨이 울리고 리즈는 묵음으로 전환하려고 핸드폰을 찾는다. 뉴욕 번호. 리즈는 탈리아를 한 번 더 끌어 안아주고 후미진 곳으로 가서 발신 번호로 전화를 건다. 장례 절차와 관련하여 잘 모르는 사람들에게서 전화가 많이 온다.

여자가 전화를 받는다. "리즈! 다시 전화해줘서 고마워요! 혹시 오늘 저녁 시간 있어요?" 잠시 침묵. "아, 카트리나예요."

"카트리나!" 그 이름, 임신, 카트리나와 얽히게 되기까지의 모든 일, 아기에 대한 갈망이 이 장례식과는 포개어지지 않는 다른 차원에서 일어나는 일처럼 느껴진다. 마치 식료품 가게에서 선생님과 부딪친 것처럼 다른 차원으로 넘어가 자신의 위치를 파악하기까지 다소 시간이 걸린다. "아, 내가 지금 장례식장에 있어요."

"어머, 미안해요. 내가 나중에 다시 걸게요."

"아뇨, 괜찮아요. 근데 무슨 일이에요?"

"리즈하고 얘기를 좀 하고 싶어서요. 아무래도 내가…… 이 얘기를 어떻게 해야 하나? 아무래도 내가 에임스를 배신한 것 같아요."

그 말에 리즈의 안테나가 카트리나 쪽으로 움직인다. "와우! 아주 드라마틱하네요. 아주 로맨틱하고요."

"아뇨, 그런 종류의 배신이 아니에요."

"그렇다면 아쉬운데요."

카트리나는 항의하는 듯한 소리를 내지만 리즈가 장난을 치는 것임을 알아차리고 호탕하게 웃는다.

"저기요." 리즈가 말한다. "전화해줘서 정말 기뻐요. 지금 내가 있는 장소가 장소이다 보니 타이밍이 좀 그렇지만요. 우린 서로에게 할 얘기가 많아요. 나도 만나고 싶어요." 리즈가 잠시 숨을 죽이며 '우리'라는 말을, 임신에 대한 책임을 느끼는 커플들이 쓰는 '우리'라는 말을 카트리나가 그냥 넘어가줄지 기다려본다. 남자들이건 여자들이건, **이제 우리에게 아이가**

340

생기는 거야라고 말한다. 마치 그들의 역할이 서로 맞바꿀 수 있고 동등한 책임감을 요구한다는 듯이. 리즈는 '우리'라는 말이 살짝 섬뜩하게 들린다는 걸 알아차리지만, 그 말을 하는 기분은 씨발 더럽게 좋다.

"그렇게 말해주니 참 좋네요." 카트리나가 진심으로 감동한 듯한 목소리로 말한다. "하지만 장례식을 방해할 순 없죠."

그러나 리즈는 뭔가 새롭고 신기한 사건의 냄새를 맡는다. 물론 오늘 밤은 친구들과 함께 보내야 마땅하겠지만, 카트리나가 에임스를 배신했다고? 카트리나가 나와 얘기를 하고 싶어한다고? 리즈에겐 자주 찾아오는 기회가 아니라 이런 기회가 오면 잡아야 한다는 걸 안다. "솔직히 내 친구라기보다는 내 친구들의 친구 장례식이에요. 난 그냥 도와주러 왔어요." 이 말은 절반의 진실이다.

"누구 장례식인데요?"

"이 동네 사는 트랜스 여자애요."

"유감이네요."

리즈는 애도의 표현으로 들릴 수 있는 **음**…… 소리를 낸 다음, 꼴사납게 보이는 것을 피하기 위해 잠시 뜸을 들인 뒤에 묻는다. "근데 배신이라니, 그게 무슨 소리에요?"

"직접 만나서 얘기해도 될까요? 내가 회사 사람들한테 에임스를 아웃팅한 거 같아요. 내가 이 방면 에티켓을 잘 몰라서요. 내가 그쪽으로 가는 게 일이 간단할 것 같아요."

리즈는 일 년 반 전에 그린포인트의 아파트로 아이리스와 함께 이사했다. 펄래스키 다리 남단에 위치한 석면 외장의 3층짜리의 건물 2층에 위치한 아파트로, 천장이 낮고 오래된 갈색 카펫이 깔려 있다. 과거 어느 한 시점에는 침실이 하나였지만, 오래전에 집주인이 가벽을 설치해서 방 세 개를 욱여넣었다. 창문 하나와 벽장 하나가 있어야 방으로 인정한다는 뉴욕 부동산 법을 억지로 맞추느라 모든 방의 모양이 이상하고 방마다 창문 한 개와 상자처럼 벽에서 튀어나온 벽장이 한 개 있다.

아이리스가 가장 큰 방을 차지했고 가장 작은 방에 마사지 테이블을 설치하고 벽을 태피스트리와 초로 장식한 다음 그곳에서 부업으로 에로틱 마사지 숍을 운영했다. 아이리스는 작년에 마약에서 손을 떼고 정신을 차리면서 마사지 강습을 들었다. 그 후로 윌리엄스버그의 어느 스파에서 일하고 있었다. 아이리스는 남자를 대디(긍정적!)와 개자식(부정적!)으로 나누고, 마사지가 끝난 뒤 그들의 행태를 자세히 설명하기를 좋아했다. 때로 아이리스는 대디들 중에 넌지시 운을 떠우는 사람들에게 자신의 아파트에서 보다 행복한 결말로 끝나는 마사지를 제안하곤 했다.

리즈는 중간 크기의 방에서 살았는데, 그 방은 한때 욕실이었다. 욕실에도 창문이 있었기 때문에 욕실도 방으로 개조했고 거실 벽장이 욕실이 되었다. 욕실에도 창문이 있어야 한다는 규정은 건물법에 없었기 때문이었다. 리즈는 매일 밤 한

때 욕실이었던 공간에서 잠을 청한다.

리즈와 탈리아는 그린포인트 지하철역 맥도날드 앞에 서서 카트리나를 기다린다. 탈리아는 오라고 하지도 않았는데 리즈를 따라왔다. 리즈가 탈리아에게 그날 밤 같이 있어주겠다고 했었기 때문이었다. 그것은 슬픔을, 그리고 동네의 모든 퀴어와 술을 마시고 싶은 탈리아의 욕구를 잠재우기 위한 모성의 작용이었다. 그것은 탈리아가 엉망진창으로 취하는 밤에 반드시 들어가는 두 가지 재료였다. 리즈가 탈리아의 삶에 주제넘게 참견하며 엄마 노릇을 한 대가로, 이제 탈리아도 리즈의 엉망진창인 삶에 대해 충고할 자격이 있다고 생각하는 것 같았다.

"그래서 이제 어떻게 할 건데?" 카트리나를 기다리는 동안 핸드폰 사진들을 넘기며 탈리아가 묻는다. "이 멋진 임산부를 아이리스의 아마추어 음란 마사지 숍으로 데려갈 참이야?"

"아마추어는 돈 안 받아." 리즈가 받아친다. "미안하지만, 나는 **프로** 마사지 숍에 살고 있다고. 어쨌든 아이리스한테 마사지 테이블은 좀 치워달라고 말했어."

"그랬더니 아이리스가 뭐래?"

"아직 답 안 왔어." 리즈가 핸드폰을 꺼낸다. "아, 아니다. 답이 왔구나, 꺼지라고. 에이미의 아기의 엄마를 위해 자기가 숨진 않겠대."

탈리아가 웃었다. "아이리스답네."

"응." 리즈가 시큰둥하게 답했다. "아이리스답지."

"아이리스가 에이미를 왜 미워했다고 했지?"

"미워하진 않았어. 그냥 에이미가 속물이라고 생각했지. 내가 에이미를 처음 만나던 날 아이리스도 같이 있었거든." 에이미와 아이리스의 불화는 어느 날 밤 에이미가 젊은 트랜스 여성들의 캔디 달링앤디 워홀의 뮤즈와 트랜스젠더 아이콘으로 유명한 미국의 트랜스젠더 배우 숭배에 대한 불만을 길게 쏟아내면서 시작되었다. 불만의 핵심에는 트랜스 여성들은 도무지 뭘 할 생각을 하지 않는다는 에이미의 평소 생각이 자리 잡고 있었다. 트랜스 여성들이 바라는 것이라고는 누군가가 자신들을 보호해주고, 관심을 가져주고, 그들을 뮤즈로 만들어주는 것뿐이라고 했다. 그러나 뮤즈는 수동적인 존재이다. 뮤즈에겐 대행사도 없고 보상도 없다. 보상은 영감을 얻기 위해 뮤즈를 이용하는 사람들이 가져간다. 뮤즈는 수입이 전혀 없다. 팩토리 걸앤디 워홀의 작업실 겸 사교장의 트랜스젠더인 홀리 우드론과 재키 커티스는 그래도 무언가를 했다. 그들은 아슬아슬한 재치, 복수심, 예측 불가능성으로 명성을 얻었다. 그들은 앤디 워홀에게 책임을 요구했다. 그러나 캔디 달링은 어떤가? 그녀는 웬 남자가 나타나 자신을 구원해주고 유명하게 만들어주기를 기다리는 흐느적거리는 무기력한 금발 여자일 뿐이었다. 웬 남자가 나타나 자신을 구원해주고 유명하게 만들어주기를 기다리고 있던 아이리스는 잠자코 에이미의 말을 들었다. 에이미가 말을 끝내자 아이리스는 냉랭한 표정으로 스커트를 걷어서 사진 수준으로 선명하게 캔디 달링의 얼굴을 문신한 허벅다리를 보여주었다.

"아니." 탈리아는 리즈의 말에 동의하지 않는다. "아이리스는 에이미를 싫어했어. 나한테 그렇게 말했거든."

"둘이서 내 욕 하지 마."

"리즈 욕은 안 했어. 에이미 욕만 했지."

바로 그때 카트리나가 지하철역에서 올라와 귀에 꽂혀 있던 이어폰을 줄을 당겨서 빼며 리즈에게 인사를 건넨다. 카트리나는 요가 바지에 전체적으로 북미 원주민의 전통문양 비슷한 문양이 있는 큼직한 스웨터를 걸치고 있다. 놀랍게도 카트니라가 리즈를 포옹한다. 카트리나의 어깨뼈가 리즈의 손바닥을 가볍게 스친다.

"이 동네 진짜 오랜만에 와보네! 〈걸스〉 여기서 촬영한 거 맞죠?"

"와우!" 탈리아가 끼어들었다. "그 영화 얘길 하다니 놀랍네요! 리즈도 〈걸스〉 엄청 좋아해요."

레나 던햄이 〈걸스〉 첫 시즌을 이곳에서 촬영하면서 그린포인트가 좋은 동네가 될 가능성은 사라졌다. 그린포인트는 대책 없는 백인 여자애들의 동네가 되어버렸다. 그것은 사실이기도 했고 인기 있는 개념이기도 했다. "내가 가장 좋아하는 드라마라고? 그 반대야." 리즈가 정정한다. "탈리아하고 인사해요. 탈리아, 이쪽은 카트리나, 카트리나, 이쪽은 탈리아." 탈리아가 카트리나에게 특유의 눈부신 미소를 지어 보인다.

가끔 리즈는 그린포인트에 살고 있는 자신의 모습이 어떻게 보일지 걱정스럽다. 브루클린에 살면서 백인이 압도적으로 많은 흔치 않은 동네에 사는 게 좋게 보일 리가 없다. 그런데도 리즈는 폴란드 사람들이 많아서 그린포인트가 좋다. 리즈의 아파트는 노스엔드의 뉴타운 호숫가에 자리 잡고 있다. 노스엔드는 브루클린과 퀸스를 구분하는 공해관리지역으로 그린포인트에서도 주로 폴란드 이민자들이 모여 사는 동네다. 윌리엄스버그와의 경계지역인 사우스그린포인트에서는 폴란드 이민자들이 무너져가는 건물들을 개발자들에게 팔고 백만장자가 되어 바르샤바로 은퇴했다. 그러나 리즈가 살고 있는 동네는 아직 굴복하지 않았다. 리즈는 폴란드 노인들 틈에서 사는 게 편안했다. 다른 동네에 사는 트랜스들은 늘 사람들의 공격성과 야유, 비방에 대해 불평했고, 괜히 남자들의 관심을 끌었다가 그들이 트랜스젠더에게 끌렸음을 깨닫는 순간 공포심에 휩싸일까 봐 항상 두려워했다. 그러나 마트에서 카트를 끌고 돌아다니는 할머니들이나 희끗희끗해진 구레나룻에 낡은 점퍼를 입고 다니는 할아버지들은 리즈를 흘긋 쳐다보는 것 이상의 수고를 하지 않는다. 그들의 그런 태도를 미국적 성인지 감수성의 반영으로 여기려는 생각은 슬라브족 특유의 무관심의 암벽에 부딪치는 순간 여지없이 무너진다. 그나마 호기심이나 친근함을 보이는 노인들은 리즈를 폴란드 사람으로 잘못 알고 폴란드어로 인사를 건네는 여자들이다. 리즈가 미안해하며 영어로 대답하는 순간 그들의 표정이 싸늘하게 닫힌다. 그린포인트는 리즈가 살았던 모든 동네 중에서 잠깐 볼일을 보러 나갈 때 화장할 필요가 없는 유일한 동네. 왜냐하면 아무도, 어떤 식으로든, 리즈에게 관심을 보이지 않기 때문이다.

"너무 오래 기다린 건 아니죠?" 카트리나가 두 여자에게 말한다. 그러나 대답을 들으려고 한 말은 아니다. 스마트폰의 시대에 지각에 대한 사과는 딱히 책임감을 느끼진 않으면서 하는 의례적인 말이 되어버렸다. 마치 멀리서 온 친구에게 날씨가 나쁜 것에 대해 사과하는 것처럼.

"아뇨." 리즈가 말하며 자신의 아파트가 있는 북쪽으로 걷는다. 카트리나와 리즈가 나란히 걷도록 탈리아가 조금 앞서 걷는다. 세 사람이 나란히 걷기에는 보도가 너무 혼잡하다.

카트리나가 리즈의 어깨 너머로 라이브 공연장 브루클린 바자를 흘긋 쳐다본다. "이 동네에 트랜스들이 많이 살아요?"

"네? 전혀요. 여기 이사 온 뒤로 몇 명 못 봤어요. 그나마도 난 모르는 사람들이에요."

그 질문이 탈리아의 관심을 끈다. 탈리아가 돌아서서 그들 쪽으로 몇 걸음 다가온다. "리즈와 아이리스는 우리 같은 트랜스들한테서 벗어나고 싶어해요."

"아, 그렇군요." 카트리나가 고개를 끄덕인다. "'트래니'라는 간판이 보여서 물었어요."

시스 여성이 할 수 있는 모든 말 중에 하필 그 말을 탈리아 앞에서 하다니! 탈리아의 우아한 몸이 사후경직 수준으로 뻣뻣하게 군다. 탈리아가 묻는다. "방금 '트래니'라고 했어요?"

카트리나가 길 건너를 가리킨다. "저기 있잖아요. 트래니."

리즈가 돌아본다. 브루클린 바자 건물의 앞쪽 벽에 아마추어가 만든 것 같은 검은색과 흰색의 그래피티 스타일 포스터에, 단 하나의 거대한 단어가 적혀 있다. 트래니.

리즈는 이해가 가지 않았다. 리즈와 탈리아는 이제 막 장례식에 참석하고 오는 길이었다. 그녀가 기가 차서 입을 쩍 벌리고 서 있는 지금도, 반 트랜스젠더 법안이 여러 주의 상원에서 논의되고 있다. 〈뉴욕타임스〉〈뉴요커〉〈뉴욕〉과 같은 진보적인 매체들도 보수층 인사들의 반 트랜스 논설을 게재한다. 매체의 편집자들은 비굴하게 손을 비비면서 '균형'이 필요하다거나 '과학적 검증을 기다려보자'고 답한다. 급진적 페미니스트들과 기독교 근본주의자들이 담합해서 트랜스 여성들은 전부 다 소아성애자라며, 그런 야수들을 아이들이나 여성들의 공간에 들여서는 안 된다고 주장한다. 살해당하는 트랜스 여성들의 숫자는 해마다 늘어가고 있다. 주로 유색인종이다. 그 경우 그 자신의 부고에서조차 성별을 잘못 기재하는 경우가 범인이 밝혀진 경우보다 많다.

그러나 그 모든 것이 리즈와는 거리가 먼 일이었다. 그 모든 것과 거리가 멀어서 이곳 그린포인트에 살고 있었다. 그런 얘기는 인터넷에서나 떠도는 소식들이었다. 길을 걷다 우연히 마주치는 일이 아니었다. 리즈는 비슷한 포스터를 하나 더 발견한다. 트래니. 다만 이번에는 흐릿한 얼굴과 날짜가 적혀 있다. 리즈는 문득 그 포스터들이 무엇을 알리고자 하는지를 깨닫는다. '어게인스트 미!'라는 펑크 밴드의 트랜스젠더 리드 싱어 로라 제인 그레이스가 《트래니》라는 제목의 회고록을 출간했고 그 책을 홍보하기 위해 투어를 하고 있었다.

리즈는 갑자기 분노가 치민다. 부유한 트랜스 년들 같으니라고. 그들은 수만, 수십만, 수백만 달러의 재산의 보호를 받으며 성전환을 해서 길거리에서 '트래니'라는 말을 들어본 적도 없었을 테고, 그래서 이렇게 길거리에 '트래니'라는 말을 버젓이 써놓고 자신의 불량함을 자축할 수 있는 개자식들이다. 마치 가엾은 사람들이 근근이 생계를 이어가는 동네에서 오늘날의 정치적 풍토가 두려워 더 이상은 벽에 **유대인 놈들, 호모 새끼들**이라고 낙서를 하거나, 올가미를 만들어 걸어놓거나, 스와스티카를 그려놓는 일 따위는 일어나지 않는다는 듯이.

카트리나가 리즈와 탈리아를 번갈아 쳐다보고, 자신이 판독 불가능한 작은 드라마가 펼쳐지고 있음을 감지한다.

"회고록 제목인가 봐." 리즈가 말하며 애써 어깨를 으쓱한다. "로라 제인 그레이스." 여전히 포스터를 이해하지 못한 것이 분명한 탈리아를 쳐다보며 리즈가 덧붙인다.

"아, 그렇구나." 탈리아의 몸에서 긴장이 풀린다. "하여간 참 거슬려. 저 여자도 저 여자가 부르는 트랜스젠더 블루스도." 탈리아는 트랜스젠더의 '젠'에 강세를 주어 조롱하듯 그 단어를 내뱉는다.

"누군데요?" 카트리나가 묻는다.

"트랜스젠더 펑크 가수."

카트리나가 잠시 망설이다가, 그냥 말해버리기로 한다.
"저 포스터를 가리켜서 미안해요. 이게 민감한 주제인 줄 몰랐
어요."

"괜찮아요." 리즈가 말한다. "탈리아와 내가 오늘 좀 예민
해서 그래요. 어쨌든 카트리나 잘못은 아니잖아요. 광고는 보
라고 있는 거니까. 좀 생각을 하고 만들었어야 하는데."

긴장이 잦아드는 것에 안도하며 카트리나가 살짝 고개를
끄덕인다. "마케팅 일을 하는 사람으로서 말하는데, 나라면 저
렇게 안 했을 거예요. 독자의 상당수가 트랜스라는 걸 염두에
두었어야죠. 트랜스 여성이 저 책을 사는 걸 상상할 수 있어
요? 저런 책을 지하철에서 읽을 수 있을까요? 마치 꼬리표를
들고 다니는 셈이잖아요. 아니면 서점에 가서, '저 혹시 《트래
니》라는 책 있어요?'라고 물을 수 있을까요?"

그 말에 리즈는 카트리나에게 예상하지 못했던 강한 애정
을 느낀다. 카트리나는 트랜스 여성이 그 회고록을 사서 읽으
면서 어떤 기분일지를 상상해보고 있었다. 그것은 곧 카트리
나가 리즈 자신보다 서너 칸 더 공감의 계단을 내려갔다는 뜻
이다.

아파트에 들어서니 아이리스가 팬티와 탱크탑만 입고 주
방 카운터의 간이의자에 앉아 얼음을 넣은 화이트와인을 마시
고 있다. 그래도 최소한의 예의를 지키기 위해 카트리나가 오

기 전에 주요부위는 가렸다. 아이리스는 장례식에 대해 탈리아에게 캐물었다. 누가 왔는지, 무슨 대화가 오갔는지. 아이리스는 오랜 세월 자신이 작성해온 인간쓰레기 명단에 이름을 올린 가엾은 사람들을 무참히 짓밟는 데에 자신이 포기한 영문학 학위를 활용했다. 아이리스의 문학적 소양은 오직 남을 비방할 때에만 발휘되었다. **이런 트루바다 난봉꾼 같으니라고! 웩, 재정 자문을 받는 창녀는 도저히 못 참아! 그 개자식의 의견을 듣는 건 일종의 자해야. 걔? 걔 완전 스타벅스 같은 애야. 어떤 멍청이라도 가서 즐길 수 있고, 두 시간 뒤에는 싹 잊을 수 있는.** 인신공격은 아이리스 버전의 애도라고 말할 수 있다. 아이리스와 탈리아는 카트리나에게 무관심한 척하면서 카트리나를 위해 일종의 공연을 펼치고 있다. 대체 저런 에너지는 어디서 나오는 걸까. 그러다가 어느 순간 탈리아가 무대의 주도권을 되찾고 늘 하던 대로 하소연을 시작하자, 리즈는 호기심 어린 표정으로 대놓고 카트리나를 쳐다보는 아이리스를 본다.

마침내 아이리스는 도저히 더 이상은 참지 못하고 직접적이면서도 간접적으로 카트리나에게 말을 건다. "나도 내 부하직원하고 사귈 수 있었으면!"

카트리나가 아이리스의 암시를 알아듣고 얼굴을 찌푸린다. "그러지 말아요. 나 리즈 룸메이트고 에이미를 리즈만큼이나 오래 알았어요. 리즈가 나 말고 누구한테 이런 얘길 하겠어요?"

그 순간 리즈는 생각한다. 대체 왜, 아이리스를 목 졸라

죽일 수도 있었던 수천 번의 기회를 그렇게 흘려보냈을까.

그러나 카트리나는 거의 곧바로 냉정을 되찾는다. 놀라운 일이다. 예전에 리즈가 손님을 데려오면, 아마도 드래그사회가 규정하는 성별의 정의에서 벗어나 과장된 메이크업과 퍼포먼스로 자신을 표현하는 행위를 너무 많이 본 사람들이, 아이리스의 그런 태도를 보고 자신도 똑같이 해도 된다고 생각하는 실수를 저지른다. 그러나 그들이 아이리스에게 똑같은 태도를 취하는 순간 아이리스는 곧바로 심각해지고, 침입자는 한 발 늦게 애써 태연한 척하며 혼자 웅얼거리곤 한다.

"내가 여기 왜 왔는지도 리즈가 얘기하던가요?" 카트리나가 묻는다.

"아뇨……." 아이리스가 열심히 듣겠다는 듯 팬터마임 연기처럼 주먹을 턱 밑에 괸다. "얘기해보세요."

"아이리스한테 얘기할 필요 없어요." 리즈가 카트리나에게 말한다.

"어떻게 그런 말을!" 아이리스가 말한다. 그러나 자세를 바꾸진 않는다.

"세상에, 저 모습 좀 봐!" 탈리아가 아이리스를 두고 말한다. "마치 개가 음식 냄새를 맡고 구걸하는 자세로 얼어붙은 것 같네."

"너까지 왜 그래!" 아이리스가 다시 한번 말하면서도 자세는 조금도 흐트러지지 않는다.

"네가 못 듣게 카트리나 데리고 방으로 들어갈 거야." 리

352

즈가 선언한다.

"실은," 카트리나가 말한다. "다양한 의견을 들어보는 게 좋을 것 같아요. 트랜스 에티켓에 관한 조언을 들으러 왔는데, 마침 이렇게 모여 있으니까."

카트리나가 주방을 빙 두르듯 손짓한다. 아이리스가 고소해하며 리즈에게 혀를 내민다.

"난 에이미를 몰라요." 카트리나가 말을 잇는다. "트랜스였던 에이미도 모르고, 트랜스가 되기 이전의 에임스에 대해서도 몰라요."

"제임스." 아이리스가 말한다.

"네?"

"그땐 이름이 제임스였어요. 그다음엔 에이미. 그다음엔 에임스. 본래 이름으로 다시 돌아가지 않았어요. 환원 이후 다시 제임스로 돌아가는 건 좀 그랬나 봐요. 그래서 J를 버리고 에임스가 된 거죠."

카트리나가 사실이냐고 묻는 듯 리즈를 쳐다보자 리즈가 살짝 고개를 끄덕이는 것으로 사실을 확인해준다.

"이름을 짓는 방식이 심리학적으로 너무 경솔해요." 아이리스가 투덜거리며 말한다. 경솔함의 극치를 표현하기 위해 '경솔'이라는 말을 강조하면서. "자신의 사적인 문제들을 창틀에 한 줄로 세워놓는 식이잖아요."

"봐요, 이건 좋은 일이에요!" 카트리나가 말한다. "내가 에임스한테서 결코 들을 수 없는 얘기들이잖아요."

"잠깐만요." 리즈는 아이리스가 식탁에 놓아둔 빨대를 들어 카트리나를 가리킨다. "오늘 밤 에이미의 실체에 대해 얘기하려던 사람은 당신 아니었어요?"

전 직원이 참석하는 월요일 주간 회의에서, 직급에 비해 나이가 어린 남부 출신의 인사팀장 캐리가 회사의 화장실 운영방침에 변화가 있을 거라고 통보했다. 캐리는 '화이트white' 혹은 '휠wheel'의 H를 강하게 발음하는 타입의 남부 출신 여성으로, 정치적인 소신보다는 알 수 없는 집안 전통 때문에 민주당을 지지했으며, 열일곱 살에 동성애와는 전혀 상관없는 커밍아웃과거 미국 남부에서 상류층 여성들이 정식으로 사교계에 데뷔하는 파티를 '커밍아웃 파티'라고 불렀다으로 사교계에 처음 데뷔했다. "이번 주에 최종적으로 변경된 사항에 대해 말씀드리겠습니다." 회의 마지막에 그녀가 말했다. "저의 고향 노스캐롤라이나 주에서는 트랜스젠더가 새로 취득한 성별의 화장실을 이용하는 것을 금하고 있습니다. 저는 개인적으로 그 점을 무척 수치스럽게 생각하고 있습니다." 그녀는 효과를 극대화시키기 위해 잠시 슬픔을 암시하는 뜸을 들였다. "그래서 페리윙클 회의실 맞은편에 있는 조그만 화장실을 모든 성 중립 화장실로 지정했음을 기쁜 마음으로 알려드립니다." 캐리는 자기 자신의 발표에 스스로 박수를 쳤고 회의는 끝났다. 에임스는 그날 회의에 참석하지 않았고 업무로 돌아간 뒤 카트리나는 화장실 문제를 잊고 있었다.

그러나 카트리나가 점심을 먹으러 나갈 채비를 하는데, 캐리가 열려 있는 사무실 문을 두드리고는 방해해서 미안하다고, 잠깐 얘기를 나눌 수 있냐고 물었다. 캐리는 워낙 성격이 조심스러워서 요점을 말하기까지 시간이 꽤 걸렸다. 캐리는 아래층에 성 중립 화장실이 하나로 충분하다고 생각하는지에 관한 카트리나의 생각을 궁금해했다.

"모르겠는데요." 당혹스러워하며 카트리나가 말했다.

"하지만 그 여직원이 카트리나의 부하직원이잖아요. 그래서 어쩌면 그런 얘기를 나누었을 수도⋯⋯." 캐리가 말했다.

"네?" 카트리나가 캐리의 말을 잘랐다.

"에임스 말이에요. 에임스의 상관이 카트리나잖아요."

"에임스는 여직원이 아니에요."

"물론 아니죠. 저도 알아요." 캐리가 서둘러서 덧붙인다. "죄송합니다. 실은 그 사실이 밝혀진 이후로 사람들이 자꾸 물어서요. 화장실은 어떻게 되는 거냐고."

"캐리." 카트리나가 조심스럽게 말했다. "그 사실이 밝혀졌다는 게 정확히 어떤 의미인지 말해봐요. 사람들이 무슨 얘길 한다고요?"

"그게요." 캐리가 말하고는, 스커트의 주름을 펴고 달래는 듯한 태도를 버렸다. "듣기로는, 지난번 출장 때, 카트리나가 데이브 에틴스와 로널드 스넬링에게 에임스가 과거에 여자였다고 말했다면서요. 에임스도 인정했고요. 애비가 데이브의 프로젝트 매니저라, 데이브가 에이미한테 얘기했나 봐요. 그래서 회사에 다 소문이 났어요. 저는 모두를 위해 되도록 품위 있게 이 사안에 대처하려고 해요. 이건 회사를 위해서이기도 하지만 에임스를 위해서이기도 해요."

카트리나가 신음하며 두 손에 얼굴을 파묻었다.

캐리는 카트리나의 무례한 반응에도 아랑곳없이 계속 말을 이었다. "어쨌든 성 중립 화장실을 설치하는 건 좋은 방침이라고 생각해요. 하지만 에임스가 카트리나의 직속 부하직원이니, 우리 층에도 그런 화장실을 설치하는 게 좋을지 좀 알아봐주세요. 제가 생각하고 있는 방안은—"

"캐리." 카트리나가 다시 그녀의 말을 자른다. "에임스는 여자가 아니에요."

"아니죠, 저도 압니다." 캐리가 그녀를 안심시킨다. "알아요. 그 여자가 남자라는 거."

마치 스스로를 설득하듯 캐리가 고개를 끄덕이는 방식을 보는 순간, 카트리나는 직관적으로 뭔가 잘못되었다는 생각이 들었다. "잠깐, 사람들이 정확히 뭐라고 얘기하던가요?"

캐리가 살짝 얼굴을 찌푸렸다. "에임스가 원래는 여자였다고요. 지금은 트랜스젠더 남성이고요."

"아 씨발." 카트리나가 의자 뒤로 몸을 기대고 드롭패널 천장을 보았다. "이러지 말아요. 카트리나! 에임스는 잘 지내고 있어요! 회사 내에서 아무도 문제 삼지 않는다고요. 난 에임스를 도우려는 것뿐이에요. 우리 회사에는 아직 트랜스젠더 사원에 대한 방침이 없어요. 지금이라도 방침을 제대로……."

카트리나가 가장 먼저 느낀 충동은 에임스에게 전화하는 것이었다. 그러나 이 상황은 두 사람 모두에게 굴욕적이었다. 이런 상황에서 그를 대면할 수는 없었다. 그래서 카트리나는 리즈에게 전화를 걸었다.

"그러니까," 아이리스가 키득거리며 말한다. "회사 사람들은 에임스가 애초에 여자로 태어났다고 생각하는 거예요? 여자에서 남자로 성전환했다고?"

"네." 카트리나가 한숨을 쉬며 말한다. "내가 알기로는 그래요."

리즈는 필요 이상으로 이 상황을 즐기고 있다. "우리가 과연 그 사람들을 비난할 수 있을까요? 너무 예쁜 남자인 건 사실이잖아요. 레이저 시술을 받아서 턱수염이 아직 자라지도 않았고, 그 앙증맞은 코가 부러진 뒤에도 여전히 트랜스 남성으로 보기가 쉽죠."

"에이미 키가 별로 안 크지?" 탈리아가 묻는다. "난 사진으로만 봐서." 이 방 안에 있는 모든 여성은 자신의 몸에 대한 그들만의 불만이 있고 그 불만을 기준으로 다른 사람의 외모를 평가할 수밖에 없다. 키가 188센티미터인 탈리아의 불만은 키이다.

"아마 175? 아니면 176?" 아이리스가 말한다.

"트랜스 남성의 키로는 완벽하네."

"하긴 넌 트랜스 남성들을 실제로 알잖아." 아이리스가 탈리아의 말을 정정한다.

리즈는 웃음이 터지려는 것을 참는다. 얘기가 너무 재미있어진다. "맞아, 탈리아는 진짜 사나이를 볼 줄 알아. 시스들은 수염 달린 기네스 펠트로를 찾아다니지만."

"다시 말해서, 시스들은 에이미를 찾아다니지." 아이리스도 리즈만큼이나 이 상황이 재미있다.

카트리나가 새로운 사실에 흥미를 느낀다. "진짜 사나이?"

"네." 세 여자가 동시에 답한다.

"진짜 남자다운 남자를 원한다면," 아이리스가 조언한다. "트랜스 남성을 만나세요. 장담하는데, 그 사람들이야말로 뭘 바라서가 아니라 진짜 그리고 싶어서 남자답게 행동하는 유일한 사람들이거든요."

"흠." 카트리나가 말한다. 카트리나의 성 정체성의 돛이 새로운 가능성으로 부풀어 오른다.

"탈리아는 FTM4MTF 로맨스여성에서 남성으로 성전환한 자Female To Male와 남성에서 여성으로 성전환한 자Male To Female의 로맨스를 좋아해요." 아이리스가 탈리아를 놀리듯이 말한다. "탈리아에겐 늘 껄떡거리는 남자애가 있어요. 지금은 **댄서**하고 사귀어요."

"진짜? 너 나한텐 왜 얘기 안 했어?" 탈리아의 연애에 대해 아이리스는 알고 자신은 모른다는 사실이 리즈는 서운하다. "사진 보여줘!"

"오늘 밤엔 내 얘기 하려고 모인 거 아니잖아." 탈리아가 쏘아붙인다.

"알았어." 리즈가 살짝 상한 기분을 숨기기 위해 다시 카트리나에게 주의를 돌린다. "그래서 어떤 조언을 원하는데요?"

"나도 모르겠어요." 카트리나가 잠시 멈추고 말을 고른다. "규칙이 있지 않을까 생각했어요. 트랜스를 아웃팅했을 때 어떻게 해야 하는지 구글을 찾아봤어요. 그 문제에 관한 페미니즘 블로그들도 읽었고요. 엄격한 규칙이 있더라고요. 첫 번째 규칙은 절대 아웃팅하지 말라는 거였어요."

"맞아요." 아이리스가 말한다. "아주 좋은 규칙이죠."

"그래서 내가 찾아와서 내 죄를 고백하면 당신이," 카트리나가 턱 끝으로 리즈를 가리키며 말한다. "내가 어떻게 해야 할지 알려줄 거라고 생각했어요."

'고백'이라는 말이 리즈를 놀라게 한다. "난 신부가 아니에요, 카트리나! 죄를 용서받으려면 트랜스젠더 성모송을 열 번 하라고 말해줄 수는 없어요."

가장 시끄럽고 가장 날카로운 트랜스들만 목소리를 낼 때, 그들이 시스들을 야단치고 시중에 떠도는 트랜스학 개론을 설파할 때, 바로 이런 현상이 벌어진다. 그들은 시스들이 트랜스들의 심기를 건드리지 않으려면 신비로운 의식으로 가득 찬 비밀 안내서를 입수해서, 거기서 시키는 대로 해야 한다고 믿게 한다. 그저 다른 사람들을 존중하듯 트랜스들을 존중하면 될 일인데. 그러다 보니 어떤 여자는 즉석에서 트랜스젠더 표본 집단을 구성한 다음 트랜스가 아닌 사람들의 문제였

359

다면 당연히 알았을 대처방법에 대해 자문을 구하고, 또 어떤 여자는 에임스 자신이 원했을 직접적이고 예의 바른 태도로 그에게 직접 물어볼 수가 없어서 성 중립 화장실 문제를 엄한 데서 떠들고 다닌다.

"맞아요. 그건 아니죠." 카트리나가 말한다. "내가 좀 경솔했네요. 진지하게 물을게요. 성전환 환원도 성전환과 똑같은 방식으로 존중해주어야 하나요?"

이것은 세 트랜스 여성 사이에 격한 논쟁을 일으킬 주제다. 아이리스는 '그럼, 당연하지'의 입장을 고수한다. 탈리아는 동의하지만, 시스들을 포함하여 모두가 자신의 젠더를 속이고 있기 때문에, 사람들에게 자신의 젠더를 진지하게 생각해보게 하는 방법은 모두의 젠더를 똑같이 존중하지 않는 것뿐이라고 말한다. 리즈는 평등의 원칙에 동의한다고 말하지만, 사실 리즈는 다양한 젠더를 존중하면서 오직 에임스의 현재 젠더만 존중하지 않고 있다.

리즈는 마음속 깊은 곳에서 에임스를 남자로 생각하지 않는다. 리즈는 에이미의 환원을 있는 그대로 받아들일 수가 없다. 환원 이전에도 에이미는 얼마나 여러 번 남성성을 방어막으로 사용했던가? 두 사람의 관계 초기에 리즈는 그것을 감지해내는 방법을 터득했다. 남자 대학생 시절의 흔적을 얼마나 자주 수면 밖으로 끌어내느냐를 보면 그의 불안이 어느 정도인지 간파할 수 있었다. 그런 순간이면 에이미는 활기를 잃었고, 리즈는 에이미가 남성성의 철갑을 둘러 감각에 무뎌진 상태임을 알았다.

　남성성은 늘 에이미를 무감각 상태로 만들었다. 전환 초기에 에이미는 그 무감각에서 벗어났다. 리즈와 함께 에이미는 눈부시도록 아름답게 존재했고 현재에 머물렀으며 깨질 듯 섬세했다.

　에이미는 무감각을 완전히 버리진 않았다. 그리고 훗날 그것을 쓸모 있는 도구로 활용할 수 있음을 알게 되었다. 섹스에 탁월한 능력을 지닌 아이리스는 해리^{解離}를 똑같은 방식으로 얘기했다. 해리야말로 평범한 사람들이 모든 감각에 굴복하며 실패할 때, 영웅적으로 승리할 수 있게 해주는 초인적인 힘이라고. 그러나 리즈는 그런 분석을 믿지 않았다. 해리를 방어기제가 아닌 초인적인 힘으로 둔갑시키는 독단적이고도 급진적인 논리적 비약을 이해할 수 없었다.

　에이미의 벽장 속 깊숙한 곳에는, 상징으로서의 벽장이 아니라 두 사람이 함께 살 때 실제로 함께 사용했던 그 벽장 속 깊숙한 곳에는, 짙은 검은색 방모원단을 고전적인 스타일로 슬림하게 재단한 근사한 제냐이탈리아 명품 브랜드 수트가 한 벌 있었다. 에이미는 대학 졸업반이었을 때 그 수트를 샀다. 에이미는 중고 매장에 걸려 있던 수트를 입어보았는데 수선이 전혀 필요하지 않았고 자신에게서 〈저수지의 개들〉의 주인공의 모습을 보았다. 성전환 이후 남자 옷을 정리할 때에도 에이미는 그 수트를 남겨두었고, 생존을 허락했으며, 손이 닿지 않은 옷장 안쪽 깊숙한 곳에서의 은밀한 삶을 묵인했다. 리즈는 감상적인 기념품으로 수트를 남겨두는 것은 얼마든지 이해할 수 있었다. 그러나 드물게나마 집에 돌아왔을 때 에이미가 실제로 그 옷을 입고 있는 것을 발견하곤 했다. 그럴 때면 에이미는 말라뮤트 같은 눈으로 먼 곳을 바라보면서 퇴폐적이고 중성적인 제임스 본드의 분위기를 풍겼다.

일반적인 수트이건 특정한 수트이건, 리즈는 이런 향수에 젖은 남장을 용납할 수 없었다. 그런데도 수트를 입은 에이미에게 경외심이 드는 것은 어쩔 수가 없었다. 단지 그 수트를 입었을 뿐인데 에이미는 누구도 해칠 수 없는 철벽남이 되었다. 그러나 다음날이 되면, 리즈는 반드시 에이미가 멋쩍어하고 부끄러워하게 만들었다. 마치 전날 밤 엉망으로 취했던 친구에게 분노 섞인 경외심을 느꼈을 때처럼.

에이미의 환원은 리즈가 도달할 수 없는 저 멀리 어딘가에서 에이미가 서서히 무감각해져가는 과정이었다. 에이미는 리즈가 만질 수도 상처를 줄 수도 없는 어딘가에 있었다. **이건 젠더의 문제가 아니야.** 리즈의 죄책감은 주장하곤 한다. **고통의 문제야.** 고통은 보살핌을 받아 마땅하지만, 맹목적 평등주의적 상대주의는 그렇지 않다.

카트리나와 리즈는 아파트 비상계단의 검은색 철판 위에 책상다리를 하고 앉아 있다. 아파트의 발코니 겸 앞마당 용도로 사용되는 가로세로 5미터 6미터 정도의 아담한 공간으로, 철판 바닥에 인공 잔디를 깔아놓았다. 탈리아가 아이리스에게 마사지를 해달라고 졸라서 두 사람만 남게 되었다. 조금 전에 잠깐 쏟아진 폭우가 보도의 움푹한 콘크리트 사각형에 고여 완벽한 네모 웅덩이를 만들었다. 엄마가 어린 딸의 손을 잡고 서둘러 걷고 있다. 갈색 머리를 하나로 땋고 조그만 빨간 장화를 신은 아이는 웅덩이 앞에서 엄마의 손을 놓고 발을 구르며 작은 물보라를 일으킨다. 엄마가 아이의 이름을 부른다. "조제파, 안 돼, 그만해. 늦었단 말이야." 아이는 엄마 말을 무시하고 다시 발을 구른다. 리즈는 엄마가 화내기를 기다린다. 그러나 엄마는 화가 나지 않는다. 오히려 핸드폰을 꺼내더니 무릎을 꿇고 앉으며 말한다. "좋아. 우리 영상 찍자." 어린아이가 펄쩍펄쩍 뛰고, 물을 튀기고, 웅덩이에 거리의 불빛이 반짝이고, 그동안 엄마가 아이를 찍으며 말한다. "좋아, 잠깐 한 번만 더. 자, 지금 뛰어봐 아가. 좋아! 잘했어! 이제 엄마를 봐!"

리즈와 카트리나는 말없이 그들을 본다. 그 순간이 마치 캐러멜처럼 길게 늘어난다. 두 사람은 거의 숨을 쉬지 않는다. 지상에서 두 층 위에 있는 그들의 어두운 그림자는 마치 눈앞의 광경에 얼어붙은 맹금처럼 숨조차 쉬지 않는다. 엄마는 여전히 무릎을 꿇고 앉아 딸에게 영상을 보여준다. 핸드폰의 불빛이 가까운 과거에 조그만 소리로 깔깔거리는 자신을 바라보는 여자아이의 환한 얼굴을 비춘다. 일어나서 걷는 두 사람은 한결 가벼워 보인다. 여자는 더 이상 딸을 잡아끌지 않는다. 트럭 한 대가 요란하게 방귀를 뀌며 펄래스키 다리를 건너 모퉁이를 돌자 리즈가 숨을 내쉰다.

"와우." 리즈가 말한다.

"그러게요."

"내겐 가슴 아픈 광경이네요."

"난 그 광경을 보고 있는 당신 모습이 가슴 아파요."

"고맙다고 말해야 할 거 같아요."

카트리나가 코를 훌쩍이며 숄을 두른다. "이제 어쩌죠?"

리즈에게 교묘한 술수들이 떠올랐지만 떠오른 그 순간 바로 사라진다. 리즈는 머리를 건물의 처마 쪽으로 기댄다. 체념의 파도가 밀려든다. 에임스에 대해 더 이상 생각할 것도 없고 충고할 것도 없다. "글쎄요, 카트리나. 나라면 다른 사람이 말하기 전에 내가 아웃팅했다고 에임스에게 말하겠어요. 젠더에 관한 소동이라면 아마 처음은 아닐 거예요."

"아기를 말한 거였어요. 그건 우리 두 사람의 일일 수도 있잖아요."

리즈는 옳은 말을 하고 싶지만 그게 무언지 알 수 없어서, 그저 카트리나가 말을 잇기를 기다린다.

"당신 친구들, 아이리스와 탈리아 말이에요. 당신이 옷 갈아입으러 들어갔을 때, 나한테 난리를 치던데요. 당신이 얼마나 좋은 엄마가 될 수 있는 사람인지 얘기했어요."

"아, 그래서 그랬군요. 어쩐지 내가 돌아왔을 때 너무 이상하게 굴더라니."

"이 상황에서 당신의 자리를 원하는지 묻는 거예요."

"네." 리즈가 대답했다. "자리를 원해요. 하지만 내 자리를 싫어하게 될 것 같아서 두려워요."

"당신도 엄마가 되지 말라는 법은 없어요."

리즈가 고개를 끄덕인다. 다시 말을 잇는 카트리나와 차마 눈을 맞추지 못한다. "이런 엄마도 있고 저런 엄마도 있는 거잖아요. 내가 아는 트랜스 여성이 있는데, 성전환하기 전에 두 딸이 있었어요. 지금은 네 살 여섯 살이에요. 그 애들이 자기 엄마들을 어떻게 부르는지 알아요?" 대답을 기대한 질문이 아닌 것이 분명하다.

리즈가 말을 잇는다. "엄마와 루시 엄마. 루시 엄마가 트랜스예요. 수식어가 필요한 엄마죠. 그냥 엄마가 아니라. 아이를 임신했던 생물학적 엄마와 일종의 아빠, 그리고 그 아빠의 트랜스인 전 여자친구 세 사람이 있다면, 그 세 사람 중에 수식어가 필요하지 않은 엄마는 누구일까요?"

"셋 다이거나, 아니면 셋 다 아니라는 건가요?"

"나는 조건을 제시할 입장이 아니에요. 당신이 제시해야죠."

카트리나가 손을 뻗어 리즈의 손목을 잡는다. 전혀 다정하지 않다. 카트리나는 리즈의 손을 더듬거리며 양손으로 잡은 다음 자신의 가슴에 댄다. 친밀한 동작이지만, 카트리나가 입을 열었을 때 그녀의 목소리는 상처 입고 화가 난 것 같다. "이 상황이 부당하다고 여기는 사람이 당신 혼자뿐인 거 같아요? 난 부당한 대우를 받고 있는 게 아닌 거 같아요? 기대가 실망으로 변한 게 당신뿐인 거 같아요? 임신 사실을 알게 되었을 때, 난 원하는 걸 얻었다고 생각했어요. 믿을 수 있는 남자와 아기. 하지만 알고 보니 전혀 그런 상황이 아니더군요. 나도 어떻게든 헤쳐나가려고 애쓰는 거예요."

셔츠 위로 느껴지는 카트리나의 가슴이 리즈의 손에 뜨겁게 느껴진다. "당신이 무슨 말을 하건, 내 지위가 당신보다 낮아요." 리즈가 말한다.

"말해봐요. 임신했다는 이유로 내가 미운 거예요?"

"네."

카트리나가 리즈의 손을 놓는다.

"그럴 줄 알았어요."

"질투 나요. 엄청 질투 나요. 그리고 분하고요."

"난 당신에게 뭔가가 될 수 있는 방법을, 아니면 당신과 함께 무언가가 될 수 있는 방법을 찾고 싶어요." 카트리나는 더 적극적인 주장을 펼칠 듯한 표정이었지만 이내 한풀 꺾인 목소리로 말을 잇는다. "그런데 당신이 계속 날 미워하고 질투한다면 뭘 할 수 있을지 모르겠어요. 임신이라는 게 당신이 생각하는 것처럼 신비롭기만 한 일은 아니에요."

리즈가 어이없다는 듯 눈을 위로 치켜뜬다. 시스 여성들은 항상 자신의 출산 능력에 대해 불평한다. 속으로는 소중히 여기면서. 자궁절제술은 어디서나 받을 수 있는데, 아이를 원하지 않는다는 여성들도 그 수술을 받으려고 줄을 서진 않는다.

두 사람의 아래쪽 물웅덩이가 바람에 흔들린다. 다시 입을 열었을 때 리즈는 직접적으로 말하진 않는다. "레이건이 대통령이었던 시절, 대마초는 헤로인 같은 강한 마약으로 가는 관문이라는 말이 돌았어요. 나는 질에 대해 그런 기분을 느껴요. 질은 일종의 관문 마약이에요. 한때 나는 수술을 받고 싶었어요. 하지만 그 관문을 통과한다면 이번엔 자궁을 원했겠죠. 자궁의 관문을 통과하면, 결국엔 그 자궁에 아기를 갖고 싶겠죠. 내 말이 당신한테 어떻게 들릴지 알아요. 당신은 지금 내가 가장 간절히 원하는 것이 다른 여자의 장기를 쇼핑하는 것인 양 말하고 있어요. 내 상황에 대해 거짓말을 할 순 없어요. 내가 아기를 갖고 싶으면, 다른 여자의 몸을 빌릴 수밖에 없다고요. 그게 어떤 기분인지는 생각해봤어요? 여자가 되기 위해 내 모든 걸 주었는데, 지금 다른 여자에게서 무언가를 받는 얘기를 하고 있잖아요. 내 처지가 참 쏩쓸하고, 쏩쓸하고, 쏩쓸해요."

카트리나가 잠시 침묵하다가 묻는다. "왜 그런 단어를 써요? '주었다' '받았다'? 난 당신에게 뭘 **주겠다고** 제안하는 게 아니에요. 나와 함께해보자고, 함께 책임지고 함께 노력해보자고 당신을 초대하는 거예요. 나는 아기를 주고받는 대상으로 여기지 않아요. 그리고 당신도 그렇게 생각하진 않을 거라고 생각해요. 가족은 그런 식으로 돌아가는 게 아니잖아요." 카트리나가 엄마와 딸이 있던 보도를 가리킨다. "저런 광경을 보면 내 마음은 아프지 않을 거 같아요? 저건 당신이 만들어가는 광경이지 다른 사람한테서 빼앗아 오는 광경이 아니에요. 저게 내가 사람들과 함께 만들고 싶은 광경이에요. 아이들과 엄마들과 함께."

리즈가 입술을 깨문다. 마치 카트리나의 말이 씁쓸한 무언가를 건드렸다는 듯이. "방금 내가 장례식에 다녀왔다는 거 기억해요? 난 인생의 반 이상을 이러고 살았어요. 트랜스 여성들의 미래가 어떤지 잘 안다고요. 내 말 믿어요. 엄마는 오직 한 명밖에 없어요. 당신도 알게 될 거예요. 엄마의 몸을 가진 사람만이 엄마가 될 거예요."

카트리나가 입을 벌린다. 그리고 갑자기 웃음을 터뜨린다. "이 상황에서 좀 더 유연하게 생각해보자고 말하는 사람이 나라는 걸 믿을 수 없네요. 어쩌면 당신이 세상을 바라보는 방식이 잘못된 건 아닐까요? 당신은 세상이 돌아가는 방식에 대해, 어떻게 행동해야 하는지에 대해 확신이 있어요. 하지만 당신의 방식은 결국 장례식으로 끝나잖아요. 피할 수 없는 일이라고 말하는 대신, 씨발 도전을 한번 해봐요. 왜냐하면 어쩌면 난 그럴 준비가 된 것 같거든요. 당신에게 주어진 기회들, 나와 함께 잡을 수 있는 기회들을 인정하고, 원한다면 엄마가 한번 되어보는 거예요. 몇 주 뒤에 의사가 초기 검진을 받으러 오라고 연락할 거예요. 초음파 진료를 예약해서 아기 심장 소리를 들어볼까 해요. 당신도 같이 가는 게 어때요?"

8
장

임신 삼 년 전

　에이미는 아이폰 위치 공유 서비스 때문에 괴로운 한 주를 보냈다. 어느 날 에이미와 리즈는 공원에서 서로를 찾기 위해 추적기를 켰는데 그날 이후 끄는 것을 잊고 계속 켜두었다. 리즈가 스탠리와의 일을 고백하고 나서 리즈는 위치 공유 서비스를 다시 켰다. 초 단위로 위치 알림이 떴다. 리즈가 맨해튼에 일하러 간다고 했을 때, 리즈의 R이 적힌 흰 동그라미가 애플 지도 위에서 윌리엄스버그로 향했다. 윌리엄스버그는 리즈가 피하고 싶은 동네라고 투덜거렸던 동네였다. 윌리엄스버그에 떠 있는 R을 처음 보았을 때, 에이미는 리즈가 쇼핑 심부름을 간 거라고 생각했다. 그러나 다음 날, 조그만 R은 다시 똑같은 장소로 돌아갔다. 셋째 날에는 리즈가 일하는 회사의 고객인 브랜드의 매장으로 간 것을 확인할 수 있었지만, 넷째 날인 금요일에는 다시 윌리엄스버그로 돌아갔다. 그날 밤 집에 돌아온 에이미는 리즈에게 혹시 윌리엄스버그에 갔었냐고 태연한 척하며 물었다.

"아니." 리즈가 대답했다. 리즈는 주방 조리대 앞에 서서 망고 껍질을 벗기고 있었다. 리즈는 망고의 맛을 감별해내는 특별한 미각을 소유하고 있었다. 리즈의 말에 따르면, 좋은 망고와 나쁜 망고의 차이는 실망의 단위로 활용될 수 있었다. 당신의 생일날 전화하는 것을 잊어버린 친구? 그건 망고 네 개 상당의 실망이다.

"아. 잉그리드가 열차에서 자기를 본 것 같다고 해서." 에이미가 거짓말을 했다.

"안 갔는데." 에이미가 칼날에 묻은 망고즙을 위험하게 핥으며 말했다. "하루 종일 로어이스트사이드에 있었어."

에이미가 고개를 끄덕이고 핸드폰을 슬쩍 보았다. 리즈의 R이 안전하게 아파트에 들어와 있었다.

질투는 마치 숙취와도 같다. 당신이 그 한복판에 있을 땐 그저 죽고 싶고, 중독 상태이고, 쓸모가 없다. 오직 잿더미와 후회만이 당신 앞에 길게 펼쳐져 있다. 그러나 당신이 느끼는 엄청난 고통에도 불구하고, 아무도 당신을 가엾어하지 않고, 아무도 당신의 분노에 동조하지 않는다. 하나도 안 불쌍해! 그러게 누가 그렇게 푹 빠지래! 물론 아프겠지. 하지만 네가 느끼는 고통은 하나도 특별할 게 없어. 다들 그 정도는 아프니까. 그러니까 정신 좀 차려. 중심을 잡고 신중하게 처신하라고 젠장. 중요한 결정은 하지 마. 질투와 숙취는, 누구나 알다시피, 일시적인 거니까.

그러나 고문 역시 일시적인데도 고문은 희생자를 갈기갈기 찢어놓는다. CIA 요원에게 물고문을 당하는 가엾은 사람들이 물고문이 일시적인 것이라고 생각할 수 있었다면 결코 자백을 하지 않았을 것이다.

주말 내내, 에이미는 R에 시선을 고정했다. 리즈를 보다가 R을 보았다. R과 리즈가 실제로 완벽하게 동기화되어 있는지, 지난 며칠 동안에 R이 실제로 여러 차례 윌리엄스버그에 갔는지 확인하고 싶은 강박적인 본능이었다. 악을 쓰며 비난을 퍼붓고 싶은 마음, 자신의 격한 감정에 몰입하고 싶은 마음이 간절했지만, 에이미는 두 배로 자제력을 발휘하며 리즈를 공격하라는 마음의 소리를 묵살했다. 질투하는 연인이 되고 싶지 않았고, 사랑하는 사람을 취조하는 사람이 되고 싶지 않았다. 그렇게 되기를 거부했다. 두 사람 모두의 품위를 지키기 위해서였다.

월요일에 에이미가 출근한 뒤 R은 정오까지 아파트에서 머물다가 오후가 되자 북쪽 윌리엄스버그로 향했다. 에이미는 그곳이 스탠리가 사는 곳이라고 결론지었다.

망고 백만 개.

마치 에이미의 칸막이 사무 공간 내의 모든 공기가 사라저버려서 진공상태에서 숨을 쉬는 것 같았다. 핸드폰이 상처를 주는 데도 핸드폰을 보는 것을 도저히 멈출 수가 없었다. 에이미의 마음이 내놓는 협상안을 에이미의 손가락이 무시했다. **핸드폰 치워, 에이미. 그만 좀 봐. 좋아, 그럼 위치 공유 서비스라도 꺼. 이제 스스로를 그만 좀 괴롭혀. 싫다고? 그럼 차라리 인스타그램이나 보는 건 어때?** 마치 고양이에게 '앉아' 혹은 '가만히 있어'라고 명령을 하는 것이나 마찬가지였다. 손가락은 액정 화면이 어두워질 때마다 화면을 건드리기 위해 움직였다. 얼마 후에는 손가락이 느릿느릿 저절로 움직였다. 에이미는 자신의 손가락이 우버 택시를 부르고, 리즈의 R이 있는 거리의 반대편을 목적지로 지정하는 것을 지켜보았다.

젊은 남자가 적갈색 BMW를 몰고 에이미의 사무실 앞에 나타났다. 우버는 친절하게도 에이미의 우아하지 못한 질투의 정찰 작전을 위해 운송수단을 업그레이드해주었다. 추잡한 행동을 하기에 더없이 좋은 차였다.

고등학교 졸업반 시절, 에이미는 여자 필드하키팀 주장인 요정 같은 여자애를 좋아했다. 그 여자애는 머리를 뒤로 묶고 마치 댄서처럼 잔디 위를 가로지르며 체구가 큰 상대 팀 선수들 사이를 주름 스커트를 펄럭이며 누비고 다녔는데, 그럴 때면 스커트 속에 입은 하얀 스판덱스 반바지가 섹시하게 드러나곤 했다. 필드하키 유니폼은 기본적으로 치어리더와 여학생 판타지의 조합이었다. 남몰래 여장에 대한 동경을 품고 있었던 에이미는 스판덱스 반바지가 슬쩍 보일 때마다 가슴이 두

근거렸다. 그러다가 여름방학 직전, 에이미는 필드하키 주장과 파티에서 애무를 하는 데 성공했다.

그다음 날, 주장이 시내 조그만 상가의 카페로 에이미를 초대했다. 그곳은 당시 인기 있는 여자애들이 가는 장소였다. 에이미는 설레는 마음으로 그곳에 갔다. 그러나 주장은 혼자가 아니었다. 여러 명의 여자애가 야외 테이블에 모여 앉아 에이미를 위해 한 자리를 남겨두었다. 마치 취업 면접이라도 하는 것처럼, 보좌관들이 주장을 호위하고 있었다. 짧은 인사말들이 오갔고, 그동안 에이미는 전날 밤의 애무에 대한 에이미의 설렘과 희망이 보상받지 못하리라는 것을 확실히 알았다. 공손한 슬픔의 표정을 머금고 주장이 에이미에게, 자신은 남자친구를 원하지 않는다고, 자신은 그저 즐거운 여름을 보내고 싶다고 말했다. 그리고 자신이 에이미를 좋아하는 것보다 에이미가 자신을 더 좋아하는 것 같은 느낌이 들었고, 그래서 솔직하게 말하고 싶었다고 했다. 주장의 보좌관들이 다 함께 고개를 끄덕였다. 에이미는 얼굴을 붉히지 않으려고, 바보 천치가 된 것 같은 기분을 느끼지 않으려고 애썼다. 에이미는 도저히 주장과 눈을 맞출 수가 없어서 화려한 앤티크 장식이 달린 구식 신호등을 바라보며 고개를 끄덕였다.

어느 순간, 에이미가 주장의 말에 동의한다고 확실히 말해주기를 여자애들이 바라고 있다는 걸 알았다. 여자애들은 앞으로 두 사람 사이가 로맨틱한 관계로 발전하는 일은 없을 거라고, 설령 애무하는 일이 발생한다고 해도, 술김에 우발적

으로만 일어날 거라고 에이미가 맹세해주기를 바랐다. 에이미
가 그들이 바라는 대답을 해주려고 입을 벌린 순간, 에이미와
는 두어 번 기타를 같이 쳤던 다른 학교 남자애가 빨간 BMW
컨버터블을 몰고 지나가는 것을 보았다. 그는 컨버터블의 지
붕을 내리고 존 휴스 영화에 나오는 깔끔한 미남 악당처럼 셔
츠 칼라 깃을 빳빳하게 세우고 있었다. 조수석과 뒷좌석에는
올여름의 연인들마저 구비했다. 자동차의 오디오에서 자메이
카 음악이 흘러나왔다.

"벤!" 에이미가 그를 불렀다. "벤! 여기!"

벤이 브레이크를 밟았고, 에이미는 미처 생각할 겨를도
없이 벌떡 일어나 치욕적인 면접 현장을 박차고 도로를 가로
질러 벤의 차를 향해 달렸다. 찰나의 순간, 에이미는 벤의 차
가 투 도어 쿠페임을 깨달았다. 그러나 그 무엇도, 심지어 자
동차 문 개수가 부족한 것조차도, 그 순간 에이미의 대범함을
막을 순 없었다. 에이미는 가볍게 문을 타 넘은 다음, 뒷자리
의 금발 여자 옆에 날렵한 운동선수처럼 사뿐히 앉았다. 금발
여자애는 느닷없이 벌어진 흥미진진한 상황에 놀라며 에이미
에게 호의적인 미소를 지어 보였다.

"좋았어." 마치 어린 매튜 매커너히처럼 벤이 말하며 페
달을 밟자 차가 미끄러지듯 달려 나갔고 금발 머리카락들이
흩날렸다. 고등학교 남학생의 관점에서 보면 끝내주게 멋진
순간이었다. 심지어 주장을 호위하던 보좌관들마저도 주장을
배신했다. 그들은 주장이 제임스와 결별하려 했는데, 제임스

는 개뿔 신경도 안 쓰더라고 떠벌리고 다녔다. 말 한마디 없이, 자동차 문도 안 열고 컨버터블에 올라타더라고. 그 사건은 또 하나의 데우스 엑스 마키나극이나 소설에서 가망 없어 보이는 상황을 해결하기 위해 동원되는 힘이나 사건가 되어 에이미의 고뇌에 찬 자기 분열적 열망을 무심한 듯 차가운 분위기로 둔갑시켰고 우울한 제임스 딘이라는 평판을 굳혔다. 그러나 그 사건으로 인해 그 이후 에이미를 아는 모든 사람은 에이미에게서 그 이상의 모습을 볼 수 없었다.

그로부터 몇 년 뒤, 그 시절의 데우스 엑스 마키나가 돌아왔다. 이번에는 불그스름하고 매끄러운 BMW 한 대가 결정적인 치욕의 순간 에이미의 마차가 되어줄 것이다.

"어서 오세요." 에이미가 차에 타자 우버 기사가 말하고는 에이미의 곱실거리는 머리카락과 거의 엉덩이까지 말려 올라간 스커트를 보았다. 그가 액셀러레이터를 밟았고 차가 출발했다.

"빨리 좀 가주세요." 에이미가 기사에게 말했다. 백미러에 도미니카 깃발이 달려 있었고 레게음악이 낮게 흐르고 있었다. 고급 승용차를 호출하는 맨해튼 고객의 취향을 고려한 타협이었다. "그래줄 수 있어요?"

기사가 싱긋 웃었다. "아, 얼마든지요."

속도를 높이자 오디오의 볼륨도 자동으로 올라갔고, 기사에게 맞추어 달릴 박자를 제공했다. 그러나 영화에서처럼 맨해튼 거리를 질주하는 것은 촬영 허가를 받고 그에 상응하는 조처를 미리 취해야만 가능한 일이었다. 그래서 그들은 질주했다기보다는 경적을 울리고 큰 동작으로 손짓을 하며 맨해튼 남단을 살금살금 기어갔다.

"왜 그렇게 서두르세요?" 신호등 앞에 멈추었을 때 기사가 물었다.

"애인이 바람을 피우고 있어서요." 에이미가 말했다. 그 순간에조차 스스로 인정하지 못했던 이 임무의 목적을 기사에게 밝힌 셈이었다.

"아, 남자친구 있으세요?" 그의 말투에 실망의 기색이 역력했다.

"말하자면요." 에이미가 말했다. 에이미는 낯선 사람에게 자신이 레즈비언임을 밝히는 일을 중단한 지 오래였다.

"말하자면?" 기사가 말하고는 스스로 질문에 답했다. "하긴 바람피우는 걸 현장에서 덮치면 남자친구가 없어지겠네요?" 그 결론에 도달하자 기사는 더 속도를 내었다.

윌리엄스버그 다리에서 우버 기사가 마침내 자신의 차의 속도를 과시할 기회가 주어졌다. 그는 액셀러레이터를 밟아 시속 110킬로미터로 달리다가, 브루클린 퀸스 고속도로 진입로에서 핸들을 왼쪽으로 꺾으며 브레이크를 밟고는, 다시 차선을 변경하며 메이텍 가전제품을 싣고 가는 트럭을 앞질러 브로드웨이 방향 출구로 쏜살같이 빠져나갔다.

에이미가 핸드폰을 확인했다. 리즈의 R이 움직이고 있었다. 북쪽으로 향하고 있었다.

"젠장," 에이미가 소리쳤다. "그들이 움직이고 있어요!"

"도망치는 건가요? 혹시 당신이 가고 있다는 정보를 입수한 걸까요?"

그 말에 에이미는 잠시 자신의 비참함마저 잊었다. 정보가 샜다고? 대체 이 기사는 이 상황을 어떤 상황으로 보고 있는 걸까? 그러나 그 순간, 에이미가 리즈의 R을 볼 수 있다면, 리즈 역시 자신의 A를 볼 수 있을 거라는 생각이 들었다. 어쩌면 리즈도 에이미의 이동을 몇 달 동안 주시하고 있었을지도! 그래서 바람을 피우면서도 안전하다고 생각했을지도! 어쩌면 에이미는 연구용 돌고래처럼 그동안 추적당하고 있었는지도! 아니, 이러지 말자. 이건 피해망상이야. 안 그래? 이건 완전 피해망상이라고. 하지만……

R은 걸어서 쫓아가기에는 너무 빨리 움직이고 있었다. 버스를 탔나? 아니다! 그의 차를 탔다!

"놈들이 달아나고 있어요!" 에이미가 소리쳤다. "쫓아가야 해요!"

"알겠습니다." 기사가 말했다. "일단 우버 앱에서 목적지를 변경하세요. 무작정 갈 수는 없거든요."

"뭐라고요?"

"우버 앱에 찍힌 목적지 외엔 요금을 못 받아요. 두 번째 목적지를 지정하세요."

"하지만 목적지를 몰라요!"

기사가 어깨를 으쓱했다. "입력한 목적지 외에 다른 곳으로는 못 갑니다."

완전 개소리였다! 영화에서는 택시를 타고 "저 차 쫓아가 주세요!"라고 잘만 외치던데. 우버 때문에 다 망했다.

"추가로 현금 드릴게요."

그가 서글픈 표정으로 고개를 저었다. "우버는 그런 식으로 돌아가지 않아요. 잘못하면 큰일 나요."

에이미는 뭐라고 말해야 좋을지 알 수 없었다. 우리 친해졌잖아요! 아니, 그건 아니었다. 그가 추파를 던졌을 때 에이미가 받아주지 않았다.

"알았어요. 목적지 어떻게 변경해요?"

"지금 목적지에 거의 도착했기 때문에, 두 번째 목적지를 입력하는 게 나을 거 같아요."

"어떻게 하는지 모른다니까요!" 에이미가 소리쳤다.

"알려드릴게요." 그가 말하며 차를 세웠다.

"안 돼요! 차 세우지 말아요! 저 사람들 달아나잖아요!"

"말로 하는 것보다 이게 빨라요!" 그가 되받아 소리쳤다.

에이미가 핸드폰을 그에게 내밀었고, 황당하게도, 그가 우버 경로에서 두 번째 경로를 추가하는 방법을 차근차근 설명하기 시작했다.

이런 젠장! 에이미는 소리를 지르고 싶었다. 지금 나는 가슴이 찢어지는데 세상은 왜 이리도 냉혹한가! 그러나 에이미는 그의 설명을 듣고 이렇게 말했다. "좋아요. 고마워요. 이제 알겠어요. 마지막으로 확인했을 때 두 사람이 베드퍼드와 메트로폴리탄 교차로에 있었거든요. 거기를 두 번째 목적지로 입력하자고요. 좋아요. 잘했어요. 완벽하네요."

물론 그가 핸드폰을 에이미에게 돌려주고 다시 운전대를 잡았을 때, R은 다시 북쪽으로 움직이고 있었다. 초록 깃발이 올라가고 경주가 시작되었다. 수시로 목적지를 입력하는 에이미의 핸드폰 입력 속도 대 리즈의 불확실한 경로.

"공원으로 가는 거 같아요!" 리즈가 소리쳤다.

"어느 공원요?" 기사는 다시 그녀와 한 팀이 되었고 함께 뛸 준비가 되어 있었다.

"맥캐런."

"북쪽 프랭클린 가로 갈게요!" 그가 소리쳤다. "장담하는데 그편이 빨라요!"

그렇다! 그의 말이 옳았다! 에이미와 그녀의 기사는 리즈의 R과 평행으로 움직이며 지도의 북쪽으로 향했다. 그들은 조만간 만날 것이다. 그러면 그들을 쓰러뜨리고 목을 벨 수 있으리라. 에이미의 맥박이 빠르게 뛰었다. 사랑은 전쟁이라고들 하지만, 자동차 추격전이기도 했다.

그달 초 에이미가 입양 설명회에 참석했다가 돌아왔을 때 아파트가 비어 있었다. 에이미는 당혹스럽고 어리둥절한 상태로 거실과 식당과 주방을 서성거렸다. 에이미는 리즈가 슬픔에 잠겨 자책하며 집에서 기다리고 있을 거라고 생각했다. 어쩌면 화가 나 있을 거라고 생각했다. 그런데 집에 없다고? 그 생각은 미처 못 했다. 리즈가 스탠리에게 갔을 거라는 싸늘한 두려움이 에이미를 관통했다.

에이미는 리즈의 옷장을 열어보았다. 옷은 그대로 있었다. 에이미는 현관 벽장에서 슈트 케이스들을 꺼냈다. 혹시 언제든 도망치려고 짐을 챙겨놓았을까? 그건 리즈답지 않았다. 리즈는 미리 계획하는 타입은 아니었다. 설령 바람을 피웠다고 인정한 뒤에 도망치는 것이 리즈의 계획이었다고 해도. 에이미는 슈트 케이스 두 개의 지퍼를 열어서 현금이나 치약, 혹은 뭐든 넣어두었는지 확인해보았다. 하지만 슈트 케이스들은 비어 있었다.

바닥에 무릎을 꿇고 앉아 파란색 슈트 케이스의 지퍼를 올리고 있는데 현관문이 열렸다.

리즈가 가방과 함께 바닥에 앉아 있는 에이미를 보았다. 리즈의 눈이 휘둥그레지더니 리즈가 소리를 질렀다. "안 돼!" 리즈는 에이미에게 달려와 슈트 케이스를 빼앗아 멀리 던졌다. "안 돼, 안 돼, 안 돼." 리즈가 에이미를 붙잡고 가까이 끌어당겼다. "가지 마, 제발, 가지 마."

"뭐? 난 아무 데도 안 가. 집에 없었던 사람은 너야."

"난 역에서 기다렸어! 몇 시간 동안!"

"난 택시 탔어."

리즈의 눈시울이 붉어졌다. "네가 슈트 케이스를 꺼냈잖아." 상처받은 어린 여자애의 목소리였다.

"네가 떠날 생각인지 보려고 그랬어."

리즈가 고개를 저었고 코끝이 실룩거렸다. 눈물을 참고 있다는 뜻이었다.

에이미를 잃을지도 모른다는 생각에 리즈는 얼마나 슬퍼했던가! 에이미의 온몸에 안도감이 번져갔다. 환하게, 희망적으로. 그 안도감이 얼마나 강렬했는지 그날 밤의 모든 분노를 보상하고도 남았다. 리즈가 에이미에게 얘기하고 싶으냐고 물었고, 이제 확신이 생긴 에이미는 고개를 저으면서 그만 자자고, 아침에 얘기하자고 했다. 안도감의 구명 뗏목을 놓치는 것은 상상조차 하기 싫었다. 에이미는 그 뗏목을 붙잡았고, 이불을 젖히고 리즈 곁에 조심스럽게 누울 때엔 엷은 미소마저 지어 보일 수 있었다. 에이미는 극도로 조심하며 살살 누웠다. 마치 방금 수술을 받고 나와서 안정을 취해야 하는, 절대 놀라게 해서는 안 되는 환자의 곁에 눕는 것처럼.

에이미는 잘못을 저지른 사람이 리즈였기 때문에 감정의 해결을 주도할 책임이 리즈에게 있다는 것을 리즈도 알고 있을 거라고 생각했다. 그러나 다음 날 아침, 리즈는 그 감정을 해결할 의향이 없어 보였다. 에이미는 그 얘기를 자신이 먼저 꺼내야 하는 상황이, 상처받고 해명과 위로를 필요로 하는 자신의 모습을 드러내야 하는 것이 불공평하게 느껴졌다. 복합적인 감정을 드러내며 스스로의 품위를 떨어뜨려야 할 사람은 리즈여야 했다. 적어도 그 정도는 리즈가 에이미에게 해주어야 했다. 리즈는 가감 없이, 남김없이 해명하고 싶어 안달해야 옳았다. 그런데 리즈는 무표정으로 일관했고, 마치 전부 다 지난 일이라는 듯 어설픈 연기를 하고 있었다.

두 사람은 주방 한구석에 놓인 자그마한 고리버들 세공의 유리 테이블에서 아침 식사를 했다. 토스트를 앞에 놓고 리즈가 그 전날 보았던 고양이에 대해 얘기했다. 자동차 밑에 숨어서 야옹거리고 있더라고. 에이미는 대화의 주제가 의미 없고 회피적이라 자리에서 일어나 리즈가 자신의 얼굴을 못 보도록 설거지를 했다. 그 상태는 주말까지 지속되었고, 월요일에 에이미가 리즈의 R을 처음으로 발견했다. 그 뒤로는 온 정신을 집중할 견고한 상징이 생긴 셈이었다.

이제 감정을 제대로 한번 해결해보자고 씨발. BMW가 우회전해서 12번가로 접어들 때 에이미는 생각했다. 에이미의 우회 경로는 맥캐런 공원 앞 베드퍼드가 모퉁이에서 이제 곧 리즈의 경로와 충돌할 예정이었다.

리즈와 사귀던 마지막 해의 겨울, 에이미는 돔BDSM에서 지배자 역할과 폰섹스를 하기 시작했다. 한심한 취미였다. 비용 때문이 아니라, 감정적 에너지의 대부분을, 자신이 너무도 아름답고 누구나 욕망하는 트랜스라고, 폰섹스나 즐기는 그저 그런 평범한 트랜스가 아니라고 설득하고 싶은 욕망을 억누르는 데 소모했기 때문이었다. 물론 그것이야말로 폰섹스를 즐기는 트랜스 섭돔과 반대되는 피지배자 성향들이 가장 빠져들고 싶어하는 환상이다.

잠이 오지 않는다고 조용히 침실에서 빠져나와 나이트가

운을 입고 주방 바닥에 앉아 전화를 걸기 시작한 지 한 달쯤 되었을 때, 결국 디트로이트에 산다는 어느 톰과 대화를 나누기에 이르렀다. 그는 인도에서 저가의 음성변조기를 사용하여 인터넷 전화로 목소리를 80헤르츠 정도 높인 남자가 분명했다. 기가 시대인데도 그 만남은 터무니없이 비쌌다. 인도 남자를 자신의 톰으로 상상하면서 분당 2.99달러를 지불하며 삼십여 분 동안 성적으로 지배당하는 환상에 탐닉한다는 것은 디지털 시대에 참으로 가슴 아픈 일이었다. 다음 날 아침이 되면 에이미는 평상시보다 더 자신이 한심하게 느껴졌다.

　　리즈가 들었으면 재미있어했을 얘기였다. 그러나 리즈야말로 얘기하기 두려운 사람이었다. 만약 작년 어느 시점에 에이미가 침대에서 자신이 원하는 바를 리즈에게 정확히 얘기하는 능력을 잃어버리지만 않았다면, 에이미는 굳이 톰을 찾아서 그런 얘기를 할 필요가 없었을 것이다. 관계 초기에 에이미와 리즈는 역할을 자주 바꾸었고 보다 변태적이었다. 에이미는 리즈에게 검은색 라텍스 드레스를 사주었고 에이미는 광택 처리된 드레스를 입은 리즈의 몸매 굴곡을 쓰다듬는 것만으로도 거의 오르가슴을 느낄 수 있었다. 리즈가 에이미를 자신의 무릎에 엎드리게 하고 엉덩이를 때릴 때에는 더 말할 것도 없었다. 그러한 초기관계의 역학은 에이미에게 잘 맞았다. 리즈는 에이미가 좋아하는 변태적인 행위에 능했고, 생식기에 관한 신체불쾌감이 거의 없었던 에이미는 리즈가 무릎 꿇는 것도 괜찮았고 아침에 리즈를 씹할 수도 있었다. 그것은 리즈에게 필요했던 달콤한 성별 확증이었다. 그러나 변태적 행위들은 서서히 잦아들었고, 에이미는 리즈를 더 갖고 싶은 마음에 다정한 남자친구 역할을 강화하면서 리즈의 정체성을 확인시켜주려고 노력했다. 그러다 보니 에이미 자신에게 필요한 것은 덜 갖게 되었다. 에이미는 리즈만을 원한 게 아니었다. 리즈 앞에서 수줍어하는 여자가 되고 싶었다. 그런데 에이미는 그 말을 리즈에게 할 수 없었다. 그 말들이 에이미의 내면에 갇혔고 에이미가 퇴거 명령을 내려도 거부했다.

결국 에이미는 돔을 찾아다니기에 이르렀다. 인도 남자와의 한 달 동안 폰섹스 비용을 합산해보니 차라리 돔을 직접 만나는 편이 더 저렴하겠다는 생각이 들었다. 직접 만나면 굳이 증거를 제시하지 않아도 자신이 보통 트랜스보다는 예쁘고 자신을 만난 것이 돔에게 행운임을 알릴 수 있을 것이다. 불행히도 트랜스들의 사회와 에이미에게 맞는 퀴어 돔들의 사회가 겹치기 때문에 에이미는 파티에서 끌렸던 여자들을 실제로 고용할 수는 없었다. 대신 에이미는 에로스성 관련 서비스를 제공하는 가장 큰 규모의 온라인 플랫폼에서 찾았다. 첫 경험으로 에이미는 알아차림 명상, 지압 그리고 BDSM을 아우른다는 돔을 고용했다. 그녀는 에이미를 상당히 창의적으로 묶었고, 머리를 땋아주었으며, 비명을 지를 때까지 성감대를 누르다가 에이미가 통증 때문에 호흡과 자세를 유지할 수 없을 때 멈추었다. 강렬한 경험이었지만, 그러면서도 다소 임상적이었고, 접근방식이 너무 치료 같았다. '알아차림 돔'은 자신의 고객들이 대체로 그렇게 예쁜 트랜스는 아니었다면서도, 에이미의 미모가 그의 마음에 어떤 식으로든 큰 동요를 일으키진 않는 것 같다고 시인했다. 그의 고객 중에는 키가 큰 사람도 있었고 키가 작은 사람도 있었고, 털이 많은 사람도 있었고, 어린 사람도 있었고, 물론 예쁜 사람도 있었지만, 전문적이고 표준적 고통을 가하게 되면 그들 대부분이 거의 똑같은 비명을 지른다고 했다.

한 달 뒤 에이미는 상황을 재점검했다. 에이미는 돔을 찾는 것에 대한 죄책감을 아주 조금 느낄 뿐이었다. 왜냐하면, 필요한 욕구만 해소하고 나면 다시 리즈에게로 돌아갈 수 있다고 생각했기 때문이었다. 그런데 알아차림 돔은 에이미의 욕구를 해소해주지 못했다. 에이미의 문제는 결국 엄마의 문제이기 때문이었다.

아이러니라는 것을 의식하면서도 에이미는 여성들을 위한 프로이트적 해석의 자기계발서를 읽었다. 책을 읽을수록 진심으로 공감이 되었고 에이미는 자신의 성 정체성을 설명하는 이론에 설득당했다. 에이미는 소녀 시절을 겪어본 적이 없었고, 따라서 **여성으로서** 여성 권위자, 즉 어머니와의 적절한 유대와 분리를 경험해보지 못했다. 그런 관점에서 볼 때, 에이미는 자신을 품어주고 어린 시절의 모성 결핍을 치유해 줄 여성 권위자를 끊임없이 찾고 있는 것이었다.

프로이트 이론으로 무장한 에이미는 다시 에로스를 찾았고 이번에는 모성적 돔, 즉 에이미의 엉덩이를 때린 다음 다독여줄 사람을 찾았다. 그렇게 해서 에이미는 올리브색 피부에 블레이저 안에 레이스 캐미솔을 입은 통통한 사십대 여자와 함께 어퍼웨스트사이드에 있는 어느 건물 엘리베이터를 타고 12층으로 올라가게 되었다. 그녀는 체념한 듯 한숨을 쉬며 "요즘엔 카야라는 이름을 사용하고 있어요"라고 자신을 소개했다. 카야가 에이미를 자기 아파트로 데리고 가는 동안 에이미와의 시선을 피해서, 에이미는 카야가 여자 고객을 싫어하거나 아니면 트랜스 여성을 싫어하는 거라고 생각했다.

거울과 조화로 장식된 천장이 낮은 거실에서, 카야가 주방으로 사라졌다가 물 한 병을 들고 돌아와 물병으로 조심스럽게 침실을 가리켰다. "너무 예쁘시네요. 왠지 누가 장난을 치고 있는 것만 같아요." 카야가 수줍게 인정하면서, 에이미를 안심시키며 모든 의심을 걷어내주었다. "이 일을 자주 하진 않아요. 이런 일은 불법이잖아요. 하지만 당신이 정말 이걸 원한다면, 옷을 벗고 돈을 협탁 위에 놓인 카마수트라 책 밑에 돈을 놓아두세요."

이것이야말로 에이미가 원하던 바로 그것이었다. 권위자를 가장한 누군가가 실제로 그녀를 아껴주고 숭배해주는 것. 에이미는 몸에 붙는 드레스를 벗었고 몸을 숙여 의자에 놓아둔 가방에 손을 넣은 다음, 최대한 음탕한 동작으로 지폐를 넉장 꺼냈다.

"우리 꼬마 아가씨, 나쁜 짓을 하면 어떻게 되는지 엄마가 한번 보여줄까? 메일에 그렇게 썼던데." 문간에 서서 카야가 말했다.

"네." 숨을 내쉬듯 에이미가 말했다. 돈은 카마수트라 경전 밑에 넣었다.

"다른 일정이 없길 바라요." 카야가 말했다. "내가 시계를 쳐다보면서 퇴근 시간만 기다리는 사람이 아니라서."

카야는 합의한 시간보다 훨씬 더 오래 에이미를 쓰다듬고 얼러주고 엉덩이를 때리고 야단을 쳤다. 누가 면도를 허락했는지 다그쳤고 에이미를 무릎 위에 엎드리게 하고 손가락을 넣었다. 에이미는 한숨을 쉬었고, 다 놓아버리고 카야의 손길에 자신을 내맡겨도 될 것 같은 기분이 들었다. 에이미가 카야의 무릎에 얼굴을 대고 엎드려 있을 때, 에이미는 카야의 젖은 체취를 맡았다. 카야가 뒤척이며 사과했다. "미안해요. 내가 너무 몰입했나 봐요." 카야가 말했다. "내 전남편한테 이렇게 하고 싶었어요. 전남편은 지금 플로리다에서 두 아들과 같이 살고 있어요."

그 말이 너무도 친밀하고 너무도 직업적이지 않고 너무도 부적절한 나머지 에이미는 거의 절정을 느낄 뻔했지만, 그 순간 카야가 느닷없이 에이미를 풍만하고 보드라운 가슴에 꼭 끌어안으며 아기라고 부르면서 엄마가 보살펴줄 거라고 말했다.

나중에 에이미가 짐을 챙기면서 베개 위에 슬쩍 팁을 올려놓자, 카야가 다음 주에도 오라고 했다. "우리 그냥 이렇게 만나요. 돈 안 내도 돼요. 나도 이게 좋거든요."

두 사람은 그 뒤로 두 번을 더 만났지만 놀랍게도 에이미는 돈을 지불할 때가 더 좋았다. 그때처럼 자신이 원하는 섹스

를 누릴 자격이 있다고 느껴본 적이 없었고 그 느낌이 에이미
에게 하나의 깨달음을 주었다.

거의 평생토록, 에이미는 엄청난 의지와 용기를 끌어내야
만 자신의 욕망을 표현할 수 있었다. 겉으로는 상대에게 관심
이 있는 척하면서 속으로는 흥분상태를 유지하기 위해 자신을
달아오르게 하는 기이한 광경을 머릿속으로 계속 재생하려고
안간힘을 썼다. 오직 리즈와 함께 할 때에만 그 두 가지가 한
데 통합되었지만, 여전히 음탕한 얘기들을 툭 터놓고 하게 되
지는 않았다. 아주 조금 열려 있는 수문을 확 열어젖히는 순
간, 자신의 입에서 어떤 말들이 쏟아져 나올지 두려웠다. 그러
나 한 시간에 400달러를 지불하는 순간, 억눌러왔던 죄책감이
사라졌다. 카야의 젖꼭지를 빨면서 엄마라고 부를 수 있었고,
그동안 카야는 손가락을 에이미의 몸에 넣고는 더러운 창녀가
될 수 있을 정도로 나이가 들었냐고 물었다. 그러나 카야가 두
번째와 세 번째 만남에서 요구했던 금액 – 100달러와 타이음
식 테이크아웃 – 에 에이미는 또다시 수줍어지는 자신의 모습
을 보았다. 100달러와 태국음식은 에이미에게 욕망을 표현할
자격을 부여할 정도의 비용이 아니었다. 에이미는 어느 순간,
카야도 자신이 원하는 바를 말할 것인지, 혹시 에이미가 부담
스럽진 않은지, 에이미가 너무 심한 감정노동을 요구하는 건
아닌지 확인하고 싶어졌다. 그리고 나서 혼자 북적이는 열차
에 몸을 싣고 카야의 집에서 자신의 집으로 돌아올 때면 슬픔
이 밀려들었다. 왜 일생일대의 사랑인 리즈에게는 자신이 원

하는 것을 말할 수 없을까? 왜 자신이 원하는 것을 누릴 수 있다는 느낌을 얻기 위해 돈을 지불해야만 할까? 심지어 카야마저도 공짜로 에이미에게 그것을 주려고 했다! 대체 얼마나 거지 같은 트랜스 여성혐오, 혹은 한물간 자본주의적 고뇌, 혹은 트라우마가 에이미를 점령한 것일까? 에이미는 엄마에게 여자애로 인정해달라고 요구할 수 없었고, 남자애로서 여자친구들에게 자신이 원하는 바를 요구할 수 없었고, 심지어 지금은 자신과의 섹스를 원하는 것이 분명한 여자친구와 살면서도 카야를 생각하면서 자위하는 게 마음이 편했다. 에이미는 자신의 약한 모습을 리즈에게 드러내기보다는 리즈를 알면서도 리즈를 홀로 외롭게 했다. 그러니 리즈가 스탠리에게 돌아갈 수밖에.

맥캐런 공원 앞에 멈추어 선 BMW의 차창에 미세한 빗방울이 떨어지고 있었다. 뉴욕에서 십 년 가까이 살았는데도 에이미는 여전히 동부의 날씨를 해독하는 법을 터득하지 못했다. 중서부 지역의 날씨는 본능적으로 읽을 수 있었다. 냄새를 맡으면 서쪽 평원에서 불어오는 것인지, 아니면 북쪽의 얼음을 머금은 것인지 알 수 있었다. 천둥번개를 동반한 폭우를 뿌릴 먹구름을 감지하고 정확히 얼마 후에 도착할지도 짐작할 수 있었다. 꽃들의 색조가 선명해지는 것을 보고 토네이도가 형성되고 있음을 감지할 수도 있었다. 구름과 하늘은 기꺼이 그녀에게 정보를 제공했다.

그러나 뉴욕의 자연은 에이미의 감각에 혼탁한 수프 같은 정보만을 제공할 뿐이었다. 에이미가 그레이트 호수를 잘 읽을 수 있었던 것처럼 어쩌면 뉴욕 토박이들은 허드슨 강을 보고 날씨를 읽을 수 있을지도. 그러나 에이미는 뉴욕을 알기 위해 그 정도의 수고를 하고 싶진 않았다. 에이미가 뉴욕에 사는 이유는 뉴욕이 살 만한 곳이고 대도시의 기회와 자원을 제공하는 곳이기 때문이지, 그녀의 영혼을 깨워주는 곳이어서가 아니었다. 뉴욕에 열정을 품는 사람들은 외국인 낭만주의자들뿐이었다. 아일랜드 소설가들, 프랑스 철학자들, 칠레 시인들. TV가 있는 중서부 출신 사람들에게 이미 그들이 수천 번 듣거나 보지 않은 뉴욕의 풍경이 어디 있을까? 뉴욕의 문화적 그림자는 미시시피 강 건너까지 뻗어 있었다. 맨해튼의 고층건물은 그녀의 정신적 유산 속에서 시내 상가 옆에 한 자리를 차지하고 있었다. 고등학교 시절 뉴욕에서 황금색 옷을 입은 멋쟁이들이 불가리아풍 술집에 몰려간다는 얘기를 들었는데, 머지않아 그 술집을 모방한 클럽이 에이미의 집에서 3킬로미터 거리에 생겼다는 소문이 났다. 뉴요커들은 오직 한 가지 측면에서만 특별했다. 바로, 자신들의 고루함을 알면서도 그것을 나라 전체에 속여 팔 정도로 뻔뻔하다는 것. 에이미는 뉴욕에 오기 훨씬 전에 이미 뉴욕에 익숙했고 뉴욕을 극복했다.

리즈의 R과 에이미의 위치가 핸드폰 지도 위에서 포개어졌다. "여기예요. 여기서 내릴게요." 에이미가 기사에게 말했지만 리즈처럼 보이는 사람은 없었다. 공원에서 소프트볼을 하던 사람들이 경기를 멈추고는, 비가 본격적으로 쏟아질 것인지 여부를 판단하기 위해 우유부단한 머리들을 뒤로 젖히고 의논하고 있었다.

기사가 소방차용 주차 금지구역을 가리켰다. "저기서 내려줄게요."

그러나 기사가 검은색 포 익스플로러 뒤에서 잠시 브레이크를 밟는 순간, 에이미가 바로 차 문을 열고 뛰쳐나갔다.

"조심해요!" 기사가 소리쳤지만 에이미는 이미 차에서 내린 뒤였다. 그 이후 그가 한 말은 자동차 문이 닫히면서 내는 고급스러운 쿵 소리가 삼켰다. 그는 이해할 것이다. 민감한 임무를 수행하려면 기민하게 움직여야 했다.

에이미는 5센티미터 굽이 달린 업무용 구두를 신은 상태로 두 대의 차 사이로 도로를 가로지른 다음 보도로 올라가서, 공원을 빙 두르고 있는 위가 뾰족한 철책을 둘러보며 입구를 찾았다. 구두 굽 때문에 반은 뛰고 반은 걸으며 울타리를 따라 남쪽으로 50미터 정도 가서 공원 안으로 들어섰다. 아무리 둘러보아도 리즈는 보이지 않았다. 흰색 탱크톱 차림의 십대 여자애들 두 명이 주위를 살펴보고 있던 에이미와 눈을 맞추었다. 머리를 땋은 체구가 큰 여자애가 대마초를 들고 노골적으로 에이미에게 연기를 뿜었지만 그런 것 따위를 신경 쓸 때가 아니었다. 에이미는 그들이 동성애자들인 것을 알아보았지만 그들은 에이미가 퀴어인 것을 알아보지 못했다. 에이미는 그저 출근 복장을 한 여성일 뿐이었다. 그런 생각조차도 찬찬히 곱씹지 않고 흘려보냈다. 에이미에게는 드문 일이었다. 에이미는 공공장소에서 다른 퀴어들에게 자신이 어떻게 보일지에 골몰했었다. 에이미는 잠시나마 자기 자신을, BMW에서 내려 뛰다시피 하는 한 여자를 유쾌하게 혹은 초연하게 바라보려 애썼다. 그러나 유쾌하게 보기는 어려웠다. 그런 여유를 부리기에는 가슴이 너무 아팠고, 감정들이 너무 밀착되어 있었다.

핸드폰의 R이 남쪽으로 살짝 이동했다. 빗방울이 굵어졌다. 군데군데 모여서 앉아 있던 사람들이 일어서서 짐을 챙기기 시작했다. 에이미는 핸드폰의 R을 따라 남쪽으로 움직였다.

공원의 남쪽 경계에 다다랐을 때, 돌풍이 잔디밭을 관통했다. 웬 여자가 은색 아우디 SUV에서 내리는데 돌풍이 느닷없이 여자를 덮쳤다. 풍성한 체크무늬 드레스를 입고 있던 여자가 들추어진 스커트 자락을 내리기 위해 핸드백을 바꾸어 들었다. 에이미에게도 그런 드레스가 있었다. 아니, 그 드레스가 에이미의 드레스였다! 그 여자는 리즈였다. 리즈가 에이미의 드레스를 입고 있었다.

에이미의 음탕한 꿈에 등장하는 가정주부의 드레스, 허리가 잘록하게 들어가고 페티코트가 따로 있어서 마치 와인 잔과 같은 곡선을 만드는 드레스, 베티 드레이퍼미국 드라마 〈매드맨〉의 주인공인 돈 드레이퍼의 아름다운 첫 번째 부인이자 소극적이고 의존적인 인물가 음료와 오럴섹스를 준비해놓고 얌전히 집에서 기다릴 때 입을 것 같은 드레스였다. 에이미도 그 드레스를 그런 시선으로 보았다. 자신이 수음할 때 하는 상상 속의 옷을 그 자신이 걸친 느낌이랄까. 문제는 그 드레스를 바라보는 에이미 자신의 남성적인 시선이 그 드레스를 오염시킨다는 것이었다. 수많은 사람들이 그 드레스를 입은 에이미의 모습을 칭찬해도, 에이미 자신이 느끼는 바로 그 기쁨이 그가 남자인 것 같은 기분이 들게 했다. 반면 리즈는, 풍만하고 보드라운 리즈는, 심리적으로 그 어떤 걸림돌도 없이 그 드레스를 입는 것 같았다. 마치 문 앞에 무릎을 꿇고 앉아 얼음이 든 음료와 오럴섹스를 아무 생각 없이 제공할 수 있는 건 물론이고 심지어 그렇게 하고 싶다는 듯이.

드디어! 에이미에게 화가 날 이유가 생겼다. 리즈가 바람을 피우는 것도 물론 에이미에게 가장 끔찍한 분노를 유발한 것이 사실이지만, 리즈가 바람을 피우게 만든 이유들은 에이미가 제공했다. 그 이유들이 에이미의 삶의 안정성을 위협하고 있었다. 위험한 맹수를 잡을 땐 무작정 돌진해선 안 된다. 천천히 주위를 돌면서 찬찬히 약점을 찾아야 한다. 그러나 허락도 없이 남의 드레스를 입었다고? 그건 토끼 한 마리에 불과했다. 당장 달려가 목을 비틀어야 했다.

리즈가 SUV의 뒷문을 열고 차 안에서 무언가를 찾았고, 그동안 에이미는 공원의 철문 밖으로 나와 그들 두 사람과의 거리를 좁혔다. 리즈가 접혀 있는 빨간 우산을 꺼내 펼쳐보려 애썼다. 키 큰 남자가 운전석에서 내리더니 여전히 우산을 펼치려 애쓰는 리즈에게 무어라고 말을 했다. 그러다가 남자가 어이없다는 듯 눈을 위로 치켜뜨더니 리즈에게서 우산을 받아

서 편 다음 다시 리즈에게 건넸다. 에이미가 보기에 남자는 무
채색 그 자체였다. 그의 신체 어느 부위에도 튀는 색상이 없었
다. 그의 머리카락과 피부는 자작나무 색과 소나무 색 사이의
모든 색으로 이루어졌다. 에이미는 미련 곰탱이처럼 잘생긴
남자를 찬찬히 살펴보았다. 그는 리즈가 끌린다고 고백했던
적이 있는 타입의 남자였지만 에이미는 믿을 수가 없었다. 에
이미의 세계에서는 끌림이라는 감정과 그런 남자는 도저히 연
결이 되지 않았다.

보도의 가장자리, 공원 울타리 쪽에 서 있는 리즈를 두 사
람 다 보지 못했다.

"그 남자하고 데이트하려고 내 드레스를 훔쳐 입었니?"
에이미가 나지막이 말했다.

남자가 에이미의 말을 들었다. 그의 이름이 스탠리라는
것을 에이미는 알고 있었다. 그러나 리즈는 맥캐런 호텔 쪽으
로 걸어가는 중이었다.

남자가 돌아서서 에이미를 보고 눈을 가늘게 떴다. "뭐요?"

"당신한테 한 말 아니야." 에이미가 말했다. "리즈한테 한
말이야."

그제야 리즈가 돌아섰다. 여명은 서서히 밝아왔다. 리즈
가 낯선 맥락 속에서의 에이미를 인식하기까지 잠시 시간이
걸렸다. 리즈의 입장에서는 수년간 함께 했던 연인이자 한 집
에 사는 삶의 동반자가 전혀 예상하지 못했던 장소에 느닷없
이 나타난 것이었다. 그것도 분노로 일그러진 채, 온몸을 떨면

서 어깨에 잔뜩 힘을 주고, 마치 누가 빼앗으려 한다는 듯 핸드백을 꽉 움켜쥐고 머리카락은 축축하게 젖은 상태로. 어쩌면 리즈는 실제로 에이미를 알아보지 못했을 수도 있었다.

리즈의 일시정지 상태는 에이미를 더 화나게 했다. 에이미는 리즈의 머뭇거림을 쉰내 나는 놈팡이에 푹 빠져서 에이미를 완전히 잊고 있었다는 의미로 해석했다. "내 드레스 내놔." 자신의 말이 얼마나 비논리적으로 들릴지 미처 생각해보기도 전에 에이미가 내뱉었다. 자신의 기괴한 요구가 이 상황에서 자신의 도덕적 우위를 박탈한다는 것조차 생각하지 못했다.

리즈가 눈을 깜빡였다. "뭐? 지금?"

"응. 지금 내놔." 에이미가 말했다.

스탠리가 웃었다. "뭐요?" 그가 다시 한번 말했다.

"에이미, 이러지 마." 리즈가 말했다.

"이러지 말라고? 내가 뭘 했는데? 남자하고 바람을 피웠나? 설마 그걸 하지 말라는 건 아니겠지. 보아하니 그건 아주 훌륭한 일인 것 같으니까."

스탠리가 고개를 비스듬히 하더니 천천히 고개를 끄덕였다. "아. 이제 알겠어요. 당신이 누군지."

"맞아요, **스탠리,** 내가 바로 그 사람이에요." 에이미가 쏘아붙였다.

"저기요." 스탠리가 말하고는 맥캐런 호텔을 가리켰다. "우리 지금 저 호텔 수영장 가는 길인데, 같이 갈래요?"

"내 여자친구하고 얘기 좀 하게 그 입 좀 닥쳐줄래?"

마치 뺨을 한 대 얻어맞은 듯 스탠리의 눈이 휘둥그레졌다. 그가 대답을 하려는 순간 리즈가 그의 앞을 가로막고 나섰다. 스탠리를 저지하기 위한 미세한 움직임이었다. "어떻게 날 미행한 거야, 에이미? 내가 여기 있는 걸 어떻게 알았어?"

너무도 리즈다웠다. 바람을 피우다 들켰으면서, 마치 자신이 희생양인 척하다니. "미행당하는 게 싫으면 내 물건을 훔치지 말았어야지." 자신의 말이 너무도 심술궂게 들린다는 것을, 너무도 나약할 뿐 아니라 핵심을 비켜 간 말처럼 들린다는 것을 에이미도 알고 있었다.

리즈가 스탠리 쪽으로 돌아섰다. "가만히 있어. 제발. 가만히 있어."

스탠리가 어깨를 으쓱했다. 에이미가 리즈에게 다가왔다. 그러나 두 사람 다 우산 안에 들어갈 수 있을 정도로 가까운 거리는 아니어서 에이미는 여전히 비를 맞고 있었다. "이게 드레스 때문인 척하지 말자. 넌 날 미행했고 내가 스탠리와 함께 있을 때 날 잡았어. 원하는 게 뭐야?"

"내가 원하는 거?" 에이미는 믿을 수 없다는 표정으로 리즈의 말을 되풀이했다. "언제부터 내가 원하는 대로 했는데?"

"네가 여기 나타났으니까. 네가 여기 나타나서 억지를 부리고 있으니까."

"내가 원하는 건 네가 지금 나한테 저지르고 있는 짓을 미안해하는 거야!"

"미안해하고 있어, 에이미. 정말 미안해." 그러나 리즈의 얼굴은 여전히 침착했다. 마치 떼쓰는 아이에게 굴복하기를 거부하는 참을성 있는 어른의 표정 같았다. 에이미를 화나게 만드는 표정이었다.

"그렇게 안 보여! 넌 전혀 속상해하는 것 같지 않아."

"뭘 기대하는 거야, 에이미? 우린 지금 길바닥에 서 있어. 난 구경거리가 되고 싶지 않아. 그러니까 다시 한번 물을게. 원하는 게 뭐야?"

그러게, 에이미가 원하는 게 뭘까? 에이미는 사과를 원했다. 리즈가 자신을 집으로 데려가주길 원했다. 리즈가 에이미를 안아주고 자기가 실수를 저질렀다고 말해주기를 원했다. 에이미가 필요하다고 말해주길 원했다. 에이미의 용서를 원해주기를 원했다. 그러나 그런 바람들은 그 순간과는 너무도 거리가 멀었다. 굳은 얼굴로 에이미를 바라보고 있는 이 여자에게 바랄 수 있는 것들이 아니었다. 양심의 가책 따윈 없는 이 여자. 무엇보다도 에이미는 우월한 척 평정을 유지하고 있는 리즈를 붙잡고 흔들고 싶었다. "지금?" 에이미가 리즈의 눈을 똑바로 쳐다보며 말했다. "지금 저 남자 얼굴 갈겨주고 싶어."

그 선언은 에이미가 원했던 효력이 있었다. 리즈의 눈이 휘둥그레졌고, 리즈는 겁에 질린 표정으로 스탠리를 쳐다보았다.

"뭐라고?" 스탠리가 물었다. "내 얼굴을 갈기고 싶다고 했나?" 그의 말이 마치 사탕처럼 그의 입안에서 굴러다니는 것 같았다. 그가 싱긋 웃었다. 마치 구미가 당긴다는 듯한 묘한 표정이었다.

"넌 가만히 있어, 이 자식아." 에이미가 쏘아붙였다. 목소리가 가슴속 깊은 곳 어딘가에서 나왔다. 낮고도 성난 목소리였다. 남자 같은 목소리였다. 에이미는 그 사실을 바로 알아차렸고, 그 순간 수치심이 밀려들었다. 스탠리의 눈에 무언가가 스쳤고, 그제야 이 상황이 그의 눈에 선명하게 보였다. 마치 안과에서 시력 측정을 할 때처럼. **맨 위를 보세요. 이제 남자가 보이나요, 스탠리? 당신한테 덤비는 한 남자가 보이나요?**

"싫어, **이 자식아.**" 스탠리가 천천히 몸을 꼿꼿이 세우며 말했다. "가만히 못 있겠어. 애송이 호모 새끼가 날 위협하는 건 마음에 안 들거든."

호모 새끼? 에이미는 자신의 성 정체성에 대한 잘못된 호칭이 당혹스러웠다. 지금 날 남자로 보는 건가 아닌가? 에이미가 호모 새끼라면, 리즈도 호모 새끼이고 그 자신도 호모 새끼 아닌가? 그러나 지금은 그런 모순에 대해 생각할 때가 아니었다. 리즈에게서 태도의 변화가 느껴졌다. 리즈는 진심으로 겁에 질린 듯, 에이미를 스탠리에게서 떼어놓기 시작하면서 "안 돼, 안 돼, 안 돼"라고 중얼거렸다. 에이미가 스탠리를 해치기라도 할까 봐 두려운 건가? 아니, 그럴 리가 없었다. 리즈는 스탠리를 두려워하는 게 분명했다. 에이미의 의식의 어느 가장자리에서, 세상에는 에이미가 감당할 수 있는 수준보다 훨씬 더 폭력적이고 훨씬 더 거칠고 훨씬 더 방어적이고 예민해서 언제든 폭력을 휘두르는 사람이 있다는 자각이 반짝였다. 그런 사람은 건드리면 안 되었다. 리즈는 여전히 우산을 든 상태로 에이미를 밀어내고 있어서 우산대가 에이미의 얼굴을 아프게 눌렀다. 에이미가 한 발짝 옆으로 비켜섰고 그 바람에 리즈가 중심을 잃고 에이미를 지나치며 앞으로 넘어졌다.

스탠리가 긴 보폭으로 한두 발짝 다가서며 에이미와의 간격을 좁혔다. "당신에 대해 다 알아." 한 손을 리즈 쪽으로 휙 움직이며 스탠리가 말했다. "리즈가 내 자지가 그리워서 날 찾아왔을 때, 못된 여자친구 얘길 전부 다 했거든."

사실일까? 리즈가 스탠리에게 에이미에 대해 불평했을까?

어느 틈엔가 리즈가 다가와 에이미의 팔을 잡아끌고 있었다. 에이미는 리즈의 손을 뿌리치고 주먹을 불끈 쥐었다. 달라붙는 스커트에 굽이 높은 구두를 신고 싸우려 덤비는 자신의 몰골이 한심해 보이리란 걸 알고 있었다. 두 다리를 30센티미터 이상 벌릴 수도 없었다. 에이미가 팔에 힘을 줄 때, **어디 한번 덤벼 보시지!**라고 외치기 직전임을 알리는 서막의 동작을 취할 때, 리즈의 얼굴에 노골적인 경멸의 표정이 스쳤다. 훗날 에이미는 이 순간 리즈의 경멸 어린 표정에 비친 자신의 모습을 견디기 힘들 것이다. 그것은 우스꽝스러울 정도로 얌전한 여성의 옷을 입고도 자신의 남성성이 모욕당하는 순간 욱하는, 한때 남자였던 사람에게 여전히 남아 있는 남성적 본능에 대한 경멸이었다. 그러나 그 순간에는 리즈의 표정에 담긴 의미를 생각해볼 의지도 시간도 없었다. 에이미의 분노에는 시야를 좁히는 힘이 있었다. 분노의 소용돌이 속에서 리즈의 경멸은 그저 고층 빌딩에서 떨어지면서 지나치는 여러 층 중 한

층일 뿐이었다. 그 와중에 스탠리가 에이미 쪽으로 한 걸음 다가섰다. 그는 정말이지 엄청나게 거대했다. "당신의 모든 걸 알아. 당신이 내 아파트에서 리즈를 빼 갔지. 내 아파트에 침입해서 내 것을 훔쳐 갔어. 난 당신한테 갚아줄 게 아주 많아." 이제 그는 거의 혼잣말을 하는 것처럼 보였다. 그는 예열중이었다.

"스탠리!" 리즈가 소리를 질렀다. 리즈가 에이미의 어깨를 스치며 두 사람 사이로 달려왔고 스탠리는 달려오는 리즈를 한 손으로 잡아서 뒤쪽 잔디밭에 쓰러뜨렸다. 리즈는 에이미보다 체구가 큰데도 스탠리는 하나도 힘들이지 않고 리즈를 패대기쳤다. 에이미의 이성 가장자리에서 울려 퍼지는 조심하라는 애원의 함성을 뚫고 분노가 솟구쳤다. 스탠리가 리즈를 밀치고 돌아서는 순간, 에이미가 후두음의 비명을 지르며 스탠리를 쳤다. 주먹을 불끈 쥐고 그의 턱에서 귀와 가까운 지점을 제대로 갈겼다. 스탠리가 비틀거리며 한 걸음 뒤로 물러섰다. 리즈가 비명을 질렀고, 에이미는 스탠리의 뒤쪽에 있던 리즈를 보았다. 그리고 그 순간, 에이미의 세상이 하얘졌다. 어렸을 때 학교 체육관 바닥에 누워 커다란 알루미늄 상자 안에 들어 있던 천장의 할로겐 불빛을 쳐다볼 때처럼 눈을 감고 있어도 잔상이 남는 흰색이었다. 보도의 콘크리트가 얼굴 옆면에 닿았고 쿵 하고 가슴이 바닥에 닿는 순간 에이미의 몸에서 숨이 빠져나갔다. 에이미는 숨을 쉬어보려 입을 벌렸지만 폐에 공기가 채워지지 않았다. 에이미는 흐릿한 할로겐 불빛 속에서 숨을 헐떡였다.

살짝 눈꺼풀을 들어보니 스탠리가 자신의 SUV 문을 여는 모습이 보였다. "리즈, 차에 타." 스탠리가 명령했다. 그러나 리즈는 스탠리를 무시하고 여전히 바닥에 주저앉아 있다가 반쯤 몸을 일으켜 에이미에게 기어왔다.

"호모 새끼들." 스탠리가 내뱉었다. 열쇠가 짤랑거리는 소리가 들렸고 문이 쿵 닫혔고 차 시동이 걸렸다. 에이미는 숨을 더 들이켜려고 입을 벌렸다. 그런데 내쉬고 보니 숨이 아니라 크고 깊은 흐느낌이었다. 방금 일어난 일이, 너무도 순식간에 일어난 일이, 에이미의 모든 의지를 완전히 앗아갔다. 흰 블라우스가 빗물에 투명해지고 있었다. 스커트가 찢어졌고 다리와 팬티가 보였다. 고정해놨던 게 일부 풀려서 팬티 사이로 고환이 빠져나와 젖은 콘크리트 바닥에 무방비 상태로 축 늘어져 있었다. 에이미는 수치심을 느끼며 다리를 모았다. 공원에 있던 사람들이 구경하러 왔고, 택시 기사들이 가던 길을 멈추고 차창의 와이퍼 틈으로 상황을 파악해보려 애썼다.

스탠리가 경적을 세게 울렸다. 경적 소리는 충격적으로 컸고 여전히 가까웠다. 앞을 막고 있던 캠리 승용차가 얼른 비켜났고 마침내 스탠리의 차가 빠져나갔다. 걷잡을 수 없는 수치심이 밀려들었고 에이미는 구경꾼들의 시선을 의식하며 다시 흐느껴 울었다. 에이미는 한 팔로 몸을 일으키고 무릎을 구부려 다리를 모은 다음 한쪽으로 몸을 기울이며 허리에 체중을 실었다. 한심할 정도로 요염한 포즈였지만 다리만은 단단히 모으고 있었다. 횡경막 안쪽 깊은 곳에서 엄청나게 요란한 경적 소리가 새어 나왔고 그 소리가 그녀가 남자임을 더 드러 내주었다. 구경꾼들 중 누구도 도와주겠다고 나서지 않았다. 두 명의 십대 레즈비언은 처음 비명 소리가 날 때부터 일찌감 치 달려와 있었다. 그들은 공원의 철책 사이로 이 광경을 구경 하면서 당혹감과 경멸의 표정을 주고받았다. 동지애와는 거리 가 먼 표정이었고 유대감 비슷한 감정조차 없었다. 그저 복장 도착자인지 뭔지 하는 사람들 사이에서 싸움이 일어나 볼거리 가 생긴 것뿐이었다. 기이한 일이었다. "구경 실컷들 해!" 에 이미가 소리를 질렀다. 목소리가 깊었고 가래가 끓었다. 아들 손을 잡고 가던 어느 엄마와 에이미의 눈이 마주쳤다. 그들은 굵어지는 빗방울을 피하려 뛰어가다가 멈추어 섰다. 사람들은 이 광경을 보면서 향수에 젖을 것이다. 맥캐런 공원이 이십 년 전의 낭만을 되찾고 있었다. 트랜스들이 호모 새끼라고 불리 며 공격을 당하던 그 시절의 낭만을.

"에이미, 그만. 쉿, 그만." 리즈의 손은 에이미의 이마 위 에 있었고 얼굴은 에이미의 얼굴 위에 있었다. "너 지금 피 흘 리고 있어."

"가!" 에이미가 소리쳤다. 입안에 피와 콧물이 고였다. 리 즈가 에이미의 스커트를 내려주려 했다. 에이미의 품위를 지 켜주려는 부질없는 노력이었지만 에이미가 리즈의 손을 뿌리 쳤다. 리즈의 코끝이 벌름거렸다. "에이미, 너 다쳤어."

"가라니까!" 묵직하고 젖은 목소리로 다시 한번 에이미가 소리쳤다.

리즈는 에이미의 말을 무시하고 에이미의 머리카락을 얼굴에서 걷어냈다. 그래서 에이미가 리즈의 손을 잡았다. "다 네 잘못이야."

리즈가 몸을 뒤로 빼고 발꿈치 위에 앉아 구경하는 사람들을 둘러보았다. "알았어, 에이미. 알았다고." 리즈가 일어서더니 뻣뻣한 동작으로 걸어가기 시작했다. 리즈가 그렇게 가버리다니 에이미는 믿을 수가 없었다. 리즈는 에이미의 드레스를 입고 기괴할 정도로 발랄한 빨간 우산을 머리 위에 활짝 펴들고 뻣뻣하게 멀어지고 있었다.

에이미가 몸을 웅크리며 신음했다. 손가락을 얼굴에 대어보니 끈적이는 피가 묻어났다. 에이미는 다시 흐느꼈다. 얼굴 전체를 더듬어보았다. 이마의 찢어진 부위가 따갑게 만져졌다. 계속 손가락을 움직였다. 손가락이 코에 닿는 순간, 마른 나무가 쪼개진 것 같은 연골의 움직임이 느껴지는 동시에 소리로 들렸고, 엄지와 검지 사이에 머리카락을 문지르는 것 같은 감각이 느껴졌다. 눈물이 핑 도는 통증이 얼굴에서 번졌고 에이미는 저도 모르게 비명을 질렀다. 코가 부러졌다. 이게 어떻게 만든 코인데. 그 코가 보험으로 처리되게 하기 위해 리즈도 얼마나 애를 썼는데. 이제 망가졌다. 에이미는 망가졌다.

한 남자가 차에서 내리더니 에이미에게 다가왔다. 그러나 에이미는 다시 비명을 질렀다. 찢어지는 듯한 비명이었다. 남자가 중간에 멈추어 서서 에이미에게 큰 소리로 물었다. "경찰

부를까요?"

아니, 경찰은 절대 안 된다. 그 질문에 에이미가 정신을 차렸다. "아뇨." 그녀가 고개를 저으며 애원했다. "경찰은 부르지 마세요." 목소리가 낮고도 굵게 나왔다.

"정말요? 그럼 뭐가 필요하세요?" 그는 두 대의 차 사이에서 머뭇거렸다.

"병원." 에이미가 웅얼거리며 말하고는 몸을 일으키고, 오른손으로 사라진 구두를 더듬거려 찾고 왼손으로는 코를 감쌌다.

남자가 다시 조심스럽게 그녀에게 다가왔다. 그는 점퍼 차림이었고, 나이가 지긋했고, 희끗희끗한 머리카락에 회색 콧수염을 길렀다. "길모퉁이에 응급치료센터가 있어요. 거기까지 바래다드릴까요?" 독특한 억양이 살짝 느껴졌다.

"네." 에이미가 가까스로 대답했다.

남자가 무릎을 꿇더니 조심스럽게 에이미에게서 구두를 받아들었다. "구두는 내가 들 테니 나한테 기대세요. 걸을 수 있겠어요? 내가 거기로 데려다줄게요." 그는 에이미가 기댈 수 있도록 한 팔을 내밀었다.

에이미가 일어서자, 또 다른 차의 운전자가 길을 막고 서있는 남자의 빈 차를 향해 경적을 울렸다. 남자가 에이미를 흘긋 보더니 잠깐만 여기서 기다리라고, 차에 휴지가 있다고 말했다. 에이미는 한 손으로 찢어진 스커트를 꼭 여미고 다른 한 손으로 피 묻은 얼굴을 가린 채로 그를 기다렸다. 피가 흘러서

라기보다는 자신을 쳐다보는 구경꾼들을 도저히 쳐다볼 수가 없어서였다. 그동안 남자가 자신의 차를 도로변으로 이동시켜서 세운 다음 비상등을 켜놓고 휴지를 들고 돌아왔다.

에이미는 휴지를 뭉쳐서 눈가를 찍어냈다. 휴지가 붉게 물들었다. 코가 욱신거렸고 코에서도 피가 났지만 휴지를 코에 직접 대고 싶지 않았다. 남자가 에이미의 이마를 쳐다보았다. "상처가 그렇게 심하진 않아요. 머리의 상처는 피가 한번 나기 시작하면 엄청 많이 나거든요. 보기에만 심해 보이는 거예요."

"고마워요." 에이미가 처음으로 고맙다고 말했다. 남자의 말이 사실일지도 몰라서 그가 고마웠다. "고마워요."

이번에는 에이미가 아파트로 돌아왔을 때 문을 여는 순간 리즈가 소파에서 벌떡 일어났다. 리즈는 상냥하기가 이루 말할 데가 없었고, 재잘거렸고, 사과했고, 흐느껴 울었고, 달라지겠다고 약속했다. 어느 한순간에는 무릎을 꿇고 앉아 에이미를 끌어안아서 에이미가 다리로 리즈를 떼어내야 했다. 그 모든 것이 그 첫날 아침, 리즈에게 에이미가 바랐던 것들이었다. 반가움 비슷한 감정을 느끼며 리즈의 말을 경청하는 동안에도, 코를 감싼 붕대 바로 너머에서 드라마가 펼쳐지는데도, 에이미는 낯선 거리감으로 그 모든 광경을 지켜보았다. "괜찮아. 우린 괜찮을 거야." 에이미는 자신이 계속 그렇게 말하는 것을 들었다. 그 말을 믿지 못하는 건 아니었다. 사실 에이미가 그 말을 하는 방식은 사뭇 그럴듯했다. 그러나 에이미 자신과 그 말을 하는 사람은 동일인물이 아닌 것 같았다.

사건 이후 처음 출근해야 했던 날, 귀여운 출근 복장을 다시 입을 생각을 하니 도저히 견딜 수가 없었다. 얌전한 사무실 여직원 행세를 정말 할 수 있다고 믿었던 걸까? 전혀 다른 인물이 모습을 드러냈다. 그는 자세를 잡으며 '덤벼, 이 자식아'라고 소리 지르는 성난 남자였고, 꼴사납게 구두를 신고 블라우스를 입은 소유욕 강한 짐승이었다. 에이미는 낡은 청바지에 후드를 입었다. 얼굴 정중앙에 코가 부러져 있으니 누구도 그의 복장에 대해 캐묻지 않을 것이다. 그로부터 며칠 동안, 에이미는 즐겨 했던 여성스러운 치장들이 한심하게 느껴졌다. 코가 왼쪽으로 비틀어져 있는데 화장이 다 무슨 소용인가? 에이미는 헐렁하고 중성적인 스타일로 옷을 입는 게 한결 더 편안하게 느껴졌다. 부츠를 신었고 어둡고 중성적인 색의 옷을 입었다. 부러진 코가 에이미 대신 거친 이미지를 연출하도록 내버려두었다. 누구도 그 어떤 질문도 하지 않도록, 그 어떤 의견도 그녀의 영역으로 진입하지 않도록.

물론 남성성이 그녀를 무감각하게 만들고 그녀 자신으로부터 분리시키고 있음을 깨닫게 된 것은 그로부터 한참 뒤였다. 그러나 솔직히 당시에는 그것이야말로 에이미가 원하는 것 전부였다. 수치심과 두려움의 현란한 감정들로부터 자신을 분리해낼 약간의 공간이 필요했고, 지하철과 직장에서 호기심 어린 시선과 자신 사이의 베일이 필요했으며, 리즈와 눈이 마주칠 때마다 에이미를 베는 맹렬한 배신감의 칼날에 씌울 칼집이 필요했다. 스탠리 이전에 에이미가 순수하게 바라보던 리즈에 대한 지독한 그리움의 칼날을 넣을 칼집이기도 했다. 리즈의 생일 일주일 전, 에이미는 항남성호르몬제의 투약을 중단했다. 리즈의 생일날, 스시를 먹으러 가기 전에 에이미와 리즈는 마지막으로 함께 주사를 맞았고, 그다음 주에 짧게나마 에스트로겐으로 다시 활성화된 감정 상태로 돌아가보니 뜨거운 물에 덴 것처럼 괴로웠다. 그래서 그 뒤로는 주사를 맞는 척만 했다. 에이미는 그 뒤로 한 번도 주사를 맞지 않았다.

두 달 뒤, 에이미는 광고 대행사에 새 일자리를 얻었고, 리즈에게 남자 이름으로 회사에 지원했다고 고백했다. 두 사람은 그 문제로 다투었고, 그때 에이미가 스탠리 앞에서 나왔던 그 낮은 목소리로 외쳤다. "너 남자 원하는 거 아니었어? 남자 좋아하지 않아? 난 그렇게 알고 있는데?" 이번만큼은 한심한 기분이 들지 않았다. 자신의 분노가 정당하다고 느꼈고, 그 분노에 의해 힘이 솟았고, 그 분노에 취했다. 에이미가 캐비닛을 주먹으로 쳤고 캐비닛이 그의 주먹에 굴복했다. 나무 합판이 짜릿하고도 위협적인 소리와 함께 쪼개지며 움푹하게 꺼졌다.

리즈는 거의 곧바로 떠났다.

9
장

임신 십 주

리즈는 카트리나의 집에 벌써 세 번째 온다. 심지어 한번은 손님방이자 미래의 아기방에서 잔 적도 있었다. 그때 리즈는 아침에 일어나 카트리나의 실크 가운을 빌려 입고 카트리나와 수란을 먹으면서, 어린 시절의 밤샘 파티와 섹스 없는 데이트를 반씩 섞어놓은 것 같은 혼란스러운 친밀감을 외면하려 애썼다. 카트리나의 아파트에서 이미 많은 시간을 보냈는데도, 리즈는 오늘에야 거실의 한 벽을 이루고 있는 유리창 밖을 내다보며 기시감을 느낀다. 유리창을 열면 아담한 벽돌 발코니가 있고, 발코니는 막다른 골목의 통풍공간에 떠 있다.

"**프렌즈.**" 기시감이 드는 이유를 갑자기 깨닫고 리즈가 큰 소리로 말한다. 리즈가 일렬로 나 있는 유리창들 쪽으로 다가가서 자신이 발견한 사실을 알려주기 위해 카트리나에게 돌아선다. "이 창문들 말이에요. 〈프렌즈〉에서 레이철하고 모니카가 사는 아파트의 창문하고 비슷해요."

"맞아요." 카트리나가 대답했다. 카트리나가 배달시킨 스시의 플라스틱 용기를 연다. 부근의 음식점에서 리즈를 위해 스시 롤을, 임신중인 자신을 위해 베지테리언 롤을 주문했다. "일부러 그렇게 만든 게 분명해요. 이 건물 전체를 리모델링할 때 그 창문을 만들었대요. X세대의 향수를 자극할 수 있는 완벽한 방법이라고 생각한 거 같아요. 십대 시절 TV에서 본 뉴욕을 경험하게 해주자는 거죠."

"〈프렌즈〉 속에서 살고 싶어하는 사람이 어디 있어요? 그 드라마에 나오는 뉴욕은 디즈니랜드잖아요."

카트리나가 간장 봉지를 뜯어 조그만 그릇에 담는다. "뉴요커들이 고상한 척하지만 속으로는 TV에 나오는 뉴욕에 대한 환상을 좋아한다는 건, 마케팅 일을 오래 하지 않은 사람도 다 아는 사실이죠." 어쩌다 보니 고상한 척하는 뉴요커들 속에 리즈를 포함시켰음을 깨닫고 카트리나가 미안한 듯 미소를 짓는다. "웨이트리스 월급으로 널찍한 로프트에 살고 싶지 않은 사람이 어디 있겠어요?"

"아, 그건 그렇겠네요." 리즈가 동의한다.

"포트 그린의 리모델링한 건물에 프렌즈 복제판 아파트 두어 개를 만들어놓고 통풍 공간이 보이게 해놓으면, 이혼 수속을 밟느라 슬픔에 잠긴 여자들이 위로를 줄 수 있는 집을 구하러 다닐 때, 무의식적으로 어린 시절 그들을 위로했던 〈프렌즈)의 그 집을 계약하게 되는 거죠."

리즈는 카트리나의 주장을 깊이 생각해보진 않는다. 대신 '슬픔에 잠긴 여자들'이라는 말에 대해 생각해본다. 경계성 잘난 척으로도 볼 수 있는 지적인 개소리를 할 때조차도, 카트리나의 생각들은 마치 전갈의 꼬리처럼 홱 방향을 틀며 감정의 독침을 드러내곤 한다. 카트리나는 자신의 감정을 저런 식으로 포장하는 방법을 대체 언제 배웠을까? 그것은 방어기제일까? 아니면 기술일까? 아니면 둘 다일까?

리즈는 손가락을 차가운 유리에 대고 황량한 통풍 공간에 떠 있는 발코니의 단단한 바닥을 내려다본다. 리즈 옆으로는 통풍공간으로 파고드는 한낮의 햇볕을 쬘 수 있도록 카트리나가 걸어놓은 식물들이 싱그러운 생명의 향기를 풍기고 있다. 실내 공기가 마치 숲의 바닥처럼 무겁고 어두우면서도 마음을 진정시킨다.

"당신이 바로 1990년대 〈프렌즈〉 노스탤지어에 취약하다는 그 슬픔에 잠긴 이혼녀인가요? 당신이 남편을 떠난 거 아니었어요?" 리즈가 묻는다.

"내가 떠났어요. 하지만 그렇다고 해서 내가 괴롭지 않았다거나 위로와 친근감이 필요치 않았다곤 말할 수 없어요. 그 사람이 나에게 '당신 실수하는 거야'라고 말할 때마다 난 그 말을 믿었어요. 다만 내가 저지를 수밖에 없는 실수라고 생각했죠."

리즈는 카트리나의 말을 정확히 이해한다. "벽을 보라색으로 칠해봐요. 모니카와 레이철의 집은 촌스러운 1990년대 색깔 아니었어요? 보라색하고 초록색이었나?" 리즈가 말한다.

카트리나가 얼굴을 찌푸린다. "웩! 그건 절대 싫어요!"

카트리나의 주방과 거실은 천장이 높고 널찍한 하나의 공간이었다. 〈프렌즈〉의 아파트 구조처럼. 다만 카트리나의 아파트가 조금 더 작고, 거실과 주방을 분리하는 카운터가 있는 것만 달랐다.

딸깍 하는 소리와 함께 카트리나가 막대형 라이터를 켠 다음 카운터 위에 옹기종기 모여 있는 유리병들 속의 초마다 불을 붙인다. 촛불의 조명 효과에 만족한 카트리나는 스시를 담은 접시를 들고 거실로 온다. 카트리나는 커피 테이블 옆의 크림색 러그 위에 무릎을 꿇고 앉으며 접시를 바닥에 내려놓았다가, 얼른 다시 접시를 들고 다시 일어서서 주방 옆의 식사 공간 있는 조그만 테이블에 접시를 내려놓는다.

리즈는 이 과정을 흥미롭게 지켜본다. "테이블로 접시 가져가기 전에 그 귀여운 우회로는 뭐였어요?"

카트리나가 살짝 얼굴을 붉힌다. "혼자 있을 땐 바닥에 놓고 먹는 걸 좋아하거든요. 난 그걸 실내 소풍이라고 불러요."

"귀엽네요. 그럼 우리 같이 실내 소풍해요."

카트리나가 고개를 젓는다. "아뇨, 내가 바보 같은 생각을 했어요."

리즈가 테이블의 간장 그릇을 러그 위에 옮겨놓은 다음 그 옆에 앉는다. "난 실내 소풍할 건데." 리즈가 말하고는 테이블에 앉아 있는 카트리나를 본다. "당신도 하고 싶은 거 알아요."

카트리나는 수줍으면서도 흐뭇한 미소를 짓는다. 카트리나가 무릎 안쪽으로 의자를 밀어낸다. 카트리나는 조심스럽게 스시 접시를 들어서 리즈 앞에 먼저 접시를 내려놓고 러그에 앉는다. 카트리나는 광택이 있는 짙은 붉은색으로 발톱을 칠한 맨발을 옆으로 빼고, 한쪽 엉덩이에 체중을 싣고 앉는다. "내가 처음 이 집에 이사 올 때," 카트리나가 설명한다. "전남편이 가구를 거의 다 가져갔거든요. 그 가구는 전에 살던 집에 맞게 장만한 거였어요. 떠나는 사람이 나였기 때문에, 살던 집에 있던 가구를 가져올 자격이 없다고 생각했어요. 아니면 가구를 가져오는 게 약간 치사하다고 생각했거나. 그래서 아무것도 안 가져와서, 여기 처음 들어와서 몇 주 동안 바닥에 앉아서 먹었어요. 첫날밤엔 어렸을 때 생각이 났어요. 집수리를 해야 해서 집을 떠난 적이 있었거든요. 부모님이 벌링턴에 임시로 집을 빌렸는데, 가구가 있는 줄 알았는데 알고 보니 없더라고요. 두 달 지내자고 가구를 들이자니 돈이 너무 많이 들었어요. 엄마는 날 붙잡고 걱정하는 대신, 특별한 날엔 실내 소풍을 하는 거라고 말했어요. 엄마는 음식을 쟁반에 담아서 리놀륨 바닥에 담요를 펼쳐놓고 그 위에 올려놓았어요. 공원에서 먹는 것처럼 식사를 즐겁게 만들었죠. 일주일인가 이주일이 지난 뒤에 아빠가 어디선가 테이블을 구해왔을 때, 난 실망했어요. 그 기억이 떠올랐을 때, 나 울었잖아요. 이혼 때문일 수도 있고 그저 향수 때문일 수도 있겠죠. 그래서 이젠 혼자 있을 땐 바닥에 앉아서 먹으면서 엄마를 생각해요."

이런 순간에 리즈가 카트리나에게 느끼는 느닷없는 애틋함과 욕구를 리즈는 '맘크러시'라고 부른다.

맘크러시라는 게 정말 있을까? 친구에 대한 크러시는 당연히 있고, 그냥 크러시도 당연히 있겠지만, 리즈는 카트리나에 대해 느끼는 자신의 감정을 맘크러시라고 부르고 싶다. 벌써 일주일째 리즈는 아침에 눈을 뜨면 카트리나와 함께 아이를 키우는 상상을 한다. 지금부터 오 년 뒤, 늘 바라던 가정을 꾸린 자신의 모습을 상상한다. 바로 오늘만 해도 카트리나의 집에 오는 길에, 카트리나와 함께 마트에 가는 상상을 했다. 아이에게 크라프트 사의 맥앤치즈를 주어도 괜찮은지 의논하는 상상이었다. 리즈의 어머니는 종종 막대 버터 반 개와 우유 한 통을 다 부어서 크라프트 맥앤치즈를 만들어주었는데, 거의 구부러지지 않은 형광 오렌지색 마카로니 국수가 크림색으로 반들거렸다. 한번은 리즈의 엄마가 진짜 맥앤치즈를 만들어주었는데, 흰색 체다치즈를 넣고 빵가루도 뿌렸다. 리즈는 코를 찡긋거리면서 치즈의 창백한 빛깔에 기겁을 했다. 리즈는 상상해본다. 지금부터 오 년 뒤, 카트리나가 아이에게 맥앤치즈를 제대로 만들어주자고 하면, 리즈는 아니라고, 크라프트 사의 맥앤치즈야말로 현대 식품과학의 절정이라고, 자연산이 아니라는 이유로 현대과학의 정점을 포기할 수는 없다고 말할 것이다.

그 상상이 리즈에게 생기를 불어넣고 새로운 두려움의 속삭임을 잠재운다. 그 두려움은 바로, 어쩌면 카트리나는 삼십 대 후반의 묘한 혼란 속에서 퀴어가 자신을 구원해줄 거라는 환상을 품고 있을지도 모른다는 것이다. 이혼과 임신을 겪고 난데없이 트랜스와 엮이면서 카트리나를 묶고 있던 밧줄이 풀리고, 실패한 이성애의 어두운 바다를 허우적거리며 떠다니다가, 퀴어 부모가 될 기회를 만난 순간 그것을 붙잡은 것이다. 카트리나가 공동 육아에 대해 얘기하는 방식에는 어딘가 유토피아적인 측면이 있다. 커밍아웃한 지 얼마 안 된 퀴어들이 그들의 삶이 가시밭길이라는 것을 알지 못한 채 자신들의 사랑이나 취향에 대해 열정적으로 얘기하는 것처럼. 좀 더 강박적이고 잔인한 순간이면 리즈는 카트리나가 임신중단을 할 경우에 대비하여 마음을 다잡는다. 개자식 남자친구가 떠난 이후 흥분해서 자신의 키스에 화답한 이성애자 대학생에 대한 욕망을 다스리려 애쓰는 퀴어 여자애처럼.

하지만 그 사랑스러운 실내 소풍이, 그리고 그 소풍이 마술처럼 빚어낸 두 사람이 함께하는 미래의 모습이 리즈에게 더 이상 저항할 필요는 없다고 말한다. 리즈는 지금껏 한 번도 맘크러시를 느껴본 적이 없다! 물론 과거의 모든 크러시는 다 틀어졌고, 분노 혹은 강박적이고 집착적인 감정으로 변질되었지만, 이건 다름 아닌 맘크러시가 아닌가? 어쩌면 맘크러시야말로 리즈가 늘 원했던 것 전부인지도 모른다. 그게 아니고 리즈가 스스로를 속이는 것이라면 또 어떤가? 가족에 대한, 아이에 대한, 누군가 그들의 삶에 리즈를 위한 자리를 만들어주는 것에 대한 굶주림이, 다가올 포만감에 대한 기대 속에서 잠시나마 마법처럼 잦아들게 하자. 때로는 크러시의 대상에 대한 경외심은 여전히 무언가를 향해 돌진할 수 있다는 사실이 주는 단순한 안도감과 다르지 않다.

일주일 뒤 두 여자가 바이바이베이비 매장으로 들어선다. 라이프 스타일로 모성을 팔고 있는 2층짜리 체인 매장이다. 두 사람 뒤로 자동문이 닫힐 때, 카트리나는 재킷을 가방에 걸치고 놀랍게도 리즈의 손을 잡고 깍지를 낀다. 리즈로서는 혼란스러울 정도로 동성애적인 순간이다. 아기를 위한 쇼핑 목록을 작성하기 위해 첼시의 어느 매장에 들어서는 두 여자라니.

아이를 함께 키우는 동반자적 관계가 지난 몇 주간 리즈의 머릿속을 점령했던 로맨스로 발전할 수도 있다는 암시였다. 카트리나와 리즈는 이 프로젝트에서 에임스의 필요성에 대해 농담을 했다. 그는 이미 엄청난 '기여'를 했으니 이제부터는 우리 둘이 알아서 하면 된다고도 했다.

그러나 손을 잡은 것은, 카트니라가 어떤 식으로든 친밀한 접촉을 주도한 것은 이번이 처음이다. 리즈는 이 상황을 어떻게 받아들여야 할지 모르겠다. 카트리나에겐 신체적 접촉으로 표현되는 정서적 지지가 필요한 걸까? 리즈는 레즈비언들처럼 잠시 멈추고 이 상황을 생각해보아야 하는 건지 궁금하다.

그러나 카트리나는 멈추지 않는다. 카트리나는 리즈의 손을 꽉 잡고 유아차 코너를 지난다. 유독 날렵한 모델이 단상 위에서 조명을 받고 있다. 쉐보레 전시장에 가면 이름 모를 세단들 틈에서 딜러가 아끼는 콜벳이 군림하는 것처럼. 유아차들을 지나 유아복 매장인 듯한 공간을 빙 두른 펜스를 따라가다 보니, 목록 작성실이라고 큼직한 팻말이 붙은 라운지가 나온다. 꽃무늬 블라우스를 입은 젊은 여자가 커다란 책상 뒤에 앉아 있다. 여자가 엄마가 될 나이로는 보이지 않아서 리즈는 안도한다. 엄마 경험이 없는 사람이라면, 리즈가 엄마로서 자격 미달이라는 것도 알아차리지 못할 것이다. 카트리나는 여전히 리즈의 손을 잡고 마치 예비신랑이 약혼자와 내일 결혼한다고 발표하는 것 같은 목소리로 목록을 작성하고 싶다고 말한다. 책상 뒤의 여자는 누가 보아도 커플인 두 사람을 훈련된 무심함으로 바라보면서, 물을 한 잔 권한 뒤 책상 옆의 낮은 소파로 그들을 안내한다. 그곳에서 여자가 브로슈어와 아기용품 무료 샘플, 커다란 바코드 스캐너가 들어 있는 조그만 손가방을 건넨다. 카트리나가 미심쩍은 표정으로 스캐너를 쳐다보자 여자가 매장에 있는 물건을 찍으면 바로 목록에 추가된다고 말한다.

　매장 안의 아담한 라운지는 보톡스와 레이저 시술을 받으러 갔던 피부 관리실의 라운지를 연상시킨다. 한 여성으로서 당신에게 필요한 게 무엇인지 알고 있는 여성들이 있고 그들이 당신에게 그것을 제공할 것이라고 은연중에 암시하는 장소. 당신의 몸에서 어떤 점이 불만스러운지 노골적으로 묻지 않고 훌륭한 취향과 안목으로 당신에게 필요한 것들을 제공하는 장소.

"일단 몇 가지 기재할 사항이 있는데요." 여자가 말한다. "출산 예정일이 언제죠?" 리즈는 여자가 자신에게 묻고 있음을 깨닫는다. 출근 복장의 카트리나와 헐렁한 드레스를 입은 리즈를 보고, 그들을 어설프게 부치와 펨으로 역할을 나눈 레즈비언들로 짐작하고 여성스러운 쪽이 임신했을 거라고 추측한 것이다.

카트리나도 그 사실을 깨닫지만 여자의 판단을 바로잡는 대신, 리즈의 손을 꽉 움켜쥐고 말한다. "의사가 언제라고 했지?" 이것은 카트리나의 작은 선물이다. 임신을 공유하는 소소한 방식이다. 한 가지 문제가 있다면, 리즈가 출산 예정일을 기억하지 못한다는 것이다. "음." 리즈가 시간을 끌며 날짜가 떠오르기를, 혹은 뭔가 다른 일이라도 일어나기를 기다린다.

"5일이었던가? 12월 5일?" 카트리나가 끼어들며 말한다. 그녀의 얼굴 가장자리에 금방이라도 능글맞은 웃음이 번질 것만 같다.

"응." 잠시 머뭇거리다가 리즈가 말한다. "맞아, 12월 5일."

"좋습니다. 12월 5일이고요." 여자가 말한다. 여자가 쇼핑 목록의 작성을 허락한다. 예정일까지 목록을 작성할 시간은 충분하다.

쇼핑 목록을 작성하는 건 마야의 생각이었다. 그 전주, 리즈가 아파트에 와 있을 때 카트리나가 어머니와 스카이프 통화를 했다. 다소 즉흥적인 것처럼 들리는 말투로 카트리나가 두 사람에게 서로 인사하라고 말했다.

처음에 리즈는 거절할 생각이었다. 그런데 아쉽게도 우아하게 거절할 방법이 없었다. 더구나 카트리나는 어머니가 지닌 서부 해안 사람 특유의 여유 덕분에 리즈, 에임스와 함께 아이를 키우는 것이야말로 자신이 항상 바라던 상황이었음을 깨닫게 되었다고 했다. 단지 자신의 이성애 중심주의가 그 진실을 가리고 있었던 거라고. 카트리나는 그 단어를 사용하기 시작했다. '이성애 중심주의'. 리즈는 그것이 카트리나의 일상 용어에 새로 등장한 단어일 거라고 생각했다. 물론 그 이전에도 그 단어를 알았겠지만, 그 의미를 한 번 비틀어야만 직성이 풀리는 퀴어 특유의 냉소주의까지 알진 못했다.

그러나 아무려면 어떤가. 만약 리즈와 마야가 트랜스 공동 육아를 열렬히 지지하는 것이 이성애 중심주의 때문이라면, 다 함께 이성애 중심주의로 가는 티켓을 끊자고!

"그럼요! 인사해야죠!" 내키지 않는 마음을 떨쳐버리고 리즈가 말했다. "나도 인사하고 싶어요! 우리 아이의 할머니가 될 분이잖아요. 근데 잠깐 화장 좀 고쳐도 될까요?"

카트리나가 들뜬 표정으로 고개를 저었다. "지금도 충분히 예뻐요! 그리고 어차피 우리 엄만 그런 거 별로 신경 안 써요."

"신경 안 쓰시겠죠. 하지만 내가 신경 써요." 리즈가 우겼다. "제발요. 그래야 자신감이 생겨요."

리즈는 카트리나의 노트북 화면에서 검은 뿔테 안경에 하얀 랩 블라우스를 입은 통통하고 매력적인 여자를 보았다. 카트리나와 마야는 별로 닮은 데가 없는 듯이 보였지만, 얼마 후 닮은 몸짓과 표정이 나타나기 시작했다. 마야는 처음에는 핸드폰을 손에 들고 얘기하다가 결국에는 커피 테이블 위 무언가에 기대 세워놓았다. 마야는 맨발에 맨다리를 안으로 접은 상태로 푹신한 흰색 소파에 앉아 있었다. 화면 근처의 창문에서 빛이 새어 들어와 마야의 얼굴과 머리카락을 비추었다. 뒤쪽으로는 밝고 개방감이 있는 주방이 보였고 냄비를 걸어놓은 격자 구조물도 보였다. 너무도 세련된 캘리포니아 스타일이었고, 마야가 인테리어 디자이너인 것을 감안할 때 모든 것이 의도적인 것이 분명했다. 마야는 대화 도중 머리카락을 손으로 쓸어 넘기거나 머리를 홱 젖혀서 뒤로 넘겼는데, 그런 모습이 자신의 삶을 즐기는 사람 같은 느낌을 한층 더 강화했다.

마야는 리즈와 소소한 대화를 나누다가, 낡은 풍차를 명상실로 개조해달라는 멘도시노의 어느 까다로운 고객과 계약하게 되었다는 얘기를 딸에게 하기 시작했다. 두 여자가 수다를 떠는 모습을 보고 리즈는 질투심을 느꼈다. 그들의 편안한 친근감이 부러웠고, 과거 사건들에 대한 암시가 부러웠다. 리즈는 자신의 어머니와 그런 소소한 대화를 나누어본 적이 없었다. 서로의 삶에서 일어나는 일들을 공유할 정도로 통화를 자주 하지도 않았다. 리즈는 자신도 마야와 이런 관계가 될 수 있을지 궁금했다. 리즈로서는 관계 자체를 상상조차 할 수 없었다. 리즈는 한 번도 시어머니 혹은 장모를 가져본 적이 없었다. 남자친구의 부모님을 만나본 적도 없었다. 에이미도 자신의 어머니에게 리즈를 숨겼다. 리즈를 보호한다는 것이 표면상의 이유였다. 대화 도중 마야가 하던 말을 멈추고 물었다. "참, 네가 보내준 책 다 읽었어! 어젯밤에. 리즈도 그 책 읽었어요?"

"어떤 책요?" 리즈가 물었다. 리즈는 대화를 건성으로 듣고 있었다.

"《또 다른 어머니의 고백》." 마야가 대답했다.

"내 책은 주방 선반에 있어요." 카트리나가 손으로 가리켰다. "생물학적 어머니가 아닌 레즈비언 엄마들이 쓴 에세이예요. 두 번째 엄마가 어떤 대우를 받는지에 대해 썼어요. 리즈가 그 부분에 대해 걱정하는 거 잘 알고 있고 그래서 나도 좀 민감해지고 싶었거든요. 좋은 책이라 엄마한테도 한 권 보냈어요." 카트리나는 연민을 느낄 때 목소리가 나긋나긋해지는 경향이 있다.

리즈가 주방 선반에서 책을 찾으려고 쪼그려 앉을 때 무릎에서 탁 소리가 났다. 파스텔톤의 노란 표지에 총알처럼 생긴 브라와 고무젖꼭지 그림이 있었다. 리즈는 책을 뒤집어서 뒷면의 광고 문구를 읽었다. **엄마이지만 엄마가 아닌 존재가 되는 것의 의미를 되새겨보게 하는 이야기…… 엄마가 되고 싶지만 될 수 없는 이들이 느끼는 질투심와 상실감…… 임신한 배우자를 쉽게 받아들이는 방법…….**

마야가 이 책을 읽었다고? 카트리나가 이 책을 읽었다고?

리즈는 들킨 기분이 들었고 심지어 폭로당한 기분이 들었다.

맘크러시에도 불구하고, 레즈비언 엄마라는 호칭은 리즈에게는 부적절하게 느껴졌다. 리즈는 자신의 모성을 경멸하는 시스 레즈비언들의 조언으로 퀴어 육아의 여정을 시작해야 하는 상황이 너무도 혼란스러워서 도저히 공손한 태도를 유지할 수가 없었다. 리즈가 모성에 대한 열망을 드러낼 때마다, 왜 사람들은 지난 삼십여 년 동안 리즈를 원하지 않는다는 사실을 분명히 밝혀왔던 정치운동을 들먹이는가? 보다 분명한 설명은, 그리고 아마도 보다 적절한 설명은 이것이다. 리즈는 카트리나와 잔 적이 없고, 앞으로도 그럴 계획도 욕망도 없다는 것. 그들은 레즈비언 커플이 아니었다. 그들은 맘크러시를 갖고 있는 맘커플이었다. 이건 전혀 얘기가 달랐다. 마야는 그 점을 이해해야만 했다.

"실은," 화면 속 엄마와 함께 소파에 앉아 있던 카트리나가 말했다. "그 책 에임스가 골라줬어요."

에임스는 최근 들어 그들의 삼인조 체제에 대해 엄청나게 브레인스토밍을 하고 있었다. 그는 결국 모든 세대는 그들 세대에 맞는 육아 방식을 재창조해야 한다고 말하기에 이르렀고 그와 리즈, 카트리나가 그 재창조에 한몫을 하게 될 거라고 말했다. 브레인스토밍의 일환으로 에임스는 시카고에 있는 친구에 대해 얘기했다. 쿠엔틴이라는 성공한 의사 친구였다. 쿠엔틴은 시스 남자친구와 오랜 기간 동거중인 트랜스 남성이었다. 시내 노스웨스턴 메모리얼 병원에 괜찮은 일자리를 구하자 쿠엔틴은 로저스 파크에 위치한 멋지게 낡은 빅토리아풍의 주택을 매입했다. 로저스 파크는 시카고 호숫가에 자리 잡은, 평범한 북부 사람들이 주로 사는 동네였다. 저택에는 자그마한 영지가 포함되어 있었는데, 그 영지에 썩어가는 울타리로 둘러싸인 아담한 뜰이 있었다. 아이들이 썩은 울타리를 몰래 타 넘어서 옆 건물로 가면, 도시 전체를 통틀어 몇 군데 없는 사유지 해변으로 잠입할 수 있었다.

저택을 매입한 뒤 쿠엔틴은 집 내부를 위층과 아래층 두 공간으로 리모델링했다. 각층에 거실, 주방, 안방과 욕실을 꾸몄다. 집 한 채를 두 세대로 나누려면 누구라도 그렇게 할 것이다. 그러나 그는 두 층을 문으로 분리하지 않고 대신 두 층의 거실을 잇는 거대한 목조 계단을 설치했다. 각각의 거실에 철골이 드러난 천장과 벽난로가 있었다. 공사가 끝나자 쿠엔틴과 그의 남자친구는 아래층에 입주했고, 레즈비언 커플인 아이린과 하이디가 위층에 입주했다. 쿠엔틴의 시스 남자친구가 두 여자에게 정자를 기증했고, 두 여자가 동시에 임신했다. 남자아이인 앰브로즈와 여자아이는 저스틴은 몇 주 간격으로 태어났다. 그들 네 사람은 두 아이들을 함께 키웠다. 아빠들은 아래층에, 엄마들은 위층에 살았다. 두 아이들은 집 전체를 자유롭게 돌아다니며 위층 아래층의 아빠들과 엄마들 사이를 오갔다. 아이들에겐 그들을 보살펴주고, 질문에 답해주고, 그림을 보아줄 어른이 항상 곁에 있었다. 쿠엔틴을 포함한 성인들은 모두 아이들과 동일한 성을 사용함으로써 공적인 자리에 보호자로 동반할 수 있도록 했고 이름만으로 부모임을 식별할 수 있게 했다.

가장 흥미로운 대목은, 부모들이 앰브로즈와 저스틴에게 대부분의 사람 혹은 그 어떤 사람들도 이런 방식으로 가족이 되지는 않는다는 얘기를 하지 않았다는 점이었다. 그래서 학교에 입학할 때까지 아이들은 그들의 가족이 평범한 가족이라고 생각했고, 4인 부모라는 개념이 그들이 생각하는 가족의 개념이었다. 다른 친구들의 부모가 한 명이나 두 명인데 반해 그들은 부모의 숫자가 훨씬 더 많아서 아이들은 우쭐해하는 것 같았다.

그러나 쿠엔틴은 자신의 이런 상황에 대해 떠벌리지 않았다. 그들은 퀴어 버전의 잠행 가족이었다. 그는 잘난 체하지 않는 가장이었고, 자신이 이룬 것에 만족할 줄 알았으며, 그런 자신을 설명하라는 요청은 정중하게 거절했다. 다른 가족도 자신의 상황을 설명하지 않았는데, 설명할 이유가 없었다. 리즈와 에이미가 얻은 정보는 주로 직접 보고 알게 된 것이었다. 연애 초기 쿠엔틴과 친한 에이미의 친구와 함께 그들의 집을 몇 차례 방문했기 때문에 그들 가족을 직접 보았다.

"때로는 어떤 상황의 확실한 실행 계획을 떠올릴 수 있을 때, 그 상황 속에서의 자신의 모습을 생각해볼 수 있잖아." 리즈가 두 사람 이야기를 마쳤을 때 에임스가 카트리나에게 말했다.

"하지만 정확히 어떤 실행 계획을 말하는 건데? 에임스?" 카트리나가 물었다. "난 그 대목에서 걸리네. 집을 리모델링하자는 거야? 우리 상황을 건축학적으로 해결하자는 거야?"

"내가 쿠엔틴 얘기를 한 이유는……." 에임스가 입을 열었지만, 리즈가 저도 모르게 그의 말을 잘랐다.

"싫어."

"뭐가 싫어?"

"난 안 할 거야. 설령 네가 마법처럼 두 층으로 나눌 대저택을 장만하게 된다고 해도, 난 아래층이든, 아니 그 집 어디서든 안 살 거야. 너와 카트리나가 내 위에 살고 있는데 그 밑에서 살고 싶지 않아. 그건 너무 치욕적이야."

"리즈! 집은 잊어버려. 집 얘길 하는 게 아니야. 기존의 틀을 깨고 싶으면, 그걸 대체할 새로운 틀이 필요하다는 거지. 전형적인 2인 부모의 틀을 깨고 싶으면, 심지어 퀴어 2인 부모 핵가족이라는 틀조차 깨고 싶으면, 그걸 대체할 이론을 생각해 내야 하잖아. 난 인간 중심의 건축 설계로 문제를 해결해야 한다고 믿는 사람은 아니야. 이건 기술 스타트업이 아니라 가족이니까……. 하지만 퀴어로 산다는 건 어떻게 보면 설계의 문제일 수도 있는 거잖아. 젠장, 우리가 쓰는 섹스용품들을 좀 봐."

에임스에겐 생각이 많았다. 육아에 대한 수많은 추상적인 생각들이 있었고 그들이 처한 딜레마에 대한 가상의 해결책이 있었다. 예를 들면, 에임스는 태어날 아기의 출생증명서에 리즈의 이름을 카트리나의 이름과 함께 올리자고 제안했다. 그렇게 하면 리즈도 법적으로 부모가 되고, 그는 혈연에 의한 부모가 되고, 결국 세 사람 모두 어떤 식으로든 유대관계를 구축할 수 있다고 거라고. 에임스에겐 많은 계획이 있었다! 계획들이 얼마나 많은지 리즈는 그의 실행계획이 자신의 감정을 회피하기 위한 게 아닌가 하는 의심마저 들었다. 주어진 상황을 감정적으로 느끼기보다는 문제를 해결하고 싶은 열망이랄까. 퀴어 가정 문제를 전문으로 하는 가정 변호사를 알아봤어. 트랜스 여성의 모유분비를 촉진시키는 데 필요한 호르몬 요법이 있대. 캘른 로드 보건센터에서 처방을 받아야 해. 바로, 임신 수준으로 유지하기 위해서 에스트로겐과 프로게스테론 용량을 두 배로 늘리는 처방이야. 프로락틴 수치를 올려주는 돔페리온을 온라인 캐나다 제약회사에서 주문했어.

카트리나는 에임스의 생각들을 어머니에게 전하곤 했다. 리즈는 카트리나의 그런 모습을 보고 처음엔 놀랐지만 서서히 좋아하게 되었다. 이게 바로 가족이었다! 리즈에게 항상 부족했던 바로 그것! 나의 엄마 노릇을 감독해주는 엄마라니! 당연히 그래야 했다. 마야가 있어서 얼마나 다행인지.

그래서 마야와 첫 대화에서 마야가 그들에게 에임스 얘기는 그만 들으라고 했을 때, 리즈도 웃으며 동의했다.

"에임스는 생각이 너무 많아!" 마야가 말했다. "전부 다 너무 추상적이야! 심지어 이 책도! 너무 추상적이잖아! 새벽

3시에 아기가 울거나 아프고, 네가 지쳐 나가떨어져 있을 때, 가족의 구조가 어떻게 보이건 누가 상관이나 한다니? 누구 이름이 어떤 법적 서류에 올라갈지 신경 쓰기엔 세 사람 다 너무 피곤할걸."

"난 그런 거 신경 쓰기엔 이미 너무 피곤해요." 카트리나가 한 손을 배에 얹으며 끼어들었다. 리즈는 처음으로, 카트리나에 대해 질투가 아닌 연민을 느꼈다. 리즈는 임신 초기라 아침에 피로해하는 카트리나의 모습을 이미 몇 차례 보았다.

"두 사람이 지금 해야 할 일이 뭔지 알아?" 마야가 조언했다. "가서 육아용품 쇼핑 목록을 작성하는 거야. 둘이 같이 매장에 가서, 아기 침대와 옷들을 둘러보면, 서로의 육아 방식이 어떤지 훨씬 더 분명하게 알 수 있을 테니까. 어떤 부분에서 잘 맞고 어떤 부분에서 싸울지. 분명히 말하는데, 가족의 의미에 대한 철학적 고찰은 이제 그만. 가족을 만드는 실제 작업에 바로 착수하렴."

"그거 좋은 생각이네요." 카트리나가 말했고 리즈도 고개를 끄덕였다.

"좋은 생각이고말고! 카트리나, 엄마 말을 좀 잘 들어! 혹시 아니? 두 사람이 목록에 근사한 물건을 올려놓으면, 그리고 그 물건이 내 마음에 들면, 내가 흔쾌히 사줄지?" 마야가 윙크를 했고, 그 순간 리즈는 마야의 딸이 되고 싶었다.

그래서 지금 카트리나와 리즈는 싸개와 입는 담요의 바코드를 찍는 중이다. 아기 양말 코너 하나만 돌아보았을 때 이미 선택의 과부하 상태가 되었다. 어린 아기에게 이토록 다양한 스타일이 필요할 줄 누가 알았을까? 더구나 몇 달 내로 작아져서 못 신게 될 양말인데 말이다. 구 개월 아기의 양말 진열대 앞에 서서, 리즈는 황당할 정도로 작은 아기 양말을 보며 감상에 젖는다. **대체 시간이 언제 그렇게 흘렀지? 발이 엄지손가락만 했던 때도 있었는데. 참 행복했지.** 리즈는 언젠가 그런 한탄을 하는 자신의 모습을 상상해본다.

"세상에." 리즈가 카트리나에게 말한다. "나 벌써 우리 공주님이 갓난아기였던 시절을 그리워하고 있는 거 알아요? 아직 태어나지도 않았는데."

리즈와 카트리나는 아기를 '공주님'이라고 부른다. 아직 성별을 확인하지 않았는데도. 카트리나는 생물학적 성별과 사회적 성별의 차이를 꽤 잘 이해하고 있고 리즈는 생물학적 성별이 중요하지 않다고 생각하는 사람이 아니다. 설령 아이가 트랜스가 된다고 해도 어떤 방향의 여정일지 아는 것은 도움이 된다.

"때 이른 그리움이라니, 그래도 내가 느끼는 감정보다는 낫네요."

"카트리나는 어떤 감정을 느끼는데요?"

"소비자의 피로. 이게 비쌀 거라는 생각은 했지만, 세상에, 이 말도 안 되는 물건들 좀 봐요. 너무 심하잖아요. 어그에서 빌어먹을 아기 신발을 만들었어요. 이게 55달러라니!"

"유아용 어그 부츠 세일! 미착용 제품!"

"마치 우리가 아주 슬픈 단편소설 속에 있는 것 같아요." 카트리나가 코웃음을 치며 입는 담요를 가리킨다. "그냥 첫해에는 저걸로 싸놓으면 안 돼요? 디자이너 옷을 입혀놓는다고 아기가 알 리도 없잖아요. 석 달에 한 번씩 옷을 사려면 돈이 엄청 들 텐데. 그냥 담요에 싸놓으면 오히려 그게 오래 갈 거 같아요."

리즈가 어깨를 으쓱한다. 코치에서 나온 조그만 아기 신발을 보는 순간, 리즈의 내면에 있던 명품 집착녀가 스캔해서 목록에 올리라고 소리를 지른다. 그러나 아이한테 명품을 입힐 것인지 말 것인지가 카트리나와의 첫 육아 충돌이 된다면 너무 끔찍할 것 같다. 그런 거지 같은 충돌이라면 아이의 십대 시절에 겪어도 충분할 것이다.

아래층에 내려가니 유축기가 유리 상자 안에 전시되어 있다. 마치 스티브 잡스 시대의 애플 제품처럼 매끄럽고 흰 곡선으로 이루어져 있으며 최소한의 버튼만 있는 날렵한 제품이다.

"멋지네요! 앱도 있대요! 하나로 같이 쓸까요? 아니면 각자 하나씩 있어야 할까요?" 카트리나가 묻는다.

"각자 하나씩 있어야죠." 리즈가 말한다. "이유는 두 가지예요. 첫째, 세균 문제. 그리고 둘째, 주거 상황이 어떨지 모르잖아요. 우리 둘 다 매일 밤 젖을 짜려고 지하철을 타고 싶진 않을 거예요."

카트리나는 트랜스 여성도 모유를 만들 수 있다는 사실을 알고 놀랐다. 카트리나가 그 질문을 했을 때 리즈는 그녀답지 않게 수줍어했고, 결국 에임스가 호르몬 요법으로 가능하다고 설명해주었다. 트랜스 여성도 모유를 생산할 수 있다는 사실을 리즈가 알고 있는 이유를 실제로 모유 수유를 해야 하는 상황에서 밝히는 것은 다소 혼란스러울 수 있었다. 리즈는 자신의 모유생산능력에 관한 토론을 주로 남자들과 했다. 그들의 몸속 어딘가에도 그런 잠재력이 있을지도 모른다는 사실에 완전히 매혹된 남자들이었다. 리즈의 서랍에는 이미 유축기가 있었다. 카우보이가 임산부 플레이를 할 때 사용하고 싶어했기 때문이었다. 그러나 리즈의 유축기는 수동이었다.

리즈와 카트리나는 똑같은 배터리 충전식 하늘색 전동 유축기를 사기로 결정한다. 두 사람은 몸을 밀착하고 얼굴을 서로에게 가까이 대고 설명서를 읽으면서, 향후 그들의 가슴의 문제에 대해 고민하며 그 결정을 내렸다. 리즈의 삶에서 가장 예상하지 못했던 친밀한 순간이었다.

때로 리즈는 카트리나와 모성의 에로티시즘에 대해 얘기하고 싶다. 심지어 이 매장만 해도 그렇지 않은가! 보라! 이곳은 여성스러움과 은밀한 사생활의 성지이다! 달라진 체형을 감추기 위한 옷들. 접촉, 양육, 돌봄을 장려하기 위해 만들어진 온갖 사진들과 제품들. 남성의 시선을 배제할 때 여성들이 자신의 속옷 색상으로 선택할 법한 은은한 파스텔톤 색상의 포장. 허공에 떠다니는 파우더 향. 퀴어들은, 심지어 이성애자들까지도 침대에서 서로를 '대디'라고 부르기 시작했지만, 리즈에게는 '마미'보다 더 금기시되고 더 보드랍고 더 친밀한 단어는 없었다. 남성의 왕성한 성욕을 드러내는 것이 여성의 그것을 드러내는 것보다 더 축하받을 일로 여겨진 것처럼, 침대에서의 엄마 대 아빠의 대결에서 그 불평등은 더 극명하게 드러난다.

카트리나도 비슷한 생각을 하고 있는 게 분명하다. 서로를 보호하려는 여성들의 충성심에 대해, 헌신적인 양육의 과정을 공유하는 즐거움에 대해. "참 좋네요." 카트리나가 리즈에게 말한다. "여기 이렇게 당신과 함께 있는 거요. 혼자 해야 했다면 비명 지르면서 뛰쳐나갔을지도 몰라요. 출산한 친구들은 늘 이게 너무 외로운 일이라고 불평했어요. 자신들의 몸이 이렇게 엄청난 기적을 일으켰는데, 그래서 스스로에 대해 경탄하고 초조해하고 흥분하는데 정작 남편은 하나도 이해를 못한다고. 내 친구 베스는 남편이 술을 너무 많이 마셔서 임신 기간에는 술을 마시지 말아달라고 했더니 남편이 엄청 화를 냈대요. '당신이 임신한 게 내가 술 마시는 것과 대체 무슨 상관이지? 대체 왜 내가 집에 있어야 하는데?' 그러더래요. 남편은 그게 엄청 **불공평한** 일이라고 생각하는 것 같더래요."

"나한테는 정반대의 문제가 있어요." 리즈가 말한다. "난 당신이 나와 더 많은 걸 공유해주면 좋겠어요. 당신의 임신에 대해 전부 다 알고 싶어요. 내 임신처럼 느껴지기도 하니까요. 하지만 그렇게 해달라고 말하면 내가 너무 이상한 사람처럼 보일 것 같아요. 당신의 몸에 대해 캐묻는 것 같아서요."

"너무 다행이네요. 왜냐하면 난 앞으로도 계속 투덜댈 생각이거든요. 이 주 전부터, 이를 닦으면 토할 것 같은 기분이 들었는데, 아무 말도 안 하고 그냥 참았어요. 그런 것 가지고 징징대는 건 너무 따분하잖아요."

"제발 징징거려요."

"당신의 존재를 당연하게 여기지 않을게요. 약속해요. 당신하고 같이 여기 와서 너무 좋아요. 내 친구 다이애나는 체외수정을 하고 있는데 걱정도 많고 항상 혼자예요. 배아를 세 개 냉동시키는 데 성공했는데, 벌써 그 배아에 감정적으로 애착이 생겼대요. 이번이 그 부부의 두 번째 체외수정인데, 첫 번째에는 냉동 과정에서 배아 하나가 손상되었대요. 그때 나한테 전화해서 아기를 잃었다고 흐느껴 울었어요. 진짜 가슴 아픈 일이었는데 남편은 정신 나간 여자 취급을 하더래요. 배아를 이식한 날, 다이애나는 남편한테 제발 감정 백치처럼 굴지 말라고 했대요. 남편이 실내 암벽등반을 갈 계획이었거든요. 그래서 남편한테, 나와 아직 태어나지 않은 우리 아기와 함께 집에 있어달라고 했더니 남편이 이렇게 말하더래요. '여보, 시술은 아침에 하고 난 오후 5시에 가잖아.'"

리즈는 남자들의 멍청함에 코웃음을 쳤다. 적어도 에임스는 감정 백치로 완전히 복귀하기에는 여성으로 보낸 시간이 길었다. 모르긴 해도 아마도 그래서 에임스가 오늘 오지 않았을 거라고, 그래서 카트리나와 리즈에게 두 사람만의 공간을 주는 걸 거라고 리즈는 생각한다. 그가 함께 있었다면, 리즈는 씩씩거리는 불필요한 사람의 역할을 맡게 되었을지도 모른다. 그가 보여주고 있는 전형적인 남성 부재의 행태는 에이미의 명령에 따른 영리한 정서적 통찰일지도 모른다. 어쩌면, 젠더 문제만 아니면, 에임스는 훌륭한 아빠가 될 수도 있을 것이다.

"이 아기 침대 어떻게 생각해요?" 카트리나가 묻는다. 그들은 어느덧 가구 코너로 들어와 있다. 카트리나는 기저귀 교환대와 한 세트로 나온 아기 침대의 눈부시게 흰 난간을 어루만지고 있다. 침대는 덴마크 회사의 제품이다. 스칸디나비아 사람들은 고급 유아용품 시장에서 비정상적인 점유율을 확보한 것 같다.

"침대는 안 쓸 거 같아요." 리즈가 별생각 없이 말한다. "나도 없었거든요."

"침대는 당연히 필요해요. 침대가 없으면 아기가 어디서 자요?"

"어른 침대에서요. 아기들은 부모와 함께 자는 걸 훨씬 더 좋아해요."

"무슨 소리예요? 절대 안 돼요. 그러다가 아기가 깔려 죽는 거예요. 잠결에 아기를 깔아뭉갤 수도 있어요."

리즈는 짜증이 치미는 것을 느낀다. 침대에 관해서라면 리즈도 좀 안다. 리즈의 어머니는 항상 부재중이었고 육아에 소홀했지만, 언제나 아기 침대의 위험성을 역설했다. 그것은 리즈의 어머니가 자부심을 갖는 한 가지였다. 리즈가 아기였을 때 항상 데리고 잤다는 것. 1980년대에 유행했던 육아 방식이었다. 아기들은 혼자 두어서는 안 된다. 훗날 과학적으로도 입증되었다. 엄마와 다른 방의 아기 침대에서 잔 아기들은 코르티솔 수치가 상승한다. 육아 전문가들은 성장발달에서 중요한 시기에 스트레스 호르몬에 노출된 아기들은 평생에 걸쳐 기본적으로 높은 수치의 스트레스 지수를 보인다는 사실을 이론화했다.

"내가 놀이방에서 일할 때 엄마들하고 이 문제에 대해 얘기한 적이 있어요." 리즈가 말한다. "아기가 밤중에 엄마와 떨어지면 아기들은 스트레스를 받아요. 분리 불안이 생기는 거죠. 연구 자료도 있어요. 엄마들한테도 아기와 같이 있는 편이 훨씬 나아요. 젖을 먹일 때에도 잠이 덜 깬 상태로 아기를 안기만 하면 다시 잠들 수 있으니까요. 일어나서 옷을 입고 앉아서 젖을 먹이려면 잠이 다 달아나잖아요. 수면 리듬이 완전히 박살난다고요. 그리고 아기가 부모한테 깔리는 사고는 부모가 술에 취했거나 약에 취했을 때만 일어나요."

카트리나가 얼굴을 찌푸린다. "놀이방에서 일했다고요? 헬스센터에서 일했다고 하지 않았어요?"

"맞아요! 헬스센터의 놀이방이었어요."

"그걸 아동심리학 학위하고 같은 걸로 볼 수는 없잖아요."

야비한 말이다. 리즈에겐 학위가 없다. 리즈도 자신의 학력은 분명히 알고 있다. 리즈가 아랫입술을 깨문다. 뭔가 날카로운 말을 쏘아주고 싶었지만, 너무도 뜻밖의 상처다. 대신 그녀는 고개를 돌리고 흔들의자를 뚫어져라 쳐다본다. 매장의 친밀감은 어디론가 사라져버리고, 남아 있는 것은 소비자들을 노리는 냉혹하고 유치하고 시시한 덫들뿐이다.

"미안해요." 카트리나가 말한다. "내가 좀 날카로워요."

리즈가 고개를 끄덕이지만 여전히 눈은 맞추지 않는다.

"하지만 우리 두 사람이 같은 방식으로 해야 하잖아요." 사과의 의미로 카트리나가 말한다. "내 방에는 아기 침대를 두고, 당신 방에서는 당신 침대에서 자게 할 순 없잖아요. 일관성이 있어야 해요."

이것이 바로 리즈의 불만이다. 결국 아기를 어떻게 키울 것인지에 대한 최종결정권은 생물학적 엄마인 카트리나에게 있다. 두 번째 엄마인 리즈는 오직 제안만 할 수 있을 뿐이다.

리즈는 자신이 전략적으로 불리한 위치에 있을 때 취하는 행동, 즉 수동적인 공격성과 마지못한 굴복의 결합으로 답한다. 리즈가 바코드 스캐너를 들고 방아쇠를 당긴다. 스캐너가 조그만 삑 소리와 함께 복잡한 그물망을 통해 시간과 공간을 가르며 중요한 데이터를 전송한다. 덴마크 아기 침대를 목록에 추가하라.

"고마워요." 카트리나가 말한다.

그날 밤, 리즈가 자신의 방에서 노트북을 올려놓은 조그만 유리 테이블 앞에 앉아 바이바이베이비 닷컴에 들어가 확인해보니, 카트리나가 목록에서 아기 침대를 지웠다.

10
장

임신 십일 주

세련된 여자가 아파트의 문을 연다. 찢어진 청바지에 특수 기능성 면소재로 짠 것 같은 헐렁한 탱크톱을 입고 있다. 머리는 핀으로 높이 고정했고, 섬세한 코 위에는 광대뼈의 가파른 경사와 각도가 일치하는 맵시 있는 검은 테 안경이 자리 잡고 있다. 여자의 헤어스타일과 안경의 조합은, 엄청나게 섹시한 여자가 시청자들에게 나는 당신이 생각하는 그런 여자가 아니라 아주 똑똑한 여자임을 암시하기 위해 선택할 법한 복장이다. 그러나 변장이 늘 그렇듯이, 리즈는 여자가 실제로 엄청나게 섹시한 여자임을 알아차리지 않을 수 없다.

"어서들 와요, 두 분!" 섹시하고 똑똑한 여자가 소리친다. 여자가 리즈를 포옹으로 반긴다. 여자가 보인 뜻밖의 상냥함이 리즈에게는 오랫동안 연락이 끊겼다가 갑자기 만나게 된

친척의 반응과 이제 곧 치르게 될 신도의 희생에 감사하는 교주의 반응 사이의 어딘가처럼 느껴진다. 여자가 파티의 주최자라고 자신을 소개한다.

"집이 참 멋져요." 리즈가 대충 뭉뚱그려 말한다. 아직 집 안으로 완전히 들어서지도 않았지만, 비스듬한 저녁 햇살 속에서, 창문들이 여성스러운 거실 가구들 위에 기다란 황금빛 사각형들을 대각선으로 드리우고 있는 것을 문간에서 보고 한 말이다. 섹시하고 똑똑한 여자가 혼란스러운 표정을 짓는다.

"여긴 캐시의 집이에요." 여자가 리즈의 말을 정정한다. "난 캐시의 요가 강사고요. 캐시가 도테라 파티를 위해 아파트를 빌려주었어요." 여자는 자신의 이름은 밝히지 않는다.

"캐시는 뛰어난 부동산 에이전트예요." 카트리나가 거들며 말한다. "그러니까 당연히 근사한 집을 갖고 있겠죠."

그날 오후 카트리나가 부동산 에이전트인 친구의 집에서 열리는 파티에 리즈를 초대했을 때, 리즈는 내용을 제대로 이해하지 못한 상태로 가겠다고 했다.

리즈가 이해한 것은 카트리나가 리즈를 자기 친구들에게 소개시켜주려 한다는 것이었다. 지금껏 리즈가 좋아했던 그 어떤 시스에게서도 받아본 적 없는 엄청난 초대였다. 리즈는 그들의 가족이나 친구들을 만난 적이 없었다. 함께 휴가 여행을 간 적도 없었다. 리즈는 지난 두 번의 크리스마스를 똑같이 보냈다. 아주 조그만 소나무를 사서 서랍장에 올려놓고, 동네 편의점에서 산 전구로 장식했다. 그때까지 만났던 모든 연인을 생각하면서, 트리 옆에서 책 읽는 사진을 찍으며 크리스마스이브를 혼자 보냈다. 만약 법정에 서게 되면 그녀의 변호인단이 리즈는 결코 슬프지 않았다고, 혼자 있는 것을 개의치 않았다고, 유명한 티셔츠 문구처럼 리즈는 혼자이지만 혼자임을 사랑했다고 주장하는 근거로 쓰일 사진이었다.

따라서 비록 리즈가 아무렇지 않은 척했지만, 리즈와 카트리나의 다른 친구들 사이의 격리가 해제되는 것은 리즈에게 중대하고도 의미심장한 일이었다.

파티 장소로 향하는 길에 문득 리즈는 자신이 도테라 파티라는 게 뭔지 모르고 있다는 생각이 들었다. "도테라가 뭐예요?" 리즈가 물었다.

"에센셜 오일 회사예요." 카트리나가 말했다. "아마 설명을 들어야 할 거예요. 그리고 마지막에는, 아마 페이스 스크럽을 만들 거예요."

그 정보만으로는 상황을 파악할 수가 없었다. 부동산 에이전트와 페이스 스크럽을 만든다고? 이건 시스들의 문화인가? 다음 주엔 또 뭘까? 재무 설계사와 네일 아트를 하나?

"솔직히 말할게요." 리즈가 섹시하고 똑똑한 요가 강사에게 고백한다. "나 도테라 몰라요."

섹시하고 똑똑한 여자가 리즈를 향해 환하게 웃는다. 여자는 말할 때 상대방의 팔을 애교스럽게 잡는 습관이 있다. "아, 첫 경험이시군요! 걱정 말아요. 내가 돌봐줄게요." 그녀가 윙크를 한다. 리즈 같은 여자에게 그렇게 노골적으로 상업적인 윙크를 성공시키려면 엄청나게 섹시한 사람이어야 한다. 그러나 이 여자는 그 윙크에 성공한다. 일상 속에서의 섹스의 암시에 대해서라면 냉소적이고 익숙한 리즈이지만, 이렇게 멋진 여자에게 도레타의 순결을 잃게 된다고 생각하니 안도와 감사의 감정이 밀려드는 건 어쩔 수 없다.

애피타이저를 먹으며 와인 한 잔을 비울 무렵, 리즈는 도레타가 컷코 나이프, 메리케이, 혹은 타파웨어처럼 파티를 통해 직접 판매를 하는 회사들 중 하나라는 사실을 깨닫는다. 다만 도레타의 제품이 고급 에센셜 오일이다 보니, 원석 치유나 백신접종거부와 같은 중산층 문화를 받아들이는 것을 살짝 부담스러워하는, 건강에 집착하는 불안한 여성들을 대상으로 삼고 있다는 점이 다르다. 아마도 리즈는 오늘 저녁 에센셜 오일을 사게 될 것이다. 그러나 상관없다. 카트리나의 친구들을 만나는 것만으로도 주방 리모델링, 속 썩이는 남편들, 혹은 속 썩이는 아이들 얘기를 들을 수 있는 것만으로도 충분히 즐겁다. 그들과 대화를 나누다 보니 그들이 엄청난 재력가라는 느낌은 들지 않는다. 그러나 늘 직업이 있었던 사람들, 적어도 돈을 버는 통로를 확보하고 있는 고등교육을 받은 사람들에게서 배어나는 낯선 자신감이 느껴진다. 그들은 다음번 중요한 행사 이전에 월급이 반드시 들어온다는 시간개념을 갖고 있는 사람들이다.

접시에 담긴 생야채를 집어먹으며 창가 구석진 자리에 자리를 잡게 되자, 카트리나는 자신과 몇몇 친구들이 캐시를 도우려 하고 있다고 리즈에게 털어놓는다. 캐시는 어쩌다 보니 자본주의와 마녀 놀이의 기이한 교차로에 서게 되었고 오래 사귀던 남자친구와도 헤어졌다. "지난달엔 사운드 배스음파를 이용한 명상 치유법 했어요." 카트리나가 리즈의 귀에 속삭였다. "1인당 50달러. 트리베카에 있는 말도 안 되게 호화스러운 펜트하우스에서요. 구십 분 동안 담요 위에 누워 있었는데, 캐시가 버닝맨에서 알게 되었다는 사람들이 와서 스틸 드럼을 치고 소리굽쇠를 우리 머리 위에 들고 있었어요. 진동이 우리의 기운을 맑게 한다면서."

"효과가 있던가요?" 리즈가 묻는다.

"그러다가 어느 순간, 그 의식을 진행하던 레게 머리 아일랜드 여자가, '수정처럼 맑은 마음의 바다에서 헤엄치는 영혼의 돌고래를 따라가보세요'라고 하는 거예요." 카트리나는 놀라울 정도로 완벽한 아일랜드 억양으로 여자의 말투를 흉내 냈다. "내 옆에 있던 나보다 나이 많은 여자가 그 말을 듣고 코웃음을 치는 바람에 산통 다 깨졌죠. '영혼의 돌고래? 이거 실화야?'라고 묻는 것 같았어요. 그때 나도 키득거리며 웃기 시작했는데, 한 삼십 분 동안 도저히 멈출 수가 없었어요. 마지막으로 그렇게 웃었던 게 언제였는지 모르겠어요. 하여간 엄청 웃고 나니 마음이 정화되는 기분이었어요. 결국 상당히 정화된 기운으로 그곳을 나설 수 있었죠."

"친구를 도우려는 마음이 보기 좋아요." 리즈가 말한다.

"캐시는 좋은 친구니까요." 카트리나가 어깨를 으쓱한다.

"캐시는 내 부동산 중개인이기 이전에 이미 내 친구였어요. 우린 서로를 아주 오래 알았죠. 캐시의 가족 몇 명이 아직 대만에 살고 있는데, 이 년 전 내가 대만에 출장을 갈 때, 캐시도 나하고 같이 갔어요. 그때 캐시의 가족들이 우릴 여기저기 데리고 가주었어요."

"그러니까 여기 있는 사람들 모두가 캐시를 도우려고 온 거예요?" 리즈가 손으로 주변을 빙 두르며 말한다.

"내가 아는 사람들은요. 다른 사람들은 아마 에센셜 오일을 받고 싶어서 온 걸 거예요. 향이 진짜 좋아요."

얼마 후 리즈는 캐시와 대화를 나눈다. 캐시는 전혀 마녀처럼 보이지 않고 부동산 중개인처럼 보인다. 당연하다. 교외 저택 아래 붙어 있는 중개인 사진에 나올 법한 담백하게 예쁜 얼굴이다. 또 다른 비교적 젊은 축인 여자가 허스키하고 달콤한 목소리로, 자기 남편이 주말에 친구들과 남자들끼리만 파티를 하기로 했다는 이야기를 흥분해서 하고 있다. 여자의 목소리가 와인 탓인지 아니면 습관 탓인지 리즈로서는 분간이 가지 않는다. 남자들의 파티는 북부 어딘가에서 열린다는데, 여자는 남편이 플란넬 셔츠를 입고 위스키를 마실 거라면서, 그가 장작 냄새를 풍기며 남성적 에너지를 충전하고 와서 자신을 강간할 거라는 얘기에 열을 올린다. 여자는 티 없이 깨끗한 크림색 스커트를 입고 있는데, 얼마나 빳빳한지 퇴근하고 오는 길이라는데도 방금 풀을 먹인 것 같다. 크림색 스커트를 그렇게 빳빳한 상태로 입다니 대담한 여자다. 사실 크림색이 흰색보다 더 무자비하다. 흰색 스커트에 얼룩이 묻으면 그냥 흰색 스커트에 얼룩이 묻은 것 같지만, 크림색 스커트는 작은 얼룩 하나만 묻어도 스커트 전체가 더러워 보인다. 어느 패션 잡지에서 읽었는데, 세기말에 유한계급이 자신들이 일을 하지 않는다는 것을 보여주기 위해 티 없이 흰 셔츠를 입었는데 바로 그 시기의 패션이 여성들에게 힐, 코르셋, 긴 손톱을 주었단다. 따라서 리즈는 크림색 스커트의 여자가 실제로 목장 출신의 남자와 결혼하지는 않았을 거라고, 아마도 또 다른 뉴욕의 화이트칼라 출신과 결혼했을 거라고 짐작한다.

리즈는 문득 궁금하다. 대체 왜 뉴욕 남자들이 통나무집에 모여 플란넬 셔츠를 입고 위스키를 마시는 것은 길들여지지 않은 진정한 남성성을 분출하기 위해 반드시 필요한 행사로 인식되는 반면, 트랜스인 자신이 예쁘게 치장하는 것은 과도하게 애쓰는 것으로 여겨지는 걸까. 예쁘게 꾸미고 싶은 욕망이 진정한 자아를 반영하는 것이라고 생각하진 않는다. 단지 남자들과는 달리 치장하는 시간을 치장하는 시간이라고 부르고 싶은 것뿐이다. 이 풀 먹인 듯 빳빳한 여자는 북부에서 동성 친구들과의 일탈을 감행하는 남편을 상상하며 실제로 팬티를 적시고 있었다. 리즈가 그들 중 한 명에게, 그들과 똑같이 자신의 성적 흥분에 대해, 트루바다 피임약에 대해 털어놓는 것을 상상이나 할 수 있을까? 그건 아마도 사교 모임의 재앙일 것이다. 리즈는 만 번째로 결론을 내린다. 시스 이성애자들은, 비록 그 사실을 일부러 외면하고는 있지만, 서로의 젠더가 진실이라는 가정에 자신의 젠더 전부를 걸고 있다. 만약 시스 이성애자들이 트랜스 여성들처럼 그들이 탐닉하는 모든 행위가 그들의 실제 성향과는 거의 상관이 없는 거대한 자기 만족적 거짓말임을 깨닫는다면, 훨씬 더 유연하고 근사한 거짓말로 서로를 속일 수 있을 것이다.

섹시하고 똑똑한 여자가 스푼으로 와인 잔을 두드리며 사람들의 주의를 집중시키고, 그 바람에 리즈는 젠더에 관한 자신의 생각을 설파하고 싶은 욕망을 다행히 외면한다. "자, 기다리던 시간이 왔어요." 섹시하고 똑똑한 여자가 매혹적으로 말한다. 주방에 앉아 간단한 음식을 먹고 있던 여자들의 만족스러운 표정으로 보아 누구든 이 순간을 기다려왔을 리는 만무하다. "거실로 이동하시면, 도테라 에센셜 오일을 소개해드릴게요!"

리즈와 카트리나는 사람들과 함께 황혼에 물든 거실로 이동해서 안락한 2인용 소파에 앉는다. 다른 여자들도 소파에, 혹은 푹신한 러그에 앉는다. 중학교 때 친구 집에 모여 밤샘 파티를 할 때, TV를 보기 위해 각자 적절한 장소를 찾을 때처럼. 다만 TV 대신 섹시하고 똑똑한 여자가 브로슈어를 나누어준다. 모든 여자가 담요와 베개 대신 제각기 다른 브랜드의, 그러나 기본적으로 똑같은 박스형 명품 토트백을 옆에 놓는다. 햄프턴에서 휴가를 보내고 싶어하는 여자들이 노드스트롬 백화점에서 살 법한 스타일이다. 리즈는 박스형 토트백에 대해 말할 자격이 있다고 생각한다. 왜냐하면 리즈 자신도 그 순간 코치의 박스형 토트백을 들고 있는 데다 남몰래 햄프턴에서의 휴가를 열망하기를 열망하고 있기 때문이다.

섹시하고 똑똑한 여자가 자신이 나누어준 브로슈어를 한 부 들고 펼친 다음 어느 한 페이지의 빈 공간을 가리키면서, 모여 있는 여자들에게 그들이 갖고 있는 육체적 정신적으로 불편한 증상들을 그곳에 전부 다 쓰라고 말한다.

멋진 몸매의 요가 강사, 시도는 좋았다. 그러나 리즈는 여기 모인 시스 여성들에게 자신을 괴롭히는 증상을 절대 털어놓지 않을 것이다. 자궁이 없는 것, 난봉꾼들과의 섹스에 대한 간절하고도 서글픈 욕망, 매일 저녁 다섯 시면 어김없이 찾아오는 원인을 알 수 없는 절망감, 허벅지 안쪽의 기이한 신체부위. 대신 리즈는 **원기 부족**이라고 쓴다. 적절히 결함이 있어 보이면서도 카트리나의 친구들의 환심을 살 수 있는 타협안이며, 자신이 약점을 드러낼 수 있는 사람임을 보여주는 답변이다. 리즈는 자신의 발 근처 러그 위에 책상다리를 하고 있는 여자의 답변을 훔쳐본다. 여자는 **폭식, 성욕 없음**이라고 썼다. 여자의 솔직한 고백에 리즈는 충격을 받는다. 이 여자들을 함부로 판단했던 자신이 부끄럽다.

자신의 고민에 대해 큰 소리로 읽는 시간에, 그들 중 상당수가 자신이 괴로워하는 문제를 적나라하게 토로한다. 우울감, 허리통증, 산후 우울증, 이상식욕, 감정기복, 신경과민, 불면증. 조용히 속으로 남을 함부로 평가하는 나쁜 년이 이 중에 없을 거라고 믿는 이 여자들은 대체 뭐 하는 여자들인가? 오직 카트리나만이 자신의 약점을 눈에 띄게 얼버무리는 것 같다. **업무 스트레스, 호르몬 변화.** 리즈가 몸을 사려서 카트리나도 리즈 앞에서 약점을 감추는 걸까? 리즈는 이성애자 시스 여성의 이런 행사에 참석하는 게 너무도 오랜만이다. 대체 그들이 언제부터 이토록 서로를 신뢰할 정도로 자기 자신에 대해 확신이 있었던가?

리즈는 상황을 파악하기 위해 그들의 이야기에 귀를 기울인다. 결국 리즈는 그들이 과도한 자신감이나 신뢰감을 갖고 있어서 자신들의 문제를 털어놓는 게 아니라는 결론을 내린다. 그들은 대체로 지쳐 보이고, 심지어 체념한 듯이 보인다. 그들은 에센셜 오일이 그들의 문제를 해결할 수 있을 거라고 진심으로 믿고 꺼져가는 불씨를 부채질하고 있는 것이다. 리즈로서는 이해하기 힘든 대목이다. 대체 상황이 얼마나 끔찍해야 향기가 좀 진할 뿐인 엉터리 약을 믿게 되는 것일까? 트랜스 여성들이 모였더라도 이들과 비슷한 불행의 목록을 들을 수 있을 것이다. 그러나 적어도 트랜스 여성들은 성전환 과정에 필연적으로 수반되는 온갖 의학적 개소리를 접한 뒤라, 자신들의 고통을 털어놓는 것에 관해서라면 상대가 서양의학 의사이건, 에센셜 오일 장사꾼이건, 탱크톱에 찢어진 청바지를 입은 모습이 제아무리 그럴듯해 보여도 일단 몸을 사린다. 누구나 부러워할 만한 안락한 삶, 외계의 삶을 살아왔기 때문에 이 여자들은 인간에 대한 신뢰를 단련할 정도로 지독하게 회의적인 하위문화를 아직 개발하지 못했다. 리즈는 다음번 에센셜 오일 파티에 의심 많은 레즈비언들을 데려오고 싶다.

섹시하고 똑똑한 여자의 설명이 반쯤 진행되었을 때, 전반적으로 미남형인 구릿빛 피부의 남자가 나타난다. TV 드라마에 의사로 나올 법한 백인 남자다.

"사실 저는 요가 강사라서, 에센셜 오일의 의학적 효능에 대해서는 잘 모르거든요." 요가 강사가 자신의 직업이 이 상황에 적절치 못해서 너무 속상하다는 듯한 표정으로 사람들에게 말한다. "그래서 오일이 실제로 어떤 효능이 있는지 여러분께 설명해드릴 수 있도록 남자친구를 데려왔어요. 남자친구는 유명 침술사인데, 도레타 에센셜 오일을 환자들에게 사용하고 있어요."

그때까지 리즈는 '유명'이라는 말이 침술사에도 쓸 수 있는 형용사라는 것을 알지 못했다.

요가 강사가 거실 왼쪽으로 비켜서며 남자친구에게 평면 TV 앞 무대 중앙의 자리를 내어준다. "안녕하세요, 여러분. 제 이름은 스티브입니다. 그리고 침술사가 맞고요. 중국 전통 의학을 시술하고 있습니다." 그는 그 말을 하면서 캐시를 바라본 다음, 미소를 짓는다. "하지만 이 근방에서 가장 잘 찌르는 남자로 불리기도 하죠."

리즈는 기겁을 한다. 그리고 바로 그 순간, 그의 훈훈한 외모는 온데간데없이 사라진다. 리즈는 다른 여자들이 그에게 집어치우라고 말하기를 기다린다. 트랜스 여성들이 모여 있는 방에 웬 남자가 들어와서 자기가 가장 잘 찌르는 남자라고 말하면 무슨 일이 일어날까. 생각만 해도 끔찍하다. 아마 분노 살인이 일어날 것이다. 그러나 야유로 그에게 죽음을 선고하는 대신, 모여 있는 여자들이 공손하게 웃는다. 심지어 카트리나조차도.

스티브는 도테라 영업에 본격적으로 시동을 건다. 매력적인 요가 강사 여자친구가 에센셜 오일을 사용하기 전에 얼마나 못된 년이었는지에 대해 얘기한다. 그러나 매일 오일을 사용하는 습관을 들인 뒤로는 한결 차분해져서 여자친구를 더 좋아하게 되었다고 말한다. 리즈는 주위를 둘러본다. 이 정도면 여자들이 들고일어나겠지! 지금은 혁명의 시간!

그런데 혁명의 시간이 아니다. 여자들은 여전히 듣고 있고, 심지어 공손한 자세로 그의 주위를 둘러싸고 앉아 고개까지 끄덕인다. 스티브는 러그에 앉아 있는 여자에게서 너무 가까이 서 있고, 리즈가 보기에는 개인의 영역을 침해한 것 같다. 그의 사타구니가, 이 근방에서 가장 잘 찌른다는 그의 물건이 여자의 눈 바로 앞에 있다. 그는 손짓을 섞어가며 말을 하고, 그중 몇 번은 앞에 앉은 여자의 머리를 툭 칠 것처럼 보인다. 리즈의 발치에 앉아 있던 여자, 섭식 장애와 성욕 저하가 있다는 여자는 노트를 꺼내 스티브가 하는 말을 받아 적는다. 여자는 열심히 적는다. 특히 어떤 오일이 그의 요가 강사 여자친구를 덜 못된 년으로 만들었는지를.

설명이 끝나자, 스티브가 각각의 증상에 어떤 오일이 적합한지를 개별적으로 처방해주겠다고 제안한다. 그러나 스티브가 있으니, 여자들은 앞서 사람들 앞에서 말한 것과는 다른 증상들을 호소한다. 카트리나의 차례가 되자 카트리나는 미소를 지으며, 잠시 침묵하는 것으로 분위기를 고조시키고는 친구들을 휙 둘러보며 눈을 맞춘 다음, 이렇게 묻는다. "임신에 좋은 오일은 뭔가요?"

사람들이 일제히 숨을 헉 들이킨다. 스티브는 자기 여자친구를 가리키면서 "제 여자친구는 부추기지 마세요"라고 말한다.

그러나 바로 그때, 캐시가 노래하는 것 같기도 하고 울부짖는 것 같기도 한 목소리로 "세상에!"라고 외치더니, 벌떡 일어나 카트리나를 끌어안는다. 크림색 스커트를 입은 여자, 그리고 리즈가 아직 인사를 나누지 않은 여자들이 그 뒤를 따른다. 심지어 섹시하고 똑똑한 여자도 영업을 방해를 받았는데도 앓는 소리를 내며 카트리나를 포옹하러 다가온다.

"애 아빠는 누구야?" 사람들의 환호가 잦아들자 캐시가 묻는다.

카트리나가 리즈를 가리킨다. 혼란스러운 표정의 얼굴들이 리즈에게로 향한다. 캐시가 고개를 갸우뚱한다. 마치 리즈의 속을 들여다보고, 리즈가 지니고 있거나 감추고 있는 아버지의 모습을 찾아내려는 듯이.

찰나의 순간, 아웃팅당할 것 같은 본능적인 두려움을 느낀 리즈가 느닷없이 말한다. "우린 공동 엄마예요." 그리고 덧붙인다. "하지만 내가 애 아빠는 아니에요." 그리고 문득 그 말이 얼마나 이상하게 들릴지 깨닫는 순간, 리즈는 또 다른 정보를 던진다. "사실 난 트랜스거든요."

만약 어느 예언가가 리즈가 도테라 에센셜 오일 현장 판매 파티에서 자발적으로 커밍아웃을 하게 될 거라고 예언했다면, 리즈는 아마도 은유적 표현으로 이해했을 것이다. 마치 마녀가 맥베스를 속이기 위해 던진 수수께끼 같은 예언처럼. 버넘 숲이 언덕 위로 움직일 거라는 예언은 그야말로 말도 안 되는 허황된 얘기였다. 도테라 파티에서의 커밍아웃은 리즈에게는 버넘 숲이다.

그러나 어쨌든 일은 벌어졌다. 자신이 정확히 무엇을 드러냈는지, 또 앞으로 얼마나 많은 것을 드러내야 할지 알 수 없었지만, 리즈는 도테라 파티에서 커밍아웃을 했다.

사람들이 상황을 받아들이기까지 잠시 침묵이 흐른다. 그러나 파티의 주최자인 캐시는 이 상황에서 요구되는 사회적 품위가 무엇인지 정확히 알고 있었고 곧바로 그것을 실행에 옮겼다. 캐시는 큰 소리로 환호하며 리즈에게 달려와 리즈를 끌어안았다.

티 없이 깨끗한 크림색 스커트의 여자(리즈는 그녀의 이름을 잊어버렸지만 다시 물어볼 수가 없어서, 드라이클리닝의 여왕이라는 이름을 붙였다), 캐시, 카트리나, 리즈 그리고 두 명의 다른 여자가 이탈리안 디저트를 전문으로 한다는 카페로 향한다. 카트리나의 임신 발표를 축하하기 위한 즉석 모임이다. 그들 모두에게서 에센셜 오일 향기가 풍긴다.

리즈는 스티브가 맨손으로 코 밑에 페퍼민트를 한 방을 쓱 묻혀주었다. 페퍼민트가 부비강을 열어준단다. 모든 오일에서 얼린 지팡이 사탕 냄새가 난다. 그러나 리즈의 부비강은 애초에 막혀 있지가 않았기 때문에 유명하다는 그의 의학적 기술의 효능에 대해서는 판단할 수가 없다.

드라이클리닝의 여왕은 디저트 카페의 주인을 안다. 어두운 분위기의 중년 미남이다. 여왕이 던지는 모든 인사말에 그의 얼굴에서 불꽃놀이처럼 미소의 주름이 터진다. 리즈는 가엾은 남자에 대한 여왕의 영향력을 눈으로 확인한다. 그러나 누가 그를 비난할 수 있을까? 드라이클리닝의 여왕은 삼십대로 보이지만, 완벽하게 다림질된 것은 단지 그녀의 옷만은 아니다. 여자의 모든 것이 사과처럼 아삭아삭하고 새것 같다. 리즈는 여자의 피부에서도 막 세탁한 시트의 냄새가 날 거라고 상상한다.

남자가 여자들을 주방 옆의 커다란 테이블로 안내하고, 온갖 종류의 섬세한 이탈리아 디저트를 내온다. 전부 다 리즈에게는 허세의 옷을 입은 요크 페퍼민트 패티미국의 허쉬 컴퍼니에서 만든 초콜릿으로 덮인 페퍼민트 과자 맛이지만 리즈보다 덜 강한 오일을 바른 다른 여자들은 디저트의 다양한 맛을 서로에게 설명한다. 그들 중 누구도 페퍼민트 향을 바르지 않았다.

마침내 드라이클리닝의 여왕이 선포한다. "나 도저히 더 이상은 못 참겠어. 전부 다 알아야겠어." 그녀가 흥분해서 호들갑을 떠는 척한다. 갑작스러운 베이비 샤워에 어울리는 호들갑이다. 그러나 그녀의 말에 걱정이 배어난다. 카트리나는 리즈가 기대한 것보다 훨씬 덜 번지르르한 방식으로 설명한다. 물론 카트리나가 친구들에게 거짓말을 해주기를 바란 건 아니지만, 카트리나는 상황을 순화해서 말하려는 노력조차 하지 않는다. 리즈의 젠더 의식이 이 상황을 스포츠에 비유하는 것을 용납하지 않지만, 카트리나가 말하는 방식은 남자로 치면 변화구가 아닌 직구에 해당된다. 카트리나는 지금 뭘 하는 걸까. 친구들에게 얘기하기엔 이게 좀 이상한 일이라는 걸 알아야 할 텐데. 자신의 남자 부하직원과 연애를 했는데, 그 남자는 자신이 과거에 트랜스 여성이었다는 사실을 숨겼고, 자신이 불임인 줄 착각하고 있었다. 이제 카트리나는 남자와 남자의 전 여친인 트랜스와 함께 아기를 키울 생각이다.

카트리나의 친구들의 미소가 잦아들고, 미간의 주름이 깊어진다.

"듣기엔 좀 이상하지만 실제로는 그렇게 이상하진 않아요." 리즈가 애써 밝은 목소리로 말한다.

"아니, 이상해." 카트리나가 친구들에게 말한다. "하지만 괜찮아. 내가 말하고 싶은 게 바로 그거니까. 물론 나도 알아. 이게 대부분의 사람들이 임신하는 방식은 아니라는 것. 그리고 대부분의 사람들이 가족을 이루는 방식은 아니라는 것. 하지만 우린 충분히 생각했어. 오히려 흥분되는걸. 이성애 중심적인 일이 아니라서 흥분돼."

리즈는 그제야 상황을 파악한다. '이성애 중심적'이라는 말이 이 게임의 정체를 드러낸다. 리즈는 커밍아웃한 사람이 자신이라고 생각했다. 그러나 사실은 카트리나가 친구들에게 자신이 퀴어임을 커밍아웃하고 있었다. 바로 그것이 카트리나가 이토록 공격적인 태도를 보인 이유이다. 이것은 아기 퀴어들의 행로이다. 아슬아슬하게 공격적인 선포. **나 이런 사람이야. 뭐 문제 있어?** 카트리나는 이제 막 개종한 신자의 열정을 담아 얘기한다. 아직은 지칠 정도로 강요를 당하지도 않았고 자신의 방식을 버리지도 않았기 때문에, 새 종교가 과거의 종교에서 얻지 못한 해답을 줄 거라고 믿고 있다. 리즈에게 더 충격적인 깨달음은, 카트리나가 도발적으로 흥분한 상태라는 것이다! 카트리나는 자신의 퀴어 성향이 자신을 보다 흥미로운 사람으로 만들어줄 거라고 믿고 있다.

카트리나의 친구들이 신중하고 조심스러운 표정을 주고받는다. 그들은 여전히 몇 걸음이 느리다. "그러니까 그 남자 말이야." 캐시가 입을 연다. "애 아빠. 그 사람은 남자야?"

"응?" 카트리나가 반문한다.

"그러니까 그 사람은 돌아온다는 거야 만다는 거야?" 드라이클리닝의 여왕이 정리한 다음, 리즈를 위해 덧붙인다. "혹시 불쾌하다면 미안해요."

"괜찮아요." 리즈가 말한다. 그러나 리즈는 불쾌하고, 그래서 말을 잇는다. "남자였다가, 아니었다가, 다시 돌아왔어요. 이제 분명해졌죠?" 리즈가 상냥하게 웃는다.

여왕이 아직 아니라고 말하기 전에, 카트리나가 끼어든다. "남자로 태어났다가, 성전환을 했다가, 다시 남자로 돌아왔어."

"리즈, 그럼 그 남자가 당신과 사귀는 동안 카트리나와 바람을 피운 거예요?" 캐시가 리즈에게 묻는다.

"아뇨." 리즈가 말한다. "우린 오래전에 헤어졌어요. 우리 둘 다 여자일 때 사귀었거든요."

"아." 여전히 이해하지 못한 것이 분명한 표정으로 캐시가 말한다. "그렇다면 리즈, 리즈는 어떻게 이 일에 연루된 거죠?"

리즈가 입을 떼기도 전에, 카트리나가 상황을 설명한다. 자신은 싱글맘이 되고 싶지 않았다고. 그런데 에임스가 퀴어 가족을 제안했다고. 그리고 알고 보니 퀴어 가족에는 자신의 이전 결혼생활에서 누리지 못했던 많은 장점들이 있다는 걸 알게 되었다고. 대니와의 결혼생활에서도 바로 그게 부족했던 거라고. 늘 퀴어에 대해 친근한 감정을 느끼고 있었다고, 그러나 자신이 딱히 확정적인 동성애 성향이 아니라, 그걸 무어라고 불러야 할지 몰랐던 것뿐이라고.

아, 그게 그렇게 된 거였다고? 리즈가 생각한다. **뻥치고 있네.** 그러나 뻥치는 것 이상이다. 카트리나는 실제로 그렇게 믿는 것 같다. 카트리나는 이혼의 내러티브를 새로 쓰고 있었다. 대니와 이혼해야 했던, 뭐라고 딱히 설명할 수 없었던 전반적인 불행의 이유가 뭐였냐고? 이제야 깨닫게 되었지만, 이름을 붙일 수 없는 그 욕구는 퀴어 관계에 대한 욕구였다.

도테라 고백 시간에 짜증과 저조한 기분이 고민이라고 했던, 통통하고 귀엽게 생긴 여자가 끼어든다. "무슨 얘긴지 알 것 같아. 결혼을 하게 되면 제도라는 게 얼마나 많은 것들을 변화시키는지 알게 되잖아. 결혼생활 첫 몇 달 동안, 혼자 외출을 하면 사람들이 맥스는 어디 있냐고 묻더라고. 그럴 때마다 난 이렇게 말하고 싶었어. 맥스와 내가 결혼했다고 해서 우리가 항상 서로의 행방을 알고 있는 건 아니라고. 아마 실제로 몇 번은 그렇게 말했던 것 같아. 하지만 결국엔 '맥스도 나 외출한 거 알아요'라고 말하는 게 훨씬 간단하다는 걸 알게 됐지. 사람들은 늘 원하는 방식으로 결혼을 하라고 말하지만, 결국엔 결혼이라는 제도 자체가 승리해. 스스로 규칙을 만들 수 있다면 정말 자유로울 거 같아."

지금까지 리즈가 들은 말 중에 가장 이성애자 중심적이고 가장 유부녀다운 말이다.

그러나 카트리나는 "바로 그거야!"라고 말한다.

다른 여자들도 동조한다. 리즈는 문득 카트리나가 광고 일에 그토록 뛰어날 수 있었던 이유를 깨닫는다. 디저트 몇 개를 먹는 동안, 카트리나는 이 착실한 여자들에게 트랜스들과의 양육을 설득하기 시작한다.

드라이클리닝의 여왕만이 버틴다. 모두가 조심스럽게 지지를 표명하는 동안, 여왕은 생각만 해도 고통스럽다는 듯 얼굴을 찌푸리고 있다. "난 정말 모르겠어. 요즘은 다들 퀴어를 원하는 것 같아. 마치 유행처럼. 그리고 결국 많은 사람이 상처를 받지."

캐시가 연민을 담아 그녀의 손등을 두드리고는 아리송한 말을 한다. "그건 네 잘못이 아니었어. 다른 점이 있다면, 카트리나에겐 선택권이 있다는 거지." 그녀에게 과거에 사건이 있었고 그 사건이 퀴어가 연루된 사건이라는 암시이다. 리즈는 갑자기 정신을 차리고 드라이클리닝의 여왕을 다시 본다. 대체 저 여왕이 어떤 종류의 퀴어 사건에 휘말렸을까. 여왕은 너무도 깔끔하고 너무도 당차 보인다. 그 어떤 일탈의 기미도 보이지 않는다. 아마 어떤 부치에게 마음을 주었다가 상처를 입은 모양이다.

카트리나가 여왕 쪽으로 몸을 숙인다. "네 마음 알아. 네가 어떻게 받아들일지 나도 좀 걱정되긴 했어. 하지만, 이건 다르잖아. 모두가 무슨 일이 벌어지고 있는지 알고 있어."

"미안." 여왕이 말한다. "나도 마음을 열어보려고 노력하고 있어. 그런데 그 얘길 들으니, 어떤 감정이 촉발되는 느낌이랄까." 그녀가 힘없이 미소를 지어 보인다. "이런, 내가 주인공이 되어버렸네. 그건 싫어."

여왕은 리즈가 친해질 수 없는 유일한 여자이고, 리즈에게 의심의 눈초리를 보내는 유일한 여자이다. 모두가 여왕을 걱정과 연민의 표정으로 바라본다. 리즈는 무슨 일이 있었냐고 끝내 묻지 못한다. 나중에 카트리나와 둘이 있을 때, 여왕의 퀴어적 과거가 대체 무언지 물어볼 생각이다.

삼십여 분 남짓 지났을 때, 리즈가 계산을 하는 척하자, 다행스럽게도 여자들이 리즈를 말려준다. 그들 모두가 계산서에 반짝이는 신용카드들을 던진다. "그러지 말아요." 어느덧 리즈가 고맙게 여기기 시작한 사회적 품위를 보여주며 캐시가 말한다. "리즈도 엄마가 된다면서요. 그럼 리즈도 축하받아야죠. 돈을 내게 할 순 없어요." 리즈는 캐시의 말이 고맙다. 리즈가 엄마가 되는 것에 관한 대화는 거의 없었다. 예상했던 대로, 리즈가 엄마가 되는 것은 카트리나가 엄마가 되는 것 다음의 문제다. 그러나 이 사람들은 카트리나의 친구들이고, 따라서 그들은 당연히 카트리나에게 관심을 가질 수밖에 없다는 사실을 리즈도 받아들이려 애쓴다. 여자들이 테이블에서 일어날 때, 리즈가 입구 쪽을 흘긋 쳐다본다. 리즈는 숨을 헉 들이키며 카트리나의 팔을 잡는다. "잠깐만요." 리즈가 카트리나에게만 들리도록 돌아앉으며 말한다. "잠깐만 나랑 여기 있어줘요."

카트리나가 얼굴을 찌푸린다. "괜찮아요?"

리즈가 어정쩡하게 턱으로 문을 가리킨다. "그 사람이에요." 리즈가 말한다. "내 카우보이. 안 돼! 쳐다보지 말아요. 어떻게 하는 게 좋을지 좀 알려줘요. 인사를 하는 게 좋을까요? 공공장소에서는 마주쳐본 적이 없는데. 이럴 땐 어떻게 처신하는 게 맞죠?"

그러나 카트리나의 눈에는 유리 진열장 속 케이크를 바라보며 서 있는 한 무리의 남자들이 보일 뿐이다. "누굴 말하는 거예요?"

"갈색 재킷 입은 키 큰 남자. 턱수염 기른 미남."

카트리나가 침을 꿀꺽 삼킨다. "유리 진열장하고 출입문 사이에 있는 남자 말하는 건 아니죠?"

"맞아요, 그 남자. 나 어쩌죠? 혹시 나 때문에 여기 온 걸까요?"

리즈가 카트리나의 팔을 가볍게 잡고 있었다. 그런데 카트리나가 갑자기 뒤로 물러선다. 카트리나는 이상하게 놀란 표정으로 리즈를 뚫어져라 쳐다본다. 마치 리즈가 존재의 법칙에서 벗어나 이 차원에서 저 차원을 넘나들고 있다는 듯이.

그때 카트리나가 돌아서서 카우보이를 본다. 카우보이가 카트리나와 눈을 맞추고, 고개 인사를 하며 다정하게 웃는다. 잠시 후 그의 시선이 리즈에게로 향하고, 그의 표정이 굳는다. 그 짧은 순간, 놀라움과 전율이 그의 얼굴의 작은 근육들을 관통한다. 여왕이 한 손을 그의 팔에 얹으며 그의 뺨에 가볍게 키스하자 그가 애써 태연한 표정을 짓는다.

"아뇨, 그 사람 리즈 때문에 온 거 아니에요. 다이애나의 남편이거든요." 카트리나가 나지막이 말한다.

다이애나, 맞아, 그게 저 여자 이름이었지. 결국 카우보이를 갖긴 했네. 리즈가 바보 같은 생각을 한다. 그리고 그 바보 같은 생각이 머물러 있던 공간의 창문이 닫힌다. 아드레날린이 분비되기 시작하고 그와 동시에 두려움의 돌풍이 몰아친다. 리즈는 몸에 힘을 주면서, 싸우거나 아니면 도망치거나 둘 중 하나를 택할 자세를 취한다. 주위의 얼굴들이 뒤섞여 갖가지 모양으로 부서졌다가 너무도 선명한 한 지점으로 집중된다. 리즈는 아직 이런 상황에 대처할 수 있을 정도로 진화하지 못했다. 영겁의 진화를 거친 위험을 감지하는 뇌가 리즈에게 내빼라고 말한다. 정확히 잘못된 행동이다. 리즈에게는 품위 혹은 평정심 혹은 재치가 필요하다. 그러나 리즈의 몸은 땀을 비 오듯 흘리고 심장 박동은 세 자리 숫자로 올라간다. 느리게 흘러가는 시간 속에서, 카우보이가 아내에게 애써 미소를 지어 보이며 아내를 위해 문을 열어준다. 그는 돌아서면서 리즈를 향해 강하게 무언가를 묻는 듯한 표정을 지어 보인다. 그 순간 캐시가 그의 뒤에 다가서며 인사를 건네고, 그는 다시 정신을 차리고 캐시에게 돌아선다. 때마침 운동복을 입은 세 여자가 들어서며 리즈의 시야를 가리고, 카우보이는 그렇게 사라진다.

"일 년 혹은 이 년 전에 트랜스 여성과 바람을 피웠어요." 카트리나가 리즈의 곁에서 나지막이 말한다. "그게 당신이었어요?"

"아뇨! 나 아니었어요!" 리즈가 우겨보지만, 두려움 때문에 목소리가 떨린다. 마치 확실치 않다는 듯이. 그 여자가 누구였는지 생각해본다. 마치 그 여자를 떠올리기만 하면, 자신의 죄는 용서받을 수 있다는 듯이.

"다이애나는 나와 대학을 같이 다녔어요." 핸드백을 만지작거리며 카트리나가 말한다. "내 룸메이트의 동생이었거든요. 우린 아주 오래 알고 지냈어요. 가족들도 전부 다 알아요.

그 일 이후 그가 진단을 받는 바람에, 전부 다 엉망이 되었죠. 이젠 다 괜찮은 줄 알았는데."

"나 아니었어요." 리즈가 되풀이한다.

카트리나가 여전히 이상한 표정으로 리즈를 쳐다본다. "당신 잘못은 아니죠. 당신은 몰랐을 테니까. 아내에 대해 무슨 얘길 하던가요?"

리즈가 자신을 진정시키기 위해 숨을 내쉬며 의식적으로 어깨에 들어간 힘을 뺀다. "몰라요. 아내 얘길 하긴 했어요. 당신도 알잖아요. 남자들이 어떤지."

"난 모르겠어요." 카트리나가 고개를 젓는다. "두 사람 다 이해가 안 가요. 왜 그런 짓을 하는지." 그 말에 담긴 카트리나의 놀라움은 리즈에게는 의심처럼 들리고, 거의 모욕의 속삭임처럼 들린다.

"다이애나한테는 말하지 말아요." 애원하지 않으려 애쓰며 리즈가 말한다. "괜히 일을 크게 만들 필요 없잖아요. 나 다시는 그 사람 안 볼 수 있어요. 어차피 한심한 관계였어요. 가끔 그럴 때 있잖아요."

"난 모르겠어요." 카트리나가 다시 한번 반복한다. "난 모르겠어요. 택시 불러야겠어요. 당분간 나 좀 혼자 있게 해줄 수 있죠?"

리즈가 고개를 끄덕인다. 카페를 나선 리즈는 카우보이와 그의 아내 곁을 지나친다. 혹시라도 아는 사이인 것이 얼굴에 드러날까 봐 바닥만 쳐다본다. 근사한 스커트를 입은 눈부신

다이애나가 밝은 목소리로 리즈에게 잘 가라고 인사한다. 리즈는 돌아보지 않고 손을 흔들며, 막연히 어딘가를 가리킨다. "택시가 기다리고 있어서요!" 리즈가 어설프게 둘러대며 걸음을 재촉한다. 리즈는 모퉁이를 돌아 편의점으로 들어가서 도리토스 칩 옆에서 숨을 몰아쉰다. 마트 점원이 괜찮은지 묻고, 리즈는 단호하게 고개를 끄덕인 다음 가까운 미래에 술에 취해야 할 경우에 대비해서 코로나 두 병을 집어 든다. 술을 계산한 다음 술병을 가방 안에 넣을 때 점원이 쓸쓸한 표정을 짓는다. 마트를 나설 때야 비로소 자신의 행동이 너무 절박해 보였음을, 평상시엔 늘 사람들의 관심을 피하려 애썼던 자신이 오히려 관심을 끌었음을 깨닫는다. 리즈는 여전히 정보를 잘 처리하지 못하고 있다.

다시 돌아가서 카트리나를 만날까도 생각해보지만, 대신 택시를 부른다. 두려움의 잔해 속에서 감정을 수습하려 애쓸 때마다 매번 상황을 더 악화시킬 뿐이었다. 두려움은 고통스럽다. 그러나 그 두려움을 견디어내면 괜찮을 거라고, 경험이 그녀에게 말한다. 세상일이라는 게 다 그렇지 않은가. 이 상황은 회복될 수 있다. 아직은 아무 일도 일어나지 않았다. 리즈와 리즈의 애인이 카페에서 눈이 마주쳤을 뿐이다. 그 누구도 그 어떤 말도 하지 않았다. 이것은 카트리나가 상관할 일이 아니다. 겁먹지 말자. 섣불리 상황을 수습하려 하지 말자. 다들 좀 신중해지자. 그러면 다 괜찮아질 것이다.

비좁은 합승 택시가 리즈를 아파트 앞에 내려주었을 때, 그때까지는 이해하지 못했지만 그제야 서서히 깨닫게 된 사실이 있다면, 이미 모든 게 다 끝장났다는 것이었다. 드라마틱한 순간이 없다 보니 리즈가 상황을 과소평가했다. 오랜 세월 퀴어로 살면서 별의별 일을 다 겪다 보니 진짜 심각한 사건이 일어나기 전에는 반드시 그 징후를 알리는 명백한 전조가 있다는 잘못된 확신을 갖게 되었다. 에이미가 스탠리에게 주먹을 날렸을 때처럼. 그것은 리즈가 예측할 수 있었던 심각한 사건이었다. 사람들의 시선들과 택시를 타고 집에 혼자 오는 것은 그런 전조가 아니었다. 상냥한 사람들의 태도도, 분노의 감정을 잘 다스리는 상황 적응력이 뛰어난 어른들의 모습도 단연코 그런 전조가 아니었다.

맥주에 곁들일 라임을 자르고 있는데 카우보이가 전화를 한다. 그러나 리즈는 도저히 그를 상대할 자신이 없어 음성사서함으로 넘겨버린다. 그가 메시지를 한다. **씨발 대체 내 아내하고 뭘 하고 있었던 거야.** 그다음엔 이런 메시지가 온다. **씨발 너 싸이코니?** 그러면 그렇지. 이건 리즈가 예상했던 드라마에 좀 더 가깝다. 음성 메시지에는 리즈가 질투를 한다는 둥, 영화 〈치명적인 유혹〉인지 뭔지에 나오는 것처럼 리즈가 그의 삶을 파멸시키려 한다는 둥 엄청난 고성이 담긴다. 리즈는 〈치명적인 유혹〉을 본 적이 없어서, 그게 리즈를 사이코라고 부르는 또 하나의 방식이라는 것 외에는 무슨 말인지 잘 이해가 가지 않는다. 리즈는 카우보이의 그런 점을 존경한다. 그는 진정한 영화광이다. 카우보이의 메시지는 그에게서, 그리고 자기 아내에게서 떨어지라는 경고로 끝난다. 리즈는 〈치명적인 유혹〉의 트레일러를 본다. 트레일러를 보니 그의 모욕이 더 날카롭게 느껴진다. 그러면서도 한편으로는, 영화 내용으로 보아 리즈에 해당되는 것 같은 글렌 클로즈가, 위협당하는 아내를 연기하는 배우보다 훨씬 더 아름답고 매혹적이라는 사실을 알아차리지 않을 수 없다.

리즈는 카우보이가 길을 걸으며, 혹은 공원에 가서 악을 쓰고 있을 거라고 상상한다. 집에 아내가 있는데 저렇게 소리를 질러댈 리가 없다. 리즈는 두 번째 맥주를 들고 창가에 가서 유리창에 비친 자신의 모습 뒤로 주차된 차들을 본다. 조그만 테리어 종 강아지를 산책시키는 키 작은 남자 말고는 거리가 텅 비었다. 리즈는 카우보이가 집으로 찾아와 자신을 해칠지 상상해본다. 아니, 그건 카우보이의 방식이 아니다. 그는 몸을 사릴 것이고, 리즈의 곁을 떠날 것이다. 아마도 영원히. 하지만 어차피 그것이야말로 언제나 리즈에게 가장 큰 상처를 주는 방식이다.

아이리스가 나와 헝클어진 머리카락 틈으로 에임스를 쳐다본다. 실크 가운을 아무렇게나 걸치고 있다. "아 씨발, 에이미, 지금 새벽 1시야."

에임스가 대답을 하기도 전에, 아이리스가 그에게 들어오라고 손짓한다.

"리즈 좀 깨워줄 수 있어? 눈을 떴는데 침실에 웬 남자가 있으면 좀 그렇잖아."

아이리스가 눈을 위로 뜨고 엄지를 획 젖힌다. "올라가시죠, 프레디 크루거영화 〈나이트메어〉 시리즈의 주인공이자 살인마 씨."

에임스는 아이리스를 따라 리놀륨이 깔린 복도를 지나 계단을 올라가서 기하학적인 무늬의 러그가 깔린 아늑한 공간으로 들어선다. "잠깐 있어봐." 아이리스가 말하고는 컬러 LED 조명이 켜진 어둠침침한 공간으로 들어간다. 안에서 남자의 것이 분명한 목소리가 웅얼거리는 소리가 들리고, 아이리스가 나오더니 다른 방문으로 향한다. 잠시 후, 리즈가 나와서 게슴츠레한 눈빛으로 에임스를 쳐다본다. "씨발 뭐야? 새벽 1시에."

"내 말이!" 아이리스가 말한다. 그러고는 아이리스가 리즈의 방 안을 본다. "우리 둘 다 음악을 틀어놓는 게 어때? 서로 엿듣지 않게."

리즈가 손을 내젓는다. "알았어, 가서 하던 일 계속해."

아이리스는 다시 한번 에임스를 쳐다보고는 문을 닫는다.

리즈가 에임스에게 물을 마시겠냐고 묻는다. 리즈는 캐미솔과 반바지 잠옷을 입고 있다. 리즈는 에임스의 대답을 기다리지 않고 그를 지나치고, 리즈의 손이 그의 손을 살짝 스친다. 리즈는 문도 없는 허접한 찬장에서 컵을 두 개 꺼내 싱크대에서 물을 채운다. "너 이제 아이리스한테 혼나겠다." 리즈가 아이리스의 이름을 길게 늘여 발음하며 노래하듯 속삭인다.

"늘 그랬던 것처럼."

"네가 아마 아이리스의 섹스를 방해한 것 같던데." 베이스가 묵직하게 깔린 느리고 어두운 음악이 아이리스의 방문 뒤에서 흘러나온다. 고스족의 섹스 음악이다.

"다음엔 전화 좀 받아. 카트리나가 완전 열받았던데. 대체 어떻게 된 일인지 너한테 듣고 싶어."

리즈가 그에게 물을 한 잔 건넨다. "겨우 잠이 들어서 전화를 못 받았네."

리즈가 그를 다시 조그만 자신의 방으로 안내한다. 침대 위 리즈의 옆자리 말고는 앉을 데가 없다. 에임스가 꽃무늬 침대보를 본다. 방이 너무도 소녀 취향이라 에임스는 우울해진다. 이 조그만 방이 그가 오래도록 알았던 한 여자의 소녀적 감성에 희망 어린 인사를 건넨다.

화장대 위에 책 모양의 보석함이 있다. 두 사람이 함께 살 때도 있었던 바로 그 보석함이다. 코스트코에서 산 조그만 화장 거울도 있다. 에임스도 똑같은 거울을 갖고 있다. 두 사람은 그 거울을 같이 샀다.

리즈가 그에게 베개를 하나 건네고, 자신도 베개 하나를 다시 불룩하게 해서 벽에 세워놓은 다음 베개에 등을 기댄다. 베개에 리즈의 눈썹 마스카라에서 묻은 조그만 지네 발자국이 있다. 언제나처럼.

"그래서?" 리즈가 말한다.

"카트리나가 엄청 화가 났어. 네 입장의 얘기라도 들려줄 수 있어?"

"너도 화났어?"

"응. 나도 뛰쳐나왔어. 너무 열받아서. 두 사람 모두에게." 그러나 에임스는 열받지 않았다. 메스껍고, 애정에 굶주렸을 뿐이다. 에임스는 리즈의 무릎에 얼굴을 파묻고 싶다. 어느 여자가 손가락으로 그의 머리카락을 쓸어 넘기며, 너는 정말, 정말 노력했다고, 네가 얼마나 노력했는지 안다고 말해주면 좋겠다.

에임스는 리즈가 건네준 물컵을 내려놓을 자리를 찾을 수가 없다. 그래서 물을 다 마셔버리고 몸을 숙여 바닥에 컵을 놓는다. 그리고 바로 그때 벽 저쪽에서 찰싹하는 소리가 연달아 들리고, 곧바로 아이리스의 웃음소리가 들린다.

"와우. 지금 채찍 맞는 거야?" 에임스가 말한다.

리즈가 어깨를 으쓱한다. "남자들의 손이 상시 대기하고 있는데 굳이 채찍을 왜 사?"

"산책이라도 할까?" 에임스가 묻는다. "너무나 부적절한 사운드 트랙이잖아."

"어디로?" 리즈가 자신의 질문에 스스로 답한다. "아, 강가로 내려가볼까? 고층 건물 짓다가 공사 중단 명령받은 현장이 있어. 울타리를 활짝 열어놨더라. 공사장 가로질러서 바로 강변으로 내려가면 미드타운 스카이라인 볼 수 있어."

물 위로 높이 솟아오른 건물의 골격이 남색 하늘을 배경으로 어둡게 서 있다. 허공에 떠 있는 방마다 벌거벗은 전구들이 밝혀져 있어서 불법 거주자와 스릴을 찾는 사람들을 쫓는다. 땅에서 올려다보면, 공중에 매달린 수백 개의 전구들이, 마치 밤하늘에서 불꽃들이 터지다가 멈춘 것 같은 시각적 효과를 일으킨다.

리즈는 잠옷 바지에 짝퉁 어그 부츠를 신고 어깨에 얇은 트렌치코트를 걸치고 있다. 산들바람이 어두운 강의 수면을 간질이고, 뉴타운의 호수가 이스트 강으로 흘러드는 곳의 바위 제방에 조그만 파도가 밀려와 부서진다. 리즈는 공사의 잔해들을 지나 잠들어 있는 불도저의 몸체 뒤, 바람 없는 자리로 에임스를 이끈다. 리즈는 무릎을 세우고 앉아 코트로 몸을 감싸며 기계의 어두운 그림자 속 회색 바위가 된다. 에임스는 불도저의 타이어를 만져보면서 거기 기대었을 때 흙이 얼마나 많이 묻을지 가늠해본다. 그가 어깨를 으쓱하며 리즈 곁에 앉는다. "그래서," 그가 말한다. "그 남자가 누군데?"

리즈는 강 건너의 맨해튼을 바라본다. "그 사람 내 남자친구야."

"스탠리가 당신 남자친구였던 것처럼?" 그 말을 하는 순간, 에임스는 익숙한 분노가 차오르는 것을 느낀다. 그의 곁에 늘 있었지만 그가 외면하려 애썼던 두려움도 느낀다. 에임스는 리즈의 남자들이 두렵다. 리즈가 남자를 찾는 방식이, 리즈가 그들에게서 원하는 것이 두렵다. 그들이 리즈에게 줄 수 있는 것들, 그러나 리즈가 그에겐 결코 원하지 않았던 것들이 두렵다. 스탠리가 에이미의 코를 부러뜨린 뒤, 리즈는 사과했

고, 애원했으며, 죄책감을 토로했다. 그러나 에이미에게 정작
필요했던 것은 주지 않았다. 리즈는 다시는 그런 일이 없을 거
라고 에이미를 안심시켜주지 않았다. 에이미를 사랑해야 마땅
한 리즈가 또 다른 스탠리를, 에이미를 호모 새끼라고 부르고
얼굴을 때릴 또 다른 남자를 끌고 오지 말란 법이 없었다. 에
임스가 두려워할 만도 한 것이, 지금도 웬 남자가 나타나 전혀
예기치 못한 방식으로 상황을 파괴하고 있었다.

"스탠리 때문에 이러는 거야?" 리즈가 천천히 묻는다.
"만약 그렇다면 넌 이게 어떤 상황인지 이미 결론을 내렸을 거
고, 난 설명해봐야 소용없잖아."

"너의 남자들이 어떤 식으로든 항상 나에게 상처를 입힌
다는 생각을 떨쳐버릴 수가 없어."

"스탠리와 바람을 피운 건 날 비난해도 돼. 하지만 그 뒤
로 일어난 일들은 결코 피치 못할 일들이 아니었어. 너는 너이
기 때문에 환원한 거야. 내 남자들 때문이 아니었어. 그 일에
대한 비난은 받아들일 수 없어."

"아마도 네가 날 그 남자들과 경쟁하게 만들었겠지."

어둠 속에서 리즈가 그를 쳐다보며 행복하지 않은 웃음을
웃는다. "그런 거였어? 이게 다 그것 때문이었냐고. 그래서 아
기를 주겠다는 거야? 그 남자들이 결코 줄 수 없는 거라서?"

에임스가 턱에 난 짧은 털을 문지르며 리즈가 던지는 미
끼를 물지 않으려 애쓴다. "어떤 남자인지 말해줄 수 있어? 카
트리나한테서만 듣지 않도록?"

리즈는 잠시 생각해보다가, 그의 요구에 응한다. 그에게 진실을 말할 것이다. 말하지 못할 이유가 뭔가. 리즈는 최대한 빠르게 상황을 설명한다. 그녀의 카우보이, 그의 아내에 대해 그녀가 알고 있는 것, 카우보이 역시 다른 남자들과 똑같다는 것, 언제나 리즈를 레스토랑 구석 자리에 숨기는 것, 항상 리즈보다 몇 발짝 앞서 걷는 것, 그녀가 항의하면, 리즈가 트랜스인 것이 창피한 게 아니라, 그들의 관계가 불륜이라 창피한 거라고 말 같지도 않은 변명을 한다는 것. 에임스도 이미 알고 있는 거지 같은 일들이다. 에임스도 그런 삶을 실제로 살았으니까. 간접적으로도 살았고, 그 자신이 직접 살기도 했다.

"에이즈 얘기는 뭐야?" 에임스가 묻는다.

"뭐?" 그 질문에 리즈는 멈칫한다. "내가 알 게 뭐야? 나는 에이즈 예방약 복용중이고 그 사람은 미검출 판정을 받았어."

"카트리나는 아주 난리를 치던데. 카트리나는 다이애나와 친해. 그 남자, 이름이 뭐였더라, 개릿인가 뭔가 하는 그 남자가 혈청전환단계 판정받았을 때, 카트리나는 마치 자기가 감염된 것처럼 펄펄 뛰더라고. 카트리나와 다이애나는 오랜 시간 알고 지낸 친구야. 그래서 이혼할 때 카트리나가 옆에서 돌봐줄 생각이었는데, 다이애나가 남편을 떠나는 문제를 놓고 좀 오락가락했어. 그 남자, 트랜스 여성한테서 옮은 거래."

"응, 나도 알아. 그런데, 그게 뭐가 어떻다는 거야?" 다이애나가 이혼을 고려했다는 소식이 놀랍게도 가슴이 아프다. 그러나 리즈는, 설령 이혼을 당한다고 해도, 카우보이는 절대 트랜스 여성을 끊지 못할 거라고 생각한다.

"뭐가 어떻다는 거냐 하면," 에임스가 말한다. "카트리나는 다이애나의 관점에서 두 사람의 갈등에 관한 이야기를 오랫동안 들었어. 친구의 인생을 망친 트랜스 여성에 관한 이야기였지. 그들 부부가 아기를 갖기로 결정했을 때, 카트리나는 정자 세척에 대해 알게 되었어. 체외수정에 대해서도. 그런데 당신이 나타난 거야. 그 남자가 다시 바람을 피우고 있는 트랜스인 당신이. 카트리나는 이 상황을 잘 받아들이지 못하고 있어."

"카트리나는 무슨 에이즈 공포증 같은 거라도 있는 거야?"

에임스가 멈칫한다. "응, 카트리나는 그렇게 표현하진 않지만, 사실 그래."

리즈가 코웃음을 친다. "지금이 어떤 세상인데."

"나도 그렇게 말했어. 카트리나는 지난 몇 주 동안 마치 꿈을 꾸는 것 같았어. 자기가 평생 가장 원했던 게 바로 퀴어라면서. 그런데 이제 와서 가장 원초적인 두려움에 휩싸인 거야. 날 보고 어떻게 자기하고 자기 아기를 이런 위험에 처하게 만들 수 있냐고 하더라."

"어떤 위험?"

"아마 에이즈 아닐까?"

"네가 진정시킬 수 있어?"

"노력은 했어. 그런데 그만 나가달래."

리즈가 피로감을 느끼며 눈을 감고 뒤로 기댄다. 리즈는 눈을 감은 상태로 한 손을 들어 눈썹을 문지르며 스트레스로 뭉친 근육을 풀어본다. 리즈가 침묵하는 동안, 에임스는 돌멩이를 주워 강 쪽으로 던진다. 돌멩이는 멀리 못 간다. 에임스는 화가 나지만 화를 내고 싶지 않다. 누구에게 가장 화가 나는지 여전히 혼란스러운 상황에서는 더더욱. "또다시 이런 일이 벌어지고 있다는 게 믿어지지 않아. 삼 년 전 네가 나와 가정을 꾸리고 싶다고 했잖아. 난 우리가 그럴 수 있을 거라고 생각했어. 그런데 네가 웬 거지 같은 놈하고 그 기회를 날려버렸어. 그런데 지금, 이번에도 또, 우리가 막 가정을 꾸리려는 찰나에, 네가 거지 같은 남자하고 바람을 피워서 그 기회를 날려버리고 있어. 우리 대체 이 짓을 얼마나 여러 차례 반복해야 하지? 넌 대체 언제쯤 변할 거야?"

경주용 오토바이를 탄 남자 둘이 공사장을 지나가고, 허세 가득한 엔진소리가 밤의 허공 속에서 요란하게 울려퍼진다. 리즈는 그들이 지나가기를 기다렸다가 입을 연다. "달라질 가치가 있는 일이라면 달라질 거야. 문제는, 카트리나와의 이 일이, 우리가 달라져야 할 만큼 현실성이 있느냐는 거야. 너도 변해야 해. 네 자신을 돌아봐야 하니까. 카트리나도 변해야겠지. 그럴 수밖에 없으니까."

에임스가 한숨을 내쉰다. 불도저의 바퀴에 닿는 어깨뼈가 아프다. "아직 전부 다 말하진 않았어. 실은 내가 소리를 질러서 카트리나가 나가라고 한 거야." 에임스는 신발에 붙은 흙을 떼어내며 마음을 다잡는다.

"왜 소리 질렀는데?" 한 방을 기다리며, 리즈가 묻는다.

"카트리나가 울면서 임신중단을 하겠다고 해서."

에임스가 리즈를 집까지 데려다준 다음, 침대에 누워있던 리즈는 점점 더 화가 끓어오른다. 에이즈 공포? 카트리나는 무슨 1980년대 극우파 목사의 설교라도 듣고 있는 건가? 카트리나가 리즈의 성생활에 대해 이러쿵저러쿵할 자격이 있다고 생각하는 것도 짜증 나고, 어떤 년의 남편하고 잤다고 비난하는 것도 짜증 나는데, 거기다가 에이즈 공포라고? 한 명이 에이즈 바이러스를 갖고 있을 뿐이고 그나마도 미검출 판정을 받았는데도? 씨발 대체 뭐가 문젠데?

날이 더워졌는데도 집주인이 아직 난방을 끄지 않았다. 베개가 얼굴에 끈적이고 시트는 뜨겁게 들러붙는다. 리즈는 시트를 걷어내고 창문을 열고 조그만 선풍기를 틀고, 바닷가에 나와 쉬는 물개처럼 양팔을 축 늘어뜨리고 엎드려 눕는다. 잠을 잘 확률은 거의 없다. 리즈는 노트북 컴퓨터를 켠다. 리즈는 한 번도 상담치료를 받아본 적이 없지만, 리즈의 친구들 중 여러 명이 상담치료를 받았고 치료사에게서 들은 얘기를 리즈에게 전해주기를 좋아한다. 삼투 현상에 의해, 리즈도 상담치료사를 만나서 분노와 불안을 다스리는 법을 배운 것 같은 기분이 든다. 리즈의 대처 방법 중에 나쁜 감정을 유발한 상대에게 자신의 나쁜 감정을 편지로 쓰는 것이 있다. 중요한 것은 편지를 절대 실제로 보내지 않고, 단지 자신의 나쁜 감정을 점검해보는 것이다.

그래서 리즈는 에임스과 카트리나에게 이메일을 쓴다.

퀴어의 시대정신 속에서 너무 오래 살다 보니, 리즈는 의식적 통제의 범위를 벗어난 본능을 연마하게 되었다. 손가락 근육이 아이라이너를 그리는 방법을 기억하고 있는 것처럼, 퀴어로서의 경험은 개인 간의 논쟁에서조차 가장 확실하게 이기는 방법은 정치적 정당성을 내세우는 것이라고 그녀에게 주입했다. 룸메이트가 내가 설거지를 하기를 원한다고? 좋다, 하지만 우리 엄마가 대학 시절 휴학 기간 중 석 달간 가정부로 일했다는 걸 나의 룸메이트는 알고 있는가? 따라서 나에게 설거지를 요구하는 것이 곧 나의 신분과 세대별 신분 상승의 가능성에 대한 트라우마적 공격이라는 것을 나의 룸메이트는 알고 있는가?

극도로 민감한 폭발물들이 매립되어 있는 퀴어의 전장에서 불필요한 정치적 무기로 무장하고 싸워온 리즈는 섬뜩한 피투성이의 참전용사다. 참전용사로서, 평상시에 리즈는 그런 전술들과 거리를 두고 제네바 협정을 준수한다. 그러나 상처받거나 분노에 휩싸이거나 복수를 해야 하는 상황이 되면 피에 대한 굶주림이 그녀를 집어삼키고, 가장 많은 피를 볼 수 있는 방법을 찾고야 만다. 그런 상황이 되면 지금처럼 편지를 쓰기도 한다. 언어적 전투에서의 드문 패배가 그녀에게 가르쳐준, 죽음의 공식에 입각한 편지이다. 그 드물고도 고통스러운 패배의 순간에, 리즈는 적이 건넨 70퍼센트의 부정할 수 없는 진실과 30퍼센트의 감정적 독소로 이루어진 황금비율의 독주를 들이킬 수밖에 없었다.

공동 육아 계획은 퀴어 젠트리피케이션에 다름 아니다. 에임스, 당신이 떠들어 대는 퀴어와의 연대는, 빈티지 전구와 현란한 색상의 그래픽 디자인으로 장식한, 터무니없이 비싸고 향료를 거의 쓰지 않는 퓨전 레스토랑일 뿐이다. 이방인에 대한 원주민의 두려움을 달래면서 한편으로는 새로운 음식에 대한 원주민들의 도전정신을 축하하기 위한 퓨전 레스토랑. 당신들 두 사람 다 향료를 쓸 줄 모른다. 카트리나가 에이즈와 불륜에 대해 펄펄 뛰는 것만 보아도 알 수 있다. 고급화되지 않은 진짜 트랜스의 풍미를 아는 사람에게는 두 가지 모두 맛깔스러운 향료가 될 수 있다.

사실 에이즈야말로 진짜 트랜스의 풍미가 아닌가! 요리책을 한번 찾아보길 바란다. 1980년대에 에이즈를 연구하는 주요 단체들은 유독 감염률이 높은 집단을 발견했다. '동성애자' 혹은 '남성과 성관계를 맺는 남자'라는, 기존의 분류체계에 흡수되지 않는 사람들이었다. 그 분류의 틈새로 빠져나간 사람들은 온갖 이름들로 불렸다. 의상도착증 환자, 드래그 퀸, 씨씨, 크로스 드레서, 트랜스젠더, 트랜스섹슈얼, 요정, 등등. 그러나 연구 단체들이 제대로 연구를 하려면 우선 분류명이 필요했다. 질병관리청 사람들은 낸시가 이름을 넬리로 바꿀 때마다 새 논문을 쓰거나 연구를 다시 할 수가 없었다. 그래서 그들이 이 집단에 명칭을 부여했고, 그 명칭이 바로 '트랜스젠더'라는 포괄적 명칭이다. 그리고 트랜스젠더 여성들도 혜택을 누리고 싶었고, 그래서 결국 스스로를 그렇게 부르게 되었다. 그러나 분명히 얘기하는데, 에이즈와 트랜스젠더 여성이라는 명칭의 탄생은 불가분의 관계다. 트랜스젠더는 질병의 매개체를 확인하기 위해 선택된 명칭이다.

아마 다른 방법이 없지 않았을까? 에이즈와 젠트리피케이션은 원래 늘 함께 가는 것 아닌가? 그렇게 하지 않으면 어떻게 이 전염병을 잊을 수 있겠는가? 에이즈야말로 가장 잘 동화된 퀴어들마저도 깨부술 방법을 알지 못하는, 소화하기 힘든 퀴어 감성의 상징이 아닌가? 아니, 상처는 치유된 적이 없었다. 그저 상처 위에 건물을 세우고 상처를 지나쳤을 뿐이다. 그들은 고급화(젠트리피케이션)되었다. 그러니 카트리나가 에이즈의 풍미를 살짝 접하는 순간 기겁을 하는 것도 당연하다.

여기까지 쏟아내고 나니, 리즈의 분노가 버벅거리기 시작한다. 생각할수록 설득력은 떨어지고, 배신의 고통만 널름거린다. 어쩌면 카트리나와의 공동양육은 애초부터 불가능한 일이었는지도 모른다. 만약 카트리나가 포기한다면, 어느 시점에서건 카트리나는 결국 포기했을 것이다. 어쩌면 카트리나는 그저 마법이 깨어지기만 기다리고 있었을지도 모른다. 리즈는 싸우고 싶지 않다. 단지 리즈가 잘못한 게 없다는 것을, 적어도 카트리나가 간섭할 만한 잘못은 저지르지 않았다는 것을, 한 생명을 끝내버릴 계획을 세울 정도로 잘못한 게 없다는 것을 카트리나가 알아주기를 바란다. 그들에겐 아이가 있지 않은가. 말하자면 그렇다는 얘기다! 어떻게 그들의 아이를 위험에 처하게 할 수 있단 말인가? 리즈가 노트북을 한옆으로 밀어놓는다. 쓰다 만 메일이 여전히 열려 있다. 어차피 메일을 쓰는 이유가 바로 이것이 아니었던가? 멍청한 짓을 하기 전에 분노를 태워버리는 것. 자신에게 정말 소중한 것이 무엇인지 생각해 보는 것. 졸음과 구분할 수 없는 절망이 엄습해온다.

다섯 시간 뒤, 대나무 쪼개지는 알림 소리와 함께 에임스의 메시지들이 들어온다. 에임스는 그 자신의 정의감에 불타고 있는 것이 분명하다. 그는 리즈에게 상황을 바로잡으라고, 카트리나를 진정시키고, 잠재적 엄마로 남고 싶다면 사과하라고 명령한다. 그의 정의감이 리즈의 화를 돋운다. 이상한 본능이, 그토록 일관된 톤으로는 한 번도 느껴본 적이 없었던 이상한 본능이 가슴 속에서 낮게 으르렁거린다. 다른 여자들이라면 엄마 곰의 본능이라고 부르겠지만, 리즈에게는 너무도 낯선 본능이다. 에임스가 자신의 아기를 위협하고 있다는 그 깊고 막연한 느낌…….

이불 속에서 뒤척이다가 그녀의 어깨가 노트북에 닿는다. 리즈는 돌아누워 쓰다만 메일을 열고, 마지막 문장을 완성하고, 서명할 겨를도 없이 전송 버튼을 눌러버린다.

에임스로부터 또 하나의 메시지가 날아올 때에도 리즈는 여전히 침대에 누워 있다.

넌 위선자야.

카트리나는 답장을 하지 않는다.

11
장

임신 십이 주

존과 에임스는 대충 일 년에 두어 번 정도 만난다. 그들의 삶에서 뭔가 잘못되었을 때. 두 사람은 대학 야구팀에 함께 있었고 4학년 때에는 기숙사 방을 같이 썼다. 존은 자신의 감정을 털어놓을 때, 해당 사건의 사실관계를 직접 확인할 수 있는 사람과 얘기하는 것을 좋아하지 않았다. 그는 삼십 분 거리의 다른 학교에 다니는 친구에게 전화를 걸어서 카페에서 만나 아침 식사를 하며 속을 털어놓곤 했다. 대학 졸업 후 존은 뉴저지로 이사했고, 가족이 운영하는 건설회사에서 일하게 되었다. 그 무렵 에임스는 존이 감정을 토로할 이상적인 거리에 살고 있는 사람이 되었다.

연 2회의 감정 교류 회동은 올해로 십오 년째 이어져 내려오는 전통이다. 에이미의 성전환 초기 두 사람의 관계가 다소 경직되었던 시기를 제외하면. 남자들 간의 우정을 바탕으로 이루어진 그들의 관계는 이성애 중심주의가 위협받는 상황을 견디지 못했다. 그 시기 에이미가 선포한 여성성을 존중하는 의미에서 존이 에이미를 위해 문을 열어주었고, 만나면 뺨에 키스해주었으며, 에이미의 미모를 칭찬해주었다. 그 모든 것이 너무도 달콤했지만 두 사람 모두를 불편하게 했고, 그들은 과거의 편안함과 자유가 그리웠다. 두 사람의 관계는 남성적인 유대였다. 한 사람이 다른 사람을 책임지는 관계가 아니었다. 에임스는 만약 두 사람이 위기에 처한다면, 이를테면 갑자기 홍수에 휩쓸린다면, 두 사람 모두 뒤도 돌아보지 않고 각자의 체력을 믿고 각자 남자답게 헤엄을 칠 거라고 생각했다.

에이미의 성전환으로 인해 서로에 대한 그런 믿음이 퇴색했다. 존은 신사답게 레스토랑 앞에서 에이미가 안전하게 택시를 탈 때까지 기다렸고, 집에 도착하면 메시지를 해달라고 했다. 에이미는 한편으로는 이 세상이 남자들에게보다 트랜스들에게 유독 위험하다는 것을 존이 알고 있는 게 고마웠지만, 또 한편으로는 존의 보호가 필요하지 않은 동등한 인간으로 자신을 대해주면 좋겠다고 생각했다.

에이미가 성전환을 한 지 일 년이 되었을 때, 존이 결혼을 했다. 존의 아내 그레타는 에이미와 친구가 되어보려 애썼다. 그레타는 에이미를 뉴저지의 파티에 초대하곤 했고, 에이미는 착잡한 심정으로 그레타와 다른 아내들과 함께 주방에서 화이트와인을 마셨다. 자신의 사회적 성별에 맞는 사람들과 어울리게 된 것이 다행스러우면서도 정작 자신의 진짜 친구는 자신이 곤경에 처한 줄도 모르고 주방 벽 반대편에 있다는 것을 또렷하게 인식하고 있었다. 결국 에이미는 주방에 그레타와 있기보다는 거실에 존과 함께 앉아 있게 되었고, 결국 어느 순간부터 그레타는 에이미를 초대하지 않았다.

에이미의 성전환 환원 이후, 두 사람의 만남은 초기의 패턴으로 돌아왔다. 존은 에이미를 여자로 받아들였던 것처럼 다시 남자로 받아들였다. 에이미의 환원이 존에게 너무도 순조롭게 받아들여져서 어쩌면 존은 처음부터 에이미의 여성성을 아예 믿지 않았던 건 아닌가 하는 의심마저 들었다. 그러나 얼마 후, 그런 의심이 잘못된 것임이 분명해졌다. 존은 그저 절대주의자일 뿐이었다. 그것이 바로 에임스가 이번 감정 교류 회동을 제안한 이유이다. 에임스가 바라는 것들과 원하는 것들은 모두 우유부단의 안개 속으로 사라져버렸다. 어쩌면 존의 절대주의자적 관점은 그 해답을 알고 있을지도 모른다.

리즈의 편지를 받고 나서 카트리나는 에임스에게 그녀 자신의 절대적인 결정을 통보했다. 그날 밤 에임스가 카트리나의 아파트에 도착했을 때 카트리나는 도마를 앞에 놓고 앉아 있었다. 도마 위에는 조그맣게 자른 고다치즈 조각들이 놓여 있었다. 그가 맞은편에 앉자 카트리나가 자신의 생각을 쏟아놓았다. 리즈와 함께 아이를 키우겠다는 생각은 너무도 잘못된 생각이라는 것이 분명해졌다. 아기, 그리고 퀴어의 새로움에 취해 자신이 너무 흥분했다. 설령 리즈의 말이 옳다고 해도, 아마도 리즈의 말은 실제로 옳겠지만, 그래서 에이즈 소식에 과민 반응했다는 것을 기꺼이 인정할 용의가 있지만, 리즈가 신뢰할 만한 사람이 못 된다는 명백한 사실은 달라지지 않는다. 자신의 친구와 바람을 피운 것과 그 이후 그녀에게 보낸 잔인한 편지는 리즈가 우리 가족이 될 가능성을 말살했다.

에임스는 카트리나가 '우리 가족'이라고 말하고 있음을 알아차렸다. 카트리나는 자신의 주장을 관철하기 위해 그것을 마치 이미 존재하는 것처럼, 기정사실인 것처럼 말하고 있었다.

리즈의 편지는 신중하지 못했다고 카트리나가 말을 이었다. 카트리나를 향료를 모르는 개발도시 원주민에 비교하다니. 리즈와 카트리나 둘 중에 엄마가 해주는 중국음식을 먹고 자란 사람이 누구이고 위스콘신에서 튀긴 빵이나 먹고 자란 사람이 누군데 그래? 이거 왜 이러시나! 리즈만 자신의 정체성을 무기로 삼을 수 있는 줄 아는 건 아니란 말이다!

그런 주장을 펼치며 카트리나는 흘금거리며 치즈를 쳐다보았다. 마치 치즈 때문에 자신의 주장이 설득력을 잃는다는 듯이.

어쨌든 리즈는 자격을 잃었으니 이제 에임스가 결정을 내려야 한다. 이혼한 이후, 그리고 에임스의 커밍아웃 이후 카트리나는 자신의 삶에 안정감이 필요하다는 결론을 내렸다. 자신에게 의지하는 아기를 갖게 된 이상 더더욱 그럴 수밖에 없다. 자신의 정체성이나 삶의 방식을 뒤흔드는 더 이상의 충격은 용납할 수 없다. 따라서 다음 주에 임신중단 수술 일정을 잡을 것이다. 이제 에임스도 자신이 원하는 것이 무엇인지 결정해야 한다. 부모가 되어 카트리나와 함께 아이를 키우기로 결심하지 않으면, 카트리나는 임신을 중단할 것이다. 더 이상은 흔들리는 일이 없을 것이다. 카트리나는 침착하게 덧붙인다. 만약 그녀가 임신중단을 하게 되면, 두 사람의 관계는 더 이상 지속될 수 없을 거라고.

존과 에임스는 로어이스트사이드의 어느 카페에서 만난다. 늘 그렇듯이 존은 뉴저지에서부터 SUV를 몰고 와서 주차할 곳을 찾다가 결국엔 돈을 내고 주차하느라 이십오 분 늦게 도착한다.

존이 먼저 얘기를 꺼낸다. 직장을 그만두고 싶지만 여섯 살 된 아들이 있고 그레타가 MBA를 따려고 대학원에 진학했다. 앞으로 몇 년 동안은 외벌이를 해야 한다. "그레타는 내가 이 회사에 영원히 다닐 거라고 생각하나 봐. 그래서 학교로 돌아간 거겠지. 이번이 벌써 세 번째야." 에임스는 존이 그레타에 대해 불평할 때 조심해야 한다는 것을 안다. 에임스가 그의 말에 동의하면 존이 예민하게 반응하면서 아내 편을 들기 때문이다. 에임스의 차례가 되자 존이 듣는다. 존은 최근에 머리를 밀어서, 그가 눈살을 찌푸릴 때마다 머리의 맨살에 파이는 주름이 선명하게 드러난다.

마침내 에임스가 얘기를 끝내자 존이 말한다. "좋아. 내가 이 상황을 감정적으로 전부 다 이해했다고 말할 수 있을지는 잘 모르겠어. 하지만 적어도 지적으로 네 감정을 따라가보려고 노력할게. 난 네가, 너에게 소중한 여자한테만큼은 네가 원하는 것에 대해 정직할 수 있어야 한다고 생각해. 그런데 나도 그 부분을 잘 모르겠는데, 넌 아이를 원하는 거야, 원하지 않는 거야? 알렉산더는 이제 곧 일곱 살이 돼. 그리고 어느 순간 내 아이는 독립된 인격체라는 사실을 받아들여야만 하겠지. 내 아이가 날 만들진 않아. 좀 진부한 얘기이긴 하지만, 만약 내가 알렉산더를 통해 나 자신을 이해하려 한다면, 결국 애들 하키 게임이나 쫓아다니면서 코치나 다른 아빠들하고 싸우기나 하는 그런 아빠가 되겠지. 내가 들어보니까 네가 처한 상황은 그런 상황의 게이 버전인 거 같아."

"난 내 아이의 성취를 통해 나 자신의 정체성을 찾는 단계에는 가지도 못했어." 에임스가 존의 말을 수정한다. "난 아이의 존재로 인해 나의 정체성이 바뀌어야 하는 단계에 있다고."

존이 한 손으로 머리를 만진다. "좋아. 여자들 문제는 일단 제쳐두고, 넌 아이를 키우고 싶은 거야, 아닌 거야?"

"나도 모르겠어. 그게 문제야. 난 아무 느낌이 없어. 한동안 그랬어."

존이 에임스를 쳐다보며 어깨를 으쓱한다. "혹시 신체적 결정 시도해봤어?"

에임스가 웃고, 존은 그 웃음을 이해를 못 한 것으로 받아들인다. "그레타가 하는 건데," 존이 설명한다. "두 가지 중 한 가지를 선택해야 하는 상황일 때, 그걸 큰 소리로 말해보고 그때 몸이 어떤 느낌인지를 보는 거야. 마음이 모르는 걸 몸이 알 수도 있거든.”

“응, 신체적 결정이 뭔지는 나도 알아.”에임스가 말한다. “네가 그걸 아는 줄은 몰랐네.”

“당연히 알지!”모욕을 당했다는 듯 존이 말한다.“나 예민한 사람이야.”그러더니 존은 신체 활동의 일환으로 대학 시절 했던 것처럼 야구 연습장에 가서 공격적인 운동을 좀 해보자고 제안한다. 몸을 움직이다 보면 뭔가 나올 수도 있다면서.

존은 첼시 피어스에 있는 야구 연습장의 터무니없는 주차비를 거부한다. 그래서 핸드폰으로 검색해서 멀리 퀸스에 위치한 야구 연습장이 딸려 있는 물류창고를 찾는다. 지역 어린이 야구단 광고가 입구를 뒤덮고 있고 그 옆에 오래된 메이저리그 용품들이 걸려 있다. 건물 안에는 낡은 피칭머신들이 기분 좋은 **척** 소리와 함께 공을 뱉어낸다. 건물 내부는 묵직한 화물용 그물로 구분되어 있고 레인마다 전직 운동선수처럼 보이는 이십대 남자들이 규칙적으로 공을 직선으로 날리고 있거나, 아빠들이 아들에게 코치 노릇을 하고 있다.

존이 이용료를 지불하는 동안, 에임스가 배트 하나를 집어 들고 카운터 뒤의 나이 든 남자와 짧게 고개인사를 주고받은 다음, 왼손에 낀 투구용 장갑의 찍찍이를 여민다. 에임스는 연습 삼아 몇 번 방망이를 휘둘러본다. 생각할 겨를도 없이 그의 몸이 익숙한 절차를 기억한다. 배트가 돌아갈 때 에임스의 어깨에서 에너지가 솟는다. 에임스는 연습장 문이 열리기를 기다린다. 그의 몸이 반응하는 방식에 삐딱한 위안이 느껴진다. 생각의 저 밑바닥에 존재하는 몸의 반응. 어쩌면 존은 실제로 신체 치료에 대해 뭔가 알고 있는 건지도.

에이미와 리즈가 함께 살던 시절, 어느 봄날이나 여름날 저녁, 에이미는 프로스펙트 공원의 퍼레이드 운동장까지 산책을 하곤 했다. 그곳에서 주로 도미니카 출신인 고등학생들이 야구를 하고 있었다. 에임스는 힘껏 때린 공이 곧장 날아가 가죽 글로브에 안착할 때의 **탁** 소리를 들으러 그곳에 갔다. **탁** 소리와 **쿵** 소리가 마치 마법처럼 시간의 강 속에서 에이미 자신의 고등학교 시절의 기억을 건져 올려주기를 바랐다. 에이미는 아이들로부터 혹은 아이들의 아빠로부터 멀찌감치 떨어진 곳의 벤치에 앉아 있었고, 그 소리가 어느덧 유령이 되어버린 근육의 기억을 소환하곤 했다. 투수가 공을 던지려고 자세를 취할 때면 타자가 적시에 공을 때리기 위해 몸의 중심을 움직이면서 한 발짝 앞으로 나서는 것을 느낄 수 있었다. **탁** 소리가 날 때마다 팔의 근육들이 살아나면서, 공을 받을 때 충격으로 글로브가 뒤로 젖혀지던 느낌, 3루에서 1루로 공을 던질 때 근육들이 팽팽하게 솟아오르던 느낌을 기억했다. 그녀의 몸이 지녔던 그 유연함, 그녀의 생각에 복종할 준비가 되어 있던 그 몸. 그 모든 것이 그리웠다. 그 모든 것이 너무도 명백하게 멋졌기에 그리웠다. 여자들은 그의 멋진 모습에 감탄했고 남자들은 그를 친구로 선택해주었다. 그는 그 모든 것을 너무도 쉽게 누릴 수 있었다.

이 거지 같은 젠더 사건이 일어나기 전에 그녀의 몸은 착한 개와도 같았다. 온전한 그 자신은 아닐지언정 원하는 것들은 전부 다 할 수 있었다. 날렵하게 움직였고 나무를 타 올랐으며, 숲과 들판을 신이 나서 꼬리를 흔들며 빠르게 질주했다. 그런 개를 가졌다는 건 행운이었다. 그녀에겐 그런 훌륭한 개를 가질 자격이 없었다. 그 개를 영원히 가질 수 있을 줄 알았다. 둘 다 나이가 들면, 캔버스 더플백처럼 그녀의 발치에 충성스럽고 우직하고 매혹적인 자태로 그 몸이 누워 있을 줄 알았다.

존이 활송 장치로 공을 보내고, 에임스는 배트를 둥글게 휘두른다. 얼마 후, 대학 시절 연습할 때와 다를 게 없어진다. 두 사람은 아무 말이 없고, 존이 공을 기계에 **척** 하고 넣으면 알루미늄 배트에 **찡** 하고 맞는다. 그들의 대화는 **척-찡, 척- 찡, 척-찡**의 말없는 질문과 대답이 되고, 그렇게 계속 이어지다가, 존이 "이젠 내 차례야"라는 말로 그 주문을 깬다.

존은 35인치 배트를 고른다. 더 작고 가벼운 배트로 속도와 스윙 경로를 조절하는 요즘 메이저리그의 기준에는 지나치게 큰 사이즈이다. 그러나 존은 언제나처럼 예전 선수들의 방식으로, 공이 가까이 날아올 때마다 묵직한 체중을 실어 공을 때린다.

성전환을 했을 때 에이미는 자신의 개를 잃었다. 에이미는 혼자였다. 그녀와 그녀의 몸은 하나였다. 그녀의 모든 감각이, 중재 없이, 단순하게 그녀의 것이었다. 그것은 좋은 일이어야 했다. 때로는 좋은 일이기도 했다. 그녀의 개가 하는 행동을 보고 상황을 짐작할 필요가 없었다. 그러나 대신 아파해줄 개가 없으니 여성으로서의 삶은 고통으로 다가왔다. 그것은 참고 견디어야 할 고통이었고, 그저 살아 있음으로 인한 고통이었으며, 끝나지 않을 고통이었다.

존이 공을 때리는 동안, 에임스는 자신의 몸의 소리에 귀를 기울이려 애쓴다. 에임스는 자신의 개를 생각하지 않게 된 지 오래였다. 그는 여전히 개를 갖고 있는가? 환원을 하면 개를 되찾을 수 있을 거라 생각했지만, 그렇지 않았다. 그는 고통과 쾌락 모두를 잃었다. 세상은 적당히 견딜 만한 거리로 멀어졌고, 빛깔은 강렬함을 잃었으며, 개는 여전히 죽어 있었다. 어쩌면 그는 겁쟁이처럼 개를 떠올리기를 회피해왔다는 생각이 든다. 이 정도로 충분하기를 바라면서. 그러나 지난 삼 년 동안 그는 딱히 애쓸 필요가 없는 방식으로 살았다. 적당한 수준의 야심이 필요한 회사에 다녔고, 카트리나를 사랑하는 건 사실이지만 연애를 하려고 애쓰지도 않았는데 연애를 하게 되었고, 그를 잘 알지만 속속들이 알지는 못하는 친구들이 있었다. 그런데 이제 이 아기, 그를 배신한 동물적인 몸의 작품 때문에, 자신의 가장 진실한 감정들을 대면할 필요가 생겼다. 존이 끝나자 에임스가 두 번째로 나선다. 그의 배트가 공을 때리고 또 때린다. 이제 그것은 하나의 기도가 된다. 죽은 개가 말을 하게 해달라고 비는 기도.

그날 밤 카트리나를 찾아갔을 때, 에임스는 무릎을 꿇고 카트리나의 몸에 자신을 밀착한다. 그녀의 배와 허벅다리 안쪽에 키스하며 욕망에 불을 지핀다. 자신의 몸 구석구석을 자극하며 그의 몸이 말을 하게 만들 방법을 더듬어 찾는다. 그의 손이 그녀의 온몸을 애무하는 동안 그는 자신이 얼마나 그녀를 원하는지, 얼마나 굶주려 있는지 웅얼거린다. 지난 몇 년간 에임스는 카트리나에 대한 욕망을 느낄 때 가장 살아 있음을 느꼈다. 그의 몸과 그의 자아의 거리가 좁혀지는 그 달콤한 순간에. 카트리나는 처음엔 저항하지만, 에임스는 카트리나의 몸이 풀어지는 것을, 그에게 굴복하는 것을 느낀다. 그녀가 다정하게 웃는다. "천천히 해. 실은 나도 당신 이런 모습이 보고 싶었어."

섹스는 쉽게 찾아온다. 그의 몸은 그가 요구하는 것을 수행해내고, 그녀가 그의 몸 위에 올라앉는다. 카트리나가 그렇게 올라앉을 때면 너무도 통통하고 보드랍고 매혹적인 그녀의 허리를 그의 두 손이 잡는다. 그러나 카트리나와 함께 있을 때조차도 그의 정신이 완벽하게 그의 몸에 연결되진 않는다. 여성으로 살던 때 그랬던 것처럼 정신이 묵직하고도 강렬하게 그의 몸에 스며들지 않는다. 결국 에임스는 자신이 카트리나에게 거짓말을 하고 있는 건 아닌지 의심이 든다. 카트리나는 그보다 나은 남자를 만나야 하는 건 아닌지. 적절히 타협한 나름 쓸모 있는 남자의 복제판 대신, 진짜 남자를 만나야 하는 건 아닌지. 정신과 일치하는 육체로 그녀를 원하는 남자를 만

495

나야 하는 건 아닌지. 설령 그가 아이를 함께 키우자는 카트리나의 제안을 받아들인다고 해도, 그 아이도 더 나은 부모를 가질 자격이 있는 건 아닌지. 너무도 진실이라 그 어떤 의문도 불러일으키지 않는 부모를 가져야 하는 건 아닌지. 카트리나는 이 상황을 이해하려 애쓸 수도 있고 그러지 않을 수도 있겠지만, 아이는 당연히 이해하려 애쓸 것이다. 아이들은 자신의 부모를 연구하고 해독하며, 그들의 행동을 설명하는 이론을 제시하고, 찬찬히 살펴보며 온갖 결함들을 찾는다. 심지어 부모들이 세상을 떠나고 난 뒤에도 자식들의 연구는 계속된다. 이야기 속에서, 상담사의 상담실에서, 휴가지에서, 부모에 대한 연구는 끝없이 계속된다. 에임스의 아이는 에임스의 정체를 알게 될 것이다. 그것은 피할 수 없는 일이다. 그리고 마침내, 에임스는 대답을 찾는다. 에임스는 자신의 아이가 있는 그대로의 자신의 모습을 알게 되는 것을 원치 않는다.

섹스가 끝난 뒤 에임스는 카트리나에게 대답을 하겠다고 말한다. 그는 결정을 했지만, 이제 다시 카트리나가 결정을 해야 한다고. 에임스는 카트리나와 함께 아이를 키울 것이다. 두 사람은 함께 부모가 될 수 있다. 그러나 에임스는 언젠가 다시 여성으로 돌아가지 않겠다고 약속할 수가 없다. 카트리나에게 그런 안정성을 약속할 수 없다. 자신의 정체성에 대해 확신을 갖겠다고 약속할 수 없고, 따라서 카트리나와 그들의 아기에게 늘 변함없는 배우자 혹은 아버지가 되겠다고 약속할 수 없다. 가장이자 연인의 역할은 어떻게든 하겠다고 약속하고 싶지만, 그런 약속조차 할 수 없다는 걸 경험으로 안다. 그것은 그가 결정할 수 있는 일이 아니다. 그가 변화함에 따라 이 세상이 그에게 주는 기회들이 밀려오기도 하고 빠져나가기도 한다. 카트리나는 침대에 꼿꼿하게 앉아 있다. 섹스 후에 늘 그랬던 것처럼 그녀의 살갗에 작은 이슬방울들이 맺혀 있다. 카트리나가 숨을 들이마시고 마침내 입을 연다. "뜻밖이라고는 말 못 하겠네."

에임스가 몸을 뒤척이고 카트리나에게 손을 뻗지만, 카트리나가 말한다. "잠깐 시간을 줘." 카트리나가 그에게서 고개를 돌린다. 그러더니 한 손으로 얼굴을 가리고 일어서서 발가벗은 채로 욕실에 들어가 문을 닫는다.

그때 에임스의 전화벨이 울린다. 모르는 번호다. 에임스는 전화를 묵음으로 돌린다. 그런데 전화벨이 다시 울린다. 그리고 또 울린다. 이번에는 그가 전화를 받는다.

욕실에서 나올 때 카트리나는 가운을 걸치고 있다. 그러나 에임스는 이미 옷을 입는 중이다. 카트리나의 눈이 휘둥그레진다. 눈앞의 광경을 믿을 수가 없다. 지금 간다고?

"리즈의 친구 탈리아의 전화야." 에임스가 말한다. "리즈가 병원에 있대. 자살 기도했대."

웜 호프 얘기를 들어본 적 있는지. 그는 일명 아이스맨으로 알려진 괴짜 네덜란드인이다. 그는 극한의 고통을 견디는 방법을 개발했다. 그는 다양한 초인적인 능력을 선보였는데, 에베레스트 산을 반바지 차림으로 등반했고, 얼음 속에서 두 시간을 버티고도 체온이 떨어지지 않았으며, 물을 마시지 않고 두 시간 동안 마라톤으로 사막을 횡단했다. 그의 나이는 오십대 후반이고 고대 북유럽의 은둔자 같은, 혹은 〈왕좌의 게임〉의 엑스트라 배우 같은 외모를 지녔다. 그는 주로 상의를 입지 않고 혹한의 추위 속에서 턱수염에 얼음이 맺힌 상태로 영상을 찍는데, 사람들에게 짧고 날카로운 네덜란드 억양으로 간곡하게 호소한다. "추위는 여러분의 힘을 단련합니다. 여러분의 정신이 비바람을 견디어야 해요. 전자기적으로 건강해져야 합니다." 그의 추종자들은 아마도 여자친구가 없고 종합격투기 훈련을 받는 틈틈이 케루악미국의 소설가 겸 시인으로 삼 년에 걸친 대륙횡단여행을 소재로 한 소설 《길 위에서》가 대표작이다의 소설을 읽는 이불이 없는 남자들일 것이다.

리즈는 이 년 전 그라인더에서 만난 남자로부터 윔 호프 얘기를 들었다. 리즈가 그의 아파트에 갔을 때 그는 지극히 평범한 사람처럼 보였다. 그는 삭스 백화점에서 일했는데, 리즈가 찾아갔을 때 프렌치 커프가 달린 버튼다운 셔츠를 입고 리즈를 맞이했다. 그가 리즈에게 보드카를 권했고 어느 순간 그들은 애무를 하기 시작했다. 십여 분 정도 소파에서 삽입 전 단계까지만 하다가 침실로 갔고, 거기서 그가 리즈의 브래지어와 팬티를 벗겼다. 그러더니 갑자기 욕실로 가서 오 분 정도 차가운 물로 샤워를 하고는 대충 물기를 닦고 나서 다시 침대로 돌아왔다. 그의 몸이 얼마나 차갑던지 마치 시체를 끌어안는 기분이었다. 그러나 그 남자는 마치 신처럼 근사하게 씹했다.

섹스를 마치고 나서 그는 발기 상태를 유지하기가 항상 힘들었다고 고백했다. 그래서 윔 호프 요법을 시작했다고. 윔 호프 요법은 호흡 훈련과 추위를 견디는 훈련을 섞은 것인데, 냉수 샤워로 시작해서 나중에는 얼음 호수에 몸을 담근다고 했다. 그렇게 하면 통증을 견딜 수 있고, 나아가서 혈액의 흐름이나 아드레날린과 같은 자율신경계를 통제할 수 있다고 했다. 몇 달 동안 윔 호프 요법을 시행한 결과 그는 발기에 대한 통제권을 회복할 수 있었다. 그가 치르는 비용은 단지 신체접촉을 하기 전에 자신의 수행 불안을 초월할 수 있도록 스스로를 얼리는 것뿐이었다. 마침내 온기를 되찾은 그의 곁에 리즈가 이불을 덮고 누워 있을 때, 그가 노트북을 들고 와서 윔 호프에 관한 삼십 여분짜리 바이스미국의 뉴미디어 언론사 다큐멘터리를 보여주었다. 전형적인 바이스 다큐멘터리였다. 무모한 도전을 하는 놀라운 백인 남자의 이야기가 중립적인 척하면서 독단과 편견으로 가득 한 방식으로 제작되었다. 그러나 윔 호프의 이야기는 리즈의 관심을 끌었다. 고통을 견뎌내는 그의 놀라운 신체적 능력 때문이 아니라 너무도 선명한 그의 슬픔 때문에.

윔 호프는 1955년, 사랑했던 아내가 자살했다고 말했다. 그의 아내는 8층 건물에서 창문 밖으로 뛰어내렸다. 그것 외에는 윔 호프는 아내 얘기를 거의 하지 않았다. 세부적인 내용을 채우기 위해, 촬영팀은 성인이 된 호프의 아들을 만나 그의 어머니가 열한 개의 인격을 가진 정신병자였다는 사실을 밝혀냈다. 그러나 윔은 자신의 아내에 대해 그 어떤 부정적인 말도 하지 않았다. 단지 그 슬픔의 고통이 거의 그의 인생을 끝장낼 뻔했다는 얘기만 했다. 아내의 애도 기간에 홀아비가 된 네 아이의 아버지는 얼어붙은 호수에 뛰어들기 시작했다. 그는 다이아몬드처럼 날카로운 추위의 바늘이 무디어질 때까지, 상실의 고통이 얼어붙기 시작할 때까지, 그의 육체가 흐릿해진 의식에 굴복할 때까지, 그래서 기억과 사고의 순수한 공백상태에 도달할 때까지 물속에 머물렀다. 윔 호프는 추운 장소를 찾아다니기 시작했고 추위를 사랑하기 시작했다. 그곳은 고통의 한복판이 아닌 고통을 넘어선 장소였고 그를 '그의 내면세계로, 본연의 모습으로' 이끌어주는 장소였다.

얼음과 슬픔의 고통을 견디는 시간은 늘어갔다. 얼음 속에 자주 들어가서 오래 머물면, 그의 고통은 완전히 해동될 틈이 없었다. 윔 호프를 연구한 과학자들은 그에게서 열기를 생산하는 갈색 지방의 양이 비정상적으로 많은 것을 발견했고 그가 추위를 견디는 방식이 티베트 명상에서 뚬모 수행과 유사함을 확인했다. 그러나 윔 호프는 한 번도 동양 종교를 연구한 적이 없었다.

리즈는 윔 호프가 참 황당한 인물이라고 생각하면서도 한편으론 그에게 매료되었다. 감정을 절제하는 그의 남성성이 흥미로웠다. 한 여자를 너무도 사랑한 나머지, 그녀를 잃고 난 뒤에 얼어붙은 호수에 몸을 담그는 것이 오히려 견딜 만한 일이 되어버린 비극의 주인공. 그토록 다루기 힘든 여자도 그토록 깊이 사랑받을 수 있었다.

그날 밤 집으로 돌아온 리즈는 샤워 부스에 들어가 커튼을 내리고 찬물을 틀었다. 너무 끔찍했다! 세상에 맙소사. 절대 하지 마라. 그건 슬픔과 같은 감정을 달리 표현할 줄 모르는 억압된 남자들이나 하는 짓이다. 여자들은 굳이 그런 짓을 할 필요가 없다.

그러나 그로부터 몇 년이 지난 어느 5월 리즈 비치에서, 로커웨이 해안으로 밀려드는 파도가 여전히 너무 차서 마치 발가락들이 서로 이방인인 듯 아무 느낌이 없을 때, 바다가 리즈를 부를 것이다.

따듯한 달의 주말이면 리스 해안은 온통 퀴어들 천지다. 그러나 리즈는 텅 빈 바닷가의 여유와 낭만을 항상 더 좋아했다. 주중에 롱 아일랜드에 가면 그런 해변을 어렵지 않게 찾을 수 있다. 리즈가 퀴어들이 모이는 리스 해안에 가는 것은 진정한 즐거움을 위해서라기보다는 사회적 필요에 의해서다. 리즈가 보기에 퀴어들의 바닷가 모임은 최악의 고등학교 구내식당과 최악의 나이트클럽을 섞어놓은 것 같다. 다만 모두가 거의 나체라는 점만 다르다.

트랜스 여성들의 고민. 집어넣을 것인지 말 것인지, 그것이 문제로다. 리즈는 절대 집어넣지 않는다. 리즈의 계산은 마치 기하학적 증명처럼 명확하다. 집어넣지 않는 것, 즉 모두가 볼 수 있도록 조그만 자지의 윤곽을 드러내는 것은 그 자체로 엄청나게 도발적인 일이라 꼭 끼는 원피스 수영복을 입어도 내숭 떠는 것처럼 보이지가 않는다.

리즈 곁에 누워있는 탈리아는, 남자애들이 입는 반바지를 입고 있지만 집어넣었고, 완벽한 조그만 가슴을 황금빛으로 태우는 중이다. 리즈가 보기에 탈리아는 브루클린에서 가장 멋진 쇄골을 갖고 있다. 탈리아는 최근에 육식을 완전히 중단했다. 새로운 식단과 햇빛 사이 어딘가에서, 탈리아의 쇄골은 반들거리는 티크원목의 은은한 광택을 지녔다.

전날 밤 리즈가 탈리아의 집에 나타났다. 리즈로서는 정신 줄을 놓지 않기 위해서였고, 에임스와 카트리나에게 이메일을 보낸 것이 옳은 처사였다는 생각을 유지하기 위해서였다. 그러나 불과 십 분 만에 리즈는 카우보이와 에이즈 공포증에 대한 얘기, 그리고 엄마가 될 기회가 다시는 오지 않을 거라는 얘기를 하며 흐느껴 울었다.

멋진 쇄골을 갖고 있긴 했지만 탈리아의 어깨는 기대어 울기 좋은 어깨는 아니다. 왜냐하면 탈리아는 어머니라는 존재에 대해 히스테리에 가까운 황당한 편견을 갖고 성장했기 때문이었다. 그래서 리즈가 히스테리를 부릴 때면, 탈리아는 초조해하며 눈치를 보았고 어떻게 반응해야 할지 몰라 불안해했다.

그러나 이번만큼은 탈리아의 위로가 전혀 막힘이 없었다. "자기야." 탈리아가 리즈에게 말했다. "그냥 좀 자. 응?" 그리고 탈리아는 리즈를 자신의 침대에 눕히고 진정제를 먹인 다음 이불을 덮어주었다. 리즈가 아침에 일어나니 뜨거운 인스턴트 커피가 침대 맡에 놓여 있고 탈리아는 이미 옷을 입고 있다.

리즈가 커피를 홀짝이는 동안, 탈리아는 자신이 밤새 리즈의 문제를 생각해보았다고 말한다. 그런데 생각해보니 리즈의 문제는 문제가 아니라 해결책이라고 했다. 에임스와 카트리나가 문제였다. 리즈는 퀴어이니만큼, 만약 모범적인 퀴어 가족이 되고 싶다면 진짜 퀴어들과 가족이 되어야 했다. "에임스가 세뇌한 거야." 탈리아가 주장했다. "에임스는 이게 리즈가 아이를 가질 유일한 방법이라고 믿게 만들었어. 하지만 왜 그래야 하지? 퀴어들에겐 항상 아이들이 있었어."

"트랜스 여성은 달라."

탈리아는 아이를 키우고 있는 트랜스 여성 다섯 명의 이름을 댔다. 그러나 리즈는 그들 모두가 전환 이전에 아이를 가졌음을 지적했다. 그들 모두가 아이들의 아버지였다.

"그럼 밥스는?" 탈리아가 반박했다. 밥스는 트랜스 남성과 결혼한 트랜스 여성이고 두 사람은 플로리다 남서부로 이주했고, 거기서 트랜스 남성이 임신했다. "밥스가 있잖아!" 탈리아가 발랄한 목소리로 말했다.

리즈가 서글픈 표정으로 고개를 저었다. 밥스는 예외라는

503

것을 모두가 알고 있었다. 도스 에퀴스 맥주 광고에 나오는 가장 멋진 남자가 트랜스 여성이 된다면 그게 바로 아마 밥스일 것이다. 딱히 젠더를 지정할 수 없는 논바이너리여성도 남성도 아닌, 이분법적인 성별에 속하지 않는 사람의 아름다움은 너무도 당혹스러울 정도라 그녀를 보는 순간 사람들은 저도 모르게 놀라서 뒷걸음을 친다. 마치 자신의 집 문을 열고 안을 들여다보았는데, 집 안의 모든 것이 활활 불타고 있는 것을 발견한 것처럼. 그 어떤 의미 있는 비교에도 밥스를 끌어와선 안 된다. 리즈와 탈리아가 밥스의 얘기를 하는 지금 이 순간에도 밥스와 그녀의 딸은 바다소 같은 것을 타고 맹그로브 숲을 누비고 있을 것이다.

"무슨 말로도 리즈의 신세 한탄을 멈추게 할 수가 없네." 밥스와의 비교를 통해 아무런 희망을 얻지 못하는 리즈를 보고 결국 탈리아가 말했다. 이제 탈리아는 좀 더 공격적인 주장을 펼칠 수밖에 없는 상황이 되었다. 리즈가 아니라고 말하지 못하도록 탈리아가 목소리를 높였다. "하지만 내가 리스 해안으로 끌고 갈 순 있어. 오늘이 올해 들어 처음으로 따듯한 날이라 다들 가는 것 같거든. 거기 가면 리즈에게 환원자도 아니고 여피족도 아닌 친구들이 있다는 걸 되새겨볼 수 있을 거야."

탈리아의 말이 옳다. 그들은 환원자 에임스와 여피족 카트리나가 없는 바닷가에 도착한다. 그러나 리즈는 그들의 부재를 도무지 좋게 바꾸어 생각할 수가 없다. 간밤에 무언가가 그녀의 내면에서 얼어붙었다. 리즈가 몇 년 전 사귀었던, 자전거를 타고 다니는 트랜스 남성 리키가 수건을 깔고 리즈 곁에 앉더니 올봄 자신의 근황에 대해 얘기한다. 그는 화장실 법 제정을 촉구하고 학교 및 스포츠계의 트랜스 아동 금지 법안에 반대하는 시위를 도왔다고 말한다. 리즈는 그 어떤 시위에도 참가하지 않았다. 주로 리키의 독백이 이어지고, 얼핏 들으면 주로 자신이 달성한 위업을 얘기하는 것 같지만, 사실 그것은 지난 몇 년간 그가 터득한 부드러운 촉구의 방식이다. 이제 삼십대에 접어든 리키는 파티 보이에서 트랜스 운동가로 변신했다. 리즈는 그가 하는 말의 의미를 명확히 읽는다. 대체 어떻게 된 거야, 리즈? 그동안 왜 통 안 보였어? 너 우리하고 한 팀 아니야? 넌 책임감 안 느껴? 그의 감추어진 질문에, 그의 시치미에, 리즈는 대답을 할 수가 없다. 자신을 점령하고 있는 아이와 가족과 같은 고리타분한 얘기를 그에겐 일체 하고 싶지 않다. 그래서 리즈는 침묵으로 일관한다.

그는 조금 더 기다려보다가 양해를 구하고는, 라틴 음악이 요란하게 울려 퍼지는 붐박스 옆에서 서로의 수영팬츠를 감상하고 있는 남자들에게로 간다. 리즈는 걸어가는 리키를 본다. 리키에게 말할 수 있었으면 좋았을 텐데. **나 지금 화났어. 네 시위 따위엔 관심 없다고. 시위해봐야 소용없어.** 리즈는 문득 자신이 수치스러워진다. 네가 화낼 자격이 있어? 실제로 네가 뭘 잃었는데? 리즈는 혼잣말로 자신의 질문에 대답한다. **난 아이를 잃었어.**

그 말에 리즈는 소스라치게 놀란다. 자신의 목소리 속에서 자물쇠가 닫히는 소리를 듣는다. 리즈는 그 말을 다시 한번 해본다. 이번에는 살짝 다르게 바꾸어서. **난 내 아이를 잃었어.** 지금 그녀가 느끼는 감정은 슬픔인가? 그렇다면 그녀에게 슬픔을 느낄 자격은 있는 건가? 리즈가 갑자기 벌떡 일어선다. 탈리아가 그녀를 외면한다. 탈리아는 상의를 입지 않고 문신을 한 빨강 머리 트랜스와 욕조 얘기에 열을 올리고 있다. 두 사람 다 욕조를 좋아하지만, 두 사람 다 욕조가 없어서 어쩔 수 없이 샤워 부스로 만족하고 있다.

리즈는 해안의 경사면을 오른다. 물에서 멀어져 콘크리트 방파제로 향한다. 이 해안에서 퀴어들의 구역은 제이콥 리즈 파크의 만 열네 곳 중 한 곳이다. 리즈가 보기에는 가장 지저분하고 가장 황량한 곳이다. 수십 년 전에는 이 흉측하고 아무도 찾지 않는 외진 해변이 퀴어들이 모욕을 당하지 않고 모여서 수영할 수 있는 유일한 장소였을 것이다. 그러나 퀴어가 괜찮은 것으로 여겨지면서 이 마지막 만은 가장 사람 많고 가장 인기 있는 장소가 되었다. 대체 이 해변을 그토록 멋진 곳으로 만드는 것이 무엇인지 놓치고 싶지 않은 이성애자들이 퀴어들 옆에 캠프를 친다. 비록 그것이 무엇인지에 대해서는 여전히 아무도 확신이 없지만.

퀴어들의 해안을 내려다보고 있는, 바닷물에 표백된 썩은 콘크리트 건물은 분해되어가는 중이다. 한때는 니펀짓 비치 병원이었고 폐결핵 환자들의 요양시설이었지만, 지금은 철책을 둘러 일반인의 출입을 금한다. 리즈는 방파제에서 철책을 따라 서쪽으로 걷는다. 플립플롭을 신고 걷느라 중심을 잡기 위해 이따금 철책을 잡으며 마치 평균대 위를 걷듯 철책 밑의 콘크리트 바를 따라 걷는다.

유기된 병원을 둘러싼 철책이 리즈에겐 불필요하게 느껴진다. 깨어지지 않은 창문이 하나도 없는 데다, 이미 있는 대로 훼손되고 낙서도 심해서 더 이상 훼손한다는 건 바다에 오줌을 누는 격이고 노력의 낭비일 것 같다.

철책의 끝이 가까워오자 리즈가 철책을 붙잡고 안을 들여다본다. "내 아기를 잃었어." 리즈가 건물에 대고 말한다. 이런 얘길 큰 소리로 한다는 게 미친 짓 같지만 왠지 건물이 듣고 있을 것 같다. 이곳에서 얼마나 많은 사람이 고통을 겪었을까? 한 세기 가까이 폐결핵 환자들이 이곳에 머물렀고 그 뒤로는 주립 요양원으로 바뀌어서 노인들이 머물렀다. 아마 유령들이 우글거릴 것이다. "나 유산했어." 리즈가 유령들에게 말한다.

이건 거짓말인가? 유령에게 거짓말을 할 수 있을까? 그들은 진실을 알지 않을까? 어쨌든, 이건 거짓말인가? 리즈는 아기를 키울 계획을 하고 있었는데, 아기가 태어나기도 전에 그 아기를 잃었다. 그렇다면 그게 유산이 아니고 뭔가? 이마도 이것이 트랜스 버전의 유산일 것이다. 그러나 유령들에게 설명할 때에는 젠더 개념이 필요치 않을 것이다. 그들은 이미 그 모든 것을 초월한 존재들일 테니까. "유산." 리즈가 다시 한번 말해본다.

카트리나는 유산을 했다. 그 생각과 함께, 리즈는 슬픔과 비슷한 감정이 또다시 밀려드는 것을 느낀다. 리즈는 문득 궁금하다. 대체 어느 시점에서, 엄마는 **아무** 아기를 원하다가, **그** 아기를 원하게 되는 걸까? 그런 변화가 언제 일어나는 걸까? 리즈는 카트리나가 유산을 하고 나서 안도감을 느꼈다고 했던 말을 떠올린다. 아마도 그 첫 번째 유산에서 카트리나는 **그녀의** 아기가 아닌, **아무** 아기를 잃었을 것이다. 그렇지 않고서야 어떻게 또 그 일을 치르려 할 수 있을까? 리즈는 늘 **아무** 아기의 **아무** 엄마가 되고 싶었다. 그런데 이제야 미처 몰랐던 진실을 깨닫는다. 리즈는 바로 **그** 아이의 바로 **그** 엄마가 되고 싶었다. 정체성과 거의 상관없는 애착이 생긴 것이다. 어쩌면 가장 중요한 것이 바로 **그** 아기일 것이다. 리즈가 **그** 엄마가 되기엔 너무 늦었을지도 모르지만, 카트리나는 아직 **그** 아기를 구할 수 있을 것이다. 어쩌면 이것은 최악의 계획이었는지도 모른다. 만약 리즈가 정말로 좋은 어머니가 되고 싶다면, 리즈는 자신이 틀렸다는 사실을 인정해야 한다. 아기가 전부이다. 리즈는 사라질 것이다. 에임스와 카트리나는 필요하다면 둘이서 아기를 키울 것이다. 리즈는 솔로몬의 뿌듯함을 느낀다. 성경을 잘 알진 못하지만, 아기를 반으로 자르게 하는 엄마보다 아기를 포기하는 엄마가 진정한 엄마라고 하지 않았던가? 바람이 텅 빈 병원에 모래를 뿌리고, 리즈는 다시 바다 쪽으로 돌아선다. 장난을 치는 퀴어들 뒤로 얼음처럼 차가운 바다를 바라보며, 리즈는 문득 윔 호프 요법을 떠올린다.

그해 들어 처음으로 바닷가에서 즐기기에 가장 좋았던 너무도 화창한 그날, 창백하고 나이 들고 한때는 인기 있었고 여전히 오만한 트랜스 여성이, 마치 버지니아 울프처럼, 즐기러 나온 사람들 모두가 지켜보는 가운데 대서양의 차가운 물에 몸을 던짐으로써 마을 주민 전체를 충격에 빠트렸다는 것이 브루클린의 퀴어들이 대체로 동의한 이야기일 것이다.

처음에는 그녀가 발목까지 잠기도록 물에 들어간 유일한 여자였다. 그러다가 어느 순간 물이 허리까지 왔다. 파도가 그녀의 배꼽을 때릴 무렵 바닷가의 구경꾼 중 몇 명이 천천히 바다로 들어가는 빨간 수영복의 여자를 본다. 그들은 여자에게 주의를 집중한다. 여자는 혼자이고 물놀이를 하는 사람의 흥분이나 환호가 전혀 없다. 목까지 물이 차올랐을 때 여자는 작은 관중의 주의를 끈다. 뭍에서 60미터 떨어진 지점에서 여자가 모래톱에 살짝 올라선다. 작은 파도가 여자의 팔에서 부서진다. 여자가 모래 언덕 반대편으로 넘어가 물 밑으로 가라앉는다.

남자 넷이 구조를 시도한다. 세 사람은 모래톱에 닿기 전에 돌아온다. 물속에서, 냉기 속에서, 그들의 몸은 제대로 움직여주지 않는다. 다리 전체의 신경이 마비되고 근육은 납덩이가 된다. 모래톱이 보이긴 하지만 닿지 않는다. 형광 스피도 수영복을 입고 부동액 빛깔의 칵테일을 마시고 있던 남창 근육왕 프레드릭만이 계속 앞으로 나아간다. 근육과 높은 혈중 알코올 농도로 인해 차가운 물속에서도 여전히 혈액순환이 되었는지, 그는 리즈 가까이 다가간다. 모래톱에 다다르자 그의 널찍한 등이 물에서 솟아오르고, 그가 여자를 찾는다. 여자는 수면에 등을 대고 물에 떠 있다. 머리카락을 부채처럼 펼치고, 입술은 파랗게 질린 상태로 숨을 거칠게 들이쉬고 내쉰다.

프레드릭은 물속으로 들어갔다가 다시 올라와 두 발을 땅에 딛고 여자의 팔을 붙잡은 다음 소방관처럼 어깨에 들쳐 멘다. 리즈가 깜짝 놀라 눈을 뜬다.

"왜 이래요!" 리즈가 그를 밀어낸다.

"내가 잡았어요!" 그가 소리친다.

"아니, 안 돼요." 리즈가 쌕쌕거리며 말한다. 리즈는 너무 춥고, 말을 하는 데 필요한 공기를 폐에서 끌어낼 수가 없다. "윔 호프 요법!"

"뭐요?" 리즈를 뭍으로 끌고 가며 그가 소리친다. 해변에서 사람들이 환호한다. 훌륭한 구조 작업이었다.

"윔 호프 요법! 난 괜찮아요! 윔 호프 요법!"

두 사람이 모래톱에 다다르고, 그가 리즈를 내려 모래톱에 세운다. 태양의 열기는 그저 먼 기억일 뿐이다. 바람도 어느새 차가워졌다. "걸을 수 있겠어요?" 미심쩍어하며 그가 묻는다.

"네, 네." 리즈가 말한다. 냉기 때문에 귀가 욱신거린다. 아이스크림을 너무 빨리 먹었을 때처럼 끔찍한 고통이 두개골 전체를 감싼다. 사람들의 고함 소리가 들리고, 리즈는 문득 얼마나 많은 사람이 지켜보고 있는지 깨닫는다. 믿기지가 않는다. 물속에 있었던 시간이 한 오 분이나 됐을까. 그러나 지금은 그런 생각에 집중을 할 수가 없다. 다시 본능이 발동한다. 몸을 데워야 한다. 그것 말고는 아무것도 중요하지 않다. 윔호프가 옳았다. 그는 뒤뜰의 연못에서, 혹은 평범한 바닷가에서, 형편없는 신의 은신처를 발견했다. 자기 연민도 슬픔도 모두 초월한 장소를.

리즈는 뭍에서 수건으로 몸을 감싼 채, 어느새 분노로 변하고 있는 탈리아의 걱정을 받아내고 있다. 리즈의 피부는 파랗고 이는 딱딱 부딪친다. 응급구조사가 도착하기까지 탈리아의 욕설을 비집고 리즈가 상황을 설명할 시간은 얼마 없었다. 여름철 인명구조대는 아직 나오지 않았지만, 리즈가 물에 들어가는 것을 보고 누군가가 구급차를 불렀고 자해 사건으로 신고했다. 무슨 일이에요? 보도에서 구급차 경광등이 번쩍이는 것을 보고 이제 막 도착한 사람들이 묻는다. 소문이 퍼진다. 어떤 트랜스 여성이 또 자살을 기도했대요. 그들이 그럴 줄 알았다는 듯 서글픈 표정으로 고개를 끄덕인다. 그건 그들이 늘 하는 짓 아닌가? 붐비는 기차역에서 기차에 몸을 던지질 않나. 페이스북 라이브를 켜놓고 수면제를 한 움큼 집어삼키질 않나. 고통을 일으킨 사람이 누구이건 늘 그런 식으로 자기들의 고통을 중계방송하지. 심지어 그 사람들도 이제 다 그러려니 하지 않나?

두 명의 젊은 남성으로 이루어진 응급구조팀이 리즈에게
은박 보온 담요를 둘러준다. 한 명은 백인이고 한 명은 흑인인
데, 둘 다 똑같이 체격이 좋다. 그들은 구급차를 도로 인근의
조그만 아스팔트 주차장에 세워두었다. 리즈는 자살을 기도한
게 아니라고 했다. 그러나 응급구조사들에게 "윔 호프 요법이
라니까요!"라고 소리 질러서 그녀의 정신 상태에 의문을 제기
하게 만들 정도로 정신이 없진 않았다. 바다 수영을 좀 한 것
뿐이라고, 리즈가 그들에게 말했다. 남자들 중 한 명이 탈리아
를 인터뷰하고 돌아왔다.

"저분 말씀이 아기를 잃으셨다면서요." 그가 리즈에게 말
한다. "그래서 그것 때문에 괴로워하셨다고. 그 일이 방금 일
어난 사건과 연관이 있나요?"

멍청한 놈들 같으니라고. 대체 왜 슬픔에 젖은 엄마에게
잃어버린 아이를 상기시키느냔 말이다. 더구나 리즈가 벗어놓
은 옷은 아직 해변에 있다. 그리고 리즈는 자지를 집어넣지 않
은 상태로 원피스 수영복을 입고 앉아 있다. "이봐요, 나 트랜
스예요." 그녀가 쏘아붙인다. "애 못 가져요."

남자들이 눈짓을 교환하고, 리즈는 자신이 계산을 잘못했
음을 깨닫는다. 트랜스라는 사실을 밝히는 것은 자살할 사람
이 아니라고 설득하기에 딱히 가장 효율적인 방법은 아니다.
탈리아를 인터뷰한 남자가 다른 사람들에게도 상황을 물어보
았고 모두가 똑같은 광경을 묘사했다. 웬 여자가 맨정신으로
작정을 한 듯 자칫 치명적일 수 있는 차가운 물속으로 걸어 들

어갔고, 그들이 아무리 소리를 질러도 나오지 않았다. 리즈는 조롱의 웃음을 웃었다. 그럴 생각이었다면 내가 수영복을 입고 왔겠냐고! 내가 그렇게 센스 없고 생각 없는 여자인 줄 아나! 절망에 빠진 버지니아 울프가 강물에 들어갈 때 우아하지 못하게 수영복을 입는 것을 상상이나 할 수 있나? 만약 리즈가 사람들에게 진지하게 받아들여지길 원해서 비극적으로 바다에 들어간 거라면, 폴리에스테르 원피스 수영복이 아니라 돌멩이를 매단 폭 넓은 스커트를 입었을 것이다.

응급구조사들이 병원으로 가겠냐고 묻고 리즈는 거부한다. 리즈는 합법적인 한도 내에서 최악인 의료보험을 갖고 있다. 구급차 비용을 낼 여력이 없다. 그런데도 그들은 병원에 가야 한다고 우긴다. 억지로 끌고 갈 수는 없다고, 그러나 정신적인 문제로 자살을 기도했다면 반드시 적절한 기관에서 상담을 받아야 한다고. 병원에서 진단을 받거나 관계자가 올 때까지 여기서 기다리거나 둘 중 하나를 선택하라고.

"어떤 관계자를 말하는 거죠? 경찰?"

백인 남자는 마치 **당신이 선택한 거잖아요**라고 말하는 것처럼 어깨를 으쓱한다.

리즈는 브루클린의 수많은 퀴어들이 해변에서 집으로 돌아갈 때, 갓길에서 경찰과 얘기를 나누고 있을 자신의 모습을 상상해본다.

리즈가 화가 난 듯 손을 내젓는다. "병원." 그녀가 명령한다.

리즈가 지치고 굳은 표정으로 대기실로 들어선다. 비치가 운을 두르고 바닷가에 신고 나갔던 플립플롭을 신고 있다. 에임스에게는 너무 잔인한 농담 같은 형편없는 복장이다. 정신과 병동에서 나오는 환자가 의심을 사실로 확인해주는 복장처럼.

탈리아가 일어서더니 달려가 리즈를 끌어안는다. 에임스는 카트리나와 함께 리즈가 알아봐주기를 기다린다. 에임스는 불안한 표정이고, 그의 곁에서 카트리나는 초조한 듯 에임스의 손을 꽉 잡는다.

리즈가 그들의 모습을 본 순간, 탈리아에게서 떨어진다. 리즈의 얼굴이 어두워진다. 살짝 햇볕에 그을려서 얼굴이 불그스름하고 광대뼈 근처의 피부가 당긴다. 리즈의 시선이 에임스에게서 카트리나로, 다시 탈리아에게로 돌아온다.

"내가 연락했어." 탈리아가 덤덤하게 말한다. "병원비를 낼 수 있을지, 또 뭐가 필요할지 몰라서."

리즈가 분노와 고마움 사이에서 흔들리고 있다는 걸 알 만큼 에임스는 리즈를 잘 안다. 이런 한심한 꼴을 보이게 된 건 싫지만, 미드우드의 병원으로 달려올 정도라면 분명히 에임스는 마음속 깊이 그녀를 아끼고 있다는 뜻이다. 에임스가 혼자 왔다면 화를 낼 수도 있겠지만, 카트리나도 있기 때문에 리즈는 치아를 드러내며 카트리나에게 초조한 미소를 지어 보인다.

"나 안 그랬어요." 리즈가 말한다. 에임스는 리즈가 카트리나에게 말하고 있음을 깨닫는다. "자살 기도 안 했어요."

"알았어요." 카트리나가 단순하게 답한다. "탈리아한테 들었어요. 하지만 무척 힘들어했다는 얘기도 들었어요. 어쨌든 설명 안 해도 돼요. 차 가지고 왔으니까 집까지 데려다줄게요."

"고마워요." 리즈가 말한다. "그래도 설명하고 싶어요. 나 지금 너무 창피하지만, 그래도 얼굴 보니 좋네요."

리즈가 서명해야 할 서류들이 있고, 퇴원하기 전에 확인해야 할 보험 정보도 있다. 에임스는 리즈에게 도움이 필요하냐고, 돈이든 뭐든 필요하냐고 묻는다. 그러나 리즈는 고개를 젓는다. 어쩌다 보니 에임스는 접수창구 앞 리즈의 곁에서 기다린다. 그리고 일이 끝나는 순간, 에임스가 리즈에게 자길 좀 안아줄 수 있냐고 묻는다. 에임스는 리즈가 안아달라고 요구할 필요가 없도록, 마치 선물을 달라는 듯 리즈에게 그 말을 한다. 왜냐하면 솔직히, 그 자신에게도 너무도 필요한 일이기 때문이다.

카트리나가 먼저 탈리아를 내려준다. 탈리아는 리즈의 뺨에 키스하고 차에서 내린 다음, 카트리나에게 태워줘서 고맙다고 말한다. 탈리아는 놀랍게도 에임스 쪽으로 돌아선다. 그리고 "리즈를 잘 보살펴줘요"라고 명령한다. 그러나 에임스가 미처 대답하기도 전에 돌아서서 커다란 보폭으로 차에서 멀어진다.

"좋은 친구네요." 다시 차를 달리며 카트리나가 말한다. 리즈가 뒤로 기대앉는다. 카트리나가 몸을 숙이며 백미러로 리즈의 표정을 살핀다. 리즈는 대답 대신 고개를 끄덕인다.

"뭐 좀 먹을래?" 에임스가 묻는다. "아니면 그냥 집에 갈래?"

"집에 갈래." 리즈가 말한다. 그리고 잠시 후 카트리나가 핸들을 꺾어 베드퍼드의 복잡한 도로로 접어들자 리즈가 말한다. "하지만 설명을 해야 할 거 같아. 안 그러면 오늘 밤 잠 못 잘 것 같아. 난 두 사람이 여기 올 줄 몰랐어. 그래서 이런 기회가 주어질 줄도 몰랐어."

"제발 해줘." 에임스가 말한다. 에임스는 리즈가 얘길 해주는 게 기쁘다. 에임스의 궁금증은 거의 병적인 수준이지만, 리즈가 화를 낼까 봐 두려웠고 카트리나를 배려하고 싶은 마음에 조심하고 있던 터였다. 에임스가 탈리아의 전화를 받았을 때, 놀랍게도 카트리나는 자기가 병원까지 데려다주겠다고 했다.

"메일 보낸 건 미안해요." 에임스에게라기보단 카트리나에게 리즈가 말한다. "그땐 진짜 화가 났어요. 개릿이 당신 친구의 남편인 건 정말 유감이에요. 내가 좀 더 일찍 눈치챘어야 했어요."

"당신 말도 일리는 있어요." 카트리나가 말한다. "나는 퀴어의 나쁜 대목은 빼고 좋은 대목만 갖고 싶었어요. 나쁜 대목을 처음 접한 순간 바로 기겁했죠. 동성애 공포증이었어요. 창피하네요." 메일의 나머지 내용에 대해서는 언급하지 않았다. 그리고 긴 침묵이 흐른 뒤, 카트리나가 덧붙인다. "다이애나한테는 얘기 안 했어요."

리즈가 고개를 끄덕인다. 그러고는 아무 말 없이 또 한참의 시간을 흘려보낸 뒤에 덧붙인다. "나 그 사람 다시 안 봐요. 걱정 안 해도 돼요. 그 사람이 나한테 남긴 메시지는 다시 볼 사람이 보낼 만한 메시지는 아니었어요. 내가 자기 친구들을 알고 있고 자기 삶을 망칠 수도 있다는 게 두려운 거죠. 그런 모습은 딱히 섹시하지 않아요. 설령 그 사람이 날 다시 보길 원해도, 더 이상은 날 못 봐요."

"다이애나는 결국 그 사람을 떠날 거예요." 카트리나가 말한다. "한창 그럴 때잖아요. 한동안은 다들 결혼을 했죠. 그 다음엔 다들 아이를 가졌고. 이제 이혼할 차례예요. 다이애나는 늘 그 시기에 가장 유행하는 걸 하거든요."

리즈가 웃는다. 그러나 힘없는 웃음이다. 리즈는 에임스에게 차의 난방을 올려달라고 말한다. 수영복 차림이라 한기가 느껴지지만, 윔 호프 요법처럼 의미 있는 한기는 아니다. 에임스는 히터를 켜고 열기가 뒷좌석으로 가도록 방향을 조절한다.

차가 신호등에 멈추자 리즈가 말한다. "관심을 끌기 위해 물에 들어간 게 아니에요."

"그랬을 거라고 생각한 적 없어." 에임스가 그녀를 안심시킨다.

"응, 하지만 병원 의사는 확실히 그렇게 생각하더라. 드러내고 말하진 않았지만, 질문을 보면 알 수 있어. '물이 얼마나 차갑던가요?' 그래서 아마 수온이 영하 10도 정도는 되는 것 같았다고 했더니, 물은 아무리 차가워도 절대 그 자체로 사람을 죽이진 않는다고, 저체온증만 일으킬 뿐이라고 했어. 혹시 관심을 끌고 싶어서 사람들 앞에서 소동을 피운 거냐고 묻더라. 도움을 받고 싶어서도 아니고, 단지 관심을 끌고 싶어서 그런 것 아니냐고. 그건 문자 그대로 의사가 도달할 수 있는 가장 옹졸하고 가장 창피한 결론이었어. 두 사람이 오게 한 것에 대해서는 죄책감이 들어. 왜냐하면 상황이 이렇게 되니, 결국 내가 관심을 끌기 위해서, 그래서 두 사람이 오게 하려고 그런 것처럼 보이니까. 그런데 두 사람이 와준 게 이렇게 기쁜 걸 보면 어쩌면 처음부터 그게 내 계획이었나 봐."

"그럼 대체 왜 바다에는 왜 들어간 거야?" 에임스가 묻는다. 자신의 질문이 너무 퉁명스럽게 들리지 않도록 목소리를 부드럽게 조절한다.

리즈는 한숨을 내쉬며 거리의 행인들을 바라본다. 전봇대마다 그림자가 드리워지고 지나가는 자동차의 불빛이 리즈의 얼굴에서 일렁인다. "진짜 슬펐거든. 슬픔을 무디게 하는 훈련에 관한 얘길 들은 적이 있어. 진짜 훈련. 웜 호프라는 남자가 만든 방법이야. 그거 설명해달라고 하지 마. 의사한테 이미 했어."

"슬픔?" 에임스가 묻는다.

"응, 슬픔. 아기를 잃은 슬픔." 운전석에서 카트리나가 에임스를 흘긋 쳐다본다. 두 사람에게 서글픔 혹은 놀라움의 순간이지만 리즈는 알아차리지 못하는 것 같다. 카트리나는 계속 운전을 하고 리즈는 계속 얘기한다. "잘 기억은 안 나지만,

슬픔의 5단계에 '받아들임'도 있지 않아? 난 어느 순간부터 애착을 느끼게 된 그 아기의 엄마가 될 수 없다는 사실을 받아들이기 위해 노력하고 있어. 내가 너의 가족이 될 수 없다는 것. 하지만 좋은 쪽으로 생각하려고 해. 대기실에서 두 사람이 손잡고 있는 모습 보기 좋더라. 아기는 진심으로 자기를 아껴주는 부모를 갖게 될 거야. 누가 봐도 알 수 있을 정도로 아껴주는 부모. 그것만으로도 충분하다고 생각하려고. 심지어 나한테도."

이런 말을 하기 위해 리즈가 얼마나 많은 것을 내려놓았는지 에임스는 알고 있다. 카트리나는 여전히 아무 말도 하지 않고, 에임스도 가슴이 미어지는 상태로 망설인다. 에임스는 리즈를 위로하고 싶다. 그러나 미래의 부모 역할에 관한 결정은 카트리나의 몫이다. 카트리나가 말을 하건 하지 않건, 에임스는 모든 발언권을 그녀에게 넘긴다. 그러나 마침내 카트리나가 입을 열었을 때, 카트리나는 이 시간에 브루클린 퀸스 고속도를 타는 게 최선이냐고 리즈에게 물을 뿐이다.

월요일, 퇴근한 뒤에, 카트리나와 에임스는 팔짱을 낀 상태로 각자의 손을 서로의 주머니에 넣고 지하철역을 향해 걷는다. 브루클린 하늘에 짙은 먹구름이 몰려들기 시작하고, 머리 위로 건물 꼭대기들이 복숭앗빛 햇살의 안과 밖을 드나든다. 지상에는 아예 어둠이 내렸다.

"점심시간 직후에 전화를 받았어." 카트리나가 말한다.

"병원 분만담당 간호사한테서. 지금쯤 검진 예약을 해야 한대. 임신과 관련해서 내가 어떤 경험들을 원하는지 알려줘야 한대."

에임스는 그 말을 잘 이해하지 못한다. "어떤 선택이 있는지도 알려줬어?"

"도우미를 쓸 계획인지, 조산사는 있는지, 병원 분만을 원하는지, 아니면 가정 분만을 원하는지. 사실 초기에 특별히 문제가 있는 경우가 아니면 그런 것들을 초기에는 별로 권하지 않는데, 내가 벌써 2분기에 접어들고 있고, 노산이고, 위험요소가 있대. 그런데 내가 연락이 없어서 직접 연락해봤대."

"그래서 뭐라고 했어?"

"그 여자 참 쾌활하더라. 공식적인 임신의 세계에 들어서는 나를 환영하는 것 같은 분위기였어. 태아 심장 소리를 들어볼 초음파 검진을 예약하는 게 어떻겠냐고 권하더라."

에임스가 보도에 멈추어 선다. 카트리나도 함께 멈추지만 돌아서진 않는다. 꼿꼿하게 자세를 유지하고 있다. "카트리나, 괜찮아?" 에임스가 묻는다.

"도저히 못 하겠더라, 심장박동 소리를 듣는 건. 여자가 내 목소리에서 그걸 감지했는지, 태도가 완전히 바뀌었어. 행복한 환영식 분위기는 갑자기 사무적인 분위기가 됐어. 상담사 모드."

"그랬겠지." 에임스가 말한다. 에임스는 아기의 심장박동 소리를 들은 적이 있다. 조그만 생명체의 토끼처럼 빨랐던 그 쉭쉭 소리. 에임스는 문득 깨닫는다. 바로 그런 소리가 지금

이 순간 카트리나의 몸속에서 울려 퍼지고 있음을. 단지 그 소리를 들을 능력이 그들에게 없을 뿐.

그들은 여전히 팔짱을 끼고 있고, 에임스는 자신이 카트리나와 너무 육체적으로 밀착되어 있다고 느낀다. 그러나 계속 그 상태를 유지한다. 그러나 잠시 후, 에임스는 더 가까이 밀착하고 싶다. 그래서 재킷에서 손을 빼서 카트리나의 주머니에 넣는다. 카트리나의 손 옆에 자신의 손을 넣는다.

"전화하기가 너무 두려웠어." 카트리나가 말한다. "매일 오늘은 의사에게 연락해야 한다고, 내 몸에서 무슨 일이 일어나는 건지 물어야 한다고 되뇌었어. 온라인으로 정보를 검색할 용기도 안 났어. 얼마나 지나야 너무 늦은 상황이 될지, 임신중단 수술을 어떻게 하는 건지, 언제 결정을 해야 하는지. 정말 아무것도 못 하겠더라. 그런데 때마침 이 여자가 전화를 한 거야. 단지 그게 자기 일이기 때문이고, 아마 달력에 적혀 있었겠지. 올 게 온 것 같았어. 그 여자가 임신중단을 어떻게 하는지 알려주면서, 임신중단은 빨리할수록 수월하다고 했어. 여자가 일정을 잡아주었고, 이제 난 다시 전화해서 일정을 확인해주기만 하면 돼."

두 사람은 보도에 서로를 마주 보고 서 있고, 행인들이 그들 주위로 갈라지며 지나친다. 마치 물살이 나뭇가지 주위로 갈라져 흐르는 것처럼. 에임스가 한 손으로 카트리나의 팔을 잡고 케이준 레스토랑의 차양 밑으로 들어선다. "그래서 확인해줬어?"

"난 이거 도저히 못 해, 에임스." 카트리나가 말한다. "나에겐 언제나 변함없는 모습으로 곁에 있어주겠다고 약속할 수 있는 안정적인 배우자가 필요해. 아이를 위해 도움을 줄 수 있는 안정적인 사람이 필요해. 나의 가족이 어떤 모습일지 궁금해. 나의 가족에게 안정성을 주고 싶어. 그런데 넌 그걸 못하겠다고 했어. 그렇다면 나한테 선택의 여지가 있어?"

눈앞에서 미래가 무너지고, 에임스는 애써 마음을 다잡는다. 이것은 그들만의 지각변동이다. "넌 선택의 여지가 없지." 그가 한숨을 내쉰다. "어쨌든 이건 네가 결정할 문제야. 그리고 내 선택은 똑같아."

카트리나는 오후 4시에 임신중단 수술을 예약했다. 이제 11시다. 리즈, 카트리나 그리고 에임스가 카트리나의 아파트 거실에 앉아 있다.

에임스는 어제 카트리나에게 병원에 같이 가게 해달라고 애원했고, 결국 카트리나도 허락했다. 카트리나는 놀랍게도, 리즈가 원한다면 리즈도 같이 가도 좋다고 했다.

"진짜 관대하네." 에임스가 조심스럽게 말했다. "정말 그래도 돼?"

"아니." 카트리나가 에임스의 말을 시정했다. "관대한 것과 반대야. 불행은 동지를 원하거든. 혼자 아이를 잃고 싶지 않아."

"비꼬는 거야?"

그녀의 얼굴에 짜증이 스친다. "지금 내가 비꼴 여력이 있다고 생각해, 에임스? 그냥 초대해. 오고 싶으면 올 거고, 오고 싶지 않으면 안 오겠지."

리즈는 처음엔 그의 제안을 거절했다. 마음속에서 리즈는 이미 아기를 카트리나에게 양보했는데도, 이제 임신중단의 권리는 아기 어머니에게 있다는 사실을 묵인해야 하는 상황이 되니, 혼란스럽기도 했고 심지어 공포스럽기도 했다. 한때 리즈가 조심스럽게 그리고 애틋하게, 미래의 자신의 삶의 중심이 될 거라고 상상했던 아이의 존재를 또 다른 여자가 끝장낼수 있었다. 에임스에게서 임신중단 얘기를 듣고 나서 이틀 뒤, 리즈는 자신의 감정이 임신중단 반대론자 쪽으로 기우는 것을 느꼈다. 예전에는 태어나지 않은 아기를 하나의 인격체로 생각해본 적이 한 번도 없었다.

그래서 리즈는 에임스의 초대를 거절했다. 혼란스러워서이기도 했고, 그녀 자신과 자신의 동기에 대한 불신 때문이기도 했으며, 무엇보다 슬픔 때문이기도 했다.

그러나 그 제안에 관해 몇 시간을 생각해본 뒤 리즈가 다시 에임스에게 전화를 걸었다. "카트리나는 날 왜 초대한 거야?" 리즈가 물었다. "혹시 우리가 말려주길 바라는 건가? 내가 그 입장이라고 상상해봤는데, 내가 카트리나라면 그게 날초대하는 유일한 동기일 것 같아. 마음 한편으로는 결정을 번복하고 싶은데, 그렇게 하기엔 너무 자존심이 강하거나, 너무두려워서 스스로에게 인정할 수 없어서 날 부른 게 아닐까? 그래서 대신 해줄 사람이 필요한 게 아닐까?" 말을 하면서도 자신이 하는 말의 비뚤어진 보수성을 느낄 수 있었다. 리즈는 늘 다른 여자들에게, 리즈 자신의 몸에 대해, 리즈 자신의 호르몬에 대해 이러쿵저러쿵 말하지 말고 꺼지라고 말해왔다. 그들은 그녀에게 아무런 의미도 없는 사람들이었고 모기 한 마리를 쫓듯 아무 생각 없이 쫓아버릴 수 있었다. 하지만 어쩌면 그것은 애초에 정치적인 문제가 아니었던 건 아닐까? 어쩌면 리즈는 늘 자신에게 필요한 것을 원했던 걸지도 모른다. 그때는 호르몬을 원했고, 지금은 아기를 원한다. 교활한 이성은 늘 자신의 이기심을 정당화할 정치 논리를 찾아낸다.

"모르겠어." 에임스가 말했다. "하지만 카트리나는 네가 아니야. 카트리나가 진심을 말하는 것 같을 땐 존중해주려고 최선을 다해. 하지만 넌 어차피 늘 네가 원하는 대로 하잖아. 아마 카트리나도 지금쯤 그 사실을 알고 있을걸. 내가 어떻게 생각하는지와 상관없이 넌 카트리나에게 네가 하고 싶은 말을 하겠지. 카트리나가 널 초대했을 땐 아마 그 정도는 알고 있었을 거야."

카트리나는 난방을 완전히 꺼놓았다. 날씨가 춥고 음산해서 아파트 안의 공기가 눅눅하고 싸늘하다. 카트리나는 친절하게도 리즈에게 담요를 내어주며 몸을 감싸라고 한다. 리즈는 까칠한 울 담요를 받아서 맨 어깨를 덮는다.

"제발요, 카트리나." 그들이 나누고 있던 소소한 대화의 맥락에 맞지 않게 마침내 리즈가 말을 꺼낸다. "좀 기다리면 안 돼요?"

카트리나가 고개를 젓는다. "약으로 할 수 있는 시기를 이미 놓친걸요. 이제 흡입술을 해야 하고, 그다음엔 경관 확장술이에요. 시간을 지체할수록—" 카트리나가 잠시 말을 멈추고 담요로 얼굴을 감싼다. 리즈는 그녀가 우는 거라고 생각했지만, 잠시 후 담요를 내려놓았을 때, 눈이 촉촉하긴 해도 얼굴은 무표정하다. "이런 위험을 감수할 수 없어요. 난 불확실성을 잘 감당 못 해요. 내가 원래 그래요."

리즈는 그 문제에 답하기를 거부한다. 위험을 감수하는 것에 대해 자신이 하게 될 말을 신뢰하지 않는다. 두 사람 중 위험을 감수해야 할 몸은 누구의 것인가? 놀랍게도, 카트리나 곁에 앉아 있던 에임스가 리즈의 손을 잡으며 입을 연다.

"리즈, 그거 기억나? 〈섹스 앤 더 시티〉의 문제."

"응. 내가 한 헛소리는 다 기억하고 있어. 고마워."

고맙게도 카트리나가 그 말에 미소를 지어준다.

에임스가 카트리나 쪽으로 돌아앉는다. "카트리나, 내가 그 얘기 했을 때 당신이 얼마나 재미있어했는지 기억해? 그거 내가 생각한 이론인 척했는데, 실은 리즈가 한 얘기 훔친 거야."

"응, 기억해." 카트리나가 고개를 끄덕인다. "이제야 좀 이해가 되네. 내게 〈섹스 앤 더 시티〉 어느 에피소드에 대해 물어봤을 때 당신이 기억이 안 난다고 했잖아. 제대로 보지도 않은 드라마에서 어떻게 그런 인생철학을 얻을 수 있는지 궁금했거든. 리즈 얘길 훔쳤다고 하니까 납득이 돼. 그거 완전 리즈 스타일이잖아."

"맞아요." 리즈가 서글픈 목소리로 동의한다. "내가 훨씬 더 문화적으로 박식하고 재미있는 사람이죠."

리즈가 놀릴 때면 늘 그랬던 것처럼 에임스는 이번에도 리즈의 말에 수긍한다. 그러나 이번만큼은 마치 장례식장에서 오가는 농담처럼 어딘가 음울한 느낌이 있다. "좋아, 내가 다시 물어볼게. 리즈, 네가 지금까지 모든 세대의 트랜스 여성들이 〈섹스 앤 더 시티〉의 문제를 해결하지 못했다고, 모든 세대의 시스 여성들은 자신의 해결책을 재창조해야 했다고 말했던 거 기억나?"

"응."

"혹시 이게 우리의 해결책은 아닐까? 이게 우리가 지금 무언가를 재창조하고 있는 건 아닐까? 우리만의 독창적인 해결책을 상상해낸 건 아닐까? 그래서 너무 기괴하고, 딱히 선례도 없는 건 아닐까? 우리가 어떤—"그가 잠시 말을 멈추고 자신의 발을, 신발을, 입고 있는 바지를 본다. "어떤 종류의 여성들이건 말이야."

"어쩌면." 카트리나가 말한다.

리즈가 카트리나의 목소리에서 모호함을 감지한다. 카트리나가 고개를 들고, 다크서클 속에서 카트리나의 눈동자가 반짝인다. "그러게." 리즈도 동의한다. "어쩌면."

카트리나가 차를 만들겠다며 일어선다. 주전자의 물이 끓고 카트리나가 차 세 잔을 들고 돌아온다. 시간이 흐르고 세 사람은 말없이 차를 마신다. 그들은 함께 있지만, 서로에게서 멀리 떨어져 있다. 그들의 생각은 각자 자신에게로, 아기에게로 향한다. 그리고 그들 모두가 제각각 생각해본다. 그들의 여성성이 어쩌다 이 작은 사람, 심지어 아직은, 어쩌면 영영 존재하지도 않을, 이 작은 생명체에 의지하게 되었는지를.

디트랜지션, 베이비

1판 1쇄 인쇄 2025년 3월 31일 **1판 1쇄 발행** 2025년 4월 18일

지은이 토리 피터스 **옮긴이** 이진
펴낸이 박강휘
편집 박규민 박정선 **디자인** 이경희
마케팅 박유진 이현영 **홍보** 이수빈 박상연

발행처 김영사
주소 경기도 파주시 문발로 197(문발동) 우편번호 10881
등록 1979년 5월 17일 (제406-2003-036호)
구입 문의 전화 031)955-3100 **팩스** 031)955-3111
편집부 전화 02)3668-3290 **팩스** 02)745-4827 **전자우편** literature@gimmyoung.com
비채 블로그 blog.naver.com/viche_books
인스타그램 @drviche @viche_editors **트위터** @vichebook
ISBN 979-11-7332-131-3 03840 책값은 뒤표지에 있습니다.

비채는 김영사의 문학 브랜드입니다.